NADEEM ASLAM

DER GARTEN DES BLINDEN

NADEEM ASLAM

DER GARTEN DES BLINDEN

Aus dem Englischen von
Bernhard Robben

Deutsche Verlags-Anstalt

Für Sadia und Nasir

Inhalt

I

Anmerkungen zum Scheitern

Doch in den Staub wenn das dahinsterbend dunkele
Blut einmal sich gemischt hat,
Wer ruft es mit Zauber zurück ins Leben?

AISCHYLOS, *AGAMEMNON*

I

Geschichte ist der dritte Elternteil.

Kurz nach Einbruch der Nacht kommt Rohan auf seinem Weg durch den Garten eine Erinnerung an seinen Sohn Jeo, eine Erinnerung an dessen Kindheit, die ihn langsamer gehen und schließlich stehen bleiben lässt. Der Strom ist ausgefallen und im Haus brennen an mehreren Stellen Kerzen. Wunden, heißt es, verströmen unter gewissen Umständen Licht – berührt man sie, bleibt ihre Helligkeit an den Händen haften –, und als Rohan die brennenden Kerzen sieht, scheint ihm jede Flamme in seinem Haus eine Verletzung zu sein.

Eines Abends, als er Jeo eine Geschichte erzählte, verzog sein Sohn bekümmert das Gesicht. Rohan hielt inne, ging zu ihm, nahm ihn in den Arm und spürte, wie heftig der kleine Körper zitterte. Mit einsetzender Dämmerung redete der Junge sich stets ein, dass er weiterleben wird, auch wenn er einschläft, dass er jenseits der Nacht wieder im Licht auftaucht. An diesem Abend aber plagte ihn etwas anderes. Schließlich verriet er, sein Kummer sei durch das Auftauchen des Bösewichtes in der Geschichte ausgelöst worden. Um ihn zu trösten, lachte Rohan leise und fragte dann:

»Hast du denn je eine Geschichte gehört, in der am Ende das Böse siegt?«

Der Junge dachte einen Augenblick nach, ehe er antwortete:

»Nein, aber ehe der Böse verliert, tut er den Guten weh, und das macht mir Angst.«

2

Rohan schaut aus dem Fenster; sein Blick ruht auf dem Baum, der von seiner Frau gepflanzt worden war. Zwanzig Jahre ist es jetzt her, dass sie vier Tage nach Jeos Geburt starb. Der Duft der Baumblüten kann ein Gespräch verstummen lassen; Rohan kennt keinen reineren Quell der Melancholie. Etwas bewegt sich im Wind – eine Handvoll Laub an einem Zweig, wie ihn ein Soldat vor der Schlacht pflückt, um den Helm zu tarnen.

Er sieht auf die Uhr. In wenigen Stunden wird er mit Jeo zu einer langen Reise aufbrechen; sie fahren mit dem Nachtzug nach Peschawar. Es ist Oktober. Letzten Monat wurden die Vereinigten Staaten angegriffen, ein Tag des Feuers für ihre Städte. Woraufhin westliche Armeen in Afghanistan einfielen. »Die Schlacht um das World Trade Center und das Pentagon«, so nennen manche hier in Pakistan den Terrorangriff im September. Laut ihrer Logik gibt es in einer schuldigen Nation keine Unschuldigen. Folgerichtig werden Wochen später nun die Gebäude, Obstwiesen und Berge Afghanistans von Granaten und Brandbomben zerfetzt. Die Verwundeten und Verletzten bringt man nach Peschawar – und Jeo möchte in die Grenzstadt, um zu helfen. Morgen früh werden Vater und Sohn nach einer zehnstündigen Fahrt durch die Nacht dort ankommen.

Das Fensterglas zeigt Rohans Spiegelbild – die dunkelbraune Iris der Augen, den farblosen Bart, dem das Kerzenlicht einen leichten Glanz verleiht. Das Gesicht ein Protokoll der Zeitenlast auf seiner Seele.

Erste Mondstrahlen fallen auf Zweige und Laub, kaum dass er in den Garten geht. Aus dem Alkoven nimmt er eine Lampe mit, bleibt unterm Persischen Flieder stehen und blickt hinauf in die riesige Krone. Die höchsten Bäume im Garten sind zehnmal mannshoch, doch selbst wenn Rohan den Arm mit der Lampe ausstreckt, durchdringt das Licht kaum die erste Blätterschicht, weshalb er die Vogelschlingen nicht sehen kann – dieses Netz dünner Stahldrähte tief versteckt im grünen Baldachin –, geschmeidige Knoten, die sich gerade so weit zuziehen, dass sie einen Flügel, einen Hals in zarter, harmloser Gefangenschaft halten.

Zumindest hat der Fremde das behauptet. Der Mann war am späten Vormittag zum Haus gekommen und hatte gefragt, ob er die Fallen spannen dürfe. Auf seinem rostigen Fahrrad war hinten ein großer rechteckiger Käfig befestigt. Er fahre durch die Stadt, erklärte er, mit einem Käfig voller Vögel, und die Leute bezahlten ihn dafür, eines oder mehrere der Tiere freizulassen, eine mitfühlende Tat, durch die der Kunde Vergebung für einige seiner Sünden erlangte.

»Man nennt mich den Vogelbegnadiger«, sagte er. »Der befreite Vogel zwitschert ein Gebet für den, der seine Freiheit erkauft. Und die Gebete der Schwächsten hat Gott noch nie ignoriert.«

Er fand den Gedanken des Fremden alles andere als einfach, die Logik hanebüchen. Falls ein Vogel ein Gebet für den spricht, der seine Freiheit erkauft, wird er sich da nicht für die Bestrafung desjenigen einsetzen, der ihn gefangen nahm? Und auch desjenigen, der das Fallenstellen ermöglicht? Rohan hatte darüber nachdenken wollen und den Mann gebeten, später noch einmal wiederzukommen. Doch als er aus seinem Nachmittagsschläfchen erwachte, musste er feststellen, dass der Vogelbegnadiger ihren kurzen Wortwechsel als Zustimmung gedeutet hatte. Während Rohan schlief, war er zum Haus zurückgekehrt, um zahllose Schlingen auszulegen; Jeo gegenüber hatte er behauptet, Rohans Einverständnis zu haben.

»Er hat gesagt, er komme gleich morgen früh wieder, um die Vögel einzusammeln«, erklärte Jeo.

Während Rohan im Garten umhergeht, schaut er hinauf in die breitarmigen Bäume zu den abertausend schlafenden Blättern. Hin und wieder kommt eine Bö auf, ansonsten aber herrscht Stille und Reglosigkeit, die vollkommene Ruhe der Nacht. Er nimmt an, dass bereits viele Fallen ausgelöst wurden, und muss sich unwillkürlich Angst und Leid der gefangenen Vögel ausmalen, die tagsüber noch flötend durchs Laub gehuscht waren. Nun meint Rohan beinah spüren zu können, wie Augenpaare eins ums andere erloschen.

Je größer die Sünde, desto seltener und teurer der Vogel, den es braucht, ihre Vergebung zu erlangen. Führt der Vogelbegnadiger sein Geschäft nach diesem Prinzip? Ein Spatz für einen kleinen Betrug, aber einen Paradiesschnäpper oder Glanzfasan für den, der Zweifel an der Existenz Allahs zulässt?

Rohan legt eine Hand an die Rinde, als wolle er den kleinen Geschöpfen Geduld und Mut hinaufschicken. Er war Gründer und Direktor einer Schule, und seine Zuneigung für diesen Baum wurzelt in dessen Verbindung zur Gelehrsamkeit. Von alters her hat man Schreibtafeln aus seinem Holz gemacht, woran der lateinische Name des Schulholzbaumes erinnert: *Alstonia scholaris*.

Die Lampe vor sich hertragend, geht er zur Rückseite des Hauses, das mitten im Garten steht. Vor Beginn der Bauarbeiten hatte er die Städte Mekka, Bagdad, Córdoba, Kairo, Delhi und Istanbul aufgesucht, die sechs Orte früher Pracht und Hoffnung des Islam. Aus jedem brachte er eine Handvoll Staub mit, den er im weiten Bogen auswarf, um dann zuzusehen, wie ihm Glaube, Urteil und Wahrheit aus der Hand wehten und sanft zu Boden sanken. In Gestalt eines Halbmondes, einer Sensenklinge, wurde entlang dieser reinigenden Linie dann das Fundament ausgehoben.

Im neunzehnten Jahrhundert hatte Rohans Urgroßvater auf diesem Land Pferde gezüchtet, Tiere, die weithin dafür bekannt waren, drahtig, flink und kraftvoll zu sein, sowie dafür, selbst auf steinigem Grund ohne Hufeisen laufen zu können. Im Juli 1857, also zur Zeit des Aufstandes gegen die Briten, suchte den Pferdezüchter am Tag einer Sonnenfinsternis eine Schar Männer auf, Rebellen, die während jener siebzehn Minuten Halbdunkelheit von der »Sache« redeten, von der Nation, und die mit ihren Worten wie mit Pfeilen auf die bewaffnete Macht des Empires zielten. Großbritannien war damals die machtvollste Nation der Erde, es stünde nichts weniger als das Schicksal der Welt auf dem Spiel, und sie bräuchten seine Hilfe. Doch er sagte, er könne ihnen keine Pferde geben, die Norfolk-Traber und Araber-Hengste, die Dhanni-, Tallagang- und Kathiawar-Stuten – sie seien in eine einsame Gegend geschickt worden, um sie vor dem Ludhiana-Fieber zu schützen, das in der Gegend grassierte.

Als sich die Aufständischen abwandten und gehen wollten, klaffte vor ihnen der Boden auf, ein Riss wuchs und gewann sternförmige Gestalt, in deren Mitte eine kleine Kugel aus schwärzestem Glas sichtbar wurde. Gleich darauf begriffen sie, dass sie auf ein Auge schauten, ein uraltes Funkeln, das sie durch die Eingeweide der Erde anstierte. Ein Phantom. Eine Chimäre. Noch eine Sekunde, und der ganze Pferdekopf kam zum Vorschein, der mächtige, muskulöse Hals ruckte und verspritzte Sand in sonnenfinstere Luft. Die Hufe fanden, was sie an Halt brauchten, der gewaltige Brustkorb folgte, die großen, starken Schenkel. Fleisch entriss sich dem lebenden Planeten.

Die Erde explodierte. Ein Dutzend Pferde, dann fast zwei Dutzend, ihr lautes Wiehern durchschnitt die Luft nach den im Dunkeln gefangenen Stunden. Eine Eruption wütender Seelen aus der Unterwelt. Aufgeworfene Scholle, Gebrüll aus befreiten Mäulern und das Entsetzen der Männer im Taglichtdämmer.

Rohans Urgroßvater war zuvor darüber informiert worden, dass die von den Briten gejagten Aufständischen versuchen wollten, sich seine Pferde zu nehmen. Mehrere Stunden lang hatte er daraufhin mit seinen neun Söhnen eine Grube ausgehoben, die tiefer war als ihr größter Hengst. Dann wurden alle fünfundzwanzig Tiere hineingeführt, die schwarzen, weißen, braun gescheckten und rotschimmeligen, deren Farben hell in den schräg einfallenden Strahlen der untergehenden Sonne schimmerten.

Die Männer liebten ihre Pferde, und diese vertrauten ihren Herren, als ihnen die Augen verbunden und sie ins Loch geführt wurden. Erst als man anfing, sie mit Erde zuzuschütten, als die Sandschicht um ihre Beine immer höher wuchs, begannen sie, mit den Hufen auf den Boden zu trommeln. Streifen weißsalzigen Schaums zeigten sich auf ihren Leibern, während die Männer mit leisen Stimmen die Tiere beruhigten, sie zu trösten versuchten. Nichtsdestotrotz wurde die Arbeit stetig und entschlossen die ganze Nacht fortgesetzt, während über ihnen die Sterne erschienen, um schließlich wie ein gläserner Wald am Firmament zu hängen; und später dann, als ein Unwetter nahte und die Nacht wild war vor elektrischer Spannung, sah der Himmel aus, als herrschte droben gleichfalls Krieg und Rebellion, bloß weil sie nicht zulassen wollten, dass auch nur ein einziges Pferd in die Hände der Aufständischen fiel, die, fand Rohans Urgroßvater, irregeleitet waren; seine Treue galt allein den Briten.

»Werde!«, hatte Allah dem Südwind befohlen, und der Vollblutaraber ward geschaffen.

Als den zehn Männern schließlich Erbarmen das Herz erweichte, schritten sie die Reihen ab und stülpten über jeden Pferdekopf einen großen Korb, eine aus Grashalmen und Palmwedeln gewobene Kapuze, eine Lufttasche, damit die Tiere atmen konnten. Dann stiegen sie aus der Grube und begannen, sie gänzlich mit Erde zu füllen, wobei sie sich vergewisserten, dass die Körbe vollständig verdeckt wurden bis auf ein daumenabdruckgroßes Loch, durch das Luft eindringen konnte. Als sich hinter den Männern bei Sonnenaufgang schließlich ein leuchtend roter Rand am Horizont zeigte, war aus der Tiefe nichts mehr zu vernehmen als ein schwaches Beben der Hufe. So begannen sie, auf die Ankunft der Rebellen zu warten, und meinten plötzlich nur allzu deutlich zu spüren, wie schwer ihr Gewicht auf der Erde lastete.

Insekten werden von der hellen Lampe in Rohans Hand angezogen, als er zurück zum Haus geht, Nachtmotten wie Späne von einem Bleistiftanspitzer, Motten so übergroß und so intensiv betüpfelt, dass man sie mit Schmetterlingen verwechseln kann.

Vor ihm auf dem Weg liegt eine schwarze Feder von einem der sich wehrenden Vögel über ihm.

Der Aufstand wurde letztlich niedergeschlagen, und eintausend Jahre islamischer Herrschaft fanden in Indien ein Ende; Großbritannien nahm das Land vollständig in seinen Besitz. Eine muslimische Nation ging an Ungläubige verloren, und Rohans Vorfahren hatten ihren Anteil daran gehabt.

Dies war der jahrhundertealte Makel, den Rohan zu tilgen versuchte, als er Erde aus Allahs sechs geliebten Städten verstreute: Mekka, Bagdad, Córdoba, Kairo, Delhi und Istanbul. Er hatte sie ungefähr dort verstreut, wo die Grube gewesen war, das Grab der Pferde, der Erdspalt, aus dem sie sich befreien konnten.

3

Die Gartenmauer ist mit dem Jasmin der Dichter behangen, mit der Landesblume Pakistans. Jeo geht daran entlang, bis er das Zimmer betritt, das einmal das Büro seiner Mutter gewesen war. Er stellt die brennende Kerze auf den Tisch, dessen Arbeitsplatte mit den Tintenflecken ihres Füllers übersät ist. Seit ihrem Tod wurde das Kalenderblatt nicht mehr abgerissen, seit dem Monat, in dem er geboren wurde.

Er schlägt ein großes Buch mit Karten auf, sein Atem der einzige Laut im Zimmer. Er hat gelogen, als es um die Fahrt nach Peschawar ging. Er will da sein, wo er am nötigsten gebraucht wird – will so nahe wie möglich am Gemetzel des Krieges sein –, weshalb er heimlich alle Vorbereitungen dafür getroffen hat, über Peschawar nach Afghanistan einreisen zu können.

Im spärlichen Licht über die Karten gebeugt, studiert er die Geografie der Nordwest-Grenzprovinz, wohin er heute Abend mit seinem Vater fährt. Der Blick wandert von Ort zu Ort. Dort erhebt sich der Bergrücken Pir Sar, den Alexander 326 v. Chr. belagerte – eine so kolossale Bastion, dass selbst Herakles, heißt es, der Sohn des Zeus, sie unbezwingbar fand. 1221 hatte Dschingis Khan den letzten Mongolenfürsten Zentralasiens bis in diese Gegend gleich südlich von Peschawar verfolgt. Und dort liegt auch Pushkalavati, im fünften, sechsten und siebten Jahrhundert bei chinesischen Pilgern beliebt, weil Buddha dort einst seine Augen als Almosen dargeboten hatte.

Dass er die Grenze nach Afghanistan überqueren will, hat er nicht nur dem Vater verschwiegen. Damit sie sich nicht unnötig aufregt, hat Jeo auch seiner Frau, mit der er seit zwölf Monaten verheiratet ist, kein Wort von seinem Vorhaben gesagt, ebenso wenig der Schwester oder seinem Schwager. Rohan wird ihn heute Abend nach Peschawar begleiten und übermorgen zurückreisen, dann aber sollte er, Jeo, bereits in Afghanistan sein.

Als Kind schlief er oft ein, wenn sein Vater ihm Geschichten erzählte, und dann träumte er von Märtyrern. Er sah sie, wie sie am Boden lagen und wie ihnen die Seele aus dem Leib fuhr, behutsam untergehakt von Engeln oder anderen geflügelten Wesen; Sonne und Wolken rot, die fliegenden Vögel blutbefleckt. Im Traum wusste er, dass sie mit Furcht einflößender Entschlossenheit und ebensolcher Kraft gekämpft hatten, beides nicht durch den Krieg geschmiedet, sondern durch ihn nur offenbart, waren diese Stärken doch schon lang vor ihrer Geburt in ihnen angelegt gewesen. Und während er schlief, wusste Jeo, dass sie alle er selbst waren, dass sie jene Männer waren, die er selbst vor diesem heutigen Mann gewesen war, die Geistertausende, die über Generationen zurückreichten. Und während er schlief, lehrten sie ihn nicht nur etwas über Leben und Tod, sondern etwas über das *ewige* Leben und den Tod.

Sorgsam trennt er mehrere Seiten aus dem Buch; in diesem Licht sehen Afghanistans Berge, Hügel und endlos sich verzweigenden Felsschluchten wie zerknülltes Papier aus, weshalb wohl kurz der Wunsch in ihm aufflammt, sie glatt streichen zu wollen. Laserstrahlgeführte Bomben fallen auf die Blätter in seiner Hand, aus dem Arabischen Meer herbefohlene Raketen, abgefeuert von amerikanischen Kriegsschiffen, die so lang sind, wie das Empire State Building hoch ist.

Er verlässt das Zimmer, durchquert den Garten und löst, sooft er das Laub streift und aufwärts blickt, Bewegungen aus, in jede Richtung fliehende Schatten. Ist ein Vogel in der Schlinge gefangen, ziehen sich gleich mehrere Knoten zusammen, die den Körper halten und verhindern sollen, dass das Tier sich durch wildes Flattern verletzt.

Auf der Terrasse steckt er die Karten in seine Reisetasche. Lampenlicht erhellt das Fenster des Zimmers, das er sich mit seiner Frau Naheed teilt; ihr Schatten gleitet über die Wand. Das Licht ist bernsteinfarben wie ihre Augen, und in Gedanken sieht er die dunkle Kaskade ihrer Haare, spürt wie jede Nacht das Gewicht ihrer Hand auf seiner Brust. Wieder einmal überkommt ihn das Verlangen, der Wunsch, in Reichweite ihrer Arme zu sein, weiß er doch, dass er sie nach heute Nacht eine Weile nicht sehen wird. Er geht über den dunklen Flur und betritt das Zimmer; sie dreht sich zu ihm um.

Mikal begleitet ihn nach Afghanistan. Es war eine zufällige Begegnung, letzte Woche, als Jeo mit dem Motorrad über die Grand Trunk Road zur anderen Seite der Stadt fuhr. Dort stellte er sich offiziell im Hauptquartier jener Organisation vor, die Leute nach Afghanistan schickt. Sie brauchen Ärzte – Jeo absolviert an der Fachhochschule für Medizin zwar erst sein drittes Jahr, die Ausbildung ist also noch lange nicht beendet, trotzdem freute man sich über sein Hilfsangebot. Es handelt sich um eine wohltätige Organisation, zu der eine Madrasa gehört, in der die Kinder der Armen lesen lernen – zwanzig Räume, die von murmelnden Stimmen widerhallen, ein Bienenstock der Warnung und des Lobs –, und er war bereits wieder auf dem Weg nach draußen, als er jemanden aus einer nahen Tür treten sah. Im Gesicht der Ausdruck unüberwindbarer Verlassenheit.

»Mikal.«

Falls Liebe beginnt, wenn man einen Blick auf die Einsamkeit des anderen erhascht, dann liebte er Mikal, seit sie beide zehn Jahre alt gewesen waren.

Mikal blickte auf, und Jeo ging zu ihm; sie umarmten sich.

»Was machst du hier?«, fragte Jeo, als sie sich voneinander lösten.

Mikal umarmte ihn aufs Neue. »Ich habe ein paar Gewehre repariert und hergebracht«, sagte er schließlich und redete wie immer mit einem gewissen Nachdruck, wobei die in der Mitte zusammenwachsenden Brauen kaum wahrnehmbar zuckten. »Schließlich arbeite ich in einem Waffengeschäft.«

Die Madrasa war erfüllt vom Lärm der Kinder, die, da sie kaum etwas anderes als die Entbehrungen des Lebens kannten, so beteten, wie sie aßen, nämlich mit großer Gier.

Jeo zögerte keinen Moment, Mikal von Afghanistan zu erzählen. Seinem Beinahe-Bruder. Seinem Blutsbruder in allem, bis auf den Namen. Zehn Jahre war Mikal alt gewesen, als er und sein älterer Bruder in Jeos Haus kamen, Mikal mit einem Buch über Sternbilder unterm Arm, große Blätter mit Heroen und Ungeheuern in diamantbesetzten Netzen. Da sich herausstellte, dass der Welpe in seiner anderen Armbeuge ein Wolf war, mussten sie ihn nach kaum zwei Monaten wieder laufen lassen. Mikal und Jeo waren gleich alt und wurden bald unzertrennlich, Jeo ganz eingenommen von Mikals Wachsamkeit und Selbstgenügsamkeit, der Anmut, die jede seiner Bewegungen prägte, von gelegentlichen Aussetzern einmal abgesehen, immer dann, wenn ihn irgendwas ärgerte oder er nicht gefunden werden wollte.

»Du gehst nach Afghanistan?«, fragte Mikal, als Jeo verstummte.

»Nur für einen Monat. Später ziehe ich vielleicht für länger hin.«

»Und was ist mit deinem Studium?«

»Hol ich nach.« Jeo war zwölf Jahre alt gewesen, als Rohan ihn zum ersten Mal zu einer OP mitnahm, und mit dreizehn wusste er bereits so manches von dem, was Studenten an der Fachhochschule im ersten Jahr beigebracht wurde.

Als sie mit dem Motorrad durch den Verkehr brausten – er brachte Mikal zurück zum Waffengeschäft –, sagte er über die Schulter gewandt: »Du hast mir immer noch nicht erzählt, warum du letztes Jahr so völlig abgetaucht bist. Selbst meine Hochzeit hast du verpasst. Und seither nur ein kurzer Besuch. Manchmal frage ich mich, ob du überhaupt noch weißt, wie meine Frau heißt.«

»Ich habe ja nicht gewusst, dass du heiratest«, sagte Mikal.

Mikals Eltern waren beide Kommunisten gewesen, und den Vater hatte man verhaftet, als Mikal zur Welt kam; seit dem Tag ward er nicht mehr gesehen. Der Tod der Mutter ein Jahrzehnt später war für Rohan dann Anlass gewesen, Mikal und seinen Bruder bei sich aufzunehmen. Immer wieder kamen Leute zu Mikal, die eine schwere Zeit durchmachten, und baten ihn, für sie zu beten, da Allah die Fürbitten von Waisenkindern angeblich niemals ignorierte.

In den Regalen des Waffenladens stapelten sich die AK-47 in Sechserreihen. Wären sie echt, würden sie achtzigtausend Rupien das Stück kosten, aber es handelte sich um Kopien, die man für ein Viertel des Preises bekam. Einen Tag, nachdem der Westen in Afghanistan einmarschierte, wurde ein »Frömmigkeitsnachlass« für jene eingeführt, die ein Gewehr kaufen wollten, um im Dschihad zu kämpfen. Es gab auch Nachbauten älterer Gewehre, Waffen, wie man sie im Zeughaus des Towers von London finden konnte, chinesische Pistolen, Kaliber 30, oder argentinische Ballester-Molinas. An der Wand hing ein großes Foto von einem Vogelschwarm, Adler, die man dazu abgerichtet hatte, in den Kriegen der Menschen zu kämpfen, die Schwingen ausgebreitet wie lebende Buchstützen – ein Traum aus der Vergangenheit des Landes.

Der Inhaber trug Mikal diverse Reparaturarbeiten auf und verließ den Laden, um dem Ruf des Muezzins zu folgen. An einem Gewehr klemmte der Abzug, und der Besitzer eines Revolvers wollte, dass seine Waffe beim Abschuss lauter knallte. Mikal löste den Handschutz, entriegelte den Verschluss und nahm den Lauf ab. »Afghanistan also«, sagte er.

»Du bist der Einzige, dem ich davon erzählt habe.«

»Und wenn dir was passiert?«

»Kommst du uns vorher noch besuchen?« Die Bande zwischen ihnen waren stärker geworden – Jeos Schwester hatte Mikals Bruder geheiratet.

»Dir könnte da draußen was zustoßen, Jeo. Man könnte dich umbringen, oder du kommst ohne deinen Verstand zurück, ohne deine Arme oder Beine, deine Augen.«

»Was, wenn jeder so denkt?«

Mikal ließ den Blick auf ihm ruhen, dann machte er sich wieder an die Arbeit. Jeo meinte beinahe spüren zu können, wie sich sein Verstand ans Werk machte. Wenn Mikal etwas Mechanisches sah, musste er dessen Geheimnis erkunden. Einmal hätte er fast einen Hubschrauber gestohlen. »Warum haben die auch den Schlüssel stecken lassen?«, sagte er. »Ich hab's mir erst anders überlegt, als ich die komplizierte Steuerung sah.« Mit vierzehn hatte er schon einen Bulldozer gefahren, verschiedene Autos, ein Boot.

»Früher hast du Spielzeug gemacht«, sagte Jeo.

Mikal lehnte sich auf dem Stuhl nach hinten, öffnete, ohne hinzuschauen, den Schrank in seinem Rücken und holte einen kleinen aufziehbaren Laster heraus, drehte mehrmals den Schlüssel und stellte das Fahrzeug auf den Glastresen. Jeo hielt abwartend die Hand hin und fing das Spielzeug auf, als es über den Rand fiel.

»Kannst du behalten. Gehört dir.« Mikal schob ihm den Schlüssel über den Tresen zu. »Und was, wenn ich sage, dass ich mitkomme?«

»Ich brauche keinen Aufpasser.«

Mikal hatte die Ladeklappe geöffnet und den Hahn halb gespannt, hielt jetzt aber inne und blickte auf. »So habe ich es nicht gemeint.« Dann drehte er die Trommel und holte die Patrone mit dem Auswerfer aus der Ladekammer.

Anschließend steckte er sich eine Gold Flake an und sagte mit breitem Grinsen: »Ich rauche fünf Stück am Tag. Meine fünf Gebete.«

Jeo rang sich ein Lächeln ab. »Du kommst noch in die Hölle«, sagte er, um gleich darauf fortzufahren: »Hast du das ernst gemeint? Willst du wirklich mitkommen?«

»Ja, ich gehe nachher noch mal hin und lass mich eintragen.«

»Und was willst du tun?«

»Ich hole für dich die Verwundeten vom Schlachtfeld.« Ohne ihn anzusehen, setzte er nach einer Weile hinzu:

»Und ich weiß ihren Namen noch, Jeo. Ihren Namen und auch, dass sie vom Propheten abstammt.«

Naheed schiebt Jeos Arm von ihrer Hüfte. In kaum zwei Stunden wird er mit Rohan den Zug nach Peschawar besteigen, für den Augenblick aber ist er in einen leichten Schlaf gesunken. Sie knöpft sich die Tunika bis zum Hals zu, steht auf und will gehen, als ein kleiner Ruck sie plötzlich zurückblicken lässt. Jeo liegt auf ihrem Schleier. Als sie im Kerzenschein zu ihm zurückgeht, erkennt sie, dass er sich sogar einen Zipfel um den rechten Zeigefinger gewickelt hat. Sie löst den Knoten, und die Glasreifen klirren leise, als sie ihm behutsam einen Klaps auf die bloße Schulter gibt. Er lächelt mit immer noch geschlossenen Augen, und auf jeder Wange bildet sich ein fast zwei Zentimeter langes Grübchen. Eines Tages hat er sie mit den Worten verblüfft: »In deinen Anblick versunken würde ich gern sterben.«

Sie schaut aus dem Fenster, vorbei am niedrigen Rosenholzast, an den jedes Jahr ein Schaf gehängt wird, um es, eingedenk des von Abraham erbrachten Opfers, in den letzten wenigen Momenten, die es bei Bewusstsein ist, zu schächten und zu häuten. Meist wird das ausgewachsene Tier wenige Tage zuvor gekauft, aber idealerweise sollte es als Lamm besorgt, aufgezogen, liebevoll gehegt und dann getötet werden.

Sie dreht sich um und sieht, dass er sie betrachtet. Auf einen Ellbogen gestützt, nimmt Jeo den Spielzeuglaster von einem der Bücher, die sich auf dem Nachtschränkchen stapeln. An den Kleidern vorbei, die er vorhin einfach auf den Boden fallen ließ, fährt ihr der Wagen entgegen, ist aber bald unterm Sessel verschwunden, wo das Geräusch des blechernen Gewindes schlagartig verstummt, als das Gefährt gegen die Wand kracht.

»Mikal hat mir das Spielzeug gegeben«, sagt er und legt sich wieder hin.

Sie sammelt seine Kleider ein und legt sie ans Fußende des Bettes. Das Hemd hat sie für ihn genäht – in aller Heimlichkeit und ohne jemandem zu verraten, wie sie es geschafft hat, dass man daran keinen einzigen Stich und auch keine Naht erkennen kann.

Sie greift sich eine Lampe vom Sims im Flur und tritt ins kalte Dunkel. Schaut nach oben in die Bäume. Wenn Rohan und Jeo heute Abend nach Peschawar unterwegs sind, wird sie zum einige Straßen entfernten Haus ihrer Mutter gehen, aber früh am nächsten Morgen zurückkehren, um auf den Vogelbegnadiger zu warten. Rohan hat sie gebeten, dafür zu sorgen, dass alle Vögel freigelassen werden. »Und er muss die Schlingen abbauen. Ich kann mich nicht erinnern, ihm dafür meine Erlaubnis gegeben zu haben.« Sie hebt den Arm, und auf mehreren, hoch über ihr angebrachten Drahtschlingen zersplittert das Licht der Lampe in harsches Glitzern.

Sie fragt sich, wo sich Mikal in diesem Augenblick wohl aufhält. Eigentlich ist Trauer um die Verlorenen und Vermissten schlimmer als Trauer um die Toten, und manchmal überwältigt sie der Kummer mit solcher Macht, dass sie sich für den Bruchteil einer Sekunde lang wünscht, Mikal würde nicht mehr leben, nur damit sie sich nicht fragen muss, ob sie ihn jemals wiedersehen wird.

»Lass uns einfach weglaufen«, hatte er eine Woche vor ihrer Hochzeit mit Jeo gesagt und in die Nacht hinausgezeigt. »Lass uns da draußen einfach irgendwo verschwinden.« Sein Vorschlag hatte sie schockiert, aber dann hatte sie plötzlich wild entschlossen eingewilligt.

Zur vereinbarten Stunde aber war er nicht gekommen.

Sie folgt einem der viele roten Pfade, die den Garten durchziehen.

Ursprünglich war das halbmondförmige Haus die von Rohan und seiner Frau Sofia gegründete Schule Ardent Spirit gewesen. Als es aber für die ständig wachsende Zahl der Schüler zu klein wurde, baute man auf der anderen Seite des hinterm Gebäude vorbeiströmenden Flusses eine neue Schule. Und Rohan und Sofia zogen in dieses Haus ein.

Vor Jahrzehnten, als ihnen die Idee zu Ardent Spirit kam, hatte Rohan seiner Frau den Grundriss mit Streichhölzern erklärt.

Die Schule ist in sechs Zimmerpaare aufgeteilt, die in einem eleganten Schwung aufeinander folgen und durch einen überdachten Flur miteinander verbunden sind. Und jedes Zimmerpaar wiederum wird nach einem der sechs Zentren einstiger islamischer Pracht und Herrlichkeit benannt.

Haus Mekka liegt inmitten arabischer Dattelpalmen, die den ganzen Sommer über ihre Früchte auf das Dach fallen lassen, Datteln, die wie süßes, kaubares Leder schmecken. Neben dem Eingang steht eine Tafel mit dem Namen des Hauses und den Worten: *Um genau feststellen zu können, in welcher Richtung Mekka liegt, begannen die Muslime, sich für Geometrie und Mathematik zu interessieren, und erfanden schließlich die Trigonometrie.*

Die Worte sollten die Kinder an ihr Erbe erinnern, an die Errungenschaften des Islam und dessen alte Tradition der Gelehrsamkeit.

Kletterrosen bedecken Haus Bagdad, klammern sich mit schlanken, besitzergreifenden Ranken an die Mauern, und auf den Fliesen liegen verblühte Blätter, werfen geliehenes Licht tief in den Abend zurück. Den Schülern brachte man bei, dass es in Bagdad bereits im Jahre 830 ein Haus der Weisheit gegeben hat.

Spanische Mandelbäume und Nelken wachsen rund um das Haus Córdoba. Der draußen angebrachten Tafel zufolge war es eine Nelke, die der Herrscher der Dschinns einst König Salomon reichte, damit er sie der Königin von Saba schenke. Sie solle sie in ihrem Haar tragen. Die Tafel hält außerdem fest, dass die spanischen Muslime um 1150 das erste Papier in Europa herstellten und dass Friedrich II., Kaiser des Heiligen Römischen Reiches, alle offiziellen Dokumente für ungültig erklärte, die auf Papier niedergeschrieben worden waren, da man das Papier in Europa den Muslimen zuschrieb.

In einem dreieckigen Teich vor dem Haus Kairo wächst ägyptischer Blauer Lotus in dichten Reihen; nachts schließen sich die Blüten und versinken im Wasser, um erst am Morgen wieder aufzutauchen – Kairo, wo 995 das Haus der Wissenschaft errichtet wurde und die Bibliothek im Fatimidenpalast vierzig Räume umfasste; achtzehntausend Manuskripte zählten allein zur Sammlung der wissenschaftlichen Überlieferungen, und zum Mitarbeiterstab gehörten ebenso Mathematiker, Astronomen, Physiker, Grammatiker, Lexikografen, Kopisten wie Korangelehrte.

Daneben, beschirmt von einem jahrhundertbreiten Banyanbaum, liegen die beiden nach Delhi benannten Räume, und daneben wiederum befindet sich das Haus Istanbul. Laut Mikals Buch der Sternenkonstellationen redeten Geistliche im sechzehnten Jahrhundert ihrem Sultan Murat III. ein, er müsse das erste jemals in Istanbul erbaute Observatorium zerstören lassen, da dessen Fernrohre im Namen von Fortschritt und Wissenschaft allzu tief in die Geheimnisse von Allahs Himmel spähten und deshalb gewiss göttlichen Zorn auf sein Königreich herabbeschwörten.

Mikal.

Eines Nachmittags nahm Jeo, kaum zwei Monate verheiratet, Mikal mit zu sich nach Hause und glaubte, sein Freund begegnete Naheed zum ersten Mal.

Als Jeo einmal kurz das Zimmer verließ, murmelte Mikal etwas vor sich hin. Er saß auf dem Stuhlrand, sein Blick klebte am Boden. Sie besaß immer noch die Briefe, die er ihr geschrieben hatte, damals, in jenen Monaten, ehe sie erfuhr, dass sie Jeo heiraten sollte. Mehrere Male war sie damit zum Fluss gegangen, hatte sich aber nicht von ihnen trennen können.

Er schaute sie an und sagte erneut, nun aber deutlicher: »Ich konnte ihn nicht verraten. Er ist wie ein Bruder für mich.«

Sie weiß noch, dass sie nickte. Sich darauf konzentrierte, die Fassung zu wahren.

Sie blieben beide stumm; erst als Naheed ihren Mann zurückkehren hörte, sagte sie: »Dagegen kann man nun nichts mehr tun.«

»Nein.« Zwei Mal nahm er für dieses Wort Anlauf, das so unförmig über seine Lippen kam, als wären ihm alle Knochen im Leib gebrochen worden.

Er stand auf. »Sag Jeo, ich musste fort.«

»Vielleicht ist es einfacher, wenn ich dich nicht mehr sehe. Ich muss lernen, ihn zu lieben, schließlich trifft ihn keine Schuld.«

»Ich werde nicht wieder herkommen und will versuchen, die Stadt zu verlassen.«

Es war der sechsundsechzigste Tag ihrer Ehe, an dem sie ihn zum letzten Mal gesehen hatte.

Sie blickte zum Himmel auf. Orion, sagte er, sei wie die Kuhhaut geformt, auf der er geboren wurde, neun Monate, nachdem Zeus, Hermes und Poseidon darauf uriniert hatten. Er sagte, irgendein arabischer Astronom sähe in den Sternbildern Kassiopeia und Perseus eine mit Hennamustern gefärbte Frauenhand, während andere behaupteten, es sei Fatimas Hand, befleckt mit Blutstropfen – Fatima, Tochter Mohammeds, Naheeds Vorfahrin.

Sie hört einen zweitonigen Ruf, bückt sich in den Laubtunnel und beginnt, nach dem Vogel zu suchen, das Mondlicht blass wie wässrige Tinte. Am Zitronenbaum bleibt sie stehen; seine Äste sind übersät mit weißen Blüten, die Sofia für einen Engel hielt, als sie im Sterben lag. Dank der makellosen, von ihr gemalten Porträts kennt Naheed fast alle Bäume und Pflanzen im Garten, ihre Schoten, die Blätter und zuckerprallen Beeren.

Sofia hatte auch Bilder von Lebendem gemalt, doch die hatte Rohan während ihrer letzten Stunden alle verbrannt, da er fürchtete, sie könne im Jenseits zur Rechenschaft gezogen werden für ihren Ungehorsam gegenüber Allah, der solche Bilder verboten hatte, damit keine Götzenverehrung aufkomme. Der schwarze Rauch des Feuers war bis zu ihrem Totenbett aufgestiegen. Selbst die Skizze eines Bullenschädels und die eines Fossils aus den Bannu-Bergen wurden vernichtet – zwar waren die Kreaturen schon tot gewesen, als Sofia sie zeichnete, doch hatten sie einst gelebt, und Rohan wünschte, jeglichen Zweifel an ihrer Erlösung auszumerzen. Er bat Sofia, ihm zu sagen, wo ihre restlichen Bilder und Zeichnungen waren, ihm die Adresse der Freundin zu nennen, für deren Heim sie mehrere Wandgemälde entworfen hatte. In seiner Furcht entfernte er zudem alle übrigen Bilder aus dem Haus, jedes Foto und Gemälde, selbst jene, die nicht von ihr stammten.

Ein Jahrzehnt nach ihrem Tod sah er sie dann durch ein hohes Fenster in seine Richtung blicken. Es war der letzte Tag des Ramadan: Man hatte eine Gruppe angesehener Bürger eingeladen, im Stadtzentrum aufs Minarett der Freitagsmoschee zu steigen, um den Halbmond des neuen Monats zu betrachten. Als die Fernrohre über die Stadt strichen, erkannte er zwischen den Dächern ihre Augen, das Gesicht ihm drei Viertel zugewandt, sah das Muster ihres aquamarinblauen Gewands. Es dauerte einen Moment, sie zurück ins Glas zu holen, denn die Entfernung zwischen ihnen betrug mehrere Kilometer – zu viele Straßen und mindestens drei Basare. Neben ihr entdeckte er einen riesigen bärtigen Kopf; und in Händen hielt sie mehrere Blumenzwiebeln, aus denen Lilien sprossen; eingerollt in jede Zwiebel lag ein sehr junges Menschenkind, vielleicht noch ein Fötus.

Rohan hatte nicht gewusst, dass sie im Haus ihrer Freundin ein Selbstporträt in ein Wandbild eingefügt hatte, direkt in die farbige Haut des Zimmers. Und so machte er sich quer durch die Stadt auf den Weg, um das Gemälde zu finden, suchte systematisch die engen Straßen und Gassen ab, bis er Wochen später schließlich sein Ziel erreichte. »Mir wurde erlaubt, über einen der acht Engel zu reden, die Allahs Thron tragen«, hatte der Prophet gesagt. »Er ist so groß, dass es siebenhundert Jahre dauert, die Entfernung zwischen Ohrläppchen und Schulter zurückzulegen.« Und der riesige Kopf neben Sofias Selbstporträt gehörte zu einem der acht Engel.

Naheed holt tief Luft, löscht die Lampe und steht vollkommen reglos in der Nacht, vom schwindenden Rauch umwölkt.

Sie lauscht, fest entschlossen, den gefangenen Vogel zu finden, der in seinem Leid aufgeschrien hatte. Doch jetzt herrscht bloß noch Stille, nicht einmal mehr ein zögerlicher Nachklang ist zu hören. *Ali! Ali! Ein Derwisch, der dem Umgang mit allen Worten bis auf jenes eine abschwor, der kein anderes mehr äußert, niemals, unter keinen Umständen* ... Der Satz kommt ihr aus einem Buch in den Sinn, in dem sie vorhin geblättert hat. Sie lässt den Blick über den Himmel wandern, an dem der Mond in einem großen, kalten Hof hockt, während ihr noch weitere Worte einfallen. *Nur auf dieses eine kommt es an, nur auf dieses eine Wort. Wenn wir reden, dann deshalb, weil wir dieses eine nicht gefunden haben, noch werden wir es jemals finden.*

Angesichts ihrer geringen Größe überrascht es Mikal immer wieder aufs Neue, wie schwer eine Gewehrkugel ist.

Er hält sich in dem hohen Zimmer auf, das er in einer von der Grand Trunk Road abzweigenden Gasse gemietet hat. Als er zum ersten Mal davon träumte, dass Jeo starb, war er in diesem Zimmer aufgewacht, die Luft voll vom Widerhall seiner verängstigten Schreie. Das war kurz vor der Hochzeit gewesen, und die Albträume hatten über Monate angedauert.

Er nimmt einen Beutel mit Kugeln sowie einige andere Gegenstände aus dem Schrank, packt sie in einen Segeltuchrucksack und macht sich auf, denselben Nachtzug zu erreichen, den auch Jeo und Rohan nehmen werden. Montagabend in einem Weltkrieg. Mikal trägt einen marineblauen Pullover und darüber eine schwarze westliche Anzugjacke; im Holster unterm Pullover steckt eine Beretta M9.

Seine Eltern hatten in dieser Wohnung gelebt, ebenso wie er selbst bis zu seinem zehnten Lebensjahr. Knapp zwei Monate nach dem Tod seiner Mutter hatte er einem Ehrfurcht gebietenden, würdevollen Fremden die Tür geöffnet, der einen *sherwani*-Gehrock trug und eine Karakulmütze. Mikal weiß noch, dass der Mann sagte, er sei gekommen, sich die Wandbilder anzuschauen, und erinnert sich, den Mann wortlos angestarrt zu haben, um dann beiseitezutreten und ihn einzulassen. Der Fremde war besonders vom Bild einer Frau fasziniert, ihr Gesicht zwischen einer hohen Bücherwand und einem Stuhl. Er stand davor, als wollte er sie sich für immer einprägen. Und dann raschelten seine Kleider, als er sich auf den Stuhl setzte und Mikal sanft auszufragen begann, sich nach seinem Namen erkundigte und danach, wo die Erwachsenen seien. Mikal, der seit der Beerdigung kein Wort gesagt hatte, erwiderte, er und sein achtzehnjähriger Bruder lebten nun allein.

»Mikal, ich heiße Rohan«, sagte der Mann. »Und ich bin gekommen, um dich und deinen Bruder nach Hause zu holen.« Er zeigte auf die Frau an der Wand. »Sie hat mich geschickt.«

Mikal schaut auf seine Armbanduhr. In jener halben Stunde im Hauptquartier der Wohltätigkeitsorganisation, in der er seinen Namen eintrug, hat er dreizehn Mal das Wort »Tod« gehört, und seither spürt er, wie das Unbekannte näher und näher rückt. Laut einer Zeitung war ein Ziegelstein aus dem in Schutt und Asche gelegten Haus von Mullah Omar in die Vereinigten Staaten geflogen worden, eine Kriegstrophäe für das Weiße Haus. Und einer anderen Zeitung zufolge wurde einem paramilitärischen Offizier des CIA von seinem Vorgesetzten in Langley, Virginia, gesagt: »Ich will, dass Sie mir bin Ladens Kopf in einer Kiste mit Trockeneis bringen. Ich will ihn dem Präsidenten zeigen. Das habe ich ihm versprochen.«

Eine Kerze flackert in einem Alkoven unweit seines Platzes am Fenster. Es geht kein Wind, und es ist dunkel, die Sternbilder leuchten mit frostigem Licht, tröpfeln fahles Licht auf Heer herab, auf seine Stadt. Von dieser hohen Warte aus lässt er den Blick wandern, prüft, welche anderen Bezirke von Heer heute Abend keinen Strom haben. Seine Stadt inmitten dieser bedrohten armen Nation, hier in der Dritten Welt. Er schaut nach rechts in die Ferne, dorthin, wo Rohan wohnt. Und ihm kommt eine Erinnerung an jenen Tag, an dem er gesungen hat und sie seine Hände hob, um sie sich auf die Ohren zu legen, sie an sich zu pressen, eine an jede Seite ihres Kopfes. So stand sie und lauschte dem Lied, das über seine Arme zu ihr drang, nicht durch die Luft, das über Knochen, Blut und Muskeln in sie strömte. Zwischen ihr und dem Lied gab es nichts außer ihm selbst, und es sollte zu einem Ritual der beiden Liebenden werden, das sie noch oft wiederholten, ein Spiel des Staunens.

Er stellt das Transistorradio an, legt sich auf den Betonboden, auf die unbezogene Matratze, und hört Nachrichten, die Augen geschlossen. Noch sind in Afghanistan die Taliban an der Macht, aber die Amerikaner haben Spezialeinheiten ausgesandt – Special Forces, Guerillakrieger, die Allianzen zwischen Bevölkerungsgruppen schmieden und den Aufstand organisieren. Währenddessen ziehen unablässig Düsenjäger mit zigtausend Kilo schweren Bomben über den Himmel nach Afghanistan. Dahin will Jeo.

»Bist du dir sicher?«, hatte Mikal gefragt.

»Ja.«

»Hast du gehört, dass die Taliban unerfahrene pakistanische Jungen an die Front schicken, wo sie abgeschlachtet werden?«

»Die Organisation, der ich mich angeschlossen habe, hält sich aus allen Gefechten raus. Wir gehen da nicht hin, um zu kämpfen.«

Mikal hatte genickt. »In Ordnung.«

Wieder blickt er auf die Uhr. Dann schultert er den Rucksack, kneift ohne hinzusehen die Kerze aus, schließt die Tür, geht die Treppe hinunter und tritt auf die dunkle Straße. Zu spät fällt ihm das Radio ein, aber er kehrt nicht um, stellt sich lieber vor, wie Musik und Nachrichten durchs Zimmer hallen, bis die Batterien versagen.

Jeden Augenblick jetzt wird die Rikscha kommen, um sie zum Bahnhof zu bringen. Rohan spitzt die Ohren und lauscht auf die Hupe des Fahrers, während er Sofias Zimmer betritt und auf dem Tisch zwei große Bücher mit Landkarten liegen sieht, deren Farben auch im Halbdunkel leuchten. Und selbst bei diesem Licht fällt ihm auf, dass einige Seiten herausgerissen wurden. Er fragt sich, wann das passiert ist.

Er streicht über die Farben, fast ein Abschiedsgruß. Sechzig Jahre ist er jetzt alt, und seit zwei Jahrzehnten werden die Augen schwächer. Noch fünf Jahre höchstens, länger wird er nicht mehr sehen können. Danach wird Helles zum Rätsel. Er muss die Augen in Belladonna und mit Tau verdünntem Honig baden, muss Licht ab einer bestimmten Intensität meiden, doch auch heute schon gibt es kurze Phasen, in denen ihm Schatten weiß erscheinen oder der ganze Himmel grün, die Hände kohlschwarz. Kleine indigofarbene Umrisse schieben sich wie Landmassen ins Blickfeld. Oder plötzlich herrscht eine goldene Abwesenheit von allem, eine leuchtende Auslöschung, die er selbst mit geschlossenen Lidern wahrnehmen kann.

Er ist gekommen, um ein Buch für die Fahrt auszuwählen. Dies ist das Haus Bagdad, dicht umrankt von den Rosen Iraks, zwei Zimmer, die für Sofia durchbrochen wurden. Er trägt die Atlanten auf die andere Seite des lang gezogenen Raums. Letzte Woche kamen zweihundert Kisten mit Büchern. Der Lastwagenfahrer, der sie lieferte, reichte ihnen einen an Rohan und Sofia adressierten Brief. Ein ehemaliger Schüler aus der Anfangszeit von Ardent Spirit war kürzlich gestorben. Den Brief hatte er wenige Tage vor seinem Tod verfasst, und er schrieb, sie beide hätten in ihm eine heiße Liebe fürs Lernen geweckt, weshalb er im Laufe seines Lebens Abertausende von Büchern gesammelt habe. Diese hier vermache er nun Ardent Spirit, da er sich noch gut daran erinnere, wie kärglich die Schulbibliothek seinerzeit bestückt gewesen war. Zwanzig Kisten hatten sie in Sofias Zimmer untergebracht, den Rest im Haus verteilt; ein Flur war mit einem Mal nur noch halb so breit.

Rohan legt die Atlanten in eine der Kisten. Er begleitet Jeo nach Peschawar, weil er dort die Familie des verstorbenen Schülers aufsuchen will, um ihr seinen Dank für das Geschenk zu überbringen und ein Gebet am Grab zu sprechen.

Kurz schlägt er *Das Gilgamesch-Epos* auf, dann *Die Kartause von Parma* und Naiyer Masuds *Taoos Chaman ki Mynah;* anschließend wirft er einen Blick in ein Buch über Geschichte; in der anderen Hand hält er die brennende Kerze.

Nach dem Fall Granadas im Jahre 1492 wurden zweihunderttausend Muslime zwangsweise zum Christentum bekehrt. Die Inquisition ließ Leichen ausgraben, um sicherzustellen, dass man sie nicht mit dem Gesicht nach Mekka begraben hatte, und Frauen war es verboten, einen Schleier zu tragen ...

Er hört die Hupe des Rikschafahrers, der am Tor wartet, schließt die Fenster und schaut zum Fluss, an dessen Ufern sich jetzt Reiher und Kraniche zwischen hohen Schilfhalmen und Rohrkolben ihren Schlafplatz suchen. Das neue Gebäude der Ardent Spirit auf der anderen Seite des grünen, kaum bewegten Wassers besteht aus Beton, Glas und Stahl, ist aber immer noch in sechs Häuser eingeteilt. Vor fünf Jahren hatte man Rohan aus der Schule gedrängt; seinen Platz nahm jetzt ein ehemaliger Schüler ein, der Rohans Kritik an dem, was den Kindern beigebracht wurde, nicht länger ertragen hatte.

Er verlässt Haus Bagdad und verriegelt die Tür. Jeos Wunsch, nach Peschawar zu fahren, um zu helfen, macht ihn ungeheuer stolz. Er weiß, wäre er selbst noch ein junger Mann, würde er wohl kaum in Peschawar bleiben: Er hätte sich nicht davon abhalten lassen, weiter nach Afghanistan zu reisen. Und nicht nur, um zu helfen – er hätte gekämpft, das Land eigenhändig verteidigt. Sicher, wäre er im September damals in den Vereinigten Staaten gewesen, hätte er alles in seiner Macht Stehende getan, um die Unschuldigen in den attackierten Städten zu retten, hätte an ihrem Elend Anteil genommen.

Wie wollte man in diesen Tagen auch nicht um Hilfe bitten – Hilfe von anderen, von Gott –, wo es doch schien, dass um einen herum die Idee des Menschlichen selbst zerstört wurde?

Er ging zu Jeos Zimmer und murmelte dabei Verse aus dem Koran.

Man kann sich vorstellen, dass es einen Duft gab, ehe Blumen geschaffen wurden, die ihn verströmten; und so ist es, dass Gott die Welt erschuf, um sich zu offenbaren, um Gnade zu erweisen.

Ein-, zweimal im Jahr, vielleicht auch dreimal, kommt eine Frau in den Garten, das Gesicht uralt, der Blick gelassen, aber keineswegs teilnahmslos; sie geht zum Rosenholzbaum und beginnt, jedes einzelne gefallene Blatt aufzuheben und sich genau anzusehen. Man weiß nicht, ob sie im völligen Besitz ihrer geistigen Kräfte ist. Vielleicht ist sie bei Verstand und spielt die Verrückte nur zu ihrem eigenen Schutz. Vor vielen Jahrzehnten – lang ehe das Haus gebaut wurde, damals, als dieser Ort noch eine Wildnis war – hatte sie den Namen Gottes auf einem Blatt entdeckt, grüne Adern, die seine geheiligte Kalligrafie formten. Nun hebt sie jedes kleine Blatt auf und hofft auf eine Wiederholung des Wunders, nimmt es in die Hände mit einer Geste, als würde sie beten. Um sie herum geht das Leben im Haus weiter, und manchmal schaut sie zu, verfolgt die gewöhnlichsten Verrichtungen mit einem Interesse, das andere nur für bedeutsame Ereignisse aufbringen. Wenn es Herbst wird, muss sie stundenlang im Garten ausharren, dem Hin und Her des Windes folgen, der die Blätter in alle Winkel fegt. Später dann, wenn die Dämmerung hereinbricht, sitzen sie beieinander, sie und der Baum, bis irgendwann nur noch der Baum übrig bleibt.

Welch Bedürfnis ihre Suche befriedigt, ist ungewiss. Vielleicht gab es das Heilen, lang ehe es Wunden und Leiber gab, dem es sich widmen konnte.

4

Wird eine Münze geprägt, küsst sie der Teufel.

Major Kyra steht auf dem Dach von Ardent Spirit, neben ihm der Hund. Es heißt, ein Saluki habe über den Propheten gewacht, sooft Mohammed betete, weshalb ein Hund dieser Rasse in der islamischen Welt gern gesehen wird.

Mit militärischem Schritt läuft der Major das halbmondförmige Dach ab, die Fingerspitzen im Fell des Saluki; die Ardent-Spirit-Flagge flattert im Dunkeln. In der nächtlichen Stille hört er hoch über sich deutlich einen Schwarm Kraniche, das Schwirren der Flügel, eine Reihe bebender, heiserer Rufe.

Immer wieder schaut er zum alten Schulgebäude hinüber, zu den vereinzelten Kerzenlichtern in den Fenstern. Rohan wohnt jetzt dort, der Schulgründer. Nach dem Tod seiner Frau vor zwanzig Jahren hat er die Leitung seinem ehemaligen Schüler Ahmed überlassen, da Geld der Ruch des Teufels anhaftet und er, Rohan, sein Leben frei von aller Verstrickung mit Wohlstand, Gütern und Besitz halten wollte. Er blieb nur als bezahlter Direktor mit der Schule verbunden.

Ahmed war vor zehn Tagen in Afghanistan gestorben, und als sein Bruder hatte Major Kyra Ardent Spirit geerbt.

Der Hund belauert den Mond, als wäre er von ihm überrascht worden. Nebel steigt in breiten Schwaden vom Fluss auf, kreideweiß über schwarzem Schilf. »Ahmed die Motte«, so war er genannt worden, ein Name, den er sich mit fünf Jahren in der Kindermoschee in Abbottabad verdient hatte. Dort hieß es eines Tages, die ins Feuer geworfene Tüte enthalte Geld und Spielzeug, und Ahmed sah gelassen zu, wie sie verbrannte. Als man ihm aber erklärte, die Tüte sei in Wahrheit voll mit Seiten aus dem Koran, verbrannte sich Ahmed die Hände bei dem Versuch, sie zu retten, wovon Narben zurückblieben und sein Name.

Letztes Jahr hatte Major Kyra Ardent Spirit besucht und gesehen, wie eine Reihe Jungen mit bandagierten Händen aus den Klassenzimmern kamen. Ahmed die Motte nachzuahmen gehörte inzwischen zum Unterricht.

Er weiß, dass Rohans Sohn Jeo und sein Ziehsohn Mikal heute Nacht nach Afghanistan aufbrechen. Und man hat ihm garantiert, dass sie nicht zurückkehren. Zumindest nicht lebend.

Fast zweiundsiebzig Stunden hat er jetzt nicht mehr geschlafen. Vorgestern ist er aus der Armee ausgeschieden, da er sich nicht mit der Allianz abfinden konnte, die die pakistanische Regierung mit den Vereinigten Staaten und dem Westen eingegangen war, um besagten Mächten bei der Vernichtung Afghanistans zu helfen.

Der elfte September. Allmählich beginnt er zu glauben, dass das alles gelogen war. Eine Verschwörung. Große Flugzeuge in niedriger Höhe über eine Stadt zu fliegen ist keine leichte Sache. Da muss es wen gegeben haben, der die Flugsicherung manipuliert hat. Und es muss wen gegeben haben, der das Warnsystem fürs Pentagon ausschaltete. Nach dem, was er gelesen und gehört hat, scheint sich die Luftwaffe über eine Stunde lang nicht gerührt zu haben. Kyra ist Soldat, kennt sich also mit solch grundlegenden Dingen aus. Das war alles nur inszeniert, um einen Vorwand dafür zu haben, in ein muslimisches Land nach dem anderen einmarschieren zu können.

Er sieht hinüber zum Torbogen über dem Eingang zu Ardent Spirit. Zum Umzug der Schule in die neuen Gebäude wurde er vom ursprünglichen Haus hierhertransportiert. Als Rohan mit seiner Frau die Schule eröffnete, stand auf dem Bogen: *Bildung ist die Grundlage von Gesetz und Ordnung*. Bald darauf wurde dem von Rohan selbst das Wort *Islamische* vorgesetzt, offenbar gegen den Wunsch seiner Frau. Mit den Jahren hatte man den Spruch weiter verändert, von *Islamische Bildung ist die Grundlage für Gesetz und*

Ordnung zu *Der Islam ist die Grundlage des Gesetzes,* dann zu *Der Islam ist der Sinn des Lebens,* und heute steht dort: *Der Islam ist der Sinn des Lebens und des Todes.*

Unter Ahmed der Motte hatte Ardent Spirit Verbindung mit dem ISI aufgenommen, dem pakistanischen Geheimdienst. In vom ISI geführten Dschihad-Lagern wurden geeignete Schüler zu Kämpfern ausgebildet, die man dann zu Undercover-Operationen nach Kaschmir schickte. Das war der Grund für Rohans Streit mit Ahmed gewesen, der Grund, warum man Rohan vor fünf Jahren aus der Schule gedrängt hatte.

Mit Ahmeds Tod war die direkte Verbindung zum Geheimdienst gekappt. Kyra könnte sie wieder knüpfen, aber seit Armee und ISI Afghanistan im Stich gelassen haben, spürt er bei dem Gedanken daran nur einen großen Widerwillen. Die Schüler von Ardent Spirit gehören jetzt ihm allein; durch sie wird er seine Pläne verwirklichen, wird sie zu heiligen Kriegern ausbilden, geschult in der Irreführung des Westens und dessen Sympathisanten in diesem Land.

Wir sind keine Männer des Hasses, aber wir müssen Männer der Gerechtigkeit sein.

Als er gestern eintraf, um die Leitung der Schule zu übernehmen, bereiteten sich die älteren Schüler darauf vor, in den Kampf nach Afghanistan zu ziehen, viele in Tränen aufgelöst angesichts der jüngsten Zerstörungen und Gräueltaten. Eine Million Menschen sind nach Pakistan geflohen, acht Millionen warten auf Hilfe. Manche Lehrer und einige ältere Schüler erzählten Geschichten über Rettungsmissionen und Heldentaten aus der islamischen Vergangenheit, über fromme Streiter, die bedrängte Völker erlösten, und die Zuhörer waren so hingerissen, dass sie laut riefen: »Fürchtet euch nicht! Aus Heer ist Hilfe auf dem Weg!« Hofften, dass man sie über die Jahrtausende hinweg hörte.

In einem der östlichen Stadtbezirke gibt es eine Wohltätigkeitsorganisation mit Madrasa, bislang von Ahmed die Motte geführt, aber dem ISI unterstellt. Die Organisation ist eine Fassade, hinter der Jungen und junge Männer zu Dschihad-Kriegern ausgebildet werden. Gestern hatte ihm einer der Leute dort einen Stapel Papiere gebracht – Kyra wollte im Einzelnen wissen, wie Ahmed das Tagesgeschäft bewältigt hatte.

Der Mann hatte ein mit Namen vollgeschriebenes Blatt ausgewählt und ihm gegeben. »Der oberste Eintrag in der dritten Spalte.«

Der Name Jeo hatte Kyra nichts gesagt, doch entfuhr ihm ein überraschter Ausruf, als er im Feld *Name des Vaters* »Rohan« las.

»Er will nach Afghanistan zu einem Lazarett in der Nähe der Kampfgebiete«, berichtete der Mann, »ohne seiner Familie etwas davon zu sagen.«

Kyra hatte das Blatt angestarrt. »Und warum verbindet eine rote Linie seinen Namen mit einem Namen weiter unten? Mit Mikal?«

»Rohans Ziehsohn. Ein Eigenbrötler und Herumtreiber. Ein Ausreißer. Ich dachte daran, Rohan Bescheid zu geben, da ich mich fragte, ob wir ihm das angesichts seiner früheren Verdienste für Ardent Spirit nicht schuldig sind.«

Das Ausmaß seiner Wut war für Kyra selbst überraschend. Der Schlafmangel. Die Art, wie sein Bruder vor kaum zwei Wochen ums Leben gekommen war. »Jetzt ist wohl kaum der richtige Zeitpunkt, sich Mitleid oder Barmherzigkeit hinzugeben«, erwiderte er. »Lassen Sie es mich in aller Deutlichkeit sagen: Ich möchte, dass dieser Junge mitten ins Zentrum des Kriegsgeschehens geschickt und in eines der Gefechte dort verwickelt wird. Tun Sie dies zu Ehren von Ahmed. Ihm schulden wir mehr als Rohan. Wissen Sie denn genau, wohin Jeo soll?«

»Natürlich. Wir sind schließlich diejenigen, die ihn losschicken. Also kennen wir nicht nur sein Ziel, sondern mehr oder weniger auch die Route, die er nehmen wird.«

»Dann kümmern Sie sich drum.«

Auf einem Markt in Kaschmir war eine Bombe explodiert und hatte zwei indische Soldaten, aber auch einige unbeteiligte

Passanten getötet. Etwa zur gleichen Zeit war in einem anderen Teil Kaschmirs ein Sprengsatz verfrüht detoniert und hatte den Jungen getötet, der ihn anbringen sollte. Da man beide Vorfälle zu Ardent Spirit zurückverfolgte, hatte Rohan den Schulleiter zur Rede gestellt, aber Ahmed hatte nur geantwortet, er hege schon lange Zweifel an Rohans Glaubensfestigkeit.

»Du hast mir immer wieder versprochen, dass in dieser Schule nichts passiert, was irgendwie mit dem Dschihad zusammenhängt«, sagte Rohan. »Du hast mir dein Wort gegeben.«

»Ich gab es einem Ungläubigen.«

»Dein Ehrenwort.«

»Es kommt immer darauf an, wem man es gibt.«

Und dann hatte Rohan für Empörung gesorgt und alle gegen sich aufgebracht, als er sagte, es freue ihn, dass der zweite Attentäter beim Anbringen des Sprengsatzes gestorben sei, ja, es stimme ihn zufrieden und dankbar, denn so sei es dem Jungen erspart geblieben, seine Mitmenschen zu töten. »Allah bewies Mitleid mit diesem irregeführten Kind, ehe es unschuldiges Blut vergießen konnte.«

Da hatte man ihn dann gezwungen, Ardent Spirit zu verlassen.

Major Kyra – er muss lernen, sich in Gedanken nur noch Kyra zu nennen – geht die Treppe hinab zum Haus Bagdad; der Saluki tollt vor ihm her, kehrt auf dem untersten Absatz um und rennt geschmeidig alle Stufen wieder hinauf. Als Kyra eine Lampe anzündet, wirft er einen flüchtigen Blick auf sein Spiegelbild im Fenster, das Gesicht vernarbt seit der Explosion vor zwei Jahren im Krieg gegen Indien.

Er denkt an den Zug, der Rohan und die beiden Jungen in diesem Moment nach Peschawar bringt, schlägt den Koran auf und beginnt zu lesen. *Bei den schnaubenden Rennern, die Feuerfunken schlagen, alsdann frühmorgens anstürmen und damit Staub aufwirbeln, und so in die Mitte des Feindes eindringen! Wahrlich, der Mensch ist undankbar gegen seinen Herrn; und wahrlich, er bezeugt es selber …*

5

Nach drei Stunden Zugfahrt verlässt Mikal seinen Platz. Jeo hat ihm gesagt, welches Abteil Rohan für sie reservieren ließ. Vier Waggons von hier. Die Passagiere regen sich nicht, als er den Gang entlanggeht; der Lärm des Zugs vermag sie in ihrem Schlaf nicht zu stören.

Nach dem ersten Klopfen schiebt Jeo den Riegel zurück; Zärtlichkeit regt sich in Mikal, als er auf dem unteren Bett die hagere, in eine Decke gehüllte Gestalt des schlafenden Rohan sieht. Sein Ziehvater weiß nichts davon, dass er mit nach Peschawar fährt. Sie haben es ihm verschwiegen, um unnötige Fragen zu vermeiden, auch weil sie fürchteten, ihre Antworten könnten seinen Verdacht wecken.

Jeo hat die Karten dabei. Sie gehen über den langen schmalen Gang, hocken sich nebeneinander an die Zugwand und studieren die Karten mithilfe einer Taschenlampe; im Fenster über ihren Köpfen gleitet die Nacht vorbei. Der helle Lichtkreis wandert über das Terrain, weshalb es aussieht, als wäre die Sonne an die Erde herangerückt, wie es laut Koran am Jüngsten Tag geschehen wird, sehr nahe, auf anderthalb Speerlängen. Langsam liest Mikal die englischen Wörter auf der Karte, Silbe um Silbe. Manchmal Buchstabe um Buchstabe. Mit der Sprache haperte es während seiner Schulzeit am meisten. Vom Lesen, Schreiben oder Sprechen einmal ganz abgesehen, hatte er, als er das letzte Mal zu lesen versuchte, einen Teil des Alphabets auch vergessen.

»Da oben«, sagt er und deutet auf einen Berg, »habe ich letztes Jahr mit einigen Männern Gold geschürft.«

»Es gibt Gold in den Bergen Pakistans?«

»Hier und da. Als ich auf diesem Hang war, lag auf den Gipfeln so viel Schnee, dass die Wölfe in die Dörfer flüchteten.«

»Wir müssen mal hinfahren, wenn wir wieder aus Afghanistan zurück sind. Hast du eine Waffe dabei, Mikal?«

»Da oben kann es so still sein, dass man hört, wie eine Schneeflocke fällt. Ich nehme dich mit.«

»Das wird Naheed gefallen.«

Mikal steht auf, dreht sich zum Fenster um und schaut nach draußen, während der Zug durch einen Bahnhof fährt; in der Ferne liegt verstreut das knochenweiße Licht einiger Häuser, der Mond eine einzige helle Musiknote in den Telegrafendrähten neben den Schienen, sein Spiegelbild verzerrt vom strömenden Wasser eines flachen Flussdeltas; hoch oben unter den Sternen jagen Nachteulen.

»Da ungefähr werden wir sein.« Jeo ist auch aufgestanden und deutet auf die Karte, eine Gegend in Afghanistan gleich hinter der Grenze. Stammes- und Clanterritorium. Wo Kinder außer Schmuck und Land auch Raketen erben.

»Sieht aus wie ein Netz aus Fels.« Mikal hält die Karte auf Armeslänge von sich.

Jeo lächelt. »Wenn ich mich verirre, wirst du mich finden.« Mikal kennt die Namen und Positionen aller siebenundfünfzig Navigationssterne.

Sie blicken ins Dunkel.

»Was hast du in den Bergen gesucht?«

»Manchmal, beim Singen, habe ich es fast gewusst. Etwa anderthalb Sekunden lang, dann war es wieder weg.«

»Das Singen hat dir verraten, wonach du suchst?«

»Manchmal. Meist aber habe ich mir gesagt: ›Du wirst es wissen, wenn du es siehst.‹ Hat aber nicht gestimmt.«

Jeo faltet die Karte zusammen, nimmt eine neue und schlägt sie auf. »Du hast es nicht gesehen? Oder du hast es gesehen und nicht gewusst, dass es das war, wonach du gesucht hast?«

»Ist das nicht dasselbe?«

»Davon kriege ich Kopfschmerzen.«

»Ich auch.«

Jeo wendet sich der Karte zu. »Man sagt, der Krieg wird nicht schnell zu Ende gehen. Selbst wenn Kabul fällt, dauert er noch mindestens ein bis anderthalb Jahre. Wobei ich nicht glaube, dass die eigentlichen Kämpfe vor der Schneeschmelze im nächsten Frühjahr beginnen. Bis dahin werden die Soldaten aus dem Westen in den Hügeln und Bergen bleiben, gekochte Ziege essen, mit gesenktem Kopf um Pferdemistfeuer hocken und sich von Winterstürmen beuteln lassen.« Er schaut auf seine Uhr. »Ich schätze, ich sollte langsam zurück. Vater könnte aufwachen.«

»Ich komme am späten Vormittag zu dir ins Krankenhaus. Lass mir solange die Karten.«

»Wir müssen auf dem Basar noch ein Satellitentelefon kaufen, damit ich von Afghanistan zu Hause anrufen und so tun kann, als melde ich mich aus Peschawar.«

Jeo dreht sich um und will gehen, als Mikal sich flüchtig unter den Arm fasst, dahin, wo die Beretta im Holster sitzt, und sagt: »Ja, Jeo, ich habe eine.«

Nachdem Jeo gegangen ist, steckt Mikal sich eine Zigarette an, nimmt einen Zug und bläst den Rauch aus dem Fenster. Dann knackt er das Schloss eines Abteils im angrenzenden Waggon, schleicht sich hinein, tastet sich durchs pechfinstere Innere, bis er die Plastiklilien findet, die am frühen Abend hierher gebracht wurden, was er zufällig beobachtet hatte. Zwei Stationen weiter wird der Sohn eines Feudalherrn heiraten, weshalb die Familie in den umliegenden Städten Blumen gekauft hat. Wären sie echt, würde Mikal sich vom Geruch leiten lassen. Moschus, Zimt, Flussschlamm, Äther, Blut und Monsunmoos. Sie wachsen in Rohans Garten. Er nimmt eine Blume aus jedem Strauß und geht, das weiße Bukett an sich gedrückt, zurück zum Fenster im Gang – der obligatorische Zehnte. Draußen der Rundblick in die Nacht; und jedes Mal wenn der Zug an einer Baracke, einer armseligen Hütte vorbeifährt, bewirft er sie mit einer der großen weißen Blüten und reißt den Kopf herum, um zu sehen, wie sie auf ein halb verrottetes Strohdach oder gegen Pappe und Jutesäcke der Wände fällt.

Dann geht er zu seinem Platz zurück und schließt die Augen. An jenem Nachmittag, an dem er sich Naheed zum ersten Mal näherte – um ihr seinen ersten selbst geschriebenen Brief zu geben –, hatte sie im Schatten eines Baumes auf eine Rikscha gewartet. Und er war in den Baumschatten getreten, bis das Laubmuster sie beide bedeckte, war dann aber wieder einen Schritt zurückgetreten, damit sie sein Gesicht deutlich sehen konnte.

Der Zug legt sich in eine Kurve, die Schwerkraft versetzt das Blut in Schwingung.

Eines Tages – da schrieben sie sich schon seit sechs Wochen Briefe und trafen sich insgeheim – erwähnte sie, wie schön doch einer der Nachbarjungen sei, um dann gleich so etwas wie eine Entschuldigung für den Fall nachzuschieben, dass er sich in seinem Stolz verletzt fühlte. Doch er hatte nur mit den Achseln gezuckt.

»Aber du schaust ja bestimmt auch den anderen Mädchen nach«, sagte sie.

Er hatte den Kopf geschüttelt.

»Also liebst du mich mehr als ich dich.«

»Ich weiß.«

Diese Offenbarung schien sie fast mit körperlicher Wucht zu treffen. »Und das ist für dich kein Problem?«

»Nein, ich bin dir dankbar dafür, dass du jemanden wie mich wenigstens ein bisschen liebst.«

Sie sagte, erst nach diesem Gespräch habe sie sich ganz und gar in ihn verliebt.

Er schlägt die Augen auf, schaut ins Dunkel, und die Kälte lässt ihn die Jacke enger um sich ziehen.

Was hatte er tatsächlich in den Bergen gesucht? Er war dreizehn, als er anfing, die Schule zu schwänzen und sich in jeden Bus zu schmuggeln, der Heer verließ, Ausflüge, die mal auf halbem Weg nach Karatschi endeten, mal am Fuße des K2; dann wieder durchstreifte er mit einer Schar Wandersänger den südlichen Punjab, stieg durchs Dach in irgendwelche Kinos ein oder überlebte in der Wüste Belutschistan, indem er Wasser aus von Schmugglern gegrabenen Brunnen trank.

Rohan flehte ihn an, doch zu sagen, was los sei, was getan werden könne, damit er daheimbleibe, und eines Morgens war er dem Fünfzehnjährigen gefolgt, nur um festzustellen, dass Mikal eine Arbeit als Automechaniker gefunden hatte. Der Junge wollte nicht verraten, wofür er das Geld brauchte oder wo er so manche Nacht verbrachte, und alle fürchteten, es habe mit Heroin zu tun oder dem Dschihad in Kaschmir.

Das Geld war natürlich für das Zimmer, das er gemietet hatte, für den hohen Raum mit den bebilderten Wänden, den Tauben und Holztauben als seinen unmittelbaren Nachbarn in dieser heruntergekommenen Gegend, in der über die Hälfte aller Gassen im Nirgendwo endeten. Fremde mieden sie; hier waren Hausgehilfen und Tagelöhner zu Hause, Eunuchen und Hochzeitsunterhalter, Bettler und Lumpensammler, auch Prostituierte, Diebe und sonstiges Gesindel.

»Was hat das zu bedeuten?«, fragte sein Bruder Basie, der ihm eines Tages zu diesem Zimmer gefolgt war.

Mikal erinnert sich, »Ich weiß nicht« gesagt zu haben, als plötzlich seine Augen brannten. Dann schlug er die Hände vors Gesicht und weinte, wie ganz kleine Kinder oder Babys weinen – wie Menschen, ehe sie zu sprechen lernen.

Basie trat zu ihm und nahm ihn in den Arm. In diesem Zimmer waren sie beide geboren worden, Basie und Mikal; hier hatten sich die kommunistischen Genossen ihrer Eltern getroffen; und hier hatten Regierungsagenten ihren Vater verhaftet, Agenten, die mit dem Feind des Kommunismus, den Vereinigten Staaten, gemeinsame Sache machten.

Da ihr Vater von einer Revolution träumte, hatte er es nicht für nötig gehalten, Vorsorge für die Familie zu treffen, und seine eigenen gelegentlichen Zweifel wie auch die ihrer Mutter mit den Worten abgetan: »Um die Zukunft unserer beiden Jungen brauchen wir uns keine Sorgen zu machen. Wenn die einmal erwachsen sind, gibt es das Lebensnotwendige für alle Menschen umsonst. Persönlicher Wohlstand ist dann abgeschafft, und die beiden werden Gleiche unter Gleichen sein. Konzentrieren wir uns also lieber darauf, die Gesellschaft entsprechend zu verändern.«

Mit siebzehn war Mikal aus Rohans Haus ausgezogen und lebte seither mehr oder weniger in diesem Zimmer, in dem ihn die anderen so oft wie möglich besuchten. Basie, acht Jahre älter als Mikal, besaß weiter reichende und deutlichere Erinnerungen an seine Mutter, den Vater hatte Mikal nie kennengelernt.

Basie lag gern auf der Matratze, redete pausenlos und nippte dabei gelegentlich an einer Flasche Murree-Whisky, gekauft in einer von Heers geheimen Bars mit verschließbaren Käfigen, die weibliche Trinker vor sexuellen Übergriffen männlicher Kunden schützen sollten, die berauschten Frauen aber auch daran hinderten, jeden Mann in Reichweite umzubringen. Zumindest behauptete dies Basie, sein smarter, oft so geselliger Bruder, der gern lachte und jeden fünfzehnten Satz mit einem gutmütigen Fluch spickte.

»Ich glaube, er lebt noch«, sagte Mikal einmal zu Basie, als die Flasche Murree fast leer war.

»Nein, er wurde zu Tode gefoltert, wahrscheinlich in den Verließen von Fort Lahore.« Basie schlug die Augen auf. »Geht es darum? Du wolltest hierher zurück, um auf ihn zu warten?«

»Ich weiß nicht.«

Basie kehrte meist wieder zu Rohan zurück – nachdem er seinen Bruder wieder einmal nicht überreden konnte, ihn dorthin zu begleiten; manchmal blieb er aber auch mehrere Tage.

Mikal fürchtete sich vor der Dunkelheit, deshalb ließ er nachts das Licht brennen, und jede Woche legte er das verdiente Geld in eine Schachtel, da er nicht wusste, wofür er es sonst ausgeben sollte als für die paar Dinge, die er zum Leben brauchte. Eines Tages hielt er die bedeutungslosen Scheine in der Hand, betrachtete die Wände des leeren Zimmers, legte den Stapel mitten auf den Boden in eine Schale und steckte ihn in Brand, ließ ihn zu Asche verglühen.

Er war achtzehn, als er sie unweit von Rohans Haus entdeckte, die junge Frau mit dem ernsten, gelben Blick. Danach fiel sie ihm immer öfter auf, aber sie war zu schön, als dass er ohne zu leiden an sie denken konnte, zu schön für ihn. Eines Nachmittags jedoch erwiderte sie seinen Blick. Ein kurzes Lächeln nur. Nichts, wenn man es sah; alles, wenn man drüber nachdachte.

Irgendeine Bewegung des durch die Nacht fahrenden Zuges weckt Rohan, und er knipst die kleine Lampe über seinem Kopf an. Jeo schläft im oberen Bett – direkt unterhalb der Brust des Jungen leuchtet das Licht auf Rohan herab.

Manchmal fürchtet er, in Jeos Kindheit allzu distanziert gewesen zu sein; die Existenz des Jungen eine Last, eine stete Erinnerung an seinen Verlust, doch erinnert er sich, ihn eines Tages gefragt zu haben: »Weißt du, dass ich dich liebe?«

Jeo muss damals etwa vier Jahre alt gewesen sein und hatte zu Rohans Kummer den Kopf geschüttelt.

»Das weißt du nicht?«

»Nein.« Darauf hatte das Kind aufmerksam sein Gesicht betrachtet, gar die Hände gehoben, um es abzutasten. »Woran erkenne ich, dass mich jemand liebt?«

Er hatte geglaubt, es sei ein sichtbares Zeichen, ein Siegel. Etwas, das ihm entgangen war.

Jeos Arm hängt über den Bettrand, baumelt in der Luft, und Rohan dreht behutsam die Hand, um auf die Armbanduhr zu schauen. Fast vier Uhr. Er sollte aufstehen und ein Kapitel aus dem Koran lesen, für Sofias Seele um Frieden bitten.

Andächtig richtet er sich auf, fährt mit der Hand über Bart und Gesicht. Die Sonne geht um sechs auf, doch von fünf Uhr an können die Morgengebete jederzeit gehalten werden.

Er steht neben dem schlafenden Jeo und sieht, wie schön er ist, wie jung.

Ein Fuß lugt unterm Laken vor, und Rohan macht sich daran, ihn zuzudecken, da er es nicht erträgt, den Jungen so nackt und verletzlich zu sehen. Am Spann entdeckt er einen kleinen, rostbraunen Leberfleck, etwas, was er über seinen Sohn nicht gewusst hat. Das Rätsel eines anderen Menschen. Die Orte, an die dieser Fuß gegangen ist und gehen wird, Orte, über die sein Vater nichts weiß. Er beugt sich vor und drückt einen Kuss auf das Gesicht seines erwachsenen Sohnes.

Auf der Toilette verrichtet er die vorgeschriebenen Waschungen, kehrt ins Abteil zurück und beginnt, im Koran zu lesen, bittet Allah, sich im Tode um sie zu kümmern, wie er sich im Leben um ihn und seine Kinder kümmern möge. Ihr zu vergeben. Das Thema des Korans ist der Mensch, und die Sure, die das größte Entsetzen in Rohan auslöst, ist jene, die *Der Mensch* heißt. Eigentlich eine schöne Sure, die von dem Lohn spricht, der alle Gläubigen und Standhaften im jenseitigen Leben erwartet, doch als er für Sofia in ihren letzten Augenblicken daraus zitierte, korrigierte sie einen kleinen Fehler, der ihm unterlaufen war. Was bewies, wie genau und gut sie kannte, was sie ablehnte. Darin lag der Quell seiner Angst um ihre Seele. Sofia war als Ungläubige gestorben, als Abtrünnige.

Bis zu der Zeit, da sie am Jüngsten Tag wiederauferweckt wird, muss sie Qualen erleiden, die Folgen ihrer Leugnung Gottes. Und wenn die Welt einst endet, landet sie in der Hölle. Verzweifelt hatte er in ihren letzten Stunden versucht, sie zu Reue und Einsicht zu bewegen. Er war allmählich gekommen und keineswegs plötzlich, dieser Glaubensverlust, war wie eine Pflanze langsam gewachsen und hatte immer weitere Kreise gezogen.

Abfall vom Glauben wurde in Pakistan mit dem Tode bestraft, weshalb ein Geheimnis bleiben musste, was sie ihm anvertraut hatte.

»Um unserer Sicherheit willen werde ich weiterhin den Anschein wahren, doch muss ich dir sagen, dass ich keine Gläubige mehr bin.«

Er lud angesehene Geistliche und heilige Frauen ins Haus ein, die Sofia helfen sollten, erneut das Schöne am Glauben zu sehen. Insgeheim beschuldigte er sie, vor der Hochzeit ein falsches Bild von sich gegeben zu haben, schließlich hätte er niemals eine Frau mit solch ungeheuren Zweifeln geheiratet. Vermutlich aber war ihre Ehe sowieso null und nichtig – ein Muslim konnte mit keiner Ungläubigen verheiratet bleiben –, trotzdem redete er sich immer wieder ein, dass ihr Zustand umkehrbar sei, weshalb er darauf wartete, dass Gott ihr aufs Neue seine Gegenwart offenbarte.

Nach dem ersten Kind warnten sie die Ärzte davor, ein weiteres zu bekommen, dennoch freute er sich, als sie mit Jeo schwanger ging, da er hoffte, das Wunder eines neuen Lebens würde ihre Seele erneuern.

Er liest im heiligen Buch und versucht, nicht daran zu denken, welche Schmerzen ihrem schönen Körper, Spielzeug für Allahs Dämonen, in ebendiesem Augenblick in der Tiefe zugefügt werden. Eine als *Kabar ka Aazab* bekannte Folter. Sie lebt noch in der Erde, ist bei Sinnen und Bewusstsein in dieser Unterwelt, aus der kein Rauch, kein Schrei entweicht. Sobald das Grab verschlossen wird, erwacht der Mensch zum Leben, und es heißt, er kann selbst die verklingenden Schritte jener Menschen noch deutlich hören, die kamen, ihn zu begraben.

Nach ihrem Tod überließ er Ahmed die Schule, da er sich ganz darauf konzentrieren wollte, ihr Todesleid zu lindern. Zu gut konnte er sich die Schmerzensschreie vorstellen, die sie unter seinen Füßen ausstieß. Für Jeo und Yasmin, die achtjährige Tochter, blieb nur wenig Zeit. Er reiste viel, um Gelehrte zu treffen oder seltene Bücher zu suchen, Lehrmeinungen aufzuspüren, Kommentare und die Protokolle mancher Kontroversen, bloß um irgendetwas zu finden, das sie von ihrer Sünde erlöste; und von mancher Reise kam er niedergeschlagener heim, als er aufgebrochen war, von manch anderer aber in Frieden.

Während er auf diese Weise beschäftigt war, entstellte Ahmed die Motte seine Vision bis zur Unkenntlichkeit und machte sich Ardent Spirits halbmondförmigen Grundriss für eigene Zwecke zunutze. Eine grüne Fahne wurde entworfen mit sechs Flammen um den Halbmond in der Mitte, und jede Flamme loderte aus überkreuzten Schwertern auf. Tag für Tag flattert sie nun über dem Dach von Ardent Spirit, und die Jungen tragen grüne Turbane, die, wickelt man sie auf, die gleichen sechs Flammen-und-Schwerter-Paare zeigen. Die sechs Zentren vergangenen Ruhms, deren Verlust mit Feuer und Klinge gerächt werden muss.

Auf der engen Toilette wischt sich Rohan die Tränen aus dem Gesicht und verrichtet erneut seine Waschungen. Stirbt ein Abtrünniger, schreit die Erde, die sein Grab aufnehmen soll, vor Wut und Schmerz, protestiert gegen den Leichnam. Als Sofia ihre letzten Atemzüge tat, bat er sie deshalb leise immer wieder: »Sag mir, was du siehst«, denn in einer Minute, in zehn Minuten, würde alles unabänderlich sein. Fiel der Blick erst auf den Engel des Todes, war es für jede Reue zu spät.

Nach zwei Dekaden des Nachdenkens hegt er manchmal allerdings den Verdacht, dass sein Verhalten einer Sünde gleichkommt, der Sünde des Stolzes. Hatte er wirklich entschieden, dass es Allah an Mitleid mangelte – und sei es auch für eine Abtrünnige? Ja, manchmal fürchtete er, sein Kummer über ihren Tod – und zuvor über ihre Zweifel, ihre Lossagung – könnte ihn zu einem Verhalten getrieben haben, das einer Beleidigung gleichkam. Wie wollte er mit Gewissheit behaupten, dass jene Erde, die ihr Grab aufnahm, nicht vor Freude über ihren Tod jubelte und sich »schmückte wie eine Braut, frohlockend, weil sie die Tote bald umarmen durfte«, wie es im Buch der Frömmigkeit heißt?

Sie hatte die Schule mit ihm gegründet und dort auch gelehrt, doch sehr bald zeigten sich unterschiedliche Auffassungen, und als er einen Schüler der Schule verwies, da sich herausstellte, dass seine Mutter eine Prostituierte war, legte sie ihr Lehramt nieder.

Er zieht die Jalousien hoch und blickt auf die Schienen sowie die parallel verlaufende Grand Trunk Road. Ewigkeit überdeckt menschliche Zeit, über der Erde leuchten die Sterne wie Lichtkörner, hoch über dieser Welt, die sie so liebte und das einzige Paradies nannte, das sie brauche. Seit er sich aufs Erblinden vorbereitet, schreibt er alles seiner Erinnerung ein, ganz wie sie es auf Papier festhielt, malt sich die Blumen des Gartens ins Gedächtnis und merkt sich die Vögel; noch Jahre nach ihrem Ende sah der Garten aus, als wäre ihm etwas Bedeutsames widerfahren. Die Linden und Akazien schienen um sie zu trauern, Palisander und Persischer Flieder, Pappelfeige und Korallenbaum sowie die vielen Obstbäume, die Beeren und Sporen. In der Erde trauerten die Wurzeln um sie, ohne sie je gesehen zu haben, ebenso der weiße Teakholzbaum, dessen Rinde sich in fußgroßen Placken ablöste, der Zitronenbaum, von dem sie jedes Jahr fünfundzwanzig Kisten der gelben Früchte ernteten. Rohan war davon überzeugt, dass sie alle mit ihm trauerten, selbst die blitzschnellen Garteneidechsen, die steif raschelnden Libellen, die blauflügeligen Holzbienen, die Kolonnen schwarzer Ameisen, die hart gepanzerten Käfer und diversen Schneckenarten. Kummervoll hatte er ihren Namen geflüstert, während er über die wild verzweigten Gartenpfade ging, und die Kunde hatte sich unter den schwarz schimmernden Krähen verbreitet, auch unter den im Sonnenlicht dahinschwebenden Schmetterlingen – den Himalaja Pierrots, den Chitrali Satyrn, den blauen Tiger- und gewöhnlichen Leopardfaltern Phalanta phalantha, den Ritterfaltern und Tagpfauenaugen. Sofia hatte sie geliebt und die Welt, in der sie lebten, und sagte: »Gott ist nur ein anderes Wort für dieses Wunder.« Es gab keine Seele, nur das Bewusstsein. Keinen göttlichen Plan, nur die Natur, und der Mensch gehörte bloß zu den unzähligen

Resultaten zufälligen Wirkens. »Ich werde dies vermissen, denn was anderes gibt es nicht«, waren ihre letzten Worte; dann war sie aus dem Leben geglitten, hatte ihn Jahrzehnten der Sorge um sie überlassen, wusste *er* doch, es gab die Seele, und nicht nur das; dereinst hatte sie sich Allah und seinem schicksalhaften Zorn zu stellen. Im Gegensatz zu ihr wusste er, selbst die Toten sind nicht frei von Leid.

6

Nach der Ankunft in Peschawar begleitet Rohan seinen Jungen zu dem Krankenhaus, in dem dieser im nächsten Monat arbeiten wird. Frühes Sonnenlicht überschwemmt die Straßen, als er sich dann von einer Rikscha zum Haus seines ehemaligen Schülers bringen lässt, um sich bei der Familie für die Bücher zu bedanken. Hier, in den Bergen, knapp fünfhundert Meter über dem Meeresspiegel, ist es viel kälter, also knöpft er sich den Mantel bis zum Hals zu und schlägt den Kragen hoch. Draußen gibt es Berge, die sind höher als die Alpen, wenn man sie auf die Pyrenäen stellte. Gletscher, über die Tamerlans Soldaten 1398 auf Händen und Knien kriechen mussten.

Irgendwie scheint es angemessen, dass die Bücher in einem Laster kamen, der grellbunt mit mythologischen Figuren, Heiligen- und Legendengestalten sowie Vögeln und Blumengirlanden bemalt war. Die Rikscha ist auf ähnliche Weise verziert, und als sie tiefer in die Stadt vordringen, treffen sie auf eine große Demonstration, die Straßen plötzlich voller Menschen jeden Alters, die Plakate und Spruchbänder in Händen halten. Sie fordern Unterstützung für die Opfer des Krieges in Afghanistan. Der Auflauf schwillt so an, dass der Rikschafahrer sein Tempo drosseln muss, und bald schon kann er weder vor noch zurück, also steigt Rohan aus und geht mit der Menge, lässt sich von ihr wie in einem Fluss durch die Basare und Straßen treiben; Sonnenstrahlen fallen in den Lärm und auf hochgehaltene Plakate. »Warum sind am elften September dreitausend Juden nicht zur Arbeit im World Trade Center erschienen ...«, fragt jemand, und ein anderer sagt: »Der Westen will Pakistans Nuklearwaffen an sich reißen ...«

Irgendwann beschließt er umzukehren und zurück zum Krankenhaus zu gehen, um bei Jeo zu warten, bis die Demonstration vorüber ist.

Es ist nach Mittag, als er wieder dort ankommt. Niemand vermag ihm zu sagen, wo er Jeo finden kann, also streift er durchs Labyrinth der Flure, vorbei an Stationen, auf denen es chaotisch zugeht, da die Unruhe draußen in Gewalt umschlägt, was zu Toten und Verletzten führt, sobald die Polizei das Feuer eröffnet. Ganze Stadtteile werden zum Inferno, und bald lodern die ersten Flammen auch in Krankenhausnähe. Er fragt nach dem Arzt, dem er Jeo anvertraut hat, und man schickt ihn in ein höher gelegenes Stockwerk. Eine Gasgranate fliegt durchs Fenster, explodiert im Treppenhaus und hüllt ihn in einen bitteren, atemraubenden Geruch. Er merkt, wie er zittert vor Empörung und böser Vorahnung, ihm tränen die Augen. Draußen werden Slogans gerufen, Parolen über historische Vorfälle ebenso wie die Nachrichten dieser Woche; die Menschen von heute genauso aufgebracht über das, was vor tausend Jahren geschah, wie die damals lebenden Menschen. Vielleicht noch mehr. Mit einem spöttischen Halblächeln schüttelt eine Schwester den Kopf und sagt zu niemand Bestimmtem: »Kann irgendwer den Demonstranten bitte sagen, dass in der nächsten Straße Visa für den Westen verteilt werden? Das sollte die Meute auseinandertreiben.«

Mit einem Taschentuch über der unteren Gesichtshälfte biegt er in den nächsten Flur. Der Arzt untersucht einen englischen Journalisten, der am Kopf blutet und sich einen Arm brach, als die aufgebrachte Menge über ihn herfiel. Er ist schwach, sagt aber immer wieder, dass er niemandem Vorwürfe mache, und dass er, stammte er aus diesem Land, seine Wut wohl auch nicht bändigen könnte, wenn er jemanden aus dem Westen sähe.

Als der Arzt einige Augenblicke Zeit hat, zupft ihn Rohan am Ärmel und fragt nach Jeo. Ihm wird mitgeteilt, dass Jeo und sein Freund Mikal vor drei Stunden gegangen sind. Jeo hat einer der Schwestern gesagt, sie seien auf dem Weg zu den Kampfgebieten in Afghanistan; er wollte wissen, welche Medikamente dort am dringendsten gebraucht werden.

»Mikal?«, fragt Rohan und deutet auf die Stelle zwischen den Augenbrauen.

Der Arzt nickt. »Ja, genau der.«

Da er sich zu alt für diese Krise fühlt und meint, allein damit nicht fertigzuwerden, geht er zum nächsten Telefon und wählt die Nummer von Mikals Bruder Basie in Heer, um ihn zu bitten, er möge sofort nach Peschawar kommen. Sie müssen den Jungen ins Krisengebiet folgen und sie zurückholen. Mit jeder Minute, die vergeht, nähern sie sich dem Krieg, dem Fadenkreuz der Geschichte.

In Afghanistan herrscht Chaos. Die Taliban regieren mit eiserner Faust, bestrafen Verräter, Informanten, Spione und jeden, der zur Rebellion aufruft. Trotzdem erhebt sich das Volk, ermutigt von Amerikas heimlicher Hilfe – Soldaten der Special Forces reiten jenseits der Städte im Salwar Kamiz, mit Kopftuch und Wollmütze von Dorf zu Dorf und bestärken, bestechen und bewaffnen die Bewohner. Ahmed die Motte starb dort vor zehn Tagen, als er seine Freunde, die Taliban, besuchte. Einige ganz gewöhnliche Leute hatten sich ihn sowie einen Talibansoldaten an einer Straßenecke geschnappt und zu Boden geworfen. Jede Vergewaltigung, jedes mysteriöse Verschwinden, jede öffentliche Hinrichtung, jede in den sieben Jahren der Talibanherrschaft amputierte Hand, jeder in den Krieg geschickte zwölfjährige Junge, jedes zehnjährige Mädchen, das gezwungen worden war, einen achtmal so alten Mullah zu heiraten, jeder ausgepeitschte Mann, jede geschlagene Frau, jedes gebrochene Glied mehrte die Wucht ihrer Wut, mit der sie auf die beiden Männer mit Faust, Knüppel, Stock, Fuß und Steinen einprügelten. Und als sie von ihnen abließen und sich zerstreuten, war von ihren Opfern nichts mehr übrig. Es war, als hätten sie die beiden Männer verschlungen.

7

Die Tür öffnete sich, und sie haben beide die Zukunft betreten. Jeo sitzt mit Mikal hinten auf einem Laster, während sie durch ein Schattenland von Hügeln und Hochebenen fahren, der Gebrauch der Scheinwerfer auf ein Minimum reduziert, sodass sie oft nicht wissen, was Sekunden vor ihnen in der Dunkelheit liegt. Später in der Nacht zucken Blitze über den Himmel und erhellen nicht allein die Erde und die Wolken, sondern auch den Bereich des Gehirns, wo die Linie der Angst jene der Gedanken kreuzt, und einige Sekunden lang glimmt der Boden blau in kristalliner Unmittelbarkeit, Ausblicke öffnen sich wie in einer Vision, Weiten, in denen schwarze Gestalten lauern, Schatten vielleicht, vielleicht auch Kreaturen, die nur mit Waffen bekämpft werden können, die von Gedanken, nicht von Hand geschmiedet wurden, und je dunkler es wird, desto mehr Sterne tauchen auf und rollen über ihnen dahin, bestreichen den Himmel mit dem Leuchten längst vergangener Zeiten.

Es sind zehn Männer, und sie wahren Schweigen. Einige, darunter auch Mikal, liegen in tiefem Schlaf. Manchmal wird einer der Männer wach und beginnt, ohne sich dessen bewusst zu werden, die Suren des Korans aufzusagen, die er in seinem Herzen liest; eine Stimme, die aus dem Dunkeln schallt, aber bald darauf wieder verstummt.

Jeo greift in Mikals Rucksack. Seine Finger streifen das eisige Metall der Reservemunition für den Revolver. Als er die kleine Taschenlampe anknipst, sieht er, dass zwischen den herausgerissenen Karten Briefe stecken, und er muss lächeln, da er sich gleich fühlt, als wäre er wieder sechzehn und alle Mädchen in Mikal verliebt. Sorgsam sucht er die Karten heraus und legt die Briefe in ebendem Moment zurück in den Rucksack, als der Laster auf eine Ebene mit hellgelben Paketen fährt, von den Amerikanern abgeworfene Lebensmittel. Während die Packen verhalten knirschen oder aufplatzen, sobald die Reifen darüberrollen, holt er die Briefe erneut hervor. Ein Name am Ende eines der Texte war ihm ins Auge gefallen, und jetzt sieht er ihn auch auf einem weiteren Brief. Und auf noch einem. Plötzlich brennt seine Haut, denn die Handschrift ist immer dieselbe, immer ihre. Fast meint er Naheeds Gesicht hinter den Sätzen auftauchen zu sehen, Augen, die ihm direkt über die Schulter schauen.

Ein Geräusch lässt Mikal zusammenzucken, weshalb Jeo rasch alles zurück in den Rucksack steckt und den Reißverschluss zuzieht. Es könnte eine andere Naheed sein. Hat er *wirklich* ihre Handschrift erkannt?

Er muss sich die Briefe noch einmal ansehen. Dann denkt er an einen Abend zu Beginn ihrer Ehe, als er aufwachte und sie im Dunkeln weinen sah. Monate später hielt er sie im Garten umarmt, und sie lächelte, nur standen ihr plötzlich Tränen in den Augen. War sie traurig gewesen, weil sie Mikal für eine Weile vergessen hatte? Hatte sie sich Vorwürfe gemacht, weil sie Jeo *nicht* liebte?

Ihr in die Augen zu schauen hieß zu begreifen, dass die Augen Teil des Verstandes sind. Gedanken werden in ihnen und durch sie sichtbar. Sollte er sich irren?

Der Fahrer hat ein tragbares Motorola-Funkgerät, mit dem er Kontakt zu den anderen beiden Lastern ihres Konvois hält. Jeo und Mikal wurde gesagt, dass sie damit rechnen könnten, morgen gegen Mittag im Lazarett einzutreffen. Die übrigen acht Männer auf ihrem Laster führen woandershin.

Von weit her ist das Bellen einiger Schakale zu hören.

»Alles in Ordnung?«, fragt Mikal und legt eine Hand auf Jeos Rücken.

»Ja.«

Sie ist das Wunder in seinem Leben, das im letzten Jahr plötzlich geschah, ihm, der sich mit der Einsamkeit abgefunden hatte, damit, dass das Studium sein wichtigstes Ziel war und er gewisse Erfahrungen erst machen würde, wenn er nach seiner Ausbildung heiratete, also mit Mitte zwanzig. Er schließt die Augen, und als er sie wieder aufschlägt, verrät ihm die Armbanduhr, dass er zwei Stunden geschlafen hat. Es ist noch dunkel, aber der Truck hat auf einem Höhenzug angehalten, und der Fahrer steht draußen und blickt sich mithilfe einer Taschenlampe um. Jeo denkt an seinen Vater. Um diese Zeit wird er wach sein und Gebete für seine Mutter sprechen.

»Wir haben uns verfahren«, sagt Mikal und zeigt zu den Sternen. »Ich hab's ihm bereits vor einer Stunde gesagt, aber er wollte nicht auf mich hören. Wir sind schon eine ganze Weile nicht mehr in der richtigen Richtung unterwegs.« Er steigt aus dem Laster, Rucksack über der Schulter, und Jeo sieht ihn mit dem Fahrer reden, zum Himmel deuten und dann auf die Karten. Jeo geht zu ihnen, genau wie die übrigen Männer; alle zum Schutz gegen die Kälte in eine Decke gehüllt. Das Licht der Taschenlampen verrät, dass sie zwischen den Ruinen einer weitläufigen Eisengießerei stehen; um sie herum überziehen die Reste alter Hochöfen aus Speckstein, dem Feuer nichts anhaben kann, die Hügel. Die Hinterlassenschaft abgewanderter Buddhisten, die hier einst Eisenerz verhütteten. Der Boden ist übersät mit kleinen Würfeln Eisenpyrit. Und wie sie da mitten in dieser seltsamen Gegend unter diesem seltsamen Himmel stehen, hört Jeo von fern, was er nie zuvor gehört hat, das schreckliche Detonieren von Panzergranaten sowie Explosionen und Schüsse.

»Hörst du das?«

»Ja«, erwidert Mikal.

»Ein Gefecht, oder?«

»Ja.«

»Das ist die Welt«, sagt einer der Männer. »Die Welt klingt immer so, wir hören es meist bloß nicht. Nur manchmal, an bestimmten Orten.«

Es folgt eine Reihe wuchtiger Einschläge, und plötzlich kann er nicht mehr auf die Erde schauen, ohne sich vorzustellen, wie Metallstücke darauf zurasen, große, kleine, Splitter jeglicher Art. Der Mond ist schon lange verschwunden, aber es leuchten so viele Sterne, dass sie in diesen unbedachten Ruinen noch immer Schatten werfen; dann ist alles still, bis er von hoch oben den Ruf der Vögel hört, die in blassen Strichen und Linien, schön wie ein Kalligramm, nach Osten ziehen, Abertausende inmitten schwelenden Silbers.

»Bevor wir weiterfahren, müssen wir unsere Wasserflaschen füllen«, sagt der Fahrer und zeigt auf Mikal und Jeo. »Vor wenigen Minuten sind wir an einer Quelle vorbeigefahren. Holt die leeren Kanister vom Laster und macht sie voll. Folgt den Fahrspuren im Sand, damit ihr auf keine Landmine tretet.«

»Ich geh allein«, sagt Mikal.

»Nein, nimm deinen Freund mit. Wir warten hier auf euch.«

»Ich sagte, ich gehe allein«, wiederholt Mikal mit überraschend fester Stimme. »Ich will, dass Jeo hierbleibt.«

Der Fahrer geht zu ihm und packt ihn mit großen, breitgelenkigen Händen am Aufschlag, sodass Mikal fast das Gleichgewicht verliert. Beide stehen sie da und starren sich in stummem Widerstreit an, dann lässt der Mann ihn ebenso plötzlich los. »Tu, was dir gesagt wird.«

Jeo berührt Mikal leicht am Ärmel. »Ich komme mit.«

Sie holen die Zehnliterkanister und folgen den Reifenspuren über Kies und Quarzbruchstücke, Glimmer und Fossilkalkstein, finden aber keine Quelle. Gerade als sie die Suche aufgeben wollen, dringt das Geräusch fallenden Wassers von der anderen Seite einer Schlucht herüber, zu der sie der Weg vorbei an Tonschiefer und Trappbasalt führt. Sie klettern in ein weiteres geologisches Zeitalter hinab und nähern sich dem Wasser durch die Narbe eines ausgetrockneten Flussbettes, das winzig wirkt neben den Felsen, die da liegen, wie sie vor zehntausend Jahren gestürzt sind.

»Achte darauf, sie randvoll zu machen«, sagt Mikal, als Jeo einen der Kanister unter das von einem Vorsprung rieselnde Rinnsal hält. »Sonst hört man es kilometerweit schwappen.«

Jeos Füße versinken im Schlamm, als er die Verschlusskappe zudreht und plötzlich, keine zehn Schritte entfernt, eine schwarze Gestalt bemerkt. Der Mann sitzt völlig reglos da und hat ihm den Rücken zugewandt. Jeo kann keine Gebetsmatte sehen, und der Fremde blickt in die falsche Richtung, sonst hätte Jeo geglaubt, er würde beten.

Den Strahl der Taschenlampe auf den Rücken gerichtet, gehen sie vorsichtig näher heran. Kleine Steine bedecken die Erde und glitzern im Licht, als wären sie in Alufolie gewickelt. Langsam arbeiten sie sich durch diesen Mondschutt vor, und Mikal räuspert sich, um den Fremden zu warnen. Dann gehen sie um ihn herum und sehen, dass vorn auf seiner Brust ein Stück Pappe von einem abgebrochenen Speerschaft gehalten wird, der ihm zwischen der fünften und sechsten Rippe in den Leib getrieben wurde.

Jeo zieht den Speer heraus, und Blut schießt aus der Wunde, läuft dem Mann in den Schoß.

»Ich dachte, Tote bluten nicht«, sagt Mikal und weicht einen Schritt zurück.

»Tun sie auch nicht, aber in der rechten Herzkammer bleibt das Blut nach dem Tod noch flüssig – der Speer muss sie durchbohrt haben.«

Da Mikal Paschto lesen kann, reicht Jeo ihm das befreite Stück Pappe.

»Hier steht: ›*Dies passiert denen, die Allahs geliebte Taliban verraten.*‹«

Mikal lässt den Strahl der Taschenlampe durch die Dunkelheit wandern, entlang der von Nordwest nach Südwest verlaufenden Bergkämme. »Wir sollten gehen.«

Als sie mit dem Wasser zurückkommen, sind die drei Laster verschwunden. Auf dem staubigen Grund – selbst der behutsamste Schritt wirbelt Wolken auf – sieht man Reifenspuren in die Dunkelheit führen; mehrere Augenblicke stehen sie nur wortlos da.

»Meine ganzen Sachen waren auf dem Truck«, sagt Jeo. »Das Satellitentelefon, die Medikamententasche, meine Kleider.«

Mikal trägt immer noch seinen Rucksack, sieht zu den Sternen und versucht, ihre Position zu bestimmen. Auf der anderen Seite des Höhenzugs geht unterdessen das Gefecht weiter.

»Irgendwas ist passiert, und sie mussten schnell verschwinden. Sie werden schon wiederkommen.«

»Die kommen nicht wieder.«

Jeo sieht Mikal an. »Wie meinst du das?«

»Sie wollten uns hier zurücklassen, deshalb haben sie auch darauf bestanden, dass du mich begleitest.« Beim Reden schaut er ins Dunkel, als richte er sich an die Nacht. »Ich denke, wir wurden gegen Waffen eingetauscht. Vielleicht auch für Geld verkauft. Die Taliban brauchen Soldaten, Verstärkung, und ich fürchte, wir gehören jetzt ihnen.«

»So was hast du schon in Heer erzählt, aber du irrst dich.«

»Ich glaube, wir sollten so schnell wie möglich von hier verschwinden. Sonst kommt irgendwer und bringt uns mitten ins Kampfgebiet.«

»Du willst ziellos in die Nacht spazieren? Willst du mich umbringen?«

»Was? Wieso?«

»Willst du mich umbringen?«

Jeo entreißt ihm die Taschenlampe und lenkt ihr gleißendes Licht erst ins Dunkel, dann in Mikals Gesicht. »Warum bist du tatsächlich hier? Warum hast du dich so plötzlich entschlossen, mit mir zu kommen?«

»Hast du den Verstand verloren?«

Jeo macht einen Schritt auf ihn zu und legt die Hand auf den Rucksack. »Gib mir die Karten.«

Mikal weicht zurück und wirbelt herum. »Ich gebe sie dir«, sagt er, nimmt den Rucksack ab, dreht Jeo den Rücken zu und vergräbt die Hände im Gepäck. Unter der Woche studiert Jeo Medizin in Lahore und kommt nur zum Wochenende nach Hause – sehen sich Mikal und Naheed in seiner Abwesenheit?

»Sie wissen, dass ich kein Kämpfer bin«, sagt Jeo leise, als Mikal ihm die Karten gibt.

»Sie werden dir das Kämpfen schon beibringen, Jeo. Sie haben für dich bezahlt. Deshalb müssen wir hier weg, so schnell und so weit wie möglich.«

Nach einer halben Stunde finden sie im Dunkeln eine Höhle und schicken den Lichtstrahl voraus auf die gewölbten Felswände mit ihren blitzend polierten Mineralien, in denen sich bis hinauf zur Decke ihre Augen sowie Fragmente ihres Gesichtes spiegeln – Dunkelgelb und Dunkelrot, ein sich regendes Erwachen, wohin auch immer das Licht fällt, was den Eindruck verstärkt, sie seien im Berg gefangen und bewegten sich jetzt in seinem Innern.

Jeo liest einen Armvoll staubiges Holz auf, und Mikal sammelt hinten in der Höhle getrockneten Schwalbenkot. Mit dem Funken eines leeren Feuerzeugs entfacht er ein Feuer, und sie reiben sich vor den Flammen die Hände, um sich dann über die Kleider zu streichen und die gespeicherte Wärme abzugeben, während ihnen von der gegenüberliegenden Höhlenseite die eigenen Spiegelbilder zusehen.

»Wir müssen zurück, Mikal, und den Toten begraben.«

»Ich weiß.«

Um mehr Holz zu suchen, steht Jeo auf und geht zu den hohen Steinhaufen, an denen vorbei ein Weg in die Tiefen der Höhle führt. Er findet einen Stromgenerator sowie einen Pappkarton mit Glühbirnen. Als er mit dem Karton zurückkommt, ist Mikal umringt von einer Meute bewaffneter Männer, ganz in Schwarz, wie heraufbeschworen aus völliger Dunkelheit. Einer weist Jeo mit dem Gewehr an, sich zu Mikal zu stellen.

»Was hast du da?«

»Habe ich gefunden. Weiß nicht, was das ist.«

Einer der Männer untersucht den Inhalt des Kartons, während die anderen Jeo und Mikal mit langsamen Augenbewegungen mustern.

»Versucht ihr, den Amerikanern Signale zu schicken?«

Einer der Männer erzählt, er habe kürzlich auf einer Hochebene am Rand eines Dorfes einen Strang Glühbirnen gesehen, angeschlossen an einen Gasgenerator. Die Kette hätte leuchtend auf dem Boden gelegen, und dann sei ein Hubschrauber gelandet, vom Licht geführt, und mehrere Weiße in Jeans seien mit Computern, Waffen und schweren schwarzen Segeltuchtaschen ausgestiegen. Sie verschwanden mit dem Warlord, der das Dorf befehligte – ein treuer Taliban, der seither zu den Amerikanern hält. Die schwarzen Segeltuchtaschen seien sicher randvoll mit Bestechungsgeld gewesen.

»Mit den Amerikanern haben wir nichts zu schaffen«, sagt Mikal.

Jeo hätte ihnen seine Arzttasche zeigen können, aber die liegt im Laster. Er sagt, er werde zum Arzt ausgebildet und sei hier, um seinen afghanischen Brüdern und Schwestern zu helfen.

»Und wer ist Jeo? Wer Mikal?«, fragt einer der Männer und lässt sie dabei nicht aus den Augen. »Man hat uns gesagt, einer von euch kenne die Sprache der Sterne.«

»Woher wisst ihr unsere Namen?«

»Wir haben den Konvoi getroffen, mit dem ihr gekommen seid. Jetzt zieht ihr mit uns weiter.« Das Schwarz der Männer absorbiert die Hälfte des Lichts, das von den farbigen Spiegelsteinen der Höhlenwände zurückgeworfen wird.

Draußen erhellt ein erstes Glimmen der noch nicht aufgegangenen Sonne den dämmrigen Osten; der Morgenstern steht jetzt ein wenig höher. Trucks parken zwischen den Felsblöcken; ihre Insassen steigen aus, um Jeo und Mikal zu umarmen und Brüder zu nennen. Alle sprechen ihre Morgengebete, die Gesichter der kompakten Schwärze im Westen zugewandt.

Während die Sonne aufgeht, breitet sich am Himmel ein lang gezogener Lichtfächer aus. Sie steigen in ein Fahrzeug, und der Konvoi setzt sich in Bewegung. Das Metalldach ist von einer Reihe Schusslöcher in gleichmäßigen Abständen durchbohrt, weil einer der Männer wie wild auf einen amerikanischen Hubschrauber schoss, als er seine Wut nicht länger zügeln konnte.

»Wie alt bist du?«, fragt Mikal den Jungen neben sich.

»Sechzehn.«

Mikal streckt eine Hand aus und tastet ihm über den Adamsapfel. »Du bist zwölf. Höchstens dreizehn.«

Die neuen Jungen sind voller Mut und Pflichtgefühl, erprobte Kämpfer diverser Dschihad-Trainingslager. Der Gedanke, dass der Heilige Kampf näher rückt, weckt in ihnen ein Gefühl der Erleichterung, der gedämpften Erregung; ihre Kleider sind von Schweiß und Staub marmoriert, die Schuhe zerschlissen, die Haut wettergegerbt. Sie unterhalten sich mit ernster Miene über Kreuzzüge und den Heiligen Krieg, über sagenumwobene Waffen und berühmte Krieger, und sie stammen aus allen Gegenden Pakistans, aber auch der weiteren muslimischen Welt, aus Ägypten, Algerien, Saudi-Arabien oder dem Jemen. Sie sind zwischen sechzehn und fünfundzwanzig Jahre alt, rekrutiert aufgrund einer vom saudischen Geistlichen Scheich al-Uqla erlassenen Fatwa, in der er die Taliban dafür lobt, das einzige Land auf der Erde geschaffen zu haben, in dem keine von Menschen gemachten Gesetze gelten. Usbeken gehören dazu, auch Tschetschenen und eine Gruppe aus

Nordengland; manche haben den Turban um eine Baseballkappe gewickelt, weil er sich so rascher absetzen lässt. Außerdem hat sich ihnen ein Pakistani angeschlossen, der sich nur einen amerikanischen Soldaten schnappen und das von Osama bin Laden ausgesetzte Lösegeld einfordern will, hunderttausend Dollar pro Soldat, mehr als eine Millionen Rupien.

Sie fahren den ganzen Tag, halten nur zum Mittags- und Nachmittagsgebet und erreichen abends ein am Fuße eines Hügels gelegenes Lehmhüttendorf. Die Festung auf dem Gipfel ist das Hauptquartier der örtlichen Taliban, und sie fahren durchs Dorf darauf zu, drosseln das Tempo, so eng sind die Gassen. Männer und Frauen weichen an die Straßenränder aus, sobald sie das Talibanfahrzeug sehen, pressen sich mit gesenktem Blick an die Hausmauern. Kugeln haben aus dem Holz vieler Türen und Fenster Splitter herausgerissen, und an einer Stelle wurden wohl erst vor wenigen Tagen Menschen erschossen, an den Wänden frische Blutspritzer. Einige in Kinderkopfhöhe.

Ein grauer Hund kläfft den Truck an, woraufhin ein Soldat der Taliban herausspringt und ihm einen akkurat unters Maul platzierten Tritt verpasst. Kaum erholt sich der Hund und beginnt zu knurren, erschießt ihn der Soldat mit seiner AK-47; der Laster bleibt abrupt stehen, und der Fahrer steckt den Kopf aus dem Fenster, peilt die Lage. Gerade als er dem Soldaten befiehlt, wieder aufzusteigen, weht von einer der Burka tragenden, an die Wand gedrängten Frauen ein leiser metallischer Klang herüber – ein Armreif oder ein Ohrring. *Hörbarer* Schmuck. Der Fahrer langt unter den Sitz, fischt eine Lederpeitsche hervor, in deren Schnüre mehrere Dutzend Münzen geflochten sind, steigt mit dem gut einen halben Meter langen Utensil aus und will wütend wissen, wer den lauten Schmuck trägt, wer mit solchen Tricks die Aufmerksamkeit von Männern des Glaubens zu wecken versucht.

»Wer von euch?«

Die Frauen drängen sich aneinander, und der Fahrer peitscht mehrere Male auf diesen Haufen schmutzigblauen Stoffs ein, umrundet ihn und zielt auf jede, die muckt, während ein zweiter Soldat mit dem Kolben seiner AK-47 einem Mann, der sich einzumischen wagt, den Kopf einschlägt.

»Seid ihr Muslime oder nicht? Verbietet Allah den Frauen solche Tücke oder nicht?«

Mit billigender Miene schauen die Kämpfer im Truck der Bestrafung zu, und einer von ihnen fleht Allah an, er möge dafür sorgen, dass niemand mehr sündigt.

Mikal zupft Jeo am Ärmel. »Links von dir.« Er bewegt kaum die Lippen.

Jeo sieht in die angegebene Richtung, weiß aber nicht, wonach er Ausschau halten soll.

»Hast du ihn gesehen?«, wispert Mikal.

Jeo schüttelt den Kopf.

Mikal riskiert noch einen Blick. »Er ist weg.«

»Wer?«

»Ein Amerikaner.«

Er hat den Weißen an einem Fenster im oberen Stock eines Hauses auf der anderen Straßenseite gesehen; nur ein flüchtiger Blick, aber plötzlich scheint es Mikal sehr viel kälter geworden zu sein. *Sie sind hier. Sie bereiten einen Angriff auf das Hauptquartier der Taliban vor, auf das Gebäude, in das man ihn und Jeo bringt.*

Als sie sich der Festung nähern, taucht ein weiterer magerer Hund auf und folgt ihnen von fern, bleibt dann aber stehen und blickt ihnen nach. Panzer haben die Erde aufgewühlt, Spuren, die von der Festung fortführen. Der Truck fährt durch das hohe, gewölbte Tor und hält vor einem Gebäudekomplex, während sich hinter ihnen das Tor schließt und sie steifbeinig aussteigen.

Jeo wird gleich fortgebracht; er soll sich um verletzte Talibansoldaten kümmern. Mit vor Müdigkeit brennenden Augen prüft Mikal die Festungsmauern – sie sind mindestens zehn Meter hoch und sieben Meter stark; er entdeckt Schießscharten, breit genug, um einen Gewehrlauf in alle Richtungen zu schwenken.

Er sieht Jeo erst am Abend wieder, als sich alle zum Nachtgebet in der Festungsmoschee versammeln.

»Hier sind gut hundertzwanzig Mann«, sagt Mikal. »Vor zwei Tagen waren es noch mehrere Hundert, aber sie wurden für eine wichtige Schlacht ein paar Dörfer weiter als Verstärkung angefordert. Die Panzer und gepanzerten Kampffahrzeuge haben sie mitgenommen.«

»Erzähl mir vom Amerikaner.«

»Man wird die Festung angreifen.«

»Ich habe gehört, dass ein paar al-Qaida-Kämpfer hier waren«, sagt Jeo, »aber die sind kurz nach dem elften September verschwunden.«

»Wir könnten versuchen, einen Laster zu stehlen.«

Die Festung ist – bestimmt – in weitem Umkreis der meistgehasste und -gefürchtete Ort. Die Leute aus dem Dorf werden keine Gnade zeigen, wenn sie mithilfe der Amerikaner und ihrer Waffen ins Innere eindringen.

»Ich frage morgen nach, ob ich ein Gewehr kriegen kann, und dann will ich, dass du schießen lernst.«

»Nein.«

»Ich möchte doch auch niemanden erschießen, Jeo, wenn ich es irgendwie verhindern kann, aber ich will, dass du dir merkst, wie so eine Waffe funktioniert, und dass du sie immer bei dir trägst.«

»Wenn die Angreifer mich mit einer Waffe in der Hand sehen, halten sie mich für den Feind.«

»Die machen keine feinen Unterschiede. Du hast ja gesehen, wie die Taliban mit ihnen umspringen. Nicht mal einen Spatz werden sie hier am Leben lassen.«

Mikal wacht mit dem Gefühl auf, dass ihn jemand aus dem Dunkeln beobachtet. Sie teilen sich das Schlafquartier mit einer Gruppe junger Männer, die Matratzen verdreckt und voller Ungeziefer. Eine Hand strich ihm übers Gesicht; vielleicht stieß ein Fingernagel an einen der Messingknöpfe seines Mantels. Der Rucksack diente ihm als Kopfkissen, aber jetzt ist er weg. Mikal greift in die Tasche nach der Lampe, legt die Finger übers Glas, dämpft das Licht und hebt sie hoch, ein glühender Stein in der Hand. Sprüht Licht über die schlafenden Leiber. Jeo ist nicht da.

Er tritt hinaus in die Nacht und überquert, vom Mond verfolgt, den riesigen Hof, wobei er den Strahl der Taschenlampe möglichst zu Boden richtet. Das von den Festungsmauern umschlossene Gebiet ist groß wie ein ganzes Stadtviertel – es gibt Ställe, Parzellen mit Mais und Weizen, auch einen Wasserlauf und einen Rosengarten. »Jeo?«, flüstert er immer wieder. Er zieht an den Türgriffen der beim Tor parkenden Trucks, aber sie sind alle abgeschlossen; fast bleiben die Fingerspitzen an dem eiskalten Metall kleben. Einer der Ställe ist bis unter die Decke mit Waffen gefüllt – Granaten, Raketen, Handfeuerwaffen und Munitionskisten, alles, was sich zum Töten eignet, sogar Lee Enfields, auf deren Bajonetten das Jahr 1913 eingraviert wurde, Gewehre aus der Zeit, als die Briten noch um diese Gegend kämpften. Er wäscht sich das Gesicht im Bach, um wach und konzentriert zu bleiben. Auf dem Rückweg durch den Rosengarten findet er einen zerrissenen Brief – vor einem Jahr unten im Dorf von einer Frau geschrieben, adressiert an die Vereinten Nationen; sie schreibt, sie sei Lehrerin und in der Hölle; *dies ist der 197ste Brief, den ich in fünf Jahren schreibe; bitte, helfen Sie uns* ... Er sieht hinauf ins Dunkel über der Welt und orientiert sich mithilfe von Kassiopeia im Norden und den Diamanten im Gürtel des Orion im Westen, starrt sie an, als würde ihm der innerste Zusammenhalt der Welt offenbart. Im Osten steht der Planet Venus.

»Jeo?«

Es heißt, der Engel des Todes habe keine Ohren, damit er das Flehen der Menschen nicht hören kann.

»Ja.«

Mikal entdeckt ihn mithilfe der Taschenlampe. »Hast du meinen Rucksack?«

»Nein, ich dachte, du wärst damit abgehauen.«

»Er ist verschwunden.«

»Ihr seid verfluchte Lügner.« Die Stimme dringt aus der Schwärze zu ihnen.

Zwei Männer mit Kalaschnikows tauchen auf. »Was habt ihr hier zu suchen?« Die Worte werden getragen von hell schimmerndem Dampf.

»Wir konnten nicht schlafen.«

Die Männer kommen näher. Sie sind wie Pakistani gekleidet, aber einer der beiden ist offensichtlich Usbeke. Er redet Mikal auf Punjabi an: »Wir haben dich gefragt, ob du Karten hast, und du hast gesagt, du hättest keine, aber gerade haben wir welche in deinem Rucksack gefunden.«

»Sie gehören ihm, nicht mir. Und ihr habt mich gefragt, nicht ihn.«

»Ich habe sie ihm gegeben, damit er sie für mich aufbewahrt«, sagt Jeo.

»Hast du – hat einer von euch Geld?«

»Nur genug, um über die Runden zu kommen.«

»Keine Dollar?«

»Nein, keine Dollar.«

»Ihr seid verfluchte Lügner.«

Der andere Mann sagt: »Was treibt ihr hier mitten in der Nacht? Wenn ihr an unserer Stelle wärt, würdet ihr da nicht glauben, dass ihr für die Amerikaner spioniert?«

»Wir sind hergekommen, um in Ruhe zu reden und die Schlafenden nicht zu stören.«

»Warum siehst du nach oben? Wartest du auf amerikanische

Flugzeuge? Warum wolltest du uns die Karten nicht geben? Während wir hier reden, werden überall in Afghanistan deine Brüder und Schwestern umgebracht, und ihr seid zu egoistisch, um zu helfen.«

»Das stimmt nicht«, erwidert Jeo. »Weil wir helfen wollen, sind wir hier.«

»Egoistische Menschen sind der Grund dafür, weshalb es so schlecht um den Islam bestellt ist.«

»Gebt mir einfach eine Karte, den Rest könnt ihr behalten.«

»Leute, die nicht bereit sind, Opfer zu bringen«, sagt der Usbeke verächtlich. »Zurück mit euch und kommt nicht wieder raus.«

Sie gehen zurück, legen sich auf ihre Matratzen und verharren dort, bis die Männer kurz vor der Morgendämmerung in bitterer Kälte zur Moschee gehen, um zu beten. Sobald sich die Sonne zeigt, beginnen die Kämpfer mit ihrem Training, rufen »Gott ist groß!« bei jeder Bewegung und feuern Kugeln in die aufgeweichten Telefonbücher pakistanischer Städte, Beweise dafür, dass die Taliban von der Regierung und dem Militär Pakistans unterstützt und finanziert werden. Dann aber passiert das, was Mikal befürchtet hat, die Taliban melden, ein Informant aus dem Dorf habe ihnen gerade mitgeteilt, dass ein Angriff auf die Festung unmittelbar bevorstehe.

Evakuieren ist unmöglich, da alle Wege aus der Festung blockiert wurden. Draußen haben sich die Einwohner aus einem halben Dutzend Dörfer versammelt, blitzende Bajonette umringen in ungebrochenem Rund den Fuß des Hügels.

Am Himmel steht ein Tagmond aus weißer Asche.

Mikal spürt, wie ihnen die ganze Last des Krieges droht, dabei haben sie nur sich selbst und ihre Leiber, um ihn fernzuhalten. Er braucht die Munition für seine Beretta und muss unbedingt den Rucksack finden, also fragt er herum und beginnt fast zu laufen, hastet von Ort zu Ort. Die Festung wurde um 1980 von sowjetischen Soldaten zur Folterung und Inhaftierung der einheimischen Bevölkerung genutzt, und auf mehreren Wänden sind russische Graffiti zu lesen. Irgendwer hat Mikal gestern gesagt, in einem der Untergrundverliese hänge ein an die Wand gefesseltes Skelett, was ihn an seinen Vater im Fort Lahore denken lässt.

»Dein Freund Jeo hat auch gerade nach dem Rucksack gefragt«, erzählt einer der Männer und öffnet die Tür zu dem Arsenal, das Mikal letzte Nacht schon gesehen hat – bald darauf stapeln sich die Waffen unterm Maulbeerbaum und werden in Bündeln kreuz und quer durch den Staub gezerrt, wo sie eine breite Spur hinterlassen. Mikal bleibt einige Augenblicke still stehen, mustert den Boden und versucht, seine Gedanken zu ordnen. Als er dann weitereilt, erinnert er sich daran, wie er einmal der schlangenhaften Spur folgte, die ein heiliger Mann hinterließ – ein Fakir, ein Reisender. Mikal war damals etwa acht Jahre alt gewesen, und er hatte gehört, wie jemand behauptete, der heilige Mann mit dem Kopf eines traurigen, weisen Löwen besitze eine gewisse Ähnlichkeit mit seinem Vater. Zur Buße für eine schwere Verfehlung in der Vergangenheit zog er als Bettelmönch durch Pakistan, behangen mit mächtigen, um den Leib gewickelten Ketten, die ihm in Schlingen von Hals und Handgelenken fielen und die er an den Fußknöcheln hinter sich herschleifte. Mikal machte sich auf die Suche nach dem Mann, folgte mehrere Kilometer seiner Spur, konnte ihn aber nicht finden. Damals war er zum ersten Mal von daheim fortgelaufen; Basie und seine Mutter waren krank vor Sorgen gewesen.

»Die Hälfte dieser Jungen sind keine Soldaten«, sagt Mikal zum Anführer der Taliban. »Für sie wäre es besser, sie würden nicht zum Einsatz kommen.«

»Für sie wäre es besser, nicht aber für unsere Sache«, erwidert der Mann. »Alle müssen kämpfen.« Und dann setzt er entschieden hinzu: »So sehen es Allahs Pläne vor.«

Seinem Verstand gelingt es nicht, irgendwo an diesem Ort Anzeichen einer höheren Ordnung zu erkennen, wirkt die Festung doch eben durch ihre Ferne von der realen Welt so desolat, ein kaltes, karges Grenzland des Lebens.

Von den Waffen unterm Maulbeerbaum – die Sonne hat die Kälte aus dem Metall gesaugt, und ein Schmetterling nähert sich, um auf einem Abzugbügel Wärme zu tanken – nimmt er sich zwei chinesische Sturmgewehre vom Typ 56 und sieht sich nach Jeo um. Die Blätter des Maulbeerbaums – ihre Umrisse eine Reihung überraschend vieler Zacken – haben schon immer den Wunsch in ihm geweckt, sie zu zeichnen. Kein Wunder, dass Jeos Mutter nicht widerstehen konnte und sie so oft gemalt hat.

Im Schlafquartier legt er eine Waffe auf den Boden und untersucht die andere; als er aufblickt, steht Jeo in der Tür.

»Nimm es, bitte«, sagte er und zeigt auf das Sturmgewehr zu seinen Füßen. »Ich werde dafür sorgen, dass du es nie benutzen musst. Ich werde wirklich alles tun, was in meiner Macht steht, aber wenn dir keine Wahl mehr bleibt, solltest du wissen, was du zu tun hast.«

Draußen hört er die Jungen schreien: »Allah ist groß!«

Jeo bleibt, wo er ist, sieht ihn von der Tür her an, in der linken Hand ein halb zerknülltes Blatt Papier.

Mikal geht auf ihn zu, hält ihm das Sturmgewehr hin. »Du musst versuchen, den feindlichen Schützen unter der Nase zu treffen. Dann durchdringt die Kugel das Stammhirn und lähmt die Hand, sodass er nicht einmal mehr im Reflex den Abzug ziehen kann.« Als sie zwölf Jahre alt gewesen waren, hatten sie zusammen einen Computer gebaut. Er legt Jeos Hand an die Waffe. »Die Rechte kommt hierhin …«

Ein Tropfen Wasser fällt auf sein Handgelenk, und verwirrt blickt er auf, sieht ein seltsames Licht in Jeos Augen.

»Mein Vater …«, sagt Jeo.

»Was ist mit ihm?«

Jeo hebt die Hand mit dem Blatt Papier, und Jeo sieht, dass es einer von Naheeds Briefen ist.

»Mein Vater ...«, beginnt Jeo erneut und zieht auch die übrigen Briefe aus seiner Tasche.

»Die Briefe sind alt, Jeo. Aus der Zeit, ehe du verheiratet warst. Das kannst du am Datum sehen.«

Aber Jeo beschäftigt etwas anderes. »Mein Vater ...« Er zittert, atmet hastig und sieht Mikal an, Grauen im Gesicht. »Mein Vater war schuld am Tod meiner Mutter?« Rasch blättert er die Briefe durch. »Hier steht ...« Er kann den richtigen nicht finden, öffnet die Hand und lässt sie alle fallen, während er Mikal unverwandt anschaut und flehentlich fragt: »Mein Vater hat meine Mutter umgebracht?«

Mikal schüttelt den Kopf. »So ist es nicht gewesen.«

Jeo liegt auf den Knien zwischen den verstreuten Briefen, schiebt einige beiseite, um andere aufzudecken, liest wahllose Satzfetzen, wendet die Blätter verzweifelt hin und her.

»Sie lag im Sterben, und er wollte nicht, dass sie auf ewig verdammt sei. Also verweigerte er ihr die Medizin, damit sie ihre Zweifel aufgab, zwang sie so zurück in Allahs Arme, ehe es zu spät war. Manche Leute behaupten, sie erlitt währenddessen einen Herzinfarkt ... Der plötzliche Entzug der Medikamente ...« Mikal schlägt die Hände vor die Stirn. »Mein Gott, warum hast du sie auch gelesen?«

Er geht auf Jeo zu, aber dem entfährt ein halb ersticktes Bellen: »Komm mir nicht zu nahe.«

Mikal bleibt stehen.

»Naheed.« Jeo lässt die Briefe wieder fallen; an einem kleben sieben bunte Blumen, Flecken auf dem Papier. Naheed hatte sie in Rohans Garten gesammelt, ohne zu ahnen, dass sie in wenigen Monaten Jeo heiraten würde.

»Sie liebt dich«, sagt Mikal.

Jeo richtet sich auf und stößt ihn brutal an die Wand. »Woher willst du das wissen?« Der Schock verschlägt Mikal den Atem, sein Kopf prallt gegen die dunkelblaue Farbe, und Jeo langt nach der Waffe, versucht abzudrücken, hält sie auf Mikal gerichtet. Das Gewehr kann in der Minute vierhundert Schuss abfeuern, und schließlich geht es los, Jeo hält den Abzug zwei, drei Sekunden gedrückt, lang genug für etwa dreißig Kugeln, die in einem Halbbogen Bruchstücke aus der Wand hinter Mikal lösen.

Eine Zeitlang ist Mikals wild hämmerndes Herz der einzige Bezugspunkt in der formlosen Dunkelheit, die seine Augen füllt. Leere Patronenhülsen fallen wie eine rasselnde Kette zu Boden. Man bat den Bettelmönch, er möge an eine der um seinen Leib gewundenen Ketten ein weiteres Glied anhängen, ein Glied, das dem Verlangen des Bittenden entsprach, seinem Wunsch. Und beim Wandern durch das Land betete der Mönch dafür, dass dessen Not gelindert werde. Falls dies geschah, verschwand das Kettenglied auf wundersame Weise von seinem Leib, die Kette verkürzte sich. Für ihn war das ein Beweis dafür, dass Allah Erbarmen mit ihm hatte und seine Last ein wenig erleichterte, dass ihm seine Verfehlung vergeben wurde.

Jetzt hören sie beide, Mikal und Jeo, was ihnen zuvor entgangen war – Panzerfäuste, die auf das Haupttor der Festung abgefeuert werden. Sie hören, wie das Holz zersplittert und das Tor nachgibt.

Einige Sekunden lang herrscht tiefste Stille, dann dringen mehr als tausend Angreifer durch Rauch und Staub, schießen und werden beschossen, küssen ihre Waffen, ehe sich die Finger um den Abzug krümmen; beide Seiten rufen Allah an. Sobald ein Geräusch aus unerwarteter Richtung kommt, breitet sich Panik aus, wie ein Zucken, das einen Schwarm Fische durchfährt, Lärm aus den Mündern der Menschen, den Mündungen der Waffen. In Form von Gebrüll, in Gestalt von Kugeln, als schrien die Männer die Waffen an und die Waffen schrien zurück. Mikal weiß, sie werden in weniger als fünf Minuten hier sein. »Denk dran«, sagt er sich.

»Kurze, gezielte Salven.« Er dreht sich zu der Stelle um, an der er Jeo zuletzt gesehen hat, vor einer Sekunde, einem Leben.

Jeo verharrt reglos, dann beginnt er, Naheeds Briefe einzusammeln. Ruhig geht er durch den Raum und legt sie in einen Alkoven.

Sechs Taliban dringen ein und verriegeln die Tür von innen. Acht Menschen und ihr Schicksal. »Keiner von euch darf sterben, ehe er nicht zwanzig Feinde getötet hat«, sagt einer von ihnen, der Fahrer, der sie herbrachte, dem die mit saudischen Münzen verstärkte Peitsche gehört.

Mikal kauert am Fenster und hebt den Kopf, um hinauszusehen. Gebäude, Laster und Bäume stehen in Flammen, ebenso die goldene Kuppel der Moschee; Mikal kann nicht glauben, wie heftig die Kämpfe sind, aberhundert Gewehre, die zur selben Zeit feuern. Die Angreifer dringen vor und sind grausam zu jedem, der ihnen in die Quere kommt. Sie hatten mit mehr Taliban gerechnet, sind enttäuscht über die geringe Anzahl und lassen an jedem Opfer eine Wut und Gewalt aus, die für mehrere Feinde gedacht war. Jeder Mann stirbt zehn, zwanzig oder dreißig Tode.

Jemand versucht, die Tür aufzubrechen, hämmert mit großer Wucht ans Holz, während irgendwer da draußen unablässig vor Schmerzen schreit: »Helft mir! Bitte, helft mir! Kann mir bitte jemand helfen?«

Die Granate einer Panzerfaust – von der gegenüberliegenden Hofseite abgefeuert – schlägt in die Wand ein, durchdringt sie halb und bleibt stecken, ohne zu explodieren. Sie verharrt und beginnt zu vibrieren. Putz und Kalk rieseln auf den Boden und auf den Mann, der direkt daruntersteht. Er – wie auch Mikal, Jeo und alle anderen – sehen sekundenlang fasziniert zu, die Welt reduziert auf Angst und Staunen. Sie sollte explodieren, kann aber nicht, weil die Wand sie zu fest umschließt. Stattdessen beginnt sie zu brennen, eine grelle Flamme aus flüssigem Metall schießt vor und trifft den unter ihr stehenden Mann mit durchdringendem Pfeifen in die Brust. Sein Oberkörper schmilzt, löst sich auf, und der restliche Torso fällt hintenüber, während weiterhin blendend helle Lava, rot und weiß, auf ihn niederregnet und ein schriller Ton von den Wänden widerhallt.

Eine zweite Granate schlägt in die Wand direkt über Jeo und Mikal ein, vibriert wieder, diesmal aber fast geräuschlos. Nur ein Summen, der Ton einer Endgültigkeit jenseits aller Illusion. Mikal schüttelt die Lähmung ab und zieht Jeo mit sich. Da er schon eine Weile kein Hämmern mehr gehört hat, öffnet Jeo die Tür und sieht hinaus; Mikal will nach Naheeds Briefen greifen. Als Jeo sich zu ihm umdreht, sieht er, dass Blut aus seinem Hals schießt und Mikal zu Boden stürzt. Der Flur draußen ist voller Rauch, und die junge Frau, die daraus über Jeo herfällt, hat einen wilden Blick, leuchtende Augen, wie verrückt vor Macht. Wann sah er zuletzt eine Frau? Die Spitze ihres armlangen Dolchs fährt ihm in die linke Wange und durchdringt die Höhle zwischen Unter- und Oberkiefer. Das scharfe Metall zerteilt den Gaumen und stößt unters Hirn vor. Die Klinge knirscht über den Schädelknochen, bis er splittert, und gleich darauf knirscht er erneut, als die Frau den Dolch zurückzieht. Er hörte beide Laute – von innen, zwischen den Ohren. Solchen Schmerz hätte er sich nicht vorstellen können. »Nimm dies dafür, was eure Leute meinem Mann angetan haben«, sagt sie, bewaffnet mit rächender Liebe. Ein Teil seines Verstandes registriert, wie schön die Frau ist, bemerkt die Blüten auf ihrem Kleid. Er ist mit dem Gesicht voran auf die Seite gefallen und sieht Mikal am anderen Ende des Raumes liegen; Rot fließt aus seinem Mund, als wäre es etwas, das er sagt, seine letzten Worte.

Wie leicht es ist, Gespenster zu zeugen, denkt er, als er seine letzten Atemzüge tut und spürt, wie sein Geist Kammer um Kammer schließt, in jeder eine Erinnerung an Naheed. Trotz allem aber bedeutet es so viel, geliebt zu haben. Kurz bevor die Welt schwindet, meldet sich die Hoffnung, dass dies nicht alles gewesen sein möge, dass er irgendwie zurückkehrt.

Sein Arm hebt sich, erinnert sich daran, wie es war, ein Flügel zu sein.

8

Nacht ist das Wort, das jene lange Zeit benennt, in der Mohammed keine Offenbarung von Allah zuteil wurde.

Naheed liegt wach im Haus ihrer Mutter und blickt ins Dunkel. Vor fünf Tagen kam ein Anruf aus Peschawar, von Rohan, und sie erfuhr, dass Jeo und Mikal in Richtung Afghanistan verschwunden waren. Basie und dessen Frau, Jeos Schwester Yasmin, hatten sich gleich auf den Weg nach Peschawar gemacht. Sie waren noch bei Rohan, suchten und riefen jeden Abend in Heer an, hatten aber nichts Neues zu berichten.

Der Wecker schrillt, um Tara, ihre Mutter, zum Morgengebet zu wecken. Auf den Ruf durch die Minarettlautsprecher ist kein Verlass, da der Strom manchmal ausfällt. Also stellt sich Tara zusätzlich den Wecker.

Doch Tara schläft weiter. Wenn sie abends zu lange über ihren Näharbeiten wach gesessen und den Rücken zu lange über die Nähmaschine gebeugt hat, passiert das gelegentlich.

Naheed wird sie nicht wecken. Was macht es schon, wenn Tara ein Gebet versäumt? Allah wird das verstehen. Manchmal geht Naheed nachts sogar hin und stellt den Wecker ab. Soll sie ruhig schlafen.

Naheed richtet sich auf und wäre jetzt gern in dem Zimmer, in dem sie und Jeo schlafen. Mehrere winzige Narben sind da zu sehen, wo sie in der Hochzeitsnacht aus Versehen ihre Glasreifen an seiner Brust zerbrochen hat. Dort, wo die Haut eines Mannes zart ist, noch zarter als die Haut einer Frau. Das hat sie herausgefunden, indem sie Jeo berührte.

Den Schutz jenes Engels anflehend, der über die fünfte Stunde der Nacht wacht, tritt sie ins Dunkel. Vom Balkon blickt sie hinab und hört es plätschern, als Sharif Sharif, der Besitzer des Hauses, unten seine Waschungen verrichtet. Er vermietet die Zimmer an Tara, in denen Naheed aufgewachsen ist, Zimmer im ersten Stock, eiskalt im Winter, glutheiß während der Sommermonate.

Sie geht nach unten und hebt lautlos die Hand, um die Tür zu entriegeln.

»Wo willst du um diese Uhrzeit hin?«

Sie dreht sich nicht um. »Ich muss was aus dem Haus holen.«

»Um diese Zeit?«, wiederholt er sich. »Warte, ich komme mit.«

»Das ist nicht nötig. Es sind ja nur ein paar Minuten.«

Sharif Sharifs wuchtiger Leib mit den kräftigen Armen und massigen Schultern eines Totengräbers vibriert vor animalischem Leben; seine Haltung ist aufrecht und selbstgewiss. Als Naheed ins Teenageralter kam, veränderte sich sein Verhalten ihr gegenüber auf unziemliche Weise. Letztes Jahr kam er eines Tages mit einem Buch die Treppe herauf und fragte, ob sie die Bedeutung des englischen Wortes kenne, das er unterstrichen hatte. Als Tara von ihren Besorgungen zurückkam, erzählte ihr Naheed von diesem Vorfall. Tara blieb ruhig, konnte aber nicht verbergen, dass sie es mit der Angst zu tun bekam. Nach reiflicher Überlegung ging sie schließlich zu Rohan, der – wovon Naheed nichts wusste – bereits vor Jahren versprochen hatte, Naheed zu seiner Schwiegertochter zu machen. »Ich bin zu alt und schwach, um noch auf sie aufzupassen«, sagte Tara. »Sie ist achtzehn, eine erwachsene Frau, und sie gehört hierher. Ich bitte dich, unternimm etwas.« Ihre drängende Furcht bewirkte, dass Jeo und Naheed keine zwei Wochen später verheiratet waren, woraufhin Naheed auszog, um in Rohans Haus zu leben.

Sie ist sich nicht sicher, ob sie verfolgt wird. Es könnte auch das Geräusch der eigenen Schritte sein, die in der Stille widerhallen, hörbarer als am Tage. Sie läuft schneller, biegt bei nächster Gelegenheit ab, doch als sie sich umschaut, ist sie davon überzeugt, nur wenige Meter hinter sich eine Gestalt im Schatten gesehen zu haben. Sie widersteht der Versuchung, mit wehendem Schleier einfach loszurennen, und geht an dem Laden vorbei, von dem es heißt, spätnachts würden Dämonen darin Weihrauchstäbchen und Parfüm kaufen. Vielleicht hat sie ja Glück und die Nachbarschaftswache dreht in der Nähe eine letzte Runde. Das englische Wort, das Sharif Sharif unterstrichen hatte, bedeutete *nackt*.

Die Luft ist kalt und blau, und Mondlicht spült über die Straße, weiß wie Salz. Als sie das Schloss an Rohans Tor aufschließt, taucht ein grauer Saluki auf und starrt sie von der gegenüberliegenden Straßenseite an. Das Tier legt den Kopf schief, und dann erscheint vielleicht auch noch ein Mann, steht hinter dem Hund, aber als sie das nächste Mal hinschaut, sind beide verschwunden. Schwärze kauert in tieferer Schwärze, als sie durch den Garten geht; die Pfade verzweigen sich, überschwemmt mit Schatten, und sie hört hoch oben Bewegungen und Geräusche, aber das könnten die in ihren Schlingen gefangenen Vögel sein. Der Vogelbegnadiger ist nicht zurückgekommen, wie er es versprochen hatte. Die ersten Vögel, die wohl schon an dem Tag gefangen wurden, an dem Jeo abreiste, sind sicher längst tot.

Sie verriegelt die Schlafzimmertür und stellt sich nahe ans Fenster, um in den Garten hinauszusehen, zu den Sternenkonstellationen im Teich und dem zersplitterten Spiegelbild des Mondes. Der Saluki läuft über die Terrassenfliesen, bleibt stehen, schaut zu ihr hin, und sie verharrt reglos, da sie sich nicht erinnern kann, ob Hunde nachtsichtig sind. Er läuft weiter, allerdings ist sie sich unsicher, ob sie ihn nicht weiterhin knurren hört, ob sie nicht weiterhin dann und wann Schritte vor ihrem Zimmer vernimmt.

Die Sonne ist aufgegangen, als Naheed einen Stuhl in den Garten trägt, ihn unter den großen Persischen Flieder stellt und an den Stamm lehnt, der so krumm und verdreht ist, als kämpfe er gegen eine unsichtbare Macht an. Sie steigt auf den Stuhl und schaut ins hohe, vom frühen Licht erhellte Laub. Mit einer Schere im Mund beginnt sie zu klettern, stemmt die Fußsohlen gegen die raue Borke, während ihre Hände nach Zweigen und Astlöchern greifen, nach Ästen dick wie menschliche Gliedmaßen, die ihr das Gefühl geben, ihr würde hinaufgeholfen. Es herrscht ein gewaltiges Gezwitscher, doch kann sie nicht ausmachen, welche Gesänge von freien Vögeln stammen, die begeistert den anbrechenden Tag begrüßen, und welche von gefangenen Vögeln kommen, die ihre Qual hinausrufen. Wie viele Stimmen fehlen im Chor, den sie hört? Sie weiß es nicht.

Sie klettert höher hinauf in den mächtigen, seufzenden Organismus, steigt ins Blätterdach, schaut sich um und erahnt das ungeheure Ausmaß, als sie überall um sich mehrere Dutzend gefangene Vögel sieht. Einige hängen kopfüber an den Krallen, andere sind an den Flügeln aufgehängt oder tragen eine Schlinge um den Hals. In manchen Augen ist das Leuchten verblasst, Insekten wimmeln über Körpern, Ameisen dringen in offene Schnäbel oder verschwinden unter Federn. Andere kämpfen noch. Ein goldener Pirol schlägt mit den Flügeln wie ein vom Wind angefachtes Feuer. Wieder andere hängen reglos da, beginnen sich jedoch zu bewegen, als sie Naheeds Nähe spüren. Sie kann das Brummen der Fliegen hören.

Einen verrückten Augenblick lang will sie pfeifen, da sie meint, es könnte jene beruhigen, die ihre Gegenwart in Panik versetzt, könnte sie glauben lassen, sie sei eine von ihnen, aber ihre Mutter fand Pfeifen unanständig und hat es verboten, weshalb Naheed jetzt keinen Ton hervorbringt.

Sobald sie sich in dem wogenden Blättermeer sicher zu fühlen beginnt, beugt sie sich mit der Schere vor und durchtrennt den Draht um einen grünen Bienenspecht, der sich langsam an den Krallen um sich selbst dreht und in ihre andere Hand fällt. Sacht pustet sie ihm ins Gefieder und spürt, wie zart er ist, wie klein. Gleich darauf setzt sie ihn auf einen Ast und zieht langsam die Hand zurück. Einen Moment lang bleibt er auf seinen Krallen hocken, dann fällt er und landet zehn Meter unter ihr auf dem Boden. Als sie leise aufschreit und zusammenzuckt, streift ihr Kopf eine Schlinge; ein Knoten zieht sich um eine Locke zusammen. Ein großer Reiher kracht ins Laub, und als sie sich zu befreien versucht, schlägt er mit dem sandgoldenen Schnabel nach ihr wie mit einer Lanze. Die Schlinge zieht sich um seinen Hals zusammen, und im Gesicht spürt sie den Wind seiner gespenstisch weißen Flügel.

Je näher sie ihm kommt, desto heftiger wehrt er sich, bis Blut unter der Schlinge vorquillt und mit leisem Tropfen auf die unteren Blätter fällt. So schnell sie kann, durchtrennt sie den Draht, ohne den schwarzen Geier zu beachten, dessen kräftiger Schnabel so dick ist wie ihr Handgelenk – sie weiß, damit kann er Knochen zerhacken. Er kommt, um die toten Vögel zu fressen; in seinen Augen regt sich das Wissen einer anderen Welt.

Mit einer Hand den blutüberströmten Reiher haltend, beginnt sie den Abstieg und wird sich plötzlich bewusst, dass sie schon seit einiger Zeit hört, wie jemand ans Tor hämmert; und im selben Moment fällt ihr auf, dass das Brummen der Fliegen bereits vor ein, zwei Minuten aufgehört hat, fast als wären sie woanders hingeflogen.

»Ist dies das Haus von Rohan-Sahib?«, fragt der Mann, als sie das Tor öffnet.

Buraq – das geflügelte, frauenköpfige Pferd, das Mohammed von einem Jerusalemer Minarett ins Paradies hinauftrug – ist auf den Laster hinter ihm gemalt. Wie es durch einen Rosenregen fliegt.

»Ja, aber er ist nicht da«, antwortet sie. »Bringen Sie noch mehr Bücher?«

»Bücher? Nein, ich habe hier den Leichnam seines Sohnes.« Er blickt auf ein Papier in seiner Hand. »Hier steht, er hieß Jeo.«

Sie lässt den Reiher fallen, der keinerlei Anstalten macht aufzustehen; langsam sinkt der blutende Hals zu Boden. Der Mann sagt etwas und zeigt hinten auf den Laster, während zwei Männer die

Ladeklappe öffnen. Sie heben den auf einem Feldbett liegenden, in weiße Laken gehüllten Leichnam herunter.

Naheed schaut nach links und nach rechts. Es ist ein ganz gewöhnlicher Morgen. Auf der gegenüberliegenden Straßenseite dringt Radiogedudel aus einer offenen Tür – eine Frau hört bei der Hausarbeit Musik. Und tatsächlich, sie kommt zur Tür, hält einen triefenden Mopp nach draußen, sieht, wie der Leichnam zu Naheed getragen wird, schlägt die Hand vor den Mund, geht wieder ins Haus und stellt die Musik ab. Für Naheed eine Bestätigung der Katastrophe. Auf dem Dach des Nachbarhauses hocken zwei Geier, und über dem Lastwagen entdeckt Naheed den Kopf eines weiteren.

Der Leichnam kommt rasch näher; das Hemd, das sie für Jeo gemacht hat, liegt auf dem weißen Laken, der graue Stoff blutgetränkt und von Fliegen umschwärmt. Ihre Hände greifen in die Luft und finden schließlich Halt am Frangipanibaum; der dünne Ast bricht und blutet, überraschend schnell, Tropfen für Tropfen weiße Milch.

Sie tritt zurück, als die Männer das Tor weit aufstoßen, und sie bemerkt, dass sie verwundert in die Baumkrone starren – zu den gefangenen Vögeln, die flattern, als ertränken sie in der Luft; Federn aller Farben sinken langsam zu Boden. Man stellt das Feldbett vor ihr ab, gleich neben dem halb betäubten Reiher, hebt das weiße Laken an, schlägt das darunterliegende Leichentuch zurück und zeigt ihr Jeos geschwollenes, zertrümmertes, blutverschmiertes Gesicht, damit sie ihn identifizieren kann.

Tara sieht ihren Korb mit Stoffresten durch. Ein kleines Mädchen, das in derselben Straße wie Rohan wohnt, hat gefragt, ob sie welche haben kann, da sie Puppenkleider machen will.

Als Tara aufwachte, war Naheeds Bett leer, aber sie weiß, dass sie zum Haus gegangen ist, um auf den Vogelbegnadiger zu warten. Tara hat verschlafen und das Morgengebet verpasst. Ein Gebet zu versäumen ist eine Sünde, doch darf sie am Nachmittag zum Ausgleich *qaza* beten. Allah kennt die Schwächen der Menschen nur allzu gut, weshalb er dafür Vorsorge traf.

»Warum weinst du?«, fragt das kleine Mädchen.

»Ich weine ja gar nicht.«

»Tust du wohl. Ich kann's doch sehen.«

»Das ist der Krieg.«

Als sie beim Aufwachen an Jeo und seinen Entschluss dachte, nach Afghanistan zu gehen, hat sie sich gefragt, ob Mikal dafür verantwortlich war, Mikal, der letztes Jahr zu ihr kam, um sie um Naheeds Hand zu bitten – nur wenige Tage vor der Hochzeit ihrer Tochter mit Jeo. Hat er Jeo mit nach Afghanistan genommen, damit er dort getötet wird? Aber nein, sie darf solche Gedanken nicht zulassen. Jeden Tag nun wird Allah Jeo wohlbehalten zurück nach Hause bringen. Und da Allah Verleumdungen missbilligt, sollte sie über Mikal nichts Nachteiliges denken oder sagen, ehe sie nicht alle Fakten kennt.

Von den vielen zusätzlichen Gebeten, die sie während der letzten fünf Tage verrichtet hat, um Allah anzuflehen, er möge ein Auge auf Jeo im Kriegsgebiet haben, sind die Knie ihrer Hose mit winzigen Knitterfalten übersät. Trotzdem lässt sich ihre Angst nicht völlig beschwichtigen, da das Jahr 2001 mit einem Montag begann, laut Almanach ein Zeichen dafür, dass die Schwachen während der kommenden zwölf Monate über die Maßen unter den Starken und Gedankenlosen zu leiden haben.

Sie gibt dem Mädchen die Stofffetzen, und die Kleine ist überglücklich angesichts der leuchtenden Farben und schönen Muster.

»Du solltest so früh noch nicht hier draußen sein«, sagt Tara, als sie geht.

»In unserer Straße hat sich eine große Menschenmenge versammelt«, erwidert das Mädchen. »Eine Hochzeit, glaube ich. Ich bin hin, um zuzugucken, und dann bin ich hergekommen.«

Tara füllt eine Schüssel mit Wasser und besprenkelt den Hennabaum, der in einem gesprungenen Topf auf der Dachterrasse wächst.

Sie meinte, einem Irren gegenüberzustehen, als Mikal auftauchte und sagte, er liebe Naheed. Die Ungerechtigkeit trieb ihr die Tränen in die Augen – gerade als sie geglaubt hatte, ihre Tochter vor Sharif Sharif in Sicherheit gebracht zu haben. Natürlich kannte sie Mikal, kannte seine bewegte Vergangenheit, seine Herumtreiberei, und sie hatte ihn mit Jeo in Rohans Haus gesehen.

»Du weißt doch, als Mutter darf ich Naheed gar nicht erlauben, dich zu heiraten«, hatte sie gesagt. »Du kannst ihr keine bessere Zukunft als ein Arzt bieten.«

Er sagte, er wolle Jeo und Rohan alles erzählen, wolle die Hochzeit absagen lassen, und seine Augen brannten; in der Mitte darüber trafen sich die Brauen, weshalb es aussah, als bedrückte seinen Blick ein düsteres Geheimnis.

»Wir lieben uns.«

»So bedankst du dich also bei Jeo? Indem du ihm seine Braut stiehlst? Bei dem Jungen, dessen Familie dich aufgenommen hat?« Bei diesen Worten sackte sein Gesicht in sich zusammen, aber ihre Furcht, ihr Kummer war zu groß, also machte sie weiter. »Du kannst Jeo nicht in den Rücken fallen.«

»Aber Naheed kann ich auch nicht verraten.«

»Und wo wollt ihr leben? Etwa in dem Zimmer, das du dir angeblich in diesem Bezirk voller Müll und Hundekämpfe gemietet hast?«

»An der Gegend, in der ich wohne, ist nichts auszusetzen«, hatte er leise erwidert. »Meine Eltern haben da gelebt.«

Als ob ihr die Geschichte seiner Eltern keine Angst machte. Der Vater verschwunden, als er versuchte, eine Revolution in Gang zu setzen, nach der es keinen Gott mehr gegeben hätte, und die Mutter, die sich mit der Suche nach ihrem Mann verausgabte, verprügelt von Polizisten und Beamten, da sie meinte, Antworten verlangen zu können.

Tara hatte ihm das gesagt, und er war wie erstarrt, fast als wäre er im Stehen gestorben. Ungewollt hatte sie den unglückseligen Jungen zum Ventil gemacht für das Leid und die Einsamkeit ihres eigenen Lebens.

»Selbst wenn du sie liebst, solltest du ihr den Gefallen erweisen, sie niemals wiederzusehen. Mit Jeo wird sie ein besseres Leben haben.«

Sie versprach Allah fünfhundert Gebete des Danks, sollte die Hochzeit wie geplant stattfinden, und folgte dem Weg des kettenbehangenen Bettelmönchs, als er durch die Straßen Heers zog. Sie bat ihn, seinen Ketten ein Glied hinzuzufügen; sie wünschte sich, dass Naheed ihr Glück fand und Mikal verschwand.

Der Wunsch wurde ihr gewährt – der Bettelmönch musste nun um dieses Kettenglied erleichtert worden sein.

Während sie den Hennabaum wässert, mahnt sie sich, erneut in Allah zu vertrauen.

Aus den Lautsprechern der Moschee dringt das Pfeifen einer Rückkoppelung; der Geistliche räuspert sich. Tara schreckt auf. Um diese Zeit wird nicht zum Gebet gerufen, also kommt eine Sonderdurchsage, und dabei geht es meist um Todesfälle oder um ein Kind, das gesucht wird. Sie denkt an das kleine Mädchen, das gerade erst mit den Stofffetzen losgezogen ist.

»Meine Herren, achten Sie bitte auf die nun folgende Ankündigung ...«

Wenn Naheed das hört, murmelt sie manchmal vor sich hin: »Und was ist mit uns Frauen?« – was ihr einen mahnenden Blick von Tara einbringt, die, wenn es um die Moschee geht, nicht die geringste Kritik duldet. Der Mann meldet, dass Jeo, der Sohn von Rohan-Sahib, dem ehemaligen Direktor der Schule Ardent Spirit, gestorben ist, dass sein Leichnam zu Hause aufgebahrt wird und dass die Beerdigung nach dem Mittagsgebet stattfindet. Wie Schläge prasseln die Worte auf Kopf und Brust nieder, und mehrere Sekunden lang sträubt sie sich gegen ihre Bedeutung. Ein Schmerz kommt auf, bleibt aber unbestimmt, während sie langsam die Treppe hinunter- und zur Tür hinausgeht.

Der Boden droht sich unter ihren Füßen zu öffnen, als sie Rohans Haus sieht, vor dem sich, ganz wie es das Kind erzählt hat, tatsächlich eine Menge versammelt. Tara drängt nach vorn, geht durch den Garten und weiß, wo sie Naheed finden wird, nämlich bei der Leiche. Nur ist da keine Leiche und auch keine Naheed.

Sie berührt das Gesicht. Es ist zerschlagen, aber es ist Jeos Gesicht. Ein Schnitt in der Wange, die Haut drum herum aufgequollen, Blut unter den dunkel verfärbten Stellen. Seine Züge wären unkenntlich, wären sie ihr nicht so vertraut. Der Leberfleck hinterm Ohr, von dem er selbst nicht geahnt hatte, dass es ihn gab. Seit die Frauen wissen, dass sie sich mit ihm eingeschlossen hat, klopfen sie an die Tür, aber Naheed ignoriert sie, betrachtet stattdessen seine offenen Augen, das ruinierte Porzellan, das ihren Blick erwidert. Behutsam deckt sie ihn ganz auf. Überall Schnitte und Schusswunden, und sie stellt sich vor, wie er bei jeder Wunde aufschrie. Der Bauch mit zwei Kreuzschnitten aufgeschlitzt, so tief, dass das Gedärm durchtrennt wurde, die blauen Flecken so kräftig, dass sie fürchtet, sie könnten bei der kleinsten Berührung ihre Finger verfärben, aber sie bleiben unverändert, fast als wären sie auf die Rückseite seiner Haut aufgemalt. Naheed streicht über seinen Mund, diesen purpurnen Brei aus sirupartigem Plasma und geronnenem Blut, Lippen und Zunge vereint, als formten sie ein Wort, einen Kuss; und sie beugt sich vor, um die tote Luft aus seiner Nase einzuatmen, am aufgerissenen Hemd zu schnüffeln, den kalten Mottengeruch einzusaugen. Üblicherweise wird ein Leichnam zum Waschen in die Moschee gebracht, um bei der Rückkehr nach Vetiver und Kampfer zu riechen, doch hatte sie wen sagen hören, dass man ihn nicht baden sollte, da ein Märtyrer mit dem Blut der Schlacht begraben wird.

Die Feder in ein mit eigenem Blut gefülltes Tintenfass tauchend, überträgt der Geistliche einer nahen Moschee seit mehr als einem Jahrzehnt den Koran in ein leeres Buch, will das gesamte heilige Buch mit dem eigenen Körpersaft schreiben. Manchmal aber, wenn ihm die fromme Tat eines Kindes besonders gut gefällt, erlaubt der Geistliche dem Kind, von der eigenen Fingerkuppe einen roten Tropfen zu spenden. Als Kind war Jeo stolz darauf gewesen, auf diese Weise einen Beitrag leisten zu dürfen – zwei Punkte im Namen des Propheten Ayub.

Sorgsam bindet sie das Leichentuch zu und bedeckt ihn erneut mit dem Laken; dann geht sie zur Tür und lässt die Frauen ein.

Nichts kann an der Tatsache rütteln, dass er tot ist. Selbst Gott vermag die Vergangenheit nicht zu ändern.

Bei Anbruch der Nacht sind die meisten Leute wieder fort – nur vor dem Haus treiben sich noch ein paar Männer herum; auf der Terrasse sucht jemand nach einem verlorenen Kinderschuh; in der Küche waschen einige Frauen ab und räumen das Geschirr fort; dann sind auch sie verschwunden. Nachrichten wurden zu Rohan, Yasmin und Basie nach Peschawar geschickt, allerdings sind die drei unauffindbar, unterwegs, um Jeo und Mikal zu suchen, in benachbarten Städten Gerüchten auf der Spur.

Nachbarinnen haben im Haus das Kommando übernommen und verteilen Aufgaben, lassen Blüten aus den Ranken pflücken, um damit den Leichnam und später das Grab zu schmücken, schicken junge Männer in den Baum, um die Schlingen zu entfernen. Sie nehmen Tara und Naheed in ihre Mitte, trösten sie, und jede Frau beschwört ihre letzte Begegnung mit Jeo herauf, hält Erinnerungen an seine Klugheit und Freundlichkeit feil und ruft Einzelheiten ihrer Hochzeit ins Gedächtnis.

Naheed wandert durchs große Haus. Es ist zehn Uhr abends, und es gibt keinen Strom, nur Kerzenlicht. Sie folgt dem dunklen

Flur ins Haus Córdoba, eine Kerze in der Hand, bleibt schließlich stehen und lehnt sich an; Wachs tropft ihr auf die Füße. An der Wand hängt ein Bild von Jeo; sie starrt es fragend an. Die drei Männer, die den Leichnam brachten, haben nicht viel gewusst. Sie sagten nur, sie seien bei einer ganz gewöhnlichen Truckvermietung in Peschawar beschäftigt, und ein Mann sei in die Werkstatt gekommen und habe sie dafür bezahlt, Jeos Leiche zu der angegebenen Adresse in Heer zu bringen.

Irgendwie ist es noch zu früh, als dass solche Einzelheiten von Bedeutung wären. Eine der Frauen hatte Tara gefragt: »Wie ist er gestorben?« Und sie hatte geantwortet: »Das interessiert mich noch nicht.«

Das Haus treibt durch die Dunkelheit. Die junge Frau denkt an die Zeit, als der Garten sie in seine funkelnde Helligkeit lockte, denkt an das Sonnenlicht und die Invasion zierlicher Insekten, an die Gerüche vom Baum der Sorgen und vom Sorgenfreien Baum. Sie weiß, es wird nie wieder so sein, denn ihr Blick wurde verändert, ist nun versehrt, die Augen matt, geblendet, angegriffen, befleckt und erblindet.

Wo ist Mikal? Mit dem Rücken an die Wand setzt sie sich auf den Boden und kommt zur Ruhe. Damals, als sie anfing, sich mit Mikal zu treffen, hatte sie sich irgendwie verlegen gefühlt. Es war ihr wie eine Spielerei erschienen, und vielleicht hatte sie versucht, das, was mit ihnen geschah, auf die leichte Schulter zu nehmen. Erst seine Intensität hatte sie gedrängt, das eigene Leben ernst zu nehmen, hatte sie einsehen lassen, dass sie selbst auch ein Recht auf Glück und Schönheit besaß.

Es ist elf Uhr; Tara sitzt nebenan bei Lampenlicht über den Koran gebeugt. Dann ist Mitternacht, und es herrscht völlige Stille, als hätte sich das Haus von der Erde losgelöst und schwebte frei davon. Sie sind mit einem Krieg allein, mit seinem ausgeweideten, verkohlten Gedärm. Die Zeiten haben ihnen durch diesen Vorfall etwas zu sagen, nur wissen beide nicht, was es ist.

Bald nach Ankunft der Leiche verbreitet sich in der Nachbarschaft das Gerücht, amerikanische Soldaten hätte Jeo getötet. Ein Mann war sogar mit geladener Waffe aus dem Haus gestürzt, weil er geglaubt hatte, die amerikanische Armee sei in Heer einmarschiert.

Die Asche auf ihren Kleidern hinterlässt Spuren an Hals und Handgelenken. Als die Frauen hörten, dass Tara um Asche bat, weil sie die Trauerkleider damit färben wollte, hatten fast alle verwundert reagiert und gesagt, es müsse ein Armeleutebrauch sein, typisch für Dörfler. Und erneut wunderten sie sich, wie es einer Näherin gelungen war, die Tochter in so ein großes Haus einheiraten zu lassen. Sittiche mit rosa gerändertem Gefieder müssen unter einem Niembaum begraben werden, und als Taras Sittich vor zwei Jahrzehnten starb, war sie hergekommen und hatte gefragt, ob sie den Vogel unter Rohans Baum begraben dürfe. So hatte sie die Familie kennengelernt; darüber hinaus war Rohan ein sehr entfernter Verwandter ihres verstorbenen Mannes.

Naheed sitzt in Rohans Zimmer, den Telefonhörer in der Hand. Ein Uhr morgens. Sie hat erneut versucht, Rohan in Peschawar zu erreichen, doch nimmt niemand ab.

Auf dem Tisch liegt ein Rubin. Er wurde in Jeos Magen gefunden; Koranverse in winziger Schrift sind darin eingraviert; die Farbe ist hell und klar. Dort, wo keine Wörter stehen, ist der Stein vollkommen glatt. Bei seinem Anblick rangen die Leute nach Luft, so herrlich schien er ihnen trotz des traurigen Anlasses. Eine Frau erinnerte sich, dass der Stein einst Sofia gehört hatte und vor Langem verschwunden war, angeblich gestohlen. Der Geistliche behauptete, die Tropfen Blut, die Jeo als Kind für seine Niederschrift des Korans spendete, seien als Juwel in seinem Magen wieder aufgetaucht.

Um zwei Uhr sitzt Naheed noch immer still neben dem Telefon; die Kerze ist lang schon erloschen. Sie steht auf, um eine neue zu suchen. Es gibt Stunden, da braucht der Mensch Gesellschaft, auch wenn es nur eine kleine Flamme ist. In ihrem Licht lässt sie sich auf Rohans Bett sinken.

9

Rohan träumt, ein amerikanischer Soldat und ein Krieger des Dschihad schaufelten gemeinsam ein Grab.

Er schlägt die Augen auf und schaut aus dem Auto; sie fahren über die Grand Trunk Road, die über weite Strecken unbeleuchtet ist. Sie fahren schon die ganze Nacht; die Uhr am Armaturenbrett zeigt 4.30. Gegen acht Uhr morgens werden sie in Heer ankommen. Basie fährt, und Yasmin schläft auf dem Rücksitz. Trotz aller Nachforschungen in und um Peschawar konnten sie nichts über Jeos und Mikals Aufenthaltsort herausfinden und kehren nun erschöpft zurück – alle drei wie betäubt von den letzten Tagen.

Am frühen Abend hatten sie zu Hause angerufen, aber vergebens. Naheed ist offenbar bei Tara, und in deren Haus gibt es kein Telefon. Eigentlich war es ihnen recht gewesen, dass niemand abgenommen hatte. Sie wussten nichts Neues zu berichten und hätten erklären müssen, dass sie mit leeren Händen zurückkehren. Das konnte bis zu ihrer Ankunft warten.

Ihm kommt der Gedanke, dass Jeo und Mikal sterben könnten, ein Grauen im schwarzen, laubverhangenen Wald seines Verstandes, von dem er sich sofort wieder abwendet.

Im flachen Land draußen schimmert ein Fluss hell wie geschmolzenes Metall; Aberhunderte von Fledermäusen sind zu sehen, die mit ledrigen Schwingen über die Wasserfläche jagen. Direkt vor ihnen taucht eine Kirche auf, als Basie den Wagen abrupt mit kreischenden Bremsen zum Stehen bringt. Ein bärtiger Mann, etwa in Rohans Alter, ist auf der Straße, überquert kaum fünf Schritte vor ihnen die Straße. Er trägt eine Laterne, deren fahle Flamme im weißen Strahl der Scheinwerfer kaum zu sehen ist, und bietet einen ziemlich ungewöhnlichen Anblick. Sein Oberkörper ist mit dicken Ketten umwickelt wie eine Spule mit Faden; sie umhüllen ihn lückenlos von der Hüfte bis zu den Armbeugen. Mindestens zwei Dutzend Ketten hängen außerdem an einem Eisenring um seinen Hals – fallen bis kurz unterhalb der Knie und führen dann wieder hinauf, die eine Hälfte verbunden mit einem Ring, den er ums linke Handgelenk trägt, die andere Hälfte hängt am rechten Arm.

Während sie sich im Wagen vom Schock erholen, sieht der alte Mann Rohan direkt an.

»Sollten wir nicht aussteigen und ihm helfen?«, fragt Yasmin.

»Ich denke, er braucht nur Zeit, um die Straße zu überqueren.« Basie wirft einen Blick nach hinten, um zu prüfen, ob weitere Autos kommen, doch ist nichts zu sehen, für den Alten besteht keine Gefahr.

Basie kurvt höflich in einigem Abstand um den Mann herum, der sie nicht weiter beachtet, sondern langsam den Weg zur anderen Straßenseite fortsetzt. Sein Bart ist verfilzt und so staubbedeckt wie das Kopfhaar, der Leib hager, das Gesicht von tiefen Furchen durchzogen und sonnenverbrannt, aber er wirkt friedvoll.

Ein schwergewichtiges, metallisches Gewand.

»Als Kind hat Mikal geglaubt, er sei unser Vater«, sagt Basie leise, als sie den Mann hinter sich zurücklassen.

Die Ketten werden sicher mehr als zwei erwachsene Männer wiegen und müssen eine schwere Bürde sein, was seinen langsamen Schritt erklärt.

»Ich hab schon von ihm gehört, ihn aber noch nie gesehen«, sagt Rohan und schaut sich noch einmal nach ihm um. Als der Wagen an Fahrt gewinnt, verliert er ihn bald aus dem Blick, dann aber hören sie ein hartes, metallisches Geräusch, fast als schlüge ein kolossaler Hammer auf einen ebenso gewaltigen Amboss. Ein so lautes Dröhnen, dass es die Luft selbst zu zerreißen scheint.

»Jemand hat die Kirche in die Luft gejagt«, sagt Yasmin.

»Dreh um.«

»Er könnte verletzt sein. Er ging gerade darauf zu.«

Das ist schon der zweite Angriff auf eine Kirche in ebenso vielen Tagen. Gestern passierte es bei Tageslicht; es gab mehrere Verletzte. Diejenigen, die die Verantwortung für diesen Anschlag übernahmen, sagten, da westliche Christen Moscheen in Afghanistan bombardierten und zerstörten, begänne man nun, Kirchen in Pakistan auszuradieren.

Man kann den Brand aus mehr als hundert Metern Entfernung sehen; ein mächtiges Inferno hüllt das Gebäude ein, Rauchschwaden steigen in den schwarzen Himmel. Die Bombe explodierte am Boden; jetzt lecken lange Flammenzungen aus den Fenstern und kriechen die Fassade hoch. Auf dem Höhepunkt des Feuers schießen die Flammen immer wieder weit ins Dunkel hinaus.

Sie halten am Straßenrand und steigen aus; Rohan spürt das Licht wie heftigen Regen im Gesicht und auf den Augen, weshalb er einige Sekunden lang den Blick abwenden muss. Das Feuer in der Kirche ist heißer und heller – die Flammen draußen vergleichsweise matt, fast als flöhe eine Feuersbrunst vor einer noch heftigeren.

Obwohl es Nacht ist, bildet sich rasch ein Stau, und in dem Chaos steigen Leute aus, um zu helfen, Zeuge zu sein oder lauthals zu jammern. Yasmin und Basie sagen Rohan, er solle beim Wagen bleiben, während sie selbst nachsehen wollen, ob sie helfen können.

Er steht mit dem Rücken zum gleißenden Licht und sagt kein Wort, will aber nicht, dass sie gehen. Es könnte eine zweite Bombe geben, die denen gilt, die das Gebäude zu retten versuchen. Oder Männer auf Motorrädern könnten Rettungsmannschaften wie Zuschauer mit Maschinengewehrsalven niedermetzeln. Besorgt blickt er über die Schulter und schaut ihnen nach.

Dem Brandherd entfährt ein Fauchen, das bis in den hintersten Winkel dringt, dorthin, wo jeder Mensch seinen Mut bewahrt, und als der Wind dreht, ist nur noch dieses Fauchen zu hören, eine Erinnerung daran, dass Feuer lang vor der menschlichen Stimme auf Erden zu hören war.

Basie und Yasmin unterrichten beide an der christlichen Schule in Heer, und ihm kommt der Gedanke, dass sie nach ihrer Rückkehr in Gefahr sein könnten, da die Schule mit der angebauten Kirche zu den möglichen Zielen eines Anschlags zählt.

Einige Leute in der Menge sind begeistert. Für sie ist dies kein Irrsinn, sondern im Gegenteil wahre *Schönheit*.

Rohan hat sich ein Stück von der Grand Trunk Road entfernt, als er die Laterne im Gras liegen sieht; sie brennt, ist noch intakt. Und er entdeckt einen kniehohen Haufen Ketten unter einer Zypresse, jedes Glied eines Menschen Bitte; sein erster Gedanke ist, die Explosion habe sie dem Fakir vom Leib gerissen und seine Leiche müsse in der Nähe liegen, aber dann regt sich der Metallhaufen, und er sieht daraus eine unsicher tastende Hand vordringen.

Rohan geht mit der Laterne auf den Fakir zu, während der sich wie betäubt aufrichtet und beginnt, Trümmerteile von seinen Ketten abzusammeln. Aller Wahrscheinlichkeit nach haben ihn die Ketten gerettet, der Panzer anderer Menschen Bedürftigkeit.

Wenn Allah kein Erbarmen mit ihm zeigt – seine Gebete für andere Menschen nicht erhört, keine Glieder verschwinden lässt –, wachsen die Ketten, weshalb er mehrere Meter von ihnen hinter sich herschleppen muss.

Rohan sieht ihm zu, wie er aufsteht, sich nach und nach mit all diesem Gewicht erhebt.

Er beginnt zu gehen, befreit sich von in den Kettengliedern verkeilten Ziegelstücken und Steinsplittern, als würde er sich Staub von den Kleidern klopfen.

»Alles in Ordnung, Bruder?«

Der Mann bleibt stehen, die Ketten schwingen noch nach.

»Ich wollte nicht stören«, sagt Rohan.

Es sind knapp ein Dutzend Schritte bis zu einem Teich; mit der Laterne und den klirrenden Ketten geht er bis zu den Knien hinein, lässt das Wasser im Licht der Laterne golden aufleuchten und senkt den Kopf zum Wasser. Als wollte er es riechen. Erst dann beginnt er zu trinken.

Rohan sieht ihm zu, besorgt, die Ketten könnten ihn das Gleichgewicht verlieren lassen und er könnte in ihrem Gebinde ertrinken, aber er richtet sich wieder auf und kehrt wohlbehalten zurück.

»Ich warte auf meine Tochter und meinen Schwiegersohn.« Rohan zeigt auf die Baumreihe in ihrem Rücken, dorthin, wo das Kirchenfeuer den Himmel zu düsterem Orangerot verfärbt.

Der Fakir schaut kurz in die angegebene Richtung, schwacher Atemdunst verweht in der nächtlichen Oktoberluft. Die Ketten müssen kalt sein, denkt Rohan. Wo seit Jahrzehnten Ringe oder Reifen an der Haut scheuern, überziehen Schwielen die Handgelenke.

»Wir sind seit einigen Tagen unterwegs«, fährt Rohan fort, überrascht von den Tränen, die er niederkämpft. »Suchen meinen Sohn und meinen Ziehsohn.«

Das Bedürfnis zu reden. Nachdem er sich gegenüber Yasmin und Basie in den letzten Tagen so tapfer gezeigt hat.

Der Mann blickt nach vorn. Er wirkt wie eine Seele ohne Ego.

»Wer vermag nur diese Welt zu erklären?«, sagt Rohan wie zu sich selbst und schaut auf seine Hände. »Manchmal zweifle ich daran, dass es überhaupt möglich ist.«

Der Mann räuspert sich leise, die Stimme kaum mehr als ein heiseres Krächzen: »Ist es.«

Sehr bedächtig, fast als schriebe er die Worte, statt sie zu sprechen, beginnt er zu reden. »Es ist möglich. *Ahl-e-Dil* und *Ahl-e-Havas*. In diese beiden Gruppen sind wir eingeteilt. Die erste, das sind die Menschen mit Herz, die zweite, das sind die Gierigen, Männer der Lust, Profit- und Geschäftemacher.« Er hält inne, um Kraft für die nächsten Worte zu sammeln. Manche behaupten, er sei ein Dschinn, auch dass Gott ihn mit der lebenslangen Unschuld der Derwische gesegnet habe oder dass er mit seinen

Ketten einen Dschinn in der Wildnis fing, der dann zum Islam konvertierte. Nach einer Pause fährt er fort: »Die Menschen der ersten Gruppe würden niemals jemanden niedertrampeln, um zu bekommen, wonach ihnen gelüstet. Die aus der zweiten Gruppe schon. Hierin liegt die Welt.«

»Ja, das könnte eine Lesart der Welt sein«, erwidert Rohan.

»Wenn ich eine Handvoll Staub nehme und frage, ob das all der Staub ist, den es gibt, werdet Ihr mir antworten, dass es überall auf der Welt Staub gibt. Mehr Staubkörner, als man zählen kann. Ebenso kann ich Euch nur eine Handvoll Wahrheit geben. Darüber hinaus gibt es noch viele andere Wahrheiten. Mehr, als man zählen kann.«

Am Himmel erscheint ein allererster Lichtschimmer, und sie sitzen wortlos da, als Rohan einen Geruch wahrnimmt, nach dem er sich neugierig umschaut, denn er kennt ihn aus seinem Garten. Die Blüten dieses Baums geben einen umherschweifenden Duft ab, allerdings sind sie grün und sehr klein, für das menschliche Auge beinahe unsichtbar – sie ziehen es vor, gerochen zu werden, statt sich zu zeigen.

Bei seinem letzten Gespräch mit Naheed war der Vogelbegnadiger noch nicht zum Haus zurückgekehrt.

Er berührt eine der Ketten. »Warum tragt Ihr die?«

Mit der Spitze des Zeigefingers schreibt der Mann ein Wort in den Staub, den seine Ketten beim Hinsetzen aufgewühlt haben.

»Ihr gehörtet einst zu den *Ahl-e-Havas?*«

Der Mann bleibt stumm.

»Haben Sie jemanden verletzt?«

»Es kann nicht ungeschehen gemacht werden.«

»Kam jemand zu Schaden?«

Sehnsucht ist das Wort, das er geschrieben hat.

»Als mein Sohn noch klein war, habe ich Fehler gemacht«, sagt Rohan. »Seine Mutter starb im Zustand der Ungläubigkeit, weshalb ich mir und meinen Kindern eine übergroße Frömmigkeit auferlegte, ich ließ sie beten und fasten und redete mit ihnen über für ihr Alter unangemessene Dinge, so über die Vergänglichkeit des Lebens, die Qualen der Hölle und des Grabes. Irgendwann habe ich damit aufgehört, habe meinen Irrtum eingesehen, aber es hat sie bestimmt geprägt, und ich frage mich, ob sie deshalb nach Afghanistan gegangen sind.«

Der Fakir blickt auf die aberhundert Kettenglieder um sich herum, fragt sich vielleicht, ob über Nacht einige verschwunden sind. Im Metall spiegelt sich das Licht in matten Flecken.

»Wir nehmen an, dass meine Jungen in Afghanistan sind. Was Ihr gesagt habt über *Ahl-e-Dil* und *Ahl-e-Havas,* erklärt das auch, was in Afghanistan geschieht? Die Armeen aus dem Westen, die Radikalität der Taliban?«

Er weiß nicht, ob ihn der Fakir gehört hat, sein Blick ist starr auf den Sonnenaufgang gerichtet, auf das Licht, dessen Strahlen die Kluft zwischen Ungesehenem und Gesehenem überbrücken, dann aber schaut ihn der Mann an. »Wer auch immer die Macht hat, den verlangt es danach, die Macht zu behalten. Das gilt für die Taliban ebenso wie für den Westen.« Er sitzt da, atmet die Morgenluft ein und wischt dann mit behutsamen Handbewegungen das Wort aus – ebenso vorsichtig, wie er es geschrieben hat –, Buchstabe um Buchstabe.

»Was seid Ihr früher gewesen?«

»Ich war Gesetzeshüter. Vor zwanzig, dreißig Jahren.« Er schüttelt den Kopf. »Nichts ist je vorbei. Zeit ist bedeutungslos.«

»Ihr wart Polizist?«

»Schlimmer.« Der Mann löscht die Lampe. »Ein Richter.«

Die Sonne ist ein Gestirn aus glühendem Glas, ihr Licht erschafft die Welt aufs Neue, als sich der Fakir langsam erhebt und im Dämmerlicht dem Teichufer folgt. »Mein Tag ist nur ein Tag, mein Name nur ein Name«, sagt er und legt wie zum Treueschwur eine Hand an die Brust. Rohan sieht ihm nach, während das Sonnenlicht in Scherben aus dem Wasser bricht.

Am späten Vormittag kommen sie in Heer an. Das Tor zum Haus ist verschlossen; Rohan öffnet ihnen mit seinem Schlüssel.

Er ist gleich erleichtert, als er die Stahlschlingen des Vogelbegnadigers am Fuße des jungen Mangobaumes liegen sieht. Die Fallen wurden also abgenommen. Er verbringt einige Augenblicke damit, Zustand und Wachstum des Baumes zu prüfen. Jeo liebt dessen Früchte, im Geschmack ein Hauch von Terpentin, das Fleisch fast flüssig, weshalb man es durch ein Loch oben in der Frucht aussaugt.

Er wendet sich ab, um tiefer in den Garten zu gehen, als er bekümmert bemerkt, dass ein Ast vom Frangipanibaum abgebrochen wurde. Er berührt die Wunde und erkennt an der Konsistenz der gehärteten Milch, dass der Schaden irgendwann gestern passiert sein muss.

Basie folgt einem der roten Pfade zum Haus, betritt ein Zimmer und kommt gleich wieder mit dem unbestimmten Gefühl heraus, dass irgendetwas nicht stimmt. Die Flure wurden nicht gefegt – was verständlich ist, da Naheed sich vermutlich bei ihrer Mutter aufhält –, nur sind im Bodenstaub viele Spuren zu sehen, beinahe als wären die Figuren und Helden aus den Büchern in den Kisten lebendig geworden und hätten das Haus durchstreift.

Yasmin steht auf der Veranda, schaut in den Garten und wundert sich, warum Äste und Ranken ohne Blüten sind, wundert sich, warum an der Wand der gespenstische Abdruck einer Gestalt in Kohlenstaub oder Asche zu sehen ist.

Am Teich entdeckt Rohan einen Haufen toter Vögel, und als er nach einem Paradiesschnäpper mit seinem langen weißen Streifenschwanz greift, der dreimal länger ist als der Vogel selbst, steigt in schwarz schimmernder Spirale eine Insektenwolke vom Haufen auf. Rohan kehrt zu der zwischen einem Eukalyptusbaum und einem hohen Jacarandabaum gespannten Wäscheleine zurück. Er war an ihr vorbeigegangen, ohne recht wahrzunehmen, was daran hing: ein einziges Kleidungsstück, offenbar jenes Hemd, das Jeo trug, als er vor sechs Tagen nach Peschawar aufbrach. Es hängt kopfüber, sodass die Ärmel fast den Rasen streifen. Rohan entdeckt zahlreiche Schnitte, und das ursprüngliche Grau weist mehrere Flecken auf, Blut vielleicht oder dunkelrote Tinte. Ein Lumpen, mit dem etwas Rostiges abgewischt wurde. Hat Naheed zwei Hemden angefertigt? Wenn, dann musste dies ihr Übungsstück sein. Er prüft es auf Nähte.

Im Regal entdeckt Basie einen Stein aus rubinrotem Glas mit eingravierten Koranversen. Er muss aus Glas sein – für Plastik ist er zu schwer und zu durchsichtig –, ein Anhänger für eine Kette oder ein Talisman, den man an schwarzer Schnur um den Hals trägt. Er hat den Stein noch nie zuvor gesehen, geht damit zum Fenster und hält ihn ins Licht, um zu sehen, wie die Sonnenstrahlen darin einfallen und die Verse von innen zu leuchten beginnen.

Er geht zu Taras Haus, aber da ist niemand. Vor dem Nachbargebäude sitzt ein Mann in der Sonne. Er hat sich feuchte Hennapaste ins Haar geschmiert; Zeitungsseiten schützen den Hemdkragen vor Flecken. Er sagt, die beiden Frauen seien bei Naheeds Schwiegereltern.

»Aber daher komme ich gerade«, erwidert Basie.

Der Mann zuckt die Achseln. »Dann sind sie vielleicht beim Arzt. Oder im Basar. Wer kennt schon die Frauen und deren Launen?«

Basie geht zurück und hört Yasmin und Tara, hört Naheed und Rohan. Er versteht nicht, was sie sagen, vernimmt nur ihre Stimmen, die von irgendwo zu ihm dringen, und dann sieht er Naheed auf sich zukommen, Naheed in Asche, als hätte ein Blitz in sie eingeschlagen.

10

Wer an Allah glaubt, kennt keinen Zufall, in dessen Leben ist alles wichtig und bedeutsam. Warum also ist dies geschehen? Der Rubin leuchtet in Rohans Hand, ein Tropfen seines blutigen Seelenkampfes.

Er blickt auf die Uhr mit ihren schwarzen Zeigern. Vor Jeos Geburt hatte er das Ohr an Sofias Haut gepresst, kurz oberhalb von ihrem Bauchnabel und etwas links davon, hatte auf den leisen zweiten Herzton gelauscht, dort im Dunkeln, ehe das Leben begann. Jetzt ist der Junge in einer anderen Dunkelheit, nur weiß Rohan nicht, wo er ein Zeichen von ihm finden kann, an welche Wand, welchen Schleier, an welche Membran oder Haut er das Ohr legen soll.

Wie Vögel schwanken die Hibiskusblüten im nächtlichen Garten am Geäst, ihr Scharlachrot um einige Töne dunkler als tagsüber. Die Beeren des Persischen Flieders sind giftig, weshalb sie das ganze Jahr über an den Zweigen hängen bleiben. Der einzige Vogel, der immun gegen ihr Gift zu sein scheint, ist der Bülbül, der mit lautem Getöse über die Trauben herfällt.

»Onkel?«

Er dreht sich um und sieht Basie über den roten Pfad auf sich zukommen, eine Sturmlaterne in der Hand. Ihm folgt Tara.

»Tante Tara sagt, sie würde gern mit uns beiden reden.«

»Nur auf einen Augenblick, Bruder-ji«, sagt Tara.

Er zeigt auf die Bank unter dem Feigenbaum.

»Ich möchte mit euch über Naheeds Zukunft reden«, sagt sie, während sie steif Platz nimmt.

»Naheeds Zukunft? Solange ich lebe, Schwester-ji, wird für das Mädchen gesorgt werden. Dies hier bleibt ihr Zuhause.«

Basie, der neben ihr sitzt, nickt zustimmend.

»Nein.« Sie schüttelt den Kopf. »Ich möchte, dass sie wieder heiratet.«

Basie und Rohan sehen sich an.

»Natürlich«, erwidert Rohan. »Das sollte sie. Sie ist ja erst neunzehn.«

Während sie sich leise unterhalten, fängt sich das Licht der Laterne unterm dunklen Blätterdach; Schatten ziehen über den Boden.

»Ich weiß, eigentlich ist es noch zu früh, darüber zu reden«, sagt Tara, »und es beschämt mich, davon anzufangen, obwohl Jeo noch keine zehn Tage unter der Erde liegt, aber ich wollte nicht, dass du vergisst, welche Verantwortung du gegenüber Naheed hast.«

»Das wird niemals geschehen«, sagt Rohan. »Sie ist wie Yasmin für mich.«

»Ich möchte nicht, dass meine Tochter den Rest ihres Lebens als Witwe verbringt.«

»Wir werden einen guten Mann für sie finden«, sagt Basie. »Lass noch etwas Zeit vergehen, und dann schauen wir uns um.«

»Mehr wollte ich nicht hören.« Die Frau nickt.

»Du darfst nicht glauben, dass du allein bist, Tante Tara«, sagt Basie. »Du hast uns.«

»Mit ihr habe ich allerdings noch gar nicht darüber gesprochen.«

»Natürlich nicht.«

Sie bleiben noch eine Weile sitzen inmitten dieser durchdringenden Stille, bis Naheed in der Küchentür erscheint, in der Hand eine Kerze, deren Licht die Bananenblätter aufleuchten lässt. Die junge Frau sieht zu den dreien herüber. »Das Essen ist fertig.«

Sie kommt und fasst Rohan an der Hand, Tara folgt ihnen. Schon bald, nachdem sie als Braut ins Haus geführt worden war, die Stirn mit Punkten wie mit Sternen verziert, hatte die junge Frau Verantwortung für die alltäglichen Angelegenheiten der Familie übernommen. Ihretwegen ging es mit Yasmins Arbeit besser; Naheed kochte und bestand darauf, dass Yasmin und Basie nach der Schule zu ihr kamen, statt zu sich nach Hause zu gehen. Sie kümmerte sich in mancherlei Hinsicht auch um deren Haushalt, was es Yasmin erlaubte, sich ganz auf ihren Unterricht zu konzentrieren, und an den Wochenenden – wenn Jeo von der Fachhochschule in Lahore kam – traf sich die Familie bei ihr; dann hatte sie sich um alles gekümmert, diskret geführt und beraten von Tara.

»Ich bin in einer Minute bei euch«, sagt Basie.

Er setzt sich auf die Terrasse, auf der an die Säule gelehnt Jeos Motorrad steht. Basie hatte mehrere Organisationen aufgesucht, die junge Männer nach Afghanistan schicken, konnte aber nicht herausfinden, welche Jeo und Mikal gesandt hatte. Er weiß nicht einmal, wer dafür verantwortlich war, dass Jeos Leichnam aus dem Krieg zurückgeschickt wurde. Auch wo Mikal ist, wissen sie nicht, ob er lebt oder tot ist.

Freitags, heißt es, erkennt der Tote die Besucher an seinem Grab. Rohan sucht in Begleitung von Tara, Yasmin und Naheed den Friedhof auf, um Gebete zum Trost von Jeos Seele zu sprechen.

Am Eingang stehen vier Frauen, von Kopf bis Fuß schwarz verschleiert, einen meterlangen Stock in der Hand. Um den Kopf tragen sie ein grünes Band mit einem Motiv des brennenden Schwerts wie auf der Fahne von Ardent Spirit. Die schwarz gewandeten Gestalten versperren ihnen den Weg; eine von ihnen deutet auf Naheed, Tara und Yasmin und sagt: »Ihr könnt hier nicht rein.«

»Was soll das heißen?«, fragt Tara.

»Unsere Religion erlaubt es Frauen nicht, Friedhöfe zu betreten.«

Sie geben ihrer Fassungslosigkeit Ausdruck, doch wird ihnen dasselbe noch einmal gesagt:

»Unsere Religion verbietet es Frauen, Friedhöfe zu betreten.«

»Seit wann?«, will Rohan wissen. »Muslimas gehen seit Hunderten von Jahren auf Friedhöfe.«

»Eine Neuerung, der ein Ende gemacht werden muss. Deshalb sind wir hier.«

Angesichts der Notwendigkeit, die Augen durch Sehschlitze sichtbar lassen zu müssen, verbergen die Frauen die wahre Farbe ihrer Iris mittels gefärbter Kontaktlinsen, aus deren grünem, rotem oder blauem Rund sie ihre Blicke werfen.

Yasmin gibt einen Laut der Verärgerung von sich und will sich an den Frauen vorbeidrängen, doch die straffen sich und heben die Stöcke.

Yasmin bleibt stehen. »Ich muss meinen Bruder sehen. Er ist in Afghanistan gestorben.«

Sie scheinen einen Moment zu brauchen, diese Information zu verarbeiten. »Das ändert überhaupt nichts. Ihr werdet keinesfalls auf den Friedhof gehen, so will es Allah.«

»Meine Mutter liegt dort begraben«, sagt Yasmin, deutet auf Naheed und setzt hinzu: »Und ihr Vater.«

»Ihr könnt zu Hause eure Gebete für die Toten sprechen. Und seid versichert, wir werden es auch für den Mann tun, der den Märtyrertod in Afghanistan starb. Er war unser Bruder und gab sein Leben für den Islam.«

»Ihr hindert die Witwe eines Märtyrers daran, sein Grab aufzusuchen«, sagt Tara. »Dies hier ist meine Tochter, und sie war mit dem Toten verheiratet.«

»Wenn du die Witwe eines Märtyrers bist«, sagt eine der Frauen und dreht sich zu Naheed um, »weshalb gehst du dann mit unverschleiertem Gesicht aus dem Haus?« Jetzt schauen sie alle Naheed an. »Du solltest dich schämen. Er gab sein Leben für Allah hin, und du bringst Schande über ihn.«

Eine weitere Besucherin, der man auch den Zugang verweigert, steht unter einem nahen Baum. »Mein einjähriger Sohn liegt da begraben«, sagt sie zu Tara.

Yasmin macht eine Bewegung, und eine der Gestalten holt zweimal rasch hintereinander mit dem eisenbewehrten Rohrstock aus, rückt mit jedem Schlag einen Schritt näher heran, und Yasmin weicht jedes Mal einen entsprechenden Schritt zurück. Die Stockspitze saust kaum einen Zentimeter an ihrem Gesicht vorbei.

»Wegen Leuten wie euch«, sagt sie und zeigt mit dem Stock auf sie alle, »ist es um den Islam schlecht bestellt. Dreckige, widerliche, erbärmliche Ungläubige fallen ungestraft über muslimische Länder her.« Und zu Rohan gewandt setzt sie hinzu: »Und du, elender Zuhälter? Weißt du denn nicht, dass man nicht mit unverschleierten Frauen auf die Straße geht?«

Die sanftmütige, gutherzige Yasmin hebt ihre Stimme: »Rede nicht in diesem Ton zu jemandem, der drei- oder viermal so alt ist wie du.«

»Alter ist unwichtig«, erwidert die Frau aufgebracht. »Und wenn dieser Mann sich unrecht benimmt, bin ich in Allahs Augen höhergestellt; ER verleiht mir dann die Autorität, diesen verhassten Widerling zurechtzuweisen.«

Es ist offensichtlich, dass sie nichts ausrichten können. Rohan geht allein auf den Friedhof, um ein Gebet zu sprechen, während Tara, Naheed und Yasmin draußen warten. Sie werden das Grab im Dunkeln aufsuchen müssen, in tiefer Nacht.

11

Im Schilf taucht Naheeds Gesicht auf, und sie schnappt nach Luft; nach der Zeit unter Wasser füllen sich ihre Augen jetzt wieder mit Licht. Sie steigt aus dem Fluss, das Haar fällt ihr mit ungewohntem Gewicht auf den Rücken. Prustend steht sie da, während sich um sie herum Schwärme leuchtender Schmetterlinge auf schleimiggrünem Schlamm sonnen. Das Laub regt sich und lässt Sonnenflecken mal scharf, mal unscharf aussehen, als Naheed durch den Garten geht, das Haus betritt und sich trockene Sachen anzieht. Dann setzt sie sich aufs Bett und streicht flüchtig über die weiße Tagesdecke mit ihren geometrischen Mustern.

Rohan sitzt draußen in einem Rechteck weichen Sonnenlichts und öffnet die Augen, als er sie näher kommen hört.

Sie hockt sich neben ihn.

»Sprichst du die Gebete, die ich dir aufgetragen habe?«, fragt er. »Um dafür zu büßen, dass du Jeo nach dem Tod noch angeschaut hast?«

»Ja.«

Der Ehevertrag wird im Augenblick des Todes gelöst, und der Mann wird für seine Frau zum Fremden; sie darf ihn nicht einmal mehr anschauen.

»Streng genommen hättest du ihm nicht einmal mehr ins Gesicht blicken dürfen. Aber Allah versteht. Wir Menschen sind schwach; es fällt uns schwer, keine Sünden zu begehen.« Er schließt die Augen. »Und es ist immer besser, sie so bald wie möglich zu bereuen. Auf diese Weise brauchen wir nicht die Folgen im Grab und am Tag des Jüngsten Gerichts zu fürchten.«

Sie schaut sich um.

»Ich wollte Sofias Gesicht sehen, ehe sie beerdigt wurde«, sagt er, »wollte es unbedingt, aber ich wusste, es wäre nicht recht.«

Unvermittelt steht sie auf, lässt ihn allein, kehrt mit eiligen Schritten zurück ins Haus und betritt das Zimmer, das sie sich mit Jeo geteilt hatte.

Sie starrt in die Zimmerecke, und das Herz schlägt so heftig, dass es schmerzt.

Dann geht sie zu dem Brokatsessel, sinkt in die Knie, langt darunter und streicht mit offener Hand über den Boden. Als ihre Fingerspitzen das kalte, metallene Ding berühren, unterdrückt sie einen Schrei, zieht die Hand zurück und mustert ihre Finger, als rechne sie damit, sich verletzt zu haben.

Dann streckt sie beide Arme aus – wie um einen Vogel zu fangen – und greift nach dem Spielzeuglaster, der seit dem Abend von Jeos Abreise an der hinteren Wand steht.

Ihre Finger halten die bemalten Räder, damit sie sich nicht drehen und jene Energie verlieren, die aus Jeos Leib ins Spielzeug geflossen ist, als er es mit dem Schlüssel aufzog.

Sie zittert. Für den Bruchteil einer Sekunde verringert sie versuchsweise den Druck auf die Räder – sie drehen sich, und Naheed entfährt ein schmerzlicher Laut.

Dann stellt sie das Spielzeug auf den Boden und sieht es davonfahren. Sie geht bis zum anderen Ende des Zimmers nebenher, weiter durch die Tür, überholt es und lässt es hinter sich, da sie den Anblick nicht ertrüge, wenn es schließlich stehen bleibt.

12

Mikal sitzt mit dem Rücken an die Wand des kalten Raums gelehnt; die Kette um seine Knöchel rasselt bei jeder Bewegung. Der Gedanke an Flucht ist ihm nie mehr ganz aus dem Kopf gegangen, nicht eine einzige Sekunde lang, seit er Ende Oktober in der Festung der Taliban das Bewusstsein wiedererlangt hat.

Er weiß nicht, wo Jeo ist.

Das Letzte, was ihm vom Kampf an jenem Oktobertag in Erinnerung blieb, ist vom Gefecht zerfetzter Qualm und vor den Augen ein helles, zerplatzendes Mohnrot. Während er bewusstlos war, hatte man ihn mit Stacheldraht gefesselt und nach draußen getragen; als er die Augen aufschlug, konnte er sich nicht rühren; neben ihm fraß ein Rudel Hunde die blutgetränkte Erde des Festungshofes.

Er erhaschte einen Blick auf den Trupp amerikanischer Soldaten, die den Angriff auf die Festung der Taliban koordiniert hatten. Die Amerikaner mussten sich jetzt um die Leichen von über hundert Feinden kümmern und trugen ihren afghanischen Verbündeten auf, sie rasch verschwinden zu lassen, ehe sie von einem überfliegenden Satelliten gefilmt werden konnten.

Mikal wurde der Gefangene eines Warlords, der ihm an beiden Händen den Zeigefinger abschnitt, den Abzugsfinger, um sie zusammen mit den Fingern mehrerer Dutzend Gefangener an einen Türrahmen zu nageln.

Da er fürchtete, Wundbrand zu bekommen, bat er, man möge die Kugeln aus seinem Körper entfernen, aber vergebens. Erst zwei Nächte später fiel eine Schar Männer mit Klinge und Skalpell im Schlaf über ihn her. Es ging das Gerücht um, die Amerikaner hätten mit Kugeln aus reinem Gold geschossen.

Er fragte, ob sie wussten, wo Jeo war, fragte sie, ob sie jemanden namens Jeo kannten, erhielt aber keine Antwort.

Behutsam schiebt er sich die bandagierten Hände in die Ärmel, um die Finger zu wärmen. Sein Körper ist vom Kampf gezeichnet und schmerzt, da, wo die Kugeln eingedrungen waren und da, wo man sie rausgeholt hat. Der linke Arm war von der Messerspitze eines Goldsuchers aufgeschlitzt worden und ist seither nur noch eingeschränkt beweglich – er kann die rechte Schulter damit berühren, nicht aber die linke.

Er muss fliehen und Jeo finden, dann müssen sie beide zurück nach Heer.

13

Naheed betritt das Zimmer, in dem Tara in einem Sessel sitzt und einen roten Glasknopf an ein Kleid näht.

»Mutter, ich bin schwanger.«

Tara führt den begonnenen Stich zu Ende und steht erst dann bedächtig auf, wobei sie sich mit beiden Händen auf die Knie stützt.

»Hast du gehört, was ich gesagt habe, Mutter? Ich bin schwanger.«

»Bist du dir sicher?«

Die Reaktion fällt verhaltener aus, als Naheed erwartet hatte.

»Ja, ich habe gezählt und …« Sie schüttelt den Kopf. »Egal, jedenfalls bin ich schwanger.«

»Wann hattet ihr beide, du und Jeo, das letzte Mal …?«

»Direkt vor seiner Abreise.« Naheed stellt sich vor sie, schlingt die Arme um Taras Hals und legt den Kopf an ihre Schulter. Tara erwidert die Umarmung nur zögerlich.

»Wir werden es Vater sagen müssen«, sagt Naheed und will schon gehen, aber Tara entlässt sie nicht aus der Umarmung; und ihre Gesichter sind nur wenige Zentimeter voneinander entfernt, als sie mit fester Stimme sagt: »Nein.«

Es dauert einige Augenblicke, ehe Naheed begreift, was Tara damit meint. Sie weicht einen Schritt zurück.

»Wir werden niemandem davon auch nur ein Wort sagen.« Tara geht zur Tür und schließt ab, während Naheed sie entgeistert anstarrt. »Niemand wird dich heiraten, wenn du ein Kind hast.«

»Das ist mir völlig egal.«

»Mir aber nicht.«

»Ich will nicht mal eine Sekunde lang daran denken, was du gerade vorschlägst.«

Resolut stellt sich Tara mit dem Rücken vor die geschlossene Tür. Nach einer Weile aber sagt sie in sanfterem Ton: »Ich schlage überhaupt nichts vor. Ich finde nur, wir sollten eine Weile warten, ehe wir es Rohan sagen.« Sie weicht Naheeds Blick aus. »Meinst du nicht, dass er schon genug Kummer hat? Warten wir, bis wir uns völlig sicher sind. Wenn sich herausstellt, dass du dich geirrt hast, hätten wir die Hoffnungen des armen Mannes ganz unnötig geweckt.«

Tara entfernt sich von der Tür.

Naheed setzt sich, schüttelt dann aber den Kopf und steht wieder auf.

»Bleib von der Tür weg, Naheed. Wenn du nur eine Witwe bist, kann ich dich wieder verheiraten. Aber eine Witwe mit Baby – du wirst für den Rest deines Lebens allein bleiben.«

Naheed kann kaum glauben, dass sie diese Momente durchlebt. Da schlägt Tara ihr so kräftig ins Gesicht, dass sie zurücktaumelt und sich an der Wand festhalten muss. In den wenigen Sekunden, die sie braucht, um sich zu erholen, geht Tara aus dem Zimmer und schließt die Tür von außen ab.

Tara sagt sich, dass sie nachdenken muss, und zwar schnell, da sich die Krise mit jeder Minute weiter verschärft. Sie kennt eine Frau, die in solcher Lage helfen kann.

Mehrere Hunderttausend armer, schutzloser Afghanen wurden von den Amerikanern kaltblütig ermordet. Darüber redet kein Mensch … Von draußen dringt der Lärm eines auf einen Lieferwagen montierten Lautsprechers herein, der aller Welt mit lauter Stimme verkündet, dass der kritische Moment für den Heiligen Krieg in Afghanistan gekommen ist; jeder solle sich dem Dschihad anschließen. Seit einiger Zeit fahren mehrere dieser Wagen durch Heer, alle mit der aufgemalten Flagge von Ardent Spirit.

Tara greift sich ihre Burka.

Und mehrere Hunderttausend amerikanische Soldaten wurden von unseren tapferen muslimischen Kämpfern getötet. Auch darüber redet kein Mensch. Die Amerikaner stehen kurz vor einer Niederlage, wir brauchen nur noch einige wenige Freiwillige …

Sie schließt Knöpfe und Bänder der Burka, läuft die Treppe hinab und geht auf die Straße. Wieder einmal schockiert sie das lautlose, unversöhnliche Vergehen der Zeit, der Monate und Jahre. Schon dass Naheed zur Frau herangewachsen war, hatte sie erst an jenem Tag bemerkt, an dem sie in einer Zimmerecke ein blutgetränktes Taschentuch fand, und selbst da war ihr erster Gedanke gewesen, eine Katze habe einen toten Spatz hereingetragen und gefressen.

Sie geht zu der Frau, die im Soldatenbasar wohnt, und kauft dann noch ein Vorhängeschloss in einer schmalen Gasse, in der vor den Läden jede Menge arbeitsloser junger Männer hocken, wütend und gedemütigt; nicht wenige von ihnen sind ehemalige Schüler der Ardent Spirit. Frust und Arbeitslosigkeit können sie jederzeit gewalttätig werden lassen, während sie sehnsüchtig den vorbeigehenden Mädchen nachstieren. Die Schüler guter Schulen wie etwa jener, an der Basie und Yasmin unterrichten, wollen dagegen nur in den Westen auswandern; sie behaupten, junge Männer wie diese hier hätten ihr Land unbewohnbar gemacht.

Sie kennt einen der Männer, grüßt ihn und sagt, sie werde ihm nähen, worum er sie letzte Woche bat, etwas, was sie damals noch ablehnte. Jetzt aber braucht sie den Lohn. Das Mittel, das sie Naheed geben wird, ist sehr stark, sogar lebensbedrohlich, und ihre Tochter wird danach ernsthaft krank werden. Kosten für Medikamente drohen.

Einem Bettler gibt sie eine Rupie und bittet ihn, für Naheeds Glück und Gesundheit zu beten. Sobald sie nach Hause kommt, bringt sie das Vorhängeschloss an der Treppentür an, dem einzigen Weg nach draußen.

Vorm versperrten Zimmer bleibt sie stehen und horcht aufmerksam auf die schwere Stille hinter der Tür, geht dann in die Küche und bereitet das Mittel zu. Anschließend macht sie das Abendessen. Als sie damit fertig ist, entriegelt sie die Tür, passt aber auf für den Fall, dass das Mädchen zu flüchten versucht.

Doch Naheed ist noch an ihrem Platz und rührt sich nicht. Tara stellt den Teller mit Spinat und zwei in weiße Servietten gewickelten Chapatis vor sie hin.

»Du hast was reingetan.«

»Habe ich nicht.«

Mit der Fingerspitze berührt Naheed den Teller und schiebt ihn langsam von sich weg. Er fällt über den Tischrand und zerbricht.

Tara holt einen neuen.

»Eine Frau in deiner Verfassung muss etwas essen.«

Naheed gibt keine Antwort.

»Ich habe nichts hineingetan«, fährt sie aufmunternd fort. »Du weißt doch, dass du dem Kind schadest, wenn du jetzt nichts isst.«

Naheed bricht ein Stück vom Chapati ab, löffelt sich damit etwas Spinat auf, führt den Bissen zum Mund und lässt ihn wieder fallen.

»Ich habe die Welt nicht gemacht, Naheed. Du ruinierst dir dein Leben.«

»Das ist die letzte Erinnerung an Jeo.«

»Er hat nicht an dich gedacht, als er nach Afghanistan ging, warum denkst du jetzt an ihn?«

»Dies ist mein Kind; ich werde es allein aufziehen.«

»Und wie genau willst du das machen?«

»Ich mache mein Diplom und werde Lehrerin; wenn er groß ist, wird er sich um mich kümmern.«

»Er? Und wenn es ein Mädchen wird? Woher wollen wir in zwanzig Jahren das Geld nehmen, um sie zu verheiraten? Oder hat sie dann auch ein Diplom und wird sich ihre Mitgift selbst zusammensparen?«

»Ich höre mir das nicht länger an.«

»Bist du dir denn sicher, dass du klug genug für ein Diplom bist? Schließlich hast du es nicht einmal in die Oberstufe geschafft.«

Das sitzt. Naheed blickt sie wütend an: »Du bist doch schuld, dass ich es nicht geschafft habe. Dein Leichtsinn, der dich zwei Jahre ins Gefängnis gebracht hat. Und davor warst du auch schon verrückt.«

Tara kommt einen Schritt näher. »Was redest du denn da?«

»Als du aus dem Gefängnis zurückgekommen bist, musste ich wieder monatelang deine Verrücktheit ertragen. Du und deine Dschinns.«

»Was soll das heißen?«

»Ach nichts, vergiss es.«

»Ich war ein paarmal krank, das ist alles. Und ich habe dich aufgezogen, so gut ich konnte.«

»So werde ich es auch mit meinem Kind halten.«

Sie schweigt, fragt dann aber: »Was sollten diese Bemerkungen?«

Naheed schaut sie an. Als Kind hatte sie Angst vor Tara gehabt, hatte sich vor den Dschinns gefürchtet, die sie heimsuchten. Oft sagte Tara tagelang kein Wort und lag nur auf dem Bett mit dem Gesicht zur Wand. Naheed lernte deshalb früh, für sie zu sorgen und zu kochen. Einmal hatte ein Kind sogar einen Stein nach ihr geworfen, wie Kinder es bei Verrückten eben tun. Wie genau sich ihre Mutter eigentlich an diese Wochen und Monate erinnerte, hatte Naheed sich schon lange gefragt, da sie beide nie direkt über diese Zeit gesprochen haben. Als Naheed dann zum Teenager heranwuchs, kam ihr die Idee, Lehrerin zu werden, eines Tages eine Handtasche zu tragen, selbstsicher aufzutreten und sich die vorderen Haarsträhnen so zu schneiden, dass sie ihr auf die Wangen fielen. Bloß kam die Schularbeit zu kurz. Sie erinnert sich, wie demütigend sie es fand, eine Klasse wiederholen zu müssen. Dann wurde Tara verhaftet.

»Vater wird mit dem Kind helfen.«

»Er hat selbst nicht viel«, sagt Tara aus ihrem Sessel. »Ich hielt ihn für einen wohlhabenden Mann, aber ich habe mich getäuscht. Sogar das Haus gehört den Leuten, denen die Schule gehört, und sie können es ihm jederzeit wieder nehmen. Jeos Aussicht auf eine Stelle als Arzt war die einzig sichere Zukunft, die er hatte, genau wie du.«

Naheed blickt auf den Teller, dann schiebt sie ihn fort.

»Das letzte Geschenk deines Jeos an dich wird sein, dass du für die nächsten anderthalb Jahrzehnte das Spielzeug dieses Mannes in der Wohnung unter uns bist – oder eines Mannes wie ihm. Später will er dann nichts mehr von dir wissen. Möchtest du wirklich so leben? Einmal im Monat in tiefer Nacht mit dem Kind durch die dunklen Straßen zu Jeos Grab gehen?«

Naheed trägt das Tablett in die Küche und kommt mit einem Lappen wieder, um die Essensreste vom Boden aufzuwischen.

»Ich warte noch einige Tage, bis ich mir völlig sicher bin, dann sage ich es Vater und Yasmin. Und ich werde jemanden finden, der mich *mit* Kind heiratet. Schließlich erwirbt man sich bei Allah großen Lohn, wenn man die Witwe eines Märtyrers heiratet. Das sagen alle.«

»Nichts als Gerede.«

Naheed steht auf und schaut sie an. »Dann lebe ich eben allein.«

Als sie auf dem Gebetsteppich steht und sich in Richtung Mekka verbeugt, meint sie, hinter sich das Mädchen zu spüren. Ein leises, metallisches Geräusch verrät ihr, dass Naheed die Schere in der Hand hält. Nach zwanzig Jahren Umgang damit kennt Tara jeden nur erdenklichen Laut, den die Schere machen kann, doch als sie mit dem Gebet fertig ist und sich umdreht, liegt Naheed immer noch auf dem Bett. Die Schere ist vom Regal zum Fensterbrett gewandert, aber vielleicht hat sie auch schon vorher dort gelegen.

Manchmal denkt Tara, sie hat zu wenig vom Leben verlangt. Und dann wieder denkt sie, sie wollte zu viel.

Als Naheed vierzehn Jahre alt war, fiel ein Mann über Tara her, den sie erst kurz zuvor kennengelernt hatte. Sie ging zur Polizei, und die verlangte – im Einklang mit dem Gesetz der Scharia – die Zeugenaussagen von vier Männern, die bestätigten, dass es sich tatsächlich um eine Vergewaltigung und nicht um Geschlechtsverkehr in beiderseitigem Einvernehmen gehandelt hatte. Diese Zeugen gab es natürlich nicht, und so wurde Tara wegen Ehebruchs verhaftet. Naheed lebte damals bei ihrer Großmutter auf dem Dorf, während Rohan versuchte, Tara freizubekommen.

Damals, während sie in Haft saß und sich vor der Zukunft fürchtete, versprach ihr Rohan, dass er Naheed zu seiner Schwiegertochter machen würde.

Und diese Verrücktheit, von der Naheed sprach, ihre Dschinns – während jener Stunden und Tage war ihr, als wäre man in ihren Verstand eingebrochen. Sie, eine junge Witwe, deren Jugend verstrich, hatte sich gewünscht, dass ihr Mann wieder lebte. Sie kann gar nicht fassen, dass sie solchen Gedanken auf der Gebetsmatte nachhängt – sich an die Tage erinnert, an denen sie gegen das Verlangen ankämpfte, an die Schuldgefühle, die aufkamen, sobald sie an einen Mann dachte, an das Gefühl, ein Verbrechen zu begehen, nur weil sie etwas so Selbstverständliches wie Liebe und ein Ende ihrer Einsamkeit wollte, weil sie sich vorkam, als wäre ihre Seele verkrüppelt. Wie würde Naheed damit fertigwerden? Sharif Sharif hatte Tara einige Jahre lang ausgenutzt und wollte dann nichts mehr von ihr wissen. Er war bereits mit zwei Frauen verheiratet; Taras Hoffnung, seine dritte zu werden, zerschlug sich. Sie will aufstehen, traut ihren Knien aber nicht, also geht sie nur kurz in die Hocke, zieht die samtige Gebetsmatte unter sich fort, rollt sie auf, küsst sie und legt sie sich in den Schoß. Und wie sie da auf dem kalten Boden sitzt, wird ihr klar: Sie darf nicht zulassen, dass ihre Tochter denselben Fehler wiederholt. Immer wieder hatten ihr die Brautwerber gesagt, eine Tochter verschlechtere die Chancen für eine erneute Heirat, weshalb sie ihr rieten, Naheed zur Adoption freizugeben. »Die Männer ändern ihre Meinung, sobald sie hören, dass du noch ein Maul mitbringst, das es zu stopfen gilt. Ein Mädchen, für dessen Erziehung sie aufkommen, dessen Ehre und Jungfräulichkeit sie beschützen und für das sie eines Tages Mitgift zahlen müssen.«

Sie schickte das Kind fort ins Dorf, doch selbst dann kamen die Werbegespräche nie über einen bestimmten Punkt hinaus. Meist freuten sich die Männer, wenn sie hörten, dass sie vom Propheten abstammte, sodass sie durch ihre künftige Frau direkt mit Mohammeds Stammbaum verbunden wären. Doch lud Tara die Verwandten in spe auf dieses Dach hier ein, und natürlich war es ein Fehler, sie ihre Armut sehen zu lassen. Ein Zimmer mit einem kleinen Balkon nach vorn raus, die steile Treppe und ein Kabuff, das sie Küche nannte. Der letzte Mann, der herkam, heiratete schließlich eine Frau, deren Familie ein Geschäft in Riad betrieb, und zweifellos brachte die Braut noch einen Wagen, eine Waschmaschine, einen Farbfernseher und einen Videorekorder mit in die Ehe. »So viel dazu, dass Mohammeds Blut stärker ist als saudisches Gold«, sagte der Heiratsvermittler.

Sie holte Naheed zurück, und die Jahre vergingen. Sie begann, sich etwas über einen Mann zusammenzufantasieren, den sie regelmäßig die Straße entlanggehen sah, und eines Tages wechselte sie in irgendjemandes Haus einige Worte mit ihm, und sie redete sich daraufhin ein, dass er gleichfalls in sie verliebt sei. Sie schrieb ihm einen langen Brief, woraufhin er sie besuchte; ihm zufolge war es keine Vergewaltigung, ihr Brief war der Beweis seiner Unschuld.

Das Schloss an der Treppentür blieb hängen, der Schlüssel blieb in Taras Tasche, und zwei Tage und zwei Nächte lang aß Naheed nichts von dem, was Tara ihr brachte.

»Ein Grund, warum ich nicht tun kann, was du von mir verlangst«, sagt Naheed mit abgewandtem Gesicht, »ist der, dass ich weiß, er ist noch am Leben.«

»In diesem frühen Stadium kann eine Frau nicht spüren, ob das Kind lebt.«

»Ich rede von Mikal.«

»Mikal?« Tara schaut sie an. »Hast du was von ihm gehört? Hat er sich gemeldet?« Dann erstarrt sie. »Wieso wartest du überhaupt auf ihn?«

»Ich weiß, dass er noch lebt und dass er zu mir zurückkommen wird. Wir haben uns geliebt.«

»Das wusste ich nicht.«

»Doch, das wusstest du. Er hat mir nichts davon gesagt, aber ich glaube, er ist zu dir gekommen und hat um meine Hand angehalten. Du musst ihm das Gefühl gegeben haben, dass er nichts weiter als ein nutzloser Bettler sei. Das weiß ich. Wir wollten noch vor der Hochzeit durchbrennen, hatten schon Zeit und Treffpunkt ausgemacht, aber er ist nicht aufgetaucht. Ich habe auf ihn gewartet und eigentlich nie damit aufgehört.« Sie schweigt und holt dann tief Luft. »Vielleicht ist dieses neue Warten nur ein Teil des alten.«

»Habt ihr beide diesen Plan ausgeheckt?«, fragt Tara leise. »Hat er Jeo mitgenommen und ihn töten lassen, während du auf seine Rückkehr wartest? Ist das Mikals Kind?«

»Nichts dergleichen, Mutter. Ich weiß nur, dass er lebt. Ich kann es spüren.«

»Du kannst kein Leben auf einem Gefühl aufbauen, Naheed. Ich mag ja verrückt sein, aber so viel weiß ich.«

»Es gibt keinen Leichnam, kein Grab.«

»Was nicht heißen muss, dass er nicht tot ist. So manche Jungen sind nach Kaschmir, Bosnien oder Tadschikistan gegangen und nicht zurückgekommen, nur die Nachricht von ihrem Tod schaffte es heim.«

Naheed bricht in Tränen aus. »Ach, Mutter, ich weiß nicht, was ich denken soll. Aber bitte versteh doch, dass ich nicht tun kann, was du mir rätst. Außerdem habe ich gar nicht behauptet, dass du verrückt bist.«

Tara erhebt sich, bleibt aber an der Tür stehen. »Er war hier, und ich habe ihn fortgeschickt. Hast du das die ganze Zeit gewusst?«

»Ja.«

»Und du wolltest mit ihm durchbrennen?« Sie schaut ihre Tochter bestürzt an. »Wolltest mich mit all den Hochzeitsvorbereitungen allein lassen? Wolltest es mir überlassen, Jeos Familie und allen Nachbarn zu erklären, was geschehen war? Sie hätten doch ausnahmslos behauptet, ich, ein liederliches Weib, hätte eine schamlose, undankbare Tochter großgezogen.«

Ein schmerzliches Schweigen hüllt sie beide ein, dann kommt Tara zurück, nimmt den Schlüssel aus der Tasche und legt ihn neben Naheed aufs Bett.

Sie bringt ihr Essen auf einem Tablett, sagt, sie habe nichts untergemischt, aber Naheed schafft es immer noch nicht, ihr zu trauen.

»Du wirst krank vor Schwäche. Glaub mir, iss was«, sagt Tara, zeigt aufs Tablett und geht zum Kühlschrank in der Ecke – die Küche ist dafür zu klein, deshalb steht er im Schlafzimmer, ihrem einzigen Zimmer, und verbreitet einen leichten Geruch nach jenen Chemikalien, die aus dem Gerät entweichen, seit sie es vor zehn Jahren aus zweiter oder dritter Hand gekauft haben.

Dann schließt Tara eigenhändig die Tür zur Treppe auf.

»Nun gut, aber geh wenigstens zu Rohan und iss dort etwas.«

Es ist beinahe Mitternacht.

»Morgen«, antwortet die junge Frau.

Stunden später, mitten in der Nacht, weckt sie der Hunger, und sie verlässt das Zimmer, um hinaus unter den sternenübersäten Himmel zu treten. In der Küche liegt der Granatapfel aus Rohans

Garten, den sie Tara vor einigen Tagen gebracht hat. Er wurde aufgeschnitten, und die glitzernden Samen liegen in einer stählernen Schale, umgeben von den eigenen Spiegelbildern; ihr Rot lässt sie an den Rubin denken. Sie nimmt einen Kern, legt ihn sich auf die Zunge und spuckt ihn wieder aus. Tara könnte ihn mit irgendetwas eingesprüht haben.

Fast schwindlig vor Hunger blickt sie vom Dach hinab in Sharif Sharifs Hof, blickt zur Küche seiner Familie und geht die Treppe hinunter; die Fliegengittertür quietscht, als sie die Küche betritt, das Geräusch eines kleinen Vogels, einer Zikade. Sie hält inne und schaut sich um, fast panisch bei dem Gedanken, dass sie das Leben nähren muss, das sie in sich trägt. Blindlings streckt sie die Hand aus und nimmt den Deckel von einem Topf, erkennt Zucker am sirupartigen Geruch und streut sich eine Prise auf die Zunge, spürt, wie die Kristalle sich in ihrem Speichel auflösen. Dann hört sie einen Laut, hört, wie jemand nach Luft schnappt. Oder ist es ein Streichholz, das angerieben wird? Erhellt eine kleine gelbe Flamme irgendwo im Dunkeln gleich Sharif Sharifs Gesicht? Sie lässt den Topf fallen, hört ihn mit einem unerwartet lauten Knall zerbrechen, hört das leisere Geräusch, mit dem der Zucker aus dem zerbrechenden Topf verspritzt, ein gedämpftes Zischeln. Unter ihren Füßen fühlt es sich körnig an, als sie nach draußen hastet.

Oben isst sie den Granatapfel, stopft sich die Kerne mit beiden Händen in den Mund.

Als Tara eine Stunde später zum Morgengebet aufsteht, ist Naheed noch wach. Sie bittet ihre Mutter, ihr Frühstück zu machen, und bekommt zehn Minuten später ein Paratha sowie ein Omelett mit Koriander, Zwiebeln und grünen Chilis. Als die Sonne aufgeht, begibt sie sich zu Rohans Haus.

Sie nimmt einen Schluck Wasser; ein hellrotes Rinnsal verwirbelt im Glas.

Sie stellt das Glas zurück auf den Tisch und legt sich wieder ins Bett, bibbert vor Fieber. Ihre Haut brennt, und sie meint, durch eine Feuerwand zu blicken.

»Wie spät ist es?«

»Nacht«, erwidert Tara.

»Welcher Tag?«

»Donnerstag.«

Tara legt eine Hand an Naheeds Stirn – eine Hand der Güte, der milden menschlichen Gnade. Naheed schaut ihr in die Augen, in jene Augen, durch die sie zum ersten Mal Tränen in die Welt rinnen sah. Sie hört, wie Tara sagt: »Ich habe damit nichts zu tun. Ich habe dir nichts ins Essen getan.«

Am Freitagmorgen öffnet sie die bernsteinfarbenen Augen, richtet sich auf und fragt, ob sie bei der Hausarbeit helfen kann. Tara lässt sie einen Korb Erbsen palen. Als sie zehn Minuten später zurück ins Zimmer kommt, ist Naheed im Sessel eingeschlafen, der Korb ihrer Hand entglitten, die Erbsen liegen verstreut auf dem Boden.

Am Samstag vernäht sie den Saum eines Kittels, den Tara geschneidert hat. Danach geht sie ins Bad – Tara erinnert sie erneut daran, die Tür nicht abzuschließen – und bleibt sehr lange. Tara steht besorgt vor der Tür und klopft hin und wieder an, leise wie ein Herzschlag, hört aber keine Antwort.

Als sich Naheed schließlich wieder blicken lässt, fragt Tara: »Ist was passiert?«

Sie nickt. »Ja, es ist vorbei.«

Sie schläft lange, doch ihre Temperatur bleibt zu hoch. Tara sitzt an ihrem Bett, den Koran oder eine Näharbeit in der Hand.

»Ich habe gehört, verehrte Tante«, hatte der junge Mann gesagt, der letzte Woche auf der Treppe aufgetaucht war, »dass du Sachen nähst.«

Tara näht Frauenkleider, manchmal aber kommen auch Jungen und wollen Hose oder Hemd geändert haben – meist muss sie sie enger nähen, weil die Mütter sich weigern, das zu tun.

»Kannst du mir eine amerikanische Flagge nähen?«

»Eine amerikanische Flagge?«

»Ja, auf einer Protestdemo im Basar müssen wir eine verbrennen.«

Tara zögerte. »Ich will so was nicht machen«, hatte sie ihm dann gesagt und abgelehnt. »Damit möchte ich lieber nichts zu tun haben.« Sie hatte sich ausgemalt, für die Erregung öffentlichen Ärgers verhaftet zu werden.

Jetzt aber freute sie sich, den Jungen vor den Läden wiederzusehen. Sollte Naheeds Fieber nicht abklingen, kostet sie der Gang zum Arzt fünfundzwanzig Rupien. Und wahrscheinlich schafft es Naheed gar nicht zum Krankenhaus, also muss der Arzt herkommen, und dann wird es noch teurer.

»Wie sieht sie aus?«, hatte sie den Jungen gefragt.

Sie führte ihn ins Zimmer, und er malte ihr ein Bild auf einem Stück Papier. »Das da ist blau. Die Streifen sind rot und diese weiß.«

»Oh.« Sie hielt das Papier auf Armeslänge von sich ab. »Ist nicht so schlicht und einfach wie unsere Flagge, oder? Muss ich auch Sterne annähen?«

»Ja, ich glaube, es sollten hundert sein. Vielleicht auch nur achtzig, ich weiß nicht mehr. Fülle einfach die ganze blaue Fläche in der Ecke reihenweise mit Sternen.«

»Wann brauchst du sie?«

»Bis zum Freitagsgebet nächste Woche. Sie muss groß sein, ungefähr so groß wie vier Bettlaken. Und könntest du bitte einen Stoff nehmen, der nicht zu schnell oder zu langsam brennt? Die Flammen sollen auf den Fotos richtig beeindruckend und furchterregend aussehen.«

Den Rest des Tages verbringt sie damit, kleine Stoffstreifen zu verbrennen und Eigenart, Intensität und Stetigkeit der verschiedenen Flammen zu vergleichen – Leinen, Baumwolle sowie Textilien, die nach Romanen oder Frauenfilmen benannt wurden, *Tere Mere Sapne*, *Dil ki Pyas* und *Aankhon Aankhon Mein*. Letzten Endes entscheidet sie sich für eine Mischung aus schnell brennenden Stoffen mit solchen, die eher schwer entzündlich sind. Sie schneidet Streifen aus einem Ballen weißen Baumwollstoffs – rein wie eine Pilgerfahrt nach Mekka –, und aus Leinen macht sie die roten Streifen. Für das dunkelblaue Rechteck in der oberen Flaggenecke hat sie ein großes Stück Indigostoff übrig, aus dem sie Uniformen für die nahe Mädchenschule genäht hatte. So blau, wie sich angeblich eine Kerzenflamme verfärbt, wenn ein Gespenst näher kommt. Während sie die Maße aufzeichnet, spricht sie ein kleines Gebet für den Hausmeister der Schule, der sich die teure Herzoperation nicht leisten kann, die er so dringend braucht.

Für die Sterne macht sie sich eine Schablone aus einem Stück Pappe, schneidet danach weißen Satin zurecht und freut sich, dass der Stoff so glitzert. Sie lässt die Sterne einen nach dem anderen auf den Boden fallen, wo sie blinkend liegen bleiben, und sagt sich, dass sie gute Arbeit abliefern muss, damit der Junge nicht unzufrieden ist und weniger als vereinbart zahlt. Also zieht sie immer wieder das Bild zu Rate, das er ihr gemalt hat, und reibt sich dabei gelegentlich die Knie, da sich der November in den Gelenken bereits bemerkbar macht. Aber in ihrem Alter ist Schmerz keine Überraschung mehr, deshalb arbeitet sie weiter und fragt sich, was die verschiedenen Elemente der Flagge wohl bedeuten mögen.

Stehen die roten und weißen Streifen für Ströme aus Wein und Milch, die unter einem mit der Sterne Pracht verzierten Himmel fließen?

Oder deuten sie blutgetränkte Pfade im Wechsel mit Pfaden an, die übersät sind mit weiß gebleichten Knochen, Pfade, die aus einem Meer von Explosionen herausführen?

Vielleicht steht das Blau in der Flagge auch dafür, dass den Amerikanern alles Blaue der Welt gehört – das Wasser, der Himmel, das

Blut in den Adern, die Blaue Moschee in Täbris, die Dämmerung, die Feder, die Tara als Lesezeichen für den Koran benutzt, ihre Näherkreide, der Fleck im Kreuz eines Neugeborenen, Briefmarken und die Glasaugen ausländischer Puppen. Mohammed schwor bei der Röte des Abendhimmels, und Adam heißt sowohl »lebendig« wie »rot«. Gehören den Amerikanern diese und all die anderen Rottöne? Rosen, Fleisch, gewisse alte Blätter, gewisse neue Blätter, die Liebe, die Federn unterm Schwanz des Bülbüls, Brautkleider und -schleier, die auf dem Kalender als Festtage markierten Daten, Granate und Rubine, Glück, rote Wangen, Tollkühnheit, Krieg, das Rote Fort in Delhi, die Serie gewaltsamer Einbrüche, Limonade, die Buchbindung ihres Korans – diese und all die übrigen Rotschattierungen, die tränenfeuchten Augen der Frau drei Häuser weiter, die Tara sagte, sie wolle nicht mehr, dass sie die Hochzeitsgarderobe für ihre Tochter anfertigt, seit sie herausgefunden hat, dass Tara von Dschinns besessen ist, denn sie fürchtet, Tara könne Unglück in die Kleider nähen, die rote Flagge der Revolution, von der Mikal und Basies Eltern träumten, die Alhambra in Spanien, die Pfade in Rohans Garten, gewebte Teppiche aus Schiras, blitzende Autos, die von den Reichen nach Pakistan importiert werden, wo sie dann feststellen, dass es keine guten Straßen gibt, auf denen sie damit fahren können. Die untergehende Sonne. Die aufgehende Sonne.

Sie arbeitet ohne Pause, und während die Stunden vergehen, nimmt die Flagge, die halb so groß ist wie ihr Zimmer, langsam Gestalt an. Tara schaut zu Naheed, aber ihre Tochter schläft, das Haar am Gesichtsrand schweißverklebt. Im Zimmer ist es kalt; bald wird der Winter wie eine aufgeklappte Klinge spürbar werden. Sie facht die Kohlenpfanne an und stellt sie neben Naheed, die sich jetzt eisig anfühlt. Als es Zeit für die Nachrichten wird, dreht Tara das Radio lauter und erfährt, dass Kabul heute gefallen ist. Die Taliban sind geflohen, ließen aber alles mitgehen, dessen sie habhaft werden konnten, darunter auch sechs Millionen Dollar aus der Landesbank. Afghanistan ist befreit; die freien Bürger Kabuls begrüßen die amerikanischen Truppen mit Süßigkeiten und Plastikblumen; Musikgeschäfte werden wieder geöffnet, doch während sich die Männer ihre Bärte abrasieren, ziehen es die Frauen vor, sich vorläufig weiterhin unter ihren Burkas zu verstecken. Und Tara weiß, wie weise das ist. Solange sie denken kann, verging kein Tag, an dem ihr nicht zu Ohren kam, dass eine Frau mit Kugel, Klinge oder Seil ermordet wurde, ertränkt oder mit dem eigenen Schleier erwürgt, lebendig begraben oder lebendig verbrannt, vergiftet oder erstickt, dass ihr die Nase abgeschnitten oder das Gesicht mit Säure entstellt wurde, ihr Leib in Stücke geschnitten, sie von einem Auto überfahren oder mit einem Holzscheit niedergeknüppelt wurde. Jeden Tag kommt in den Nachrichten, dass eine Frau dies im Namen von »Schande und Ehre« oder »Allah und Mohammed« zu erdulden hatte von ihrem Vater, ihrem Bruder, ihrem Onkel, ihrem Neffen, ihrem Cousin, ihrem Mann, dem Vater ihres Mannes, dem Bruder ihres Mannes, ihrem Sohn, ihrem Schwiegersohn, ihrem Liebhaber, dem Feind ihres Vaters, dem Feind ihres Mannes, dem Feind ihres Sohnes, dem Feind ihres Schwiegersohnes, dem Feind ihres Liebhabers. Folglich lobt Tara die Frauen von Kabul, die so klug sind, ihre Burkas anzubehalten, denn eine Frau, die einen Fehler gemacht hat oder missverstanden wurde, bekommt meist keine zweite Chance und findet keine Gnade.

Sie arbeitet bis Mitternacht, dann bis ein Uhr früh, und ihr kommt es vor, als sei außer ihr niemand mehr wach. Sie allein ist Islam.

Naheed öffnet die Augen und richtet sich auf.

»Du glaubst mir doch, wenn ich dir sage, dass ich nichts getan habe, oder?«, fragt Tara. »Ich habe das Pulver weggeschüttet. Nach den ersten Malen habe ich dir nichts mehr ins Essen getan, das schwöre ich beim Koran.«

»Ich weiß«, erwidert Naheed matt.

»Manchmal lässt Allah eben geschehen, was in seinen Augen das Beste für uns ist.«

»Ich bin zu einer Krankenschwester gegangen und habe mir Spritzen geben lassen«, antwortet die junge Frau. Sie blickt Tara an. »Das war nicht Allah. Das war ich selbst.«

14

Die Blätter des Sorgenfreien Baumes haben eine raue Oberfläche und eigenen sich ideal als Schmirgelblätter. Arbeiter aus dem Möbelladen gegenüber kommen deshalb manchmal, um sich welche zu erbitten. Als es an diesem Vormittag an der Tür klingelt, rechnet Rohan damit, einen von ihnen draußen stehen zu sehen.

»Sie erkennen mich nicht?«, fragt der Mann.

»Entschuldigen Sie, nein.« Vielleicht will er Bienen verkaufen.

»Ich war im Oktober hier, um Vogelfallen aufzustellen. Ich bin Abdul, der Vogelbegnadiger.«

Vor seinem inneren Auge sieht Rohan das Fahrrad mit dem riesigen Käfig auf dem Gepäckträger.

»Ich komme, um meine Fallen zu holen.« Der Mann schaut ins Blätterdach jenseits der Gartenmauer. »Ich kann sie nicht sehen, also wurden sie vermutlich abgenommen.«

Rohan ertappt sich dabei, dass er den kleinen Mann sprachlos anstarrt, seine weichen Gesichtszüge, die hellbraune Haut mit weißen Bartstoppeln am Kinn, den fehlenden Seitenzahn.

»Sie können sich wirklich überhaupt nicht an mich erinnern«, sagt Abdul.

»Doch, kann ich. Kommen Sie herein, wir haben Ihre Fallen.« Rohan hatte einen ganzen Vormittag damit zugebracht, sie zu entwirren und dann ordentlich um armlange Abschnitte eines Rosenholzastes zu wickeln.

Der Vogelbegnadiger folgt ihm mit einigen Schritten Abstand zum Gartenschuppen. In der Nordecke qualmt es, weil Rohan die Bäume beschnitten hat und Äste und Zweige verbrennt, die ansonsten Krankheiten übertragen könnten. Ein goldrückiger Specht kreuzt ihren Pfad im Wellenflug, lässt sich aus der Kasuarine fallen, um dem Rauch zu entkommen, steigt wieder auf und verschwindet in einer Tamarinde, deren im Winter kahle Zweige sich über ihnen wie ein Nervennetz spannen.

Rohan bleibt stehen und dreht sich zu dem Mann um. »Ich begreife nicht, wieso Sie sich Ihren Lebensunterhalt nicht mit etwas anderem verdienen können.«

Der Vogelbegnadiger lässt den Satz einen Moment lang unbeantwortet und sagt dann: »Es tut mir leid, dass ich damals nicht wie ausgemacht zurückgekommen bin.«

»Das sollte es auch.« Überrascht hört Rohan, wie ärgerlich seine Stimme klingt, und ebenso überrascht ihn, wie schnell sich die Augen des Mannes mit Tränen füllen, doch kann Rohan seinen Zorn nicht zurückhalten. »Welche Entschuldigung haben Sie für Ihr Verhalten?«

Abdul wischt sich mit dem Hemdvorderteil über die Augen. »Ich kann mich gar nicht genug dafür entschuldigen, Ihnen solche Unannehmlichkeiten bereitet zu haben.«

»Ich habe eigentlich mehr an die Vögel gedacht, die da oben fast fünf Tage lang gefangen waren. Hungrig, durstig und voller Angst.«

Der Vogelbegnadiger fischt ein gefaltetes Stück Papier aus der Tasche und hält es Rohan hin. »Das hier erklärt, was mir passiert ist.«

Rohan nimmt das Papier zögerlich entgegen, faltet es aber nicht auf.

»Nachdem ich an jenem Nachmittag die Fallen gesetzt hatte, bin ich nach Hause gegangen und musste dort dann erfahren, dass mein vierzehnjähriger Junge weggelaufen ist, um in Afghanistan zu kämpfen. Am nächsten Tag konnte ich also nicht zu Ihnen kommen und die Vögel einsammeln, weil ich erst meinen Jungen finden musste. Noch am selben Abend bin ich nach Peschawar gefahren.«

Rohan starrt ihn an, dann das gefaltete Stück Papier in seiner Hand.

»Ich konnte ihn in Peschawar nicht finden und habe die letzten Monate nach ihm gesucht. Jedes Mal, wenn ich nach Hause komme, fragt seine Mutter ›Irgendwelche Neuigkeiten?‹ Sie ist halb verrückt vor Sorge und weint, als wäre er schon tot.« Der Mann zeigt auf das Papier. »Gestern bekam ich dann plötzlich diesen Brief. Er wurde unter die Tür durchgeschoben. Ein Warlord hält den Jungen in Afghanistan gefangen. Er hat für die Taliban gekämpft, und jetzt wollen sich die Leute dieses Kriegsfürsten mit mir in Peschawar treffen, um über eine Freilassung zu verhandeln.«

Bedächtig entfaltet Rohan das Blatt Papier und liest die wenigen Zeilen.

Warten Sie am Samstag, den zweiundzwanzigsten Dezember, um acht Uhr morgens, am Strommast 29 im Kupferschmiedbasar in Peschawar. Wir bringen Ihren Sohn mit, damit Sie wissen, dass wir ihn haben.

»Das ist übermorgen«, sagt Rohan.

»Richtig. Ich dachte, ich frage Sie, ob ich meine Fallen noch einmal aufstellen darf, um ein paar Vögel zu fangen. Ich habe kein Geld mehr für eine Fahrkarte nach Peschawar. Meine Frau hat schon ihre Ohrringe verkauft und ich mein Fahrrad. Das war das Einzige von Wert, was wir besaßen.«

»Vergeben Sie mir, aber ich kann Ihnen nicht erlauben, die Fallen noch einmal aufzustellen.«

»Dann muss ich mir eine andere Stelle mit Bäumen suchen. Da ich kein Fahrrad mehr habe, trage ich den vollen Käfig auf dem Rücken.«

Rohan schaut noch einmal auf den Brief. *Gehen Sie nicht zur Polizei. Sonst bringen wir ihn um und geben ihn den Amerikanern, damit die ihn foltern.*

»Sie wissen es wahrscheinlich nicht«, sagt Abdul, »aber Tausende unserer Jungs sind nach Afghanistan gegangen.«

»Ich weiß es.«

»Ich kann nur sagen, wenn es diese terroristischen Septemberangriffe denn unbedingt geben musste, bedauere ich sehr, dass es während meiner Lebenszeit dazu kam. Sie haben mich vernichtet. Dabei wohne ich so weit von dort, wo es passiert ist. Was hat Heer schon mit New York zu tun? Was New York mit Heer? Das sind doch zwei völlig verschiedene Welten.«

»Ist das der Name Ihres Jungen?«, fragt Rohan und blickt auf die Stelle im Brief, an der er erwähnt wird. »Jeo?«

Der Mann nickt; Rohan gibt ihm das Papier zurück, dreht sich um, und gemeinsam gehen sie weiter zum Schuppen. Rohan greift nach den Drahtspulen auf Rosenholz, steckt sie in einen Tuchbeutel und sieht zu, wie der Vogelbegnadiger dem Pfad folgt und zum Tor hinausgeht; der Boden ist übersät mit den letzten Blüten des Gelben Flammenbaums. Die Erschöpfung in den Augen des Mannes gleicht der Erschöpfung in den Augen Basies, der seit ihrer Rückkehr aus Peschawar jedem Gerücht über Mikal nachgegangen ist, bis er fast alle Hoffnung verlor. Nun, mit der Zeit wird er seine Kraft schon wiederfinden. Wenn aus der Nachbarschaft ein Junge fortlief, um den Muslimen Kaschmirs bei der Befreiung von der indischen Herrschaft zu helfen, hörten die Leute nie auf, Vermutungen anzustellen, und lieferten über Monate und Jahre hinweg noch wahre oder falsche Hinweise. Den Geistern dieser vermissten Jungen wurde nachgesagt, sie suchten die Herrenhäuser in Delhi heim; es hieß, die Jungen seien von Spielern in Manshera erwürgt, in Häusern in Srinaga verbrannt worden. Einmal kam ein junger Mann und behauptete, der vermisste Sohn zu sein, dabei war er ein entflohener Patient aus einer Nervenklinik.

Rohan geht zum Gartentor. Der Vogelbegnadiger ist schon fast bis ans Ende der Straße gelangt, doch hat Rohan in der Öffentlichkeit noch nie seine Stimme erhoben. Er sieht sich nach einem Kind um, das für ihn rufen und die Aufmerksamkeit des Mannes auf ihn lenken könnte. Gerade da aber wirft der Vogelbegnadiger einen Blick über die Schulter zurück, und Rohan hebt eine Hand, winkt ihn zu sich.

»Ich fahre mit Ihnen nach Peschawar«, sagt er zu dem Mann. »Wir gehen zusammen zu den Leuten dieses Warlords und sehen, was nötig ist, um Jeo zurückzuholen.«

Er fürchtet, Naheed, Yasmin und Basie nicht von der Notwendigkeit seiner Reise überzeugen zu können, und ist bereit, sie daran zu erinnern, dass er in seiner Jugend mit wenig Geld und nahezu ohne Hilfe nach Saudi-Arabien gereist ist, in den Irak, nach Spanien, Ägypten, Indien und in die Türkei. Gewiss werden sie behaupten, das sei lange her, also erzählt er ihnen nichts vom Sohn des Vogelbegnadigers, sagt, er fahre nach Peschawar, um die Familie seines ehemaligen Schülers zu treffen, ihnen für die Kisten mit Büchern zu danken, wozu sich auf der letzten Fahrt keine Gelegenheit ergab.

Sie finden den Strommast 29 im Kupferschmiedbasar in Peschawar und warten vor einem Reparaturladen für Rikschas auf ihren Kontaktmann, direkt gegenüber von einem Stand, der Geld und Blutspenden für die Taliban sammelt. Als Kabul fiel, war aus so manchem Haus in Rohans Gegend lautes Klagen zu hören gewesen. Der Geistliche in Rohans Moschee hatte während seiner zweistündigen Freitagspredigt geweint und den Tränen über Lautsprecher freien Lauf gelassen. Der Mann im Lieferwagen der Ardent Spirit erzählte, er habe im Koran gelesen, als gemeldet wurde, Afghanistan sei vom Westen eingenommen – und vor lauter Scham verschwand das heilige Buch aus seinen Händen.

Es ist acht Uhr früh, die im Brief genannte Zeit, aber der einzige Mensch, der sich ihnen nähert, ist ein sechsjähriger Junge, der fragt, ob er ihre Schuhe putzen darf.

Sie warten weiter. Um zehn Uhr lässt sich ein Mann mit einer Kalaschnikow über der Schulter blicken und fordert sie kurz angebunden auf, sich auszuweisen.

Er sagt, es koste sie zwanzigtausend Rupien, den Sohn des Vogelbegnadigers zu befreien.

»So viel Geld habe ich nicht«, sagt Abdul, und der Mann seufzt verärgert. Rund um die Stadt recken Berggipfel ihre weißen Klauen gen Himmel; der Dezember ist bitterkalt. In Bächen und Flüssen treiben Eisschollen.

»Im Brief stand, Sie würden den Jungen bringen«, sagt Rohan.

Der Mann zeigt auf einen roten Lieferwagen am anderen Ende des Basars.

Sie gehen darauf zu; der Mann öffnet die Hecktür und fordert Rohan und Abdul auf einzusteigen; hinter ihnen wird sofort wieder abgeschlossen. Es gibt kein Fenster in diesem pechschwarzen Loch; Abdul zündet ein Feuerzeug an, das ein kärgliches Licht wirft. Er dreht an dem seitlichen Rädchen und vergrößert die Flamme, während sie beim Umschauen den Kopf einziehen, so niedrig ist die Decke. Dann fällt ihnen auf, dass der Haufen am anderen Ende keine Ansammlung von Lumpen, sondern ein Junge ist. Er zuckt zusammen und beginnt zu jammern, sobald der Vogelbegnadiger näher kommt.

Abdul bleibt stehen, schaut den Jungen an und geht zurück zur Tür. Er klopft und ruft: »Das ist nicht mein Sohn.«

Rohan sieht, dass der Junge weint. »Bitte, bringt mich hier fort«, fleht er schließlich mit kleinlauter Stimme und niedergeschlagenem Blick. »Wir werden in einem Gefängnis gehalten. So, wie die uns behandeln, will man sich nur noch umbringen. Bitte, bringt mich hier fort«, wispert er.

»Selbstmord ist eine Sünde«, erwidert Rohan. »So etwas darfst du nicht sagen.«

Abdul klopft erneut an die Tür, aber von draußen wird nicht geantwortet.

»Sie spielen ein Spiel mit uns, sie nennen es Nageln. Mit den jüngsten Gefangenen fangen sie an und fragen nach dem Alter. Sagt ein Junge zwölf, schicken sie ihm zwölf Männer; sagt einer vierzehn, kommen vierzehn. Sie führen ihn in ein Zimmer, ziehen ihm die Hose aus und halten ihn fest; dann hört man nur noch Geschrei. Die Männer schreien lauter als der Junge – als wären sie verrückt geworden oder hätten sich in wilde Tiere verwandelt. Dabei brüllen sie ›Nageln! Nageln! Nageln!‹, während sie es mit ihm treiben.«

Da käme selbst den Sternen das Grauen. Und Abduls Fäuste trommeln immer lauter gegen die Tür; die Feuerzeugflamme zuckt, dann geht sie aus. »Bitte, helft mir«, hören sie die Stimme des Jungen. »Allah wird euch und eure Frauen belohnen.« Plötzlich reißt jemand die Tür auf; Licht blendet sie.

Rohan und Abdul werden rausgelassen; die Tür wird wieder abgeschlossen. Ein letztes Mal hören sie die Stimme des Jungen: »Ich bringe mich um«, dann macht der Wagen einen Satz und fährt davon.

»Das ist nicht mein Sohn«, sagt Abdul. Der Lösegeldeintreiber holt einen Packen Fotos aus seiner Tasche, doppelt so dick wie ein normales Kartenspiel, und bittet Abdul, sie durchzusehen. Erst am Ende des Stapels entdeckt Abdul seinen Jeo.

»Wir bringen ihn nächste Woche. Um dieselbe Zeit.«

»Ich habe das Lösegeld nicht, auch nicht das Geld für die Bahnfahrt«, sagt Abdul. »Meine Frau oder ich, einer von uns muss eine Niere verkaufen. Das dauert eine Weile. Können wir uns nächsten Monat wiedertreffen?«

»In einem Monat?« Der Mann überlegt.

»Schämen Sie sich nicht?« Rohan kann seine Wut und Verzweiflung nicht länger zügeln, doch überrascht es ihn selbst, dass er dem Mann die Frage ins Gesicht schleudert, sobald er Abdul beiseitegedrängt hat. Passanten starren ihn an, und ihm ist, als stünde er im Zentrum eines Blickeschwarms. »Wie können Sie Lösegeld für Kinder fordern und Eltern zwingen, sich so etwas Schreckliches anzutun?« Er bringt es nicht über sich, auch das andere Thema anzusprechen, dafür ist er zu geschockt.

Der Mann ist empört und sieht aus, als wolle er sich auf Rohan stürzen.

»Dem Jungen schneide ich die Kehle durch, und Sie bringe ich um!«, schreit er den wütenden Rohan an. »Sein Junge wurde geschnappt, weil er gegen uns gekämpft hat. Bestimmt hat er ein paar von unseren Männern auf dem Gewissen. Wir brauchen Geld, wenn wir nicht wollen, dass die Witwen und Kinder dieser Toten zu Bettlern werden.«

Abdul versucht, ihn zu beruhigen. »In einem Monat komme ich wieder und bringe das Geld. Bitte, tun Sie meinem Jungen nichts an.«

»Nein«, mischt Rohan sich entschlossen ein. »Nein. Wir wollen Jeo, und wir werden heute hinfahren und ihn holen.«

»Er ist in Afghanistan.«

»Dann fahren wir nach Afghanistan.«

»Das sind vier, fünf Stunden«, sagt der Mann und zeigt in Richtung Osten.

»Bis Afghanistan sind es keine vier oder fünf Stunden«, erwidert Rohan.

»Dann eben sechs oder sieben.«

»Wahrscheinlich noch mehr, aber das ist mir egal. Wir holen uns Jeo zurück.«

»Okay, dann kommen Sie eben mit, wenn Sie unbedingt wollen. Die offizielle Einreise nach Afghanistan ist noch ziemlich schwierig, aber ich kann Sie problemlos auf den alten Schmugglerpfaden rein- und wieder rausbringen.«

Er kennt die Gefahren. Besiegte und des Landes verwiesene Taliban und al-Qaida-Truppen ziehen durch Afghanistan; zudem wimmelt es da nur so vor westlichen Soldaten.

»Die Fahrt wird teuer«, sagt der Mann. »Und ich muss erst telefonieren, um sicherzugehen, dass meine Oberen auch einverstanden sind.«

»Und was ist mit den zwanzigtausend Rupien?«, fragt Abdul.

Rohan langt in seine Tasche und zieht den Rubin an einer schwarzen Schnur hervor. Beide, Abdul wie auch der Lösegeldeintreiber, sind von der Größe und Schönheit des Juwels verblüfft, von dem beispiellos roten Licht, das sich in ihm sammelt. Sie können den Blick nicht davon lassen und stieren auf die Tasche, sobald Rohan den Stein zurück in den Mantel steckt.

Rohan schaut sich um. »In diese Richtung liegt die Straße der Geschichtenerzähler. Wo geht's zum Basar der Juweliere?«

Der Lösegeldeintreiber hat ein Auto, und nachdem der Rubin im Juwelierbasar geschätzt wurde, fahren sie zum östlichen Stadtrand von Peschawar. Der offizielle Weg nach Afghanistan führt über den Khaiberpass, aber sie wählen kleinere Straßen, schleichen sich durch eine dicht mit Mesquite überwucherte Hügellandschaft. Im Kreidegestein der Maneri-Berge gibt es Adern aus schwarz-, grün- und gelbfleckigem Marmor, aber auch reingrünen und reingelben Stein; die Gebetsperlen in Rohans Hand sind daraus gemacht, die Farben wechseln einander ab. Auf einen der Felsen am Flussufer hat jemand die Worte geschmiert: *Der Dschihad ist unsere Pflicht,* Weiß auf Grau und Schwarz. Als Rohan im Oktober mit Yasmin und Basie hier durchkam, hatte das noch nicht dort gestanden. *Sieg oder Märtyrertod. Vereinbaren Sie telefonisch Ihr Dschihad-Training.* Dann folgte die Nummer.

Der Steinhändler schätzte den Rubin auf fünfzigtausend Rupien. Das Schild über seinem Laden besagte, der Besitzer sei Edelsteingenealoge und könne sowohl Herkunft wie Eigenart jedes Edelsteins auf Erden bestimmen. Rohan bat den Juwelier, den Betrag im Beisein des Lösegeldeintreibers aufzuschreiben.

»Statt mit Geld werde ich mit diesem Stein bezahlen, und Sie werden mir Jeo dafür ausliefern.«

Während der Fahrt zur afghanischen Grenze beginnt der Lösegeldeintreiber zu reden. »Eine amerikanische Bombe hat in meinem Dorf siebzig Leute getötet«, erzählt der Mann. »Daran gebe ich Amerika die Schuld, aber auch den ausländischen Kämpfern – solchen wir Ihrem Jungen –, denn auf die machen die Amerikaner Jagd.«

Und immer wieder verlangt er, dass ihm der Rubin ausgehändigt wird.

An einem abgelegenen Ort nahe der Grenze hält er an und bittet sie auszusteigen, sagt, er müsse für eine Stunde verschwinden. Wieder fragt er nach dem Rubin. »Es würde Ihnen die Fahrt ersparen. Geben Sie mir den Stein, und ich bringe Ihnen den Jungen.«

Aber Rohan weigert sich, und der Mann fährt davon. Das Tal von Peschawar sieht aus, als wäre es vor Jahrhunderten der Grund eines riesigen Sees gewesen, dessen Ufer Klippen und die Gipfel des umliegenden Himalajas säumten. Rohan fühlt sich, als sei er tief in diesen inländischen See hinabgetaucht.

Die nachfolgenden Worte des Propheten wurden mir von Adam bin Ayaas überliefert, dem sie von Ibn Abi Zyeb übermittelt wurden, der sie von Syed Makbari hat, der sie seinerseits von Abu Horaira erhielt. Der Prophet sagt: »Wenn jemand jemandem Unrecht tat, sollte er sich der Vergebung seines Opfers versichern, ehe es zu spät ist. Ansonsten werden am Tag des Jüngsten Gerichts, an dem eines Menschen gute Taten auf Erden die einzige gültige Währung sein werden, die guten Taten eines Ungerechten dem Opfer gutgeschrieben. Und falls dieser Mensch keine guten Taten vorzuweisen hat, werden ihm die Sünden des Opfers zur Last gelegt.«

Rohan liest im Buch der Sprüche des Propheten, schlägt wahllos die Seiten auf – und hält an dieser Stelle eine Weile inne. Er zittert vor Kälte. Seit zwei Stunden ist der Mann mit dem Wagen unterwegs. Der Vogelbegnadiger schläft unter einem Baum, eingewickelt in eine Decke.

»Warum schaust du so besorgt drein?«, fragt eine Frauenstimme.

Rohan blickt auf – ihr Haar ist weiß, das Gesicht von einem Faltennetz überzogen. Er lächelt und schüttelt den Kopf.

Sie zeigt auf die Felsen und das sie verdeckende Gebüsch am anderen Straßenrand. Rohan fällt die niedrige Lehmmauer hinter den Blättern und Zweigen auf.

»Geh dahin.«

Rohan beugt sich wieder über das Buch. *Nummer 2279: Die nachfolgenden Worte des Propheten wurden mir überliefert von Osman Ibn Ani Sheeba, der sie von Hasheem bekam, der sie von Obaidullah bin Abu erhielt, dem Hameed Tavail sie sagte, dem sie seinerseits von Uns bin Malik übermittelt wurden. Der Prophet verkündete: »Hilf stets deinem (muslimischen) Bruder, sei er Opfer oder Tyrann.«*

Die Frau bleibt an seiner Seite und berührt ihn nun an der Schulter. »Es ist ein Friedhof. Dorthin wurde der Leichnam eines Jungen gebracht, der im Kampf gegen die Amerikaner in Afghanistan starb. Er ist ein Märtyrer und wird sich bei Allah für dich verwenden. Geh und bitte Mikal, dass dein Leid verringert werden möge.«

Rohan schließt das Buch, steckt es zurück in die Schultertasche, steht auf, geht über die Straße und betritt den Friedhof mit etwa hundert Seelen, Dornengebüsch und einigen verfallenen Grabkammern, darüber schwindelerregend hoch die Berge. Auf jedem Grabstein prangen Koranverse – als würden die Gräber sie zitieren, würden ein Gespräch miteinander führen, in dem einzig heilige Worte vorkommen. Ein Grabhügel auf der gegenüberliegenden Seite der Einfriedungsmauer ist gut zehn Fuß lang und mit bunten Blumen übersät, bedeckt mit Flusssand, in dem ebenso Bruchstücke von Frischwassermuscheln wie Scherben eines hellblauen Schiefers stecken, der in den nahen Hügeln abgebaut wird. Eine Gruppe von Frauen umsteht den Hügel und zitiert Verse aus dem Koran. Ein Mann steckt am Kopf des Grabes ein Weihrauchstäbchen an; blaue Rauchschwaden kringeln sich träge in die kalte Luft.

»Er war ein Riese.« Eine Frau blickt zu Rohan auf, als er näher kommt.

»War er nicht«, widerspricht ihr der Mann, während er zum anderen Ende des Grabes geht, um dort ein weiteres Räucherstäbchen anzuzünden. »Er war von normaler Statur und wurde erst auf dem Schlachtfeld groß.«

In den Grabsteinrand wurden Sterne gemeißelt. Dort stehen Mikals Name, das Datum seiner Geburt und seines Todes – einen Tag, nachdem er mit Jeo nach Afghanistan ging.

»Es heißt, er habe eigenhändig sechs Düsenjäger vom Himmel geholt und dreißig Frauen davor bewahrt, von amerikanischen Soldaten vergewaltigt zu werden.«

Rohan steht da und starrt auf die Blüten, mit denen der Junge überhäuft wurde, in den Augen die funkelnde Sonne, und fühlt sich plötzlich sehr müde. Man fand die Spuren der Krallen eines Adlers, der vom Märtyrer fortflog, vom Heiligen Krieger, sagt irgendwer. Seine Seele muss ein Adler gewesen sein.

Wieso musste Mikal hier enden? Im Tumult und Chaos des Krieges. Lautlos sagt Rohan den Koranvers auf, der in den Rubin geritzt wurde: *Reichtum und Nachkommenschaft sind vergängliche Zier im diesseitigen Leben*. Er weiß nicht, wie lang er derart verstört dort steht, da er erst wieder zu sich kommt, als Abdul von jenseits der Mauer seinen Namen ruft.

Über Berghänge und Brücken, durch kilometerweite Sandstürme und durch Flüsse, in denen – zu Dutzenden – die abrasierten Bärte flüchtender al-Qaida-Krieger treiben, geht die Fahrt zu ihrem Ziel in Afghanistan, mehr als siebzehn Stunden. Im Dämmerlicht durchqueren sie ein breites, flaches Tal mit einem Fluss und mehreren ausgetrockneten Flussbetten; die Erde schwarz versengt an der Abwurfstelle einer Fliegerbombe, die alles zu Asche werden ließ, zu Bimsstein und Lava, die Berghänge in Stücke riss; von Osten nähert sich die kalte Nacht, und die Sterne beginnen ihren Rutsch über schwarze Himmelshänge. Hier sieht es aus wie nach einem kosmischen Niederschlag, einem Meteoritenschauer, nicht wie das Werk von Menschen. Im nun zwei Monate währenden Krieg beklagen die USA zwölf Opfer, wohingegen Zigtausende Afghanen starben, Kämpfer wie Unbeteiligte, und Rohan weiß nicht, wer die komplexe Wahrheit aussprechen wird, also schaut er aufmerksam zu, als könnte man ihn selbst irgendwann in der Zukunft bitten, doch zu erzählen, was er gesehen hat. Gegen Ende ihrer Reise fährt ein Konvoi mit amerikanischen Soldaten an ihrem Fahrzeug vorbei. Rohan fragt sich, ob er sie bitten könnte, ihm bei der Freilassung der eingesperrten Jungen zu helfen, und sieht dem Konvoi nach, während das Radio meldet, man habe einen britischen Muslim gefangen genommen, der über dem Atlantik eine Passagiermaschine mit im Schuh versteckten Sprengstoff in die Luft jagen wollte.

Gegen drei Uhr früh erreichen sie das Lager und werden in einen stickigen Raum gebracht, wo sie den Rest der Nacht verbringen sollen. Die Wände sind aus grauem Beton; auf dem Boden liegen Aberhunderte zerbrochener Statuen. Buddha und Gefährten aus seinem Leben – Torsi, Arme, Beine und Gesichter in sämtlichen Größen. Rohan betrachtet den präzisen Schwung einer vom Bildhauer über dem Auge eines Mannes gehämmerten Braue. Sie haben kaum Platz zum Stehen, also räumen sie beiseite und stapeln Stücke übereinander, bis sich der Vogelbegnadiger schließlich neben ein meterlanges Kleidungsbruchstück hinlegen kann – dem Rest des gemeißelten Rocks einer Nymphe oder einer Tempeltänzerin. Als Sofia im Sterben lag, erinnert sich Rohan, hat er die von ihr angefertigte Skizze einer Bodhisattva-Statue verbrannt. Und er weiß, als einige Leute aus der Nachbarschaft hörten, seine Sehkraft lasse allmählich nach, meinten sie, es sei Allahs Strafe dafür, dass er Sofia in ihren letzten Stunden so gequält hatte. »Er wollte nicht sehen, was sie gezeichnet hat, jetzt lässt Allah ihn die Dinge nicht mehr sehen.«

Beim Einschlafen betrachtet er ein Foto an der gegenüberliegenden Wand. Der Warlord reicht einem amerikanischen Colonel die Hand. Das Datum auf dem Rahmen besagt, dass die Aufnahme letzten Monat gemacht wurde, gleich nach dem Sturz der Taliban. Das Gegenteil von Krieg ist nicht Frieden, sondern Zivilisation, und Zivilisation wird mit Gewalt und kaltblütigem Mord erkauft. Mit Krieg. Der Mann verdient sicher Millionen damit, dass er die Nachschubkonvois der NATO auf ihrer Fahrt durch sein Gebiet bewacht, aber auch mit der Miliz, die er für den Kampf mit den amerikanischen Special Forces gegen die Taliban und die al-Qaida-Soldaten ausgebildet hat.

Er wacht auf, ehe die Sterne erloschen sind, und spricht sein Morgengebet. Geschlafen hat er in einer über zwei Meter großen Hand, hat den gewölbten Ansatz des Daumenballens als Kissen genutzt. Er meint zu hören, wie man »Nageln! Nageln!« brüllt, unterbricht sein Gebet und geht im Dunkeln umher, aber der Lärm hat aufgehört, weshalb nichts weiter bleibt als der abnehmende Mond, der fahle Schatten auf den Boden wirft, und die helle Karte der Sternenkonstellationen, die Knochengeometrie der Sterne, die ihn an Mikal denken lässt.

Am späten Vormittag betritt ein Mann mit düsterem Blick aus kohlschwarzen Augen den Raum und fordert Rohan und den Vogelbegnadiger auf, ihm zu folgen. Von ihm geführt, steigen sie hinab ins unterirdische Gefängnis des Warlords, gehen über Korridore, die beidseits vergitterte Zellen säumen. Hinter einem breiten Gewölbebogen liegt ein großes Becken, gefüllt mit Diesel, die schmierigen Wände mit immer noch schönen Blumen verziert, mit Sittichen und Bülbüls aus jener Zeit, in der es noch als Schwimmbad diente. Pumpen stehen bereit, um den Treibstoff für Fahrzeuge oder Stromgeneratoren in Eimer abzufüllen. Auf dem Weg durch die Korridore strecken ihnen Schattenmenschen die Arme durch

Zellengitter entgegen, schütteln schmutzige Becher und betteln um Wasser. Es riecht nach Schweiß, Urin und Exkrementen, nach faulenden Wunden und verrottendem Fleisch. Diese Gefangenen müssen alle unwichtig sein, da die wichtigen für fünftausend Dollar pro Person an die Amerikaner übergeben werden.

Eine verriegelte Tür wird geöffnet, und der schwarzäugige Mann bittet den Insassen herauszukommen. Das Kind, das gleich darauf vortritt, ist wie betäubt und bleibt schief im Halbdämmer stehen, bis es der Mann zum Vogelbegnadiger stößt. Der Junge trägt einen schmutzigen Salwar Kamiz, ist gespenstisch dürr, und seine Hände zittern, als er sie hebt, um sich die Tränen aus dem Gesicht zu wischen. Kaum umarmt ihn der Vater, streckt er die Arme aus den zerschlissenen Ärmeln, und Rohan sieht, dass seine Haut kreuz und quer mit Schnitten bedeckt ist. Abdul überschüttet den Jungen mit frohen Worten des Wiedersehens, der aber bleibt stumm.

Sobald sie wieder im ersten Raum sind, übergibt Rohan den Rubin an ihren Führer, der darauf sagt, dass er ihn nicht annimmt.

»Ist doch bloß Glas«, sagt der Mann.

»Das ist kein Glas«, erwidert Rohan. »Das ist zweifellos ein echter Edelstein.«

Der Mann steht auf, den Rubin noch in der Hand. Dann seufzt er und sagt, der Warlord sei im Moment nicht da, also müssten sie bis zu seiner Rückkehr warten. Er geht mit dem Stein davon, und Rohan folgt ihm zur Tür, um zu sehen, durch welche der vielen Öffnungen rund um den Hof er verschwindet. Überall an den Wänden hängen Plakate mit dem Konterfei des Warlords. Der Mann verspricht sich ganz offensichtlich einen Platz in der Regierung.

»Wie bist du hierhergekommen?«, fragt Rohan den Jungen, aber der will nicht reden, mag sich nicht an Zeit und Ort erinnern, als die letzten Bande mit dem Menschlichen gekappt wurden.

Er blickt seinen Vater an und flüstert: »Bist du hier, um mich zu holen?«

»Ja.«

»Letzte Woche kam der Vater von einem Jungen. Er ist Eisverkäufer und sagte, er wolle jeden Tag zehn Rupien sparen, um seinen Sohn auszulösen. Das dauert zwanzig Jahre, aber du musst mich heute mitnehmen.«

»Keine Angst, wir sind hier, um dich mitzunehmen, heute noch«, erwidert Rohan, sieht in die Richtung, in die der Mann mit dem Rubin verschwunden ist, und legt dem Jungen sanft eine Hand auf den Kopf.

Jeo zuckt zusammen.

»Du brauchst keine Angst vor ihm zu haben«, sagt Abdul. »Er ist ein guter Mann.«

»Wie viele Gefangene sind in den Zellen?«, fragt Rohan, den Blick zu Boden gewandt. Vielleicht hausen sie ja direkt unter seinen Füßen.

»Etwa hundert. Die, mit denen ich gekommen bin, sind tot.«

Dank des Fotos an der Wand erkennt Rohan den Warlord, sobald er den Raum betritt, in der Hand den Rubin, von seiner Pracht ganz offenkundig begeistert. Der Mann hat einen großen Kopf, nur noch ein Auge und eine breite Brust, die sich vorwölbt wie von der Kraft eines Herzens, das keine Furcht vor Menschen oder Dingen kennt.

»Ich bin gekommen, um den Mann zu sehen, der mir dieses Geschenk gebracht hat.« Lächelnd geht er auf Rohan zu. »Sie können den Jungen mitnehmen«, sagt er und hält ihm die Hand hin.

Rohan blickt auf die Hand, nimmt sie aber nicht, da er unfähig ist, seine Gefühle zu verbergen, und das Lächeln des Mannes verschwindet. Seine hinter ihm versammelten Lakaien erstarren: Die dargebotene Hand hängt in der Luft; ebenso gut hätte ihm Rohan ins Gesicht schlagen können. Alle warten; in der Hand des anderen Mannes leuchtet der Rubin. Wagemut verbindet sich mit diesem

Edelstein. Die Courage, stets die Wahrheit zu suchen und Tyrannen in die Augen zu blicken. Hier hingegen herrscht eine Welt der Verwüstung, der Bosheit und Zerstörung, in der das Blut der Unschuldigen folgenlos bleibt – die Welt dieser Männer.

Rohan geht zur Tür, gefolgt von Jeo und dem Vogelbegnadiger; sie lassen den Kriegsfürsten einfach stehen. Allerdings beginnt Rohan, seine Tat zu bedauern, könnte sie doch die Sicherheit von Abdul und dem Jungen gefährden.

Ohne auf die Blicke der bewaffneten Wachleute zu achten, gehen sie zum Tor hinaus. Davor hat sich eine Menge versammelt, um dem Warlord ihre Aufwartung zu machen, ihn um Geld oder um Hilfe zu bitten. Sobald die Wache das Tor öffnet, um sie nach draußen zu lassen, beginnen die Menschen ihr Anliegen hinauszuschreien, wedeln wie verrückt mit irgendwelchen Schreiben und verlangen, den Warlord zu sehen. Die Stimmen der Frauen dringen unter den Stoffen ihrer blauen oder cremefarbenen Burkas vor. Am Straßenrand hocken Leute und trinken Tee zum Frühstück, essen Kekse.

Jeo starrt einer Katze nach, die an einer Wand entlangläuft. »Manchmal«, erzählt er seinem Vater, »hat man tagelang vergessen, uns da unten etwas zu essen zu geben; und einmal, als ich sehr hungrig war, hat mir diese Katze einen toten Wiedehopf gebracht.«

Rohan sieht den Konvoi amerikanischer Fahrzeuge kommen.

»Die anderen Gefangenen sind gleich da drüben«, sagt Jeo und zeigt mit vor Intensität sprühendem Blick zurück zum Lager des Warlords. »Siehst du in der Mauer die Reihen ebenerdiger Gitterfenster? Das sind die hohen Fenster, zu denen wir aus unseren Zellen aufgesehen haben.«

Die sechs Fahrzeuge des amerikanischen Konvois kommen näher, und Rohan tritt mitten auf die Straße.

Knapp zehn Meter vor ihm bleibt das Führungsfahrzeug stehen, und der jungenhafte Soldat am Steuer starrt ihn durch die Windschutzscheibe an. Sein Kamerad auf dem Beifahrersitz lehnt sich nach wenigen Sekunden mit einem Gewehr in der Hand aus dem Fenster und ruft: »Aus dem Weg!«

Über ihm hat sich der Himmel plötzlich zur Kälte des Weltalls aufgetan.

Von Träumen über Gerechtigkeit auf Erden geplagt, will Jeo etwas tun, so wie ein Stern erst zum Stern wird, indem er Licht ausstrahlt. Ehe sein Vater begreift, was er vorhat, sammelt Jeo Ziegelbruchstücke vom Boden auf und wirft sie mit kräftigem Schwung auf die Männer, die das Gebäude bewachen, verpasst den einen um kaum zwei Meter. Trotzig steht er da, als flöße es ihm Kraft ein, sich unter freiem Himmel aufzuhalten und eine Möglichkeit gefunden zu haben, seinen Ort in der Welt, seinen Platz in der menschlichen Familie zu markieren. Eine der Wachen rennt mit erhobener Waffe auf ihn zu, doch tritt Abdul vor, um den Mann zu beruhigen, fischt eine Zigarette aus der Tasche, steckt sie der Wache in den Mund und zündet sie sogar an, unablässig Worte der Entschuldigung murmelnd.

»Aus dem Weg!«

Rohan missachtet den Befehl und geht stattdessen auf den Jeep zu. Die übrigen Fahrzeuge haben hinter dem ersten angehalten, und Soldaten lehnen sich mit schussbereiten Waffen aus den Fenstern, manche konsterniert, andere alarmiert.

»Ich muss mit Ihnen reden«, sagt Rohan auf Englisch.

»Verschwinden Sie!«

Rohan hebt beide Arme. Der Soldat weigert sich, in ihm einen harmlosen, alten Mann zu sehen. »Ich brauche Ihre Hilfe, um einige Kinder aus diesem Gebäude zu befreien«, sagt er und zeigt mit dem Kopf aufs Gefängnis.

»Nicht unser Problem.«

»Die werden da drinnen vergewaltigt.«

»Nicht unser Problem. Dies ist die letzte Warnung!« Man zielt auf ihn und in alle Richtungen, nach links, rechts, hinter ihn, auf die Menge der Bittsteller; unaufhörlich bewegen sich die Gewehrläufe, und die Panik wächst. »Verschwinden Sie! Jetzt! Das ist unsere letzte Warnung!«

Rohans Blick streift Jeo, der zu den Gefängnisfenstern gegangen ist und ins Innere starrt.

Langsam tritt Rohan an den Rand des Asphalts – er kann die Straße einfach nicht völlig freigeben und sucht immer noch nach Worten, die er diesen Soldaten sagen könnte, während die Fahrzeuge misstrauisch auf ihn zurollen, langsam, nur Zentimeter um Zentimeter bewegt sich das Zickzackmuster der Reifen voran. Rohan sieht, wie das Tor zum Gebäude geöffnet wird und der Warlord herauskommt. Er bleibt stehen und starrt Rohan an.

Einer seiner Leute stürzt auf Rohan zu, um ihn von der Straße zu zerren und gewaltsam zu Boden zu werfen. Im Sturz sieht Rohan, wie der amerikanische Konvoi beschleunigt, sieht aber auch, dass Jeo aus irgendeinem Grund sein Hemd ausgezogen hat und den ausgemergelten, blau geschlagenen Oberkörper entblößt. Der Junge reißt Abdul das Feuerzeug aus der Hand, steckt sein Hemd in Brand und läuft mit dem lodernden Lumpen auf die Fenster der unterirdischen Zellen zu.

Rohan liegt im Staub und denkt, dass sich der Lakai des Warlords offenbar nichts sehnlicher gewünscht hat, als den Amerikanern ein Hindernis aus dem Weg zu räumen. Nur lässt ihn der Mann gar nicht wieder los – und jetzt kommen noch mehr Leute und drücken ihn so fest zu Boden, dass er fürchtet, man wolle ihn lebendig begraben, wolle ihn allein mit Armeskraft in die Erde drücken. Der Warlord steht über ihm mit ausgestreckter Hand, die Hand, die er ausgeschlagen hat. Wie in Zeitlupe senkt der Warlord den Arm, und Rohan sieht, in seiner Hand liegen die zu Pulver zerstoßenen Überreste des Rubins, des in winzige Bruchstücke zermalmten Steins. Gelassen drückt der Mann eine Fingerspitze in die Edelsteinreste, überzieht die Kuppe mit rasiermesserscharfem Grus und nähert sich Rohans Augen.

Eine Sekunde, zwei, drei – dann explodiert das Dieselbecken, in das Jeo sein brennendes Hemd fallen ließ.

Rohan steht auf. Das Licht ist so stark, dass alles darin zerfließt – fast als stünde er in einem Feld aus reiner Energie. Rohan fährt sich über das Gesicht, will das weiße Tuch fortwischen, das sich ihm über die Augen gelegt hat, begreift dann aber, dass es kein Tuch gibt. Die Welt zieht sich zurück, alles wird kleiner, und nur als seine Sehkraft für einen Moment zurückkehrt, sieht er Flammen über den Boden züngeln. Er ist müde, ist es so leid, ohne Sofia zu leben, und erst, als er gegen irgendwas stolpert, hinfällt und ein Büschel dürres Gras unter den Händen spürt, begreift er, dass er blind ist.

15

Auf einer Seite des Hauses in Heer, zwischen dem Fenster zu Rohans Arbeitszimmer und einer Gruppe hoch aufragender Kapokbäume, hängt an der Wand ein Waschbecken. Als Kinder wuschen sich Jeo und Mikal dort gerne morgens im Gartenwind und bei Vogelgezwitscher das Gesicht. Zu bestimmten Stunden fällt Sonnenlicht auf den Spiegel darüber, den eine Bougainvillea mit ihren herzförmigen Blättern und seidigen Blüten umrankt. Manchmal wachsen deren lange Äste auch über den Spiegel, sodass man sie beiseiteschieben muss, wenn man sein Gesicht sehen will. Manchmal werden sie auch zurückgebunden oder gestutzt, um den Spiegel freizulegen. Zu Dutzenden fallen die dunkelorangeroten Blüten der Bougainvillea dann ins Becken; sie müssen herausgefischt werden, ehe man den Hahn aufdreht.

Naheed spritzt sich Wasser ins Gesicht und meidet den Blick in den Spiegel. Sie dreht sich in die Dezembersonne, bleibt einen Moment stehen und spürt, wie das Wasser auf ihrer Haut trocknet. Ich weiß, dass er lebt, hatte sie zu ihrer Mutter gesagt, ich kann es spüren.

Auf dem Weg zurück zu ihrem Stuhl greift sie nach dem Buch, das sie sich aus einer der Kisten ausgesucht und zu lesen begonnen hat. Vor zwei Tagen ist Rohan nach Peschawar gefahren, um der Familie des freundlichen Spenders zu danken. Obwohl die Kisten schon lange herumstehen, vergisst sie gelegentlich, dass sie da sind, tritt aus einer Tür und läuft gegen einen der Stapel, als wollte sie in eine der Kisten klettern und darin verschwinden.

Es gibt keine Leiche, es gibt kein Grab. Das wird sie sich immer wieder sagen. Sollten Sonne und Mond daran zweifeln, sie würden untergehen.

Dann und wann blickt Naheed vom Buch auf; ihr Kleid ist mit grauen Blumen und schwarzen Blättern gemustert, ein Garten zur Dämmerung, schuld daran ist die Asche.

Liebe macht die Liebenden nicht unverletzlich, liest sie. *Aber selbst wenn Schönheit und Liebe in der Welt kurz vor ihrer Vernichtung stünden, verkörperten sie noch immer die einzige Seite, auf die man sich schlagen sollte; der Sieg des Hasses kann daran nichts ändern. Besiegte Liebe ist weiterhin Liebe.*

II

Der Garten des Blinden

Auch wenn es keinen Gott gibt,
Ist dem Menschen nicht alles erlaubt.
Er bleibt der Hüter seines Bruders,
Und ihm ist nicht erlaubt, den Bruder traurig zu machen,
Indem er sagt, es gibt keinen Gott.
CZESŁAW MIŁOSZ

16

Adam wurde im Winter begnadigt.

Der Gedanke kommt Mikal, während er draußen in der Kälte steht und sein Atem vor ihm sichtbar wird und wieder verschwindet. In der bandagierten Rechten hält er den kleinen Strauß getrockneter Blumen, der in seiner Tasche versteckt war. An jeder Hand fehlt der Zeigefinger. Die Blumen sind zerpflückt und verwelkt, bei all dem Grau um ihn herum aber immer noch das Bunteste, was es für ihn zu sehen gibt. Er schützt sie, wie er eine Kerzenflamme schützen würde, als wollte er die Farben davor bewahren, ausgelöscht zu werden. Dann fährt er mit dem Finger über eine Blüte, selbst die kleinen Teile noch spürbar, zart wie ein Faden, die Pollen winzige Schwellungen.

Er dreht sich um und geht zurück ins Gebäude.

Es ist das Berghaus, das dem Warlord gehört, der ihn gefangen hält. Die Kette um seine Knöchel ist gerade so lang, dass er kleine Schritte machen, aber nicht davonlaufen kann. Ohne innezuhalten geht er durch die Küche, die Treppe hinauf und über einen langen Flur zum stimmenerfüllten Zimmer an dessen Ende.

Vor drei Nächten sah er den Meteoritenschauer der Quadrantiden, deshalb weiß er, welcher Monat ist. Meteoritenschauer kommen jedes Jahr ungefähr zur gleichen Zeit, die Quadrantiden Anfang Januar.

In der Nacht, als er sie sah, hat er zu fliehen versucht. Das Haus wird von mächtigen Kiefern und schneebedeckten Gipfeln umringt, die meisten Räume sind verschlossen, die einzige menschliche Gesellschaft ist das sechs Mann starke Gefolge des Warlords.

Er weiß immer noch nicht, wo sich Jeo aufhält. In den Monaten seit seiner Gefangennahme im Oktober wurde Mikal von diversen Warlords verschachert und verkauft, und je mehr Zeit verging, desto weniger hat er geredet, an den meisten Tagen fast kein Wort. Sein jetziger Warlord kennt nicht einmal seinen Namen.

Die Männer in dem Raum, den er betritt, drängen sich um eine Kohlepfanne. Der Warlord ist ein Bandit und der Sohn von Banditen; Mikal hat allerlei Geschichten über seinen gefürchteten Blutdurst gehört. Als sich einmal die Kunde verbreitete, dass er einen Überfall auf ein Dorf plane, haben die Einwohner nachts ihren Schmuck und ihre Wertsachen nach draußen gebracht, sodass Abertausende von Geldscheinen im Wind flatterten, als er über die Dorfstraße ritt.

Mikal nimmt sich einen Granatapfel aus der Schale, hockt sich in die hinterste Ecke und hört zu, während er die Frucht mit Zähnen und Fingernägeln aufreißt, behutsam, da die Wunden von seinen fehlenden Fingern selbst nach Monaten noch empfindlich sind. Jeder Warlord hat ihm gesagt, man wolle Lösegeld für ihn verlangen, nur hat sich Mikal geweigert, eine Kontaktadresse zu nennen, egal was man ihm auch antat. So war sein einziger Nutzen die Arbeitskraft. Er arbeitete trotz der Ketten täglich auf irgendwelchen Baustellen und wurde von Woche zu Woche dünner, bis die Kleider wie Lumpen an ihm hingen. Sein inzwischen langes Haar saß ihm wie eine sperrige Mütze auf dem Kopf, und er trug immer noch dieselben Stiefel wie im Oktober, nur das Blut hatte er abgewaschen. Er arbeitete so fleißig wie möglich, da er fürchtete, ansonsten erschossen zu werden, schließlich wollte man kein unnützes Maul füttern. Allerdings fürchtete er auch, sich zu Tode zu arbeiten.

Er kaut die Granatapfelkerne und lässt es rot auf die bandagierten Hände tröpfeln, da er weiß, welch heilende Kraft der Saft besitzt.

Einer der Männer beschwert sich, dass seine Pistole ständig Ladehemmungen hat. Es ist eine Beretta M9, und Mikal weiß, wie leicht sich das Problem beheben ließe. Er könnte dem Mann raten, ein Stück Isolierband übers Loch im Griff zu kleben, damit kein Staub mehr eindringt, aber er bleibt stumm, da ihm nur allzu bewusst ist, dass sich diese Waffe gegen ihn richten könnte, wenn er zu fliehen versucht.

Man hat ihn ins Berghaus gebracht, um bei einer Mission zu helfen, einem Diebstahl. Die um das Feuer hockenden Männer gehen die letzten Details ihres Plans durch. Der tausendvierhundert Jahre alte Mantel des Propheten Mohammed wird seit 1768 in der Moschee von Kandahar aufbewahrt, doch als die Amerikaner im Oktober ihr Bombardement begannen, brachte man den Mantel in Sicherheit. Bislang ist er nicht zurückgeschickt worden. Er befindet sich immer noch in einer Moschee hoch oben in den Bergen, keine achtzig Kilometer von hier, und der Warlord will ihn haben, zum einen, um seinen Ruf aufzupolieren, zum anderen, um sich die wundersamen Kräfte zunutze zu machen.

Die erfahrensten Diebe des Warlords werden Mikal begleiten, ein Vater-und-Sohn-Team, der Sohn so alt wie Mikal. Das heilige Gewand wird zweifellos bewacht, und falls man sie entdeckt, dürfte es zum Kampf kommen. Mikal würde mit dem Diebstahl lieber nichts zu tun haben wollen, aber er muss gehorchen. Außerdem hat der Warlord versprochen, er würde sich überlegen, Mikal die Freiheit zu geben, wenn ihm der Mantel gebracht wird. Mikal glaubt nicht, dass der Mann sein Wort hält, weshalb er während der Reise jede Chance zur Flucht nutzen will.

Einer nach dem andern verlassen die Männer den Raum und begeben sich zum vorderen Hof, um die drei zu verabschieden. Mikal bleibt noch und geht als Letzter durch die Tür: So rasch es ihm die Ketten erlauben, hebt er die Gewehrkugel auf, die er schon beim Hereinkommen unter einem der Stühle liegen sah. Während er den Männern über den dunklen Flur folgt, stopft er die Kugel in den Hosenbund; das Metall trotz Stoff kalt auf der Haut.

Draußen, auf dem Weg zum Lastwagen, schweben winzige Partikel gefrorener Feuchtigkeit in der ansonsten trocknen Luft, die in der späten Vormittagssonne deshalb wie schimmernder Sand oder Glasstaub glitzert. Die Bergfeste ist von hohen Steinmauern mit Wachposten umstellt; nachts laufen fünf ausgewachsene Schäferhunde auf dem Gelände herum. Trotzdem hat er bislang dreimal zu fliehen versucht und ist mit jedem Mal weiter gekommen; doch die eisige Kälte hat ihn stets zurückgezwungen. Er hatte die Kette mit Lumpen umwickelt, um ihr Klirren zu dämpfen, konnte dann aber einfach nicht so schnell laufen, dass ihm warm genug wurde; die Bergwelt fest im eisernen Griff des Winters.

Der Vater setzt sich ans Steuer; er und sein Sohn sprechen gemeinsam den arabischen Satz, den jeder guter Muslim vor einer Reise äußern sollte: »Ich hoffe, Allah hat eine sichere Reise für uns vorgesehen.«

Mikal klettert auf einen der hinteren Sitze. Er muss für die erstbeste Chance bereit sein. Seit zwei Tagen weiß er schon, dass mit dem Laster etwas nicht stimmt. Vorgestern waren die Männer in den Wäldern auf Jagd, und als sie zurückkamen, haben die Schäferhunde sie nicht erkannt, und sie haben gebellt, wie sie ein unbekanntes Fahrzeug verbellen. Irgendetwas im Motor wird ausfallen, ein Bruch sich aufs Chassis ausweiten.

Beim Losfahren hält er sich den schmerzenden Arm. Eine Zeit lang hat die Wunde in ihm ein irrsinniges Interesse für Bienen geweckt; den Flug jeder einzelnen hat er verfolgt und gehofft, sie würde ihn zum Stock führen, so sehr sehnte er sich nach der im Zellwachs eingeschlossenen gelben Flüssigkeit, wusste er doch, dass nichts so gut heilt wie Honig, der selbst Wunden verschließt, die Jahrzehnte offen waren.

Es wird kälter im Laster, als sie sich durch steinerne Berge und vorbei an riesigen Felsen der Schneegrenze nähern. Sie unterbrechen die Fahrt nur für das Nachmittagsgebet, steigen aus und breiten auf geröllübersätem Grund eine Decke aus, während der Wind durch eine nahe Schlucht links von ihnen heult. Nebeneinander auf der Decke stehend, das Gesicht den Bergen im Westen zugewandt, beginnen sie, sich in Richtung des viele Hundert Meilen entfernten Mekkas zu bücken und zu verbeugen.

Mikal ist vor Vater und Sohn fertig und eilt zum Fahrzeug zurück, wobei er unterwegs die Kugel aus dem Hosenbund fischt, eine vom Kaliber 22. So schnell er kann, tauscht er sie mit der Sicherung im Scheinwerfer des Trucks aus, was ungefähr dreißig Sekunden dauert. Währenddessen fürchtet er unablässig, Vater und Sohn könnten ihr Gebet beenden und zu ihm herübersehen, aber er hat Glück. Die Kugel passt perfekt in den Sicherungskasten gleich neben der Lenkradsäule. Nach etwa zwanzig Kilometern sollte sie überhitzen, explodieren und dem Fahrer ins Bein schießen.

Anschließend sitzt Mikal da, schaut nach draußen und wartet darauf, dass sie ihr Gebet beenden; der Himmel eine Komposition aus horizontalen rosafarbenen, gelben und grauen Streifen, in Allahs gestrenger Ordnung mehrfach wiederholt. Als die beiden zurückkommen, schilt ihn der Vater, weil er sein Gespräch mit Allah so rasch beendet hat, dann fahren sie weiter. Die Scheinwerfer beleuchten gigantische Steinplatten, die in allen nur erdenklichen Winkeln aus dem Berg ragen und ihn mit sternförmigen Brüchen übersäen.

Die Tage in den Bergen sind kurz, und das Grau nimmt schnell zu. In einer engen Kurve entdeckt Mikal die Spuren mehrerer Stiefel, tiefe Abdrücke im schlammigen Grund. Sie sind so groß, als wollten sie sagen: »Seht her, so hinterlässt man Spuren in der Welt.« Nach dem Sieg im November verkam der Krieg rasch zu einer Folge endloser Überfälle und Menschenjagden auf die Anführer der Terroristen und ihre Stellvertreter. Dies hier sind vermutlich Soldaten der Special Forces gewesen, die nach Osama bin Ladens Versteck oder seinem Grab suchen.

Er beugt sich vor, den Kopf zwischen den beiden Vordersitzen. Wenn die Kugel dem Fahrer ins Bein fährt, kommt es zu einem Unfall: Der Laster wird Schaden nehmen, und womöglich kann der Sohn seinen Vater nicht fahren, sodass er in der Wildnis verbluten wird. Etwas in ihm will das Vorhaben aufgeben, das er selbst in Gang gesetzt hat, und nach einer Weile versucht er, genau dies zu tun.

»Halt an«, sagt er.

»Warum?«, fragt der Sohn und dreht sich nach ihm um.

»Zeit fürs Abendgebet.«

»Dafür ist es noch ein bisschen früh«, erwidert der Fahrer, und der Laster fährt weiter; die Scheinwerfer brennen sich in die Berglandschaft. Mikal langt nach vorn und greift ins Steuer, sodass der Laster für einen Moment heftig nach links ausschert. Der Sohn packt Mikal am Kragen, stößt ihn zurück und schreit, er solle Ruhe geben. Mikal setzt sich wieder, und ohne sich umzuschauen, verpasst ihm der Vater einen kräftigen Schlag ins Gesicht, die Fingerrücken mit bunten Edelsteinen gepflastert. Das Fahrzeug schleudert weiter, ohne dass Hoffnung bestünde, auf seinen Kurs Einfluss nehmen zu können, doch Mikal sagt erneut: »Wir müssen anhalten.«

Danach dauert es nur noch Sekunden, bis der Laster in die Leere über der Schlucht hinausschießt mit einem lauten Scharren von Metall über Stein, dem der Knall einer abgefeuerten Kugel vorausgeht, was Mikal aber erst im Nachhinein wahrnimmt. Der sechs Meter unter ihnen liegende Fluss ist mit Trauerweiden überdacht, und während sie darauf zustürzen, wird draußen alles dunkel, da die Kugel, die aus dem Sicherungskasten fährt, die Stromzufuhr zu den Scheinwerfern unterbricht.

»Das ist eine Schusswunde«, sagt der Vater halb schockiert, halb verwirrt, dreht ihnen den Rücken zu, öffnet die Hose und mustert seinen Schenkel. »Auf mich ist geschossen worden.«

Sie sind ans Ufer gewatet; der Mann humpelt, kann sich kaum auf den Beinen halten. Jede Schmerzfaser in Mikals Leib wurde geweckt, ein heftiger Stoß ins Rückgrat, als das Fahrzeug im flachen Fluss landete.

»Ein Schuss? Wie das?«, fragt der Sohn, der um ihn herumgeht, um sich die Wunde anzusehen. »Vielleicht hat dich ein Splitter vom Fahrzeug durchbohrt.«

»Ich weiß, wie eine Schusswunde aussieht«, erwidert der Vater. Er ist ein großer Kerl, aber im Augenblick scheint es ihn zu viel Kraft zu kosten, auch nur die Stimme zu heben.

Im Gletscherwasser hinter ihnen schlängelt sich ein dicker Blutstrahl von der Fahrerseite des Wracks langsam mit der Strömung davon. Es sieht aus, als würde das Metall selbst bluten.

»Wir müssen ihn rausholen«, sagt der Vater und deutet auf den Laster. Mikal sieht, dass beide, Vater wie Sohn, nicht zuletzt auch deshalb entsetzt sind, weil sie das Eigentum ihres Herrn beschädigt haben.

»Der fährt nirgendwo mehr hin«, sagt Mikal, während er unterm Hemd nach Verletzungen sucht. In der nachfolgenden Stille denken alle daran, was passiert ist; ihre nassen Leiber zittern in der grausamen Kälte, und der Sohn zuckt zusammen, als er den fünf Zentimeter langen Schnitt an der Stirn berührt. »Das ist eine Warnung Allahs«, sagt er leise. »Den Heiligen Mantel stehlen zu wollen ist sündig und verrucht. Ich finde, wir sollten umkehren ...«

Der Vater wirft ihm einen verärgeten Blick zu. »Von diesen Dingen hast du keine Ahnung. Hör auf, Unsinn zu reden.«

Der Junge schüttelt den Kopf. »Wir müssen umdrehen. Du bist von einer unsichtbaren Pistole angeschossen worden. Damit hat uns Allah gewarnt ...«

»Sei still«, sagt der Mann in dem Bemühen, die Kontrolle zu behalten. Der Sohn wendet den Blick ab, als überlege er, wen er mehr fürchtet, Allah oder seinen Vater. Der Mann verliert sehr schnell Blut. Die rotschwarze Flüssigkeit breitet sich auf den Kieseln zu seinen Füßen aus, als ließe das Gewicht seines Körpers sie aus der Erde quellen. »Hier können wir nicht bleiben«, sagt er. »Wir müssen die letzten zehn Kilometer zur Moschee zu Fuß gehen.«

»Versuch, die Sicherheitsgurte aus dem Wagen zu reißen«, trägt Mikal dem Jungen auf. »Wir müssen das Bein deines Vaters abbinden.« Und dann fragt er den Vater: »Liegen die Schlüssel für meine Kette im Laster?«

»Ich habe sie nicht dabei.«

Mikal sieht ihn entgeistert an. »Wie hätte ich euch denn beim Diebstahl helfen sollen?« Er glaubt dem Mann kein Wort. »Und was, wenn ich hätte flüchten müssen?«

Der Dieb hebt die Waffe und zielt mit zitternder Hand auf Mikal. Vor Schmerz wird sein Blick mörderisch. »Ich habe sie nicht. Und glaub ja nicht, dass du vor mir weglaufen kannst. Jetzt hol schon die Sicherheitsgurte.«

Sobald sie das Bein abgebunden haben, beginnen sie zu marschieren, finden einen Pfad, der sie zurück auf die Höhe bringt, von der sie abgestürzt sind; der Dieb hinterlässt eine glitzernde Spur. In nassen Kleidern bewegen sie sich durch die eisige Kälte voran, und je länger sie laufen, desto unsicherer werden die Schritte; wortlos; Mikals Kette das einzige Geräusch. Er sieht zu, wie Vater und Sohn schwächer werden. Er weiß, sie werden vor ihm zusammenbrechen; der Vater stützt sich auf den Sohn; beide taumeln voran. Er muss jetzt jedes bisschen Wärme mobilisieren. Naheed. Das Wort, das alle Bedeutung enthält.

Kurz vor dem Grat bricht der Vater als Erster zwischen den grauen Felsen zusammen. Und als hätte er diese Erlaubnis gebraucht, folgt der Sohn nur einen Moment später. Von dort, wo er liegt, schnappt der Mann in plötzlicher Verzweiflung nach Mikals Hemd, will ihn halten, aber der Berg hat ihm alle Kraft geraubt, die Hänge und Gipfel, die sie wie erstarrte Stille umgeben – auf fremde Weise sichtbar gewordene Zeit.

Von seiner Freiheit wie berauscht, läuft Mikal auf den Grat zu. Noch höchstens eine halbe Stunde, dann ist es völlig dunkel. Er blickt über die Schulter zurück und sieht, wie der am Boden liegende Verletzte die Waffe hebt und auf ihn zielt; der Lauf zuckt, als versuche der Vater, einen Schmetterling zu treffen, der nicht landen will.

Er geht über den Grat, aber als er sieht, was auf der anderen Seite liegt, bleibt er abrupt stehen. »Was zum Teufel?« Erst nach einer langen Weile macht er den nächsten Schritt.

Er blickt auf einen Friedhof voller Flugzeuge und Helikopter, russische MiGs und Hinds, kreuz und quer verstreut, die Cockpittüren offen, Fenster zersplittert, Reifen geplatzt und halb verrottet. Es sind mehrere Dutzend Maschinen, eine breite Wrackschneise, die bis hinüber zum nächsten, fast einen Kilometer entfernten Grat reicht.

Er geht zu einem Hubschrauber und wirft einen Blick ins Innere. Russische Graffiti sind in die schmierigen Wände geritzt. Namen, Sätze, Initialen mit Herz. Von den Sitzen bis zu den Instrumenten wurde alles mitgenommen. Die einzelnen Maschinen sind kaum mehr als leere Hülsen, Särge für Riesen; das Metall dürfte mehrere Tausend Kilo wiegen. Jede Maschine ist mehr oder minder stark von Flechten überzogen, in Schichten, eine um die andere zu dicker Kruste getrocknet. Nahezu schnurgerade bahnt er sich seinen Weg, steigt durch Türen ein und wieder aus und redet dabei leise mit sich selbst, um nicht den Verstand zu verlieren. »Mikal ist endlich frei. Mikal geht weiter. Mikal hört seine Ketten. Mikal kann keinen *einzigen* Finger spüren. Mikal wird nicht auf diesem Blechfriedhof sterben. Mikal ist wahrscheinlich schuld am Tod eines Mannes. Mikal will Naheeds Gesicht sehen. Mikal will mit ihr in seinem Zimmer in Heer wohnen. Mikal muss Jeo finden.« Nach einer Weile bleibt er stehen und dreht sich um.

Er kehrt zum ersten Kampfhubschrauber zurück und sieht, dass ihm Vater und Sohn gefolgt sind – sie haben es über den Grat geschafft, sind dann aber wieder zusammengebrochen, der eine liegt auf dem Bauch, der andere auf dem Rücken. Beim Näherkommen registriert Mikal verblüfft, dass der Vater erneut mit wild zuckendem Arm die Waffe hebt und auf ihn zu zielen versucht. Die Augen des Sohnes bleiben geschlossen, doch obwohl er bewusstlos ist, hört er nicht auf zu zittern. Mikal bibbert fast genauso stark, befreit die Waffe aus dem Griff des Vaters, stellt sich so breitbeinig wie nur möglich hin und zielt auf die gespannte Kette. Wegen der Kälte lässt sich der Abzug nur schwer bewegen, der Frost fährt nicht nur ihm bis ins Mark, und da er keinen Abzugsfinger mehr hat, kann er nicht besonders gut zielen. Zweimal feuert er in die hart gefrorene Erde, zerpulvert Granit; langsam steigt ihm der blaue Rauch der Waffe ins Gesicht.

Er steckt die Waffe wieder ein und nimmt auch die Pistole aus den steif gefrorenen Fingern des Sohnes an sich. In den Taschen des Vaters findet er ein Feuerzeug aus Messing. Der Mann starrt ihn ohnmächtig an. Unter dem blauen, dunkler werdenden Himmel und den schon zahllosen Sternen, die Füße noch immer gefesselt, geht Mikal zur nächsten MiG.

Die MiG ist fast fünf Meter hoch. Er stellt sich unter einen dicht mit getrockneter Flechte überzogenen Flügel, hebt die Hand und klappt das Feuerzeug auf. Beim sechsten Versuch springt der Funke über, und einen Moment lang glüht die Flechte indigoblau, dann breitet sich die Glut seitwärts aus und wird zu scharlachroter Feuersbrunst. Mikal tritt einen Schritt zurück: Erst ist es nur der Flügel, dann hüllen helle Flammen das ganze Flugzeug ein; in einer wahren Hitzeexplosion lodert die zundertrockene Flechte abrupt auf. Es kommt zu einem grellen Aufwärtssog, einem momentlangen Vakuum. Die Maschine ist von oben bis unten, vorn bis hinten in

Brand, etwa zwanzig Sekunden lang; eine brennende Transparenz huscht über die gut fünfzehn Meter messende Metallgestalt. Ein Vogel aus Flammen.

Ihm ist immer noch kalt, die Kleider sind klamm, seine Hand zittert aber nicht mehr so, und er holt die Waffe aus der Tasche und schießt auf die Kette, zertrümmert das siebte von dreizehn Gliedern.

Obwohl sie unverändert daliegen, erwärmt sich auch das Blut der anderen beiden Männer, und Leben kehrt in ihre Gliedmaßen zurück. Ein mächtiges Fauchen ist zu hören. Aus dem Schlaf gerissen, findet sich das Metall von Flammen überzogen und beginnt zu kreischen; man könnte meinen, das Flugzeug wolle mit der lodernden Glut aufsteigen.

»Kommt näher«, ruft er über die Schulter zurück.

Sie stehen auf und wanken langsam auf die Hitzequelle zu, diesem Schwall von Augusttemperaturen mitten im Januar. Handgroße Flechtenstücke lösen sich und schweben als blendend helle Lichtflocken davon. Und dann, ebenso plötzlich, wie es begann, hat sich das Feuer verbraucht; das Flugzeug knirscht nur noch leer, qualmt hier und da. Verkohlte Stücke liegen auf dem Boden, an ihren Rändern kriechen hellrote Punkte entlang.

Das versengte Metall gibt weiter Wärme ab, und Vater und Sohn rücken so dicht heran, wie sie es nur zu ertragen vermögen. Mit einem Schwenk der Waffe bedeutet Mikal ihnen, ihm zu folgen, als er zum nächsten Flugzeug geht und wieder das Feuerzeug aufklappt.

Sie ziehen von Wrack zu Wrack, von einer grell lodernden Plattform zur nächsten; die Rotorblätter der Hind-Hubschrauber brennen über ihnen wie fünfzehn Meter große goldene Sterne, tauchen sie in ihr Licht. Mit dampfenden Kleidern ziehen sie in einem gewundenen Pfad durch diese Nekropole aus Stahl.

Als es zu schneien beginnt, verzischen die Schneeflocken auf dem heißen Metall.

Mikal und der Sohn hören irgendwann zu zittern auf, und der Flusssand fällt von ihren getrockneten Kleidern ab; nur der Vater hat zu viel Blut verloren, sein Zustand verschlimmert sich, das Gesicht fahl, die Lippen dunkel.

»Er wird sich erholen, sobald wir die Moschee erreichen«, sagt der Sohn.

Mikal schaut ihn an. »Das hoffe ich auch, aber ich komme nicht mit euch. Ich muss meinem eigenen Weg folgen.«

»Bitte, geh nicht«, sagt der Junge leise. »Der Boss wird uns bestrafen.«

Mikal schüttelt den Kopf. »Ich muss gehen. Lockere die Aderpresse jede Viertelstunde.«

»Wenn du wegläufst, wird man uns deswegen schlagen. Und dann ist da auch noch der Unfall mit dem Laster.«

»Ich kann euch nicht helfen. Ich muss los.«

»Er wird uns umbringen.«

»Dann geht nicht zurück«, erwidert Mikal, plötzlich voller Wut auf die Welt. »Verschwindet einfach.«

»Aber wir *müssen* zurück«, schreit der Junge, eine Spur von Verzweiflung in der Stimme. »Unsere Familie lebt beim Boss. Wenn wir abhauen, foltert er sie, um herauszufinden, wo wir sind, und uns aus dem Versteck zu locken.«

Mikal blickt zu Boden, dann schüttelt er den Kopf. »Ich kann nicht.«

Der halb ohnmächtig auf der Erde hockende Vater öffnet kurz die Augen und zeigt auf Mikals Finger. »Wenn du den Mantel des Propheten berührst, hören deine Wunden vielleicht auf, dir wehzutun.«

Immer noch den Kopf schüttelnd, geht Mikal langsam weiter.

»Wie kannst du deine Glaubensbrüder so zurücklassen? Hilf mir wenigstens, ihn bis zur Moschee zu bringen. Danach kannst du von mir aus verschwinden.«

Mikal bleibt stehen und blickt zurück.

»Allein kann ich ihn nicht tragen, das siehst du doch«, sagt der Sohn, den Tränen nahe. »Er wird verbluten.«

»Na schön. Bringen wir ihn zur Moschee, aber danach verschwinde ich. Und es wird nichts gestohlen.«

Es ist nach Mitternacht, als die Moschee in der Ferne unter einem glasigen Mond sichtbar wird. Das heilige Gebäude ragt aus blauweißer Schneeweite auf und wirkt so losgelöst und einzigartig wie etwas, das auf offener Handfläche dargeboten wird. Der Sohn war vor einem Monat schon auf einem Erkundungstrip hier, Schnee und Eis aber haben die Gegend verwandelt. »Ruhm sei Allah, der Seine Welt verändert und stets aufs Neue verändert, selbst jedoch unwandelbar bleibt«, flüstert er.

Der Vater brabbelt vor sich hin; der nahende Tod lässt ihn halluzinieren.

»Lauf zur Moschee und hol Hilfe«, bittet der Sohn, als sein Vater verstummt. Er legt ihn auf den Rücken, wischt ihm den Schnee von der Brust und hört sein Herz ab. In einer Hand hält er die Fackel, die sie sich aus einem Ast und einem zerrissenen Turban gemacht haben. Inzwischen hat es aufgehört zu schneien, doch liegen die Flocken so dicht auf ihnen, dass sie fast unsichtbar sind.

Mikal klopft sich das Weiß von den Kleidern und macht sich dann auf den Weg zur Moschee, langsam – wollte er rennen, würde er ohnmächtig werden. Sein Verstand registriert nur wenige Eindrücke vom Weg zum gigantischen Tor. Dann und wann bleiben die Kettenreste an irgendetwas hinter ihm hängen; dünnes Eis bricht unter seinen Füßen, wenn er in gefrorene Pfützen tritt. Er schafft es bis zum Tor der Moschee, statt jedoch anzuklopfen, sagt er sich, dass es nicht schaden könne, wenn er sich einige Augenblicke ausruht. Wie lang er vor dem Tor liegt, weiß er nicht, als er irgendwann den Kopf zu drehen versucht, merkt er, dass Eis sein Haar überzieht, und später, dass auch die an seinen Knöcheln hängenden Kettenstränge am Boden festgefroren sind.

Er blickt zur Moschee auf, deren Außenmauern, Kuppeln und Balkone mit dem gesamten Koran beschrieben wurden. Es heißt, auch die Innenmauern und Zimmerdecken seien mit kalligrafischer Schrift bedeckt. Im Mondlicht betrachtet Mikal die Fassade aus halb geöffneten Augen; ihm ist, als hätte es Tinte geregnet – und jeder Tropfen, der auf der Moschee landete, wurde zu einem Wort statt zu einem Spritzer.

Während er in den Schlaf sinkt, schaut er in den Himmel. Arabisch ist auch dem Kosmos eingeschrieben, das weiß er. Von den sechstausend fürs bloße Auge sichtbaren Sternen tragen zweihundertzehn arabische Namen. Aldebaran, der Nachfolgende; Algol, der Dämon; Arrakis, der Tänzer; Formalhaut, der Fischmund; Altair, der Vogel ... Er schläft ein. Unter den Sternen gibt es in einem unentdeckten Land eine Stadt, in deren Fenstern keine einzige Lampe brennt. Licht kommt nur von den Sternbildern und den Minaretten, die allesamt brennen, hohe Feuersäulen, deren Flammen gelegentlich vom Wind aufgefächert werden. Beim Betreten der verlassenen Stadt weiß er, dass ihm eine Schar schwarz gewandeter Gestalten folgt. Und obwohl er sie nicht sehen kann, ist ihm irgendwie bewusst, dass sie kämpfen können wie Berglöwen. Er kommt an mehreren brennenden Minaretten vorbei, ehe er eine Tür aufstößt und ein Haus betritt; irgendwann später hört er auch seine Verfolger kommen. Sie verteilen sich auf die Zimmer und machen keinerlei Anstalten, die Stimmen zu senken, ihre Suche nach ihm zu verheimlichen. Er klettert über die Mauer nach nebenan in die Moschee, nimmt ein Buch aus einer Nische, reißt eine Seite heraus, zerknittert sie, streicht sie wieder glatt und legt sie auf den Boden. Genauso macht er es mit einer weiteren Seite – ballt sie zusammen, überzieht sie mit Falten und legt sie neben die erste – und noch einer und noch einer, schließlich mit allen, im Schein eines brennenden Minaretts, geht rückwärts und bedeckt den Boden vor sich mit Blättern. Falls jemand drauftritt, wird er das hören. Als dann der Boden rund um ihn mit Buchseiten bedeckt ist, legt er sich in die Mitte und schließt die Augen in der freien rechteckigen Fläche, die exakt dieselben Ausmaße hat wie ein Grab.

Im Dunkeln Ansätze schwachen Bewusstseins. Menschen an seiner Seite. Hände, die ihn berühren. Kerzenlicht. Irgendwann wird er gänzlich wach; Dinge werden zurück ins Leben gerufen. Er liegt auf dem nur mit einem Laken bedeckten Boden, kein Kissen; er trägt trockene Kleider. Ein älterer Mann umsorgt ihn behutsam; der Bart fällt ihm in zwei silbernen Strängen bis auf den Bauch.

»Habt ihr sie aus dem Schnee geholt?«

»Wen?«

»Ich habe zwei Leute draußen gelassen.« Mikal richtet sich langsam auf und schaut sich um.

»Da draußen ist niemand.«

»Vielleicht kann man sie in der Dunkelheit nicht sehen.«

»Es ist nicht mehr Nacht; es ist Vormittag.«

Die Moschee ist eine Ruine; und der Mann verbrennt einen binsengeflochtenen Gebetsteppich sowie einen Haufen Stroh, damit Mikal es warm hat. An den Säulen lehnen von den Wänden gefallene Wörter; ganze Zeilen mit kalligrafischer Schrift, absichtsvoll gewunden und verschlungen, mit jedem Strich strahlen sie mehr Kraft, Entzücken, Aura aus.

Mikal steht auf und wickelt sich dabei ins Laken. »In welchem Raum wird der Mantel des Propheten aufbewahrt?«

Der Mann hält ihm ein Stück Brot hin. »Der Mantel des Propheten ist in Kandahar. Warum sollte er hier sein?«

»Mir wurde gesagt, man hätte ihn hergebracht.«

»Nein, er ist schon immer in Kandahar gewesen.« Der Mann fasst ihm an die Stirn. »Du bist müde. Leg dich wieder hin und ruh dich aus.«

»Ich habe geträumt, um mich zu schützen, hätte ich Seiten aus einem Gebetbuch gerissen.«

Der Mann denkt einen Augenblick nach. »Es gibt einen Baum, der wirft seine Blätter nicht ab«, sagt er dann, »in dieser Hinsicht ist er wie der ideale Muslim. Doch Allah hat Verständnis dafür, wenn es uns in einer unvollkommenen Welt misslingt, vollkommen zu sein.« Er lächelt Mikal an.

Mikal beißt in das im Innern feuchte, bröselige Brot. Der Mann erzählt, er komme aus dem Jemen, ein Ausländer, gefangen in Afghanistan. In verschiedenen Ecken der Moschee entdeckt Mikal noch mehr Bewohner, die eher wie wilde Tiere denn wie Menschen riechen, ganze Familien, erschöpfte Frauen und Kinder. Seit Oktober sind sie auf der Flucht, haben diverse Wanderungen zu scheinbar sicheren Orten unternommen in der Hoffnung, einen Weg zurück nach Hause zu finden. Ein kleines Mädchen steht abseits von den übrigen Kindern, spielt nicht mit, und erst nach einer Weile fällt ihm auf, dass es keine Arme hat.

Obwohl er noch sehr müde und schwach ist, öffnet er die Tür zum südlichen Minarett, steigt nach oben und blickt dabei immer wieder durch die schmalen, tief eingelassenen Fenster auf die Landschaft, die sich mit jeder Windung der Treppenspirale verändert. Sobald er oben ins Licht tritt, studiert er die Umgebung; der Himmel ein Wasserfleck auf Papier. Er begreift nicht, warum man ihm gesagt hat, dass sich der Mantel in der Moschee befindet, warum er auf diese Reise geschickt wurde.

Auf der Fassade direkt neben ihm krabbelt eine Ameise durch die Rille, die das Wort Allah formt. Sie trägt ein Weizenkorn und versucht, aus dem Wort zu klettern, fällt aber immer wieder zurück.

Er will gerade wieder hinuntersteigen, da fügen sich plötzlich alle Puzzleteile zusammen, als er im Schnee den großen Fußabdruck neben seinen Füßen sieht, ein flüchtiger Strahl der Erkenntnis: Der Warlord hat ihn hergeschickt, damit er den Amerikanern übergeben wird. Er wird *ausgeliefert*.

Die Amerikaner zahlen fünftausend Dollar für jeden mutmaßlichen Terroristen.

Er hastet die Wendeltreppe hinab – so schnell er kann; die zwei Kettenstränge fallen voraus, geraten ihm unter die Füße –, und er fragt, ob sie den Warlord kennen, der ihn gefangen hält.

»Ja«, antwortet der Bärtige. »Es ist der, der uns alle zur Moschee geschickt hat. Er hat gesagt, wir sollen uns hier treffen und darauf warten, dass man uns außer Landes bringt.«

Mikal zählt die Männer; mit ihm sind sie zweiundzwanzig. Fünftausend Dollar mal zweiundzwanzig macht einhundertundzehntausend Dollar.

Und dann vernimmt er die ersten Ausläufer einer Geräuschwelle, irgendwas gerade an der Grenze des Hörbaren; sein Herz macht einen Satz, scheint gleich darauf vor Schreck stillzustehen. Eine Unruhe breitet sich im Raum aus, jetzt hören sie alle das Wummern anfliegender Helikopter. Vorsichtig bewegt sich Mikal auf die Tür der Moschee zu und streckt eine Hand aus, um die Paneele beiseitezuschieben, als die Tür plötzlich von der anderen Seite aufgerissen wird; Schneelicht blendet ihn, lautes Getöse ist zu hören. Mehrere Gestalten überwältigen ihn, und er sieht, wie der ältere Mann zur anderen Seite des Gebetssaales rennen will, sieht, wie sich ein amerikanischer Soldat einen Stuhl schnappt und ihn wirft, wie der Stuhl in einem sauberen, mühelosen Bogen quer durch den Raum fliegt, den Fliehenden zwischen die Schulterblätter trifft und wie der Mann mit einem Aufschrei zu Boden stürzt. Mikal wird mit Kabelbindern an Händen und Füßen gefesselt und nach draußen zum großen Vogel mit Zwillingsrotoren gebracht. Er hört Schüsse aus dem Gebäude, die Schreie von Frauen und Kindern. Man lässt ihn auf dem Bauch neben der Maschine liegen und geht wieder rein; er sieht zu, wie die Männer einer nach dem anderen herausgebracht und bäuchlings neben ihn gelegt werden.

17

Naheed ist mit Rohan im Gewächshaus.

»Ich habe nachgedacht«, sagt Rohan. »Am besten erinnert man sich an die Farbe Rot, indem man eine warme Fläche berührt. Was man dann mit der Hand fühlt, entspricht dem, was das Auge bei der Farbe Rot empfindet.«

»Deine Augen werden wieder gesund, Vater.« Sie achtet darauf, einen leichten Ton anzuschlagen und hofft, die Worte lassen ihr Lächeln hören.

Seine Augen sind verbunden.

»Und die Sterne«, fährt er fort, »ihr Blinken, daran erinnere ich mich am besten, wenn ich meine Hand in den Regen halte.«

Sie stellt sich vor, wie er eine vergleichbare Empfindung für alles sucht, was er verloren hat. Der Himmel. Die eigene Hand. Das transparente Rund eines Libellenkopfes.

Die Augen haben ihre Sehkraft noch nicht ganz verloren, doch die von ihnen konsultierten Ärzte sagen, auch dieser Rest vergehe in wenigen Monaten.

»Das wird schon wieder«, sagt sie. »Der Spezialist, den wir heute Morgen aufsuchen, soll der beste in der ganzen Provinz sein.«

Sie kümmern sich um die Himalaja-Orchideen. Er tastet die Stängel ab und sagt ihr, wo sie den Schnitt ansetzen soll. Alle paar Minuten hält sie das Skalpell in eine Pfanne mit glühenden Kohlen, um die Klinge zu sterilisieren, und sie bestreut die Schnittflächen mit Zimtpulver, um Infektionen zu verhindern. Er stützt sich mit den Händen auf dem Tisch ab, als wolle er die Welt ruhig stellen oder dafür sorgen, dass sie sich nicht vom Fleck bewegt. Wenn sie ihm die Augenbinde abnimmt, ist es, als nähme sie einem Falken die Haube vom Kopf. Hellwach jagt er dann nach Farben und Formen. Er weiß vorher nicht, wann ihm ein Tag gegeben ist, an dem er sehen kann, und an den meisten Tagen sieht er gar nichts.

Er rückt näher an die Kohlenpfanne heran.

»Ist dir kalt? Ich bring dich ins Haus.«

»Es heißt, im Norden liege der Schnee dieses Jahr sehr hoch. Möge Gott den armen Menschen dort oben helfen.«

Sie führt ihn zurück ins Haus und dann über den Flur in sein Zimmer. Haus Mekka. Er setzt sich in den mit blassblauem Brokat bezogenen Sessel. Auf dem Tisch liegen einige Bücher, die sie aus den Kisten geholt und aus denen sie ihm vorgelesen hat, darunter ein Band mit Briefen, geschrieben von einem Dichter an die Familien jener Soldaten, die vor langer Zeit in einem Krieg in Amerika gekämpft haben.

Washington, 10. August 1863. An Mr und Mrs Haskell.

Liebe Freunde: Ich dachte, es könnte Euch trösten, einige Zeilen über die letzten Tage Eures Sohnes Erastus Haskell zu lesen, Soldat der K-Kompagnie des 141sten Infanterieregiments der New York Volunteers ...

Sie betrachtet den Finger, an dem sie sich im Gewächshaus verletzt hat. Beim Schnitt ins Fleisch hat sie Jeos Blut gesehen. Und das von Mikal. Rohan war blind aus Peschawar und mit der Kunde von Mikals Grab zurückgekehrt. Basie ist inzwischen dort gewesen. Sie hatten überlegt, Mikal nach Heer umzubetten, doch ist sein Grab zu einem Schrein geworden, also werden sie ihn dort liegen lassen, umrankt von Mythen und Legenden.

»Wie geht es dem Jungen des Vogelbegnadigers?«, fragt Rohan. »Ich muss die Familie aufsuchen.«

»Basie und Yasmin waren gestern dort«, erzählt Naheed. »Der Junge lässt keinen Mann an sich herankommen.«

Er nickt. »Vorläufig können Tara, Yasmin und du ihn ja besuchen. Wir müssen der Familie helfen, so gut es eben geht.«

»Ja, Vater.«

Sie schließt den Band mit Briefen; darunter liegt aufgeschlagen das *Lexikon der Farben*.

Drache – ein helles, grünliches Gelb.

Drachenblut – das dunkelrote Harz der indischen Rohrpalme, Calamus draco *(vielleicht auch des Busches* Pterocarpus draco).

Knochenschwarz – ein intensiv schwarzes Pigment aus kalzinierten Tierknochen.

Er hatte gewollt, dass sie ihm die Farben beschrieb, eine nach der anderen, alle Schattierungen und Feinheiten.

Pariser Rot – ein rotes Eisenoxidpulver, mit dem man goldene und silberne Teller poliert.

Bauchrot – wird als Scharlachrot beschrieben, ohne Hinweise auf Herkunft des Namens.

Sie geht nach draußen und durch den Bananenhain zur Küche.

»Hast du über das nachgedacht, was ich dir gesagt habe?«, fragt Tara, während sie ihr den Finger verbindet.

Naheed lehnt sich an die Wand neben ihrer Mutter.

»Was ist? Hast du drüber nachgedacht?«

»Ich werde nicht wieder heiraten.«

»Du hast gesagt, du wartest auf Mikal. Jetzt wissen wir, dass er auch tot ist.«

Dazu sagt sie nichts. Einen Augenblick später nimmt sie eine Schüssel mit Mehl vom Regal und taucht die Hand ein, hält dabei den verletzten Finger hoch, während sie Bergrücken und Gipfel formt, Klumpen zerbröselt. Dann schüttet sie Vanilleessenz und gemahlene Mandeln in die hohle Hand, gibt sie zur Mischung dazu, greift in einen Topf, löffelt die weiße Butter heraus und mengt sie geschickt unters Mehl. Mit Wasser verdünnte Milch läuft über ihre drei unverletzten Finger, während sie mit der anderen Hand den Teig knetet.

»Die Toten kehren nicht zurück, Naheed.«

Sie schaut ihre Mutter an und sagt nach einer Weile: »Ich möchte nicht daran denken.«

»Das will ich auch nicht, aber ich muss.« Tara greift nach dem Glas mit Salz und streut eine Prise in die Schüssel, was Naheed immer vergisst. »Wie soll ich am Tag des Jüngsten Gerichtes deinem Vater gegenübertreten? Was soll ich ihm sagen, wenn er mir vor Allahs Augen sagt, dass ich dir nicht das beste Leben ermöglicht habe?«

Die junge Frau schüttelt langsam den Kopf.

»Ich werde anfangen, mich nach einer passenden Partie umzusehen«, sagt Tara.

Naheed kehrt ihr den Rücken zu, feuchtet ein Musselintuch an und deckt damit den Teig ab. »Ich muss Vater zum Arzt bringen. Könntest du zur Kreuzung gehen und uns eine Rikscha besorgen? Sag dem Fahrer, wir wollen zum Lumber Basar, Ecke Savings Basar.«

Tara wollte, dass Yasmin und Basie Rohan zum Arzt begleiten – um die beiden von der christlichen Schule fernzuhalten, in der sie unterrichten, sei es auch nur für noch so kurze Zeit. Erst vorgestern hat es wieder eine Explosion in einer Kirche gegeben. Den ganzen Tag lang macht sich Tara deshalb Sorgen. Bedächtig zieht sie die Burka an, schließt vorn die lange Reihe Knöpfe. »Ich hoffe nur, dass dieser neue Arzt was anderes sagt als die anderen.«

Durch das Fenster sieht Naheed ihr nach, wie sie vorbei an den rosafarbenen Maulbeeren geht. Doch Tara kommt schon nach wenigen Augenblicken zurück, gefolgt von Sharif Sharif. Er ist ganz in Weiß gekleidet und trägt unterm Arm eine Krokodilledertasche mit goldenem Reißverschluss. Als er Naheed bemerkt, zückt er einen Kamm und fährt sich damit über den Kopf.

Naheed geht zum Küchentisch, in der Hand die leere Tasse, die ihre Mutter stehen ließ. Sie ist noch warm, und die Wärme überträgt sich auf ihre Haut. Die Farbe Rot.

Tara führt den Mann über den Flur. Sie hat ihn vorm Tor getroffen, und er hat gesagt, er sei gekommen, um Rohan zu besuchen.

Sie kündigt ihn an und zieht sich dann ohne einen weiteren Blick auf ihn zurück. Hass ist Männersache. Wenn sie an diesen Mann denkt, spürt sie nur Wut.

»Mich führt eine delikate Angelegenheit her«, sagt Sharif Sharif und setzt sich in einen Sessel neben Rohan, wobei er weiterhin dessen Hand hält, die er nach der Begrüßung nicht losgelassen hat. »Es geht um Ihre Schwiegertochter.«

»Naheed?« Rohan hört das Rascheln gestärkter Kleider, das metallische Klimpern einer Armbanduhr.

»Ich empfinde viel für sie.«

»Tja, Sie sind gut zu ihr und ihrer Mutter. Die ganze Nachbarschaft weiß, dass Sie der armen Frau schon seit einer Weile nur ein Minimum an Miete in Rechnung stellen.«

»Ich tue bloß, was Allah mir zu tun gestattet, und trachte auf dieser Welt nach keiner Belohnung. Allerdings ist mir nicht entgangen, dass für die beiden Frauen erneut schwere Zeiten angebrochen sind. Und für Sie auch, den einzigen Mann in Naheeds Leben, der Entscheidungen für sie treffen kann.« Sharif Sharif seufzt. »Doch dieser Tage, mit diesem Krieg, scheint es, als wolle Allah uns Muslime auf die Probe stellen. Nun, jedenfalls bin ich hier, um Ihnen zu sagen, dass ich helfen will, Ihre Bürde zu tragen.«

»Ich verstehe nicht.«

»Ich bin bereit, Naheed zu heiraten, um Ihren Sorgen und ihrer Witwenschaft ein Ende zu bereiten.«

Rohan richtet sich im Sessel auf.

»Ich habe schon zwei Frauen, doch erlaubt es unsere Religion, erneut zu heiraten, wenn wir nachweisen können, dass wir uns finanziell und emotional um die neue Frau zu kümmern vermögen ...«

»Sahib Sharif Sharif, ich muss gestehen, ich bin ein wenig überrascht. Sie ist erst neunzehn Jahre alt.«

»Das macht sie zu einer erwachsenen Frau.«

»In der Tat, doch wollte ich eigentlich auf den Altersunterschied aufmerksam machen.«

Darauf erwidert er nichts. Auf dem Tisch liegen mehrere Vergrößerungsgläser aus Sofias Arbeitszimmer, und Rohan hört, wie Sharif Sharif sie berührt. Damit hat sie Zweige studiert, Blütenblätter, Schnäbel, Federn oder Pollenkörner, und in den Tagen, in denen er noch sehen konnte, hat Rohan mit ihrer Hilfe die Welt untersucht und Informationen gespeichert.

Schließlich sagt Sharif Sharif: »Bitte seien Sie so freundlich, darüber nachzudenken. Sie sind ein kluger Mensch und wissen sicher, dass es für junge Frauen nicht gut ist, ohne Mann zu sein, wenn sie erst einmal einen Mann *gehabt* haben. Dann könnte es nämlich geschehen, dass sie sich einen suchen – wie auch immer.«

Rohan erhebt sich. »Ich danke Ihnen für Ihr Interesse und Ihre Freundlichkeit.«

»Das Herz einer Frau ist sanft und vertrauensvoll; es lässt sich allzu leicht auf Abwege führen.«

»Ich danke Ihnen für Ihr Interesse und Ihre Freundlichkeit.«

»Überlegen Sie es sich und geben Sie mir Bescheid, doch das ist nicht der einzige Grund, warum ich hier bin. Bitte, setzen Sie sich wieder. Bitte. Ich wollte mich nach Ihren Augen erkundigen. Für Behandlung und Operation werden Sie gewiss ein wenig finanzielle Hilfe gebrauchen können, und ich habe mich gefragt, ob ich Sie in dieser Hinsicht irgendwie unterstützen kann.«

Was genau will dieser Mensch damit andeuten? Denkt er etwa, Rohan würde es auch nur in Betracht ziehen, Naheed im Austausch für Geld herzugeben? »Ich danke Ihnen für Ihr Kommen«, erwidert er kurz angebunden.

Es bleibt still, dann hört er Sharif Sharif aus dem Zimmer gehen. Barsch setzt er in Richtung des Mannes noch hinzu: »Solange ich lebe, wird es dem Mädchen an nichts fehlen. Und wenn ich einmal nicht mehr bin, hat sie immer noch Basie, für den sie wie eine Schwester ist.«

»Wie es scheint, habe ich Sie beleidigt«, erwidert Sharif Sharif von der Tür her.

»Ich habe eine Tochter großgezogen, die ein ehrliches und ehrbares Leben führt; und ich werde dafür Sorge tragen, dass Naheed denselben Weg einschlägt, falls sie es denn so wünscht.«

Er setzt sich wieder und merkt, dass er vor Wut und Sorge zittert.

Auf der Fahrt mit der jungen Frau lauscht er dem Straßenlärm, während die Rikscha die breiten Verkehrsachsen schneidet und in die Enge der Basare vordringt. Naheed hält seine Rechte zwischen ihren sanften Händen. Unter dem Verband und den geschlossenen Lidern tanzen ihm Lichtfunken vor den Augen wie farbiger Sand, ein mächtiges, visuelles Lied der Zellen, die ihr Innenleben zum Vorschein bringen, während da draußen ein anderes Lied spielt, ein Lied genannt Heer, genannt Pakistan, Leute, die kaufen, verkaufen, fragen, rufen, und Minarette, die an jeder Ecke ans Paradies gemahnen. Er sieht vor seinem inneren Auge Ladenschilder, mit herzerweichender Präzision und Schönheit von Leuten gemalt, die kaum des Schreibens kundig sind, und er hört, wie die vor Öl glänzenden Leiber der Ringkämpfer aufeinanderklatschen, hört das Bratfleisch, das in den Passagen brutzelt, dann kommen die Kabuffs, in denen japanische Nähmaschinen verkauft werden, englischer Tweed und chinesisches Geschirr, die Obstverkäufer hinter Mauern aus aufgestapelten Orangen, Frauenkleider in Schaufenstern, Stoffe aus reinem Leinen, reiner Farbe, die den Passanten lehren, wie wichtig Anmut im Leben ist, und er wünscht sich, Sofia wäre hier, damit er sie bitten könnte, all dies für ihn zu beschreiben, sie, für die das Sehen Leben war, die eine faszinierende Sicht aufs Alltägliche besaß und stets wusste, welcher Teil des Hauses zu welcher Nachtzeit des lunaren Kalenders am meisten Mondlicht abbekam, und er fragt sich, ob die Toten auf diese Weise um die Welt trauern, die sie zurücklassen, ob Sofia solcherart unter der Erde trauert.

Als sie die Praxis betreten, liest der Arzt in Rohans Akte. Der junge Mann, erst kürzlich vom Studium im Westen zurückgekehrt, blickt auf und mustert Rohans Gesicht in völliger Stille.

Dann nimmt er den Verband ab, hebt die Wattebäusche von Rohans Augen und öffnet die Lider behutsam mit den Fingern.

»Können Sie mich sehen?«

»Nein.«

Der Arzt führt Rohan ins benachbarte Untersuchungszimmer, und ehe der grüne Vorhang zugezogen wird, erhascht Naheed einen flüchtigen Blick auf die wuchtigen Apparate aus Stahl und Chrom.

Sie sitzt jetzt allein im Arztzimmer und schaut ins Buch, das sie mitgebracht hat. Dieser Spezialist ist ihre letzte Hoffnung. Einer der zuvor aufgesuchten Ärzte hatte gemeint, man sollte die Augenlider dauerhaft zusammennähen. Und letzte Woche war Tara beim Geistlichen in der Moschee gewesen, um ihn zu fragen, ob es Koranverse gäbe, die eigens für die Wiedererlangung des Augenlichts gebetet werden könnten. »Warum bist du nicht schon früher gekommen?«, hatte der Geistliche gefragt, ohne seine Betrübnis zu verheimlichen, auch wenn er nicht um Rohans willen traurig oder bekümmert war. »Du hältst dich für einen modernen Menschen, willst so viele Ärzte wie möglich aufsuchen, ehe du dich an Allah wendest. Scheint mir ein klarer Fall zu sein von ›Mit dem könnten wir es ja auch noch mal probieren.‹«

Zwanzig Minuten vergehen, dann wird der grüne Vorhang wieder beiseitegeschoben, und der Arzt führt Rohan aus dem Untersuchungszimmer.

Während Rohan auf dem Stuhl Platz nimmt, greift er nach Naheeds Hand.

»Also«, sagt der Arzt zu Naheed, »wie ich Ihrem Schwiegervater bereits erklärt habe, werden wir, wenn wir sein Sehvermögen wiederherstellen wollen, in den nächsten sechs bis acht Monaten eine Reihe von Maßnahmen ergreifen müssen.«

»Dann wird er also wieder sehen?«

Ehe der Arzt antworten kann, sagt Rohan: »Wir können uns die Operationen nicht leisten, Naheed.«

Naheed versucht zu schlucken, aber es gelingt ihr nicht.

Der Arzt wirft noch einen Blick in die Akte. »Ich bin mir sicher, dass wir selbst die alte Sehkraft noch verbessern können. Angesichts der medizinischen Fortschritte im Westen besteht kein Grund, warum er *je* blind werden sollte.« Naheed entfährt unwillkürlich ein Laut begeisterten Staunens, doch wirft Rohan erneut ein: »Wir können uns die Operationen nicht leisten, Naheed.«

»Können Sie nicht irgendwas verkaufen?«, fragt der Arzt. »Leben Sie noch in dem Gebäude mit Garten, in dem mal die Schule untergebracht war?«

Rohan schaut zu ihm auf. »Ich habe nicht gewusst, dass wir uns kennen.«

»Ich war einer Ihrer Schüler. Sie haben mich von der Schule verwiesen, weil Sie meine Mutter für eine Sünderin hielten.«

Rohan bleibt stumm.

Naheed kennt die Geschichte vom Sohn der Prostituierten. Der Junge hatte versucht, einen Spaten aus dem Schulgarten zu stehlen. Er wollte damit zum Friedhof und dort ein Loch schaufeln, wo laut seiner Mutter der Vater begraben lag.

Der Arzt mustert Rohan mit ernster Miene und lässt ihn nicht aus dem Blick.

»Ihr Name war mir vertraut, und ich habe Sie in dem Moment erkannt, in dem Sie zur Tür hereinkamen.«

»Ich hatte in den vergangenen Jahren manches Mal Anlass, an Sie zu denken.«

»Und ich habe oft an Sie gedacht …«

»Jetzt sind Sie Arzt.«

»Die Klinik ist nach meiner verstorbenen Mutter benannt.«

Naheed sieht, wie aufgewühlt Rohan ist. »Diese Operationen, die Sie vorschlagen …«

Der Mann wirbelt in seinem schwarzen Sessel zu ihr herum. »Wir dürfen keine Zeit verlieren. Sie werden das Geld rasch auftreiben müssen. Leider kommt es in einem solchen Fall auf beinahe jeden Tag an.«

»Und selbst gegen die Ursache seines Augenleidens ließe sich etwas unternehmen?«

»Ja. Die Auskünfte, die man Ihnen gab, waren offenkundig überholt. Inzwischen wurden allerhand Fortschritte erzielt.«

Versucht er, sich an Rohan zu rächen? Sind diese Operationen notwendig, oder bringen sie nur leichte Verbesserungen? Verschleudert er unser Geld für ein nutzloses Unterfangen und behauptet hinterher, er hätte sein Bestes getan? Ach was. Es heißt, irgendwas in der Seele der Menschen lasse es nicht zu, dass man Blinde übervorteile oder täusche. Der Koran ermahnt jemanden – manche glauben, es gehe dabei um Mohammed selbst –, der einen Blinden in einer Versammlung mächtiger Stammesfürsten nicht mit dem nötigen Respekt behandelte.

»Meine Gründe, Sie der Schule Ardent Spirit zu verweisen, schienen mir damals einleuchtend«, sagt Rohan plötzlich.

Der Arzt ignoriert die Bemerkung. »Für wann soll ich Ihnen einen Termin geben?« Er hält ihm die Akte hin. Rohan streckt einen Arm aus in die Richtung, aus der er seine Stimme hört, und will die Papiere an sich nehmen, doch greift seine Hand zuerst ins Leere wie ein Vogel, der bei starkem Wind auf einem Ast zu landen versucht.

»Darf ich Sie fragen, wann Ihre Mutter gestorben ist?«

»In dem Jahr, in dem ich meinen Abschluss am Medizincollege gemacht habe.«

»Der Name hat mir erst nichts gesagt«, sagt Rohan. »Mein herzliches Beileid nachträglich. Möge Allah Erbarmen mit ihrer Seele haben.«

»Was wollen Sie damit sagen?«

»Ich meine nur ... Allah ist der All-Vergebende ...«

»Sie war der anständigste Mensch, den ich je gekannt habe.«

Naheed sieht, wie er sich auf die Worte des Mannes konzentriert. Von Mikal weiß sie, wie stark die Stimme einen Menschen verrät. Wenn er sang, hat sie manchmal die Augen geschlossen und gespürt, dass man jedes Gefühl, das in seinem Gesicht zu sehen war, auch seiner Stimme anmerken konnte.

»Mein herzliches Beileid«, sagt Rohan erneut. »Es gibt viele Weisen, ein gutes Leben zu leben; und Allah ist der All-Vergebende.«

Der Arzt mustert ihn und läutet dann mit unbewegter Miene die Glocke, um den nächsten Patienten einzulassen.

»Danke«, sagt Naheed beim Aufstehen. »Wir melden uns dann wegen eines Termins.«

»Ich freue mich, von Ihnen zu hören«, erwidert der Arzt, ohne aufzusehen.

Es ist Nacht, und er schlendert durch den Garten mit ausgestreckten Händen, berührt im Dunkeln die Haut der Welt. Er geht umweht vom Nachtduft der Blumen, tastet die Borke ab, in die Jeo und Mikal als Kinder ihre Namen ritzten.

Als der Junge an jenem Nachmittag vor dreißig Jahren in sein Büro gebracht wurde, ahnte Rohan nicht, dass eines der düstersten Jahre seiner Ehe beginnen sollte. Der Junge war freundlich und gewissenhaft, wurde aber zu ihm gebracht, weil er versucht hatte, etwas aus dem Garten zu stehlen – aus diesem Garten hier. Die wagemutigeren Jungen versuchten es oft, pflückten Früchte von den Bäumen oder sammelten Vogeleier. Der Junge hatte jedoch einen Gegenstand aus dem Schuppen stehlen wollen. Anfangs mochte er seine Beweggründe nicht erklären. Schließlich sagte er: »Ich wollte meinen Vater ausgraben, um zu sehen, ob er Ähnlichkeit mit dem Mann auf dem Bild hat, das bei meiner Mutter im Regal steht.« Seine Klassenkameraden hatten ihn gehänselt. Einige von ihnen rief er zu sich ins Büro, und so kam die ganze Angelegenheit in all ihren Einzelheiten ans Licht. Es gab keinen Vater, sie war eine gefallene Frau.

Noch am selben Nachmittag ging Rohan zu ihr, klopfte an die Tür und wartete, bis ihm ein Jugendlicher öffnete, der kaum älter als einer der älteren Schüler in Ardent Spirit war. Plötzlich überkam ihn die Befürchtung, diese Frau verderbe seine Schüler. In Ardent Spirit wurden keine Vorurteile geduldet. Es gab Schüler aller islamischen Glaubensrichtungen, der Schiiten, Deobandis, Wahabiten. Und als Rohan zu Ohren kam, ein Lehrer habe einem schiitischen Schüler eine schlechtere Zensur gegeben, als dieser es verdient hatte, ließ er den Vorfall gleich untersuchen. Das hier aber war etwas anderes.

Zu seinem nicht geringen Entsetzen zeigte diese Frau keinerlei Reue. Er bot ihr an, auf die Schulgebühren des Sohnes zu verzichten, wenn sie dafür ihre Tätigkeit einstellte. Eine Woche lang kam er jeden Tag und versuchte, sie zu überreden. Mittlerweile wussten fast alle Schüler Bescheid, und eine Reihe aufgeschreckter Eltern war zu Rohan gekommen und hatte damit gedroht, Kinder von der Schule zu nehmen. Also betrat er mitten im Unterricht die Klasse und bat den Jungen, seine Sachen einzusammeln.

»Es tut mir leid, dass ich versucht habe, den Spaten zu stehlen.«

»Das ist nicht der Grund für deinen Schulverweis.« Er erinnert sich, dass er bei diesen Worten stur geradeaus geschaut hatte. »Deine Mutter ist eine Sünderin.«

Als sie in der Rikscha saßen, langte der Junge in seine Mappe und gab ihm ein Radiergummi. »Den habe ich von Fareed Chaudhuri geborgt. Könnten Sie ihn bitte zurückgeben?«

Rohan steckte ihn sich in die Tasche. »Das mache ich später.«

Die Frau kam an die Tür und nahm ihren Jungen wortlos in Empfang.

Sofia tobte. Sie wollte zum Haus der Frau gehen und den Jungen zurückholen – allein der Gedanke machte ihn fassungslos. Nach diesem Tag hat sie ihn über ein Jahr lang nicht angesehen. Er fühlte sich zu Unrecht kritisiert, glaubte er doch, unter den Umständen das einzig Richtige getan zu haben, und er hatte Allah um Kraft angefleht und darum, dass er Sofia einige der Worte vergeben möge, die sie ihm in ihrem Zorn an den Kopf geschleudert hatte.

In diesem Garten, im Schein der aufgehenden Sonne, hatte sie ihm eines Morgens gesagt, dass sie ihn verlassen wolle.

Sie hatten beide an der Punjab University in Lahore studiert, wenn auch zu unterschiedlicher Zeit, da Rohan fünf Jahre älter war. Er hatte nicht an die Universität gepasst, auch nicht in die große Stadt; er war in Heer geboren und aufgewachsen und zudem schüchtern. Seine Versuche, sich und seine Zeit zu verstehen, waren eher einsame Bemühungen, und er fürchtete das Verhalten der übrigen Studenten, fand es vielleicht sogar ein wenig abstoßend. Er unterschied sich so sehr von ihnen, dass er sich nicht einmal dazu durchringen konnte, westliche Kleider zu tragen – diese Hosen mit Taschen an schockierend anstößigen Stellen, vorn wie hinten, aus denen man Essbares fischen, Hände ziehen und Dokumente zücken konnte. Sofia dagegen – die auch aus Heer kam – war an der Universität aufgeblüht. Eine lachende, selbstbewusste Schönheit. Als sie sich kennenlernten, unterrichtete er bereits an einer Regierungsschule. Sie war die neue Englischlehrerin, und einen Monat, nachdem man sie einander vorgestellt hatte, ertappte sie ihn dabei, wie er ein Notizbuch aufschlug, in das sie zuvor etwas geschrieben hatte: Vor lauter Verlangen wollte er ihre Handschrift sehen. Ein Blick auf etwas, das ihr Innerstes verriet. Das allein sie selbst war. Und er wusste, sie verkörperte vermutlich seine einzige Hoffnung auf Glück. Gegen Ende des Jahres kam sie zu ihm ins Zimmer, setzte sich vor ihn hin und sagte, er müsse sie schon bitten, ihn zu heiraten. Bedeckte seinen lügenden Mund mit beiden Händen, als er zu protestieren versuchte.

Ihre Gefühle waren schon immer näher an der Oberfläche gewesen.

Nun legte sie den großen Koffer auf die Kommode im Schlafzimmer und räumte ihren Schrank aus; ein Jahr lang blieb der Koffer dort. Sie zog ins Arbeitszimmer. Manchmal hörte er sie nachts ins Schlafzimmer kommen, doch tat er, als würde er schlafen. Um zwei Uhr früh, auch um drei oder vier. Sie setzte sich dann eine Weile auf einen Stuhl und beobachtete ihn. Schließlich stand sie auf, räumte ein paar Sachen aus dem Koffer und ging. Eines Tages hingen all ihre Kleider wieder im Schrank. Ihre Eltern waren tot, der Bruder hatte jetzt eine eigene Familie. Sie konnte nirgendwo mehr hin, und ihr Bruder erinnerte sie daran, dass sie Rohan geheiratet hatte, ohne seinen Rat einzuholen. »Jetzt geh und *sei* eine moderne Frau«, sagte er. »Lebe irgendwo, geschieden und allein.« So viele Jahre hatte er darauf gewartet, sich dafür rächen zu können, dass sie ihn in seiner Ehre verletzt hatte.

Er wendet sein Gesicht dem Himmel zu, dorthin, wo im Osten die sichtbaren Planeten funkeln müssen. Dann tastet er nach dem wuchernden *thor*-Busch, hebt bedächtig die Hände, berührt die dornenbewehrten Zweige und fragt sich, wie er herausfinden soll, welche dieser Gliedmaßen im nächsten Jahr amputiert werden muss, um die Symmetrie wiederherzustellen.

18

Den Februarabend durchziehen Nebelschwaden, aus denen der Saluki auftaucht und gleich wieder verschwindet. Major Kyra geht ins Bagdad House der Ardent Spirit. Der Junge, der ihm das Schultor geöffnet hat, einige Schritte vorausläuft und den Hund ruft, ist an die zwanzig und für sein leidenschaftliches Naturell bekannt. Er wirkt diszipliniert, aber seine Augen können so plötzlich aufflammen, als würfe man Stroh ins Feuer. Er heißt Ahmed, und ihm gehört ein gefährlicher Dolch, schön wie ein Spielzeug. Vor fünf Monaten arbeitete sein Vater noch in einer Eisfabrik, als plötzlich ein rechteckiger Block über die Rampe rutschte und zerbrach. Ein armlanger Splitter flog auf und durchbohrte sein Zwerchfell, fuhr ihm in die linke Lunge und von da ins Herz. Ahmeds Vater stürzte rücklings zu Boden, und so wurde er eine halbe Stunde später gefunden. Das Eis in ihm war inzwischen geschmolzen. Die Frauen der Nachbarschaft behaupteten steif und fest, Ahmeds Mutter habe ihn mit einem Geisterdolch erstochen. Sie war im Jahr zuvor gestorben und hatte von ihrem Mann zu Lebzeiten nichts als Verachtung und Rücksichtslosigkeit erfahren.

Im Oktober schloss Ahmed sich dem Dschihad an und fuhr nach Kabul, von wo er erst vor zwei Wochen zurückgekehrt war.

Major Kyra folgt ihm über den Flur; den Saluki hat er am Eingang an ein Stuhlbein gebunden.

Um die alltäglichen Angelegenheiten der sechs Häuser von Ardent Spirit – Mekka, Bagdad, Kairo, Córdoba, Delhi und Istanbul – kümmern sich die sechs Präfekten, zu denen auch Ahmed zählt. Sie alle sind in dem Zimmer versammelt, das Major Kyra und Ahmed nun betreten.

Das Kerzenlicht wirft verlängerte Schatten an die Wand. Kyra nimmt auf einem Wollteppich vom Schmugglermarkt Platz. Die sechs Jungen ordnen sich vor ihm im Halbkreis an.

Mit seinen flammenversengten Händen – sie sehen aus, als hätte man sie aus Lederresten zusammengeflickt – gibt Ahmed Kyra ein Blatt mit den Grundrissen der christlichen Schule und der Kirche. An den Gebäudeseiten wurde ihre Länge notiert; alle Straßen in der Umgebung sind mit Namen eingetragen.

»Es bringt überhaupt nichts, eine Bombe in der Kirche oder der christlichen Schule hochgehen zu lassen«, sagt Kyra. »Ähnliche Attentate an anderen Orten haben weder den Westen vom Krieg abgehalten noch die pakistanische Regierung gezwungen, ihre Unterstützung der westlichen Besatzer zu beenden.«

»Wir sind die siebte Nuklearmacht der Welt«, sagt der Junge aus dem Haus Istanbul leise, »und trotzdem kuscht unsere Regierung vor den Amerikanern, als wären wir bloß Bettler.« Das Wissen um seine Hilflosigkeit macht ihn wütend; sein Bruder ist im Oktober nach Afghanistan gegangen und befindet sich inzwischen vermutlich in amerikanischem Gewahrsam.

»Ob zwanzig oder dreißig Pakistaner, Christen oder Muslime in diesem Land durch eine Bombe sterben, macht nicht den geringsten Unterschied«, sagt Kyra. »Das interessiert niemanden in unserer Regierung und auch drüben im Westen keinen Menschen.«

Der Präfekt des Hauses Istanbul sagt: »Wenn wir denen keine Botschaft schicken, werden sie andere muslimische Länder angreifen.«

Der Junge aus dem Haus Delhi zeigt mit ausgestreckter Hand auf Ahmed. »Erzähl's ihm.«

»Erzähl mir was?«, fragt Kyra. Unter den Jungen herrscht eine Kameradschaft, wie sie in ihrem ganzen Leben vermutlich niemals besser sein wird.

»Warum überfallen wir nicht die Schule und nehmen Geiseln? Lehrer wie Schüler? Geben eine Liste mit Forderungen bekannt.

Wir sollten verlangen, dass die Amerikaner aus Afghanistan abziehen und all unsere gefangenen Brüder freilassen.«

Kyra studiert den Zettel. »Habt ihr genug Leute für so eine Operation?«

»Als Kerntruppe genügen sechs. Zusätzlich brauchen wir noch etwa ein Dutzend Leute. Die lassen sich auftreiben.«

»Die Geiselnahme könnte mehrere Tage dauern«, sagt Kyra.

»Stimmt«, erwidert Ahmed. »Wir müssen genau durchrechnen, welche Waffen wir brauchen. Ein paar können wir kaufen.«

Seit Ardent Spirit nicht mehr mit dem pakistanischen Militär und dem ISI kooperiert, ist der Waffenstrom versiegt. Zuvor hat es in vielen pakistanischen Städten vom ISI organisierte Spendenkisten gegeben. Und vor zwei Jahren, bei den Feiern zur Opferung Isaaks, erhielt Ardent Spirit noch knapp zwei Millionen Dollar Unterstützung, meist aus dem Erlös, den der Verkauf der Felle geopferter Schafe einbrachte. Im selben Monat kamen weitere Millionen von den sechshundertfünfundsiebzigtausend in Großbritannien lebenden Pakistanern. Geld war außerdem von den Muslimen in Indien geflossen – aus Kaschmir, Andhra Pradesh, Tamil Nadu, Karnataka, Maharashtra und Gujarat. Doch der Zugang zu diesen Mitteln bleibt Kyra nun verwehrt. Er muss mit eigenem Geld zahlen.

»Es wird gefährlich, aber für diese Sache lohnt es sich zu sterben«, sagt Ahmed. »Und was die andere Seite angeht, so ist Pater Mede, der Gründer und Direktor der Schule, ein Ungläubiger. Die Lehrer der Schule sind zwar Muslime, aber Verräter am Islam, weil sie die Köpfe der Kinder mit so unislamischen Dingen vollpfropfen wie Musik, Biologie und englische Literatur. Und die meisten Schüler sind auch Verräter.«

»Sie verspotten uns«, sagt der Junge aus dem Haus Istanbul. »Nennen uns Esel, und sie behaupten, wir und unseresgleichen machten Pakistan zu einem Land, in dem es sich nicht leben lässt.«

»Pater Mede ist ein Weißer«, wirft Kyra ein. »Ein Engländer. Damit wird die Sache zu einer internationalen Angelegenheit.«

»Ganz genau«, erwidert der Präfekt des Hauses Mekka und beugt sich vor. »Wenn einem Weißen was passiert, werden sie hellhörig. Wir könnten ein paar Lehrer umbringen, nur um ihnen zu zeigen, wie ernst wir es meinen; Pater Mede aber behalten wir als wichtigstes Ass für alle Verhandlungen und Übereinkünfte.«

»Es wird keine Verhandlungen und Übereinkünfte geben, Bruder«, widerspricht der Präfekt des Hauses Kairo.

»Dann üben wir mit ihm eben Druck aus.«

»Er ist über siebzig«, sagt Ahmed.

»Glaubst du, sie fragen nach der Geburtsurkunde, ehe sie Bomben auf Afghanistan werfen?«

»Du verstehst nicht, Bruder«, sagt Ahmed. »Ich habe bloß gemeint, dass die Behörden dann umso schneller handeln müssen. Was uns zugutekommt. Wie wär's, wenn du ihn gefangennimmst und herbringst?«

»Es bedeutet Unglück, Ungläubige im Haus zu haben«, sagen gleich drei der Jungen übereinstimmend.

Es klingelt an der Tür, und Ahmed geht, um zu öffnen, wobei er darauf achtet, weder dem Koran noch den übrigen religiösen Schriften auf dem Regal den Rücken zuzukehren.

Kyra schlägt das Buch der Sprüche des Propheten auf. *Nummer 813: Mir wurden die folgenden Worte des Propheten von Hukm bin Nafa überliefert, der sie von Shoaib hat, dem sie von Zehri mitgeteilt wurden, der sie von Abu Salma erhielt, dem sie Abu Horaira überbrachte. Der Prophet sagte: »Das Ende der Welt wird erst kommen, wenn zwei Armeen gegeneinander Krieg führen, die beide dasselbe Ziel verfolgen.«*

Ahmed kehrt in Begleitung einer Kopftuch tragenden Frau mittleren Alters zurück, ihr Gesichtsausdruck verrät Resignation und Selbstbeherrschung. Sie hält übertrieben respektvollen Abstand zu den im Kerzenlicht sitzenden Männern, grüßt in die Runde und setzt sich abseits.

»Wie kann ich helfen, Schwester-ji?«, fragt Kyra.

Sie lächelt. »Ich bin die Mutter eines ehemaligen Schülers der Ardent Spirit, der jetzt ins Ausland geht, um dort zu studieren.«

»Es freut mich, dass sich einer unserer Schüler so gut macht.«

»Er bekam hier einen ausgezeichneten Start von Ihrem älteren Bruder, möge er in Frieden ruhen«, sagt die Frau zu Kyra. »Mein Junge war nur zwei Jahre in dieser Schule, dann sind wir umgezogen, und ich musste ihn abmelden.«

»Möge Allah ihm weiterhin Erfolg gönnen, auf dass er Pakistan und den Islam stolz auf sich machen kann. In welches Land will er reisen? Nach Indonesien? Malaysia? Ägypten?«

»Er hat ein Stipendium für Amerika. Seine ganze Ausbildung wird von der dortigen Universität bezahlt.«

Kyra denkt kurz nach. »Es wäre besser gewesen, er hätte sich für ein muslimisches Land und nicht für den Westen mit seinem blutbefleckten Reichtum entschieden. In welche Stadt geht er?«

Die Frau lacht nervös. »Ich kann mir den Namen nicht merken. Ich schicke den Jungen vorbei, dann könnt Ihr ihn selbst fragen.«

»Gut so.«

Die Frau beugt sich in den Kerzenschein vor. Sie wirkt wie jemand, der weiß, dass er eines der wichtigsten Gespräche seines Lebens führt. »Ich möchte Euch um einen Gefallen bitten, Bruder Kyra. Mein Sohn hat es vorgezogen, in seiner Bewerbung mit keinem Wort zu erwähnen, dass er auf der Ardent Spirit war. Ihr wisst fraglos, dass sich Schulen wie diese in letzter Zeit einen gewissen Ruf erworben haben. Falls die Amerikaner die Wahrheit herausfinden, könnten sie ihm den Studienplatz noch verweigern. Oder er wird gleich am Flughafen verhaftet.«

Kyra sieht die schockierte Miene der Jungen; auf Ahmeds Gesicht zeigt sich ein starres Lächeln, gleichzeitig zerren seine Finger an der Gebetsperlenkette in seinem Schoß.

Die Frau scheint nicht zu wissen, wohin sie ihren Blick richten soll. »Die Nachricht von seinem Glück verbreitet sich wie ein Lauffeuer, und irgendein neidischer Mensch könnte die Amerikaner auf die zwei Jahre meines Jungen an der Ardent Spirit hinweisen. Das macht mir Angst.«

Mit eisiger Höflichkeit sagt Kyra: »Ziel der Ardent Spirit ist es, Schwester-ji, den jungen Menschen Anstand und Liebe zum Islam beizubringen. Das war früher so, so ist es heute noch, und so wird es auch in Zukunft sein.«

»Inschallah«, erwidern die Jungen im Gleichklang.

»Dem stimme ich ja zu, Bruder-ji, aber trotzdem: Wenn wer vorbeikommt und danach fragt, könntet Ihr dann bitte verschweigen, dass mein Sohn je an dieser Schule war?«

»Was ist wichtiger für dich, gute Frau«, fragt Ahmed mit angehaltenem Atem, »die Wahrheit oder deine Kinder?«

»Beides ist mir gleich wichtig. Ich möchte, dass die Wahrheit in meinen Kindern lebt. Und ich glaube nicht, dass ich auf eines von beidem verzichten muss.«

»Und dennoch bittest du uns darum, für dich zu lügen.«

»Es ist mir entsetzlich peinlich, damit herzukommen«, sagt die Frau verwirrt und tief bekümmert. »Ich bin ein ungebildeter Mensch, und Sie wissen bestimmt besser, was seit den Terrorangriffen auf Amerika in der Welt geschieht. Und ebenso gut wissen Sie, dass mein Sohn diese goldene Gelegenheit durchaus verlieren könnte.« Plötzlich beginnt sie zu weinen, bedeckt das Gesicht mit dem Kopftuch und kann fast eine halbe Minute lang nicht reden. Schließlich fährt sie fort: »Ich habe doch nur ihn. Er muss ein gebildeter und reicher Mann werden. Er hat vier Schwestern, für deren Aussteuer er verantwortlich ist.«

Ahmed steht auf und zeigt zur Tür. »Lass mich dir den Weg nach draußen zeigen, gute Frau.«

»Mein Bruder hat für seine Schüler stets nur das Beste gewollt«, sagt Kyra. »Warum kann dein Sohn nicht in Pakistan studieren?«

Der Präfekt des Hauses Istanbul schaut die Frau mit flammendem Blick an. »Ein Dollar, gute Frau, ist zweiundsiebzig pakistanischen Rupien wert. Und weißt du warum? Lass es mich dir erklären. Weil jeder Amerikaner sein Amerika zweiundsiebzig Mal inniger liebt als ein Pakistaner sein Pakistan. Deshalb.«

»Wir sind fast alle Verräter«, sagt der Junge vom Haus Córdoba mit schmerzlich gesenktem Kopf. »Und jetzt, gute Frau, lass dich bitte von Bruder Ahmed nach draußen bringen. Es ist dunkel, und du solltest längst zu Hause sein.«

Die Frau wischt sich mit dem Kopftuch die Tränen ab, steht auf und verabschiedet sich mit einem Flüstern. Die beiden gehen, und die übrigen Jungen versinken in einem Schweigen, das mehr und mehr einem Suchen zu gleichen beginnt. Nichts als die Wahrheit bleibt im Raum, und die Jungen begreifen das ungeheure Ausmaß ihres Kampfes, das Licht der Kerze schwach, aber erhellend. Sie sind sich bewusst, dass auf der anderen Seite des Planeten Worte in zehn Sprachen über sie gesprochen werden, dass man dort finstere, gottlose Pläne zu ihrer Vernichtung schmiedet.

»Man stellt uns auf die Probe«, sagt einer der Jungen leise. »Wir, unsere Seelen, werden vom Westen auf vielfältige Weisen angegriffen.«

»Wir dürfen den Mut nicht verlieren«, sagt Kyra. »Vergesst nicht, der Amboss hält länger als der Hammer.«

Ahmed kehrt zurück und nimmt seinen Platz im Halbkreis wieder ein. »Wir sollten mit der Planung für die Geiselnahme beginnen.« Er entfaltet das Papier mit den beiden Zeichnungen und studiert sie aufmerksam. Dann wendet er sich an den Jungen vom Haus Kairo. »Wie lauten die letzten Meldungen über Pater Mede?«

»Er hält sich nicht in Heer auf, da er zu seiner jährlichen Tour durch den Punjab aufgebrochen ist, um die übrigen Niederlassungen der Schule zu besuchen. Außerdem weiht er in Faisalabad eine weitere Zweigschule ein.«

»Die reinste Provokation«, sagt der Präfekt vom Haus Mekka. »Letzten Monat habe ich eine der Lehrerinnen angehalten und ihr gesagt, dass sie die Aktivitäten einschränken und die christliche Schule nicht erweitern sollten; auch sollten sie keine Reparaturarbeiten an den Gebäuden und keine größeren Renovierungen durchführen, aber sie hat durch mich hindurchgesehen, als ob ich gar nicht da wäre.«

Ahmed nimmt einen Stift aus der Tasche und markiert sämtliche Eingänge zur Schule mit Pfeilen. »Sie werden uns schon noch wahrnehmen«, sagt er. »Notfalls schleifen wir Pater Medes Leichnam und die Leichen seiner Lehrer über die Grand Trunk Road. Sie werden uns schon noch wahrnehmen.«

19

Der Hubschrauber, der Mikal ins amerikanische Gefängnis bringt, hallt wider von den Flüchen und Gebeten der Gefangenen. Einige sind angeschossen worden, als sie zu fliehen versuchten oder sich der Gefangennahme widersetzten; Mikal kann ihr Blut riechen, und er riecht auch, dass andere vor Angst die Kontrolle über ihre Blase verloren haben.

An Armen und Beinen mit Kabelbindern gefesselt, eine Kapuze über dem Kopf, so trägt man ihn aus dem Chinook, und da, wo man ihn hinbringt, riecht es wie die Luft aus einem Ballon. Als ihm die Kapuze abgenommen wird, sieht er, dass er in einem Zelt steht, auf dessen grüne Leinwand man weiße Bahnen Gummiisolierung geknöpft hat. Ein Dutzend Krankenbetten sind leer; er ist der einzige Gefangene. Einer der beiden wachhabenden Amerikaner schreibt mit schwarzem Filzstift die Nummer 121 auf sein Hemd. *Bin ich hier der hunderteinundzwanzigste Gefangene?* Doch als ein dritter Weißer hereinkommt und etwas auf Englisch sagt, wird die Zahl in 120 abgeändert. Entweder haben sie sich verzählt, oder einer der Gefangenen ist gerade gestorben.

Sie bringen ihn dazu, den Mund zu öffnen, leuchten ihm in den Hals, dann in die Ohren und Augen; mit einer Chirurgenschere werden die alten blutgefleckten Tuchstreifen entfernt, die als Verband für seine Hände dienten. Er hört Hundegebell. Vielleicht hat der Gefangene, der gerade gestorben ist, zu fliehen versucht. Rasch, doch fachmännisch werden die Wunden gereinigt und wieder verbunden, die neue Binde wird so gewickelt, dass die Streifen einander überlappen, fast als würde ein Korb geflochten. Sie sind so sauber und leuchtend weiß, dass ihr Anblick schmerzt und ihn an den Schnee erinnert, aus dem man ihn aufgesammelt hat. Dann sehen sich die Männer die Schusswunde am Hals an und legen seine Brust frei, um die übrigen Verletzungen durch Klinge und Kugel zu untersuchen; die Arznei, die sie auftragen, lindert den Schmerz so deutlich, dass er vor Erleichterung fast geweint hätte.

In einen Raum, in dem das Gebell lauter klingt, überwältigt man ihn, als er sich weigert, die Hose abzulegen; man schneidet ihn aus allen Kleidern, und sobald er nackt ist, kommen sie mit einer elektrischen Kreissäge und trennen die Kettenreste von den Füßen, und feine Funken fliegen auf den Boden und in seine Beinhaare. Er wehrt sich entsetzt, als man seine Körperöffnungen untersuchen will; er faucht und brüllt, sodass sie ihn festhalten müssen; hinterher stecken sie ihn in einen Overall und fesseln ihm die Knöchel mit ihren eigenen Fußschellen, blitzblank und kompliziert wie ein Puzzle; dann legt man ihm Handschellen an. *Wo ist er hier? Noch in Afghanistan?* Man fotografiert ihn vor einer Messlatte, dann rasiert man ihm Bart und Kopfhaar ab und fotografiert ihn erneut.

Wieder verschwindet sein Kopf unter einer Kapuze, dann lässt man ihn eine Weile in Ruhe, nur kurz, und er versinkt in einen todestiefen Schlaf, dermaßen erschöpft, dass er denkt, jeder Knochen sei in sich verdreht wie Widdergehörn; dann holen sie ihn wieder ab. Als ihm die schwarze Kapuze abgenommen wird, sieht er, dass er in einem kleinen Raum steht, kaum drei mal vier Meter. Eine Zelle, ein Kerker. Ein korpulenter Weißer sitzt in der linken Ecke unter einem Poster, das die Zwillingstürme in ebendem Moment zeigt, in dem das zweite Flugzeug einschlägt; am Gebäuderand klebt ein Feuerball.

Er sieht einen Tisch und zwei Stühle, die sich gegenüberstehen; auf dem einen zwingt man Mikal, Platz zu nehmen. Ein zweiter Weißer – ebenso dick und über eins achtzig groß – kommt mit einem Mann herein, dessen Haut dieselbe Farbe wie die von Mikal hat. Der Braunhäutige sagt auf Paschto, er sei der Dolmetscher und – als Mikal nicht reagiert – wiederholt er dasselbe auf Urdu,

Punjabi und Hindko. Mikal behält seine nichtssagende Miene bei, und der Mann sagt ihm in allen vier Sprachen, dass er unter keinen Umständen versuchen soll, vom Stuhl aufzustehen, dass der Mann in der Ecke unterm Poster zur Militärpolizei gehört und dass der andere Weiße hier ist, um einige Fragen zu stellen.

»Ich heiße David Town«, lässt ihm der neue Weiße durch den Dolmetscher ausrichten. »Von der US-Regierung. Der Arzt sagt, es geht dir gut genug, um mit mir zu reden. Wie heißt du? Ich möchte deiner Familie Bescheid geben, dass du hier bist.«

Mikal gibt keine Antwort.

»Sag mir, wie du heißt und wie ich deine Familie erreichen kann.«

Der Weiße hat sehr blasse Haut. Vor dem heutigen Tag hat Mikal noch nie einen Weißen aus solcher Nähe gesehen. Die Blässe ist wirklich erstaunlich.

Was werden sie tun, um ihn zum Reden zu bringen? Ihm eine Pistole an den Kopf halten und die Fingernägel abziehen, wie es die pakistanischen Gefängniswärter bei seinem Vater gemacht haben?

»Wir wissen, dass du sprechen kannst. Du hast im Schlaf geredet. Manchmal auf Afghanisch, manchmal in der Sprache der Pakistani. Bist du ein Pakistani? Ein Afghane? Oder ein in Pakistan gebürtiger Afghane?«

Mikal gibt keine Antwort; die gefesselten Hände liegen auf dem Tisch. *Hat er so lange geschlafen, dass er im Schlaf gesprochen hat?*

Der Mann legt einen Band mit Fotografien auf den Tisch. »Sag mir, ob du einen der Männer erkennst.« Langsam beginnt er, die Seiten umzublättern. Mikal starrt auf Männer mit arabischer Kopfbedeckung oder pakistanischem Kopftuch, auf Glattrasierte mit Krawatte, Junge und Alte, kurze und lange Bärte.

Dann kommt ein weiterer Weißer herein und bedeutet David, nach draußen zu gehen.

Als David wenige Augenblicke später wiederkommt, ist er ein anderer Mann. Noch ehe er sich hingesetzt hat, schreit er Mikal an.

»Man hat dich in einer Moschee entdeckt, aus deren Keller wir Fässer mit weißem Pulver geholt haben. Was ist das für ein Pulver?«

Mikal gibt keine Antwort.

»Anthrax? Rizin?«

Mikal hat gehört, dass man im November Rezepte für Rizin in einem al-Qaida-Unterschlupf gefunden hat; und es gibt Videos, die zeigen, wie al-Qaida-Mitglieder Sarin und Zyanidgas an Hunden ausprobiert.

Der Mann brüllt ihm weitere Fragen ins Gesicht, manchmal aus nur wenigen Zentimetern Entfernung.

»Oder ist es was anderes?« Wenn der Mann schreit, hält Mikal den Blick auf seinen Mund gerichtet, hört auf die Laute, die er hervorbringt, und vermeidet es, den Dolmetscher anzusehen, der dieses Gebrüll in Worte verwandelt. Es ist, als ließe ihn eine körperlose Stimme verstehen, was der Weiße sagt. »Was ist das für Stoff? Und wo haben ihn deine Leute her? Was hast du in der Moschee gemacht?«

Sämtliche Männer in der Moschee wurden gefangen genommen. Die Frauen und Kinder hat man zurückgelassen. Der Mann zückt eine silberne Digitalkamera und zeigt Mikal auf dem Flachbildschirm Bilder. »Dies sind die Frauen in der Moschee. Welche ist deine? Welche deine Schwester? Deine Mutter?«

Alle Frauen zeigen denselben Gesichtsausdruck. Angst vor der Waffe, Verachtung für die Hand, die sie hält.

»Vielleicht sollten wir sie herbringen. Vielleicht können die mir sagen, wie du heißt und wer das Pulver in die Moschee gebracht hat.«

Er schließt die Augen, doch der Soldat schreit ihn an, er solle sie wieder aufmachen.

»Falls euch das Pulver nicht gehört und von jemand anderem dagelassen wurde, solltest du uns das sagen. Wir haben ein paar Tests durchgeführt und glauben, es könnte Anthrax sein. Du musst uns alles sagen, was du weißt, und zwar schnell; die ganze

Gegend könnte damit verseucht sein. Dann müssen die Frauen und Kinder evakuiert werden. Aber wir können die chemischen Teams nur holen, um das Zeug zu neutralisieren, wenn du uns sagst, was du weißt. Vergeude keine Zeit, die Frauen und Kinder brauchen deine Hilfe. Wie heißt du? Und was weißt du über das Pulver?«

»Ich weiß gar nichts«, antwortet Mikal. »Ich bin nicht von der Moschee. Ich bin bloß ein Gefangener. Erst von jemand anderem, jetzt eurer.« Er spricht Paschto, um sie so weit wie möglich über seine wahre Identität zu täuschen.

»Wie heißt du?«

»Ich weiß nichts über das Pulver.«

»Was ist mit deinen Händen passiert? Wie hast du dir die Schussverletzungen zugezogen? Hast du mit den Taliban gegen die Amerikaner gekämpft?«

»Das Pulver könnte ein Insektenmittel sein. Ich habe hinter der Moschee einen großen Küchengarten gesehen.«

»Wir sind uns sicher, dass es das nicht ist; wir haben erste Tests gemacht. Wie heißt du? Hast du in der Moschee jemals Leute in teuren Toyota-Jeeps vorfahren sehen?«

»Ich bin nicht von der Moschee.«

Er ist sehr müde, sein Kopf fällt nach vorn, aber der Soldat schreit ihn an, er solle wach bleiben. David will wissen, ob er je im Sudan gewesen ist, in Kaschmir gekämpft hat, Verbindung zu dem Mann besitzt, der 1999 den Flughafen von Los Angeles in die Luft sprengen wollte, ob er je in Bosnien war.

»Sag was. Sag mir wenigstens, dass wir Ungläubigen gegen euresgleichen niemals gewinnen, weil wir das Leben lieben und ihr den Tod.«

Zur Strafe für sein Schweigen verlangt David, dass er aufsteht. Dann muss er sich hinknien, die Arme seitwärts ausstrecken. David und der Dolmetscher gehen aus dem Raum; und Mikal verharrt fünfunddreißig Minuten lang in dieser Position. Jedes Mal wenn er die Arme sinken lässt oder vor lauter Müdigkeit und Schlafmangel vornübersinkt, schreit ihn der Soldat an.

Als David zurückkehrt, will er wissen, ob er Osama bin Laden kennt, Mullah Omar oder Aiman az-Zawahiri. Mikal weigert sich zu antworten, und man bringt ihn in einen kahlen, fensterlosen Raum, schlingt eine Kette um seine Handgelenke, sagt, er solle die Arme über den Kopf heben, und befestigt die Kette an einem Ring an der Decke. Der Raum ist grell erleuchtet. Eine Schlafentzugszelle.

Jedes Mal wenn er einnickt, reißen ihn die an die Decke geketteten Arme wieder aus dem Schlaf.

Das Gefängnis ist eine ehemalige Ziegelfabrik. In einer riesigen Lagerhalle innerhalb des Hauptgebäudes stehen zwei Reihen Metallkäfige mit Jungen und jungen Männern, manche mit Kapuze über dem Kopf; weißes Industrielicht beleuchtet sie rund um die Uhr.

Nachdem er in der Schlafentzugszelle bewusstlos wurde, muss er beim Aufwachen feststellen, dass man ihn nackt ausgezogen hat, dann wird er mit einem Schlauch abgespritzt. Ein Soldat reibt ihn trocken und führt ihn nackt zu dem nach Gummi riechenden Zelt, wo man seine Wunden erneut verbindet. Dann steckt man ihn wieder in einen Overall, legt ihm erneut Metallfesseln an und bringt ihn in einen der Käfige in der Lagerhalle, wo er sich auf dem Boden zusammenrollt.

»Woher kommst du?«, fragt der Junge im Nachbarkäfig.

Mikal weiß nicht, ob er auf die Frage, die Sprache reagiert hat.

»Ich heiße Akbar«, sagt der Junge zu Mikal auf Urdu, dann auf Paschto.

Er bleibt auf dem Boden liegen, während der Junge die Nationalität der Männer um sie herum aufzählt und dabei zum jeweiligen Käfig deutet. Algerier. Sudanese. Russe. Saudi. Wie sein Gesicht ist seine Stimme ernst und schön. Er sagt, er sei Taxifahrer in Jalalabad gewesen, ehe man ihn gekidnappt und für fünftausend Dollar an die Amerikaner verkauft hat.

»Wie heißt du?«

Mikal schließt die Augen und befiehlt sich, nicht darauf zu reagieren. Man hat Akbar in den Nachbarkäfig gesteckt, um Mikal auszuhorchen.

»Woher kommst du? Der Mann auf meiner anderen Seite ist aus Marokko. Und sieht du den da? Den mit verbundenem Kopf? Der ist ein bisschen schwierig. Er spricht Englisch, allerdings mit einem fürchterlichen Akzent, weshalb er auch einen Dolmetscher braucht. Er will immer, dass seine Antworten ganz korrekt übersetzt werden.« Wenn der Junge sich bewegt, kann Mikal die Ketten hören. »Er hasst Amerika und muss das den Leuten im Verhör immer wieder unter die Nase reiben. Außerdem wird er wütend, wenn der Dolmetscher sich weigert, seine Antworten vollständig zu übersetzen, und stattdessen sagt ›und so weiter und so weiter‹. Oder ›Jetzt faselt er was über den Koran, die Kreuzzüge, den glorreichen Islam und den Tag des Jüngsten Gerichts‹ oder ›Und jetzt hat er es wieder mit seiner Begeisterung für den Tod‹.«

Während der Junge redet, hört Mikal jemanden in einem Käfig weinen, hört jemanden beten, hört Hundegebell. So müde er ist, konzentriert er sich doch auf jede Kleinigkeit, um wach zu bleiben – er hat Angst, im Schlaf zu reden und sich zu verraten. Aber in dem Kampf, die Augen offen zu halten, bleibt er nur teilweise erfolgreich. Schlafend sieht er, wie jemand ein rotes Kleidungsstück in fließendem Wasser wäscht. Es wedelt im Strom hin und her. Beim Näherkommen sieht er dann, dass es kein Kleidungsstück ist, sondern sein eigenes Blut; seinem Leib als ein Etwas, ein einziges Stück entnommen, wird es im Fluss ausgespült, all sein Wissen wird ihm entzogen.

Drei Weiße betreten die Verhörzelle, die nach Erbrochenem riecht, und beginnen, ihn anzuschreien, ohne dass ein Dolmetscher eines ihrer Worte übersetzt. Länger als zehn Minuten brüllen sie Mikal einfach ins Gesicht. Dann hören sie plötzlich wieder auf und gehen.

»Haben Sie die Frauen sicher aus der Moschee gebracht?«, hört Mikal sich David fragen.

»Erzähl mir von Jeo.«

Mikal sieht vom Tisch auf.

»Jeo hat mir alles über euch beide erzählt.«

»Sie halten Jeo gefangen?«

»Bleib auf dem Stuhl.«

»Ich will ihn sehen.«

»Unmöglich. Bleib auf dem Stuhl.«

»Wo ist er?«

»Er hat uns alles gesagt.«

»Da gibt's nichts zu sagen. Wo ist Jeo? Geht es ihm gut?«

»Erzähl uns, auf welchen Fluchtrouten die arabischen Kämpfer aus Afghanistan nach Pakistan und in den Iran gelangen.«

»Ich will Jeo sehen.«

»Er sagt, du hast vor zwei Jahren einen Treue-*bayt* auf Osama bin Laden abgelegt.« Er benutzt das arabische Wort – *bayt* für Blutschwur.

»Sie lügen.«

»Entweder ich oder er. Ich sage dir nur, was er uns gesagt hat.«

»Ich will ihn sehen.«

»Also ist es eine Lüge?«

»Ja.«

»Warum sollte er uns anlügen?«

»Das weiß ich nicht.« Plötzlich eröffnet sich ihm eine schreckliche Möglichkeit. »Was haben Sie ihm angetan, dass er so etwas gesteht?«

»Bleib auf dem Stuhl«, bellt der Militärpolizist aus seiner Ecke und richtet sich zu voller Größe auf – er ist über eins achtzig –, sodass er das Poster hinter sich verdeckt. Akbar hat ihm von dem Marokkaner mit verbundenem Kopf erzählt, den eine Verhörspezialistin gefragt hat, was er empfand, als er von dem Angriff auf die Zwillingstürme hörte. Der Marokkaner sagte, er habe sich gefreut; und als sie ihm dann erzählte, der erste Junge, den sie geküsst habe, sei in den Türmen gestorben, hat er gesagt: »Du hast jemanden geküsst, mit dem du nicht verheiratest warst? Würdest du zu meiner Familie gehören, würde ich dir die Kehle durchschneiden und den Boden mit deinem Blut aufwischen, du erbärmliche Nutte.« Er hat sie angespuckt, und der Soldat geriet dermaßen außer Rand und Band, dass er ihn zusammengeschlagen hat.

»Laut Jeo hast du dir die Satellitennummern mehrerer al-Qaida-Leutnants gemerkt«, sagt David. »Nenn sie mir.«

»Haben Sie ihn geschlagen? Er ist so ein empfindsamer Mensch. Er würde alles sagen, nur damit der Schmerz aufhört.«

»Wenn ein Mensch alles sagt, damit der Schmerz aufhört, würde er doch vermutlich mit der Wahrheit anfangen, oder nicht?«

Mikal schließt die Augen, was erneut den Zorn des Polizisten erregt, der ihn anschnauzt, er solle wach und aufmerksam bleiben.

»Lass mich dir etwas erklären«, sagt David. »Der Grund, warum die Vereinigten Staaten dich nicht foltern, dir keine Stromstöße verpassen und keine Löcher in die Knochen bohren, wie es so manch andere Länder zu tun pflegen, ist nicht der, dass Folter nicht funktioniert. Sie *funktioniert,* keine Frage. Wir wenden sie allein deshalb nicht an, weil wir Folter für falsch und unmenschlich halten.«

»Ich will Jeo sehen.«

War ihm, während er zwischen Schlaf und Wachen schwankte, von Akbar erzählt worden, dass er sich niemals dazu verleiten lassen durfte, nach der Waffe des Verhörführers zu greifen? »Ich glaube, sie tragen sie nur, weil sie wollen, dass du danach greifst und sie zu erschießen versuchst, denn dann haben sie wenigstens was gegen dich in der Hand.« Die Soldaten tragen sie sogar, wenn sie die Gefangenen waschen und anziehen, deren Hände und Füße also frei vom Eisen sind.

»Sie lügen. Wenn Sie Jeo haben, dann fragen Sie ihn doch nach meinem Namen. Kommen Sie wieder und sagen Sie ihn mir.«

»Was er uns erzählt hat, ist also eine Lüge? Wird vermerkt. Wir sorgen dafür, dass er nicht so schnell vergisst, welche Folgen das Lügen für ihn hat. Und jetzt sag, wie du heißt und woher du kommst.«

»Fragen Sie Jeo.«

»Als wir ihn gefangen genommen haben, hatte er mehrere Tausend omanische Rial, amerikanische Dollar und pakistanische Rupien dabei. Was glaubst du, warum er so viel Geld besaß?«

»Fragen Sie ihn.«

»Hast du je Geld von Afghanistan nach Pakistan geschickt? Geld, das dir von deinem al-Qaida-Agenten in Pakistan gegeben wurde?«

»Fragen Sie Jeo.«

Er träumt, dass Vater und Mutter über Meer und Land reisen, ihr Weg von einer Seelenflamme erhellt. Sie kommen und befreien ihn von seinen Ketten, führen ihn aus dem Käfig. Er träumt, dass er sich in einen Keiler verwandelt hat und in rätselhafter Glückseligkeit durch die leuchtenden Farben diverser Landkarten stürmt, einen Atlas, auf der Spur seines Weibchens, und kaum hat er es gefunden, wird er zum Menschen in einer so intensiven Welt, dass der Klang einer sich öffnenden Blütenknospe töten kann. Da sie nicht länger ans Fleischliche gebunden sind, steigen seine Eltern zu den uralten Sternen auf, eingeschlossen in vollkommenen Kristallen, geformt wie Helden, Heroinnen und Dämonen, wahrhafte Bücher, Musikinstrumente. Außerhalb seines Schlafs hat die Nacht alle Spiegel versiegelt, doch im Traum ziehen sie beide furchtlos über das Firmament dem Wissen zu, nicht nur darüber, wie die Welt begann, sondern auch darüber, wie sie einst enden wird.

»Hast du versucht, die Zähne eines Wolfs zu zählen?«, fragt Akbar und zeigt dabei auf Mikals fehlende Finger.

»Warum hängen diese Bilder im Korridor?«, fragt Mikal. Ihre leuchtenden Farben tun ihm in den Augen weh. Er geht jedes Mal an ihnen vorbei, wenn er zum Sanitätszelt gebracht wird, wo man die Verbände an Brust und Händen wechselt und ihm Spritzen gibt, Antibiotika, wie es heißt.

»Sie wurden von Kindern in Amerika gemalt.«

Bilder von Schmetterlingen, Blumen, Gewehren, die auf Männer mit Bärten zielen, von Hubschraubern, die Bomben auf kleine Gestalten mit Turbanen abwerfen.

»Es sind Briefe von den Kindern an die Soldaten. Darunter steht: *Schnappt euch die bösen Männer* und *Hoffentlich bringt ihr sie alle um* oder *Kommt sicher wieder heim*. Unter einem habe ich gelesen: *Wir denken an euch und haben heute in der Klasse für euch den Rosenkranz gebetet.*«

»Ich werde fliehen«, sagt Mikal zu Akbar.

»Mach das nicht. Sie haben jemanden erschossen, der das versucht hat.«

Er muss herausfinden, wo sie Jeo in der Fabrik gefangen halten, muss ihn befreien und wird dann mit ihm ausbrechen. Oder soll er fliehen und später zurückkommen, um Jeo zu holen?

»Wie viele Wachen sind hier?« Mikal zählt die um die Käfige versammelten Soldaten. Gefangene Araber werden ausnahmslos nach Guantanamo geschickt, bei Gefangenen anderer Nationen wird vorher geprüft, ob man sie dahin schicken soll. Heute gibt es einen Transport, und seit gestern Mittag treffen die Militärpolizisten ihre Vorbereitungen, legen direkt vor den Käfigen neue

Overalls auf den Boden, Handschellen, Beinketten und mit Farbe zugesprühte Schutzbrillen. Sie ziehen an den Beinketten, schließen und öffnen die chromblitzenden Handschellen und vergewissern sich, dass alles in Ordnung ist. Niemand kann das Geklirr ignorieren, niemand weiß, ob er gehen muss.

Dann scheint das Signal zum Aufbruch gegeben worden zu sein, und die Soldaten haben große Mühe, einige Insassen aus ihren Käfigen zu holen. Ein Gefangener klammert sich an den Gitterdraht und beginnt zu schluchzen, als man ihn losreißt; ein anderer fällt auf die Knie, heult und ruft etwas auf Englisch. »Er fleht um Gnade«, sagt Akbar. »Du hast versprochen, dass man mich nicht wegschickt, Andrew. Du hast es versprochen, Steve, du hast es versprochen.« Küsst die Hände der Weißen. Andere dagegen marschieren einfach nach draußen, schicksalsergeben, Koransuren auf den Lippen.

Ein Soldat kommt auf Mikal zu, geht aber an ihm vorbei und betritt den angrenzenden Käfig, in dem ein Nigerianer namens Masur sitzt. Er hatte sich immer wieder beklagt, dass in Afghanistan alles schlechter als in Afrika sei, sogar Wind und Regen seien von minderer Qualität. Ein Christ, der zum Islam konvertierte und in der Verhörzelle ständig versuchte, auch die Amerikaner zu bekehren, wird nun zum Flugzeug gebracht.

»Wie heißt du?«, fragt David.

Mikal rührt sich nicht.

Im selben Moment ist von der anderen Wandseite lautes Geschrei zu hören. Jemand leidet schreckliche Schmerzen.

»Wer ist das?«

»Was glaubst du wohl?«, sagt David. »Jeo hat gelogen; also sorgen wir jetzt dafür, dass er uns die Wahrheit erzählt.«

Der Junge nebenan klingt wie ein Tier in Opferqual.

Das ist nicht Jeo. Er muss sich zusammenreißen.

»Wie heißt du?«

Das ist nicht Jeo. Weiß irgendwer auf der Welt, wo sie beide sind? Sucht jemand nach ihnen?

»Wie heißt du?«

Doch er kann es nicht länger ertragen und sagt schließlich: »Hören Sie auf, ihn zu schlagen.«

»Wir sorgen nur dafür, dass wir die Wahrheit erfahren. Bleib sitzen.«

»Bitte, hören Sie damit auf. Tun Sie ihm nicht mehr weh. Sie haben gesagt, Sie wenden keine Folter an.« Er steht auf, streckt beide Hände nach David aus, dreht sich im selben Moment um und stürzt in wirrer Panik zur Tür. Um Jeo zu helfen. Als er zu Boden fällt – ein Schlag mit dem Polizeiknüppel in die Nieren –, trifft ihn der nächste Hieb auf die Schulter. Er schlägt den Mann mit gefesselten Händen direkt übers Ohr und noch einmal, mit größerer Kraft, genau darunter, doch der Mann beugt sich über ihn und hämmert ihm die Faust ins Gesicht, einmal, zweimal, dreimal; der Stiefel im Nacken presst ihn auf den Beton. Er schmeckt Blut und weiß nicht mehr, welche Schreie von ihm kommen, welche von nebenan. Dann wird er wieder auf den Stuhl gehievt.

»Er sagt die Wahrheit«, stößt er hervor, »er sagt die Wahrheit. Es *stimmt,* ich habe einen Eid auf Osama bin Laden abgelegt. Bitte, hören Sie auf, ihm wehzutun, bitte, hören Sie auf. Ich war es, der gelogen hat, nicht er.« Blutstropfen fallen von seinem Gesicht auf den Tisch, laufen zusammen und bilden erstaunlich schnell einen großen Fleck.

»Wie heißt du?«

Nebenan hört Jeo nicht auf zu schreien; dann sind andere Geräusche zu hören, Jeo, der gegen die Wand geschleudert wird. Die Zelle bebt bei jedem Aufprall.

»Wie heißt du? Woher kommst du? Was ist mit deinen Händen passiert? Woher stammen die Wunden? Wer hat auf dich geschossen?«

Sie könnten seinen Bruder herlocken – sie könnten seine ganze Familie aus Heer holen – und ihr mit Unterstellungen und falschen Beschuldigungen antun, was sie Jeo antun. Basie, Yasmin, Rohan und Naheed. Sie könnten sie in benachbarte Käfige stecken.

»Ich bin ein Gefangener. Man hat mich für Geld verkauft. Mit diesem Krieg habe ich nichts zu schaffen.« Von den Schlägen tun ihm Rippen und Gesicht höllisch weh; die Schusswunden sind wieder aufgerissen.

Nebenan wimmert Jeo.

»Wie heißt du? Wenn du unschuldig bist, lassen wir dich frei, sobald du unseren Verdacht ausgeräumt hast. Du musst uns beweisen, dass du für die Gerechtigkeit bist, indem du mit uns kooperierst. Alle, die mit dir gefangen genommen wurden, sind längst freigelassen. Aber so wie du dich aufführst, wirst du noch in Kuba enden.«

»Ich werde alles sagen, wenn Sie mich Jeo sehen lassen.«

»Unmöglich.«

Er blickt auf die Wand, die ihn von Jeo trennt; sein Schluchzen ist schwächer geworden.

Schließlich wendet er sich wieder an David: »Ich werde Ihnen alles sagen, wenn Sie Jeo überreden, Ihnen irgendwas anzuvertrauen, was nur ich allein wissen kann.«

Man bringt ihn in eine Zelle, Wände, Decke, Boden schwarz gestrichen, und kettet die erhobenen Arme an einen über ihm hängenden Ring an. Kaum sind die Soldaten gegangen, erlöscht das Licht, und der Raum wird zum völligen Vakuum, dunkel wie nach dem Tod die Schattendüsternis im Grab. Er weiß nicht genau, wann er zuletzt einen Stern gesehen hat oder die pulsierende Dämmerung, doch ist die Zeit nun endgültig aufgehoben, solange er in der maßlosen Leere steht oder hängt – wie lange? Einen halben Tag? Zwei? Eine Woche? Er weiß genau, dass Menschen in dieser Kammer gestorben sind, er sieht ihre Geister. Irgendwann geht das Licht wieder an, und ein Weißer, den Mikal nie zuvor gesehen hat, kommt herein. Laut Koran gibt es in der Hölle neunzehn Wächter. Der Mann baut sich vor ihm auf und bricht urplötzlich in Gelächter aus; er hört gar nicht mehr auf, fixiert Mikal mit seelenlosem Blick und verlacht ihn laut, lacht über die Schweinerei, die er auf dem Boden angerichtet hat, darüber, dass Mikal wertlos ist, über seine Liebe zu Naheed, die eine einzige Katastrophe ist, darüber, dass er Jeo nicht helfen kann, über Pakistan und dessen Armut, ein verächtliches Lachen über ihn und sein Land, in dem aus den Hähnen kein Wasser fließt und es in den Geschäften keinen Zucker gibt, keinen Reis und kein Mehl, in dem die Kranken keine Medikamente bekommen und die Autos kein Benzin haben, über sein abscheuliches, widerwärtiges Land, in dem allem Anschein nach jeder jeden umbringt, ein Land der Racheattacken, in dem der Schlachter vergammeltes Fleisch an den Milchmann verscherbelt und seinerseits Milch verkauft bekommt, die mit tödlichen weißen Chemikalien gestreckt wurde, während beide wiederum Fleisch und Milch an den Arzt verkaufen, der unnötige Medikamente verschreibt, um einen Bonus von den Pharmafirmen einzuheimsen, über sein Land, in dem die Fabrik, in der diese Medikamente hergestellt werden, ihre giftigen Abwasser direkt in die Wasserversorgung pumpt, in die Bäche und Flüsse, und somit die Töchter und Söhne ebenjenes Polizisten versehrt, blendet, entstellt oder tötet, der selbst bei einem Verkehrsunfall stirbt, während er gerade Bestechungsgeld annimmt, ein Unfall übrigens, an dem ein Laster schuld ist, dessen Zulassung für den Verkehr nur durch Bestechung des zuständigen Inspekteurs erreicht wurde, ein Land voller Menschen, deren extreme Glaubensfestigkeit auf kaum mehr als auf einer unerschütterlichen Treue zu Unglück und Geiz basiert; und der weiße Mann lacht weiter, Hass in den Augen, Vorwürfe, Freude und Vergnügen über diesen Bewohner eines schamlos bettelnden Landes voller Lügner, Heuchler und Verprügler von Frauen, Kindern, Tieren, den Schwachen, voll mit schamlosen Vergewaltigern und straflos gebliebenen Mördern, Folterern, die den Leib seines Vaters im Fort Lahore vermutlich in Säurefässern aufgelöst haben, irre Idioten und Trottel, die ihre Unabhängigkeit von den Briten wollten, ihr eigenes Land, und die es jetzt nicht erwarten können, endlich auszuwandern, auszuwandern, auszuwandern, nach Großbritannien, in die USA, nach Kanada, Australien, Dubai, Kuwait, Singapur, Indonesien, Malaysia, Thailand, Japan, China, Neuseeland, Schweden, Südafrika, Südkorea, Norwegen, Deutschland, Belgien, Chile, Hongkong, Holland, Spanien, Italien oder Frankreich, irgendwohin, irgendwohin, irgendwohin, nur fort aus Pakistan, sie können es kaum erwarten, von hier zu verschwinden, seit sie ihr Land zugrunde gerichtet haben, seit sie es zu einem Kalifat der Ruinen machten. Wie ein übelwollender Gott überschüttet der Mann Mikal mit seinem Gelächter, läuft dabei rot an, Schweiß auf der Stirn, und obwohl er Mikal zwingt, jede in seinen zwanzig Jahren jemals erfahrene Schande, Scham, Erniedrigung, Ehrlosigkeit, Niederlage und Blamage aufs Neue zu durchleben, beginnt Mikal, ihm flüsternd entgegenzuhalten: »Und was ist mit dir? Und was ist mit dir? Und was ist mit dir was ist mit dir was mit dir …?« Er zerrt an den Fesseln und schreit. »Und was ist mit der Rolle, die Sie gespielt haben?« Wie gern hätte er ihm das auf Englisch zugerufen. *Wenn ich zugäbe, das stimmt, was Sie sagen, würden Sie mir dann darin zustimmen, dass Ihr Land seinen Teil dazu beigetragen hat, mein Land zu ruinieren, und sei es auch einen noch so kleinen Teil?* Er fragt sich, ob der Mann real ist, während sein Lachen in der Zelle anschwillt, über ihn hinwegbraust wie eine gigantische Welle und immer lauter seinen Kopf umtost. Er erinnert sich, dass der Gefangene, den man neunundzwanzig Stunden lang ununterbrochen verhörte, bei seiner Rückkehr in die Zelle halluzinierte, Menschen sah und Dinge, die gar nicht da waren. Und plötzlich geht das Licht wieder aus, das Gelächter verstummt, und nichts außer seinem eigenen Atem ist mehr zu hören. Die Arme tun so weh, dass ihn der Schmerz mit echter Stimme anschreit, mit menschlichen Worten.

»Ich will Jeo sehen«, sagt er in der Verhörzelle.

»Halt den Mund. Wann hast du den Eid für Osama bin Laden abgelegt?«

Er muss etwas sagen, sonst fangen sie wieder an, Jeo auf der anderen Seite der Wand wehzutun.

»Das weiß ich nicht mehr. Welches Datum hat Jeo Ihnen genannt?« Nach der Dunkelkammer hat er Mühe, seinen Blick zu fokussieren.

»So weit kommt das noch, dass du mir Fragen stellst. Auf die Knie! Streck die Arme aus!«

Mikal tut wie befohlen, der Polizist schließt die Handschellen auf, und mit dem Dolmetscher verlässt David den Raum; der Soldat bleibt in der Ecke.

Eine halbe Stunde später kehrt David zurück und sagt Mikal, er solle sich setzen; die Handschellen werden ihm wieder angelegt.

David zeigt auf das Plakat mit den Zwillingstürmen. »Wenn du glaubst, wir würden dich wiederholen lassen, was du vor fünf Monaten angerichtet hast, dann täuschst du dich gewaltig.« Dann schaut er Mikal unverwandt in die Augen und fragt: »Was hast du damals empfunden?«

»Es ist ein widerwärtiges Verbrechen.«

»Die meisten deiner Leute sehen das anders. Sie haben sich gefreut.«

»Tja, dann wissen Sie jetzt, dass wir nicht alle gleich denken.« Der Mann hat ihn nicht für den Bruchteil einer Sekunde aus den Augen gelassen. »Wie viele meiner Leute haben Sie denn überhaupt schon kennengelernt?«

»Ich habe hier mehr als genug kennengelernt.«

»Möchten Sie, dass meine Meinung über *Ihre* Leute von denen bestimmt wird, die ich hier kennengelernt habe?« Soll er doch ruhig wieder verlangen, dass ich mich hinknie und die Arme ausstrecke.

David lehnt sich auf seinem Stuhl zurück. »Du hast gewollt, dass wir Jeo nach etwas fragen, das nur ihr beide kennt. Er hat uns ein Wort genannt.«

Der Mann spricht das Wort aus, und es dringt in Mikal ein, fährt ihm in die Adern, zerreißt etwas in seinem Hirn. Plötzlich fühlt er sich schwerelos, so wie sich ein Pfeil fühlen muss, wenn er vom Bogen abgeschossen wurde. Der Schmerz in den Armmuskeln von der qualvollen Haltung ist unbeschreiblich, davor die Deckenkette in der Dunkelkammer, trotzdem wirft er sich quer über den Tisch auf David und fletscht die Zähne, seine letzte Waffe – das Tierische in ihm.

Naheed.

20

Ich verfluche diese Stadt. Ihr König irrte, als er jenen tötete, den ich liebte … Sie blickt von der Seite auf, die sie gelesen hat, und schließt dann das Buch. Sie glaubt, jemanden gehört zu haben. Vielleicht hat es sogar geklopft. Sie tritt auf die Terrasse und schaut zwischen den Bäumen zum Eingang. Die Asche ihres Kleids hinterlässt an der weißen Säule einen undeutlichen Abdruck. Diese Halbgespenster tauchen auch an anderen Stellen im Haus auf, wenn sie im Vorübergehen eine Wand streift oder sich achtlos an einen Schrank lehnt. Sie sind undeutlich – nur sie kann sie sehen –, und wie die übrigen wird sie auch diesen Abdruck abwischen, sobald sie ihn bemerkt.

Es ist in diesem Jahr der erste richtig heiße Vormittag. Sie setzt sich auf die Steinstufen, schlägt das Buch in ihrem Schoß auf und beginnt zu lesen. *Shilappadikaram*. Ein Text aus dem dritten nachchristlichen Jahrhundert. *Die Geschichte von Kannagi, die, nachdem sie ihren Mann durch einen Justizirrtum am Hofe der Pandya verlor, Rache am Königreich nahm*. Als sie aufschaut, hat sich das Tor geöffnet, um Mikal einzulassen.

Sein Blick findet sie.

Der Jacaranda blüht, und wenn es geregnet hat, dringt sein Geruch zur Dämmerung so übermächtig ins Haus, dass sie manchmal dort liegt und sich fragt, ob er je wieder vergehen wird. Der Baum markiert die halbe Strecke zwischen ihr und Mikal, und sie bleibt stehen, sobald sie ihn erreicht hat. Ist dies sein Geist, der gekommen ist, um sie davon zu überzeugen, ein Leben ohne Mikal zu beginnen? Oder ist er real, und ihre Gedanken haben ihn hergelockt?

Sie weicht zurück, er macht den entsprechenden Schritt auf sie zu.

»Wenn jemand mit genügend Liebe und Sehnsucht an uns denkt oder von uns träumt«, hatte Tara ihr einmal gesagt, »verschwinden wir von dort, wo wir sind.« Naheed hatte damals gefürchtet, sie könne so stark an Mikal denken, dass er im Zimmer erschiene, und sie wäre nicht in der Lage, Tara zu erklären, wer er sei.

Sie dreht sich um und geht, blickt aber über die Schulter zurück, um zu sehen, ob er ihr folgt. Als sie zur Terrasse kommt, ist er nicht mehr hinter ihr. Sie war dem Walnussbaum seitlich ausgewichen, und es scheint, als sei er einfach geradeaus weitergegangen und in der Borke verschwunden.

Sie streicht über den Baumstamm.

Zehn, fünfzehn, zwanzig Sekunden lang wartet sie, dass er wieder auftaucht, dann schaut sie sich um, sucht im Licht, das überall durchs Laub atmet, lässt den Blick über die Maulbeeren wandern, an deren Ästen jetzt Blüten und Blätter hängen, dicke, weiche Blätter, die im Grün des Gartens leuchten, unterm hellen, klaren Grün des Banyanbaumes, neben dem das Grün der Zypressen beinahe schwarz wirkt, unter dem Apfelgrün der Pappeln. Schließlich entdeckt sie ihn an der hinteren Gartenmauer bei der Pappelfeige. Sie malt sich aus, wie er durch den Stamm aufstieg, dann durch die verbundenen Baumkronen eilte und schließlich in die Pappelfeige eindrang. Vielleicht war er auch zum Grund hinabgestiegen und durch Erde und Dunkelheit gelaufen, umgeben von Wurzeln wie von hölzernen Blitzen, um dann in die Pappelfeige aufzusteigen.

21

Als Basie und Yasmin in die Schule kommen, steht Pater Mede am Fenster seines Büros und sieht ihnen entgegen. Sie gehen so eng beieinander, wie es der Anstand erlaubt in diesem Land, das im Vergleich zu anderen unschuldiger und zugleich längst nicht so unschuldig ist. Märzlicht fällt auf sie schwer wie Filz. Als Kind hat er sich gefragt, warum Eva Adams Rippe entsprang. Jetzt, am anderen Ende seines Lebens, Jahrzehnte später, weiß er die Antwort, ist doch die Rippe dem Herzen besonders nah. Beide, Basie und Yasmin, haben einen Bruder verloren, und er sieht ihnen an, dass sie den Schlag noch nicht verwunden haben, falls sie ihn denn je verwinden. Er bezweifelt, dass er ihnen seine Gefühle angemessen zum Ausdruck bringen konnte. Er hatte sie beide im Arm gehalten und die zwei, drei Phrasen wiederholt, die wir Menschen für Trauer kennen. Zweitausend Jahre ist es her, seit alle Menschen auf diesem Planeten einander Bruder und Schwester wurden, und doch haben wir noch keine Worte gefunden, die helfen, gewisse Bürden leichter zu tragen.

»Wer ist der junge Mann auf dem Zypressenweg?«, fragt Yasmin, als sie an Pater Medes Büro vorbeikommt. »Guten Morgen, Pater.«

»Guten Morgen, Yasmin.« Er schaut von dem Stapel Briefe auf seinem Schreibtisch auf. »Vielleicht einer der Gartengehilfen?« Pater Mede geht zur Tür und sieht hinüber zu den Zypressenbäumen. »Manchmal bringt der Gärtner auch seine Enkel mit.«

Der Himmel ist so blau; es grenzt an Glück.

»Jetzt ist er weg«, sagt Yasmin. »Gerade war er noch da.«

»Muss einer der Enkel gewesen sein.«

Zu Beginn des Schultages strömen Kinder durchs Tor, die Mädchen in Weiß mit roten Pullovern, die Jungen ganz in Marineblau. *Und er ließ lagern vor dem Garten Eden die Cherubim mit dem flammenden, blitzenden Schwert, zu bewachen den Weg zum Baum des Lebens ...*

Er sieht Yasmin an. »Sie tragen die Armbanduhr Ihrer Mutter.«

Sie wirft einen Blick darauf.

»Zweihundertfünfzig Rupien hat sie gekostet«, fährt er fort. »Ende der Sechzigerjahre hat sie sich diese Uhr von ihrem ersten Gehaltsscheck gekauft, und ich kann mich noch gut daran erinnern, wie sie herkam, um sie mir zu zeigen. Sie sagte, sie hätte im Geschäft der Armeekantine für hundertfünfzig Rupien eingekauft. Kekse, Kaffee, Kondensmilch, Schokolade. Reiner Luxus. Und dann noch diese Favre-Leuba-Uhr.« Pater Mede pocht auf das Glas und lächelt. »Aber Ihrem Blick nach zu urteilen habe ich Ihnen das schon oft erzählt.«

Yasmin hakt sich bei ihm unter und geht mit ihm ins Büro. »Wie war die Fahrt?«

»Anstrengend.«

»Sie werden älter.«

»Nur fühle ich mich nicht alt, eher jung, aber so, als wenn irgendwas mit mir nicht stimmte.« Er setzt sich. »Wie geht es Ihrem Vater?«

Für den Bruchteil einer Sekunde wendet sie den Blick ab.

Pater Mede nickt. »Ich wünsche ihm alles Gute.« Rohan hatte gewollt, dass Pater Mede sich von seinem Haus fernhielt, solange er sich um Sofias Glaubenskrise kümmerte; und Sofia hatte er gebeten, sich nicht mit ihm zu treffen. Der Bruch war nie wieder ganz verheilt. »Ist das Asche an Ihrem Ärmel?«

Yasmin bemüht sich, den kleinen Fleck abzuwischen. »Meine Schwägerin.«

»Die Griechen behaupten, wir seien aus Asche gemacht.«

»Das Kleid gehörte meiner Mutter.«

»Ich weiß.«

Als sie gehen will, deutet er auf den Papierstapel, der sich während seiner Abwesenheit auf dem Schreibtisch angesammelt hat. »Sie und Basie, ihr müsst mir eine Stunde Zeit gönnen und helfen, hiermit fertig zu werden.«

»Pater, Sie nutzen uns aus.«

»Ich weiß, erst die Briten und jetzt ich.«

Die junge Frau geht mit einem Lächeln – ganz die Tochter ihrer Mutter. Als Sofia nach Lahore an die Punjab University kam, um ihren Magister zu machen, hatte sie nach wenigen Tagen genug von der großen Stadt, fuhr wieder nach Heer und wollte nicht mehr zurück. Ihr Vater – der davon geträumt hatte, seine Kinder zur Universität zu schicken – hatte dringend um Pater Medes Hilfe gebeten, da er ihr Lehrer am St. Joseph's gewesen war. Gemeinsam hatten sie Sofia überredet, zurück nach Lahore zu fahren. Doch obwohl sie einverstanden gewesen war, kam sie wenige Wochen später erneut zurück und sagte, sie fühle sich ausgeschlossen von den Studenten, diesen modernen Jungen und Mädchen der Stadt Lahore; man lachte darüber, wie sie sich anzog, wie sie redete, lachte über ihre Burka. Ihr Vater dachte eine ganze Woche lang nach und sprach dann die fünf Worte, die ihre Familie bis aufs Fundament erschütterten und noch ferne Verwandte in abgelegenen Städten und Dörfern bestürzte:

»Dann zieh die Burka aus.«

Sofia war sprachlos.

»Schaffst du das?«

»Natürlich nicht.«

»Würdest du dann weniger auffallen?«

»Könnte sein.«

»Dann versuch's. Anstand und Sittsamkeit sind innere Werte, die Burka ist nur äußerlich. Ich möchte, dass du eine gute Ausbildung bekommst, und mir scheint, dass die Burka dich davon abhält.«

Und sie war ohne Burka zurückgefahren, sehr zum Entsetzen ihrer Mutter und ihres Bruders, die wussten, dass sie sich damit jede Hoffnung auf eine anständige Heirat verdarb. Schließlich war es schon schlimm genug, dass sie, eine unverheiratete junge Frau, fern von der Familie und ohne jede elterliche Aufsicht in einem Wohnheim der großen Stadt lebte.

Später ließ sich nicht mehr feststellen, ob sie zu früh vor der fremden Umgebung geflüchtet war und sich mit der Zeit auch ohne große Veränderungen angepasst hätte. Als sie diesmal aber zur Universität zurückkehrte, blühte sie auf. In ihrem dritten Jahr probierte sie es aufs Neue mit der Burka, doch war sie ihr fremd geworden. Also kaufte sie sich fünf Kaschmirschals, um sich damit beim Unterricht in der Ardent Spirit den Kopf zu bedecken; außerdem hatte sie für die kältesten Tage im Winter noch einen prachtvollen, weinroten Mantel mit Pelzkragen, an dessen linker Schulter eine Brosche haftete, die wie die Turbannadel eines Herrschers aussah.

Pater Mede steht auf und durchquert den Raum, dessen Boden ein Muster schwarzer und weißer Greife zeigt. Vor dem kleinen Bild, das Sofia für ihn gemalt hat, bleibt er stehen. Der gekreuzigte Christ und einige weinende Gestalten am Fuße des Kreuzes, seine Mutter und einige Freunde. Sie weinen, weil dies hier – die Kreuzigung – geschieht. Es ist ein eindrucksvolles Bild, da das Leid des gefolterten Mannes und das Leid der Zuschauenden im selben Bild zu sehen sind. Auf denselben *Blick*. Denn zu Ungerechtigkeiten kommt es nicht in irgendwelchen fernen Winkeln, losgelöst vom Verbrechen. Christus wird sterben, und jene, die ihn lieben, schauen zu – und all dem sieht wiederum der Betrachter zu.

»Wer sind die beiden jungen Männer, Vater, die ich gerade vorm Klavierzimmer gesehen habe?«, fragt Basie, als sie ins Büro kommt.

»Waren es zwei? Wahrscheinlich die Enkel des Gärtners, vielleicht auch seine Gehilfen.«

»Seine Enkel kenne ich, und die waren es nicht.«

»Ich kümmere mich drum.«

»Wie war die Fahrt?«, fragt Basie, während Pater Mede zur Tür zurückgeht und sich dabei umblickt. »Ich glaube, für die Gartenhilfen waren sie zu gut angezogen.«

Pater Mede schlägt sich an die Stirn. »Sie haben bestimmt die Engel zurückgebracht.«

»Die Engel sind wieder da?«

Pater Mede öffnet eine Schublade und nimmt den Schlüssel zur Aula an sich.

Gemeinsam betreten sie den von Säulen gesäumten Flur, auf der einen Seite die Reihe der Klassenzimmertüren, auf der anderen der leuchtende Märzgarten. Es ist noch früh, weshalb sich erst eine Handvoll Schüler im Gebäude befindet; und in den Klassenzimmern herrscht eine auffällige Stille. Sie grüßen das vierzehnjährige Mädchen, das an einem Tag vor drei Jahren, als es Pater Medes Hand hielt, vor lauter Liebe und Verwirrung in Tränen ausgebrochen war. Sie sagte, sie wolle nicht, dass er in der Hölle schmoren müsse, warum er denn nicht zum Islam konvertiere; und Pater Mede hatte sie aufgefordert, für seine Erlösung zu beten. In Sachen Religion hat er in diesem Land stets Vorsicht walten lassen. St. Joseph's war zwar eine christliche Schule, doch längst keine Missionarsschule mehr wie früher, weshalb man bei öffentlichen Veranstaltungen aus beiden Büchern vortrug, Bibel wie Koran, und das Jahr über die Feiertage beider Glaubensrichtungen einhielt.

Pater Mede schließt die Aula auf, in der große, in Zeitungspapier gewickelte Figuren auf dem Boden liegen, insgesamt einhundert. Von einer zieht er das Papier ab und legt Rafaels Gesicht frei, jenes

Engels, der dafür zuständig ist, die Wunden und Wehwehchen aller Kinder zu heilen.

Die mannsgroßen Holzfiguren sollen in der Aula an Stahldrähten hochgezogen werden, um wieder oben an der Decke zu schweben. Man hatte sie eingesandt, um sie von einer Firma, die in Heer Lastwagen und Rikschas bemalt, restaurieren zu lassen, und nun sehen sie aus, als wären sie in lebhaften Farben gebadet worden; Rafaels Wangen leuchten alpenveilchenrosa, die Augen sind runde, türkisfarbene Glasscheiben. Die Figuren liegen auf dem Bauch, und die Flügel auf ihrem Rücken sind größer als Basie und Pater Mede.

Basie zieht die Zeitung von der ihm nächstgelegenen Figur ab, und zum Vorschein kommt eine Hand, die eine schwarze Kette hält. Dann legt er Gesicht und Brust frei.

»Nach dem Sündenfall wurde Gabriel zu Adam geschickt, um ihn zu trösten«, erklärt Pater Mede, »und Michael zu Eva.«

Michael, der im Islam zu Mikal wird. Von ihm heißt es, er habe smaragdgrüne Flügel und sei von winzigen safranfarbenen Härchen bedeckt, jedes mit einer Million Gesichter, die Allah in einer Million Sprachen um Vergebung für die Sünden der Gläubigen anflehen.

Pater Mede legt Basie eine Hand auf die Schulter, die Basie kurz berührt, und dann deckt er Michaels Gesicht wieder zu.

»Sie sind alle da«, sagt Pater Mede. »Die Engel der sieben Wochentage. Die Engel der Erdbeben. Die Engel der Faszination, des Staubs, der Tauben.« Er sieht zu den Ringen an der Decke auf, an denen sie hängen sollen.

»Und die wurden von den jungen Männern gebracht, die ich gesehen habe?«

»Schon möglich. Sie kamen in drei Lastwagen, und mehrere Leute haben sie ausgeladen.«

»Ich frage die Wache am Tor«, sagt Basie. »Wir müssen vorsichtig sein.«

»Aber verschreck die Kinder nicht.«

Gestern wurde vom Ardent-Spirit-Lastwagen herunter verkündet, dass die Amerikaner in Afghanistan eine religiöse Schule bombardiert haben; mehrere Kinder sind umgekommen. Vor der St. Joseph's verlangsamte der Laster auf Schritttempo. »Wir machen Amerika klein wie Indien, Indien klein wie Israel und Israel klein wie nichts«, schallte es aus dem Lautsprecher, als der Wagen am Ende der Straße in der Nähe des Denkmals hielt, einem riesigen Fiberglasnachbau jenes Bergs, in dem Pakistans erste Atombombe getestet worden war.

Das zerknitterte Zeitungspapier hat sich teilweise gelöst, und Pater Mede sieht zu, wie Michaels Figur hier und da aus dem Gedruckten zum Vorschein kommt – Blicke auf ein goldenes Gewand erlaubt, auf die Ketten, mit denen er Satan fing, in der anderen Hand das Schwert. Es heißt, die Engel wurden aus jenen Tränen erschaffen, die Michael über die Sünden dieser Welt weinte. Herr über die Ordnung der Kräfte, Fürst der Erzengel und auch Stellvertreter Gottes, Lichterfürst und Himmelsfürst. Er ist der Engel der Reue, Gnade und Rechtschaffenheit, Wächter des Friedens, Engel der Erde, Schutzpatron der Polizisten und Soldaten.

Pater Mede schließt die Aula ab und geht zurück ins Büro.

Tröste uns, Gott, unser Heiland, und lass ab
Von deiner Ungnade über uns!
Willst du denn ewiglich über uns zürnen und deinen
Zorn gehen lassen immer für und für?

Es wird erzählt, Michael habe die Verse geschrieben. Psalm 85. Mit diesen Worten wird er angerufen.

22

»Tritt nicht auf diese Stelle«, wird Rohan von Naheed ermahnt, als sie durch den Garten gehen. »Da habe ich im Oktober die toten Vögel begraben.«

Rohan schaut auf den Boden. Er kann heute ein wenig sehen, zumindest das, worauf das Sonnenlicht hell und ungehindert fällt. Naheed hat ihn mit dem aufgeschlagenen Koran in der Hand angetroffen, zählt es doch zu seinem größten Kummer, dass er Sofias Seele zum Trost nicht mehr daraus lesen kann.

»Blüht der Granatapfel?«

Sie führt seine Hand, und er berührt die Blüten, die harten äußeren Kelchblätter, dann, in der Mitte, die Blütenblätter, diese Fetzchen krisseliger Seide, und während er ihren Geruch einatmet, erzählt er Naheed, dass Granada nach den Granatäpfeln benannt wurde, die in jener Region Spaniens so zahlreich wuchsen. Seit Naheeds und Rohans erstem Besuch haben Basie und Yasmin eine Reihe von Gesprächen mit dem Augenspezialisten geführt, doch bleibt es dabei: Das von ihm angeratene Vorgehen ist die einzige Lösung.

»Spanien war früher einmal muslimisch«, fährt Rohan fort und legt die Hände um die Blüten. »Im Oktober 1501 befahlen die katholischen Monarchen die Vernichtung aller islamischen Bücher und Manuskripte. Mehrere Tausend Korane sowie andere Texte wurden auf öffentlichen Scheiterhaufen verbrannt.«

Sie lässt Rohan reden, während sie sich nach Mikal umsieht. Nichts, nur Eisvögel, die mit der glitzernden Schnur ihres Flugs die beiden Ufer des Flusses zusammennähen.

»Ein Ladenbesitzer wurde verhaftet, weil er ›O Mohammed‹ murmelte, als sich jemand weigerte, seine Ware zu kaufen. Ein anderer Mann wurde vor den Inquisitor gebracht, weil er sich die Hände auf verdächtig muslimische Weise gewaschen hatte. Unter Folter gestand er, ein Muslim zu sein, und schwärzte eine Reihe Nachbarn an, widerrief sein Geständnis aber gleich darauf. Also wurde er ein zweites Mal gefoltert, woraufhin er an seinen Verletzungen im Gefängnis starb.«

Sie hielt seine Hand. In letzter Zeit muss sie darauf achten, dass er den Teller leer isst, auch wenn er noch so beteuert, keinen Hunger mehr zu haben. Sie und Tara machen seine Chapati dicker und größer, mit dem Ergebnis, dass er, wenn er glaubt, nur eines gehabt zu haben, in Wahrheit eineinviertel oder anderthalb gegessen hat.

Sie ist froh, dass Basie und Yasmin mit dem Augenspezialisten reden. Seit sie in der Klinik die Krankenschwestern sah, macht sie sich Sorgen und kämpft gegen Gespenster, gegen die seltsame Angst, eine von ihnen könnte eben jene Krankenschwester sein, die ihr im November die Abtreibungsspritze gab, oder der Arzt könnte Rohan – aus lauter Ärger – davon erzählen. *Wovor habe ich Angst,* hatte sie sich anfangs gefragt. *Was kann schon passieren, wenn herauskommt, was ich getan habe?* Aber nein, sie sorgt sich nicht um sich selbst, nur will sie auch Rohan, Yasmin und Basie keinen Kummer bereiten. Die Wahrheit würde sie verletzen. Deshalb soll der Vorfall ein Geheimnis bleiben.

Rohan bemerkt ihr Schweigen. »Was ist?«

»Nichts, nur Kopfschmerzen.«

»Hat deine Mutter was gesagt?«

Sie schüttelt den Kopf. Dann fragt sie sich, ob er ihre Geste gesehen hat und antwortet: »Nein.«

»Ich habe gestern mit ihr geredet.«

Sie gibt keine Antwort. Eine Bewegung im Traubenhain, wo an den Zweigen erste grüne Perlen zu sehen sind; bis Juni werden sie reif sein, sodass sich die Haut leicht vom Fruchtfleisch lösen lässt.

»Sie macht sich Sorgen um dich.«

»Dazu besteht kein Grund.«

»Du solltest daran denken, dich wieder zu verheiraten.«

Sie blickt in die Krone der Tamarinde, deren Äste sich in ihrem majestätischen Drang nach Bewegung regen. Verwelkte Blätter, letzten Monat noch von einem bronzenen Hauch überzogen, sind verschwunden und sattem Grün gewichen.

»Dafür ist es noch zu früh«, erwidert sie.

»Vielleicht. Deine Mutter hat einen jungen Mann gefunden, und bis die notwendigen Fragen gestellt und alle Vorbereitungen getroffen wurden, dürfte genügend Zeit vergangen sein. So etwas dauert. Ich weiß, die Hochzeit mit Jeo ging ziemlich schnell über die Bühne, aber das war eine Ausnahme.«

Letzte Woche hatte Naheed zu Tara gesagt: »Dieses Jahr will ich mich um Vater und seine Augenprobleme kümmern. Danach möchte ich studieren, ein Diplom ablegen und Lehrerin werden.« Sie spürt in sich ein plötzliches Verlangen nach Büchern, fast als wären die Kisten einzig für sie angekommen. Wahllos fischt sie eins ums andere heraus. Gedichtbände und Romane aus allen Zeiten, Bände über Fotografie und Malerei, Werke über östliche und westliche Geschichte. Manche raten ihr, die Vernunft durch Staunen zu ersetzen, andere, das Staunen durch Vernunft. Sie hebt das spinnwebzarte Deckblatt von einer Seite und sieht darunter einen Banditen in einem Garten mit prallen Früchten, der persische Himmel mit Blattgold bedeckt. Mikal tauchte auf, als sie nach al-Shirazis Buch griff und darin las, einem Werk aus dem vierzehnten Jahrhundert mit dem Titel *Ein Buch, das ich über die Astronomie verfasste, an dem ich aber gänzlich unschuldig bin*. Spätabends noch las sie Geschichten aus Südamerika, Island oder Indien. *Sie verwandelte sich in ein Reh und rannte vor ihm davon, doch verwandelte er sich in einen Hirsch, überholte sie und vereinte sich mit ihr. Da wurde sie zur Pfauenhenne und rannte wieder davon, er aber wurde zum Pfau und bestieg sie erneut. Als Nächstes war sie eine Kuh und wurde von ihm in Gestalt eines Stiers verfolgt, worauf er sie zum dritten Mal begattete …*

»Mach dir keine Sorgen«, sagt Rohan auf dem Weg zurück zum Haus. »Wir werden alles genau prüfen. Sobald Tara die ersten Fragen gestellt hat, wird sie alles Weitere mir und Basie überlassen, und Basie wird alle notwendigen Nachforschungen gewissenhaft übernehmen. Er ist dein Bruder.«

Da bricht sie in Tränen aus und bedeckt das Gesicht mit beiden Händen.

»Wie konnte es nur so weit kommen?«, flüstert sie.

Rohan dreht sich um, greift einige Male ins Leere – dass er aus dem Sonnenlicht hereinkommt, hat seine Sehfähigkeit noch weiter eingeschränkt – und schließt sie dann in seine Arme.

Sanft streicht er ihr über den Kopf. Immer noch treffen ferne Bekannte ein, um ihr Beileid für Jeos Tod auszusprechen. Sie kommen und sehen, dass ihm die Augen verbunden sind. Jeos und Mikals Tod hat ihn jedoch mindestens ebenso schwer getroffen, und ihn erstaunt, dass niemand *diese* Wunde sehen kann. Es bleibt wohl eines der großen Mysterien des Lebens, dass Menschen mit geheimem Kummer leben können, Kummer, der unsichtbar und unbemitleidet bleibt. Und so trägt Naheed Jeos Tod, dieses bergeschwere Gewicht, genau wie Yasmin und Basie, auch Tara, doch wäre es Rohan, dem man, beträten sie alle einen Raum, das Leid sofort ansähe. Die Wunden in Herz und Seele bleiben ungesehen. Sie verlangen eine andere Art von Sicht.

Sobald die junge Frau ein wenig getröstet scheint, gibt er sie frei. Er hatte nach Neuigkeiten vom Sohn des Vogelbegnadigers fragen wollen, da sie gestern mit Tara zu Besuch bei dessen Familie gewesen war. Der Junge erholt sich langsam, aber da das Thema immer noch traurig stimmt, beschließt er, es lieber nicht anzuschneiden.

Sie führt ihn zum Sessel und lässt ihn Platz nehmen.

»Es ist elf Uhr«, sagt sie.

Er braucht keine Armbanduhr mehr. Seine Blindheit fällt ungefähr mit dem Tod der beiden Jungen zusammen. Fast scheint es dasselbe Ereignis zu sein. Wird er in den kommenden Jahren gefragt, wann er sein Augenlicht verlor, fragt er fast immer zurück, wie lange Jeo und Mikal schon nicht mehr da sind.

»Er hat gesagt, dass er um diese Zeit kommen will.«

Letzte Woche war im Haus eine Nachricht von Major Kyra hinterlassen worden, in der er um ein Treffen bat. Rohan hatte sich mehrfach aufgemacht, Major Kyra zu besuchen, sobald er vom Tod Ahmeds der Motte erfuhr, bekam von den Jungen am Tor der Ardent Spirit aber stets den Bescheid, er sei nicht im Haus, und Rohan hatte gemeint, aus ihren Antworten eine gewisse Feindseligkeit herauszuhören, sobald er seinen Namen nannte.

»Ich zweifle nicht daran, dass sie vorhaben, in den Irak und Iran einzumarschieren«, sagt Kyra zu Rohan, als Naheed mit dem Teetablett hereinkommt. »Und danach ist natürlich Pakistan an der Reihe, falls unsere Regierung nicht kuscht.«

Naheed füllt eine Tasse und reicht sie dem ehemaligen Soldaten.

»In seiner ersten Rede nach dem Terrorangriff hat der US-Präsident das Wort ›Kreuzzug‹ benutzt«, fährt er fort. »Und sie sagen, wenn Pakistan nicht hilft, al-Qaida und die Taliban zu bekämpfen, würde man uns ›zurück in die Steinzeit bomben‹. Genau das waren seine Worte.«

Sie lehnt sich an den Türrahmen und ahnt, warum er gekommen ist, auch wenn Rohan anscheinend keinen Verdacht hegt.

Er schaut sie an, dann wendet er sich wieder Rohan zu. »Nun, wir sollten über das reden, weshalb ich um dieses Treffen gebeten habe.«

»Ich freue mich, dass Sie gekommen sind«, sagt Rohan. »Ich habe schon versucht, Sie zu treffen, als ...«

Der Mann ignoriert ihn. »Die Angelegenheit ist delikat. Ardent Spirit erhält kaum noch Spenden. Die feige Regierung unterbindet Zuwendungen an ehrenhafte Patrioten wie unsereins. Seit der Verschwörung im letzten September wird unsere Lage immer schwieriger, da man Leuten wie uns vorwirft, etwas zu säen, das sie Terror nennen. Ich wollte mich mit Ihnen treffen, um zu sehen, was da getan werden kann.«

»Ich weiß nicht, ob ich in dieser Angelegenheit zu helfen vermag.«

»Ich hatte gehofft, Sie könnten eine andere Unterkunft finden.«

»Eine andere Unterkunft?«

»Ja.«

»Er will, dass wir hier ausziehen«, wirft Naheed ein.

Kyra reagiert nicht auf ihren Kommentar. »Es muss ja nicht gleich sein«, sagt er zu Rohan. »Ich kann Ihnen sechs Wochen Zeit lassen, etwas Neues zu finden, auch zwei Monate, aber wir brauchen dieses Gebäude.«

»Es ist mein Zuhause.« Rohan hebt eine Hand, und Naheed tritt vor und ergreift sie.

»Ja, aber es gehört mir.« Kyra zieht einen Schwung Papiere aus seiner Tasche. »Die Schule gehört mir, ebenso dieses Haus. Mein Bruder hat Sie aus reiner Herzensgüte hier wohnen lassen, auch weil er Respekt für Sie empfand. Trotz allem.«

»Sie brauchen mir keine Papiere zu zeigen. Ich weiß, was ich unterschrieben habe.«

»Dann verstehe ich nicht, wie Sie behaupten können, dies sei Ihr Zuhause.«

»Ich wollte mit Ihnen darüber sprechen, dass Sie mir dieses Haus zurückgeben müssen. Es beschämt mich, dies zu gestehen, aber ich habe daran gedacht, das Haus zu verkaufen, um Geld für meine Augen aufzutreiben.«

Er weiß seine Gefühle gut zu verbergen, aber Naheed ahnt, wie sehr Rohan die Blindheit fürchtet. Er hat noch niemandem das ganze Ausmaß seiner Sorge verraten. Vielleicht fürchtet er, von den Menschen und Allah für seine Verzweiflung gerichtet zu werden.

»Ich denke, Sie sollten jetzt gehen«, sagte Naheed zu Kyra.

Er dreht sich zu ihr um, seine Miene halb Charmeur, halb Schurke.

»Sie haben sie gehört«, sagt Basie, der in diesem Moment hereinkommt.

Ein Ruck fährt durch Kyra. »Sie müssen Basie sein.«

»Ich möchte, dass Sie gehen«, sagt Basie mit einem Funkeln in den Augen. Langsam erhebt sich Kyra und baut sich vor Basie auf.

»So oder so, ich werde Sie vernichten«, sagt Basie mit verblüffend brutaler Verachtung in der Stimme. »Ich habe ein paar Nachforschungen angestellt, und ich glaube, Sie sind für den Tod von Jeo und meinem Bruder verantwortlich.« Er nimmt ihm die Papiere aus der Hand und zerreißt sie. »Eine Familie hat mir berichtet«, fährt er fort, »dass ihr Sohn von Ihnen nach Afghanistan geschickt wurde. Und dem Vater haben Sie versichert, dass man seinen Jungen ausbildet, ehe er ins Kampfgebiet geschickt wird. Sie gaben Ihr Wort, dass man sich um ihn kümmert, aber er wurde einfach nur abgeschlachtet.«

»Ich musste das dem Vater sagen. Er ist ein Eunuch, ein Verräter, praktisch ein Ungläubiger, der seinem Jungen nicht erlauben wollte, sich dem Dschihad anzuschließen. Was hätten wir denn machen sollen? Vor Amerika zu Kreuze kriechen?«

»Raus!«

»Das lernt man also, wenn man sich mit Christen abgibt«, sagt Kyra von der Tür her, »wenn man als Lehrer in dieser Engländerschule arbeitet. Verachtung für wahre Patrioten.«

Nachdem er gegangen ist, verharren die drei in gemeinsamem Schweigen.

Als Basies Blick schließlich auf das Bild in der Zeitung fällt, sagt er: »Und Sie können sich auch zum Teufel scheren, Mr. President.«

»Was ist passiert?«, fragt Tara, als sie ins Haus kommt, um Naheed bei der Zubereitung des Mittagessens zu helfen.

»Major Kyra will, dass wir ausziehen.«

Tara murmelt die Koranverse, die man bei schlechten Neuigkeiten sagen soll.

»Basie hat ihn rausgeworfen.«

»Wir müssen vorsichtig sein, das sind gefährliche Leute.« Tara schaut hinüber zu Rohans Zimmer. »Er hat alles unterschrieben, was ihm vorgelegt wurde. Und jetzt hockt er betrogen da und streicht sich über den Bart.«

»Niemand hat ihn betrogen, Mutter.«

»O doch, das haben sie. Nach Sofias Tod war er halb verrückt vor Kummer. Man hätte alles von ihm haben können.« Tara gibt Naheed den Korb mit grünem Kürbis. »Aber mach dir um das Haus keine Sorgen. Ich gehe in die Moschee, bitte den Geistlichen um einen Talisman, und wir werden beten …«

»Beten«, murrt Naheed. »Wer hört denn schon auf unsere Gebete?«

»Wie kannst du es wagen, so zu reden? Nur weil ein, zwei Gebete unerhört blieben.«

»Ein, zwei?«

»Sei still. Allein die Gebete zu Allah haben mir geholfen, meine Zeit im Gefängnis zu überstehen.«

»Allah und seine Gesetze haben dich überhaupt erst reingebracht.«

Tara macht einen Schritt auf sie zu. »Sei still und wage ja nicht, noch einmal so mit mir zu reden.«

Naheed blickt sie zornig an, die Augen feucht vor Sehnsucht, vom Gefühl, in der Falle zu stecken, dann wendet sie sich ab.

»Hast du gehört, was ich gesagt habe?«

»Ja.«

Stumm arbeiten sie weiter, beide in ihrem Ärger gefangen, nur Taras Lippen formen pausenlos Koranverse.

Nach einer Viertelstunde, und ohne vom Kürbis aufzusehen, den sie in kleine Stücke schneidet, fragt Naheed: »Was hat Sharif Sharif gewollt, als er bei Vater war?«

»Nichts«, erwidert Tara, nach kurzem Zögern. »Ich habe doch gesagt, es war nur ein Besuch unter Nachbarn.«

»Mutter, bitte.«

»Er hat um deine Hand angehalten.«

Naheed legt das Messer hin.

»Im Gegenzug hat er angeboten, die Kosten für die Augenoperation zu übernehmen.«

Nach einem weiteren Moment des Schweigens trägt Naheed die Schüssel mit Kürbisschnitzen zur anderen Küchenseite, dreht den Hahn auf und bedeckt sie mit Wasser. »Da ist noch etwas«, sagt sie leise.

»Ja?«

»Vater meint, du hättest jemanden für mich gefunden?«

»Ich denke da an einen Jungen.« Als Naheed nicht reagiert, setzt sie hinzu: »Das ist der einzige Weg.«

Naheed lächelt gequält, doch ihre Augen blitzen gefährlich. »Das ist nicht der einzige Weg, Mutter. Es gibt Tausend andere Wege. Und ich bin es leid, mich ständig fürchten zu müssen ...«

»Die Welt ist ein gefährlicher Ort.«

»Lass mich ausreden, Mutter. Es war falsch von dir, mir so große Angst zu machen, dass ich mein Kind abtreiben ließ. Es war falsch von dir, Mikal aus lauter Angst zu verjagen. Es spielt keine Rolle, was du durchgemacht hast, du solltest niemals Jüngeren deine eigene Furcht eintrichtern. Vorsicht ist eine Sache, aber du hast mir panische Angst gemacht. Lass mich bitte von jetzt an in Ruhe. Nimm deine Welt und verzieh dich damit irgendwohin, aber lass mich in Frieden. Lasst mich alle in Frieden.«

»Und was, wenn ...«

»Was, wenn, was, wenn. Was, wenn morgen die Welt endet?«

»Könnte durchaus sein. Anzeichen dafür gibt es genug.«

Naheed geht auf sie zu und legt Tara sanft eine Hand auf die Schulter. »Mutter, so große Angst *kannst* du gar nicht haben. Die Welt wird morgen nicht zu Ende gehen.«

23

Kyra spricht mit den sechs Jungen der sechs Häuser von Arden Spirit über die Operation St. Joseph's.

»Die Geiselnahme wird mehrere Tage dauern«, sagt Ahmed. »Also müssen wir einige Beutel Mandeln mitnehmen; die geben Energie.«

Der Präfekt vom Haus Córdoba hat ein präzises Diagramm der Schule gezeichnet – angegeben sind Höhen wie Längen jeder Mauer, aber auch die Zahl der Fenster in sämtlichen Klassenzimmern; das Blatt liegt vor ihnen auf dem Teppich.

Es wurde beschlossen, dass jeder vier vertrauenswürdige junge Männer mitbringt – so wie auch der Prophet vier Gefährten hatte. Insgesamt werden also vierundzwanzig Jungen gebraucht. Sie haben bereits mit der Suche begonnen und eine erste Auswahl getroffen. Manche sind Schüler der Ardent Spirit, andere kommen von außerhalb, entscheidend sind Glaube, Kraft und Mut.

»Angesichts der möglichen Dauer«, sagt der Präfekt von Haus Mekka, »muss jeder von uns fünf oder sechs Rucksäcke mitnehmen, die Munition, Medikamente und Wasserflaschen für den Fall enthalten, dass die Behörden das Leitungswasser vergiften.«

»Möge Allah den Wachposten am Eingang von St. Joseph's irgendwie belohnen«, sagt Ahmed. »Er hat uns sehr geholfen, als er uns Einzelheiten über das Gebäude und über den Tagesablauf von Lehrern und Schülern verriet.« Der Wachposten ist ein frommer Mann in den Fünfzigern und sagt, er wisse, zu was für einer Sorte misstrauischer Menschen die Schüler von St. Joseph's heranwüchsen.

Sie haben ihm anvertraut, dass sie die Informationen brauchen, um die Schule überfallen und ausrauben zu können.

»Sobald wir im Gebäude sind«, sagt der Präfekt vom Haus Kairo und deutet auf die Zeichnung, »wird diese Baumreihe entlang der Südmauer unsere Sicht nach draußen behindern. Polizei und Armee könnten aus dieser Richtung die Schule stürmen.«

Ahmed studiert die Zeichnung. »Dagegen müssen wir was unternehmen.«

Kyra steht auf, tritt ans Fenster und schaut hinaus. Taktik und Strategie hat er den Jungen beigebracht, hat ihren Ehrgeiz angestachelt. Während seiner Militärzeit entwickelte er einen Schalldämpfer für die AK-47, der seither wenigen Auserwählten international zur Verfügung steht; außerdem hat er das entwickelt, was er einen »Guerillagranatwerfer« nennt. Den haben nur einige der bestausgebildeten Militärkräfte, er ist so klein, dass er in eine Tragetasche mittlerer Größe passt. Kyra hatte sich auf urbane Angriffstechniken spezialisiert, und seine Ideen spielten eine ziemlich bedeutsame Rolle bei einer Reihe grausamer Guerillaangriffe auf indische Kasernen in Kaschmir. Im Februar 2000 hatten Kommandoeinheiten der indischen Armee ein Dorf im pakistanischen Kaschmir überfallen und vierzehn Zivilisten getötet. Sie entführten Frauen und enthaupteten unterwegs drei von ihnen, um ihre Köpfe den pakistanischen Soldaten vor die Füße zu werfen. Der Guerillaführer, der am nächsten Tag mit fünfundzwanzig Kämpfern ins indisch besetzte Kaschmir eindrang, um im Nakyal-Sektor eine Racheoperation gegen die indische Armee zu leiten, war von Kyra ausgebildet worden. Sie entführten den indischen Offizier, enthaupteten ihn gleichfalls und nahmen den Kopf mit, um ihn in den Basaren von Kotli im pakistanischen Kaschmir zur Schau zu stellen.

Er hat ausführlich über jeden Aspekt der Operation St. Joseph's nachgedacht und kommt gerade von einer dreitägigen Reise nach China zurück, wo er Waffen und Nachtsichtgeräte besorgt hat. Den Einkauf über die Grenze nach Pakistan zu schmuggeln war die größte Herausforderung gewesen. Er hatte einen alten Freund angerufen, einen Hauptmann, Sicherheitsoffizier des Präsidenten. Der Hauptmann kam am Flughafen im offiziellen Wagen des Präsidenten vorgefahren und begrüßte Kyra am Einwanderungsschalter. In seiner Gegenwart wagte es niemand, Kyras Gepäck anzurühren. Es gab also doch noch Ehrenmänner in der Armee, allerdings besuchte er seine alten Militärkameraden auch regelmäßig und bemühte sich, ihnen wegen ihres schwachen Glaubens ein schlechtes Gewissen einzureden; schließlich dienten sie noch in der pakistanischen Armee. Es hat ihn gefreut, als er erfuhr, dass jetzt einige daran denken, es ihm nachzutun und aus dem Heer auszutreten. Nach dieser St.-Joseph's-Sache wird er mit einigen Kameraden nach Afghanistan ziehen, um in der Provinz Helmand gegen britische Truppen zu kämpfen.

»Also sollten wir was gegen diese Bäume an der Südmauer unternehmen«, sagt er und wendet sich wieder den Jungen zu. »Außerdem müssen wir einen Camcorder kaufen, damit wir die Enthauptungen filmen können.«

24

Yasmin betritt die Aula und sieht Basie inmitten der in Zeitungspapier gehüllten Engel. Reglos steht er da; der Kopf gesenkt. Sie verriegelt die Tür hinter sich und bahnt sich einen Weg durch die Zeitungsfiguren. *In jedem Augenblick sind wir in die gesamte menschliche Vergangenheit verstrickt; unsere Köpfe umschallt vom Echo aller Worte, die jemals gesprochen wurden.* Das hatte in einem der Tagebücher seines Vaters gestanden. Yasmin schmiegt sich an seinen Rücken, schlingt ihm die Arme um die Hüfte. Ein Stöhnen entweicht ihm, dann überläuft ihn ein schmerzliches Schaudern, das sie in sich aufnimmt, eines der ältesten Zwiegespräche der Menschheit.

In der Umarmung dreht er sich zu ihr um. »Ich will ein Kind.«

»Ich auch.«

Es ist, als hätte er sie nicht gehört. »Ich will ein Kind«, wiederholt er mit gedämpfter Stimme.

»Lass uns nach Hause gehen.«

Vom Flur dringt Lärm zu ihnen, der Unterricht ist zu Ende, man hört Getöse und Gekreisch. Yasmin führt ihn auf den Flur in die Kinderflut, die sich teilt und hinter ihnen wieder schließt.

25

Mikal weiß, dass die Amerikaner ihn hinrichten wollen. Sie haben gesagt, sie lassen ihn frei, aber er weiß, das ist eine Lüge. Sie werden ihn hinrichten.

David Town, der Verhörspezialist, hat ihn durch den Dolmetscher über seine Freilassung informiert. Die Ketten wurden ihm abgenommen, und man gab ihm etwas Geld sowie einen Satz neuer Kleidung – einen hellblauen Salwar Kamiz samt leichter Jacke, deren weiches Futter verrät, dass sie mit Daunen gefüttert ist. Man lässt ihn frei, weil man den Warlord selbst gefangen genommen hat, der ihn an die Amerikaner verriet. David sagte, der Warlord habe auf Soldaten aus dem Westen geschossen, Militärkonvois und Einrichtungen der Armee angegriffen und sich dann wahllos Leute geschnappt, um sie gegen Belohnung an die Amerikaner auszuhändigen. »Er ist in Haft«, sagte David, »hier in der Ziegelfabrik, und wartet auf den Transport nach Kuba.«

Aber Mikal weiß, das sind Lügen, alles nur Vorbereitungen für seine Ermordung.

»Freigelassene Gefangene werden immer da abgesetzt, wo sie aufgegriffen wurden«, sagt David, während er mit ihm aus der Ziegelfabrik geht. »Man bringt dich also zur Moschee, in der man dich im Januar erwischt hat.« Er zeigt auf den Hubschrauber am anderen Ende des Geländes; Rotoren wirbeln Staubteufel auf. Bereit, ihn in die Wildnis und zu seinem Grab zu fliegen.

Mikal sieht zum Himmel auf, fühlt sich nach so langer Zeit im Innern ungeschützt und leicht benommen. »Wo ist Jeo?«, fragt er.

Obwohl der Dolmetscher seine Frage übersetzt, scheint David sie nicht zu hören. Er geht weiter, der Blick geradeaus.

»Wo ist Jeo?« Er wendet sich an den Dolmetscher. »Frag ihn, wo Jeo ist.«

Wieder keine Reaktion.

»Was für einen Monat haben wir?«

»April.«

Als sie zum Rand der von den Rotoren aufgewirbelten Staubwolke kommen, hält David an. Zwei weiße Militärpolizisten stehen neben dem Helikopter, mitten im Staubstrudel, und David bedeutet Mikal, zu ihnen zu gehen.

»Ich gehe nicht ohne Jeo.«

David wirft den beiden MPs einen Blick zu, und sie treten vor; einer nimmt Mikal am Arm.

»Ich gehe nicht ohne Jeo.«

»Viel Glück mit dem Rest deines Lebens«, sagt David und streckt ihm seine Hand hin.

Als sie mit dem Landeanflug auf die Moschee beginnen, blickt er aus dem Fenster. Der Winter ist vorbei, Schnee und Eis sind verschwunden. Die Moschee liegt am Rand eines Sees, das nicht länger erstarrte Wasser ist voller Bewegung.

Mikal kennt die beiden Soldaten. Der eine hat ihm noch vor einer Stunde einen behandschuhten Finger in den Mund gesteckt, um nachzusehen, ob er etwas unter der Zunge verbirgt. Der Mann trägt eine Kampfjacke, auf deren Ärmeln die Cargotasche einer Hose aufgenäht wurde. Im Laufe mehrerer Verhörtage konnte David einen schwer verwundeten, halluzinierenden Araber – dessen Handgelenke man mit Kabelbindern an die Holme der Krankentrage gefesselt hatte – davon überzeugen, dass dieser Mann sein Vater war, wodurch sie einige nützliche Informationen gewannen.

Von Anfang Januar bis April. Länger als drei Monate, in denen man Mikal gegen seinen Willen Flüssigkeiten injiziert und Medikamente verabreicht hat, in denen ihm Einläufe verpasst wurden, damit sein Körper die Verhöre übersteht. Verhöre der CIA, des FBI, MI5 und MI6. Viele Stunden auf einem Drehstuhl, dazu laute Musik oder statisches Rauschen, um ihn am Schlafen zu hindern, die Temperatur im Raum runtergesetzt, bis es unerträglich kalt wurde, dann Wasser ins Gesicht geschüttet, gezwungen, zu Osama bin Laden zu beten, und befragt, ob er von Mullah Omar gefickt worden war. Bedroht mit Abschiebung in Länder, die dafür bekannt sind, dass sie Gefangene foltern. »Wenn die mit dir fertig sind, wirst du niemals heiraten, niemals Kinder kriegen, dir niemals einen verdammten Toyota kaufen.« Drohungen gegen seine Familie, auch gegen deren weibliche Mitglieder, Leibesvisitationen, oft zehnmal am Tag, erzwungene Nacktheit, auch in Anwesenheit weiblichen Personals, Drohungen, vor seinen Augen den Koran zu entweihen, lange Zeit in unerträglichen Stellungen, viele Tage und Nächte in einer Zwangsjacke und zu alldem die vielen Male, da er für sein bedrohliches Verhalten verprügelt wurde.

Bei der Landung fragt sich Mikal, ob man ihn in der Ruine der Moschee ermorden wird, umringt von koranbeschriebenen Wänden. Der vom Wasser herüberwehende Wind riecht nach Metall. Sind die Frauen und Kinder noch da, die sie im Januar zurückließen, als die Männer geholt wurden?

Die beiden MPs steigen mit ihm aus.

Zu dritt treten sie aus dem Rotorkreis, dann bleiben die Männer stehen und bedeuten Mikal weiterzugehen.

Den Blick fest vor sich auf das Moscheetor gerichtet macht er einen Schritt, dann noch einen, und er kann ihn riechen, den Hauch von Schwefel, unverkennbares Anzeichen dafür, dass ein Schuss abgefeuert wurde. *Hören* kann er den Schuss nicht; die Rotoren sind zu laut. Eine Perlentaucherminute lang hält er den Atem an. Der Schwefelgeruch wird intensiver, da dreht er sich um und zieht einem der Militärpolizisten die Pistole aus dem Holster, verblüfft über die ungehinderte Beweglichkeit seiner fesselfreien

Arme, verblüfft darüber, dass seine unvollständigen Hände es ihm erlauben, dem Mann die Pistole direkt an die Kehle zu halten und mühelos den Abzug zu drücken. Aus dem Hals sprüht eine rote Nebelwolke in die Luft. Es gibt eine kleine Druckwelle, und in einem zeitlosen Moment sieht er sein Abbild in den Augen des Amerikaners. Neben ihm spiegelt sich in jeder Pupille die Sonne; sie beide, Seite an Seite, in einem leuchtend blauen Kreis. Zum eigenen Erstaunen verfolgt er nun, wie er ein zweites Mal den Abzug drückt; gleich darauf prangt eine blutige Wunde in der Brust des Mannes. Er richtet den Lauf auf den anderen Mann, erschießt ihn ebenfalls. Zu spät begreift er – er hat den Abzug bereits zum vierten Mal gedrückt, die Kugel fliegt dem Weißen aus nächster Nähe ins Gesicht –, dass jemand von der Moschee auf den Hubschrauber zielt, dass von den Minaretten ein Kugelhagel auf sie niedergeht, den er erst mit Verzögerung hört.

Er rennt in Richtung der Berge. Die Hänge im Süden und Osten sind steil, im Norden und Westen aber sanft. Über ihm zieht sich der Tag in langen goldenen Bahnen vom Himmel zurück, und bald ist Mikal so hoch, dass er unter sich die Moschee ausmachen kann, den See, den er in einem Boot überquert hat. Der Hubschrauber musste ohne die beiden Leichen abfliegen. Er kann sie sehen. Der Pilot hat mehrere Male versucht, sie einzusammeln und Mikal zu fangen, aber der Beschuss von der Moschee war zu heftig. Mikal hatte die Pistole fallen lassen und war zum Boot gelaufen, das am Rand des Sees vertäut lag. Sicher würden sie bald in größerer Zahl wiederkommen und die Jagd auf ihn beginnen.

Wenn jetzt Sommer wäre, würde er Hände voll wilder Rosenblüten sammeln und sie wegen ihres Zuckers essen, ihres süßen Wassers, aber im Frühling gibt es nur die cremeweißen Blüten der Waldanemone, die er im Vorüberlaufen pflückt, hauchzartes Rosa und ein bittersüßer Geruch, der an Kompost erinnert oder an Füchse. In Pakistan ist er in Bergdörfern gewesen, wo man sich jedes Jahr die ersten Waldanemonen in Kleider einnäht, da man hofft, ihre Schönheit schütze vor Pest und Plagen. Als er zu einem Hochplateau kommt, hockt er sich an eine Quelle, faltet aus einer der amerikanischen Banknoten, die man ihm gegeben hat, ein kleines Boot und lässt es schwimmen. Er betritt eine Höhle, verlässt sie jedoch kurz darauf wieder, da er einen ganzen Packen von Pässen sowie eine Liste mit dreiunddreißig jüdischen Organisationen in New York entdeckt hat. Dunkelheit bricht herein, aber er läuft weiter, der zugezogene Himmel über ihm eine unleserliche schwarze Steinplatte, und wie immer kommt ihm die Stille im Gebirge wie etwas Körperliches vor – wie ein Ding, eine Schwere –, weshalb er wohl den Wunsch verspürt, immer weiterzugehen, hinauf in die Berge, in die hohen Eiswüsten, um ein Nachbar Gottes zu werden.

Als er in ein kleines Dorf kommt, zwanzig einstöckige Häuser am gewundenen Weg, klopft er an die erste Tür. Nach der Begrüßung fragt er den Mann auf Paschto, ob er seine Kleider möchte.

Der Mann prüft den Stoff seines Salwar Kamiz, sagt aber, er habe kein Geld.

Mikal erklärt, dass er sie nur gegen andere Kleider eintauschen möchte.

»Werden Sie verfolgt?«

»Nein.«

»Sind Sie ein Bandit? Ein Liebhaber, der seinen Rivalen getötet hat?«

»Nein.«

Die Möglichkeiten, die er selbst heraufbeschwor, machen den Mann plötzlich nervös, und er verschließt die Tür.

An der nächsten Tür erscheint auf sein Klopfen ein junger Mann, der sich auf Mikals Vorschlag einlässt, verzückt die Jacke befingert, die kleinen, an den Schultern aufgestickten Logos und die mit orangerotem und himbeerfarbenem Garn vernähten Taschen.

»Warum wollen Sie tauschen?«

»Mir gefällt die Farbe nicht.«

Der junge Mann sieht ihn an. »Sind Sie Amerikaner?«

»Was?«

»Sind Sie Amerikaner?«

»Nein.«

»Wissen Sie, wo man ein Visum für Amerika bekommt?«

»Nein, weiß ich nicht.«

Mikal betritt das Haus und zieht die Sachen an, die ihm der Junge bringt. In einer Ecke sieht er ein Messer auf dem Boden liegen. »Kann ich das haben?«

Der junge Mann hebt es auf und zieht die fünfzehn Zentimeter lange, rostige Klinge aus den Messingplatinen. Es ist ein Messer mit Wippenverriegelung, Nickelbacken und einem gesprungenen Hirschhorngriff. Als er spürt, dass Mikal es unbedingt haben will, sagt er: »Das kann ich Ihnen nicht geben; es bedeutet mir sehr viel.«

»Ich kaufe es.«

Am anderen Ende der Straße ruft er in ein Fenster, ob er im Stall schlafen könne. Das Gesicht eines alten Mannes taucht auf, neben ihm das einer Frau, die Kleider steif vor Fett und Dreck, und aus dem Stall mustert ihn eine Ziege mit ihren Achataugen. Sie sind so arm wie alle Leute in diesem Dorf und riechen nach Rauch, Wachs und Schweiß.

»Wohin gehen Sie?«, fragt der Mann. »Wo sind Sie zu Hause?«

»Weiß nicht. Ich bin allein.«

Erschüttert von dem, was er sagt, davon, dass jemand so etwas auch nur glauben kann, hebt die Frau beide Hände an ihre Ohren. »Niemand ist auf dieser Welt allein«, sagt sie. »Niemand.«

Sie bitten ihn herein, und er setzt sich zu ihnen auf den Lehmboden ihres aus nur einem Raum bestehenden Hauses. Der Mann erzählt, Pakistan läge gleich jenseits der Berge, auf der anderen Seite der Gebirgspässe, und die Frau bringt ihm eine Schale Milch und einen dreieckigen Kanten hartes Brot.

»Jemand muss doch auf Sie warten«, sagt der Mann.

»Hören Sie«, sagt die Frau und streicht ihm über den Kopf. »Sie müssen einen Weg zurück finden. Kaufleute und Soldaten sind früher viele Jahre lang in anderen Ländern gewesen, aber als sie heimkehrten, trafen sie Leute, die auf sie gewartet haben.«

»Ich kam nach Jahrzehnten wieder, und sie war hier«, sagt der alte Mann.

Nachts ist es kalt, und er hört über sich Hubschrauber, echte oder nur eingebildete; als er im Morgengrauen wach wird, hat die Frau in der Ecke schon ein Feuer gemacht, vor dem sie nun in ihren dünnen Kleidern hockt. Mikal kriecht unter der Decke vor, zieht die Stiefel an und geht nach draußen, um einen Blick auf den neuen Tag zu werfen, der sich mit sattem Schimmer aus der Dunkelheit schält.

Als er nach einer Schale Tee aufbrechen will, beschließt der Mann, ihn ein Stück zu begleiten, den halben Weg in die Berge durch vielfach gewundene Bergkorridore aus unterschiedlichem Kreidegestein, und dort zeichnet er für Mikal dann auf einer kalkhaltigen Steinplatte die Route nach Peschawar mit ein paar Strichen auf. Ehe sie sich trennen, drängt ihm Mikal etwas von seinem Geld auf.

Gegen Mittag verbringt er eine Stunde am Rand eines Steilhangs und schleift das Messer. Ein weißer Lammschädel liegt direkt unter ihm in einem Adlernest. Er leckt sich über den Handrücken und probiert die Klinge an den Härchen aus. Sie ist scharf, aber es gibt nichts zu töten. Am Abend löffelt er Termiten aus einem hohlen Baumstamm und isst sie auf, spuckt die bitteren Köpfe wie Apfelkerne aus, und Sekunden später muss er sich im Stamm verkriechen, als er Hubschrauber kommen hört; Insekten krabbeln ihm über Gesicht und Kleider. Hat ihn der junge Mann verraten, der nach Amerika will?

Ohne Pause hastet er durch die Nacht; und im Laufe der Stunden taucht Venus am Himmel auf, um mit ihm zu ziehen. Über ihm pulsieren auch Leier, Pegasus, der Südliche Fisch sowie die übrigen Sternbilder, die er seit Beginn seiner Gefangenschaft Anfang des Jahres nicht mehr gesehen hat. Nur kann er sie nicht mehr vollständig deuten, da die Figuren sich ineinander verheddern oder unvollständig wie eine Stickarbeit scheinen, an der einzelne Perlen fehlen. Manche Namen hat er vergessen, dann wieder wollen Umriss und Position nicht mit den Namen übereinstimmen, an die er sich erinnert.

Mit dem Messer löst er aus dem leicht verwesten Kadaver eines Schakals alle Knochen und zerbricht sie, um das Mark auszusaugen, das darin noch unverdorben steckt. Von dem Essen im Gefängnis hatte er leicht zugenommen, aber jetzt ist er erschöpft. Bei Tagesanbruch sackt er zusammen und bleibt auf Feldspat und hartem Lehm am Ufer eines Flusses liegen. Gegen Mittag sieht er knapp fünf Meter entfernt ein Kaninchen auf der Wiese hocken. Er bleibt stehen, steckt zwei Finger in den Mund und pfeift; das Tier erstarrt. Er holt das Messer aus der Tasche, klappt es auf und sieht zu, wie die Klinge auf ihrem Flug die Spitzen vom langen Gras kappt. Dann schlägt er zwei Steine aneinander, fängt mit trocknem Moos die Funken ein, macht ein Feuer und grillt das gehäutete Kaninchen, isst jeden noch so winzigen Fetzen, da er nicht weiß, ob er mit seinen verstümmelten Händen noch einmal so viel Glück haben wird.

Hat er nicht. Mehrmals verfehlt er seine Beute, und am nächsten Tag packt er voller Verzweiflung eine Schlange am Schwanz, holt wie mit einer Peitsche aus und zertrümmert ihren Kopf an dem Fels, unter dem sie sich versteckt hatte. Dann schlägt er noch einmal zu, sicherheitshalber. Schließlich schneidet er den Kopf ab, schlitzt die Haut ein und zieht sie nach unten, um sie vom Fleisch zu lösen. Die Innereien werden mit der Haut ausgetrennt, sodass nur Essbares übrig bleibt. Ein Ende klemmt er in einen gespaltenen Stock, wickelt die Schlange drum, bindet das andere Ende mit Grashalmen fest und grillt sie über offenem Feuer.

Bis nach Pakistan braucht er acht Tage; er bleibt auf Abstand zu den Dörfern, stiehlt aus Obstgärten, von Feldern, aus Vogelnestern und hält sich von den Menschen fern, da er weiß, dass ihn die Amerikaner suchen. Beim nächsten Mal bekommt er lebenslang, auf Kuba, möglicherweise sogar in Amerika selbst. Oder man verurteilt ihn zum Tode. Als er von den Bergen am Rande Peschawars herabsteigt, gerät er in einen Hagelsturm; er hat durchgehend über vierzig Grad Fieber und seit zwei Tagen nichts mehr gegessen.

Er ist noch immer gefangen, nur ist der Käfig jetzt größer. Mehrmals hält er in einer Telefonzelle den Hörer in der Hand, wagt aber nicht anzurufen, da er fürchtet, dass ihm die Amerikaner auf der Spur sind. Wenn er nach dem Anruf die Zelle verlässt, werden sie die Nummer zurückverfolgen. Sie fahren nach Heer, holen sich Basie, Yasmin, Rohan, Tara und Naheed und stecken sie in die Käfige der Ziegelfabrik. Er unternimmt mehrere, scheinbar sinnlose Fahrten in umliegende Städte, bleibt aber stets innerhalb des Halbkreises von Hügeln und Bergen, der Peschawar umgibt. Steigt ohne Ziel in einen Bus, springt auf halber Strecke wieder ab, ändert die Richtung oder fährt mit dem nächsten Bus weiter in dieselbe Richtung. Als er sich endlich davon überzeugt hat, dass ihn niemand verfolgt, bricht er in einer Kleinstadt etwa dreißig Meilen außerhalb von Peschawar in den Schönheitssalon *Look Seventeen* ein und wählt dort die Nummer von Basie und Yasmin. Niemand hebt ab. Er ruft bei Rohan an, und Yasmin antwortet, ihre Stimme durchzuckt ihn wie ein Stromschlag. Sie zu hören, ihr aber nicht antworten zu können, entfernt sie um ein Vielfaches. Im eigenen Land lebt er im Exil, in den Augen schwimmen unüberwindbare Fernen. Wie sich Gespenster fühlen müssen. Er legt auf, steht da, zittert vor Fieber. Bei den Verhören in der Ziegelfabrik hatte man ihm eines Tages gesagt, die schreiende Frau nebenan, das sei Naheed. War ihm das wirklich gesagt worden, oder hat er sich das bloß eingebildet? Er weiß, er muss nach Heer fahren, um herauszufinden, ob Naheed gefangen genommen wurde. *Und Jeo muss ich auch noch finden.*

Er schlägt die Augen auf und sieht Akbar.

Einen Moment lang glaubt er, zurück im Käfig zu sein, dann aber richtet er sich auf und erkennt, wo er Zuflucht gesucht hat – der enge, fensterlose Raum unter der Moschee im Kupferschmiedbasar in Peschawar, dort, wo zerfledderte Koranexemplare aufbewahrt werden.

»Redest du mittlerweile ein bisschen mehr?« Akbar lächelt.

Mikal versucht zu antworten, aber der Hals tut ihm weh. Die Haut brennt, der Lehmboden unter ihm ist schweißnass.

»Haben die Amerikaner dich laufen lassen?«

Mikal nickt. *Vorläufig.*

»Ich habe dich von der anderen Seite des Basars aus gesehen. Du warst auf dem Dach.«

»Ich habe nach Sternbildern gesucht«, erwidert er, hebt eine zitternde Hand und legt sie auf die von Akbar. »Ich kann mich gar nicht daran erinnern, dass du mir gesagt hast, du kämst aus Peschawar.«

»Komme ich auch nicht. Ich bin auf Besuch hier.«

Mikal legt sich wieder hin. »Wie spät ist es?«

»Drei Uhr.«

»Tag oder Nacht?«

Sie unterhalten sich eine Weile, und Mikal erzählt ihm, dass er zwei Soldaten erschossen hat. Akbar will weitere Einzelheiten wissen, aber er ist zu schwach, schon von den wenigen Worten erschöpft, senkt den Kopf wieder aufs feuchte Kissen aus Koranseiten und schließt die Augen, verloren zwischen mehreren Welten.

Er spürt, dass der Tag anbricht, spürt Bewegung und hört Worte in der Nähe. Manchmal hat er einen bitteren Geschmack im Mund, dann wieder sticht eine Nadel in seinen Arm, und die Dunkelheit kehrt zurück. Schließlich gelingt es ihm, die Augen so lang offen zu halten, dass er neben sich eine junge Frau erkennen kann, und er möchte weder atmen noch auch nur mit den Augen blinzeln, um den Zauber nicht zu brechen, reglos verharrt er am äußersten Rand belebter Zeit. Sie trägt einen weißen Salwar Kamiz, die Ärmel fallen ihr bis auf die Handgelenke, die Finger sind blass wie Porzellan.

Über mehrere schlaftrunkene Momente hinweg setzen sich die Einzelheiten zu einem vollständigen Bild zusammen – das Zimmer ist groß und sauber, die Wände weiß getüncht. Vor dem Fenster steht ein Baum, dessen Laub siebenblättrige Fächer bilden.

Sie beaufsichtigt eine ältere Frau, die eine Dienerin zu sein scheint, aber respektvoll angeredet wird und Mikal in ein Tuch gewickeltes Eis an die Stirn hält. Sobald die junge Frau bemerkt, dass Mikal bei Bewusstsein ist, lässt sie den Schleier übers Gesicht fallen und zieht sich stillschweigend aus dem Zimmer zurück. Die Grauhaarige kümmert sich um ihn, bis Akbar eintritt, dann geht sie ebenfalls.

»Ich habe dir Besuch mitgebracht«, sagt Akbar und hält sich ein Schneeleopardenjunges ans Kinn, dessen Fell so weich ist, dass der Atem des jungen Mannes darin Furchen zieht.

»Wie lange habe ich geschlafen?«

»Fünf Tage, aber ich glaube, man nennt das bewusstlos sein.«

»Fünf Tage«, flüstert er. »Ist das hier dein Zuhause?«

Akbar nickt und legt ihm das Tier auf die Brust. Mikal richtet sich auf und streichelt es. Die Ballen an den Unterseiten der Pfoten sehen wie rosig graue Himbeeren aus, und das Fell ist mit dunklen Flecken betüpfelt, als wäre ein anderesr Welpe mit rußigen Pfoten drübergetappt.

»Er ist drei Wochen alt, und meine Schwester schickt ihn dir. Im Oktober sind ihr Mann, mein Zwillingsbruder und ich losgezogen, um in Afghanistan gegen die Armeen des Westens zu kämpfen. Die beiden starben den Märtyrertod.«

Mikal erinnert sich, dass Akbar ihm in der Ziegelfabrik gesagt hat, er hätte mit dem Krieg nichts zu schaffen, sei Taxifahrer und falsche Informationen hätten die Amerikaner veranlasst, ihn in Jalalabad gefangen zu nehmen.

Er steht auf, geht zur Tür, sieht hinaus und fühlt sich plötzlich nicht mehr müde, braucht Bewegung. Der Welpe klammert sich in vertrauensvoller Unschuld an ihn.

Das Haus ist gelb gestrichen und steht in einem dicht bewachsenen Hain. Einer dieser Bäume wächst auch in Rohans Garten in Heer. Die kleinen grün-weißen Blüten verströmen an Winterabenden einen satten Geruch. Rohan hat ihn gepflanzt, weil man aus seinem Holz Schreibtafeln macht.

»Früher, in den Dreißigerjahren, war dies eine Klinik«, erklärt Akbar, während sie durch den Hain spazieren; hier und da fallen Sonnenstrahlen durchs Blättersieb. »Ein kleines Krankenhaus, das einem Arzt gehörte. Er hat diese Bäume gepflanzt und war in unserer Gegend für die Nasen aus Holz bekannt, die er den Frauen machte, deren echte Nase von ihren Familien abgeschnitten worden war. Aus dem Holz dieser Bäume hat er sie geschnitzt.«

»Wo bin ich?«

»In Südwaziristan. Die Klink wurde aufgegeben, als man herausfand, dass Verbindungen zu englischen Missionaren bestanden.«

Die neuen, hellen Blätter heben sich deutlich vom dunkleren Laub ab.

»Ich werde dich nicht nach deinem Namen fragen«, sagt Akbar. »Ich weiß, du wirst ihn mir verraten, sobald du dazu bereit bist.«

Mikal nickt.

»Die Männer, auf die du geschossen hast«, sagt Akbar. »Glaubst du, sie sind tot?«

»Sie konnten unmöglich überleben.«

»Ich weiß, welche Anklagen die Amerikaner gegen dich erheben werden. Ich habe einen Freund in Peschawar angerufen, und der hat es überprüft.«

»Sag's mir.«

»Bist du sicher?«

»Ja.«

Akbar zieht einen Zettel aus der Tasche und faltet ihn auf. »Angenommen, sie sind nicht gestorben. Für jeden Verwundeten wird man dich wegen der versuchten Ermordung eines US-amerikanischen Bürgers außerhalb der Vereinigten Staaten anklagen sowie der versuchten Ermordung amerikanischer Offiziere und Staatsangestellter. Außerdem wegen Angriffs auf amerikanische Offiziere und Staatsangestellte, wegen *bewaffneten* Angriffs auf amerikanische Offiziere und Staatsangestellte, wegen Tragens und Benutzens von Schusswaffen während eines Gewaltverbrechens ...«

»Wie lang?«, unterbricht ihn Mikal.

»Du wanderst für fast zweihundert Jahre ins Gefängnis.«

»Und wenn sie gestorben sind?«

Akbar sieht ihn an, er kann seinen Augen die Antwort ablesen.

Mikal setzt den Welpen auf seinem Knie ab, und das Tier hebt eine Tatze, als wolle es die Luft prüfen; die weichen Ledernüstern weiten sich.

»Ich habe geglaubt, sie wollten mich töten.«

»Ich weiß.«

Stumm gehen sie ins Zimmer zurück, in dem zwei männliche Bedienstete den Tisch fürs Mittagessen decken; beide ein Gewehr über der Schulter, die Riemen mit kleinen bunten Perlen und Pailletten verziert.

Mit Butter getränktes Maisbrot, Joghurt, ein Gericht mit Huhn und Spinat, ein zweites mit Linsen und Kartoffeln, Zwiebelringe auf einer Untertasse, Orangen. Eine große Schüssel mit Vanillepudding, darauf eine Schicht münzgroßer Bananenscheiben, lässt

Akbar zurück in den Kühlschrank bringen, damit er bis zum Nachtisch kalt bleibt.

Nachdem sie einige Minuten schweigend gegessen haben, sagt Mikal leise und ohne vom Teller aufzublicken: »Es gibt keinen Ausweg, oder?«

»Ich weiß nicht.«

»Nein, es gibt keinen. Sie werden *nie* aufhören, nach mir zu suchen, und noch in zwanzig, dreißig, vierzig, fünfzig Jahren versuchen, mich zu finden.«

»Ist schon seltsam, wie sehr deren Regierung darum besorgt ist, was mit ihren Leuten geschieht.« Mit dem Handrücken berührt Akbar Mikals Schulter. »Du musst eben dafür sorgen, dass sie dich nicht finden.«

»Ich begreife nicht, wie ich vor der Moschee den Schwefel abgefeuerter Schüsse riechen konnte. Die Rotoren hätten jede Spur vertreiben müssen. Aber ich habe Schwefel gerochen. Ich weiß nicht, wie das möglich sein soll.«

»Du solltest deshalb kein schlechtes Gewissen haben«, sagt Akbar. »Ihr seid quitt, nach dem, was sie dir angetan haben.«

»Sie haben mich nicht umgebracht.«

»Sie haben genug Leute umgebracht.«

»So funktioniert das nicht. Jedenfalls nicht für mich.«

Vom gelben Haus bis Megiddo sind es gut anderthalb Kilometer. Die Stadt wurde während der britischen Besatzung drei Mal geplündert, zuletzt, als die Engländer gegen den Fakir von Ipi kämpften, Akbars Großvater mütterlicherseits, der seit 1935 einen Krieg gegen die Briten führte und in zahllosen offenen Schlachten Abertausende ihrer Soldaten tötete, obwohl er nichts weiter als den Rückzug der Ungläubigen verlangte – *wir wollen weder euren Honig noch euren Stachel.* Es hieß, er habe übernatürliche Kräfte und könne vorhersehen, wo die Briten angreifen, weshalb es ihm immer wieder gelang, sich rechtzeitig zurückzuziehen.

Die Briten überredeten einige Geistliche, in ihren Moscheen gegen den Mann zu predigen, aber es half nichts. Seine Anhängerschaft nahm ständig zu; muslimische Soldaten kamen vors Kriegsgericht, weil sie sich weigerten, auf ihn und seine Kämpfer zu schießen oder weil sie ihm ihre Angriffspläne verrieten.

1940 schickte Adolf Hitler zwei Berater, um die Waffenproduktion des Fakirs zu verbessern und bei der Guerillaausbildung zu helfen. Der Fakir war für die Achsenmächte der logische Ansprechpartner, wenn es darum ging, Chaos in der Stammesregion der britischen Kolonie zu verbreiten. Erst mit dem Russlandfeldzug stellte Deutschland die Unterstützung ein.

Der Krieg in Europa ging zu Ende, aber im wilden Waziristan wurde der Kampf gegen die Feinde des Islam fortgeführt. 1947 traten vierzigtausend britische Soldaten gegen Akbars Großvater an, der sich in Höhlen, Wäldern und Schluchten versteckte und mit Allahs Hilfe Stöcke in Gewehre und Kiesel in Kugeln verwandelte; einige dieser Steinkugeln befanden sich noch im Besitz von Akbars Familie.

Seit Langem schon gilt Megiddo als Zentrum der regionalen Waffenproduktion; und die Clans lassen ihre Gewehre aus dem hier verhütteten Eisen herstellen. Schon nach kürzester Zeit ist Mikal klar, dass man sich in diesem Haus eigentlich ständig über Waffen unterhält; sie haben einander noch nicht richtig begrüßt, da schlagen die jungen Männer ihm schon ein Wettschießen vor.

In der zweiten Woche seiner Rekonvaleszenz entdeckt Mikal eines Morgens einen Hof, eine mit Schrott übersäte Grünfläche voll alter Autotüren und Keilriemen, korrodierter Radkappen und ausrangierter Motorteile, die unter den *saptaparni*-Bäumen rosten. Er findet sogar alte Granatenhülsen aus den Jahren des Krieges gegen Afghanistan.

Beim Näherkommen tauchen aus dem taugetränkten Gras drei riesige Airedales auf, ihre Läufe mit Henna gefärbt, um sie möglichst kühl zu halten. Die Hunde wurden zweifellos auf Angriff dressiert, sind aber an Baumstämme gebunden, und so lässt er den Leopardenwelpen dicht neben sich herlaufen. Wo sein Fell trocken ist, leuchtet es im orangefarbenen Sonnenlicht heller, dunkler da, wo es vom Tau noch nass ist. Die Laute des Kleinen erinnern an dünnes Vogelfiepen.

Durch ein Fenster schaut Mikal in die Waffenfabrik, die Akbars Vater und seinem älteren Bruder gehört. Als Akbar ihm davon erzählte, begriff Mikal, warum er im Fieber immer wieder Schüsse gehört hatte. Die Arbeiter testeten hier die von ihnen fabrizierten Waffen. Der Boden ist mit Asche bedeckt und übersät mit Metallstücken, aus denen die Pistolenformen gestanzt werden. Er sieht stapelweise Holz, das bei der Verhüttung verbrannt wird, und geschnitzte Holzteile, aus denen einmal Kolben für Gewehre und Schrotflinten werden.

Lange, tief hängende Dunstschwaden kriechen vom Fluss herauf, der in einem Halbkreis um die Fabrik strömt, sodass seine dicht mit Bäumen bewachsenen Ufer das große Gebäude auf drei Seiten umschließen. Der Welpe strolcht zur Längsseite, und als Mikal ihm folgt, sieht er unter einem Torbogen die junge Frau wieder; Nebel wallt durch frische, seidige Luft; am heller werdenden Himmel verharren die letzten Sterne; und die Aura von Würde und Zurückhaltung bleibt gewahrt, da sie sich bei seinem Anblick sogleich in die Dunkelheit des Hauses zurückzieht. *Menschlicher Kontakt ist unermesslich wie die Wildnis und verlangt all unseren Wagemut,* das hat er auch gedacht, als er zum ersten Mal Naheed ansprach, doch jetzt senkt er den Blick, während er sich dem Welpen nähert, als hätte er eine Münze oder einen Schlüssel verloren, greift nach dem Tier und drückt es sich heftig an die Brust, sodass der Kleine furchtsam die Ohren anlegt. Unter den funkelnden Blicken der angeketteten Airedales dreht er sich um; die Sonnenscheibe erhellt und blendet zugleich. »Was glaubt du denn, wo du hinläufst?«, fragt er ins Fell und entfernt sich mit schnellen Schritten. »Weißt du denn nicht, was man ihr antut, wenn sie in der Nähe eines Fremden gesehen wird?«

»Das musst du dir anschauen.« Akbar hält ihm ein Flugblatt hin.

Eine Textspalte in Englisch, dazu zwei schwarz-weiße Fotos von Mikal. Aufgenommen in der Ziegelfabrik im Januar, das eine zeigt ihn mit langem Bart und Haar, das andere, nachdem man ihm Kopf und Kinn rasiert hatte.

»Wo hast du das her?«, fragt Mikal.

»Hat irgendwer aus Peschawar mitgebracht. Es heißt, es gibt auch welche auf Urdu.«

Er versucht, den Text zu lesen, gibt aber bald auf. »Was steht da?«

»Man sucht nach dir. Und man beschreibt dich, deine Hautfarbe, wie groß du bist ...«

»Akbar, du weißt, was ich wissen will.«

Akbar antwortet nicht gleich. Schließlich nickt er und sagt: »Sie sind beide tot.«

Zwanzig Tage. Zu dieser Jahreszeit hängen kräftige Monde über dem Haus. Da er monatelang eingesperrt war, schläft er auf der gut sieben Meter breiten Mauer, die das Gebäude umschließt; unter der Decke kuschelt sich der Leopard an ihn, und wenn er nachts aufwacht, sieht er Sterne, die ihre zahllosen Feuer in den blauschwarzen Himmel stanzen, in ihrer Mitte ein goldener Mond, abgeklärt und aufgebläht; aber dann sind da noch die bronzefarbenen Monde, die ihm, dem Rekonvaleszenten, hässlich und bedrohlich wie Dolche erscheinen wollen, Dolche wie die, die ihm seine Finger nahmen. Er arbeitet in der Waffenfabrik mit Akbars Bruder und dessen Angestellten, an der großen Fräsmaschine und den Bohrpressen. Die Wände sind mit Gewehren behängt, und er entriegelt Verschlüsse, blickt in Läufe, fährt mit der Hand über hundert Jahre alte Schäfte, verziert mit eingeritzten Bildern von berittenen Helden, die zum Kreuzzug aufbrechen mit stolzen Wimpeln, Speeren und großen leeren Käfigen, in denen man die gefangenen, ungläubigen Könige einst zurückzubringen hoffte.

Eines Abends geht er zu Akbar ans Bett und rüttelt ihn sanft, bis er wach wird. Kein Licht, nur vom Mond, sofern er durchs Fenster scheint.

»Ich heiße Mikal.«

Er hört Akbar verschlafen schlucken und im Dunkeln tief Luft holen.

»Ich komme aus einer Stadt im Punjab namens Heer, unweit von Gujranwala. Letzten Oktober bin ich mit meinem Ziehbruder Jeo nach Afghanistan gefahren. Jetzt weiß ich nicht mehr, wo er ist.«

»Ich glaube, der Sockelventilator in der Ecke kommt aus Gujranwala«, sagt Akbar, richtet sich auf, tastet nach den Zigaretten und steckt sich eine an.

»Stimmt. Die Stadt ist berühmt dafür.«

»Du heißt also Mikal.«

»Ja.« Auch ohne Licht weiß Mikal, dass sein Blick auf ihm ruht.

»Kann ich mal?« Mikal nimmt ihm die Zigarette aus dem Mund, inhaliert den Rauch, gibt sie zurück und steckt sich selbst eine an. Anschließend steht er auf, setzt sich aufs Fensterbrett und blickt zu den Wildblumen hinaus, die sich bei Sonnenuntergang geschlossen hatten, im Mondlicht jetzt aber wieder aufgehen.

»Ich muss bald fort.«

»Du kannst bleiben, solange du magst. Du bist mein Bruder.«

»Ich muss Jeo finden, vielleicht sollte ich zuerst aber auch nach Heer gehen. Vielleicht ist Jeo ja schon zurück. Ich muss Gewissheit haben.«

»Die Amerikaner werden da auf dich warten.«

»Ich weiß, aber sie kennen meinen Namen nicht, haben nur mein Foto und die Fingerabdrücke.«

Akbar steht auf und macht Licht. »Bleib, bis du kräftiger bist. Hier kannst du dich absolut sicher fühlen.« Aus einer Schublade holt er ein Blatt Papier und einen Stift. »Jetzt, da wir uns vertrauen, will ich dir etwas zeigen.« Er malt einen dicken Punkt und zieht rund herum mehrere konzentrische Kreise. Dann zeigt er mit der Stiftspitze auf den Punkt und sagt: »Das bist du in diesem Augenblick.«

»Ich bin das Ziel?«

Akbar lächelt. »Diese Kreise sind Mauern. Unsichtbare Mauern. Verteidigungsringe, die flüchtende al-Qaida-Führer vor den Amerikanern schützen.«

»Was für al-Qaida-Führer?«

Akbar hält seinem Blick stand.

Eine Weile raucht Mikal stumm, hält die Zigarette zwischen Daumen und Mittelfinger, dann fragt er: »In diesem Haus?«

»Ja.«

»Wo?«

»Im ganzen Südflügel.«

Jetzt begreift Mikal, warum die Türen dort aus Metall sind.

»Als ich dich herbrachte, gab es Kritik, da man fürchtete, du könntest ein Spion sein. Sie sagten, sie würden den vereinbarten Mietpreis nicht zahlen, würden gleich weiterziehen.«

»Ich habe gar nicht gewusst, dass man ... so viel über mich geredet hat. Ich lebe meist nur in meinem Kopf.«

»Ich habe ihnen erzählt, dass die Amerikaner dich in der Ziegelfabrik gefoltert haben, dass du zwei von ihnen umgebracht hast und deine Finger von Muslimen abgeschnitten wurden, die für die Amerikaner kämpfen und nur noch dem Namen nach Gläubige sind. Also haben sie es sich noch einmal überlegt.«

»Ich kenne sie nicht, aber dich kenne ich, und dein Vertrauen würde ich niemals enttäuschen.«

»Als ich denen gesagt habe, dass du auf der Flucht bist, weil du zwei Amerikaner getötet hast, machten sie sich plötzlich aus einem anderen Grund Sorgen. Sie behaupteten, du würdest sie an die Amerikaner verraten, wenn die dich im Gegenzug dafür begnadigen.«

Mikal raucht; rotes Licht glimmt vor seinem Gesicht auf und erlischt wieder.

»Eine verständliche Reaktion«. Akbar zuckt mit den Achseln. »Sie werden gejagt und müssen alle Möglichkeiten bedenken. Zwei von ihnen haben in der Waffenfabrik an einem Nachmittag mit dir zusammengearbeitet und waren von deiner Ernsthaftigkeit beeindruckt. Erst wollten sie nicht glauben, dass du mit diesen Händen jemanden erschossen haben könntest, aber als sie dich arbeiten sahen, hat sie das überzeugt.« Akbar steht auf, löscht das Licht und geht im Dunkeln zurück zum Bett. »Mach dir keine Sorgen. Das pakistanische Militär hilft den Amerikanern bei der Suche nach al-Qaida-Helden, aber diese Schutzringe bedeuten, dass wir im Falle eines Angriffs früh genug gewarnt werden.«

Draußen tilgt das Mondlicht alle Härte aus der Welt, färbt das wispernde Gras milchweiß, und Fledermäuse tauchen auf ihrem stillen, gesanglosen Flug durchs Laub.

»Mag dein Vater mich deshalb nicht? Wegen all dieses Misstrauens?«

»Mein Vater mag dich«, erwidert Akbar nach einer Weile.

»Ich gefährde seine Einkünfte.«

»Er mag dich. Und jetzt schlaf.«

Er schaut auf die Karte, plant die vierhundert Kilometer weite Strecke zurück nach Heer.

Von Megiddo will er mit dem Bus nach Tank fahren, mit dem nächsten Bus dann in gut zwei Stunden nach Dera Ismail Khan. Von Dera Ismail Khan – durch die Salzsümpfe und die kargen, verdorrten Ebenen, die dieser Gegend bei den britischen Verwaltungsbeamten und Missionaren den Namen *Dreary Dismal Khan* einbrachten, tristes trostloses Khan – würde er nach Rāwalpindi fahren, erneut mit dem Bus, eine Fahrt, die vier oder fünf Stunden dauern dürfte.

Und dann noch einmal fünf Stunden mit dem Zug von Rāwalpindi nach Heer.

Er wird Akbar um Geld bitten müssen. Er könnte auch im Basar arbeiten, vermutet aber, dass er dem Ruf der Familie schadet, wenn einer aus ihrem Haus mit dem Job eines Tagelöhners in Verbindung gebracht wird.

Die Busfahrkarte von Tank nach Dera Ismail Khan kostet etwa achtzig Rupien, von Dera Ismail Khan nach Rāwalpindi um die vierhundert, und die Zugfahrkarte von Rāwalpindi nach Heer um die dreihundert ...

Allerdings besteht die Möglichkeit, dass der Busbahnhof in Rāwalpindi von der Polizei überwacht wird – schließlich ist Rāwalpindi die Militärzentrale Pakistans –, also sollte er vielleicht doch lieber über Sargodha fahren ...

Die Grausamkeit der Entfernung. Als er im bemalten Zimmer seiner Eltern in Heer lebte und Naheed mit Jeo verheiratet war, dachte er oft, wie nahe Rohans Haus in mancher Hinsicht doch lag. Kaum fünf Kilometer. Bloß eine Stunde entfernt. Nur eine Rikschafahrt von neun Rupien. Und doch eine Ewigkeit, denn dort war sein Traum. Und nun trennen ihn von Heer vielleicht sogar zweihundert Jahre Gefängnis. Oder eintausend Volt, die man ihm in den Körper jagen will. Eine tödliche Injektion entfernt.

Er wird das Gefühl nicht los, dass der Punkt im Zentrum der Kreise wie ein Ziel aussieht. Der schwindelerregende Eindruck, dass hier etwas zusammenkommt; außerdem fühlt er sich beobachtet, jetzt, da er weiß, dass hier Leute sind, von deren Anwesenheit er nichts ahnte. Es dämmert, und er sitzt am Ufer, den Schneeleoparden auf dem Knie; sein weißer Fleck am Schwanzende wedelt unaufhörlich durch die Luft, der Pulsschlag ungeduldigen Blutes.

Er schaut dem Tier in die Augen. »Dein Gesichtsausdruck fragt: *Warum guckst du immer in diese Richtung?* Und meine Antwort lautet: ›Aus keinem bestimmten Grund.‹«

Du suchst nach der jungen Frau.

»Tu ich nicht.«

Tust du doch.

»Und was wenn?«

Dann bin ich froh. Der Welpe stupst mit der Nase in die Luft, beschnüffelt seine Hand. *Glaubst du, Naheed wird Jeo deinetwegen verlassen?*

Aus seiner Tasche holt Mikal den kleinen weißen Ball, den er in der Waffenfabrik aus einem Block *saptaparni*-Kernholz geschnitzt hat. Wird es gesägt, ist das fein gemaserte Holz anfangs sehr weich, aber es werden auch Särge daraus gemacht, Teekisten und Masken; er lässt den Ball über den Boden rollen und sieht dem Welpen nach, der ihm hinterherspringt. Ein in freier Wildbahn aufgewachsener Schneeleopard kann seine siebenfache Körperlänge weit springen. »Wechseln wir das Thema«, sagt er.

Nein. Was glaubst du, was aus dir und Naheed wird?

»Bist du sicher, dass du ein Leopard und keine Schlange bist?«

Du musst einen Schlussstrich ziehen.

Das Eis, das die Alte ihm auf die Stirn drückte, war in ein blumig gemustertes Stück Stoff gewickelt gewesen. Als er es auffaltete, sah er, dass es sich um den Ärmel eines Kamiz handelte, und er hatte kurz überlegt, wem der gehört haben mochte.

Doch selbst der entfernte Gedanke, sich auf eine neue Beziehung einzulassen, erneut Nähe zu wagen, obwohl er bislang doch nur Leid erfahren hatte, ängstigt ihn.

Von hinten kommt ein Schatten den Abhang herunter auf sie zu, und die kleinen Wüstentauben, die am Ufer tranken, fliegen in Spiralen auf. Als er sich umdreht, sieht er, dass sie hinter ihm steht.

»Ich glaubte, jemanden reden zu hören«, sagt sie. Er erhebt sich in ebendem Moment, als die Vögel in ihrem Kreisflug über ihn dahinflattern, bevor sie sich an einer weiter entfernten Stelle wieder am Wasserrand niederlassen. Ihr lauter Flügelschlag in der kühlen Luft zerreißt den Dunstschleier. Sie dreht sich um und will gehen. »Tut mir leid. Ich wollte nicht stören.«

»Ich habe nur mit mir selbst geredet«, erwidert er und ist zu verblüfft, um noch mehr zu sagen. Akbar hatte ihm erklärt, er spreche Englisch, weil die jüngeren Kinder – damit meinte er sich selbst, seinen Zwilling und seine Schwester – nach Lahore auf die besten Schulen geschickt worden waren. Mit sechzehn hatte man seine Schwester zurückgeholt, damit sie den jungen Mann heiratete, der dann in Afghanistan starb. Vielleicht erklärt ihre Zeit in Lahore, warum sie so mutig war, sich ihm zu nähern.

»Ich bin aufgewacht, als Vater zur Moschee ging; danach konnte ich nicht wieder einschlafen.«

»Ich auch«, sagt Mikal. Ihr Vater fährt zum Morgengebet mit dem Datsun Pick-up nach Megiddo. Die übrigen vier Tagesgebete verrichtet er, je nach den Umständen, auch daheim, aber zum ersten ist er gern in der Moschee.

»Ich sollte gehen.«

Er erinnert sich, dieses Parfüm an ihren Kleidern gerochen zu haben, als er fast bewusstlos daniederlag. »Danke für den Welpen.«

»Er ist gewachsen.« Der Ansatz eines Lächelns. Dem Fremden mehr zu zeigen wäre unanständig. »Er sollte natürlich gar nicht hier sein, sondern irgendwo oben in Chitral. Einer unserer Gäste hat ihn mitgebracht. Die Mutter ist kurz nach der Geburt gestorben. Als wir den Kleinen bekamen, konnte er noch nicht einmal die Augen öffnen.«

»Sie bleiben die ersten zehn Tage geschlossen.«

Sie scheint einen Augenblick nachzudenken. »Er hat sie nach genau zehn Tagen aufgemacht. Also war er wohl nur wenige Stunden alt, als er mir gegeben wurde.«

Er hebt den Welpen auf und reicht ihn ihr; sie vergräbt die Finger in seinem Fell. Sie dürfte achtzehn Jahre alt sein, höchstens neunzehn.

»Ich heiße Mikal.«

»Ich weiß, das hat Akbar mir erzählt.« Sie hält ihm den Welpen hin. »Ich sollte besser gehen.«

»Tut mir leid, das mit deinem Mann und deinem Bruder.« Er hebt den *saptaparni*-Ball auf und hält ihn dem Leoparden vors Gesicht; durch den Ball und das Tier sind sie sich nun so nahe, dass sie sich fast berühren.

»Ich wollte, dass er geht«, sagt sie. »Ich wollte, dass sie Afghanistan verteidigten, er und meine Brüder. Ich wäre ja selbst gegangen, wenn das möglich gewesen wäre. Vater macht den Geistlichen Vorwürfe, die ihre Reise organisiert haben; er sagt schrecklich zornige Sachen über al-Qaida und die Taliban.«

Das erklärt, warum sich der Mann zu Mikal so zurückhaltend verhält. Für ihn ist Mikal ein Dschihadi, ein Killer amerikanischer Soldaten, ein Hardliner, der seinen Namen nicht einmal in amerikanischer Gefangenschaft verraten hat. Es muss ihm ziemlich zu schaffen machen, dass Akbar und dessen älterer Bruder al-Qaida-Flüchtlingen Schutz bieten. Eines Abends hat Mikal einen Streit zwischen ihm und den Brüdern gehört.

»Er war halb wahnsinnig vor Kummer, als die beiden Leichen kamen und es von Akbar immer noch keine Spur gab. Nach Akbars Rückkehr dachten wir, er würde ein wenig Frieden finden, aber ...« Plötzlich verstummt sie und lässt den Welpen zu Boden gleiten. Einige Sekunden nach ihr hört Mikal den Datsun durchs Tor in der Mauer fahren.

»Ich heiße Salomi«, sagt sie und verschwindet im Hain. Nachdem er die Uferböschung hinaufgeklettert ist, sieht er den Vater aus dem Datsun steigen und ins Haus gehen. Da, wo der Wagen unterwegs die wilden Blumen am Straßenrand gestreift hat, hängen an mehreren Stellen abgerissene Blüten.

Gleich nach dem Frühstück fährt er nach Megiddo, um die Gasflaschen für die Küche auffüllen zu lassen; er parkt den Datsun direkt vor der Moschee neben einer Herde Kamele. *Powindah*-Zigeuner sind in der Stadt, Nachfahren jener Stämme, die von Zentralasien und Afghanistan bis nach Kalkutta im fernen Osten durch den Kontinent ziehen und dabei Waren, Lieder und Nachrichten austauschen. Mit ihnen und ihren Kamelen hatten sich die Briten im neunzehnten Jahrhundert die westaustralische Wüste erschlossen. Die Männer im Basar wissen, dass er zu Akbars Familie gehört, und fordern ihn auf, sich zu ihnen zu setzen und Tee mit ihnen zu trinken. Eine hundertfünfzig Kilometer entfernte Stadt ist überfallen worden: Pakistanische Soldaten haben – zweifellos von Amerikanern unterstützt – einen Gebäudekomplex angegriffen und in einem vierzehnstündigen Kampf alle dort versteckten al-Qaida-Kämpfer entweder umgebracht oder abgeführt. Frauen, Kinder, die Alten und Unschuldigen – wer ihnen in die Quere kam, wurde getötet.

Der Verräter war ein Mitglied jener Familie, die den Kämpfern Zuflucht geboten hatte – aus Rache ließ ihn al-Qaida abschlachten.

Mikal trinkt den apfelgrünen Tee aus einer Schale. Ein Mann fragt ihn, warum Akbars Vater heute nicht zum Morgengebet in der Moschee war. »Ohne ihn ist es einfach nicht dasselbe«, sagt der Mann lächelnd. »Fast wie ein Hochzeitszug ohne Braut.«

»Er fühlt sich unwohl«, sagt Mikal, trinkt aus und steht auf, kaut die eingeweichten Teeblätter.

»Ja, das Martyrium seines Sohnes und auch das seines Schwiegersohnes haben ihm ziemlich zugesetzt«, sagt der Mann mit einem Kopfnicken. »Als man die Leichen brachte, waren sie an Händen und Füßen mit Stacheldraht gefesselt.«

»Diese Jungs haben tapfer gegen die Schufte aus dem Westen gekämpft«, sagt ein anderer Mann. »Sie wussten, ein Feigling stirbt auch, aber seine Schreie sind ewig zu hören.« Unterdessen schallt aus dem Laden nebenan, der Särge und Leitern verkauft, unaufhörlich die Dechsel mit ihrem: »*... schwarz wie die Nacht ... schwarz wie die Nacht ... schwarz wie die Nacht ...*«

Er kehrt zum Haus zurück und geht dann zum Arbeiten in die Fabrik. Eigentlich will er in seinem Leben keine Waffe mehr anfassen, weiß aber nicht, wie er der Familie sonst ihre Gastfreundschaft vergelten soll, und sagt sich, dass es ja nur noch für ein paar Tage ist. Nach einer Stunde macht er Pause, die Hände schwarz vom Metallstaub, zieht das Hemd aus, wischt sich damit die Achseln ab, wirft es beiseite, nimmt ein sauberes aus dem Schrank und zieht es an, während er am Fenster steht und sich den Datsun ansieht.

Er geht zum Wagen, bückt sich und pflückt an der Tür einige der am Lack klebenden Blüten ab. Von der Sonne getrocknet, sind sie spröde wie eine Zwiebelhaut. Er betrachtet sie lange, während ihn aus dem Schatten der Bäume die Airedales beobachten, deren gefärbte Beine sie aussehen lassen, als wären sie durch Blut gewatet.

Solche gelben Blumen sind ihm nirgendwo auf der Fahrt vom Haus zur Moschee aufgefallen.

Als er mittags in Megiddo eine Ladung Altmetall abholen soll, fährt er langsamer als gewöhnlich, um sich die Vegetation auf beiden Seiten der schmalen Straße genauer anzusehen, aber da wächst nicht viel, nur dorniges Gebüsch und ganz bestimmt keine gelben Blumen.

Auf dem Rückweg biegt er in einen Feldweg ein; die Reifen wirbeln Staub auf und rutschen immer wieder seitlich weg. Nach einer Viertelstunde kommt er zu einem Feld am Rand einer Hügelkette, voll mit hohen Blumen, die so intensiv gelb leuchten, dass ihm die Augen davon wehtun.

Er sucht kurz das Feld ab, aber da er nicht weiß, wonach er Ausschau halten sollte, steht er schließlich bloß da und sieht zu den Hügeln hinüber. *Wen hat Akbars Vater hier im Morgengrauen getroffen? Pakistanische Soldaten? Amerikaner?* In den Bergen wimmelt es von Banditen, aber aus dieser Entfernung sehen die Hügel wie pyramidenförmige Haufen farbiger Erde aus, von Menschen aufgeschüttet, nicht von der Natur, manche höher als andere, manche rot, andere eher gelb statt ockerfarben. *Hat er einen Attentäter beauftragt, den Geistlichen zu ermorden, der seine Jungen in den Tod schickte?*

Als der Vater am nächsten Morgen nach dem Morgengebet heimkehrt, ist der Wagen erneut gelb gesprenkelt. Stunden später fragen ihn die Männer im Basar abermals nach dem Befinden des Vaters. Den ganzen Tag lang verfolgt Mikal die Bewegungsabläufe rund ums Haus und spürt die Nähe der jungen Frau hinter den Mauern. Plötzlich scheinen ihm alle Leiber nur auf Wunden zu warten, auf ihre Vernichtung.

26

Er klettert von seinem Nachtlager auf der Mauer herab.

Den Leoparden im Arm, betritt er die leere Küche. Zwiebeln und Koriander im Korb. Eier. Saubere Töpfe. Auf der gegenüberliegenden Seite sieht er einen weiß getünchten Torbogen – jener Teil des Hauses, den er noch nie betreten hat; dort leben die Frauen. Schließlich geht er darauf zu, schiebt den Vorhang beiseite und schaut in einen großen Raum: ein Tisch mit einem elfenbeinumrahmten Spiegel, links und rechts Sofas an den Wänden, eine Uhr in Form einer stolzen Moschee. An der Wand direkt gegenüber entdeckt er zwei weitere Türen. Eine ist in einen Torbogen, wie den, in dem er steht, eingelassen, die andere ist schmaler und nicht so groß. Er setzt den Welpen auf dem Boden ab, um zu sehen, wohin er läuft, aber das Tier streicht ihm um die Füße, und Mikal hockt sich hin, um den Leoparden sanft zu ermuntern, die Gegend zu erkunden. Als ihm das nicht gelingt, hebt er ihn wieder auf, geht zur kleineren Tür und öffnet sie.

Ein geschlossener Korridor mit gerahmten Koransuren an den Wänden.

Direkt vor ihm, am anderen Ende des Korridors, kann er durch die Rhomben des Buntglasfensters den *saptaparni*-Baum sehen, auf beiden Seiten eine Tür mit klarer Glasscheibe. Ein Blick durch die eine Tür zeigt einen Tisch und ein Regal voll religiöser Werke mit goldenem Buchrücken. Den ausgestopften Kopf eines Schwarzbären mit rosigem Mund. Einen gerahmten Stammbaum, der nur die Namen der männlichen Familienmitglieder nennt. Die rechte Tür führt zu einer Steintreppe, doch statt hinaufzusteigen, dreht er sich um und eilt zurück; sein Mut hat ihn verlassen.

Fünf Minuten später ist er wieder da, geht die Stufen hinauf und betritt einen Balkon, auf dem eine Reihe von Töpfen steht, in denen intensiv riechende Orangenbäume wachsen. Zwei weiß getünchte Stufen führen zu einer Tür.

Er steht auf der ersten Stufe und blickt durch das Glas. Aber erst nachdem er ein weiteres Mal umgekehrt und nach zehn Minuten doch wieder zurückgekommen ist, öffnet er die Tür und setzt den Welpen auf dem Boden ab. Das Tier beschnuppert die Steinfliesen und läuft mit zielstrebigem, geschmeidigem Schritt zur anderen Zimmerseite. Mikal sieht ihm nach, wie er hinter dem Vorhang eines Türbogens verschwindet.

»Ich muss bald von hier fort«, sagt er leise. »Ich muss nach Hause.«

Nichts rührt sich auf der anderen Seite.

Er dreht sich um, verharrt aber, als er den Vorhang rascheln hört.

Vor dem Morgengrauen kehrt er zur Mauer zurück, den Leoparden im Arm. »Kein Wort!«, befiehlt er dem Tier leise, als er sich hinlegt. »Wage ja nicht, auch nur einen Mucks zu machen!«

27

Pater Mede beugt sich zu einer Rose hinab, um daran zu riechen. Eine der gestreiften Sorten, Rosa Mundi genannt. Pater Mede ist fünfundsiebzig Jahre alt; auf dem Weg zur Südmauer der Schule bleibt er noch bei einigen anderen Pflanzen stehen. Seit wie vielen Generationen pflücken Kinder wohl schon die kleinen grünen Kappen von den Jasminblüten ab, um Süßes aus dem dünnen Stängel zu saugen? Er vergewissert sich, dass ihn niemand beobachtet, macht es wie die Kinder und ist erstaunt, dass der Tropfen Nektar noch so schmeckt wie vor Jahrzehnten.

Er weiß, was das Wort bedeutet. Es kommt aus dem Griechischen. *Nek tar*. Das, was den Tod überwindet.

Pater Mede stammt in direkter Linie von Joseph Mede ab, dem Cambridge-Professor und Lehrer Miltons, und obwohl seine Familie aus Wiltshire kommt, hat er die Kindheit zur Zeit der britischen Besatzung hier im Punjab verbracht.

Er nimmt den Spaziergang wieder auf. Entlang der Südmauer wächst ein fast undurchdringliches, vorwiegend aus Palisander und Zypressen bestehendes Dickicht, und eines der Kinder hat gemeldet, dort gäbe es ein Hornissennest. Pater Mede will nachsehen, ob Gefahr für die Kinder besteht, um das Nest notfalls vom Gärtner beseitigen zu lassen. Als ihm einfällt, wie er einmal Süßes aus einem Hornissennest gegessen hat, gehen ihm die Worte aus Moses' Abschiedslied durch den Sinn:

> *Er ließ ihn Honig saugen aus den Felsen und Öl*
> *aus harten Steinen.*

Kaum ist er ins Dickicht eingedrungen, hört er ein langes, trockenes Reißen, fast als würde festes Tuch gewaltsam aufgetrennt. Der Boden wankt, und er schaut sich um; Erdbeben ist sein erster Gedanke. Er sucht Halt und lehnt sich an einen Palisanderbaum, aber der mächtige Stamm kehrt sich von ihm ab, die gesamte Krone sinkt seitwärts, und der Baum beginnt zu fallen. Reflexartig will er ihn halten, doch der Stamm reißt ihn von den Füßen, ein Gefühl, als hielte er eine Angel mit einem Tausendkilofisch am Haken. Er begreift, dass sämtliche Stämme auf Brustbeinhöhe durchgesägt wurden. Sie standen nur noch und warteten auf die geringste Berührung, ihre ineinander verflochtenen Laubkronen hatten bis zuletzt ein Minimum an Halt geboten, doch nun stürzen sie zu Boden, sodass die fallenden Äste einen heftigen Wind entfachen. In Joseph Medes *Key of Revelation* wird den diversen Symbolen der Offenbarung eine historische Bedeutung gegeben, und Wind hat immer Krieg bedeutet. Staub dringt ihm in die Augen, um ihn herum nichts als abgerissene Blätter und Zweige, während er versucht, einen sicheren Platz zu finden; die dunkelroten Blüten des Flammenbaums aus Madagaskar stieben in die Luft, als die grünen Stämme niederkrachen, er selbst bleibt wundersamerweise unverletzt und sieht, wie licht der Platz plötzlich wird, wie schmerzhaft entblößt der Himmel wirkt.

28

Naheed verlangsamt ihren Schritt, als sie die Treppe hinaufgeht, die letzten fünf Stufen nimmt sie eine nach der anderen. Im Zimmer ist jemand.

»Mutter, bist du das?« Obwohl sie weiß, dass Tara zum Kurzwarengeschäft im Anarkali Basar gegangen ist.

Beim Eintreten entdeckt sie Sharif Sharif. Er hockt neben dem Bett, in der Linken die Schachtel mit Mikals Briefen, in der rechten Hand ein Stück Papier. Es fällt aufs Bett, als er sich überrascht erhebt.

»Ich dachte nur, ich schau mal vorbei.«

Sie blickt ihn an, unfähig, ein Wort über die Lippen zu bringen.

»Ich wollte nur nachsehen, ob du etwas brauchst. Brauchst du etwas?«

Naheed schüttelt den Kopf.

»Wie kommst du zurecht? Ich habe mich schon eine ganze Weile nicht mehr nach dir erkundigt.«

Naheed sieht zum Brief auf der Tagesdecke.

Er kommt ihr einen Schritt entgegen. »Wer hat dir diese Briefe geschrieben? Sie sind alle mit Mikal unterzeichnet.«

Sie weicht zurück, und er fragt: »Ist das Basies Bruder? Dieser Mikal?«

Sie sieht zum Tisch, auf dem die Schere liegt, was ihm nicht entgeht.

»Ich bin hier, um jeden deiner Wünsche zu erfüllen. Du brauchst niemanden außer mir.«

Sie sieht, wie geschickt er sich zwischen sie und die Schere schiebt.

»Ich habe meine Familie. Meine Mutter, meinen Schwiegervater.«

»Ich werfe dir meinen Reichtum zu Füßen. Du könntest alles haben.«

Sie schüttelt den Kopf.

»Ich kaufe dir ein Haus, hier in Lahore. Dann brauchst du nicht länger unten bei den anderen Frauen zu wohnen. Komm mit mir.« Er wirft einen Blick auf die Schachtel. »Sind das Liebesbriefe?«

»Sie müssen jetzt gehen«, sagt Naheed.

Er geht zum Bett zurück und hebt den Brief auf. »Komm mit mir. Ich zahle sogar für Rohans Augen.«

Von der Treppe ist ein Geräusch zu hören, und Naheed tritt vor und entreißt ihm den Brief.

»Was tust du hier?«, herrscht Tara ihn an, als sie hereinkommt.

»Ich bin nur vorbeigekommen, um zu sehen, ob ihr etwas braucht.«

»Wir brauchen nichts.« Sie zeigt zur Tür. »Du musst jetzt gehen, sonst schreie ich. Verschwinde!«

Knöpfe, Druckknöpfe, Kragenstäbchen und Nahttrenner sind aus der Plastiktasche gerollt, die Tara beim Hereinkommen fallen ließ. »Ich begreife nicht, warum ihr so naiv tun müsst«, sagt er, als er darüber hinweg zur Tür geht. »Alle beide.«

Als er weg ist, nimmt Tara ihre Tochter in den Arm. »Was ist passiert?«

Tara ist abgemagert; die letzten Monate waren zu viel für sie.

»Nichts. Mir geht es gut«, sagt Naheed, faltet den Brief, legt ihn zurück in die Schachtel und verschließt sie mit einem Gummiband.

»Du musst sie fortwerfen«, sagt Tara.

Naheed legt die Schachtel in den Koffer unters Bett, schließt ihn ab und nimmt den Schlüssel an sich.

Tara macht einen Schritt auf sie zu, hält ihr einen Umschlag hin.

»Was ist das?«

»Ein Foto von dem Jungen, mit dem du bald verlobt sein wirst.«

Naheed, die den Umschlag gerade aufmachen wollte, lässt die Hand wieder sinken.

29

Kein Tag vergeht, an dem eines lebenden Menschen Grabesort nicht mit klarer, unmissverständlicher Stimme ruft: »O Kind Adams, du hast mich vergessen.«

Rohan liest im Haus Bagdad für Sofia den Koran, ruft die Verse aus der Erinnerung ab.

Allah hat für Adam vier Heimstätten geschaffen, Eden und die Erde, Fegefeuer und Paradies. Und auch den Kindern Adams gab er vier Heimstätten, den Mutterleib, die Erde, das Grab und dann Hölle oder Paradies.

Nach dem Begräbnis wird der Tote von den Engeln gefragt, die ihm im Grab erscheinen: »Wie hältst du es mit dem Islam?« Die zweite Frage lautet: »Was hast du Mohammed zu sagen?« Fallen die Antworten zufriedenstellend aus, darf er einen Blick auf die Folterqualen der Hölle werfen. »Das bleibt dir erspart«, heißt es dann, um ihm gleich darauf einen Blick aufs Paradies zu gewähren. »Und das wird deine neue Heimstatt sein.« Das Grab wird breiter, und sieben Tore öffnen sich, damit die Düfte des Paradieses es bis zum Tag des Jüngsten Gerichts durchziehen können. Das Gegenteil gilt für den Sünder: Sieben Eingänge zur Hölle öffnen sich, und das Grab schrumpft zusammen, bis sich die Rippen übereinanderschieben; dann lassen sich die Dämonen auf dem Leib nieder, um mit ihrer Folter zu beginnen.

Rohan geht im Zimmer umher und bleibt schließlich am Fenster stehen. Der Prophet sagt, es wird im Paradies keinen Baumstamm geben, der nicht aus Gold ist. Das Paradies, in das Sofia nach dem Tag des Jüngsten Gerichts eingehen wird, davon ist Rohan überzeugt. Nur über sich selbst weiß er das nicht zu sagen.

Er dreht den Kopf, sucht mit toten Augen nach einem Lichtspalt. Ihre Stimme scheint noch in den Wänden nachzuhallen. Alles in diesem Zimmer hat sie überlebt: Er spürt, wie ihn die Lampe in diesem Wissen anschaut, die Blumenbilder, der tintenfleckige Tisch. Alles ist da, nur sie nicht. Es kommt ihm vor, als lebte sie noch, möchte aber seinem Blick fernbleiben.

»Naheed.«

Tara ruft ihre Tochter.

»Sie ist nicht hier, Schwester«, antwortet Rohan.

Er geht zur Veranda, tastet sich an den Wänden entlang. Sein Blick reicht genau bis zu den Fingerspitzen, die Augen sind verbunden.

»Ich war den ganzen Vormittag allein und ging davon aus, sie ist bei dir.«

Tara nimmt ihn an die Hand und führt ihn zurück in sein Zimmer. »Du warst den ganzen Vormittag allein?«

»Ja, wie spät ist es?«

»Schon nach Mittag. Ich wollte ihr gerade beim Kochen helfen.« Mit einem Anflug von Panik in der Stimme ruft sie erneut nach ihrer Tochter.

»Sie kommt bestimmt jeden Augenblick zurück«, sagt Rohan, während er sich in seinen Sessel sinken lässt. Er seufzt und greift bedächtig nach dem Notizblock auf dem Tisch. »Ich habe versucht zu schreiben.«

Die Blätter sind leer, da der Füller – was Rohan nicht weiß – keine Tinte mehr hat.

»Wo kann sie nur sein?«, fragt Tara und geht zum Fenster.

»Vielleicht ist sie zum Basar gegangen.«

»Das hätte sie mir gesagt, Bruder. In den letzten Tagen verhält sie sich ziemlich seltsam, aber sie würde nie irgendwohin gehen, ohne mir vorher Bescheid zu sagen. Oder dich ganz allein zu lassen.«

Sie betritt den Garten, da sie hofft, ihre Tochter aus grünem Unterholz kommen zu sehen, und läuft weiter bis zum Teich mit seinen in der Sonne leuchtenden Wasserlilien. Gleich darauf erschrickt sie über ihre Gedanken, als sie am Uferrand Moos im Wasser entdeckt, das wie langes Haar aussieht.

Beim Kochen in der Küche – und während sie die Unordnung beseitigt, die Rohan unwissentlich hinterließ, als er sich Frühstück gemacht oder ein Glas Wasser eingeschenkt hat – achtet sie weiterhin auf jede Bewegung dort draußen, auf jeden Laut.

Als Yasmin und Basie gegen drei Uhr aus der Schule kommen, ist sie den Tränen nahe.

»Sicher gibt es dafür eine ganz einfache Erklärung«, sagt Basie. »Mach dir keine Sorgen.«

»Ja, sie ist bestimmt bald wieder da«, sagt Yasmin.

»Hast du die Nachbarn schon gefragt?«

Sie schüttelt den Kopf.

»Dann gehe ich«, sagt Yasmin.

»Nein«, ruft Tara gequält.

»Vielleicht hat sie ja irgendwer gesehen, Tante Tara.«

»Nein«, wiederholt sie bestimmt. »Wir müssen uns genau überlegen, wen wir fragen. Wenn wir allen sagen, dass wir nicht wissen, wo Naheed ist, werden sie denken, dass Naheed Geheimnisse hat, und später wirft man ihr dann unkeusches, unmoralisches Benehmen vor.«

Schweren Herzens setzt sich Yasmin wieder hin.

»Warten wir noch ein bisschen«, sagt Basie. »Bestimmt kommt sie jeden Augenblick zurück.«

Am späten Nachmittag streift sich Tara die Burka über und geht zu ihrer fünf Straßen entfernten Wohnung. Ehe sie die Treppe hinaufsteigt, wechselt sie einige Worte mit den Frauen von Sharif Sharif, erwähnt Naheed aber mit keinem Wort. Auf einem Regal in ihrem Zimmer liegen wie Zeitungen gefaltete Tuchstapel. Es sind die Näharbeiten der letzten Woche, und sie trägt sie jetzt aus, bringt sie zu ihren Kunden. In jedem Haus streut sie im Gespräch Naheeds Namen mehrmals mit bemühter Beiläufigkeit ein, nur für den Fall, dass jemand sie gesehen hat oder sich an eine ihrer Bemerkungen erinnert, die einen Hinweis auf ihr Verschwinden geben könnte.

Als sie zu Rohans Haus zurückkehrt, setzt schon fast die Abenddämmerung ein, und im Osten, wo es am dunkelsten ist, erscheinen die ersten Sterne.

Sie sitzt bei Yasmin und Basie in der Küche, als Rohan durch den Bananenhain auf sie zukommt. »Wo ist Naheed?«, fragt er von draußen.

Basie geht zu ihm und bietet ihm seinen Arm an, aber Rohan weigert sich, auch nur noch einen Schritt zu tun.

»Antwortet. Ich weiß, dass ihr alle da seid. Basie? Yasmin? Tara? Wo ist meine Naheed?«

»Sie ist nicht hier, Vater«, sagt Yasmin.

»Und wo ist sie?«

»Sie wird sicher gleich kommen, Bruder«, versucht ihn Tara zu beschwichtigen.

»Wie spät ist es?«

Statt einer Antwort nur Schweigen. Basie überlegt, ob er ihn belügen kann, so wie er es vorher schon versucht hat, aber vom Minarett wurde bereits zum Abendgebet gerufen, sodass er ziemlich genau wissen dürfte, wie spät es ist.

»Ich habe gefragt, wie spät es ist. Acht Uhr? Halb neun?«

»Es ist kurz nach neun, Vater.«

Er reagiert, als wäre ihm mit einem Schwert in den Nacken geschlagen worden. »Was sitzt ihr hier? Warum sucht ihr sie nicht?« Er dreht sich um und stürzt durch den Bananenhain zurück in den Garten, sieht mit dem Licht der Trauer. Am schlimmsten ist es, wenn man nicht weiß, woher der Schmerz kommt – und so beginnt er in seiner Verzweiflung zu rufen, ihr Name hallt von jedem dunklen Blätterdach wider, von jedem Baumstamm und breitet sich in alle Richtungen aus. Yasmin und

Basie versuchen, ihm zu helfen, nur Tara bleibt sitzen, in der Hand den noch ungeöffneten Umschlag mit dem Bild von Naheeds künftigem Ehemann.

Um Mitternacht sitzen Yasmin und Basie auf den Verandastufen. Neben ihnen brennt eine von Insekten umschwirrte Kerze. Kurz zuvor hat es geregnet, und jetzt kriechen im Garten Aberhunderte von Schnecken mit winzig kleinen Häusern herum, die kaum größer sind als das graue Blei eines gut angespitzten Stifts. Die Leiber sind gelb.

»Sie kommt zurück«, sagt er.

»Wenn Vater nur nicht ständig verlangen würde, dass wir Teich und Fluss absuchen.«

»Wenn er gereizt ist, kann er mir immer noch Angst machen.«

»Mir auch. Wir sollten uns daran erinnern, dass wir schon achtundzwanzig sind.« Müde lehnt sie ihren Kopf an seine Schulter. »Nach Mutters Tod ließ er mich fünf Mal am Tag für sie beten. Sogar Jeo wurde dazu angehalten, als er gerade mal fünf, sechs Jahre alt war. Vater konnte so streng sein, so autoritär. Heute mache ich darüber manchmal Witze, und dann behauptet er, sich gar nicht daran erinnern zu können, je streng gewesen zu sein.«

Er schaut zu Rohans Zimmer hinauf. Konfuse Gereiztheit war hoffnungsloser Melancholie gewichen. Der Ort, so Rohan, sei verflucht. Das Gebäude steht genau an der Stelle, wo während der Meuterei die Pferde vergraben gewesen waren. Als Belohnung für seine Treue während des Aufstandes von 1857 hatte Rohans Großvater das umliegende Land von den Briten geschenkt bekommen; allerdings war das belastete Erbe in den nachfolgenden Jahrzehnten von mehreren Nachfahren abgelehnt worden. Geschäfte gingen bankrott, Heuschrecken fielen über die Weizenfelder her, das Obst auf den Wiesen faulte. Auch Rohan hatte das Land nicht gewollt und erst auf Sofias pragmatisches Drängen hin beschlossen, Ardent

Spirit aufzubauen. Wiederum allein auf ihr Drängen hin hatte er das größere Gebäude auf der anderen Uferseite errichten lassen. Gut möglich, dass er froh gewesen war, es Ahmed der Motte überlassen zu können.

Basie atmet die feuchte Nachtluft ein, das kalte Mondlicht. Dem Rangunschlinger über ihren Köpfen sind diesen Monat Tag für Tag neue Blätter gewachsen, ein dichtes, undurchdringliches Grün, Zweig an Zweig; die neuen Blätter am Banyanbaum und der Pappelfeige dagegen sind von sanftem Rot.

»Woran denkst du?«

»Ich frage mich, wann ich meinen Mann wieder lächeln sehe.«

Sie spürt, wie er daraufhin den Atem anhält, wie sein ganzer Körper erstarrt.

»Tut mir leid«, antwortet er nach einer Weile.

»Und wann höre ich meinen Mann einmal fluchen? Mikal hat mir gesagt, du hättest ihm als Kind so schlimme Wörter beigebracht.«

Er zieht sie enger an sich. »Arschloch.«

Sie lacht leise und verschlafen.

Als Rohan sie vor all den Jahren hierher nach Hause brachte, hatte der zehnjährige Mikal ein Buch mit Sternbildern dabei, und der achtzehnjährige Basie zog eine Truhe mit den Jazzplatten seine Vaters hinter sich her. Auf dieser Veranda hatte sie ihn zum ersten Mal gesehen.

»Ich bin mit einem Pakistani verheiratet, der sich nach Count Basie benennt«, sagt sie dann, weil sie will, dass er weiterredet, dass seine Stimme sie tröstet, dass sich ihre Gedanken, wenn auch nur für kurze Zeit, anderen Themen zuwenden. Und sei es, dass sie hört, was er ihr schon viele Male erzählt hat.

»He, he«, erwidert er mit schweren Lidern, schauspielert aber weiter, um sie glücklich zu machen; und falls er die nötige Energie aufbringt, wird er auch lächeln. »Jazz und Pakistan haben eine lange gemeinsame Geschichte. Chet Baker war mit einer Frau aus

Pakistan verheiratet. Halema Alli. Er hat sogar einen Song für sie geschrieben, *Halima,* und ihr Sohn heißt Chesney Aftab.«

»Bloß Geschichten.«

»Sie ist die Schöne auf den Fotografien von William Claxton. Ich habe im Haus einen Abzug hängen. Die Frau, die jetzt meine Gattin ist, hat ihn mir zum einundzwanzigsten Geburtstag geschenkt ...«

Sechs Tage später betritt er das Polizeirevier in der Grand Trunk Road und bittet darum, zum wachhabenden Beamten geführt zu werden. Während er darauf wartet, dass man ihn ins Büro bringt, fragt er sich, was wohl in dem Zimmer hinter der nächsten Wand passiert. Wenn die Polizei in Pakistan ein Verbrechen aufklärt, kann Basie jedes Mal nur mit Mühe ein Schaudern unterdrücken. Es lässt sich unmöglich sagen, ob das Geständnis echt ist; ebenso wenig lässt sich sagen, wie viele Unschuldige dafür gefoltert wurden.

Als die Regierung in den Achtzigerjahren ihre Hatz auf die Kommunisten begann – die das eigene Land und die USA zu kritisieren wagten –, ging ihr Vater in den Untergrund – bis die Polizei sich eines Tages den kleinen Basie schnappte, um den Vater zum Aufgeben zu zwingen. Basie erinnert sich noch heute daran, wie er in einem Flur am Ende ebendieses Reviers zu einem sich drehenden Deckenventilator hochgehalten wurde, weil er verraten sollte, wo sein Vater sich versteckt hielt. Ein Plan wurde aufgedeckt – einige jüngere Kameraden hatten vor, in Pakistan ansässige amerikanische Bürger zu kidnappen. »Dein Vater tut dir das an – wir nicht«, hatte der Polizist gesagt und Basie geschlagen. Als der Junge nach Hause kam, waren Beine und Gesicht so blau, dass die Mutter anfänglich glaubte, man hätte ihn aus irgendeinem Grund mit Tinte begossen.

Endlich führt man Basie ins Büro; ein Inspektor sitzt auf einem schwarzen Ledersessel an einem großen Tisch. Auf dem

Boden neben ihm hockt eine alte Frau, ausgemergelt und zahnlos, das schüttere Haar zu einem kurzen Zopf zusammengebunden. Mit geschlossenen Augen umklammert sie die khakibehosten Knie des Mannes und rührt sich nicht, das Gesicht ist vollkommen ausdruckslos. Der Mann ignoriert sie, tut, als gäbe es sie gar nicht.

»Seit wann wird Ihre Schwägerin vermisst?«, fragt der Inspektor.

»Seit Donnerstag.« Basie muss unwillkürlich die Frau anschauen.

»Warum haben Sie das nicht früher gemeldet?«, will der Inspektor wissen.

»Wir haben angenommen, sie sei bei Verwandten.«

»Macht sie das öfter?«

»Was?«

»Macht sie das öfter? Zu Verwandten fahren, ohne Ihnen Bescheid zu geben?«

»Nein.«

Die spatzenhafte Frau muss um die achtzig sein. Fleht sie ihn um die Freilassung ihres fälschlich angeklagten Enkels an? Bettelt sie, er möge etwas wegen ihres vermissten Sohnes tun? Wegen ihrer Tochter, der eine mehrfache Vergewaltigung droht?

Basie fragt sich, ob er den Inspektor wiedererkennen würde. War er es, der ihn damals geschlagen hat?

»Sie sagen, Ihre Schwägerin ist Witwe?«

»Ja.«

»Haben Sie in Erwägung gezogen, dass sie mit einem *yaar* durchgebrannt sein könnte?« Er benutzt das obszöne Punjabi-Wort für Liebhaber.

»Das würde sie nie tun.«

Das Poster im Rücken des Inspektors listet auf, was ein pakistanischer Bürger von jedem Mitglied der Polizeitruppe erwarten darf.

P – Pflichtbewusstsein
O – Ordnungssinn
L – Loyalität
I – Initiative
Z – Zähigkeit
E – Einsatzbereitschaft
I – Ideenreichtum

»Sie sagen, Sie sind Lehrer«, fährt der Mann fort, »und Sie sehen mir wie ein anständiger Mann aus, aber Sie wissen nicht, was ich mir hier Tag für Tag anhören muss. Mir ist klar, dass ich Ihnen zu nahe getreten bin, aber ich fürchte, Sie haben wirklich keine Ahnung, wie verdorben der Mensch sein kann.«

Ein einfacher Polizist öffnet die Tür und bittet den Inspektor nach draußen. Er steht vom Schreibtisch auf, löst sein Knie aus dem Griff der Frau. »Ich komme wieder. Manches kann man nicht an die große Glocke hängen«, sagt er im Hinausgehen lächelnd zu Basie. »Der Schleier gehört schließlich auch zu den heiligen Namen Allahs.«

Die Frau sinkt am Stuhl in sich zusammen. Ihre zerkratzte, speckige, bügellose Brille hat sie sich mit einer ausgefransten Schnur um den Kopf gebunden.

Die Kinder erzählen einen Witz über einen Mann, der sein Pferd sucht. Er geht zur amerikanischen Polizei, aber die kann ihm nicht helfen. Er geht zur britischen Polizei, und auch deren Nachforschungen bringen kein Ergebnis, ebenso wenig wie die der Deutschen, Franzosen und Holländer. Schließlich geht er zu pakistanischen Polizisten, die ihm zuhören und dann gehen. Am nächsten Tag kommen sie zurück und ziehen einen Elefanten an der Kette hinter sich her. Das Tier ist geschlagen worden und in so schlimmer Verfassung, dass es kaum laufen kann, aber bei jedem Schritt schreit es laut: »Ich *bin* ein Pferd, ich *bin* ein Pferd.«

»Gute Tante, was ist mit dir?«

Sie beachtet ihn gar nicht.

»Möchtest du etwas Wasser?«

Sie schüttelt den Kopf.

Der Inspektor kommt zurück, geht aber noch mal zur Tür und ruft nach draußen: »Sorgt einfach dafür, dass er eine schlimme Nacht hat.«

Dann fragt er Basie: »Nun, was soll ich also tun?«, macht es sich auf dem Stuhl bequem und streckt ein Bein vor, damit die Frau es wieder umklammern kann. Metall, das auf einen Magneten reagiert.

»Es wäre schön, wenn Sie nach ihr suchen.«

»Ist sie denn entführt worden?«

»Das sollen Sie ja herausfinden.«

Der Inspektor breitet in gespielter Verzweiflung die Arme aus. »Wie soll ich das denn anfangen? Dies ist ein großes Land mit vielen Millionen Menschen.«

»Inspektor, Sahib, ich möchte meine Schwägerin als vermisst melden«, sagt Basie bestimmt.

Dem Mann gefällt der Ton nicht, aber er lässt ihn vorläufig durchgehen. »Nur ein Beispiel: Vor einer Stunde haben wir einen Lastwagen mit zwei Dutzend Maschinengewehren, einem Dutzend Pistolen, dreißig Kalaschnikows und dreißig Sack Munition aufgegriffen. Und Sie wollen, dass ich meine Zeit mit einer jungen Frau verschwende, die von zu Hause fortgelaufen ist?«

»Woher wollen Sie wissen, dass sie fortgelaufen ist? Es könnte alles Mögliche passiert sein.«

Der Mann wischt diese für ihn offensichtlich dumme Bemerkung einfach beiseite. »Sie ist mit irgendwem durchgebrannt, der ihr den Kopf mit seinem Gerede verdreht hat. Sobald sie merkt, wie kompliziert das Leben ist, kommt sie zurück. Hunger ist die beste Kur gegen Illusionen.«

»Ich möchte meine Schwägerin als vermisst melden.«

Er will von Basie bestochen werden, ehe er etwas unternimmt.

Basie weiß, dass Bestechungen auch in anderen Ländern üblich sind, doch muss man dort zahlen, wenn man etwas Ungesetzliches verlangt. Hier muss gezahlt werden, damit sich ein Beamter bemüßigt fühlt, das zu tun, was sowieso seine Aufgabe ist.

»Wann wurde sie zur Witwe?«, fragt er brüsk.

»Im Oktober.«

»Haben Sie letzte Woche herausgefunden, dass sie schwanger ist und Ihre Schwägerin daraufhin im Garten vergraben?«

»Sie dürfen gern kommen und ihn umgraben.«

»Das werden wir vielleicht noch tun. Und jetzt erklären Sie noch einmal, warum Sie erst nach sechs Tagen zu mir kommen.«

»Wir dachten, sie kommt wieder.« Als sich Basie am dritten Tag laut gefragt hatte, ob er nicht zur Polizei gehen sollte, reagierten Rohan und Tara mit Entsetzen, und Yasmin hatte beinahe lauthals gerufen: »Da kannst du ihr ebenso gut ›Prostituierte‹ auf die Stirn tätowieren.«

»Sicher kommt sie von allein zurück. Falls nicht, suchen Sie uns in einem Monat wieder auf.«

»In einem Monat?«

»Ja«, erwidert er und hält Basies Blick stand. »Falls sie bis dahin nicht zurück ist, kommen wir, um die Aussagen aufzunehmen. Wir werden mit den Nachbarn über Charakter und Persönlichkeit Ihrer Schwägerin reden müssen, ebenso über Charakter und Persönlichkeit der Mutter.« Ihm entgeht nicht, dass Basie immer wieder die Frau mustert, und er schüttelt den Kopf. »Hören Sie auf, sie anzusehen; das hat Sie nicht zu kümmern.«

»Was will sie?«

»Was wollen Verbrecher schon?«, fragt der Inspektor verächtlich zurück. »Der Gerechtigkeit entgehen. Behält man sie nicht unter Kontrolle, zerstören sie alles. Amerika und die Art, wie das Land sich aufführt, sind dafür das beste Beispiel.« Er erhebt sich, schiebt die Frau beiseite. »Und jetzt muss ich mich um dringendere Angelegenheiten kümmern.«

Basie steht nur widerstrebend auf. »Also werden Sie nichts unternehmen?«

Der Inspektor ignoriert die Frage. »Sie unterrichten an der St. Joseph's? Eine Schule für die Kinder der Reichen.«

»Reich würde ich sie nicht gerade nennen.«

»Einige sind es. Die Schule bezahlt Sie bestimmt ganz gut.«

»Nein, leider nicht.«

Der Inspektor lächelt. »Keine Sorge, sie kommt schon wieder. Und sobald sie zurückkommt, bringen Sie sie her.«

»Sie wollen nicht nach ihr suchen, aber Sie wollen sie sehen, wenn sie zurückkommt?«

»Ja.«

»Warum?«

»Wir werden sie wegen unmoralischen und sündhaften Verhaltens befragen müssen. Und sie wird uns, den Vertretern der anständigen Gesellschaft, zu erklären haben, wo sie all die Tage gewesen ist. Wahrscheinlich müssen wir auch eine Anklage wegen Dekadenz und Schamlosigkeit gegen sie erheben.«

Früh am Morgen sitzt Tara in ihrer schwarzen Burka auf den Stufen eines Geschäfts im Soldier Basar. Kein Mensch weit und breit. Sie blickt auf das Blatt Papier in ihrer Hand, auf den Text, den sie als »Vermisst«-Flugblatt vervielfältigen lassen will. Naheeds Alter, ihre Größe, Farbe der Haut, der Augen. Gegen Flugblätter – von Basie vorgeschlagen – hatte sie sich bislang gewehrt, aber die letzte Nacht war schrecklich gewesen, all ihre Ängste waren im Dunkeln über sie hergefallen, und nach dem Morgengebet hatte sie sich auf den Weg zum Laden des Druckers gemacht.

Sie sitzt da und wartet darauf, dass der Besitzer kommt; ihren Kopf an den Türpfosten gelehnt.

Heute ist der achte Tag seit ihrem Verschwinden. Aus der Tasche der Burka zieht sie Naheeds Foto, das auf dem Flugblatt abgedruckt werden soll. Jeo hat es aufgenommen, etwa einen Monat vor seinem Tod; es zeigt Naheed im Garten auf dem Pfad, auf dem sie für mehrere Minuten das Bewusstsein verlor, als man Jeos Leichnam auf dem Lastwagen zum Haus brachte. Die kurz darauf eintreffenden Nachbarsfrauen sahen, wie der Fahrer und seine Helfer sich um Naheed kümmerten; ihr Kopf lag im Schoß des Fahrers, der ihr Wasser in den Mund träufelte. Plötzlich kommt Tara eine Erinnerung in den Sinn, und sie richtet sich abrupt auf. »In Gegenwart von drei Männern, drei Fremden, das Bewusstsein verlieren?«, hatte sie eine der Frauen bei der Beerdigung fragen hören. »Wie konnte sie das nur zulassen?«

Tara erhebt sich, zerreißt das Blatt und geht die Straße hinunter, entsetzt über das, was sie beinahe getan hätte. An der nächsten Ecke bleibt sie kurz stehen, als sie schwache Spuren im Straßenstaub entdeckt. Sie folgt ihnen, weil sie glaubt, der Kettenfakir zöge erneut durch Heer, doch dann sieht sie nur eine Straßenkehrerin, die ihren Besen hinter sich herschleift.

Mitten in der dreizehnten Nacht seit Naheeds Verschwinden fährt Basie mit Tara und Yasmin zum Friedhof, da es Frauen verboten ist, tagsüber ihre Toten zu besuchen, und verhüllte, Stöcke schwenkende Gestalten von Ardent Spirit ihnen den Zugang verwehren. Es ist zwei Uhr früh, doch als sie aus dem Wagen steigen und durch das Holztor auf den Friedhof kommen, sehen sie auf dem Gelände verteilt Aberhunderte von Laternen, undeutliche Lichtschleier überall dort, wo andere Frauen zu toten Ehemännern, Söhnen und Töchtern gehen oder sich trauernd über Vater oder Mutter beugen.

Es herrscht eine ungewöhnliche Stille, nur das leise Getrappel ist zu hören.

Er hat eine Taschenlampe dabei, eine *chor batti* – ein Diebeslicht –, und er betrachtet die Frauen, deren Herzen inmitten der

Grabhügel überfließen. Sie haben Blumen mitgebracht, heilige Verse und Briefe – Tribute in Stein und Tinte, Gesten des Erinnerns. Tara und Yasmin, die Gesichter und die Seiten des Korans vom Licht beschienen, beginnen die heiligen Worte zu lesen. Basie steht daneben und passt auf.

Am anderen Friedhofsende, irgendwo in der Nähe der Nordmauer, kommt Unruhe auf, und sie sehen eine Gruppe schwarz gekleideter Frauen, die mit Stöcken auf die Besucher einprügeln. Beide Gruppen flehen Allah an, jenem Übel ein Ende zu machen, das für sie die jeweils anderen sind.

Tara steht auf, küsst den Koran und schließt das Buch. »Wir sollten gehen.«

Manche Frauen schlagen zurück. Auch die Männer, die sie hergebracht haben, bekommen von den schwarz gekleideten Frauen Schläge ab – oder von den überfrommen Männern, die diese überfrommen Frauen hergebracht haben.

Zwei verhüllte Gestalten tauchen hinter Yasmin auf; ihre Gewänder wallen in leidenschaftlichen Wogen, um die Stirn tragen sie grüne Bänder mit dem Motiv der flammenden Schwerter von Ardent Spirit. »Frauen sind auf Friedhöfen nicht erlaubt«, ruft die eine Verschleierte und schlägt Yasmin mit dem metallbewehrten Stock auf den Kopf. »Wegen Frauen wie euch«, sagt die andere und schlägt Tara in den Magen, »straft Allah die ganze muslimische Welt.«

Als sie zu weiteren Schlägen ausholen, greift Basie nach beiden Stöcken, aber der eine flutscht ihm aus der Hand und trifft Yasmin erneut am Kopf. Sie schreit auf. Die zweite Frau versucht ihren Stock loszureißen und ruft: »Wir hindern euch, tagsüber herzukommen, und ihr kommt nachts! Die Verschlagenheit der Sünder kennt wirklich keine Grenzen.«

Yasmin hockt zitternd am Boden, Blut läuft ihr in breiten Rinnsalen über das Haar und in die Augen. »Meine Mutter ist hier beerdigt«, ruft sie, »und mein Bruder.«

Basie lässt den Stock los und beugt sich über sie; die befreite Waffe trifft ihn am Rücken, was sich anfühlt, als würde er mit dem Rasiermesser aufgeschlitzt.

Tara weicht dem Stock aus, der stattdessen mit aller Macht den Koran trifft. »Sieh nur, wozu du mich gezwungen hast«, entfährt es schockiert der Angreiferin – von ihr sind nur die Kontaktlinsen zu sehen; selbst die Hände stecken in schwarzen Handschuhen –, und sie verpasst Tara erneut einen wütenden Schlag, diesmal auf die Schulter.

Um sie herum stehen Gräber in Flammen, da das Öl aus den zerbrochenen Lampen ausgelaufen ist.

»Was sind das für Zeiten«, sagt Tara, während sie sich an den Gräbern vorbei einen Weg in die Sicherheit suchen, »wenn Muslime andere Muslime fürchten müssen.«

Daheim untersucht Basie Yasmins Kopf und legt einen Verband an. Schmerz pulsiert in ihrem Blick, als sie einzuschlafen versucht.

Er bleibt an ihrer Seite sitzen und hört kurz vor dem Morgengrauen, wie Tara und Rohan aufstehen, um die ersten Gebete des Tages zu sprechen. Dann geht er aufs Dach und findet Trost im aufhellenden Himmel, sieht ockerfarben und zinnoberrot glühendes Morgengrauen, das Licht, das die Welt sichtbar werden lässt, hört die dünnen Vogelstimmen. Während die Sonne weiter aufsteigt, schlendert er durch den Garten, in dem sich Hunderte von Blüten öffnen, und geht dann auf die Straße, um den Arzt zu holen. Die Stadt erwacht zum unvermeidlichen Tagesgeschäft; an der Kreuzung öffnen die Läden, der Schlachter lädt gehäutete Kadaver ab, die er mit der Rikscha vom Schlachthof geholt hat, ein früh aufgestandenes Kind lehnt am Türrahmen und blickt mit Misstrauen und Feindseligkeit auf die Welt der Erwachsenen; eine Frau trägt Brennholz auf dem Kopf, einen kleinen *gulmohar*-Stamm, die Äste schleifen über den Boden.

Er bleibt stehen, als ihm klar wird, dass er einen Blick auf eine Gestalt in einer Seitenstraße erhascht hat, deren Gang dem von

Naheed ähnelt. Vor zwei Minuten. Er kehrt um und hastet zurück, aber sie ist nur eine von Aberdutzend Frauen, die er seit Naheeds Verschwinden mit ihr verwechselt hat.

Der Arzt sagt, Yasmins Wunden seien nicht tief; und er schließt sie mit wenigen Stichen einer krummen Nadel. Er rät ihr, sich auszuruhen, wenn möglich einen Tag freizumachen. Sobald sie wieder allein im Zimmer sind, küsst Basie sie auf den Mund, und zu seinem Erstaunen will sie mehr, ein Verlangen wie vor Jahren, damals, als sie in ihrer jugendlichen Leidenschaft zum ersten Mal Erfüllung fanden, hier, im selben Raum, und er geht zur Tür, verriegelt sie, kehrt zu ihr zurück und lässt die Kleider zu Boden fallen. Sterblich? Wenn er bei ihr ist, hat seine Vergänglichkeit keine Macht über ihn.

Beim Frühstück erinnert Yasmin ihn daran, dass Pater Mede um ein paar Ableger aus dem Garten gebeten hatte. Über die Hälfte der Pflanzen von St. Joseph's stammen von hier. Um acht Uhr steigt er allein ins Auto und fährt zur sechs Kilometer entfernten Schule.

Die sechs Präfekten der Häuser von Ardent Spirit waren schon vor Tagesanbruch wach. Ahmed, Präfekt des Hauses Bagdad, gibt letzte Anweisungen. Da Überfall und Geiselnahme im Laufe der letzten Wochen bis ins kleinste Detail vorbereitet wurden, muss kaum noch etwas gesagt werden. Sie sitzen zusammen und sammeln ihre Gedanken, ehe sie sich auf den Weg nach St. Joseph's machen.

Sie haben sich in der Ruine eines Mausoleums aus dem siebzehnten Jahrhundert versammelt, die etwas außerhalb von Heer steht. Ein großes Kuppelgebäude mit einem gedrungenen Minarett an jeder Ecke, errichtet auf hohem Podest aus dunkelrotem Sandstein, mittlerweile aber in einem fortgeschrittenen Stadium des Verfalls. Gemieden von den umliegenden Bewohnern, da es dort spuken soll.

Deo Minara. Minarett der Dämonen.

Außer Ardent Spirits sechs Präfekten und den vierundzwanzig angeworbenen Männern sind zwei junge Frauen dabei – die das weibliche Personal der Schule und die Kinder während der Belagerung bewachen und bändigen sollen. Sie sind schwarz verhüllt und tragen Pistolen unterm Gewand, um die Hüfte einen Munitionsgurt.

Von den sechsundzwanzig Rekruten kennen sieben das heutige Ziel nicht und auch nicht die Pläne für das, was nach ihrer Ankunft geschehen soll. Neunzehn wissen Bescheid. Es hat Ahmed gefreut, als ihm einfiel, dass es gleichfalls neunzehn Männer waren, die im letzten September den Angriff auf die Vereinigten Staaten durchführten.

»Wer liegt da begraben?«, fragt ihn der Präfekt des Hauses Mekka, während sie sich dem verfallenen Torbogen nähern und zusehen, wie einhundertsiebenundvierzig Rucksäcke auf den Laster geladen werden, der gestern Abend vom Präfekten des Hauses Istanbul gestohlen wurde.

»Der hiesige Gouverneur zu Zeiten von Shah Jahan und Aurangzeb.«

Shah Jahan, der das ans hinduistische Indien verloren gegangene Tadsch Mahal bauen ließ.

Aurangzeb, der seine Beamten ermächtigte, überall dort einzudringen und Musikinstrumente zu zerstören, wo Musik erklang, der Frauen den Zugang zu Schreinen verwehrte, um an heiligen Orten keine Lüsternheit aufkommen zu lassen, ein tugendhafter, bescheidener Mann, der es sich verbat, eine Chronik seiner Regentschaft zu verfassen, da er derlei für ein unfrommes, dünkelhaftes Unterfangen hielt. Heute wird schlecht über ihn geredet, sagt man ihm doch nach, nicht visionär, sondern bloß ehrgeizig gewesen zu sein, kein Idealist, sondern schnöder Pragmatiker.

Aurangzeb, der im April 1669 befohlen hatte, in seinem Reich alle Religionen bis auf den Islam auszumerzen.

Ahmed lehnt sich mit dem Kopf an eine Säule, schließt die Augen und kehrt in Gedanken zu seinem Albtraum zurück, zum Schlachtfeld letzten Herbst in Afghanistan, zu dem Ort, an dem er erfahren musste, wie zweihundert Leichen aussehen. Als Gewehre, Raketen und Granatwerfer endlich schwiegen, hatte er sich unter Toten vorgewunden und war ans Licht gelangt, das ihm von Insekten bekrabbelte Leiber zeigte, Münder, die von nun an zu jedem Sonnenaufgang ihre rote Klage für ihn anstimmen würden, die Augen tot, obwohl sie noch von Ägypten, Algerien, Jemen, Pakistan oder Saudi-Arabien träumten, jenen Ländern, die sie einst im Leben kannten, faulende Menschen, früher wahre Gläubige, die den Koran ebenso gierig verschlungen hatten wie Fleisch, Zucker und Milch, Männer, die zum Dschihad gestoßen waren, na ja, sei ehrlich, Ahmed, weil es sonst nicht viel anderes zu tun gab, Männer, die so ausschließlich an den Tod dachten, dass sie ihr Leben leichthin fortgeben konnten. Sie lagen überall um ihn herum, erschlagen, niedergemetzelt, stinkend, endlich befreit von der Last, jene zu sein, die sie auf Erden waren, die Seele aus ihnen herausgezerrt, die Arme verdreht, ohne Kopf, Füße getrennt von Beinen, die nichts mehr mit dem Torso verband, dazu der dunkle verrottende Mulch ihrer Namen: OmarFareedAbdulYusufKhalidSalmanFaisalShakeelMusharafAnwarImranRashidSaleemHusseinNomanIbrahimMansoorIkramMushtaqNaimAsimTahaHanif, und er stand zwischen diesen Leichen, stieß Atemwolken in die afghanische Luft, in eine Morgendämmerung so rein und klar, es hätte der Morgen sein können, den Adam aufziehen sah. Einen Moment lang wollte er, dass ihm Allah erschien und alles erklärte, dass er nicht bloß von großer Höhe mit teilnahmslosem Blick zusah. Er hatte nicht gewusst, dass solche Gefühle in ihm steckten, und in seinem Wahn hatte er sich gefragt, ob die Erde für den dort oben nicht vielleicht bloß ein Spielball mit sechs Milliarden beweglichen Teilen war. Eine Gedanke, für den er später um Vergebung bat. Und er war wütend wegen des Friedens gewesen, der in diesem Moment in anderen Teilen des Planeten herrschte, und hatte vor lauter Kummer jene verflucht, die woanders unbekümmert weiterlebten ...

»Bruder Ahmed«, spricht ihn eine der Frauen an und kommt auf ihn zu. »Ich habe einen Vorschlag zu machen.«

Er schlägt die Augen auf. »Was gibt es, Schwester?«

»Es geht um die Zeit, wenn die Polizei das Gebäude umstellt und das Feuer auf uns eröffnet.«

»Ja?«

»Wir sollten immer dort, wo das Feuer am heftigsten ist, eines der Kinder ins Fenster stellen. Das dürfte ihre Waffen zum Schweigen bringen.«

Nach einem kurzen Moment sagt Ahmed: »Ich werde es in Erwägung ziehen, Schwester. Danke.«

»Ich habe damit gar nichts zu tun«, sagt sie ernst, bedeutungsschwer. »Der Vorschlag wurde mir letzte Nacht im Schlaf von einem Engel eingegeben.«

Ihr Mann war vor einigen Jahren nach Kaschmir gegangen, und sie war ihm gefolgt, hatte zwei Monate in den Bergen zugebracht, schneeblind und von Erfrierungen geplagt, und war indischen wie pakistanischen Kugeln ausgewichen. Irgendwann hatte sie ihn dann gefunden – er war auf eine Mine getreten und lag bewusstlos neben einem Felsen. Er überlebte nicht, und seither war es ihr größter Wunsch, ihm als Märtyrerin folgen zu dürfen.

Sie kehrt zurück an ihren Platz im vielspitzigen Torbogen, den sie sich mit der zweiten jungen Frau teilt – eine von jenen, denen die Wahrheit vorenthalten wurde, die glauben, sie seien aufgebrochen, ein Regierungsgebäude anzugreifen, keine Schule. Die Pistole, die man ihr gab, funktioniert nicht. Sie hat als Köchin im Haus eines Schia-Geistlichen gearbeitet und den Mann vergiftet, weshalb niemand an ihrer Tapferkeit und ihrem unverbrüchlichen Glauben an die Sache des Islam zweifelt, nur weiß man nicht recht, ob sie auch bereit ist, zugunsten langfristigen Gewinns auch die wirklich unangenehmen Aufgaben zu übernehmen.

Neben den beiden Frauen liegt ein Haufen zerschellter Flaschen. Es ist der Rest der Scherben, mit denen die achtzehn Bomben gefüllt wurden, die sie zur St. Jospeh's mitnehmen.

Der vierundzwanzigste Mann ist eingetroffen. Er ist gefährlich wie eine Giftnatter und hat in seiner Jugend bei einem Streit um die Ehre einer Frau zwei Männer ermordet, fand dann aber durch den Islam zum Frieden. Beim Kampf gegen die Russen in Afghanistan wurde ihm ein Arm abgerissen, und später, als wäre das heilige Opfer vererbt worden, kam sein Sohn ohne Arm zu Welt.

Punkt sieben Uhr steigen sie in den Laster und machen sich auf nach Heer, wobei sie die Hauptverkehrsstraßen meiden; wer auf der Ladefläche sitzt, bekommt die Schlaglöcher und Unebenheiten der kleinen Wege deutlich zu spüren.

Ahmed sitzt am Steuer; er hatte gehofft, Verkehrskontrollen umfahren zu können, aber kaum nähern sie sich Heer, werden sie angehalten.

»Die Papiere?«, fragt der Polizist. »Sie wissen, dass dies keine offizielle Straße ist?«

Der Polizist streckt keine Hand aus, um die gefälschten Papiere anzunehmen, die Ahmed ihm hinhält. Er will nur zwei-, dreihundert Rupien, und sobald Ahmed sie ihm gegeben hat, lässt er sie weiterfahren.

Kurz nach halb acht kommt das Haupttor der Schule in Sicht; die Worte auf dem Torbogen verkünden, dass St. Joseph der Schutzheilige der Sterbenden ist, der Familienväter, der sozialen Gerechtigkeit und aller Arbeiter.

Ahmed hält den Laster an, springt heraus und hilft einer alten Bettlerin über die Straße, da er daran denken musste, was Abu Darda – einer der zweiundvierzig, vom Propheten ernannten Kopisten des Koran – gesagt hat: »Begeh vor der Schlacht eine gute Tat, denn man kämpft mit den guten Taten.«

Basie parkt in der engen Gasse hinter der Schule; der Schatten der Bougainvillea verhindert, dass das Wageninnere tagsüber allzu stark aufgeheizt wird. Er geht durch die kleine Tür in der Außenmauer und folgt dem von Zypressen gesäumten Weg zu seinem Büro. An Ostern werden im hohen Gras Eier versteckt. Er tritt ein und bleibt stehen.

»Naheed.«

Sie starrt ihn an, der Schleier fällt achtlos herab, ein Ende hängt bis auf den Boden.

»Was machst du hier, Naheed? Wo bist du gewesen?«

Sie starrt ihn weiter an, und er geht auf sie zu. Mühsam ringt sie nach Worten, als hätte sie seit Tagen nicht gesprochen.

»Mikal lebt«, sagt sie schließlich.

»Was?« Er kommt näher und legt einen Arm um sie. »Wo bist du die zwei Wochen gewesen, Naheed?«

»Hast du gehört, was ich gesagt habe? Mikal lebt.«

»Wovon redest du?«

Sie sieht mager aus und erschöpft.

»Es liegt niemand in seinem Grab.«

»In seinem Grab? Sein Grab ist in Peschawar.« Seine Gedanken überschlagen sich; er versucht zu verstehen. »Du bist nach Peschawar gefahren?«

Sie nickt. »Ich wollte es sehen, Basie, aber da ist niemand begraben.«

»Woher willst du das wissen?«

»Es ist nur eine leere Grube. Die Leute sagen, pakistanische Anhänger der Taliban und von al-Qaida haben Granaten auf das Grab gefeuert, damit keine Frauen mehr kommen, aber es wurden keine Überreste gefunden.«

Basie fasst sich mit der Hand an die Stirn.

»Ich habe nur eine verkohlte Grube gesehen. Manche behaupten, es sei nicht das Werk von al-Qaida oder der Taliban gewesen, sondern das amerikanischer Soldaten, die heimlich die Leiche fortgeschafft haben, um an den Knochen DNA-Tests durchführen zu lassen. ›Selbst unsere Toten lassen sie nicht in Ruhe‹, klagen die Frauen.«

»Du hast die leere Grube gesehen?«

»Ja, die Erde war schwarz von den Granaten.«

»Das muss nicht heißen, dass er nicht tot ist.«

»Er lebt, Basie.«

Er schaut sie an. »Seit wann bist du zurück?«

»Seit gerade eben. Ich bin auf dem Busbahnhof angekommen und wollte mit einer Rikscha nach Hause, aber als wir an der Schule vorbeifuhren, bin ich ausgestiegen, um dich und Yasmin zu sehen.«

»Wie hast du die Fahrt bezahlt?« Am ersten Montag jeden Monats geht Yasmin zur Bank und hebt das Geld für die Haushaltsausgaben ab. Die mit einem Gummiring gesicherte Rolle Banknoten wird im Schrank versteckt. Als Naheed verschwand, hat Tara das Geld gezählt. Es fehlte nichts.

Naheed deutet auf ihre Ohrläppchen, um anzuzeigen, dass sie die Ohrringe verkauft hat.

»Du warst zwei Wochen weg.«

»Eigentlich wollte ich gar nicht zurückkommen.«

»Hättest du uns doch wenigstens Bescheid gesagt.«

Sie schüttelt den Kopf.

»Ich lasse jemanden kommen, der dich nach Hause bringt. Und Vater rufe ich besser auch gleich an.« Er will zum Telefon gehen, bleibt aber abrupt stehen, als von draußen der vielstimmige Ruf »Allahu Akbar!«, »Gott ist groß!« ertönt, gefolgt von Dauerfeuer.

30

»Je schlimmer, desto besser«, murmelt Ahmed am Steuer des Lastwagens. »Je rücksichtsloser wir vorgehen, desto deutlicher wird unsere Wut.«

Bis halb neun sind normalerweise zwei Drittel der eintausendeinhundert Schulmitglieder eingetroffen, Schüler und Personal. Die jüngsten sind die Vierjährigen in der Vorschule, die ältesten sind sechzehn. Einigen fällt an diesem Morgen im Vorbeigehen auf, dass am Tor keine Wache auf dem Posten steht.

Der Leiter des Hauses Mekka steigt aus, öffnet das Tor, und der Laster fährt aufs Gelände.

Ahmed springt zwischen die Kinder, eine Kalaschnikow in der Hand, die schwarze Maske vorm Gesicht. Er hat Handschuhe an, damit man die Brandnarben nicht sehen kann, die er hat, seit er es als Kind Ahmed der Motte gleichtun wollte. Ein Sechsjähriger entdeckt ihn den Bruchteil einer Sekunde früher als die anderen Kinder und hat schon genügend Filme gesehen, sodass er auf der Stelle die Arme hochreißt.

Die achtundzwanzig Männer und zwei Frauen, die auf der Ladefläche saßen, springen heraus und strömen über die von Säulen gesäumten Veranden, während der Präfekt des Hauses Mekka – jetzt auch mit Maske über dem Kopf – sich daranmacht, das Tor zu schließen.

Der Lärm der Stiefel auf dem Pflaster. Drei vermummte Gestalten rennen zu den drei anderen Gebäudeeingängen und stoßen verwirrte Kinder beiseite, während hinter ihnen ein Dutzend Männer die Waffen hebt, »Allahu Akbar!« ruft und in die Luft feuert.

All das geschieht in einem solchen Tempo und so gezielt, dass es eine Weile dauert, bis klar wird, dass die Schule angegriffen wird. Panik setzt ein.

Der Präfekt des Hauses Córdoba, der zu Pater Medes Büro rennt und dabei über die Jasminhecke springt, sieht zwei Fünfzehnjährige, die über die Mauer fliehen wollen – die Enkel des Gärtners –, also bleibt er stehen, zielt, schießt auf ihre Beine und hört, wie sie schreiend auf die andere Seite fallen.

Die Gesetze, die sie brechen, sind nur unbedeutende Gesetze, redet sich der Präfekt des Hauses Istanbul ein, während er versucht, Basie ausfindig zu machen, da Kyra ihm für diesen Lehrer spezielle Anweisungen erteilt hat. Was geschieht, kommt ihm unwirklich vor, doch ist es in einem tieferen Sinne glaubwürdig, völlig legitim und sogar schön. Jede Ungereimtheit ist eine unbedeutende Ungereimtheit.

In der Aula hängen Engel von der Decke. Nur einige wenige sind zur endgültigen Höhe hinaufgezogen worden, die übrigen hängen an ungleich langen Drähten und schweben in den unterschiedlichsten Stellungen. Das steife weiße Gewand des Mannes in Leinen, wie Gabriel im Buch Ezechiel genannt wird, hängt nur wenige Zentimeter über dem Kopf eines Erwachsenen. Der ungenannte Engel des Angesichts, der Moses die Geschichte der Schöpfung erzählte, hängt in steilem Winkel herab und scheint kopfüber auf die Erde stürzen zu wollen.

Eine halbe Stunde, nachdem die Tore geschlossen wurden, haben sie alle Schüler und Lehrer in die Aula getrieben. Die auf einer Saalseite versammelten Kinder sind wie in der Brandung wogende Leiber. Wegen der Bärte sehen die Masken der Terroristen wie ausgestopft aus. Die Männer feuern in die Decke, vielleicht, weil sie dem Geschrei der Kinder ein Ende machen wollen, vielleicht aber auch, damit die Kinder lauter schreien und draußen besser zu hören sind. Womöglich wollen sie auch nur die Engel zerschießen, diese widerlichen Idole, von denen bunte Holzsplitter herabregnen.

Der Lärm ist ohrenbetäubend. Eine vermummte Gestalt nähert sich Basie, der neben einem bewusstlosen Siebenjährigen hockt. »Wo ist der Weiße?«, fragt er, ist aber bei dem Tumult kaum zu verstehen. »Sag denen, sie sollen den Mund halten«, schreit er Basie an und fragt dann: »Wo ist Pater Mede?«

»Der Junge braucht Wasser«, sagt Basie und greift nach einer Plastikflasche, die einige Schritte entfernt auf dem Boden liegt.

»Steh auf und sag ihnen, sie sollen ruhig sein.«

»Sag deinen Leuten, sie sollen mit der Schießerei aufhören«, ruft der stellvertretende Direktor im Näherkommen. Der jugendliche Klang der Stimme des Terroristen – er ist noch fast ein Junge – vermittelt ihm den Eindruck eines Schülers, der gemaßregelt gehört.

Der Terrorist packt den Lehrer am Kragen, ein Anflug von Mordlust hinter der dunklen Maske. »Pass auf deine Manieren auf – du räudiger Hund des Imperialismus.«

»Du weißt ja nicht mal, was Imperialismus bedeutet«, sagt der aufgebrachte Mann. »Dafür bist du zu blöd.«

Augen mustern ihn durch die Löcher in der schwarzen Maske. »Wo hast du gelernt, Menschen so zu verachten? In einer dieser großen Villen in Model Town?«

»Ich bin in einem kleinen Häuschen im alten Heer aufgewachsen und wohne immer noch da. Mein Vater war Automechaniker, und ich bin stolz auf ihn und darauf, dass er mir beigebracht hat, jene zu respektieren, die meinen Respekt verdienen.«

»Du glaubst, wir verdienen deinen Respekt nicht?«

»Ich weiß es.«

»Wir sind die Krieger Allahs.«

»Ihr seid Rotzlöffel mit einem Koran in der Hand.«

Der Terrorist zerrt ihn am Schlips in die Mitte der Aula. »Gebt Ruhe, sofort«, brüllt er, vergeblich. Er wiederholt seinen Befehl, aber die Kinder schreien weiter; einige Vier- und Fünfjährige kreischen vor Angst, als erneut in die Decke gefeuert wird.

»Ich vergesse dich nicht«, sagt der stellvertretende Direktor im schlichten Ton eines letzten Gebets, während der Terrorist ihm den Lauf der Pistole an den Hinterkopf hält und abdrückt. Diese Kugel, die in einen menschlichen Leib eindringt, macht ein anderes Geräusch als die anderen Kugeln, und ihre Wirkung ist unmittelbar. In vollkommener Stille fällt der Tote zu Boden.

Der Schuss lässt ein Echo unter jeder Haut zurück. In den nächsten zehn Minuten, in denen man die Leiche beseitigt – Basie wünscht, er könnte seine Hand über die Augen aller Kinder halten, damit sie dies nicht sehen müssen –, werden Jungen und Mädchen getrennt und auf verschiedene Seiten der Halle geführt; reihenweise sitzen sie da, still und stumm wie gejagte Tiere. Frauen und Mädchen drehen das Gesicht zur Wand, um in den Jungen keine lustvollen Regungen wecken zu können, und allen männlichen Schülern wird befohlen, den Schlips abzulegen, dieses Symbol des Westens.

»Wo ist der Weiße?«

Als Basie antwortet: »Er ist nicht da, er musste nach Islamabad«, sind mehrere Terroristen außer sich vor Wut.

»Er kommt heute auch nicht mehr«, fährt Basie fort und geht einige Schritte auf die ihm am nächsten stehende vermummte Gestalt zu. »Hören Sie, die Verwundeten brauchen medizinische Hilfe.«

»Wir wollen den Lehrer Jibrael, den Mann, den man Basie nennt. Wer von euch ist das? An ihm wollen wir auch ein Exempel statuieren.«

Ehe Basie sich melden kann, sagt der Englischlehrer von hinten: »Er ist noch nicht da. Er kommt meist erst kurz vor neun.«

Die vermummten, sich rasch bewegenden Gestalten verdrahten die Aula mit Bomben, Sprengsätzen, Granaten, eine Fertigkeit, die ihnen vom pakistanischen Militär für den Einsatz in Kaschmir beigebracht wurde. Kinder müssen die Bomben halten, während die Männer auf Stühle klettern und zwischen den Engeln ein Drahtnetz spannen, jede Bombe etwas größer als eine Aktentasche und mit Isolierband oder durchsichtigem Klebeband umwickelt; Letzteres erlaubt einen Blick auf den Inhalt, auf Scherben und Kugellager. Als das Fadenspiel schließlich fertig geknüpft ist, hängen Bomben an verschiedenen Stellen. Die einzig unverschlossene Saaltür wird durch eine Bombe mit einem improvisierten Schalter aus zwei Stückchen Sperrholz gesichert: Auf eines stellt ein Terrorist den Fuß, damit die Bombe nicht vorzeitig explodiert. Es ist, als wäre jede Geiselseele mit Dynamit geladen.

Ein Terrorist stellt sich in die Saalmitte, spricht in die große Starre und sagt, alle christlichen, schiitischen und ahmadiyyanischen Lehrer und Kinder sollen vortreten.

Neben der Tür, direkt hinter dem Terroristen mit dem Fuß auf dem Sperrholzstückchen, wollen zwei zehnjährige Mädchen aufstehen, doch Naheed, die ihre Arme um sie gelegt hat, drückt sie noch ein wenig fester an sich und schüttelt fast unmerklich den Kopf.

31

»Du solltest nicht hier sein«, wispert Mikal.

»Ich habe von dir geträumt, bevor ich dich gesehen habe«, sagt das Mädchen und ignoriert seine Worte. »In der Nacht, ehe mein Bruder zurückgebracht wurde.«

»Du solltest nicht hier sein.«

Sie ist bei ihm oben auf der Mauer, den Schneeleoparden im Arm, und in gewaltiger Flut stürzen die Sterne auf die drei herab. Die Mauerkuppe ist so breit, dass vier Menschen bequem nebeneinander gehen können, und die Ränder links und rechts sorgen dafür, dass niemand herunterfällt – Ränder, hinter die man sich bei einer Belagerung ducken kann, um auf Angreifer und Eindringlinge zu schießen. Jetzt halten sie die beiden verborgen. Die Sternbilder sind gleichmäßig über das gesamte Himmelszelt verteilt, und er flüstert ihr die Namen vor. So viele Lichtstärken, in Schuppen, Bändern, schiefen Ebenen, aus Licht und in Licht, manchmal blendend hell, vor allem im Westen, wo der Himmel aussieht, als würde er von innen heraus brennen, Sterne, die so mächtig blinken, dass man sich verwundert fragt, warum sie keinen Lärm machen. Und hier unten ihr lebensveränderndes Berühren seiner Haut. Er erzählt, dass man ihn früher oft dabei ertappt habe, wie er in Rohans Garten lang ausgestreckt auf einem Ast lag, zehn Meter über der Erde, um den Sturz der Meteoriten zu beobachten oder durchs Fernrohr zu starren, ein Instrument, das er ein Himmelsboot mit Glasboden nannte.

»Du hättest nicht herkommen sollen.«

»Ich bin zweimal umgekehrt, aber mir blieb keine Wahl. Du bist ja nicht mehr gekommen.«

Er fährt sich mit dem Finger über die Stirn, über jene Stelle, wo einmal ein blauer Fleck war, eine kleine Beule. Bald nach Naheeds Hochzeit mit Jeo hatte er sich eines Nachts die Stirn auf dem Boden aufgeschlagen. Die Qual, sie sich mit jemand anderem vorzustellen. Der Schmerz ist zurückgekehrt, die Hautverfärbung längst verblasst. Liebe ist ein Erkennungsmerkmal, etwas, woran man einen Toten identifizieren kann.

Als die Sonne aufgeht, steht er auf dem gelben Blumenfeld und hört dem Wind zu, dem eigenen Atem. Er ist schon vor Tagesanbruch hergefahren, kurz nachdem sie die Mauer verlassen hatte. Mikal wollte sehen, ob Akbars Vater kommt, und während er wartete, tauchten drei Gestalten auf; dann hörte er den Datsun. Der Vater fuhr in die Blumen und traf sich mit den Männern. Es dauerte nicht lang. Mikal konnte aus seinem Versteck sehen, wie ein Gegenstand die Hand wechselte. Nachdem ihn der Vater eingesteckt hatte – Mikal nahm an, dass es sich um ein Satellitentelefon handelte –, fuhren die Männer wieder fort. Ehe Akbars Vater ging, breitete er seinen Teppich zwischen den Blumen aus und betete; er hielt sich damit länger auf als nötig.

Mikal hatte mit Amerikanern gerechnet, aber die drei Männer waren Pakistani. Militär oder Geheimdienst, jedenfalls jagen sie al-Qaida-Terroristen für die Amerikaner. Vielleicht hat man ihm auch kein Satellitentelefon gegeben, sondern einen GPS-Sender zur Fahrzeugüberwachung oder eine Überwachungskamera, die versteckt im Südflügel angebracht werden soll.

Wann wird sie beginnen, die gegen Akbars al-Qaida-Gäste gerichtete Operation, und wie schlimm wird sie werden? Der Überfall auf das hundertfünfzig Kilometer entfernte Dorf begann um drei Uhr früh. Die Truppen griffen fünf Häuser an. Drei Helikopter hatten sechzig Soldaten gebracht, allerdings waren nur zwei gelandet, der dritte blieb oben, um zu beobachten und Luftunterstützung zu geben. Jemand sagte, er hätte auch ein Kampfflugzeug gesehen, das während der vierzehnstündigen Schlacht aus der Luft eingriff. Etwa zwanzig Menschen wurden getötet, darunter vermutlich drei Frauen und vier Kinder. Ob die toten Frauen al-Qaida unterstützten, ist unbekannt.

Langsam steigt die Sonne auf, löst sich vom Horizont, wird runder und verfestigt sich, als würde flüssiges Metall aushärten. Hinter ihm ein Geräusch; er dreht sich um und sieht die Airedales, die ihn aus kaum zehn Metern Entfernung beobachten, Seite an Seite mit blutroten Beinen, selbst die Augen leuchten rot in der aufgehenden Sonne. Er beobachtet und lauscht, wirft einen raschen Blick in alle Richtungen, aber da ist niemand. Zumindest niemand, der sich zeigen will. Weil er sich plötzlich sicher ist, dass diese drei Tiere Menschen getötet haben, zieht er sein Messer aus der Tasche. Die mächtigen Schädel der intelligenten Tiere sind auf einer Höhe mit seinem Hals. Er blickt auf die Messerklinge, in der sich die Sonne spiegelt, doch als er nur eine Sekunde später den Blick wieder hebt, sind die Tiere verschwunden. Er wartet darauf, dass etwas passiert, schaut zu den konischen Hügeln in der Ferne. Nichts. Er geht zum Haus zurück, fast den ganzen Weg mit gezückter Klinge, und betritt es durch die Küche, wo die Köchin leise ein Lied vor sich hin singt, Ausdruck eines stillen Kummers. Sie schenkt ihm eine Schale Tee ein. Als er zur Waffenfabrik kommt, liegen die drei Hunde angekettet an den *saptaparni*-Bäumen.

Zwischen den Karossen und leeren Granathülsen steht hohes Gras. Er gräbt auf dem mit Schrott übersäten Feld hinter der Fabrik; ganz in der Nähe fliegen gelbe Wespen ein Kugelloch in dem verrosteten Kotflügel eines Lastwagens an.

Er gräbt fast einen Meter tief, bis er auf Sand stößt, dann legt er den Spaten ab, beugt sich über das Loch und schiebt den losen Sand mit den Händen beiseite. Über die Glock, den Mercedes-Benz unter den Pistolen, heißt es, man könne sie für mehrere Wochen im Meeressand vergraben, herausholen und gleich abfeuern. Die in dieser Fabrik hergestellten Kopien müssen einen ähnlichen Test über sich ergehen lassen. Und so schießen Mikal und Akbars Bruder mit den Waffen nur Minuten nach dem Ausgraben auf Zielscheiben, die sie auf den Schrott gemalt haben.

Mehr als einmal hält Mikal an diesem Morgen mit der Arbeit inne, um Akbar zu suchen und ihm zu sagen, was er bei Tagesanbruch gesehen hat. Wieder und wieder tritt er an die Tür, vor der ein zehnjähriger Junge auf einer geflochtenen Bambusmatte sitzt und leere Patronenhülsen auffüllt, damit sie noch einmal benutzt werden können.

Nachdem die ausgegrabenen Glocks gereinigt und poliert wurden, bittet ihn Akbars Bruder, eine davon in den Südflügel des Hauses zu bringen.

»Gib sie dem Mann auf der Veranda.«

Doch da ist niemand. Mikal räuspert sich und schaut sich um. An der Wand hängt eine übermalte Gedenktafel; die Farbe blättert allerdings bereits ab, und Bruchstücke des Textes darunter sind wieder zu sehen. Von Akbar weiß er, was da steht: Connolly-Station. Ein Weißer, der 1842 vom Amir von Buchara ermordet wurde, weil man ihn verdächtigte, für die Briten zu arbeiten. Er durchstreifte die zentralasiatischen Republiken unter dem Namen Khan Ali, weil der so ähnlich wie sein richtiger Name klang; dieser Mann war es, der den Ausdruck »das große Spiel« prägte. Da er sich als Gefangener des Amirs von Buchara weigerte, zum Islam überzutreten, verspottete man ihn wegen seines Glaubens und fügte ihm schreckliches Leid zu. Nach seinem Tod schrieb seine Schwester an jede neue Klinik sowie an jedes neu eröffnete Krankenhaus und bat, man möge ein Bett oder eine Station nach ihm benennen.

Mikal räuspert sich noch einmal, dann stößt er die Tür auf und betritt einen Raum mit Licht absorbierenden Betonmauern, einem Boden aus kaltem Terrazzo. Er ruft einen Gruß und lauscht. An der Wand stehen stapelweise Kartons. In dem, den er öffnet, liegen Hunderte von Dokumenten – Broschüren und Handbücher zur Herstellung und Verwendung von Sprengstoff, Lehrbücher über den Guerillakampf. Er findet Notizbücher mit abgegriffenen Ecken, so fettig wie die Kladden, in denen Schlachter die Schulden ihrer Kunden auflisten. Er überfliegt Anleitungen zu Entführungen und Attentaten und nimmt einen Brief vom 12. Februar 2001 an jemanden namens Abu Khabab al-Masri in die Hand. *Höchst verehrter Abu Khabab, ich schicke fünf Glaubensbrüder, die für den Umgang mit Sprengstoffen ausgebildet sowie mit anderen Methoden des freudigen Blutvergießens vertraut gemacht werden möchten. Was die Ausgaben betrifft, so kommen sie für sich selbst auf. Alle sind vertrauenswürdig …*

Die Ermordung des Papstes. Die Ermordung des amerikanischen Präsidenten. Gleichzeitige Sprengung von einem Dutzend Flugzeugen. Attentate in Pakistan und auf den Philippinen. Bombenattentate unter anderem im Iran und in Indien. Angriffe auf die Konsulate in Pakistan und Thailand. Er findet die Zeichnung einer plumpen Vorrichtung zur Verbreitung von Anthrax; in einem anderen Karton entdeckt er Gasmasken und den letzten Band einer elfteiligen Enzyklopädie über moderne Waffen inklusive einer Anmerkung darüber, wo sich hochexplosives Material wie RDX oder Semtex beschaffen lässt, *das man in Hohlladungsgeschossen einsetzen kann, um den nuklearen Kern in einem Atomsprengkörper zu komprimieren*. Eine Karte zeigt die genaue Lage einer Synagoge in Tunis. Von Atomkraftwerken in westlichen Ländern. Von Sportstadien.

Er fühlt sich besudelt. Sie wollen die Geburt einer neuen Welt und nehmen dafür den Tod in Kauf, wiederholen ihn immer wieder, bis es zu dieser Geburt kommt.

»Wie du und Akbar war ich auch in einem Militärgefängnis«, hört er hinter sich jemanden sagen.

Mikal dreht sich um. »Man hat mich geschickt, dies hier zu bringen«, sagt Mikal rasch und hält ihm die Waffe hin. Der Mann ist Araber, jung, doch mit einem langen Bart.

»Als man dich freiließ, hat man dich zur Moschee am See zurückgebracht und Akbar nach Jalalabad. Habe ich recht? Rate mal, was mit meinem Bruder passiert ist.«

Mikal will einfach nur wieder gehen.

»Er wurde nach dem Fall von Kabul am 13. November gefangen genommen, als die Araber aus der Stadt flohen, also hätte man ihn zurück nach Kabul bringen müssen. Stattdessen flog man ihn in eine ihm unbekannte Stadt und setzte ihn in einen Bus, der erst nach sieben Stunden sein Ziel erreichte. Er kannte die Landessprache nicht, hatte kein Geld und keinen Ausweis und brauchte eine Weile, bis er herausfand, dass er in Albanien war. Kein Mensch glaubt ihm diese Geschichte, keiner glaubt ihm, dass er gefangen genommen wurde.« Er schüttelt mitfühlend den Kopf.

Mikal gibt ihm die Waffe, und der Mann dreht sie in den Händen hin und her. Dann deutet er damit auf die Kartons. »Wenn dich irgendwas interessiert, nimm es ruhig mit.« Er lächelt und fügt dann hinzu: »Es heißt, die Tinte eines Gelehrten sei heiliger als das Blut eines Märtyrers.«

»Ich war nur neugierig.«

»Du hast zwei Amerikaner getötet. Du ganz allein.«

Mikal weist auf die Tür. »Ich muss jetzt gehen.« Wenn er sich doch ein Telefon schnappen und Basies Nummer in Heer wählen könnte.

»Ich muss die Hand schütteln, die diese gesegnete Tat beging.« Der Mann schenkt ihm sein sicherlich fröhlichstes Lächeln. »Wir haben das Recht, vier Millionen Amerikaner umzubringen und zwei Millionen ihrer Kinder. Doppelt so viele dürfen wir ins Exil treiben und Zigtausende verwunden oder zum Krüppel machen. Meinst du nicht auch?«

Mikal blickt auf die dargebotene Hand. »Ich habe eine bessere Idee«, sagt er und lässt einige Sekunde verstreichen, damit sich der aufgewirbelte Staub legen und er in sauberer Luft sprechen kann.

Schließlich schaut er dem Mann in die Augen und sagt, was er ihm sagen möchte.

Den ganzen Tag lang sucht er Akbar, kann ihn aber nicht finden.

Der Mond steigt fast senkrecht auf und wird dabei immer kleiner.

Sobald er den Raum betritt, setzt er den Welpen ab und sieht ihm nach, wie er durch den vorhangverhüllten Torbogen verschwindet. Von der anderen Seite hört er so etwas wie ein Blätterrascheln.

Sie teilt den Vorhang und schaut ihn an, das Tier im Arm. Zu seiner Verblüffung bemerkt er, dass sie in einem Meer von Geldscheinen steht. Jenseits des Vorhangs ist jeder Zentimeter des Bodens mit Dollar- und Rialnoten bedeckt, mit Rupien und britischen Pfund. Es ist ein großer Raum, und die zerknitterten Scheine reichen ihr teilweise bis übers Schienbein. Das Bett gleicht einem breiten, weißen, in Geld gestrandetem Viereck, ein Stuhl ist bis zur Sitzfläche darin versunken. Vor ihren Füßen steht ein Strauß blauer Plastiklilien, die Vase ist nicht zu sehen.

»Ich werde verheiratet.«

Er braucht nicht zu fragen, wer der Bräutigam ist. Al-Qaida-Terroristen festigen die Beziehungen zwischen Stämmen oft dadurch, dass sie die Töchter oder Schwestern ihrer Gastgeber heiraten.

»Schon im Lauf der nächsten Wochen.«

»Und ich breche morgen nach Heer auf.«

»Ich komme mit.«

»Ich weiß nicht, was mich dort erwartet. Es könnte gefährlich werden.«

»Das ist mir egal.«

Er schüttelt den Kopf. »Ich komme so schnell wie möglich zurück, und dann verschwinden wir.«

Sie hebt den unglücklich wimmernden Welpen aus den Geldscheinfluten auf.

»Dein Vater hat was gegen diese Verbindung. Stimmt's?«

»Ja, es war die Idee meines Bruders.«

Das Haus liegt im Dunkeln. Hinter der Erdkrümmung, vom Wetter geschützt, die hohen Fernen leer. Davor als Silhouette die Spitzen prachtvoller Bäume. In seiner Tasche steckt ein Umschlag mit Geld, von Akbar für die Fahrt nach Heer. Er liegt vollständig bekleidet auf der Mauer und horcht wie ein Blinder allen Geräuschen nach. Dann steht er auf und steigt hinab in den Hof, geht unter den Bäumen hindurch zu Akbars Zimmer, aber das Bett ist leer. Er weiß, er muss dem Sohn vom Verrat des Vaters erzählen – nur wie schlimm werden die Folgen sein?

Er kehrt zur Mauer zurück, geht aber – den Sternen zufolge eine Stunde später – erneut nach unten, diesmal in die Küche.

Akbar steht am Fenster, die Arme aufs Fensterbrett gestützt. Mikal stellt sich zu ihm, und Akbar legt vertrauensvoll einen Arm um seine Schultern.

»Was siehst du?«, fragt Mikal.

»Es gibt nichts zu sehen. Es ist Nacht.«

Mikal wendet sein Gesicht dem jungen Mann zu. »Was ist los, Akbar?«

Er mag nicht antworten, blickt stumm vor sich hin. Nach einer Weile nimmt er den Arm von Mikals Schulter. »Ich habe gehört, was im Südflügel passiert ist. Warum hast du diesem großen Mann so etwas gesagt?«

»Weinst du, Akbar?«

Er wischt sich mit dem Ärmel über die Augen. »Es musste sein.«

»Was musste sein?«

»Ehrlosigkeit muss bestraft werden.« Er nimmt Mikal am Arm. »Komm mit.«

Sie fahren vom Haus fort, fahren durch die Dunkelheit; der aufgewirbelte Staub senkt sich beidseits der Straße aufs Dorngebüsch. Mikals Herz macht einen Satz, als sie in den schmalen Weg zum gelben Feld einbiegen; in der Ferne die Hügel. Jenseits davon erstrecken sich wilde, unfruchtbare Ebenen viele Kilometer weit bis nach Afghanistan. Akbar fährt mitten ins Feld und sagt: »Lass uns hier einen Moment anhalten.« Insekten – jeden Augenblick andere – stürzen sich aus der Nacht auf die Scheinwerfer. Motten wie goldgeflügelte Maschinen. Und Akbar redet fieberhaft über Amerika und den Westen. Hast du gewusst, was sie in Vietnam getan haben? Hast du gewusst, was in Bosnien passiert ist? Hast du gewusst, hast du gewusst, hast du gewusst? Windböen huschen übers Feld, die Abertausende von Geräuschen der Nacht, Wolken treiben dahin, und am Himmel tauchen zahllos weiße Flammen auf.

»Warum sind wir hier, Akbar?«

»Haben die Amerikaner dich je gefragt, ob du mit ihnen zusammenarbeiten willst?«, will Akbar wissen. »Haben sie gesagt, sie würden dich laufen lassen, wenn du al-Qaida und die Taliban für sie bespitzelst?«

»Nein, und wir haben diese Diskussion schon mal geführt.«

»Den Malaysier drei Käfige weiter haben sie garantiert zum Doppelagenten gemacht und zurück nach Malaysia geschickt, damit er al-Qaida ausspioniert. In der Ziegelfabrik bekam er Eis, Pizza und Apfelkuchen, und man hat ihn mit Filmen versorgt.«

»Was haben wir hier verloren, Akbar?«

Er wirft einen Blick auf die Uhr am Armaturenbrett und lenkt den Wagen durch die Blumen in Richtung Hügel. Die Scheinwerfer strahlen den Datsun seines Vaters an. Er steht vor ihnen, am Hügelrand. Mikal fasst sich mit beiden Händen an den Kopf. »Mein Gott!« Der Wagen ist mit der Beifahrerseite gegen einen Fels geprallt und eingedellt. Zehn Schritte vor dem Unglücksort hält Akbar den Wagen an, doch bleiben sie sitzen und blicken hinaus. Der Aufprall hat den Fahrer durch die Windschutzscheibe aus dem Wagen geschleudert.

»Mein Gott.« Er ist dankbar dafür, dass Augen nicht in Seelen schauen können.

»Weißt du noch, wie du mir erzählt hast, dass man die Scheinwerfersicherung durch eine Kugel Kaliber 22 ersetzen kann? Die Kugel wird heiß und feuert sich irgendwann selbst ab wie aus einer Waffe.«

Fast eine Stunde lang sucht Akbar nach ihm, ruft in die Nacht, seit er ihm den Rücken zukehrte und in die Banditenhügel lief, doch mit all seiner Abscheu, Verwirrung und kalten Wut hält Mikal sich weiterhin versteckt. Schließlich steigt Akbar in den Wagen und fährt davon. Langsam fällt die Anspannung von Mikal ab, und er wandert ins Dunkel.

Früher Morgen – er kehrt den Hügeln den Rücken, geht auf Megiddos Basar, leistet sich eine Tasse Tee, betritt einen Laden und bittet um vier Aspirin, die er draußen mit einem Schluck Wasser vom Hahn an der Mauer hinunterschluckt. Doch sie sind aus Kalk, und er spuckt sie wieder aus, lässt dabei den Laden nicht aus dem Blick. In einem zweiten Geschäft auf der anderen Straßenseite muss er warten, bis er an die Reihe kommt; vor ihm sind Schulkinder, die Süßigkeiten kaufen und kleine Broschüren mit einem *mantar*-Zauber, der helfen soll, Prüfungen zu bestehen. Nachdem er die Aspirin geschluckt hat, lehnt er sich an eine Säule, die als Bushaltestelle dient, und wartet darauf, die Reise nach Heer antreten zu können, als ihn ein Kind mit ernster Miene anspricht – als hätte es gerade etwas Schreckliches erlebt – und versucht, ihm zwei krumme Eisennägel zu verkaufen.

32

Am zweiten Nachmittag der Geiselnahme stehen Rohan, Yasmin und Tara in der Menge, die zur St. Joseph's hinüberstarrt; Angst und Chaos hier draußen sind zweifellos ebenso groß wie innerhalb des Gebäudes; Wechselspiel der Blicke; und niemand weiß, wie dem Geschehen die Macht nehmen. Sie stehen unter einer Plane, die jemand zwischen einem Seidenwollbaum und der Fiberglasspitze des Atomkraftdenkmals gespannt hat. Gleich nach Beginn der Geiselnahme haben die Terroristen das Feuer eröffnet, um die Menge zu vertreiben. Das hier ist die sicherste Distanz. Also stehen sie da, hören zu, sehen zu, von Angesicht zu Angesicht mit dem Dämon, auf den arabische Verse gekritzelt wurden, damit er zu ihrer Religion passt.

Es weht ein staubiger Wind.

Aufgrund der Meldungen über St. Joseph's hatten gestern alle Schulen und Colleges in und um Heer geschlossen, da man fürchtete, es könne sich um einen koordinierten Angriff auf mehrere Institutionen handeln.

»Irgendwas Neues?«, fragt Rohan mit gesenktem Kopf. Bei dem Wind hört es sich an, als würden Gegenstände in die Bäume krachen.

»Nein, Bruder«, antwortet ihm Tara.

Er spürt, dass die beiden Frauen an seiner Seite stehen, spürt, dass sie über alle Erschöpfung hinaus besorgt sind, eine Kraft, die jede Frau auf der Welt zur Heldin macht.

Eine ungeheure Anzahl von Soldaten, Polizisten und Notdiensthelfern hat die Schule weiträumig abgeriegelt, sodass die Gegend wie eine Quarantänezone aussieht.

Taras Augen sind müde vom Warten, trotzdem sucht sie weiter nach Naheed, sucht auch während der endlosen Nachtstunden in Gedanken nach ihr und fragt sich, wo sie sein könnte. Jetzt hofft sie, Naheed unter den hier Versammelten zu entdecken und stellt sich alle paar Minuten auf die Zehenspitzen, um über die Schultern hinwegzuspähen. Die Knie tun nicht mehr weh, was ihr beweist, wie sehr Allah sie liebt, der ihr einen neuen Schmerz gab, zum Ausgleich dafür aber einen alten linderte.

Gestern wurde um elf Uhr, zweieinhalb Stunden nach Beginn der Geiselnahme, das Schultor geöffnet.

»Ich glaube, es ist vorbei«, hatte Tara gesagt und das Gesicht gleich in Dankbarkeit zum Himmel gewandt.

»Es ist Basie«, sagte Yasmin und schob sich durch die Menge nach vorn, um alles aus der Nähe mitzubekommen.

Yasmin und Tara hatten zugesehen, wie ein Soldat auf Basie zuging, mit ihm redete und ein Blatt Papier erhielt, während mehrere Leute Basie zuriefen: »Lauf zu uns rüber.«

Er hatte sich umgedreht, war zurückgegangen, und das Tor wurde wieder geschlossen. Fünf Minuten später erfuhren sie, dass Basies Blatt die Forderungen der Terroristen enthielt. Darin lag ein zweites Blatt, angeblich mit einer Nachricht an den ganzen Planeten.

»Sie wollen, dass Pater Mede in die Schule kommt«, berichtet Yasmin. »Auf dem Zettel steht: ›Wenn Mede kommt, lassen wir alle Kinder unter dreizehn Jahren frei, ausgenommen die Schiiten, Christen und Ahmadiyyaner.‹«

Nur hatte man seit Beginn der Geiselnahme kein Wort von Pater Mede mehr gehört.

Die Telefonleitungen in die Schule wurden von den Terroristen gekappt. Mit den Forderungen hatte Ahmed auch die Nummer des Satellitentelefons angegeben, das er stets bei sich trägt; und jetzt steht er in der Bibliothek, spricht mit dem Verantwortlichen, wiederholt die Forderungen und sagt erneut, dass man keine Nahrung zu schicken brauche, da die Kinder zur Bekräftigung der Ziele ihrer Geiselnehmer einen Hungerstreik beschlossen hätten. Mit der Warnung: »Versuchen Sie nicht, dieses Gebäude zu stürmen« beendet er das Gespräch.

Dann bleibt er einige Augenblicke lang reglos stehen.

Die Bibliothek wurde verwüstet, die Bücher mit westlichem Wissen aus den Regalen gerissen und auf den Boden geworfen, Seiten um Seiten nichts als Lügen über die Geschichte der Erde, nichts als blutgetränkte Abstraktionen der sogenannten zivilisierten Welt. Für ihn so nebensächlich wie die Pyramiden, sind sie doch unislamisch und ungerecht.

Er hat seit zwei Tagen nicht geschlafen. Die bodenlangen Fenster werden von Trompetenblumen umwuchert, an Ranken hängen dicke orangerote Blütenstände voller Bienen und schwarz glänzender Ameisen; eine Tafel belehrt die Kinder, dass die Pflanze ursprünglich nach Abbé Jean-Paul Bignon benannt wurde, dem Bibliothekar Ludwig XIV., und dass ihr Mark, wenn man das Holz quer durchschneidet, ein Kreuz aufweist. All die Schüler in dieser Schule sind zu jung und zu beeinflussbar, als dass man ihnen etwas anderes als den Koran und die Reden Mohammeds beibringen sollte. Zu seinen Füßen liegen Wörterbücher mit den vielen Bedeutungen des Wortes Rose oder den siebzehn Wörtern, die es im Urdu für Regen gibt, Gotteslästerungen allesamt, da nirgendwo Allah vorkommt, so wenig wie in den wissenschaftlichen Büchern. Warum steht da nicht, dass zwei Wasserstoffatome und ein Sauerstoffatom sich nur dann vereinen, wenn Allah ein Wassermolekül bilden will? In seinen rasenden Gedanken taucht der Text seiner Erklärung auf, die er zusammen mit den Forderungen herausgegeben hat. In Sprache verwandelte Wut, der Schmerz in dauerhafte Worte gesetzt. *Dies ist eine Nachricht der Krieger des Islam an die Ungläubigen der Welt, an die Kreuzfahrer und Juden sowie ihre*

Agenten in der muslimischen Gemeinschaft. Wir sind die Vollstrecker des Willens Allahs und geben bekannt, dass es sein Wille ist, die Wahrheit zu verbreiten, und nicht, Menschen zu töten. Friede, nicht Krieg. Wir sind selbst die Opfer von Mord, Massaker und Gefangenschaft. Dass der Westen in Afghanistan einmarschierte – in das einzig wahrhaft islamische Land der Erde –, ist ein beispielloses globales Verbrechen, und während wir dies schreiben, werden unsere Brüder, Schwestern und Kinder getötet, entführt oder gefoltert. Unter diesen Umständen wird der Dschihad zur Pflicht, so wie es unsere Pflicht ist, Spanien zurückzuerobern, Sizilien, Ungarn, Zypern, Äthiopien und Russland, und die Wiedererrichtung der islamischen Herrschaft über ganz Indien durchzusetzen ... Das sind nicht bloß Worte. Dort draußen setzen Akteure sie in Wirklichkeit um, gewinnen sie Gestalt durch seine Energie und Kraft, und er presst die Stirn an die Wand und rollt den Kopf von links nach rechts, während er in stetigem Rhythmus zu atmen versucht.

Das zweite Handy in seiner Tasche klingelt; ein begeisterter Kyra übermittelt ihm seine Glückwünsche.

»Die Nachricht verbreitet sich«, sagt er. »Sie wird landesweit auf jedem Fernsehkanal gebracht. Allerdings schmälern sie eure Tat, indem sie ungenaue Angaben über die Geiseln machen.«

Sie behaupten, es befänden sich nur an die dreihundert Leute in der Schule.

Gestern war Ahmed um halb elf morgens in der Aula, als der Mann mit dem Fuß auf dem Zünder das Radio anstellte, um Nachrichten zu hören. Der Sprecher sagte, in einer Schule in Heer seien Geiseln genommen worden, um dann zu lügen und zu behaupten: »Verhandlungen wurden aufgenommen.« Es war die fünfte Meldung, und sie war ganze zwei Sätze lang; die heiligen Krieger reagierten ziemlich aufgebracht, als es hieß, nur etwa fünfzig, sechzig Schüler und Lehrer befänden sich in der Schule. Zwei der Vermummten stürmten daraufhin sogar in den Flur, zertrümmerten Stühle und Tische an den Wänden und schrien lauthals vor unbändiger Wut: »Dschihad! Dschihad! Dschihad!«, woraufhin weitere

Kämpfer aus allen Ecken der Schule kamen, sich ihnen anschlossen und brüllten, bis sie heiser waren. Der Mann mit dem Fuß auf dem Bombenpedal sah aus, als wollte er aufstehen und mitmachen.

Kyra sagt: »Wenn du mit dem Regierungsvertreter sprichst, musst du ihnen sagen, dass du damit unzufrieden bist.«

»Er hat behauptet, dass sei allein Sache der Journalisten.«

»Die Regierung kontrolliert sie und sorgt dafür, dass die Meldung nicht bis zu den ausländischen Nachrichtenagenturen vordringt. Besteh darauf. Sag, wenn sie noch mal lügen, sähest du dich gezwungen, ein Kind den Märtyrertod sterben zu lassen.«

»Wir brauchen Pater Mede. Solange er nicht hier ist, interessiert sich die Westpresse nicht für uns.«

»Sie behaupten, sie können ihn nicht finden. Bist du sicher, dass er sich nicht irgendwo in der Schule versteckt hält?«

»Wir haben überall gesucht.«

»Und Basie habt ihr auch nicht. Ich habe probiert, durch die Absperrung zu kommen, um zu sehen, ob er den Wagen an der üblichen Stelle geparkt hat. Ich versuche es noch einmal.«

Ihr werdet vorbringen, die Geiseln in der Schule seien doch Muslime, aber wir wissen, zu welcher Sorte Muslime sie gehören. Wir wissen, dass sie und Leute ihres Schlags der Beseitigung des Talibanregimes zustimmen. Jeder, der älter als dreizehn Jahre ist und die Waffen gegen den Islam erhebt, kann vernichtet werden. Jeder Muslim, der dem Vorgehen des Westens in Afghanistan zustimmt und der an diesem Kreuzzug teilnimmt, indem er Material liefert oder den Kampf mit Worten unterstützt, sollte wissen, dass er zu den Abtrünnigen und nicht länger zur Gemeinschaft des Islam gehört. Folglich ist es statthaft, ihm Geld und Leben zu nehmen, und er verdient den Tod genauso wie irgendein amerikanischer General mit all seinem ordenbehängten Ruhm ...

Die Tür zur Bibliothek wird geöffnet, und die zwei Frauen treten ein, vielmehr wird die eine grob von der anderen hineingezerrt.

»Ich will von hier weg, Bruder Ahmed«, sagt die eine, an deren Überzeugung er von Anfang an gezweifelt hat. »Für die Kinder ist dies hier die Hölle. Außerdem hast du gesagt, wir würden ein Regierungsgebäude angreifen.«

»Wir haben diese Unterhaltung schon zwei Mal geführt, Schwester«, erwidert Ahmed leise.

»Und was ist mit den Kindern, die in Afghanistan die Hölle erleben?«, wirft die zweite Frau ein. »Außerdem *ist* dies ein Regierungsgebäude. Sämtliche Leute in diesem Haus sind Instrumente des Staates.«

Die zweifelnde Frau hört zu, während Ahmed ihr noch einmal alles erklärt. Mimik, Gedankengang und Ernsthaftigkeit lassen ihn älter wirken, seine Ansichten scheinen unerschütterlich, und all seine Bewegungen kommen ihr wie rituelle Gesten vor.

»Ich will nichts mit eurem todbeladenen Sieg zu tun haben«, sagt die Frau. »Und ich will nicht länger bleiben.«

»Du kannst nicht gehen.«

»Ich werde nicht dabei zusehen, wie muslimische Schwerter muslimisches Blut vergießen.«

»Du kannst nicht gehen«, wiederholt Ahmed mit leicht erhöhter Stimme. »Wir müssen die Kinder hierbehalten, bis man uns den Weißen ausliefert.«

»Und die meisten dieser Kinder sind ganz und gar nicht unschuldig«, sagt die zweite Frau.

»Und die, die es sind?«

»Du musst mir glauben, wenn ich dir sage, dass ich wegen der unschuldigen Kinder ebenso aufgebracht bin wie du, nur spüre ich, dass Allah uns bittet, sie zum Beweis unserer Liebe zu opfern, so wie er Ibrahim bat, zum Zeichen seines Gehorsams die Kehle seines Sohnes zu durchschneiden. Mit diesen wenigen Wunden werden wir den Islam heilen.«

»Du vergleichst dich mit einem Propheten? Du glaubst, derart weitreichende Entscheidungen treffen zu können? Du bist doch halb verrückt wegen dem, was du in Afghanistan erlebt hast, wo deine Kameraden gefangen genommen und abgeschlachtet wurden.«

»Bring sie weg«, sagt Ahmed, »und behalte sie im Auge.« Kaum sind die beiden fort, kommt der Präfekt des Hauses Córdoba herein.

»Was hat der Verantwortliche am Telefon gerade gesagt?«, fragt er Ahmed.

»Er beharrt darauf, dass er nicht weiß, wo Pater Mede und Basie sind, dass ihr Einfluss auf die Amerikaner nicht ausreicht, die Freilassung der Gefangenen oder den Rückzug aus Afghanistan verlangen zu können, und dass Amerika zu groß und im Augenblick zu angeschlagen sei, als dass Pakistan ihm den Gehorsam verweigern könne.«

»Wir dürfen unseren Glauben und die Hoffnung nicht verlieren. Ich wollte dich bitten, einen Blick auf das zu werfen, was da draußen passiert.«

Ein Geistlicher ist in einem Lieferwagen hergebracht worden. Auf dem Dach des Wagens, den man so nahe wie möglich an die Schule gefahren hat, sind Lautsprecher befestigt. Der Mann zitiert Koranverse, die es untersagen, Unschuldigen ein Leid zuzufügen. Er redet in minutenlangem Wortschwall und behauptet, die Stellen im heiligen Buch, die tatsächlich den Dschihad billigten, müssten im Kontext jener Zeit gelesen werden, in der sie Mohammed offenbart wurden. »In einem Koranvers heißt es: *Den Gläubigen in ihrer Liebe am nächsten kommen jene, die sagen: ›Wir sind Christen.‹*« Er fährt fort, doch hat Ahmed genug gehört, und er befiehlt, das Feuer auf den Lieferwagen zu eröffnen. Der Wagen entfernt sich mit quietschenden Reifen in Richtung Atomkraftdenkmal, während der entsetzte Geistliche Allah um Hilfe anfleht und dem Fahrer über Lautsprecher zugleich befiehlt, schneller zu fahren.

Basie sieht Naheed von der anderen Seite der Aula zu, wie sie zusammen mit einer Lehrerin jeweils ein Dutzend Kinder zur Toilette bringt. Die Kinder sind erschöpft und hungrig und dürfen nicht einmal Wasser trinken. Als Basie die Jungen hinbringt, erlaubt er ihnen zu trinken, sagt aber, sie müssten darauf achten, dass keine Tropfen auf ihre Kleider fallen, und sie dürften auch kein Wort darüber verlieren.

Später kommt Naheed ihm im Flur entgegen, mit jedem Schritt ein Stück vertrauter. Sie hält den Blick gesenkt, doch er starrt sie an, bis sie es merkt. Anfangs fehlen ihnen die Worte: Es ist spät am Nachmittag, doch dunkler, fast als scheute das Licht diesen Ort. Sich nach verlorenen Sicherheiten sehnend, sinken die Kinder gruppenweise in Schlaf, es wird ein wenig ruhiger, fast friedlich.

»Wie geht's dir?«, fragt er schließlich.

Sie nickt, ihre Konturen kaum zu erkennen, das Gesicht vom Geschehen gezeichnet, doch frei von jener Verzweiflung, die er bei anderen gesehen hat.

»Hat Jeo über dich und Mikal Bescheid gewusst?«

Ihre goldenen Augen betrachten ihn einen Moment stillschweigend. »Ich glaube nicht.«

»Da wäre ich mir nicht sicher. Glaubt du, er könnte deshalb nach Afghanistan gegangen sein?«

Sie lehnt sich an die Wand an. »Also weißt du über Mikal und mich Bescheid?«

Er nickt.

»Wer hat es dir erzählt?«

»Du selbst. Gerade eben.«

»Das war, ehe ich Jeo geheiratet habe.«

»Okay.«

»Ich glaube, er lebt.«

»Wenn das hier vorbei ist, gehe ich ihn suchen.«

Sie nickt und schaut sich um. »Wo haben sie die Christen, Schiiten und Ahmadiyyaner hingebracht, Basie?« Es waren an die dreißig, und sie wurden mit den Worten »Geht und schaufelt euch eure Gräber« aus der Aula abgeführt.

»Keine Ahnung.« Als er sieht, wie sich ihr Kiefer anspannt, setzt er hinzu: »Du wirst jetzt aber nicht weinen, oder?«

Sie schüttelt den Kopf.

»Ich sage mir, dass ich dies hier durchstehen muss, damit wir Mikal suchen können.«

»Das tue ich auch.«

Sie möchte so gern etwas Normales erleben – mit einer Nachbarin lachen, sich die Hände waschen oder sich beim Gemüsehändler beschweren, weil in der gestern verkauften Aubergine eine Raupe war.

»Eine der Terroristinnen, Basie …«

»Sag nicht meinen Namen.«

Sie nickt, entsetzt über ihren Fehler. Er hat schon mehrmals daran gedacht, sich zu stellen, um die Freilassung der Kinder zu beschleunigen, nur fürchtet er, dass der Englischlehrer bestraft wird, der seinetwegen log. Sobald sie sich wieder gefasst hat, sagt Naheed: »Eine der Frauen ist mit all dem hier nicht einverstanden. Ich habe mit ihr geredet und sie gefragt, ob sie uns hilft, wenn ich mit den anderen Lehrerinnen etwas plane.«

»Was macht ihr da?«, schreit eine vermummte Gestalt vom anderen Ende des Flurs, und Naheed geht rasch in Richtung Toilette. »Wer hat dir gesagt, dass du hier einfach rumlaufen darfst?«

Als Basie zur Aula abbiegt, kommt ein Terrorist, fasst ihn an die Schulter, steckt ihm rasch eine Handvoll Süßigkeiten zu und flüstert: »Für die Kinder. Ich habe nicht gewusst, dass wir eine Schule überfallen«, sagt er. »Das hier hat nichts mit mir zu tun.«

»Hilf mir, dem ein Ende zu machen.«

»Ich muss weiter.«

Basie packt ihn am Arm. »Gibt es mehr, die so denken?«

Der Mann versucht sich zu befreien und hebt die Waffe, vielleicht im Reflex, vielleicht nur erstaunt über seine eigene Kühnheit.

Doch Basie hält ihn fest. »Komm heute Nacht zu mir. Komm und rede mit mir, sobald du siehst, dass ich allein bin.« Der Mann reißt sich los und geht mit festem Schritt davon, dem Schritt eines Gangsters.

Michael fuhr Adam in einem Flammenwagen in den Himmel und begrub ihn nach seinem Tod mithilfe der Erzengel Gabriel, Rafael und Uriel. Basie sieht zu ihm auf, als er die Aula betritt, und denkt an Mikal, der irgendwo da draußen am Leben ist.

Eine Stunde nach Beginn der Geiselnahme hat Pater Mede davon gehört. Er saß in seinem Hotelzimmer in Islamabad und wartete auf einen ehemaligen Schüler, inzwischen ein Freund, der mit dem Flugzeug aus England kam, um ihm Medizin zu bringen, die sein alternder Körper braucht und die er in Pakistan nur mit größter Mühe bekommen kann. Chlorphenamin, Pantoprazol, Mebeverin, Kodein, Phosphat, Irbesartan, Amoxicillin, Ezetimib, Metoclopramid, Dicloflex, Finasterid, Doxazosin ... eine Liste so lang wie eine Aufzählung homerischer Schiffe. Er wollte gleich wieder zurück nach Heer, wurde von den Behörden aber daran gehindert. Fahrer und Wagen verschwanden, und als er ein Taxi rufen wollte, verstummte das Freizeichen seines Hoteltelefons. In der vor Polizisten wimmelnden Lobby bat man ihn freundlich, zurück aufs Zimmer zu gehen. Es waren nur wenige Hundert Kilometer, aber er hätte ebenso gut in Borneo, Adelaide oder Rio de Janeiro sein können.

Die Regierung wollte ganz offensichtlich nicht, dass ein Weißer mit dem Vorfall in Verbindung gebracht wurde. Seine Enttäuschung schwoll zu Wut an, doch wurde ihm etwas in den Tee getan, um den er am Mittag bat. Er war fast sechsunddreißig Stunden bewusstlos.

Gegen zwei Uhr früh befindet er sich nun auf der Grand Trunk Road und wird nach Heer gefahren.

Er wird von mehreren Fahrzeugen verfolgt, die keinerlei Anstalten machen, sich unauffällig zu verhalten. Ihre Waffen, ihre Augen überall. Kurz nach elf Uhr am Abend war er aufgewacht. Am Arm hatte er Stiche, offenbar hatte man ihm noch weitere Injektionen verabreicht. Auf seine Bitte, das Hotel verlassen zu dürfen, wurde ihm ausgerichtet, dass er gern nach Heer fahren dürfe, sofern es ihm gelänge. Fahrer und Auto waren verschwunden, und der Fahrer erzählte nach seiner Rückkehr, dass der Wagen seltsamerweise abgeschleppt worden sei und dass ihn die Behörden, als er das Fahrzeug suchte, kreuz und quer durch die Gegend geschickt hätten. Bei seiner Rückkehr zum Hotel am gestrigen Abend wurde ihm dann mitgeteilt, dass Pater Mede bereits abgereist sei.

Die öffentlichen Telefonzellen waren stets mit Leuten besetzt, die endlos lange Gespräche führten, und dreizehn Mal wurden sie von der Polizei wegen einer »stichprobenartigen« Sicherheitskontrolle angehalten. Er hatte sieben lange Umwege machen müssen, vier davon endeten in einer Sackgasse.

Als er gegen vier Uhr morgens von der Grand Trunk Road in Richtung St. Joseph's abbiegt, versperrt ihm ein Streifenwagen den Weg, und ihm wird erklärt, wenn er versuche, in die Nähe des Gebäudes zu gelangen, würde man ihn sofort verhaften. Wortlos bleibt er mehrere Minuten im Auto sitzen, schaut aus dem Fenster und stellt sich vor, wie der Regen auf den Frangipanibaum vor seinem Büro fällt, dessen großen Blüten so schön wie das Geheimnis einer Geschichte sind. Dann bittet er den Fahrer umzukehren. Eine Stunde später versucht er immer noch, nach Hause zu gelangen oder ein Telefon aufzutreiben, und stößt immer wieder auf Hindernisse und Straßensperren. Als sie schließlich bei einem Teestand am Straßenrand halten, sagt jemand, eine Schule auf der anderen Seite von Heer sei mit Granaten, Bomben und Gewehren angegriffen worden.

»Aber das ist eine muslimische Schule«, sagt Pater Medes Fahrer, als er den Namen hört. »Wollen die wirklich alle Schulen überfallen, nicht bloß die christlichen?«

»Sind bestimmt die Kommandos, die die Erstürmung von St. Joseph's proben«, sagt Pater Mede. »Das wäre die einzige Erklärung.«

»Die bringen noch alle um«, erwidert der Fahrer und beginnt, lautlos Koranverse vor sich hin zu murmeln, die eine Katastrophe abwenden sollen. Außerdem versichert er Pater Mede: »Allah ist ein Freund der Menschen mit gebrochenem Herzen.«

Am Stadtrand von Heer öffnet Kyra die hintere Tür des Landrovers und steigt ein, der Saluki springt zu ihm in den Wagen.

»Wessen Idee war die Geiselnahme?«, fragt der Mann hinterm Steuer. Ein Eindruck von geballter Macht geht von der Stimme aus.

»Sie wurde von sechs Schülern vorgeschlagen, und ich habe sie gebilligt.«

»Die Namen? Ich will ...«

»Lassen Sie mich erklären«, sagt Kyra.

»Ich will, dass du mir die Namen aller zweiunddreißig Leute in dem Gebäude aufschreibst, und wenn du mich noch einmal unterbrichst, pumpe ich dir eine Spritze voll Quecksilber in den Schädel.«

Ohne sich umzusehen, reicht der Mann Kyra ein kleines Notizbuch nach hinten.

»Ich kann nur hoffen, dass sie nicht so dumm sind, irgendwem ihr Gesicht zu zeigen. Falls ein Zivilist sie ohne Maske gesehen hat, will ich, dass man diese Person oder diese Personen isoliert, damit sie beim Überfall eliminiert werden können. Wurde außer der Schulwache noch jemand während der Planung kontaktiert?«

»Nein.«

»Man wird ihn in einer Stunde in einem Sack unweit von Muridke finden.«

Der Mann hat kurzes Haar und präzise geschnittene Koteletten, der Nacken ist glatt ausrasiert, fast wie Kyras eigener Nacken. Er trägt einen himmelblauen Salwar Kamiz. Und auch ohne eine Spur davon zu sehen, weiß Kyra, dass er unter dem Kamiz eine Waffe trägt.

Er ist vom ISI, dem pakistanischen Geheimdienst, aber keiner der gewöhnlichen abertausend Agenten. Er ist ein Generalleutnant, dessen Vernehmung von den Vereinten Nationen beantragt wurde, da er in den Neunzigerjahren die moslemischen Kämpfer Bosniens gegen die serbischen Truppen unterstützt hatte. Trotz eines Waffenembargos der UN hatte er erfolgreich Antipanzerlenkwaffen ins besetzte Bosnien geschmuggelt, die das Blatt zugunsten der bosnischen Muslime gewendet haben und die Serben zwangen, die Belagerung aufzuheben.

Die pakistanische Regierung hatte den UN mitgeteilt, der Generalleutnant habe aufgrund eines Autounfalls das Gedächtnis verloren und sähe sich folglich außerstande, einer Befragung in dieser Angelegenheit zuzustimmen.

Er nimmt das Notizbuch und überfliegt, was Kyra geschrieben hat. Ein Mann, der es gewohnt ist, Dinge zu erledigen, auch dass man ihm gehorcht; ein Mann, der noch im Dunkeln einen Schatten wirft.

»Sag diesem Ahmed, dass das Gebäude am späten Vormittag gestürmt wird.«

»Ich sag's ihm«, sagt Kyra mit kaum verhohlener Wut. Der Saluki hebt den Kopf von seinem Knie, richtet sich auf und klettert nach vorn. Der Mann streckt eine Hand aus und krault ihm liebevoll das Fell.

»Ich kann weder seine Gefangennahme noch seinen Tod verhindern. Du selbst kommst nur wegen deiner früheren Verbindungen zur Armee ungeschoren davon.«

Eine Weile verharrt der Mann in tiefer, erwartungsvoller Stille wie ein Prophet, der gerade eine Offenbarung empfängt.

»Jetzt ist einfach nicht die richtige Zeit für eine solche Operation. Hast du wirklich geglaubt, wir hätten keine Pläne, wie wir die amerikanische Armee in diesem Teil der Welt destabilisieren können, eine Armee aus Weibern und Schwuchteln? Was denkst du denn, wer du bist, dass du meinst, ein Ding dieser Größenordnung abziehen zu können, ohne uns Bescheid zu geben?«

»Die Brüder und Verwandten einiger meiner Männer werden von den Amerikanern gefangen gehalten.«

»Und? Ändert sich dadurch jedes scheißverdammte Ding auf dieser Welt? Zum Glück war wenigstens der Weiße nicht da.«

Eine Weile schweigen sie, dann dreht der Mann sich um und schaut Kyra zum ersten Mal direkt an.

»Worauf wartest du noch? Raus hier.«

Kyras Waffe ist genau da, wo auch die des Mannes ist, nämlich unter seinen Kleidern.

Er steigt aus, und gerade als er die Vordertür für den Saluki öffnen will, rast der Landrover in hohem Tempo davon.

Naheed steht im Flur, als sie Mikal durch die Bögen bei den Kreppmyrten sieht. Blau im Dämmerlicht. Er schaut sie an, dann verschwindet er zwischen den gestürzten Rosenholzbäumen an der Südmauer. Kreppmyrten, hat Rohan ihr erzählt, seien die am längsten blühenden Bäume, die der Mensch kennt; bis zu einhundertzwanzig Tage können sie durchgehend in Blüte stehen.

Sie geht in die Aula, fängt Basies Blick von der anderen Seite auf. Die Kinder und Lehrer schlafen; sie lehnt sich an eine Säule und schließt die Augen.

»Tanze«, sagt der Mann, der Mann mit der Maske. »Tanze für mich.« Er kommt und legt ihr eine Hand auf die Schulter. »Wie die jungen Frauen im Film.«

Sie weicht einen Schritt zurück und blickt dahin, wo sie eben noch Basie gesehen hat, aber der hält jetzt mit dem Fuß den Pedalzünder der Bombe gedrückt. Ehe der Terrorist zu ihr kam, hatte er ihm befohlen, seinen Platz einzunehmen.

Als der Maskenmann erneut versucht, sie anzufassen, sieht sie Basie und einige Lehrer aus erschöpftem Halbschlaf zu ihr herüberblicken. Basie weiß, er muss den Fuß auf dem Pedal lassen, muss weitere Beleidigungen hinnehmen, wenn er leben will und die anderen überleben sollen. *Das hier kann doch gar nicht wirklich passieren,* denkt Naheed, als der Maskierte sie in den dreieckigen Raum zwischen zwei Schränke drängt. Sie hat Durst. Basie steht auf, den Fuß noch aufs Pedal gedrückt, sieht verwirrt und verzweifelt aus, will zu ihr kommen und kann nicht. Unwillkürlich ruft sie nach ihm. Der Maskierte erstarrt und blickt in die Richtung, in die sie gerufen hat; sie weiß, indem sie seinen Namen nannte, hat sie ihn so sicher getötet, als hätte sie eine Kugel auf ihn abgeschossen.

Ahmed sitzt in der Bibliothek, das glänzende Messer in der Hand. Sein Verstand ist zu kaltem Stein erstarrt. Er hat gerade mit Kyra telefoniert. Das Gebäude soll gestürmt werden.

Kyra hat auch gesagt, dass Basies Wagen an der üblichen Stelle in der Gasse hinter der Schule steht. Er muss also unter den Lehrern sein.

Ahmed dreht sich um und sieht zur Tür, all seine Sinne funktionieren wieder. Er hört eilige Schritte näher kommen, dann taucht der Präfekt des Hauses Mekka auf, atemlos. Vor kaum einer Minute hat Ahmed ihn losgeschickt, um die Lehrer einzeln zu vernehmen und ihm Basie zu bringen. Jetzt ruft er: »Wir haben Pater Mede. Er hat gerade an eine kleine Seitentür geklopft. Er will, dass die Kinder im Austausch für ihn freigelassen werden.«

»Lasst die Tür zu. Das ist bestimmt eine Falle. Sie wollen die Schule stürmen.« Ahmed geht zur Treppe, bleibt aber plötzlich stehen, da zwei seiner Männer die Stufen hinaufkommen, in ihrer Mitte der Weiße.

Und im selben Moment sieht er aus den Augenwinkeln, wie Soldaten über die Schulmauer stürmen.

33

Naheed trägt ein dickes Buch in die Küche, Bananenblätter kratzen an den Fenstern. Es ist zwei Uhr früh. Im Haus ist es dunkel und still, es regnet, und sie kann nicht schlafen. Hin und wieder lässt ein Blitz sie glauben, ihr fiele das Mondlicht zu Füßen.

Es ist Nacht, und die weiblichen Verwandten der Erwachsenen und Kinder, die bei der Erstürmung der Schule St. Joseph's starben, werden jetzt sicher heimlich ihre Gräber aufsuchen. Naheeds Erinnerungen ans Ende sind bruchstückhaft. Die Terroristen hatten alle Frauen und Kinder gezwungen, auf Stühlen vor den Fenstern zu stehen, damit die Soldaten nicht in die Schule schossen. Sie erinnert sich, dass es an verschiedenen Stellen gebrannt hat, an flüchtende Geiseln, die erschossen wurden, weil man sie für Terroristen hielt, an eine Explosion, die einen Engelskopf durch Flammen und Rauch in den Garten schleuderte. Geschmolzenes Plastik, das vom brennenden Dach tropfte. Der Lärm eines Hubschraubers. Wie ein heftiger Schmerz sie aus ihrer Benommenheit riss, weil ein Teenager sie in seinem Todeskampf unwissentlich an den Haaren zog. Irgendwann sah sie sich neben einem Soldaten, der selbst wie betäubt nach ihrem Schleier griff, um damit das Blut von seiner Waffe abzuwischen. Und später sah sie Männer, die ihre Gewehre mit den weichen Blättern eines Feigenbaumes säuberten. Draußen gab es nicht genug Regierungsfahrzeuge, weshalb die Verwundeten in Privatwagen geladen wurden; aus Heckklappen hingen blutbesudelte Arme und Beine. Stunden später, als es vorbei war, wurden die Leichen einiger Terroristen im Fernsehen gezeigt; die Gesichter bis zu Unkenntlichkeit zerfetzt.

Sie schlägt das große Buch auf, der Atem der Seiten verweht die Kerzenflamme. Das Buch enthält ein Verzeichnis der Daten und Ereignisse aus der Geschichte der Menschheit von den allerersten Anfängen bis zur Gegenwart.

Laut islamischem Kalender leben wir zu Beginn des fünfzehnten Jahrhunderts. Um 1420. Sie fragt sich, was Anfang fünfzehnhundert christlicher Zeit in den christlichen Ländern geschehen ist.

1426. Die Venezianer führen Krieg gegen Mailand. Der Herzog von Bedford kehrt aus Frankreich nach England zurück, um in einem Streit zwischen seinem Bruder Gloucester und dem Bischof von Winchester zu vermitteln.

1427. In dem Versuch, ein Bündnis gegen die Muslime zu schmieden, schickt der Kaiser von Äthiopien Abgesandte nach Aragon. Der Herzog von Bedford nimmt den Krieg gegen Frankreich wieder auf.

1428. Die Universität von Florenz beginnt, griechische und lateinische Literatur zu unterrichten. Unter Carmagnola erobern venezianische Truppen Bergamo und Brescia. Der Delfter Versöhnungsvertrag beendet den Konflikt zwischen Flandern und England …

Sie schaut auf, wenn Blitze über die Seiten zucken, dann liest sie weiter. Sie kennt die Personen nicht, ist sich unsicher über die genaue Lage der genannten Gegenden, trotzdem entsteht in ihrem Kopf ein Bild jener Zeit.

… John Wycliffes Knochen werden auf Anordnung des Konzils von Konstanz ausgegraben, verbrannt und später in den Fluss Swift geworfen.

Glaube, der unverfälschte, aber auch düstere Seelen, die dem verfälschten anhängen.

1429. Jeanne d'Arc, eine siebzehnjährige Schäferin aus Lorraine, hat Visionen. Sie überredet einen Offizier, ihr eine Rüstung zu besorgen, wird zum Dauphin gebracht und befreit im Mai Orléans.

Naheed blättert zur vorherigen Seite zurück, um zu sehen, ob das Leben zehn Jahre früher besser war. Das Buch berichtet, dass es 1419 zu einem als Fenstersturz von Prag bekannten Ereignis kam, bei dem die Anhänger des exekutierten Jan Hus zum Neustädter

Rathaus marschierten und die Freilassung gefangener Prediger forderten. *Sie dringen ins Rathaus ein und werfen katholische Ratsherren aus den oberen Fenstern. Johann Ohnefurcht wird nach einem turbulenten Treffen mit dem Dauphin ermordet ...*

Und wie steht es mit der Zukunft? Würde es in der Christenheit zehn Jahre nach 1429 besser zugehen? Würde es in einem Jahrzehnt um Pakistan und den Islam besser bestellt sein?

1437. Die Portugiesen werden bei Tanger von den Mauren besiegt und mussten ihnen versprechen, Ceuta abzutreten; Fernando, Bruder des Königs, bietet sich als Geisel an, aber die Portugiesen kehren nicht zurück, sodass Fernando im Verlies von Fez dahinsiecht. James I. von Schottland wird von Sir Robert Graham erdolcht, den der König verbannt hatte. Graham wird gefoltert und hingerichtet ...

Sie beugt sich vor, um die Kerze auszublasen; und es ist, als hätte sie aus ihrem Mund Dunkelheit geatmet, genug, um den Raum zu füllen. Von den Antworten geplagt, lässt sie das Buch liegen und geht hinaus ins Blitzgewitter.

34

»Du bist also wieder da«, sagt der Polizist zu Naheed.

Er nippt an seinem Tee, wirft ihr über den Rand der Tasse einen Blick zu und sieht dann Tara an.

»Ja«, sagt Tara. »Sie war zu Besuch bei Verwandten.«

Eine halbe Stunde zuvor war er zu ihnen gekommen, den über einen halben Meter langen Bambusstock unterm Arm.

Der Mann stellt die Tasse auf den Tisch. »Wir müssen dich mit aufs Revier nehmen, um dir ein paar Fragen zu stellen«, sagt er zu Naheed. »Zieh Schuhe an und vergiss den Schleier nicht.« Er hebt den Stock vom Schoß und berührt mit dessen Spitze sein Ohrläppchen.

»Was für Fragen?«, will Tara wissen. »Es gibt nicht mehr zu sagen.«

Der Blick des Mannes klebt an ihrem Gesicht. »Und wie heißt du noch mal? Was macht dein Mann?«

»Mein Mann ist tot.«

»Genau wie der deiner Tochter.« Der Mann lächelt, greift nach dem Tee, trinkt und sitzt da, ohne ein weiteres Wort zu sagen.

Trotz des gestrigen Unwetters ist es noch sehr heiß. Draußen im Geäst ertönt der Ruf eines *tatiri*-Vogels. »Er fleht um Regen«, hatte Tara ihr als Kind erzählt, woraufhin sich Naheed wunderte, warum er nicht wie die Spatzen am Wasserhahn trank. »Er hat versäumt, einem Heiligen Wasser zu geben, und deshalb wurde er von ihm verflucht«, hatte Tara erzählt. »Jetzt kann er nicht mehr mit dem Schnabel trinken, sondern nur noch durch eine kleine Öffnung oben auf dem Kopf. Er betet um Regen, damit vielleicht ein Tropfen in dieses Loch fällt und so in seine Kehle rinnt.«

»Worauf wartest du noch?«, fragt der Polizist.

»Ich will nicht, dass sie mit aufs Polizeirevier geht«, erwidert Tara leise.

»Nun, Tara, Naheed«, sagt der Polizist, »ihr wisst ja wohl beide, dass es für ein Mädchen nicht besonders anständig ist, wenn es einfach von daheim verschwindet, ohne jemandem Bescheid zu geben.«

»Sie hat einen Brief geschrieben, nur haben wir den erst später gefunden.«

»Und wo ist der Brief?« Erneut berührt der Mann sein Ohrläppchen mit dem Stock.

»Ich kann mich nicht erinnern, wo ich ihn hingelegt habe«, sagt Tara und überlegt, ob sie Rohan wecken soll. Aber der braucht seine Ruhe – Kyra war vorhin hier, um sein Beileid für Basies Tod zu bekunden und zu erklären, dass die Geiselnahme im St. Joseph's das Werk indischer Agenten war, die sich als Muslime ausgegeben haben; außerdem hat er die Forderung wiederholt, dass sie das Haus so bald wie möglich räumen müssen.

»Du erinnerst dich nicht, wo du den Brief hingetan hast?« Der Mann nickt. »Tara, ich bin einer der Moralhüter dieses Landes. Du kannst also unmöglich erwarten, dass ich, was den Charakter deiner Tochter angeht, *nicht* misstrauisch bin, wo du doch selbst schon wegen schamlosen Verhaltens verhaftet und eingesperrt worden bist. Als das passierte, war dein Mann auch tot. Genau wie bei ihr.«

Tara, die von ihrem Stuhl aufstand, da sie beschlossen hat, Rohan nun doch zu wecken, setzt sich wieder.

»Ja«, sagt der Mann. »Wir haben uns deine Vorgeschichte angesehen.« Dann richtet er sich an Naheed. »Worauf wartest du? Ich sag's nicht noch einmal. Mach dich fertig.« Er lehnt sich auf seinem Stuhl zurück und blickt an die Decke; die Stockspitze berührt das Ohrläppchen.

Tara streift ihre Ohrringe ab, steht auf, geht zu ihm, dreht seine linke Hand nach oben und legt den Schmuck hinein. Dann schließt sie die Hand.

Er bleibt noch einen Moment so sitzen, dann lächelt er und erhebt sich abrupt. »Nun, ich freue mich, dass du wohlbehalten zu deiner Familie zurückgekehrt bist, Naheed. Ich denke, ich gehe jetzt. Hier scheint mir alles in Ordnung zu sein.«

Naheed weicht einen Schritt von der Tür zurück, um ihn hinauszulassen.

»Ich komme in regelmäßigen Abständen wieder, um mich nach deinem Befinden zu erkundigen«, sagt er.

35

Er steigt zwei Städte früher aus dem Bus und betritt einen Textilwarenladen, um sich genügend Stoff für einen neuen Salwar Kamiz zu besorgen. Er soll aus weißem Leinen sein, aber die Frau vor ihm kauft elf Meter für ein Leichentuch, und ihm behagt der Gedanke nicht, Kleidung von derselben Rolle zu tragen. Als er drankommt, ist vom weißen Tuch sowieso nichts mehr übrig. Wahllos deutet er auf irgendeine Farbe, bringt den dunkelgrünen Stoff zum Schneider auf der anderen Straßenseite und fragt, wie lange er für einen Satz Kleidung braucht. Dann kauft er sich aus dem Gemischtwarenladen nebenan einen Einmalrasierer, geht ins Bad der Moschee, wäscht und rasiert sich. Anschließend sucht er sich eine ruhige Ecke, schlägt den Koran auf und hält den Blick ins Buch gerichtet, damit ihn niemand stört. Nach einer Weile legt er sich hin und döst mit dem Gesicht zur Wand. Als er zwei Stunden später zum Schneider zurückkehrt, ist der Salwar Kamiz fertig. Er zieht ihn an und setzt die Reise fort.

Gegen zehn Uhr abends lässt er sich von einer Rikscha zum Hauptbasar und dann weiter ans andere Ende von Heer bringen. Weil er nicht gesehen werden will, drückt er sich tief in den Sitz, dann kauft er sich beim Kino eine Eintrittskarte, betritt den Vorführsaal und schläft in der hintersten Reihe ein, während auf der Leinwand eine Frau am Klavier ein Lied spielt und ihr Blick immer wieder scheu zur gerahmten Fotografie eines Mannes auf dem Klavierdeckel huscht.

Es ist nach eins, als er auf die Mauer von Rohans Grundstück klettert. Von der Mauer steigt er in die Krone einer Pappelfeige, von dort auf die kräftigen Äste anderer Bäume, lässt sich in den Garten fallen und geht zur Veranda, und seine Schritte entlocken den Guavenblättern ihren Duft. Auf der hinteren Verandawand wimmelt es von nachtaktiven Eidechsen, die bei seiner Ankunft fliehen.

Zentimeter um Zentimeter öffnet er das quietschende Oberlicht über dem Hauptflur. Wie viele Male hat er das früher schon getan, wenn er von einem Spätfilm nach Hause kam. Er klettert in den Korridor, genau wie sein Spiegelbild im Glas der gegenüberliegenden Tür, weshalb er einige Augenblicke lang an beiden Flurenden zu stehen scheint.

Er geht in Rohans Zimmer, verharrt am Bett und betrachtet ihn. Auf dem Nachtschränkchen brennt eine Lampe. Rohan schlägt die Augen auf, aber es ist, als sähe er durch Mikal hindurch. Der alte Mann hält den Blick auf ihn gerichtet, zeigt aber kein Erkennen und keine Reaktion. Wie angewurzelt bleibt Mikal im sanften Licht der Lampe stehen. Gäbe es die flüchtenden Eidechsen nicht als Beweis, hielte er sich für unsichtbar. Rohans Augen beobachten ihn eine Zeit lang, dann blinzelt der alte Mann, fast als wolle er etwas sagen, aber nein, stattdessen schließt er die Augen wieder. Mikal sieht zum Chinesen hinüber, der die Uhr auf dem Kaminsims hält. Halb zwei.

Er geht zurück auf den Flur und wirft einen Blick in Jeos und Naheeds Zimmer.

Im Alkoven steht der Spielzeugtruck, den er Jeo im Oktober zurückgegeben hat, was ihm vorkommt, als wäre es in einem anderen Leben gewesen.

Als er auf die Veranda geht, tritt er in Melonensamen, der auf einem Tuch zum Trocknen ausgebreitet liegt, steigt über die Mauer, geht ein Stück weit durchs Dunkel und schaut lange zu dem Fenster hinauf, hinter dem Naheed und Tara zu Hause sind. Er ist auf dem Weg zu Basies Wohnung, als er sich besinnt und noch einmal umkehrt.

Als er zum zweiten Mal in Rohans Zimmer steht, greift er nach dem Kleidungsstück, das neben Rohans Kopf auf dem Kissen liegt.

Es ist das Hemd, das Jeo im Oktober trug, als sie nach Peschawar aufbrachen. Darin klaffen mehrere Schnitte. Einer direkt über dem Herzen. Mehrere in der Bauchgegend. Einige an den Armen.

Er verlässt das Haus mit dem blutbefleckten Hemd in der Hand, geht in Richtung Friedhof und wird immer schneller, je näher er kommt. Stachelgebüsch schützt frische Gräber, damit die Leichen nicht von Hunden ausgegraben werden. Manchmal bleibt er daran hängen, aber er läuft weiter, bis er zu den Grabstellen der Familie Rohan kommt.

Als er am nächsten Vormittag den Garten betritt, entdeckt er Naheed am anderen Ende. Über den Rasen verstreut liegen die Blüten der *gulmohar*-Bäume, eine breite Palette von Rottönen, die ihre Farbe noch lange behalten, nachdem sie abgefallen sind. Er geht auf sie zu, bleibt aber in einiger Entfernung stehen. Dies ist die andere Seite der Wunde. Nach Krieg und Gewalt, nach dem Irrsinn der Schmerzen, der Hässlichkeit von Absicht und Tat, kommt ihm ihre Schönheit unwirklich vor und weckt ein Gefühl der Dankbarkeit. Was es doch bedeutet, lange genug zu leben, um jemanden lieben zu können. Einen weiteren Tag auf Erden gewährt zu bekommen.

Sie kümmert sich um eine Ranke, kommt auf ihn zu, schaut ihm direkt in die Augen – und geht weiter zum Schuppen.

Mit einem Stück Schnur kommt sie wieder und geht zu der blütenbeladenen Ranke zurück – nur ein kurzer Blick über die Schulter zu ihm.

Sie bindet die Ranke an drei Stellen fest, kneift die Augen zusammen, wenn ihr die Blüten ins Gesicht fallen; sie fallen ihr auch ins Haar, sogar ins Dekolleté und in die Ärmel, die sie immer wieder ausschüttelt. Die vierte Stelle ist zu hoch, und obwohl sie es mehrfach versucht, kommt sie nicht dran. Als sie diesmal zurück zum Schuppen geht, zweifellos um etwas zu suchen, worauf sie steigen kann, schaut sie ihn nicht an, obwohl ihn beinahe ihre

Kleider streifen. Er greift nach oben, bindet die Ranke fest und geht zum Teich, in dem hundert geöffnete Wasserlilien stehen; das Weiß der Reiher blendet im Sonnenlicht. Er hört sie zurückgehen, dann einen halb erstickten Schrei, der Laut eines Menschen, der aus einem Albtraum erwacht.

»Ich bin kein Gespenst«, sagt er. Sie ist näher gekommen und berührt seine versehrten Hände, ihre Finger so zart, die Augen sanft wie die eines Rehs.

»Ich bin nicht tot.«

Sie schaut ihn an. »Wenn ich geglaubt hätte, du wärest tot, wäre ich nicht hier.«

»Sag so etwas nicht.« Er legt eine Hand auf ihren Arm. »Ich möchte dich in der Welt wissen, ob ich nun darin bin oder nicht.«

»Du siehst so mager aus.«

»Du auch.«

Sie setzt sich auf den Baumstamm, der schon immer am Ufer lag, schwer wie ein Anker.

Er kniet sich vor sie hin, selbst wie im Taumel. »Geht es dir gut?«

»Ja«, sagt sie, schüttelt dann aber langsam den Kopf und hört nicht auf, ihn zu schütteln, bis sie wieder reden kann. »Nein, nicht gut.«

Sie reißt sich zusammen und fährt fort: »Ich habe immer gesagt, wenn du nur bei mir bist, wird alles gut.«

»Ich wäre dir nicht groß von Nutzen gewesen.«

»Darum geht es nicht. Du hättest nichts von all dem Schrecklichen ungeschehen gemacht, aber ich hätte es besser ertragen können. Mit dir an meiner Seite.«

»Ich bin jetzt hier.«

»Jeo ist tot.«

Er nickt.

Sie schaut ihn lange an, hält ihn im unnachgiebigen Bernstein ihrer Augen.

»Wir haben uns seit dem Tag nicht mehr gesehen, an dem Jeo dich nach Hause gebracht hat und ich dich bat zu gehen. Sechsundsechzig Tage nach der Hochzeit.«

»In der Zwischenzeit konnte ich einige Male von Weitem einen Blick auf dich werfen. Hier und da, einmal auf dem Basar.«

»Es ist vierhundertneunundsiebzig Tage her, seit ich dich zuletzt gesehen habe. Und es kommt mir vor, als sei ich in vierhundertneunundsiebzig Kriegen gewesen.«

Sie schaut nach oben, vorbei an den wippenden, flugdrachenhohen Wipfeln der Seidenwollbäume.

»Machst du es Jeo zum Vorwurf, dass er dir nichts von seiner Absicht erzählt hat, nach Afghanistan zu gehen?«

»Ich war wütend, dass er gegangen ist, aber auch, dass er gegangen ist, ohne uns ein Wort zu sagen. Ich war wütend auf dich, weil du uns nicht Bescheid gesagt hast. Ich war wütend auf mich selbst, weil ich es nicht rechtzeitig gemerkt habe. Ich bin wütend auf die Amerikaner, weil sie in Afghanistan einmarschiert sind. Ich bin wütend auf al-Qaida und die Taliban, weil sie tun, was sie tun. Aber was macht das schon?«

»Es ist wichtig.«

»Wirklich?«

»Ja.«

Er sitzt still da und schaut sie an. Hinter ihr, in einem Fleck Sonne, schwirren so viele Libellen, dass die Luft aussieht, als wäre sie aus Zellophan. Die Bäume und all ihre Jahreszeiten der Trauer – die Zeit dessen, was gegangen ist, die Zeit dessen, was nie kommt, was sich nicht rückgängig machen lässt, was nie geschehen wird.

»Wir dürfen niemandem sagen, dass ich hier bin. Ich habe Menschen getötet.«

Sie senkt den Kopf, birgt ihr Gesicht in den Händen.

»Zwei Amerikaner.«

»Sucht man nach dir?«

»Ja. Sie haben mir Angst gemacht, und ich war verwirrt, halb verrückt, und glaubte, sie wollten mich umbringen. Sie hatten mich schon öfter belogen. Das soll keine Entschuldigung sein. Ich weiß, ich hätte es nicht tun dürfen.«

»Werden sie dich einsperren, wenn sie dich schnappen?«

»Ja, vermutlich für immer. Vielleicht bringen sie mich sogar um.«

Farblose Blätter. Aus dem gestürzten Stamm wächst ein grüner Spross. Dornen so dünn und lang wie die Zeiger einer Taschenuhr. »Du hast von Schrecklichem geredet. Was ist noch passiert?«

Sie verharrt reglos mit gesenktem Kopf.

»Was ist noch passiert, Naheed?«

Sie holt tief Luft und steht auf. »Das erzähle ich dir morgen.« Dann zeigt sie zur Küche und sagt: »Ich brauche einen Schluck Wasser.«

Mit diesen Worten geht sie, und nach einer Weile betritt er die Veranda und setzt sich auf die Stufen. Von dort hört er Rohan in seinem Zimmer, und er geht zu ihm, zu seinem Sessel, hockt sich hin, sagt »Onkel«, und Tränen lassen das Bild des Mannes verschwimmen.

Rohan schlägt die Augen auf.

Mikal legt den Kopf in seinen Schoß und beginnt bitterlich zu weinen. Er fühlt, wie ihm Rohan eine Hand auf den Kopf legt. »Wer ist das?«

»Ich bin's, Mikal.«

Er schaut in sein Gesicht auf, doch Rohan reagiert nicht, erwidert seinen Blick mit leeren, müden Augen.

»Mikal?«

»Ja, ich bin zurück.« Er schluchzt unbändig. »Ich weiß, dass Jeo gestorben ist ...«

Doch irgendwas stimmt ganz und gar nicht. Vor allem, weil Rohan aussieht, als wüsste er über ein schreckliches Unglück

Bescheid, von dem noch niemand sonst etwas weiß. Sie hören Naheed hereinkommen, und er schaut sie an, Rohan blickt weiter zur Wand. Mit leiser Stimme wiederholt Rohan Mikals Namen, wieder und immer wieder, fragend, und er berührt Mikals Gesicht, nur versteht Mikal nicht, was Rohan tut, und dann tritt Naheed zu ihm und beginnt zu erklären.

»Wir haben dich für tot gehalten«, sagt Rohan.

»Jeos Tod war nicht meine Schuld«, erwidert er. »Oder vielleicht doch. Ich hätte ihn beschützen müssen.«

»Wenn du uns nur gesagt hättest, dass er nach Afghanistan gehen wollte.«

Mikal gab keine Antwort.

»Aber ich kann verstehen, warum du es nicht getan hast. Wo warst du eigentlich so lang?«

»Ich war Gefangener, erst der afghanischen Warlords, dann der Amerikaner.«

Er betrachtet Rohans Gesicht. Als Kind hatte er gelesen, ein Blinder könne wieder sehen, wenn ein Stern in seine Augen fällt.

Er steht auf. »Ich muss zu Basie. Wie geht es den beiden, ihm und Yasmin?«

Naheed blickt erst ihn an, dann Rohan.

»Was ist?«

Doch beide sind zu aufgewühlt, um reden zu können. Schließlich sagt Rohan: »Als du tot warst, ist Entsetzliches passiert.«

Er öffnet die Tür und tritt hinaus in den Garten, in den dunklen Nachmittag. Sie ist da, sieht dem Regen zu, den Windböen, die den Bambus peitschen, dessen zarte Rispen überall verstreut auf den Pfaden liegen. Um wie viel schöner sie doch im wahren Leben als in seiner Erinnerung ist. Längst ist der genaue Ort unbekannt, doch hier irgendwo steht der unsichtbare und namenlose Baum, in dem, so heißt es, ein alter Dschinn haust; Tara hatte es gespürt, und sie war es auch, die ihnen riet, die Kleider abzulegen, sollten sie je einem Dschinn begegnen. Der Dschinn glaubt dann nämlich, man könne die Haut abstreifen und weicht deshalb zurück.

Er setzt sich neben sie.

»Manchmal glaube ich, ich habe nicht nur dich verloren«, sagt sie, »sondern auch alles andere auf der Welt.«

»Du hast mich nicht verloren.«

»Ich habe dir gesagt, dass ich eingewilligt habe, Sharif Sharif zu heiraten.«

»Und ich sage dir, dazu wird es nicht kommen.«

»Er wird das Haus für uns kaufen.«

Mikal schüttelt den Kopf. »Dazu wird es nicht kommen.«

»Er wird für Vaters Operation zahlen.«

»Naheed, sieh mich an. Ich werde dafür sorgen, dass es dazu nicht kommt.«

»Nachdem Basie gestorben ist, habe ich eingewilligt. Wir waren ganz auf uns allein gestellt. Vater, Yasmin und meine Mutter waren dagegen, sind es immer noch. Aber ich wusste nicht, was ich sonst tun sollte.«

»Ich bin jetzt da.«

»Falls er dich für eine Bedrohung hält, braucht er nur zur Polizei zu gehen. Die nimmt dich fest und übergibt dich den Amerikanern.«

»Das werden wir ja sehen.«

»Er weiß über dich Bescheid. Er hat deine Briefe an mich gesehen. Wenn er herausfindet, dass du lebst, dass du hier bist ...«

Es ertönt ein so heftiger Donner, als risse die Erde bis ins Innerste auf, und sie hören die Fensterscheiben in ihren Rahmen klirren. Er sieht in die Bäume, sieht, wie das Regenwasser aus den höheren Laublagen nach unten fällt, wie es in den Kronen von Blatt zu Blatt rieselt, als liefe es unendliche Treppen hinab.

»Was, wenn ich dich bitte, mit mir fortzulaufen?«

»Ich kann nicht.«

»Ich weiß.«

»Ich muss an Vaters Augen denken. An meine Mutter. An Yasmin. Ich muss ihnen jetzt helfen. Sie brauchen mich.«

Sie dreht sich zu ihm um. »Sie brauchen *uns*.«

Sie schauen zum Gewitter hoch, Naheeds Augen schimmern dunkel, ein warmer Wind in den Blättern, Blitze erhellen die Wolken.

»Deine Hände. Kannst du damit arbeiten?«

»Ja.«

»Also vergräbst du sie nur in den Taschen, damit die Leute dich für einen reichen Mann halten, der sein Portemonnaie festhält?« Ein kurzes Lächeln huscht über ihr Gesicht.

Er schaut ihr ins Gesicht. »Ich kann damit arbeiten.« Aus einem Nachbarhaus plärrt Radiogedudel herüber. Ein Lied, das sich im Regen verliert, dann wieder zu hören ist. *Kithay lai aaya sanu pyar, sajna. Kini dur reh gai vairi jag day nain* ... Wie viel wird von ihnen jetzt erwartet, ihr Bund muss all jene bewahren und erhalten, die nun getrennt sind oder nie zusammen waren.

»Yasmin, mein Trübsal«, sagt Rohan leise von der anderen Zimmerseite.

Yasmin und Mikal sitzen nebeneinander, die Oberkörper umschlungen. Sie, die einen Bruder und ihren Ehemann verloren hat. *Sie sind fort, aber noch in den Herzen deren, die sie zurückgelassen haben.* Das *konnte der Krieg uns nicht nehmen. Wie schwach der Krieg doch eigentlich ist.* Solche Gedanken, solche Empfindungen können ihn nicht trösten.

»Wer hat das getan?«, fragt er. »Wer hat die Schule überfallen?«

»Das weiß niemand«, antwortet Yasmin.

»Als die Soldaten die Schule gestürmt haben«, sagt Naheed, »wurden die Terroristen entweder getötet, oder sie konnten fliehen.«

»Und Pater Mede wird immer noch vermisst?«

Yasmin nickt. »Die überlebenden Terroristen haben ihn mitgenommen. Einige Zeitungen behaupten, die Geiselnahme sei das Werk von CIA und Mossad gewesen.«

Er steht auf und tritt ans Fenster.

»Bleibst du?«, fragt Yasmin.

»Ich weiß nicht, was ich tun werde.«

»Länger als ein Jahrhundert im Gefängnis?«

»Fast zwei. Ich bilde mir ein, ich könnte mich ewig verstecken, aber auf mich sind mehrere Millionen ausgesetzt. Irgendwann wird mich irgendwer verraten.«

»Manche Leute haben etwas dagegen, einen Glaubensbruder auszuliefern.«

»Manche, ja.«

Am Abend isst er allein, sitzt auf den Gartenstufen und blickt in den Regen. Dann stellt er den Teller ab, steht auf und geht zur Straße, schaut in beide Richtungen, ehe er hinausgeht, schaut durch den Regenvorhang, der vom Schirmrand fällt, und biegt in die Straße ein, in der Tara wohnt. In der Sharif Sharif wohnt. Die Finger in seiner Tasche berühren das Messer, fast als wäre die Waffe der fehlende Zeigefinger.

Er überquert den Hof und sieht sich nach der Tür zu dem Zimmer um, in dem sich Sharif Sharif üblicherweise aufhält. Er geht hin und ruft, aber der Mann scheint heute Abend nicht daheim zu sein. Nach einer Weile geht er die Treppe hoch zu Tara.

Sie ölt die Nähmaschine, hat sie vollständig auseinandergenommen und sitzt im Schneidersitz auf dem Boden, um sie herum Aberdutzende von Metallteilen auf Zeitungspapier ausgebreitet. Er lehnt am Türrahmen und schaut zu; nach einem ersten Blick sieht sie nicht wieder zu ihm hin. Naheed hat ihr fraglos von seiner Rückkehr erzählt.

Als eine Schraube klemmt, nimmt er ihr behutsam den Schraubenzieher ab und löst die Schraube für sie.

»Die sitzt seit zwei Jahren fest«, sagt sie leise. »Als ich die Maschine letztes Jahr sauber machen wollte, habe ich sie auch nicht aufbekommen. Keine Ahnung, woher ich überhaupt die Kraft hatte, sie so fest zuzuschrauben.«

»Das hast du auch nicht getan«, sagt er. »Die habe *ich* vor zwei Jahren festgezogen. Du warst weg, und ich war bei Naheed. Die Teile lagen auf dem Tisch, und da habe ich angefangen, sie wieder zusammenzusetzen.«

Dazu sagt sie nichts, fährt mit der Arbeit fort, nimmt die krummen und gebogenen Kleinteile zur Hand und beträufelt sie mit Öl. Sie sehen wie die Reliquien von Metallheiligen aus.

Dann steht sie auf und wäscht sich die Hände, riecht daran, wäscht sie noch einmal, geht in die Küche und beginnt, eine Handvoll Linsen zu kochen. Eine Frau, die einen Großteil ihres Lebens in Armut und Einsamkeit zugebracht hat.

»Ich werde nicht zulassen, dass Naheed diesen Sharif Sharif heiratet.«

»Solange ich lebe, wird der keinen Trunk aus dieser Quelle nehmen«, sagt sie. »Ich habe für sie einen anderen Mann gefunden und der Familie auch nicht abgesagt.«

Renegat des Schicksals. Flüchtling vor internationaler Justiz. Für ihre Tochter ist er immer noch nicht gut genug. Oder wartet sie ab und will sehen, was er jetzt macht?

Vorläufig ist es genug, denkt er, dreht sich um und geht. Auf halber Treppe ruft sie ihn zurück.

Sie zeigt auf einen Stuhl. »Setz dich.« Sie dreht die Flamme unter dem Topf kleiner, bringt einen Schemel zu ihm und setzt sich ihm gegenüber.

Er versteht nicht gleich, aber dann fällt ihm ein, dass man über Tote höflich und respektvoll redet. Sie sagt: »Das mit deinem Bruder tut mir leid.«

Yasmin hat gesagt, er hätte achtundsechzig Schüsse abbekommen.

»Er war ein guter Mann. Ich habe ihn wie einen Sohn lieben gelernt.«

»Er war ein guter Mann. Wird es irgendwann besser?«

»Ich würde nicht sagen besser.« Als sie ihren Mann verlor, war sie noch sehr jung: Sie kennt ihre Lage und gibt ihre Antwort unmittelbar. Ebenso gut hätte er sie fragen können, welche Farbe der Himmel hat.

»Sondern?«

»Das Leben kommt dem Kummer in die Quere.« Sie beginnt, sich mit einem Palmenblattfächer frische Luft zuzuwedeln. »Du kannst dich zwingen, den Schmerz zu vergessen, da es anderes gibt, um das du dich kümmern musst. Nur wenn du dich erinnerst, dann ist das ... nun ... ein seltsamer Schmerz, fast, als hätte man in deiner Seele eine Rasierklinge vergessen.«

»Ich weiß nicht, wie lange ich trauern oder klagen soll, weiß nicht, wann es recht wäre, damit aufzuhören.«

Sie legt ihm eine Hand auf die Schulter.

»Bleibst du zum Essen?«

»Nein, danke. Ich mache mich lieber wieder auf den Weg.«

Er kehrt auf die regennasse Straße zurück, setzt sich auf die Veranda und zählt, wie viel ihm noch von Akbars Geld geblieben ist. Sein grüner Kamiz hat weiße Knöpfe. Von denen, hatte der Schneider gesagt, gäbe es für eine Rupie ein Dutzend, die grünen seien doppelt so teuer.

In der Nacht schaut sie nach draußen und sieht ihn im Sessel auf der Veranda schlafen, Hände in den Taschen. Behutsam deckt sie ihn mit einem dünnen Baumwolltuch zu und stellt eine qualmende Mückenspirale neben ihn auf die Fliesen, wobei sie darauf achtet, dass ihre gläsernen Armringe nicht aneinander klirren. Sie trägt neuerdings wieder Ringe und keine dunklen Sachen mehr, um Sharif Sharif zu signalisieren, dass sie nicht länger um Jeo trauert.

Er wird kurz nach Tagesanbruch wach, als sie Maulbeeren vom Rasen klaubt, diese tintenblauen Früchte, die der Regen vom Baum holte, glänzend blaue Klümpchen, rot, grün, weiß, rosa, mit zuckersüßem Fruchtfleisch, von dem Zunge und Hände fleckig und die Finger beim Essen so klebrig rot werden, als enthielten die Früchte Blut.

Steif richtet er sich im Sessel auf, stöhnt und zieht die Decke hoch zum Schutz vor der leichten Morgenkühle. »Ich habe geträumt, ich sei in einer Stadt mit brennenden Minaretten.«

Sie lehnt sich an einen Baum und streicht sich eine lose Strähne aus dem Gesicht. »Bist du sicher, dass du das nicht im wahren Leben gesehen hast? Als die Amerikaner Afghanistan bombardierten? Ein Foto in der Zeitung?«

Er schüttelt den Kopf. Die von Drachen heimgesuchten Tage des Planeten.

»Wenn ich einschlafe, sehe ich immer wieder brennende Engel«, sagt sie. »Aber das ist wirklich passiert. Als die Soldaten St. Joseph's stürmten, hingen lichterloh brennende Engel über unseren Köpfen. Von der Schule haben die Granaten kaum etwas übrig gelassen. Nur einen Haufen Schutt.« Im Traum sieht sie auch immer wieder, wie die durstigen Kinder am zweiten Tag der Geiselnahme ihren eigenen Urin trinken. Und sie sieht aufs Neue, wie der stellvertretende Direktor am ersten Tag erschossen wird; wie dann Schüler und Lehrer, nach Geschlechtern getrennt, auf beiden Seiten der Aula sitzen; dazwischen eine rote Trennlinie, die zwei Terroristen aufmalten, indem sie seinen Leichnam von einem zum anderen Ende schleiften.

Sie sitzt jetzt neben ihm, und beide schauen stumm in den Garten. Der Maulbeersaft rinnt bereits aus den Früchten.

»Was ist das für ein Gefühl, wieder zu Hause zu sein?«

Er lächelt.

»Könntest du den Amerikanern nicht erklären, was passiert ist?«

»Das wird nicht gehen.«

Nach einer Weile sagt er: »Es tut mir leid. All das.« Und ohne sich zu ihr umzudrehen, setzt er hinzu: »Ohne dich bin ich im Feuer der Hölle.«

Das hatte er schon einmal zu ihr gesagt, damals, nach sechsundsechzig Tagen Ehe, und sie hatte nicht reagiert. Diesmal gibt sie ihm eine Antwort.

»Ich werde es auspusten.«

Sie geht zur Kreuzung, um ihm ein Päckchen Gold Flakes zu kaufen, spürt seine Ruhelosigkeit, eine entschiedene, wenn auch stille Verzweiflung, weil er das Haus nicht verlassen kann.

»Draußen ist jemand«, sagt sie, als sie mit den Zigaretten zurückkommt und versucht, sich ihre Panik nicht anmerken zu lassen.

Er reckt den Kopf über den Jasmin der Gartenmauer, kann aber niemanden auf der Straße entdecken.

»Ich sah ihn, als ich ging, und er war noch da, als ich zurückkam.«

»Wie hat er ausgesehen?«

Werden sie das Haus stürmen, fragt er sich, als er herabklettert und Naheed ansieht; um sie herum biegen sich die Bäume, als würden sie von der Erdumdrehung gekrümmt.

Es ist das Jahr 1219, die Zeit des fünften Kreuzzugs, und Franziskus – der spätere Franz von Assisi – hat mit seinem Bruder Illuminato die feindlichen Linien überquert, weil er eine Audienz bei Malik al-Kamil hat, dem Sultan von Ägypten. Es ist Ende September, und das Land, durch das sie kommen, noch von den Leichen der Schlacht vom neunundzwanzigsten August übersät.

Yasmin blättert um. Jahrhundertelang haben sich Künstler die verschiedenen Episoden dieser Begegnung ausgemalt, eines der erstaunlichsten Treffen in der Geschichte des Glaubens. Der bärtige Sultan in Brokatrobe und mit seidenem Turban, Franziskus in seinem groben braunen Flickengewand.

Manchen Berichten zufolge fielen die muslimischen Wachen über Franziskus und Illuminato her, sobald sie die beiden sahen, schlugen sie brutal zusammen und legten sie in Ketten. Anderen Aussagen zufolge aber nahmen die Wachen an, die zwei wären Boten oder wollten zum Islam übertreten. Und da Soldaten auf beiden Seiten des fünften Kreuzzuges den Glauben gewechselt hatten, ließen die Wachen sie zum Sultan vor.

Yasmin berührt die Flammen mit den Fingern. Das Feuer brennt im Buch der Bilder, das sie in Händen hält. In den Flammen steht der heilige Franz von Assisi, der auf einen Scheiterhaufen stieg, um zu beweisen, dass sein Glaube dem Islam überlegen war.

Nun, auch das ist nicht geschehen und wurde später erfunden. Der Sultan und der künftige Heilige haben über Krieg und Glauben geredet, doch verlief ihr Treffen vollkommen friedlich – auch kamen keine aufgebracht schimpfenden, muslimischen Geistlichen, wie behauptet wird, die vom Sultan verlangten, dass er dem Mönch den Kopf abschlüge.

Sie schließt die Augen, eine Hand auf dem Bauch, in dem Basies Kind heranwächst, klein wie ein Zaunkönig. Ihr Mann starb, ehe sie merkte, dass sie schwanger war.

Es gibt Augenblicke, in denen Basie nicht gestorben ist und sie sich umdreht, um ihm etwas zu sagen, dann fällt es ihr wieder ein.

Es ist, als litten Haus und Welt an einer Art körperlicher Amnesie. Sie haben ihn vergessen.

Als man ihn erschoss, schoss man ihn auch in jeder ihrer Erinnerungen tot. Achtundsechzig Kugeln. Eine für die Art, wie er lächelte; eine für die Art, wie er beim Lesen die Stirn runzelte; eine für die Art, wie seine linke Hand beim Fahren manchmal auf dem Oberschenkel lag; eine dafür, dass ihm die Tränen kamen, als er sagte, er müsse herausfinden, wer die alte Frau sei, die das Knie des Polizeiinspektors umklammert hielt; eine für die Art, wie er so gern Mangos mit

Schale aß; eine dafür, wie er so schön zu Count Basies *One o'Clock Jump* tanzte, still und selbstvergessen; eine für die Art, wie er von seinem Vater sprach und dabei einen Betrunkenen mimte: »Er trug einen Bart, korrigierte aber sanft jeden, der ihn für einen Geistlichen hielt. ›Mein Bart ist nicht religiös, sondern revolutionär; und meine Vorbilder sind Castro, Che und Marx‹«; einen für die Art, wie er lächelnd sagte: »Erlaubt mir, Euch zu verkomplizieren, Euer Heiligkeit«, sooft Pater Mede behauptete, er sei nur ein einfacher Mann Gottes; einen für die Art, auf die er sagte, der Islam sei eine Religion mit einer Vergangenheit, die sich nicht vorhersagen ließe; eine dafür, dass er nicht wusste, wie er beten sollte, weshalb er immer Hilfe suchend zu den neben ihn Betenden sah; eine dafür, dass er so gern über taubedeckten Rasen lief; eine dafür, wie er von Tolstois dicken Romanen aufblickte und sagte, der infernalische Sommer sei für Pakistan, was die tief verschneiten Winter für Russland sind ...

Sie lauscht, ob sich etwas in Rohans Zimmer tut. Wenn er nach einem Streit mit Sofia aufs Essen verzichtete und leise durch die Tür sagte, er sei nicht hungrig, hatte sie ihm heimlich immer etwas zu essen gebracht und jedes Mal grinsen müssen, wenn er anfangs tat, als kümmere es ihn nicht, dann aber fragte: »Was gibt es heute zu Abend?«

Sie sieht ins Buch. Der Sultan hatte Franziskus den Schlüssel zu seinem privaten Gebetsraum überlassen, und beim Abschied nahm er ein Geschenk vom Sultan an, ein Horn aus Elfenbein, das heute in Assisi aufbewahrt wird. Die Inschrift besagt, vor einer Predigt habe Franz damit Menschen wie Vögel zu sich gerufen.

Der schwarze Schatten des Geländers zeichnet Muster auf ihr weißes Gewand. Neben ihr auf dem Boden flackert eine Kerze. Er beugt sich vor und presst den Mund auf ihren Hals, sein Verlangen schreit aus allen Poren. Es beschämt ihn, dass er so bald nach dem Tod seines Bruders schon wieder nach Glück strebt. Etwas

Schreckliches wird ihm geschehen. Er fordert eine Strafe heraus und denkt an Salomi. Er denkt an Jeo, der für ihn erst vier Tage tot ist. Um seine Verwirrung zu überspielen, hebt er ihre Handgelenke und beginnt, die gläsernen Armreifen zu zerbrechen, sorgt dafür, dass Sharif Sharif sie nie bekommen wird. Seine Hand unter ihrem Gewand auf Brust Bauch Rücken, und dann helle Panik. Er war in einem Weltkrieg; er kann Blut riechen. Sie schiebt ihn sanft beiseite, denn mit Blut kennt sie sich als Frau gleichfalls aus. Ein zerbrochener Reif hat ihr linkes Handgelenk verletzt. Sie zünden die erloschene Kerze wieder an und sehen den dünnen Blutstreif, der aus dem Einstich quillt. Er hebt ihn an den Mund, zieht mit den Zähnen den kleinen, unter der Haut steckenden Glassplitter heraus und hält auch nicht inne, als sie aufsteht und ihn ins Haus führt; das Glas verschwindet in ihm, wie der Rubin in Jeos Körper verschwand.

Er überquert die Grand Trunk Road und betritt die nachtdunkle Gasse, nähert sich den hohen, bemalten Räumen und stellt sich die Tauben in einem der Zimmer vor. Als er hinter sich den Schatten wahrnimmt, wallt Ärger in ihm auf, weil er nicht gemerkt hat, dass er verfolgt wird. Er zwängt sich in den engen Spalt zwischen Stoßstange und Kotflügel zweier parkender Lastwagen und schaut über die Schulter zurück. *Die schnappen nicht nur dich, die holen alle, die du kennst.*

Zwei Stufen auf einmal nehmend, eilt er die Treppe zu seinem Zimmer hinauf. Morgen ist Basies Geburtstag, und hinter einem losen Stein in der Wand steckt noch eine Flasche Murree-Whisky.

Er sieht aus dem Fenster nach unten. Da draußen scheint niemand zu sein, zumindest nicht dort, wohin das Licht fällt.

Er dreht sich um und mustert die farbenfrohen Wände, dann lehnt er sich an einen der gemalten Engel und schließt die Augen. »Für sie ging es immer darum, anderen zu helfen«, hatte Basie über ihre Eltern gesagt, während er in diesem Zimmer auf der Matratze lag und sich betrank. »Immer ging es darum. Einmal wollte ich in einen Cowboyfilm – er lief im Capri-Cinema, das weiß ich noch –, und Vater sagte, er möge sie auch, weil darin immer irgendwer einer Stadt zu Hilfe kommt, die von den Bösen oder Mächtigen terrorisiert wird.« Sie und ihre Freunde zeigten Dichtern heimische Fabriken und Werkstätten, damit sie Lieder über die schrecklichen Arbeitsbedingungen schrieben. Sie trieben umherziehende Geschichtenerzähler auf und stellten sie Drehbuchschreibern in Lahore vor, damit die uralten Sagen des Landes über den Widerstand gegen die Ungerechtigkeit auch in modernen Filmen Eingang fänden.

Ein Geräusch, draußen vor der Tür.

»Akbar.« Die Anspannung schlägt fast in Erleichterung um.

Akbar umarmt ihn.

»Was tust du hier?«

Der junge Mann sieht zerzaust aus, unausgeschlafen, die Augen dunkel umrandet.

»Sie haben herausgefunden, dass ich meinen Vater umgebracht habe«, sagt er leise.

»Das Militär? Die Leute, die er ins Haus holen wollte?«

»Ja.« Er schaut sich um und stellt Mikal dann eine Umhängetasche vor die Füße. »Du musst das hier nach Megiddo bringen.«

»Wieso?«

»Salomi ist verheiratet. Sie und ihr Mann brauchen die Tasche, wenn sie aus Pakistan rauskommen wollen. Im Jemen sind sie sicher.«

Er zwingt sich, Akbar nicht anmerken zu lassen, was er denkt.

»Und was ist in der Tasche?«

»Sie brauchen Geld, um aus dem Land zu kommen.«

»Ich dachte, davon hat er mehr als genug.«

Akbar schüttelt den Kopf. »Hatte er. Ehe mein Vater an jenem Abend losfuhr, hat er alles Geld im Hochofen der Waffenfabrik verfeuert. Keine einzige Rupie ist mehr übrig. Alles zu Asche verbrannt.« Er zeigt auf die Tasche. »Du musst das zu Salomi bringen, damit die beiden verschwinden können.«

Akbar öffnet den Reißverschluss der Tasche. Sie ist vollgestopft mit Kleidern, aber drunter fischt er drei Bündel amerikanische Dollar hervor, jedes dick wie ein Telefonbuch.

»Wann hat sie geheiratet?«

»An dem Morgen, an dem du gegangen bist.« Akbar legt das Geld zurück und zieht den Reißverschluss wieder zu. »Das sind fünfundfünfzigtausend Dollar.«

»Ich glaube, ich kann das nicht machen, Akbar.«

»Bitte! Mithilfe der Amerikaner werden die Soldaten bald ihr Haus durchsuchen, falls sie es nicht schon getan haben. Die beiden brauchen Bestechungsgeld, um sich ihren Weg aus den Städten freikaufen und Schutz finden zu können. Sonst händigt man sie wegen der Belohnung gleich an die Amerikaner aus.«

»Ich kann nicht.« In der Ziegelfabrik hatten ihn die Amerikaner gefragt, ob er je Geld für al-Qaida geschmuggelt habe. Trotzdem weiß er, dass er, wenn irgend möglich, zu Salomi gehen und sich ihr erklären muss.

»Geh einfach, gib's ihr und komm zurück«, sagt Akbar und setzt dann hinzu: »Du bist doch mein Bruder.«

Er sitzt rauchend neben der Tasche im nächtlichen Dunkel des Zimmers. Drei Tage sind vergangen, seit Akbar ihm das Geld gab, und es ist immer noch hier. Er geht zum Fenster und schaut in den Garten, die Blüten sind schön wie im Garten Eden, in dem, so heißt es, die Erinnerungen eines jeden Menschen ihren Ursprung haben. Nach einer Weile dreht er sich um und geht zu ihr zurück ins Bett.

Als er nackt neben ihr liegt, kann sie die Narben der Schusswunden sehen. Sie betrachtet ihn, hellbraun, Schenkel und Unterarme dunkel behaart, mager, aber muskulös und im Kerzenlicht berauschend schön.

Aus einem Buch weiß sie, was ein Körper wert ist. Die chemischen Elemente, aus denen eine menschliche Person besteht, sollen einen Marktwert von vier bis fünf Dollar haben. Sein mitreißendes Lachen, die zusammengewachsenen Augenbrauen, der Geschmack seines Atems, seines Speichels, wenn er sich alle Augenblicke zu ihr beugt, um sie minutenlang zu küssen – vier bis fünf Dollar. Wenn er im Dunkeln an der Zigarette zieht, erhellt ein glutroter Punkt seine Gesichtszüge. Dann ist es, als würde er Licht durch den weißen Stängel saugen, Licht, das sich unter seiner Haut verbreitet und seine Züge sanft zum Vorschein kommen lässt. Sie beobachtet ihn, als er nachts aufsteht und sich neben die Umhängetasche hockt. Jeo kehrte in einem eng sitzenden Anzug von Prellungen und Quetschungen zurück, und jetzt will sie nicht, dass Mikal nach Waziristan geht.

Vor ihrer Heirat war Mikal eines Abends in das Zimmer eingedrungen, das sie mit Tara teilte. Sie hatte schreckliche Angst gehabt, als sie ihn mitten in der Nacht an ihrem Bett stehen sah, die Mutter nur wenige Schritte entfernt. Sie nahm ihn an die Hand und führte ihn aufs Dach. »Ich kann nicht schlafen«, hatte er gesagt.

»Sag ein Gedicht auf. Das hilft. Eines, das sich reimt.«

»Ich kenne keine Gedichte.«

»Aber du singst doch den ganzen Tag.«

»Das sind Lieder, keine Gedichte.«

»Ist dasselbe.«

Am nächsten Tag hatte sie ihm auf dem Urdu-Basar ein Buch mit Gedichten von Wamaq Saleem gekauft, mit Versen, in denen die Taube den Zypressenbaum anbetet, ihren Liebhaber. Es war, als wüsste der Dichter nichts von den Äonen, die zwischen den beiden lagen, ebenso zwischen Bülbül und Rose, zwischen Biene und Lotusblume, und so ruft und ruft die Taube, öffnet die Rose sich weiterhin für den Bülbül, umkreist die Biene immer wieder den Lotus.

»Darfst du im Gefängnis Briefe bekommen?«, fragt sie ihn, als er von der Tasche mit dem Geld zu ihr zurückkommt.

»Was redest du denn da? Ich verspreche dir, ich komme wieder.«

»Was ist mit Besuch?« Sie richtet sich im Bett auf. »Werden die Amerikaner Besuch erlauben?«

Er nimmt sie in die Arme. »Sag so was nicht.«

»Ich weiß nicht mal, wie teuer ein Flugticket in die Vereinigten Staaten ist. Bestimmt mehrere Tausend Rupien. Ich werde dich nie besuchen können.«

Es war das Geräusch des aufhörenden Regens, das sie weckte, die plötzliche Ruhe mitten in der Nacht. Eine Stille voller Distanz.

»Es wird eine kurze Reise«, sagt er. »Zwei Tage hin, zwei zurück. Vier Tage – höchstens fünf.« Auf einer Karte hat er einen Strich von Heer nach Megiddo gezogen. Nur kleine Busse, keine größeren Städte. Ein langer, zackiger Tintenstrich, der ans Sternbild Hydra erinnert. Und nun reden sie leise in die Haut des jeweils anderen. *Wahrlich, in der Nacht sind die Eindrücke am stärksten und die Worte am beredsamsten.* Seine Finger tasten über die Kette an ihrem Hals, lauter kleine Blätter, ein Laubstrang. »Hast du als Kind mit dem Schmuck deiner Mutter gespielt?«, fragt sie.

»Ja, ich habe ihn sogar getragen.«

Gerade als der Ruf zum Morgengebet ertönt, nimmt sie die Kette ab und legt sie ihm um den Hals. Sie halten sich weiterhin umschlungen, sündigen in heiliger Zeit, und als er aufsteht, will ihm die Kette abnehmen. »Lass sie mich tragen«, sagt er.

»Aber das ist eine Frauenkette.«

»Mir egal.« Und setzt dann hinzu: »Ist die Seele nicht eine Frau?« Innerhalb der nächsten Stunde wird die Sonne zwischen den blutigen Klippen der Wolken aufsteigen; die Vögel suchen schon nach dem ersten Licht, in das sie fliegen können.

Tara repariert einen kaputten Schirm. »Du gehst?«

»Nur für ein paar Tage.«

Sie schaut ihn weiter unverwandt an.

»Ein Freund braucht Hilfe.«

Sie nickt.

»Ich wollte mit dir noch über Naheed reden«, sagt er. »Wir möchten beide nicht, dass sie Sharif Sharif heiratet, aber du hast gesagt, du hättest einen anderen Mann für sie gefunden. Den braucht sie nicht. Naheed will sich weiterbilden und Lehrerin werden ...«

»Ich weiß, was meine Tochter braucht und will. Sie kann sich weiterbilden, wenn sie verheiratet ist.«

»Ja, das kann sie.« Er blickt auf seine Hände. »Ich weiß gar nicht, was ich sagen will. Ich kann ihr immer noch nicht das Leben bieten, das du dir für sie wünschst. Man kann mich jederzeit gefangen nehmen und fortbringen, dann ist sie wieder allein.«

Sie legt den Schirm beiseite. »Ich habe dir einmal im Weg gestanden, noch einmal werde ich es nicht tun. Ich glaube, letzten Endes zählt nur das Wort eines Mannes. Das bietet alle Sicherheit, die eine Frau braucht. Wen kümmert da schon, dass die Knöpfe nicht zur Farbe des Stoffes passen.«

»Ich komme in fünf Tagen zurück.«

»Dann werde ich mich freuen, dich meinen Schwiegersohn nennen zu können.«

»Es tut mir leid, dass ich nicht an die Folgen für dich gedacht habe, als ich Naheed vor ihrer Hochzeit mit Jeo vorschlug, mit mir davonzulaufen.«

»Ja, das hätte schlimme Folgen für mich gehabt.«

»Tut mir leid, dass ich daran nicht gedacht habe.«

»Würdest du es wieder tun?«

»Ich entschuldige mich nicht für das, was ich gerne tun würde.«

Sie mustert ihn anerkennend. »Eine gute Antwort. Und jetzt will ich ehrlich zu dir sein. Du hast meine Tochter einmal im Stich gelassen, als du nicht gekommen bist, obwohl du es versprochen hast. Ich lasse nicht zu, dass du sie noch einmal enttäuschst. Ist das klar?«

»Ja, aber hast du nicht gesagt, es hätte schlimme Folgen für dich gehabt, wenn sie fortgelaufen wäre?«

»Das ist eine Sache zwischen ihr und mir und hat nichts mit dir zu tun. Soweit es dich oder irgendwen sonst betrifft, stehe ich auf ihrer Seite. Also enttäusche sie nie wieder.«

»Es tut mir leid, dass ich es einmal getan habe.«

»Auch das tut gut zu hören. Und vielleicht überdenkst du noch einmal deine Schuldgefühle wegen der beiden Amerikaner.«

»Ich versuch's. Die Männer, die ich umgebracht habe, hatten Mütter, Väter, vielleicht Frau und Kinder. Ich habe sie getötet und muss für mein Verbrechen bezahlen.«

»Aber es besteht kein Grund, so streng mit dir zu sein, zumindest nicht, solange keine vollkommene Ordnung auf Erden herrscht. Manchmal ist das Leben schwierig; die Männer haben dich provoziert, und du warst verwirrt. Ein Teil der Schuld liegt bei ihnen. Lege für dich keine allzu strengen Maßstäben an.«

»Das könnte eine Entschuldigung dafür sein, sich an gar keine Regeln mehr zu halten.«

»Auch wieder wahr.«

Sie sagt, Allah möge mit ihm sein, und er geht mit der Umhängetasche die Treppe hinunter.

Von der Bushaltestelle ruft er Naheed an, nur um ihre Stimme zu hören; und sie reden von ihren Plänen und Absichten für die Zeit nach seiner Rückkehr. Er flüstert ihr etwas Obszönes zu, und sie lacht leise; dann steht er nur da und lauscht auf ihren Atem, bis das Geld alle ist. Die Sonne geht über Heer auf, und der Himmel ändert die Farbe, als würde er die Sprache wechseln, und wie im Märchen weiß Mikal, dass er sterben wird, sollte er je ihre Kette abnehmen. Als er auflegt, packt ihn die knochentiefe Angst, dass Schönheit und Verlust unzertrennlich sein könnten, dann aber fällt ihm eine Zeile aus einem Gedicht von Wamaq Saleem ein. *Liebe ist kein Trost, Liebe ist Licht.*

III

Gleiche Söhne

Und da er aus dem Himmel stürzte, ging
Die Sage, daß ihn Zeus geschleudert habe
Im Zorn herab von den krystallnen Zinnen,
Wo er vom Morgen bis zum Mittag fiel,
Und immerfort bis zum bethauten Abend;
Worauf er mit der Sonne vom Zenith
Ein fallender Stern herab auf Lemnos sank, –

JOHN MILTON

36

Während sich der Bus Megiddo nähert, unterhalten sich Schaffner und Fahrer darüber, dass die Stadt offenbar von Paramilitärs abgeriegelt wurde, und Mikal hört, dass Soldaten alle Busse herauswinken, um die Papiere der Fahrgäste zu überprüfen. Sechs Kilometer vorm Stadtrand bittet er den Schaffner, ihn aussteigen zu lassen. Er springt in den Sand, das intensive Licht und die Hitze des Nachmittags, die ihm vom Metall des Busses und von der gesamten Landschaft entgegenschlagen, bewirken, dass er während der anderthalb Stunden, die er bis zum äußersten Stadtrand von Megiddo braucht, mehrere Male die Orientierung verliert. Aus der wilden, weiten Wüste im Westen drängt ein Wind heran. Kaum kommt das gelbe Haus in Sicht, bleibt er stehen, um es zu betrachten; das Material der Umhängetasche wird in der Hitze weich. Dann wechselt er die Richtung. Statt sich der Vordertür zu nähern, folgt er dem Ufer bis zur nach hinten gelegenen Küche. Am Ufer unter prachtvollen Bäumen versteckt, beobachtet er den Kücheneingang und sieht keine Bewegung, hört keinen Laut. Im Sand zwischen den Bäumen und der Küchentür entdeckt er einen Fußabdruck. Er liegt auf dem Bauch und presst mehrere Minuten lang das Ohr auf den Boden. Das Geräusch fließenden Wassers. Er wartet drei Stunden, bis die Sonne im Westen sinkt, sich das Licht sattgelb verfärbt und die Vögel lärmend zu den Bäumen zurückkehren, krächzen und sich um einen Ast streiten. Niemand hat das Haus betreten oder verlassen, also wagt er sich endlich vor, geht an der Fußspur vorbei. Er ist sich nicht sicher, ob er das Profil noch von seiner Zeit in amerikanischer Gefangenschaft kennt.

Bei der leisesten Berührung schwingt die Küchentür auf, und als Erstes sieht er auf den Fliesen eine Patronenhülse liegen, er tritt ein und durchquert lautlos den Raum; jede Bewegung aufs Notwendigste beschränkt, den Atem angehalten. Die vordere Küchentür führt zu einem Innenhof; er riskiert einen raschen Blick, verschafft sich Übersicht. Niemand da, und in keinem der Zimmer, die an den Hof grenzen, brennt Licht. Überall nur der rote Schimmer der untergehenden Sonne, als würde das Haus in wasserverdünntes Blut getaucht.

Er zieht sich in die Küche zurück, hebt die Patrone vom Boden auf und sieht sie sich lange an.

Er hat den Wagen von Akbars Bruder entdeckt, der auf der anderen Hofseite steht, nimmt von einem Regal ein Tuch, huscht gebückt zum Auto, wickelt das Tuch um den Rückspiegel, um das Geräusch zu dämpfen, und reißt ihn ab, eine entschiedene, schnelle Drehung, so als würde man einem Karnickel das Genick brechen.

Mithilfe des Spiegels untersucht er die Zimmer, ehe er sie betritt, hält ihn am ausgestreckten Arm durch jede Türöffnung.

Mehrere Wände sind mit Einschüssen übersät. Die Telefone haben kein Freizeichen. Er will schon das Licht einschalten, hält aber inne, stöpselt stattdessen das Bügeleisen ein und prüft nach zehn Sekunden, ob es warm wird. Es bleibt kalt, also hat man die Stromleitungen gekappt.

Vor der Waffenfabrik fehlen die drei Hunde, und als er durchs hohe Gras läuft, stieben Moskitos auf, die Unterleiber blutschwer, nur weiß er nicht, wessen Blut das sein könnte. In der Fabrik ist der Boden vorm Hochofen mit der Asche verbrannter Geldscheine bedeckt. Eine Fläche so groß wie sechs, sieben Gebetsteppiche. Worte und Bilder, mit denen die Scheine bedruckt waren, ihre Porträts und Wahrzeichen, sind grau im Schwarz des zerknitterten Papiers – grau in verschiedenen Tönen, je nach ursprünglicher Geldscheinfarbe. Blaugrau, orangegrau, grün- oder rotgrau.

Seine Zehen verreiben eines der schwarzen Rechtecke zu Staub, und jede seiner Bewegungen wird vom Auge auf allen Dollarscheinen beobachtet.

Die Küche ist bei seiner Rückkehr in weiche Dämmerschatten getaucht. Er zündet eine Lampe an, und als spräche jemand lauter als angemessen, stöhnt er beinahe auf, als die Flamme im Glaszylinder größer und es um ihn herum heller wird. Rasch dreht er die Flamme kleiner. Die Geldtasche hat er noch umgehängt. Er nimmt den Terrakottadeckel vom Milchtopf, aber die Milch ist sauer geworden. Er füllt sich ein Glas mit Wasser und trinkt im Halbdunkeln. In einem Korb liegen Chapatis steif wie Karton, aber so können sie auch schon nach einem Tag sein, weshalb er nicht zu sagen vermag, wie alt sie tatsächlich sind.

Schließlich greift er nach der Lampe, geht in den Südflügel, bleibt dort fast eine Stunde und versucht zu rekonstruieren, was passiert ist. Die Metalltür am Eingang wurde gesprengt, und er schnuppert an den Angeln, um festzustellen, welcher Sprengstoff verwendet wurde. Hier scheint der Kampf am heftigsten gewütet zu haben. Der Raum, in dem die Kisten mit Broschüren und sonstigen Schriften standen, ist völlig leer, die Fenster sind eingeschlagen, die Rahmen zersplittert. In mehreren Zimmern gab es Explosionen. Granaten, Bomben. Die Soldaten haben Sprengkörper geworfen, ehe sie eingedrungen sind. Schüsse in die Türen abgefeuert. Wie ein Spurenleser bewegt er sich durch den Flügel, von Zimmer zu Zimmer, und erst als er die letzte Tür entriegelt, findet er zwei der drei Airedales. Leichenstarre hat die Kadaver befallen. Sie liegen nur wenige Schritte voneinander entfernt auf dem Boden – Stiefelabdrücke verbinden die beiden Blutlachen, führen dann zum Fenster. Vom dritten Hund entdeckt er keine Spur.

Als er zur Küche zurückkommt, nimmt er sich eines der trockenen Chapatis und isst es mit dem Curry aus Kartoffeln und Lammfleisch, das er in einer Schüssel im stromlosen Kühlschrank entdeckt, kaut die harten Reste, bis sie weich sind. Dann entdeckt er ein Glas mit in Zuckersirup eingelegten Karotten und schiebt sich die langen roten Stücke in den Mund, zwei, drei auf einmal, und schaut dabei aus dem Fenster auf den unter aufgehendem Mond still vorbeiströmenden Fluss.

Er wischt sich die Hände an der Hose ab und geht in den Frauentrakt. Mehrmals ruft er leise nach dem Leoparden, während er tiefer ins innerste Heiligtum vordringt. Stille umgibt ihn in ihrem Zimmer, die Stille einer Falle. Er ist in irgendetwas Ungeheurem eingeschlossen und atmet bewusst langsam, um ruhig zu bleiben, sagt sich, dass es egal sein sollte, wie tief das Wasser ist, solange man schwimmen kann.

Er schläft auf dem Küchenboden mit der Umhängetasche als Kissen, wacht mehrere Stunden später wieder auf und blickt in den dunkelblauen Himmel. Ohne dass er sich daran erinnern könnte, muss er nachts irgendwann aus der Küche in den Hof gegangen sein, um im Gras weiterzuschlafen, weshalb er jetzt zu den Sternbildern aufschaut und spürt, wie sich die Erde an seinen Rücken schmiegt. Er wird von der angespannt bebenden Festigkeit des Planeten gehalten, der lebendigen, gewaltigen Rundung der Welt unter seinem Körper.

Obwohl es noch Nacht ist, verlässt er den Hof, die Umhängetasche über der Schulter; das Flusswasser spiegelt Mondlichtklingen. Er folgt dem Ufer, kommt zur Straße, die nach Megiddo führt, und biegt auf halber Strecke in den schmalen Weg ein, der bei den gelben Blumen endet. Bald kann er sie riechen, und es kommt ihm vor, als hätte er sie nicht wenige Tage, sondern mehrere Monate nicht gesehen. Im bläulichen Schein des Mondes geht er auf die Hügel in der Ferne zu. Eine Dreiviertelstunde später kauert er im ausgetrockneten Bett einer Quelle und beobachtet eine Schar dunkler Gestalten. Er fragt sich, ob es Amerikaner sind. Zwischen seinem Versteck und ihnen liegt eine knapp fünfzig Meter breite, mit kleinem, dunklem Gebüsch bewachsene Kiesfläche. Er robbt auf Ellbogen vor, die Umhängetasche im Kreuz. Die Männer bewegen sich langsam über den Abhang, offenbar durchsuchen sie das Höhlenlabyrinth. Auf der Jagd nach Terroristen. Und plötzlich tauchen aus einer der Höhlen ein paar Figuren auf, rennen, kämpfen mit den Soldaten. Jede so wütend wie eine Schlange in den Klauen eines Adlers. Einige fallen hin, Staub wirbelt auf, und der Wind trägt ihre Schreie herüber, auf Arabisch »Lob für Allah«, das die Festgenommenen laut bei jedem Schmerz, jedem zupackenden Griff rufen. Die Amerikaner, falls es denn Amerikaner sind, bleiben so still, als könnten ihre Worte und Geräusche von der Luft dieses Landes nicht übertragen werden. Ihre bloße Anwesenheit erzeugt eine elektrische Spannung, die er auf der Haut spüren kann, und den Bruchteil einer Sekunde lang meint er, die im Mondlicht blitzenden Augen eines Weißen zu sehen. Dann aber wird ihm klar, dass es pakistanische Soldaten sind, da er sie in Urdu, Punjabi, Paschto und Hindko miteinander reden hört. Man wird die Gefangenen den Amerikanern aushändigen, und die pakistanische Armee heimst die Belohnung ein. Vermutlich sind die Araber gerade aus Afghanistan eingetroffen und hatten gehofft, sich den Gefährten anschließen zu können, die bereits hierher geflüchtet sind. Gut möglich, dass sie sogar auf dem Weg zu Akbars Haus waren. Drei Gestalten jagen den Hügel hinunter zum Tal der Blumen, und fünf Soldaten setzen ihnen nach, wirbeln Staubwolken auf, die fahl im Mondlicht schimmern, rennen keine zwanzig Meter von ihm entfernt vorbei, dann drehen sie ab und laufen weiter über den Abhang, bis sie nur noch winzige Gestalten im blauen Licht und schließlich nicht mehr zu sehen sind.

»Verschwinde von hier, verschwinde von hier«, ermahnt er sich lautlos.

Als er zum Haus zurückkehrt, zersplittert Licht die Dunkelheit, der Tag bricht an und aus Megiddo klingt leise der Ruf zum Morgengebet herüber. Er überlegt, ob er zur Moschee gehen und versuchen soll, den Gläubigen Informationen zu entlocken, entscheidet sich aber dagegen, da jemand das pakistanische Militär oder die Amerikaner über seine Anwesenheit informieren könnte. Nachdem er die Tür verriegelt und einen Tisch davorgerückt hat, legt er sich in Akbars Zimmer schlafen und lauscht dem Muezzin, hört ihm zu sowie dem eigenen Geflüster: »Verschwinde von hier, verschwinde von hier.«

Der amerikanische Soldat trägt den Schneeleoparden im Hemd, als er irgendwann gegen drei Uhr früh die internationale Grenzlinie der afghanischen Provinz Paktika überquert und Südwaziristan betritt. Der kleine Kopf guckt aus seinem Kamiz, dessen obere zwei Knöpfe offen gelassen wurden. Es weht ein kreidiger Wind. Der Mann geht in die Nacht, die durchzogen ist mit den Plänen von Terroristen, den Absichten von Generälen, der Mathematik des Krieges. Er trägt einen schweren Rucksack und an der Hüfte ein Holster mit einem großen Thuraya-Satellitentelefon. Für den Fall, dass er das Thuraya aufgeben muss, steckt ein zweites, kleineres Satellitentelefon in der Tasche der Shorts, die er unter der Hose trägt.

Er ist Soldat einer Sondereinheit und fand den Schneeleoparden bei der Durchsuchung eines Hauses in einer Stadt namens Megiddo. In seinem Rucksack stecken auch sechs Dosen des Katzenfutters, das er sich aus den Vereinigten Staaten schicken ließ.

Er sieht Kakteen, deren Blüten in der Nacht aufgehen, sieht die Motten, die sich davon ernähren und ihn hörbar umflattern. Über diese meist unfruchtbaren Hügel fliehen Terroristen aus Afghanistan, deshalb ist er äußerst wachsam. Sein jüngerer Bruder wurde im Januar von einem freigelassenen Gefangenen ermordet.

Er kennt keinen Namen, aber die Zeigefinger beider Hände haben gefehlt.

In eine ausgedehnte Sandfläche hat der Wind Rillen geweht, brüchige Stufen aus weißem Marmor, und er versucht beim Überqueren den gleichen Winkel beizubehalten, um nicht die Orientierung zu verlieren. Der Einzelgänger. Seinen Teamkameraden hat er gesagt, er sei in vierundzwanzig Stunden zurück, ansonsten würde er sie um Hilfe bitten. Sollte er sich nach vierundzwanzig Stunden nicht gemeldet haben, suchen sie nach ihm.

Von Zeit zu Zeit überzeugt er sich, dass der Kopf des Leoparden zu seiner Brust zeigt, da er weiß, dass dessen Augen kilometerweit in der Wüste zu sehen sind.

Auf *beiden* Satellitentelefonen hat er die Bilder des Mannes gespeichert, der seinen Bruder ermordet hat, aufgenommen bei seiner Gefangennahme. Man hätte ihn überhaupt nicht wieder freilassen dürfen – er hat nie seinen Namen genannt, und allein das bewies doch, was für ein gefährlicher Terrorist er war, höchstwahrscheinlich einer aus den obersten Rängen von al-Qaida. Man hätte ihn zu einem umfassenden, verschärften Verhör nach Kuba bringen müssen. Den Beweis lieferte er, als er zwei Amerikaner in ebendem Moment erschoss, in dem er freigelassen wurde. Zurzeit wird gründlich untersucht, wie man einen solch gerissenen, scharfsinnigen Gefangenen, der offenkundig eine Bedrohung für die Vereinigten Staaten und den Frieden in dieser Region darstellt, laufen lassen konnte.

Aber es ist nicht einfach, sich Gewissheit zu verschaffen. Unschuldige wie Schuldige weinen im Verhörzimmer, hinterlassen feuchte Flecken auf dem Stoff ihrer Overalls, wenn sie sich mit den Schultern große Tränen abwischen. »Ich schwöre bei Allah, bei Herz und Gliedern …« »Ich schwöre bei Allah und dem Grab meiner Mutter …«

Am Fluss bleibt er stehen und schaut sich um, vergewissert sich, dass er in die richtige Richtung läuft. Er weiß, dass in Südwaziristan die meisten Flüsse von Westen nach Süden fließen, und er muss daran denken, wie sich sein Bruder davor gefürchtet hatte, in Afghanistan Flüsse zu überqueren, waren ihm doch Geschichten zu Ohren gekommen, laut denen noch immer russische Plastikminen in der Strömung schwimmen. Aber dies hier ist Pakistan.

Es gibt amerikanische Militärbasen in Deutschland, Japan, Südkorea, Saudi-Arabien, Kuwait, Bahrain, Albanien, Bulgarien, Mazedonien, Katar, Oman, den Vereinigten Arabischen Emiraten, in Ungarn, Bosnien, Tadschikistan, Kroatien, Afghanistan, Kasachstan, Usbekistan, Georgien – überall eine Basis in unmittelbarer Nähe, stets zum Einsatz und zur Bekämpfung möglicher Bedrohungen bereit. Nur geht es nicht länger um amerikanisches Glück, amerikanische Freiheit, amerikanische Interessen, den amerikanischen Way of life. Jetzt geht es für Amerika ums nackte Überleben.

Er orientiert sich an den Sternen, wählt alle zwanzig Minuten ein neues Sternbild, weil das alte mit der Erdrotation die Richtung wechselt. Herkules, Schlangenträger. Und er fragt sich, ob unter ihnen ein Geist oder ein Gott ist, der übers Schlachtfeld wandelt, die letzten Worte der Sterbenden sammelt, jeden Tropfen vergossenen Blutes verzeichnet.

Was waren die letzten Worte seines Bruders?

Selbst im Übermut war sein Bruder als Militärpolizist stets vorsichtig gewesen, hatte nie die Regeln verletzt, war eines Nachmittags sogar dazwischengegangen, als sich ein Soldat im Verhör vergaß und sich zu körperlichem Kontakt mit dem Gefangenen hinreißen ließ – den Jungen am Overall packte und ihn schüttelte. Die meisten Gefangenen sind so dünn, so schwach und unterernährt, dass man fürchten muss, sie könnten selbst am ganz normalen, strengen Prozedere sterben. Noch hat er keine Träne wegen der Ermordung seines Bruders geweint, hat die Tatsache seines Ablebens so gut wie möglich verdrängt, weshalb das Wissen darum nur in einem unbestimmten Nebel existiert und er sich unterbricht, wenn er hört, dass er die Melodie summt, die sein Bruder so sehr mochte, das Lied, das ihre Mutter ihnen beigebracht hat.

Als Mikal nur zwei Stunden nach dem Einschlafen wieder wach wird, spürt er einen unbändigen Hunger. Die Sonne ist aufgegangen. Er nimmt vier Eier aus dem Kühlschrank, brät sie, trägt die Pfanne ans Ufer und schaut beim Essen aufs Wasser; aus der Wüste weht ein warmer Wind. Er wäscht die Pfanne ab, stellt sie zurück ins Regal und schaut auf seine Uhr. Die Frau, die jeden Tag zum Kochen ins Haus kam, wohnt anderthalb Kilometer flussaufwärts, aber für einen Besuch ist es noch zu früh. Er gräbt ein Loch, geht in den Südflügel, wickelt die beiden Hundekadaver in ein Bettlaken und trägt sie nach draußen. Statt ihnen die steifen Beine zu brechen, verbreitert er lieber das Loch.

Er hat die Tasche mit den Dollars die ganze Zeit bei sich getragen, stellt sie jetzt aber in Akbars Schrank und deckt sie mit Wäsche zu, bis nichts mehr davon zu sehen ist. Er will den Schrank gerade verschließen, da hält er inne. Waffen sind mit Schlüsseln kombiniert worden, mit Messern, Gabeln und Löffeln, und im Zimmer von Akbars Vater gibt es einen Stahlschrank zur Schmuckaufbewahrung mit einer daran angebrachten Schlagpistole. Versucht man den Deckel zu öffnen, ohne zuvor eine bestimmt Sperre zu lösen, feuert die Pistole einen Schuss ab. In diesen Schrank bringt er jetzt die Tasche. Hinterher schaut er wieder auf die Uhr, geht aus dem Haus und folgt dem Fluss.

Ein Mann sitzt auf der Veranda im Haus der Köchin und liest Zeitung. Er ist um die fünfzig, unrasiert, blaugraue Stoppeln im Gesicht und ein Adamsapfel, der so ausgeprägt ist wie seine Nase. Er steht auf und mustert Mikal.

»Ich heiße Mikal, Onkel. Ich bin Akbars Freund«, sagt er und weist mit einem Kopfnicken über die Schulter. »Vom Haus.«

Eine Zeit lang reagiert der Mann gar nicht, dann ruft er: »Fatima!«

Die Frau kommt an die Tür, eine Hand an die Augen gelegt, dann tritt sie vor, wischt sich die Hände am Schleier ab und stellt sich zu den Männern. Sie hat Mikal erkannt.

»Kommst du gerade vom Haus?«, fragt der Mann.

»Ja, ich habe die Nacht da verbracht.«

Die Frau schnappt nach Luft.

Sie erzählen vom zehnstündigen Feuergefecht. Die Armee hatte das Haus abgeriegelt. Bei Pakistans erster Operation gegen al-Qaida und Taliban, die auf Druck von Amerika durchgeführt wurde, gehörten paramilitärische Verbände der Grenzpolizei und der Waziristan-Scouts zu den Angreifern. Einige Mitglieder der Sicherheitskräfte, vor allem aber Tschetschenen, Usbeken und arabische Militante, sind dabei gestorben. Viele Fremde flohen in die Wüste und in die Berge.

»Das war vor drei Nächten«, sagt die Frau. »Seither ist niemand mehr im Haus gewesen.«

»Also wisst ihr nicht, wo sie sind? Akbars Bruder ... und seine Schwester?«

Sie schütteln beide den Kopf, und da es nichts weiter zu sagen gibt, wendet er sich zum Gehen.

»Komm zum Mittagessen zurück«, sagt die Frau.

»Danke, das werde ich.«

»Kannst du mir meine Gebetskette mitbringen? Sie ist aus grünen und weißen Perlen und hängt an einem Nagel bei ...«

»Ich habe sie gesehen.«

Zurück im Haus, löst er die Sperre und öffnet den Stahlschrank um nachzusehen, ob das Geld noch dort ist. Während er die Tasche prüft, spielen seine Fingerspitzen mit Naheeds Kette.

Eine halbe Stunde später folgt er dem schmalen Pfad, der zu den gelben Blumen führt, und geht durchs Feld auf die Hügel zu. Die westlichen Hänge sind aus breiten Miozänschichten, die nach Westen abfallen. Im Osten tauchen unter dem Miozängestein ältere Formationen auf und bilden jenen kühn vorspringenden Steilhang aus weißem Stein, der dieser Hügelkette den Namen gab. Er geht bis zu der Stelle, an der Akbars Vater im Pick-up gestorben ist. Ein dünnes Braunkohleflöz, Kreide aus dem Jura, ansonsten nur zerbrochenes Glas und grüne Farbflocken, wo der Lack am Fels abgeschabt wurde.

»Du Hurensohn«, sagt leise jemand hinter ihm.

Er dreht sich um und sieht den Mann keine zehn Schritt hinter sich auf dem Boden hocken, ihn, mit dem Salomi verheiratet wurde und den er im Zimmer voller Bücher und Broschüren kennengelernt hat.

»Was tust du hier?«, fragt der Mann.

»Dasselbe könnte ich Sie fragen.«

»Bist du allein?« Der Mann schaut sich um, schließlich wandert sein Blick zu Mikal zurück; er hängt sich die AK 47 über die Schulter und steht auf. Er trägt denselben Salwar Kamiz, den er bei ihrer letzten Begegnung anhatte, nur ist er jetzt voller Staub und starr vor Dreck.

»Wie viel Geld hast du dabei?«

»Nur ein paar Rupien«, erwidert Mikal.

»Hurensohn!«

Er wird das Geld nur Akbars Bruder oder Salomi geben, ihm hier nicht.

»Was hast du hier draußen verloren?«, fragt der Mann.

»Ich suche nach einem der Airedales. Er ist weggelaufen.«

»Und wo bist du die letzten Tage gewesen?«

»Ich sollte jetzt gehen«, sagt Mikal und dreht sich um.

»Ich habe dich gefragt, wo du gewesen bist.«

»Ich musste eine Weile weg.«

»Kurz vor dem Angriff.«

»Was wollen Sie damit sagen?«

Der Mann spuckt in den Staub. »Ich will die Rupien, die du bei dir hast.«

»Die brauche ich selbst.«

Der Mann hebt das Gewehr. »Das war keine Bitte.«

Mikal fischt das Geld aus den Taschen, und der Mann bedeutet ihm, es fallen zu lassen.

»Wo ist die Tasche mit dem amerikanischen Geld, die Akbar dir gegeben hat?«

»Im Haus.«

»Bring sie heute Abend her.«

»Sind Akbars Bruder und seine Schwester auch hier irgendwo? Verstecken sie sich bei Ihnen?«

»Was geht dich das an?« Ein vieldeutiges Schweigen folgt, dann setzt der Mann hinzu: »Ich habe den Hund gesehen.« Er zeigt auf einen zehn Meter entfernten Fels. Mikal geht hin, findet aber nichts. Er geht um den Fels herum und kommt gleich darauf zurück. »Da ist nur ein Schakal.«

»Ich weiß; der Hund hat ihn gerissen.«

»Hätten Sie mir das nicht gleich sagen können, statt mich hinzuschicken?«

Der Mann erwidert darauf nichts; seine Augen bleiben zum Schutz vor der Sonne halb geschlossen. »Komm um Mitternacht mit dem Geld wieder her.«

Beim Mittagessen sagt er, dass er morgen zurückfährt. Auch, dass er gern eine Tasche bei ihnen lassen würde, die sie Akbar oder einem aus seiner Familie geben sollen, falls denn einer von ihnen zurückkehrt. Das Paar sagt, vor einer Stunde sei ein Freund da gewesen und wusste Neues zu berichten.

»Man hat Salomi in den Bergen gesehen«, sagt der Mann.

»Wo genau?«

»Das war nicht Salomi«, wirft die Frau ein. »Das war ihr Geist. Man hat ihren Geist gesehen.«

»Fatima«, herrscht der Mann sie bestürzt an.

»Das muss er wissen«, sagt sie. »Er war schließlich im Krieg, niemand glaubt so sehr an Geister wie Soldaten.«

»Ist nur Gerede«, sagt ihr Mann zu Mikal gewandt. »Salomi wurde entweder von den Amerikanern gefangen genommen, oder sie hat sich al-Qaida und dem Dschihad angeschlossen. Die Anonymität einer Frau ist für diese Leute ziemlich wichtig. In ihrer Burka kann sie Nachrichten überbringen.«

Weil er jetzt keine Rupien mehr hat, will er sich ein paar Dollar aus der Tasche nehmen und sie auf dem Basar in Megiddo umtauschen. Das ist zwar gefährlich, aber ihm bleibt keine Wahl. Außerdem will er versuchen, ein Telefon aufzutreiben, um Naheed anzurufen und ihr zu sagen, dass er sich morgen auf die Rückreise macht.

Er schläft in Akbars Zimmer, schläft auf dem mit Koranversen bestickten Kissen, die Albträume verhindern sollen. Als er nach Sonnenuntergang aufwacht, öffnet er den Stahlschrank. Die Tasche ist verschwunden.

Mikal packt die Verzweiflung.

Er untersucht den Boden auf Blutspuren und sucht die gegenüberliegende Wand nach einem Einschussloch ab, riecht an der am Schrank befestigten Pistole, um zu sehen, ob sich ein Schuss gelöst hat. Er geht sogar zu Akbars Schrank zurück, in dem er die Tasche ursprünglich versteckt hatte, und zieht fassungslos alle Kleider heraus, durchwühlt sie, schaut unters Bett und hinter den Sessel.

Im gelben Licht der Lampe in seiner Hand fühlt er sich beobachtet.

Aus der Waffenfabrik besorgt er sich Werkzeug und geht zu dem Wagen, von dem er gestern den Rückspiegel abgebrochen hat. Er schlägt eine Scheibe ein, stößt den Schlitzschraubenzieher in den Anlasser und dreht ihn wie einen Schlüssel, aber der Motor reagiert nicht. Er schraubt die Verkleidung der Lenkradsäule ab, um an die darunterliegenden Drähte heranzukommen, und lässt die Schrauben einfach auf den Boden fallen. Nachdem er die roten Drähte durchtrennt hat, zieht er die Enden ab und flicht sie zusammen. Dann schneidet er die Starterkabel durch und bringt die nackten Enden zusammen; fünf blaue Funken unterschiedlicher Größe, dann ein Stottern, und der Motor springt an. Zuletzt entriegelt er die Lenkradsperre, indem er einen Schraubenzieher in den Schlitz zwischen Lenkrad und Lenkradsäule rammt.

Da ihm mittlerweile alles egal ist, fährt er zum Haupttor hinaus, dem er sich seit seiner Ankunft nicht zu nähern gewagt hatte.

Er fährt ziellos in die Berge, dann in die sie umgebende Wüste; die Dunkelheit ist so absolut, dass ihm die Augen von der Anstrengung schmerzen, in dieser Schwärze, die ihn an die Dunkelzelle im amerikanischen Gefängnis erinnert, etwas sehen zu wollen. Irgendwann zeigt sich der Mond, und sein Licht legt sich wie weißer Dunst über die Wellen und Weiten der Wüste. Um Mitternacht kehrt er dorthin zurück, wo er das Geld übergeben sollte, doch niemand wartet auf ihn, und er ruft den Namen des Mannes in alle Richtungen. Dann steht er da und lauscht – nichts, nur der Wind und das von ihm zurückgetragene Echo. Die Zeit will ihm nicht länger menschlich vorkommen, dehnt sich aus und zieht sich zusammen, unbeständig wie eine Flüssigkeit. Ein Uhr, und er sucht nach ihr, ihrem Geist und der Tasche mit den Dollars. Er redet mit sich selbst, steht im zerklüfteten Land am Rande der Wüste, eine Taschenlampe in der rechten Hand, und denkt an die Geschichte vom Soldaten, der jenen Nachtwald betritt, in dem der Geist seiner toten Geliebten umgehen soll, verwandelt in ein räuberisches Untier.

Im Haus nimmt er den Hörer trotz der toten Leitung auf und wählt die Nummer seiner Eltern in Heer, aus Kindertagen erinnert er sich noch an die Ziffernfolge; anschließend steht er im Dunkeln und stellt sich den bunt bemalten Raum in der Ferne vor. Dann ruft er bei Rohan an und redet fast eine Stunde lang mit Naheed.

Zwei falsche Sonnen zeigen sich mit der echten Sonne, auf jeder Seite eine. Nach nur einer Stunde Schlaf fühlt er sich völlig gerädert; er öffnet die Augen, sieht im Halbwachen seine Hände auf dem Laken, und die fehlenden Finger lassen ihn einen Moment lang glauben, er löse sich langsam auf. Entsetzt fährt er hoch.

Er geht zum Stahlschrank, aber das Geld fehlt immer noch, und er fragt sich beschämt und verblüfft, ob die Köchin und ihr Mann das Geld gestohlen haben.

Als Mikal kommt, sitzt der Mann auf der Veranda und liest dieselbe Zeitung, in der er bei ihrer letzten Begegnung gelesen hat; Zeitungen sind in Waziristan nur schwer zu bekommen. »Bist du hier, um dich zu verabschieden?«

Er schüttelt den Kopf.

»Hast du nicht gesagt, dass du heute zurückfährst?«

Er steht wortlos da und sagt erst nach einer Weile: »Ich muss mir Arbeit suchen, um das Geld für die Rückfahrt zu verdienen. Ich glaube, ich gehe nach Megiddo.«

»Wie viel brauchst du? Wir können es dir geben.«

»Danke, Onkel, aber ich möchte es mir lieber verdienen.« Er sieht, dass sie alles andere als wohlhabend sind.

»Du könntest etwas für mich erledigen«, sagt der Mann. »Würdest mir eine Fahrt ersparen. Du brauchst nur ein bisschen Schrott nach Sara bringen, eine Kleinstadt, gut fünfundfünfzig Kilometer …«

»Kenn ich. Akbar hat sie mal erwähnt.«

»Ich beschreibe dir, wie du hinkommst. Wir laden den Schrott auf meinen Pritschenwagen. Du brauchst etwa drei Stunden für die Hinfahrt, drei für den Rückweg.«

»Kann ich machen. Ich muss vorher nur noch ein bisschen schlafen.«

»Du kannst nach dem Mittagessen fahren. Dann bist du vor Sonnenuntergang zurück. Ich würde dir nicht raten, nach Anbruch der Dunkelheit noch unterwegs zu sein.« Der Mann faltet die Zeitung zusammen. »Also, das bringt es nun wirklich auf den Punkt«, sagt er. »Liest man in diesem Land die Zeitung, muss man sich danach die Hände waschen.«

Mikal wirft einen Blick in die Seiten, um zu sehen, ob es Neues über Pater Mede gibt, aber das Land hat sich längst anderen Krisen zugewandt. *Blutbad im amerikanischen Konsulat in Karatschi* lautet die Schlagzeile in acht Zentimeter großen Lettern. Vor dem Gebäude ist ein von einem Selbstmordattentäter gefahrener Lastwagen mit einer Düngerbombe explodiert, zwölf Menschen starben, einundfünfzig wurden verletzt – allesamt Pakistani.

Aufgebrachte Menge prügelt vermeintlichen Dieb zu Tode ...
Illegale pakistanische Einwanderer ertrinken vor Italiens Küste ...
Senator verteidigt das Begraben lebendiger Frauen, die ihre Männer entehrt haben ...
»Wir haben alles plattgemacht«, sagte der amerikanische Generalmajor Franklin Hegenbeck und meinte damit die Zerstörung von drei Dörfern im afghanischen Shaikot-Tal. »Da war nichts und niemand mehr, nur noch Sand und Staub ...«

Er lässt die Zeitung sinken und schaut auf den unter drei Sonnen funkelnden Fluss. Morgen um diese Zeit, denkt er, bin ich auf dem Weg zurück nach Heer.

»Ein böses Omen«, sagt der Mann und zeigt auf die Sonne mit ihren beiden Nebensonnen. An Granatapfel- und Hennabäumen vorbei geht er mit Mikal hinters Haus. In einem Holzschuppen liegt ein hüfthoher Haufen Ketten, der Schrott, den Mikal abliefern soll.

Stumm geht er darauf zu, bückt sich und streicht sanft über die Ketten.

»Was ist?«, fragt der Mann von der offenen Schuppentür her.

Mikal schüttelt den Kopf, Erinnerungsfetzen drängen sich auf.

»Die haben einem Bettelmönch gehört, der durchs ganze Land gezogen ist«, sagt der Mann.

»Ich weiß«, erwidert Mikal nach einer Weile und hebt die Ringe an, mit denen die Ketten an den Handgelenken des Mannes befestigt gewesen waren. Und da ist auch der Halsring. »Wo habt Ihr die her? Und wo ist der Fakir?«

»Man hat ihn tot am Straßenrand gefunden.«

Mikal steht auf, lässt den Kettenstrang aus der Hand fallen und sieht den Mann traurig an.

»Als ich zum ersten Mal von zu Hause weggelaufen bin, wollte ich zu ihm. Ich bin seiner Spur im Staub gefolgt, konnte ihn aber nicht einholen.«

»Tja, jetzt hast du ihn gefunden. Zumindest einen Teil von ihm. Er war hier auf dem Basar, und die al-Qaida-Araber haben sich über ihn aufgeregt und ihn beschimpft. Meinten, wie er es wagen könne zu behaupten, dass er sich bei Allah für die Muslime einsetze. Dann haben sie ihn verprügelt, bis Leute dazwischengingen, die wussten, wie fromm der Mann war. Am nächsten Tag hat man dann seine Leiche gefunden.«

»Er konnte gar nicht davonlaufen«, sagt Mikal leise. Wie kleine Goldfische im Netz stecken Patronenhülsen zwischen den Kettengliedern.

»Nein, die Ketten waren so lang und schwer, dass er sie mit beiden Händen nachziehen musste. Sie schleiften mehrere Meter hinter ihm her. Manche Leute behaupten, er sei einfach aus seinen Ketten heraus verschwunden. Sie seien das Einzige gewesen, was zu Boden fiel.«

»Ich dachte damals, er sei mein Vater.«

Sie schleppen die Ketten an den Bäumen vorbei zum Pick-up. Mikal öffnet die Heckklappe, steigt auf die Ladefläche und zieht eine Handvoll Kettenglieder mit sich; der Mann schiebt so schnell nach, wie Mikal auf der Ladefläche nach hinten geht.

Er wurde einmal in Mekka gesehen, obwohl er Pakistan nie verlassen hat, und einige Male sah man ihn zeitgleich an mehreren Stellen im Land.

»Zum Trost für seine Seele liest Fatima ein Kapitel aus dem Koran«, bringt der Mann ein wenig außer Atem vor, sobald die Ketten aufgeladen sind und Mikal vom Pick-up gesprungen ist.

»Wenn sie damit fertig ist, macht sie uns Frühstück. Zwischen hier und Sara liegt nur noch eine einzige Stadt. Sie heißt Allah-Vasi. Da wohnt Fatimas Schwester. Vielleicht will sie mitfahren. Du könntest sie absetzen, weiter nach Sara fahren und sie auf dem Rückweg wieder mitnehmen.«

Nachdem er Fatima bei ihrer Familie abgesetzt hat, fährt Mikal allein durch die Wüste, dieses ausgedehnte Nichts mit niedrigen Hügeln in der Ferne, die drei Sonnen folgen dem Pritschenwagen am Himmel. Auf der Straße herrscht kaum Verkehr, aber für den Fall, dass er verfolgt wird, sieht er sich jedes Fahrzeug genau an. Hat er den Mann auf dem Motorrad nicht schon einmal gesehen? Eine halbe Stunde vor Sara lässt ihn ein lautes Kreischen an den Rand fahren. Er steigt aus, öffnet die Motorhaube und sieht, dass der Keilriemen gerissen ist. Die Reste hängen an Freilaufriemenscheibe und Zahnriemenabdeckung; eine Leitung der Einspritzpumpe hat sich gelöst, Diesel tropft auf den Boden.

Er blickt die schmale Straße entlang, Steine und Felsen reflektieren die Hitze wie mit Spiegeln. Eine Stunde vergeht, und niemand kommt vorbei. Er sitzt auf der Fahrerseite, die Tür offen, lässt die Beine nach draußen baumeln und sieht den durch die Wüste wirbelnden Staubteufeln zu. Im Pick-up riecht es nach Essen, das Fatima als Geschenk für ihre Familie in mehreren Gläsern und Körben mitgenommen hat. Er ist sich sicher, dass die Ketten des Bettelmönchs zu heiß zum Anfassen sind.

Eine weitere Stunde vergeht, ehe ein Laster in der Ferne auftaucht. Der Fahrer ist bereit, ihn bis zur nächsten Werkstatt abzuschleppen, und erzählt unterwegs, dass sein Vetter letzten Herbst in Afghanistan gestorben ist und sein Bruder auf Kuba in amerikanischer Gefangenschaft sitzt.

Um halb sieben abends sind die Mechaniker immer noch nicht mit der Reparatur fertig. Mikal sieht ein, dass er morgen nicht nach Heer zurückfahren kann: Er wird die Nacht wohl bei Fatimas Schwester in Allah-Vasi verbringen müssen, nachdem er die Ketten abgeladen hat.

Er nimmt die zwei leeren Wasserflaschen aus dem Pick-up und füllt sie am Hahn wieder auf. »Kann ich einen Anruf machen?«, fragt er den Werkstattbesitzer und zeigt auf das dreckverschmierte Telefon, das in einem Vogelkäfig steht. Vor der kleinen Gittertür hängt ein Schloss, damit nicht jeder das Telefon einfach benutzen kann. »Ich bezahle auch.« Fatimas Mann hat ihm ein paar Rupien mitgegeben für Tee und eine Mahlzeit unterwegs.

Nach dem fünften Klingeln hebt Naheed ab.

»Bist du auf dem Rückweg?«, fragt sie.

»Ich hatte gehofft, morgen früh losfahren und übermorgen spätabends in Heer ankommen zu können, aber das scheint schwierig zu werden.«

Kein Wort von ihr. Und er weiß, etwas Schlimmes ist passiert.

»Was ist?«

»Sharif Sharif will mich heiraten.«

»Das weiß ich doch.«

»Er will mich so bald wie möglich heiraten. Noch diese Woche. In ein paar Tagen. Eine schnelle Zeremonie mit einem Geistlichen und zwei Zeugen, sonst niemandem.«

»Wieso jetzt?«

»Vater war bei ihm, um ihm zu sagen, dass meine Zustimmung nichts zu bedeuten hat, und da ist er wütend geworden. Er verlangt, was ihm zusteht.«

»Er kann dich nicht gegen deinen Willen heiraten.«

»Er sieht das anders. Und Mutter will nicht die Polizei rufen.«

»Ich komme.«

»Vater sagt, wenn ich ihn heirate, nimmt er keine einzige Rupie von mir an. Er sagt: ›Ich will kein Haus und will auch meine Augen nicht, wenn du dafür mit deinem Glück zahlst. Lieber bin ich ein obdachloser blinder Bettler.‹«

»Ich komme.«

Er legt auf und steht einige Augenblicke wie betäubt da, dann meldet der Mechaniker, der Wagen sei fertig.

Kurz nach sieben wird die Dämmerung einsetzen. Um zehn vor sieben macht Mikal sich auf den Weg nach Sara, um die Ketten abzuliefern. Die sinkende Sonne löscht alle Härte aus der Landschaft, für kurze Zeit leuchtet das Erz im Gestein noch heller. Und während die Sonne untergeht, sieht er eine Wolke weiß wie Schnee, eine scharlachrote Wolke, eine grüne Wolke, gelb gerändert wie ein welkes Blatt, eine blassblaue und eine bronzefarbene Wolke. Bald ist der Himmel jedoch dunkelblau, und die Sterne tauchen auf. Er fährt von der Straße ab, die sich durch die Hügel windet, um quer durch die Wüste zu fahren und sich nach den Sternbildern zu orientieren, da er hofft, in gerader Linie abkürzen zu können. Er hat es eilig, die Ketten loszuwerden.

Nach einer halben Stunde hat sich die Wüste der Dunkelheit ergeben. Als er die Gestalt vor sich auf dem Boden liegen sieht, tritt er mit aller Kraft in die Bremse; Reifen quietschen über Kreidefels und sonnenzerbröseltem Schiefer. Er wartet, bis sich der Staub gelegt hat, in den sich das Licht der Scheinwerfer bohrt, sitzt mit rasendem Herzen da, die Sinne bis zum Äußersten gespannt. Nach einer Weile steigt er aus, bleibt reglos neben dem Fahrzeug stehen und geht dann dichter an einen der Scheinwerfer heran, um deutlich sichtbar zu sein. Dann öffnet er die Knöpfe an Hals und Handgelenken und zieht ganz langsam und mit übertrieben deutlichen Bewegungen sein Hemd aus. Er muss daran denken, was Tara ihm für den Fall riet, dass ihm Dschinns begegnen.

Er wirft das Hemd beiseite. Zieht seine Haut ab.

Er hockt sich hin, zieht die Schuhe aus, streift sie ab und kickt sie deutlich sichtbar fort.

Dann steigt er aus der Hose, schleudert sie gleichfalls fort.

Unzählige Sterne fallen über den weiten Himmel, als er, nackt wie er ist, nur mit Naheeds Kette um den Hals, zielstrebig vortritt.

Das Licht der Scheinwerfer erfasst die Gestalt am Boden, aber erst auf halbem Wege erkennt er, dass es sich um einen Weißen handelt, sieht das Gesicht, die blasse Haut, das gelbgoldene, im Licht leuchtende Haar. Der Mann liegt auf der Seite, bewusstlos oder tot, die Augen sind geschlossen, der rechte Arm blutet.

Mikal steht still, atmet leise und will einen Schritt auf den Mann zugehen, als sich eine Hand bewegt.

Er weicht zurück und hastet zum Pick-up, sammelt seine Sachen ein, zieht sich so schnell an wie er nur kann und schaut sich dabei um. Wo einer ist, könnten mehrere sein. Er sucht den Himmel nach Chinook-Hubschraubern ab, nach Kampfflugzeugen, spürt das Adrenalin durch seine Adern jagen. Er springt zurück in den Wagen, will nur noch so schnell wie möglich weg, doch gerade als die Scheinwerfer vom amerikanischen Soldaten fortschwenken, hebt der Leopardenwelpe den Kopf über die Schulter des Mannes.

Sorgsam richtet er die Scheinwerfer erneut auf den Weißen, auf die erschreckende Undurchdringlichkeit des Gesichts, die glühenden Augen des Leoparden. Die Fellzeichnung sieht aus, als trüge das Tier einen Tarnanzug.

Mikal steigt aus und ruft den Welpen zu sich, aber der kommt nicht, hält den Kopf seitwärts gewandt und starrt mit grünen Augen voll uralter Ruhe in die Nacht. Vorsichtig nähert sich Mikal, packt ihn mit ausgestrecktem Arm am Nackenfell und bemerkt, dass das Tier ein wenig schwerer geworden ist, seit er es zuletzt aufgehoben hat. Vor wie vielen Tagen? Mikal mustert den Weißen, seinen Salwar Kamiz, geht in weitem Kreis um ihn herum und versteht nicht recht, was er sieht. Der Mann ist deutlich größer als er selbst und scheint fünf, sechs Jahre älter zu sein, auch wenn Mikal das Alter eines Weißen nur schwer einzuschätzen vermag. Er wagt sich näher heran, legt ihm eine Hand auf die Brust, um den Herzschlag zu spüren, aber unter dem Kamiz trägt der Fremde eine kugelsichere Weste. Der rechte Arm blutet, der Knochen über dem Ellbogen ist gebrochen; das Blut läuft warm über Mikals Hand.

Er sucht nach Waffen. Über der Schulter trägt der Mann eine AK 47 mit umgeklappter Schulterstütze, im Holster am rechten Oberschenkel eine Neun-Millimeter-Pistole. Im Kreuz ist eine zweite Pistole. In der Seitentasche seines Kamiz stecken zweihundert Dollar sowie ein Kartenspiel mit englischer Beschriftung. Für den Fall seiner Gefangennahme hat der Mann einen *blood chit* – auf Paschto und Englisch wird darauf jedem eine Belohnung geboten, der einem in Not geratenen Amerikaner beisteht. Als Nächstes öffnet er den Rucksack und findet ein Ersatzmagazin für die AK 47, genügend Fertigmahlzeiten für fünf Tage, eine Wasserflasche und Tabletten zur Wasseraufbereitung. Kleine schwere Dosen mit Katzenbildern. Er sucht nach einem Laptop, zieht das große Satellitentelefon aus dem Holster, tritt drauf und zertrümmert es anschließend mit einem Stein.

Der Mann hat einen Stiernacken, und er ist durchtrainiert, überall Muskeln. Hände wie ein Steinmetz. Entweder ist er Soldat einer Sondereinheit oder paramilitärischer Offizier der CIA, denkt Mikal. Er sucht nach einer Digitalkamera wie der, auf der man ihm nach seiner Gefangennahme in der Moschee im Januar die Bilder der Frauen gezeigt hat, findet aber keine.

Er schaut zu den Sternbildern in ihrer schwindelerregenden Höhe auf, zu den Abermillionen Sternen, so weit das Auge reicht, nach Süden, Norden, Osten, Westen, und er blickt über die flache Wüste, die felsigen Hügel, die Täler, die wartende Welt. Außer dem im Leerlauf brummenden Motor ist kein Laut zu hören. Er nimmt Rucksack und Waffen und verstaut beides im Fußraum auf der Beifahrerseite, den Welpen legt er auf den Sitz neben sich. Dann setzt er sich ans Steuer, wendet, legt den Rückwärtsgang ein und fährt langsam auf den Soldaten zu, wobei er sich an den eigenen Fußspuren orientiert.

Er steigt aus und betrachtet das von den glühenden Rücklichtern fahlrot gefärbte Gesicht. Dann wirft er einen Blick auf die Ladefläche. Die Ketten sehen aus wie die aufgehäuften Innereien eines geschlachteten Metallviehs. Einige Glieder sind rostig, Gebete, die jahrzehntelang unerhört blieben. Dann lässt er die Heckklappe herab und will den Mann auf die Ladefläche hieven. Zuerst versucht er es auf die offensichtliche Art, ein Arm unter den Knien, der andere unter den Achseln, aber der Mann ist zu schwer. Außer Atem, mit heftig sich hebender und senkender Brust lehnt er den Mann an die Heckklappe, klettert auf die Ladefläche, beugt sich herab und greift mit beiden Händen unter seine Achseln. Er weiß nicht, was er machen soll, wenn der Mann das Bewusstsein wiedererlangt. Schließlich sammelt er alle Kraft in den Armen und wuchtet den Mann in einer konzentrierten Bewegung hoch, unerbittlich und unermüdlich. Er achtet darauf, den verletzten Arm möglichst nicht zu belasten, damit der Schmerz den Körper nicht aus seinem Schlaf weckt. Als der Mann endlich auf der Ladefläche liegt, schwitzt Mikal. Wie ein Bruder liegt er neben ihm, japst geräuschvoll nach Luft, fühlt den Arm des Weißen schwer auf seinem Bauch. Irgendwann zieht er sein Hemd unter dem Amerikaner vor und steht auf. Mit der Taschenlampe zwischen den Zähnen, einem aus dem Mund schießenden Lichtstrahl, beginnt er die Kettenglieder auseinanderzupfriemeln, sucht Hals-, Fußknöchel- und Armringe. Eine Handschelle liegt oben auf dem Haufen, die andere kann er nicht finden, also wühlt er mit dem Arm tief in den verknoteten Schlingen herum. Dann legt er dem Mann den Halsring um die Kehle, schließt ab und nimmt den Schlüssel an sich. Einen der Armringe schließt er ums gesunde Handgelenk. Die Ladefläche ist drei Meter lang und zwei Meter breit, darüber ragt ein zwei Meter hohes Rohrgestell auf, das sich mit einer Plane beziehen lässt. Auf beiden Seiten des Amerikaners schlingt er mehrere Ketten um die unteren Rohrenden, bis der Mann fest mit der Karosse vertäut ist. So kann er sich zwar hinsetzen, aber nicht aufstehen.

Mikal steigt ab.

Er ist davon überzeugt, dass er beobachtet wird, kann in der konturlosen Nacht aber niemanden ausmachen. Er geht nach vorn, holt eine Flasche Wasser, kommt zurück und klettert wieder auf die Ladefläche. Während er die Flasche aufschraubt, übt er die Frage, die er dem Mann stellen will, bereitet seine Stimme auf die ungewohnten Laute vor. »Wär iss se görl? Wär iss se görl? Wär iss se görl?«

Er rückt näher an den Mann heran, hebt seinen Kopf, öffnet behutsam den Mund, schiebt die Zahnreihen auseinander, spürt den Atem auf seinen Fingern und lässt das Wasser in einem dünnen Strahl hineinlaufen. Der Schluckreflex ist außer Kraft gesetzt, die Mundhöhle füllt sich bis an den Rand, Wasser rinnt aus den Mundwinkeln. Dann gelangt es in die Kehle, ein Strang Blasen steigt im Mund auf, und das alarmierte Hirn weckt den Körper. Der Mann spuckt, öffnet die Augen, versucht sich aufzusetzen und windet sich. Das Licht der Taschenlampe, die Mikal zwischen den Zähnen hält, lässt ihn blinzeln. Mit einem Satz rückt Mikal von ihm ab; das Wasser läuft mit melodischem Gluckern aus der Flasche auf die Ladefläche. Kaum spürt der Mann den Schmerz seiner Verletzung, entweicht ihm ein Laut, halb Stöhnen, halb gewaltiges Gebrüll, doch ist er selbst jetzt noch so stark, dass sein anfänglich verwirrtes, dann wütendes Ruckeln an den Ketten den ganzen Pick-up ins Schwanken bringt. Man könnte meinen, über dem brüllenden Mund brüllten auch die Augen und steigerten den Lärm. Mikal fürchtet, die Schweißnähte am Gestänge könnten nachgeben, der Mann könnte die Rohre abreißen. Außerdem hat der Mann Mikal seit dem ersten Blickkontakt nicht mehr angesehen. Mikal fand es unnötig, den verletzten Arm festzubinden, und nun versucht der Mann immer wieder, ihn anzuheben – vergebens, woraufhin jedes Mal ein gequältes Bellen aus zusammengepressten Zähnen dringt.

Mikal steht an der Heckklappe, das Licht der Taschenlampe scheint dem Mann ins goldene Haar; wo das Wasser den Staub fortgespült hat, schimmert das Gesicht feucht. Die Augen sind grün, durchsetzt mit braunen Splittern.

»Wär iss se görl?«, fragt er nach einer Weile.

Der Mann wehrt sich nicht länger und sitzt nach Luft ringend da; seine Muskeln lassen die halbe Tonne Ketten klirren, aber Mikals Frage bleibt unbeantwortet.

Mikal sieht zum Himmel auf. Fast neun Uhr, und er ist in Schweiß gebadet. Er weiß, einige Soldaten verstehen Urdu und Paschto, also wiederholt er die Frage in beiden Sprachen, doch ohne Ergebnis. Er steigt wieder ab, geht zur Beifahrerseite, kommt mit dem Welpen zurück, bleibt an der Heckklappe stehen, hält dem Mann den Leoparden hin und fragt: »Wär iss se görl?«

Der Amerikaner sieht ihn nicht an, untersucht aufmerksam die Ketten und das Rohrgestänge. Als ob Mikal gar nicht da wäre.

Die Sterne ziehen durch die heiße Wüstenluft und ergeben verglichen mit den um ihn herum verstreuten, nicht zusammengesetzten Dingen einen Eindruck von Vollständigkeit. Als er den Lichtstrahl der Taschenlampe in die Dunkelheit richtet, wirken die Hügel wie versteinerte Wolken, Vorsprünge aus gehärtetem Dunst.

Der Leopard maunzt, und ihm fällt auf, dass die Stimme tiefer geworden ist, statt Singvogel jetzt Adler. Er sieht, wie der Soldat sich Wasser von den Lippen leckt, aber als er mit der Flasche auf ihn zugeht, beginnt der Mann erneut, sich zu wehren; diese Augen, die ihn durchbohren, herausfordern, bedrohen.

Mikal setzt sich wieder in den Pritschenwagen und fährt los, im Schoß den Welpen, weich und schwer. »Womit haben sie dich denn gefüttert?«, fragt er und krault dem Leoparden das Fell auf dem Kopf; Atem und Herzschlag beruhigen sich endlich wieder, der Fahrtwind trocknet ihm Kleider und Haut. »Hast ja nicht lange gebraucht, um dich mit dem da anzufreunden ...« Ihn erstaunt immer wieder, welche Macht die Augen des Tiers über ihn haben, dieser Blick, der ihn sofort gefangen nimmt. Er redet auf ihn ein: »Willst du mir nicht etwas erzählen? Oder ist es neuerdings unter deiner Würde, sich mit jemandem wie mir zu unterhalten? Bestimmt hast du schon deine Sprache vergessen, oder ...?« Während der Fahrt macht er kurz die Taschenlampe an, um einen

Blick durch das Fenster in seinem Rücken zu werfen. Der Soldat sitzt mit dem Rücken zu ihm und reagiert nicht auf das Licht, das ihm über die Schulter fällt. Die Ketten lassen nicht zu, dass er das Fensterglas berührt. »Keine Sorge«, sagt Mikal zum Welpen. »Ich werde deinem neuen Freund kein Haar krümmen. Mir ist nur nicht entgangen, dass neben dem Haus der Schwester von Fatima eine Schule steht. Einer der Lehrer spricht bestimmt Englisch. Dahin bringen wir ihn.«

Staub aufwirbelnd fährt der Pick-up durch die Nacht. Irgendwann kreuzt ein Schwarm gespenstischer Störche Mikals Blick, Licht spielt über ihre Flügel wie auf einem Fluss, und aus den Kehlen schallen Laute, die er trotz Motorenlärm hört; ihre Rufe peitschen die schwarze Luft. Er fährt querfeldein, und während einer besonders langen Strecke zwischen zwei endlosen Hügeln kommt es ihm vor, als stünde er still. Hin und wieder lenkt er den Wagen auf die Straße, deren Asphalt von der Tageshitze noch weich ist, dann aber fährt er wieder ins Gelände, fährt so lange wie möglich schnurgeradeaus. Gegen halb elf sieht er in der Ferne eine Moschee am Straßenrand, über deren Tür eine einzige Glühbirne brennt. Vermutlich ist sie um diese Zeit verlassen, dennoch wünscht er sich, er könnte eine Plane über das Gestänge ziehen. Als er fast dort ist, blickt er zurück und sieht, dass der Amerikaner vornübergesunken ist. Er hält an, steigt aus und läuft nach hinten. Die Augen des Mannes sind geschlossen. Er steigt auf die Ladefläche und nähert sich ihm, um mit der Hand unter der Kevlarweste nach dem Herzschlag zu tasten, aber da regt er sich und richtet sich auf.

Mikal weicht zurück. Auf dem Türsturz der Moschee steht: *Ich habe in der Welt keine andere Zuflucht als deine Schwelle, für meinen Kopf gibt es keinen besseren Schutz als diese Tür.* In ebendiesem Moment taucht ein bärtiger Mann im Eingang zur Moschee auf, in der rechten Hand eine Waschschüssel. Die Tür ist grün wie die Kuppel, grün wie der Wagen. Der Geistliche kommt näher, erstarrt aber, als er den Mann in Ketten entdeckt.

»Ich dachte, er wäre bewusstlos geworden«, sagt Mikal.

»Das ist ein Weißer.«

»Ja.«

»Was haben Sie mit ihm vor?«

»Ich habe ihn in der Wüste gefunden.«

»Ist er Soldat? Ein Amerikaner?«

»Glaub schon. Sein Arm ist gebrochen. Ich bringe ihn nach Allah-Vasi. Dass jemand um diese Zeit in der Moschee ist, damit habe ich nicht gerechnet.«

»Ich mache eine nächtliche Koranlesung und bin nur rausgekommen, um Wasser zu holen.«

»Sie kennen hier nicht zufällig jemanden, der Englisch spricht? Dann könnte ich den Amerikaner fragen, ob er etwas über meinen Freund und seine Familie weiß.«

Das Gesicht des Geistlichen verbirgt nichts, eine Seele ohne Geheimnisse, als er sagt: »Ich habe noch nie einen echten Weißen gesehen. Im Ersten Weltkrieg waren welche hier. Haben aus Doppeldeckern Bomben auf uns abgeworfen. Damals galten die Flugzeuge als feige. Töten, aber selbst außer Reichweite sein.« Und dann setzt er hinzu: »Wissen Sie, was passiert, wenn den irgendwer sieht?«

»Ich hoffe, es noch bei Dunkelheit bis Allah-Vasi zu schaffen.«

»Hat er was mit dem Verschwinden Ihres Freundes zu tun?«

»Weiß nicht. Kann sein.«

»Wenn ihn jemand sieht, schneiden sie ihm den Kopf ab ... und Ihren sicher auch, weil Sie es nicht selbst getan haben. Sie sagten, er sei am Arm verletzt?«

»Kennen Sie jemanden, der einen Bruch richten kann?« Jeo hätte das gekonnt, dachte er wehmütig.

»Ja, aber wir sollten hier nicht auf der Straße stehen. Ich will nicht gesehen werden, wie ich mich in aller Öffentlichkeit um einen Amerikaner kümmere. Dann erschießen sie mich auch. Ich kenne Leute, die sich nicht mal ein Bild von einem Weißen anschauen würden.« Der Mann wendet sich ab, um zurück in die Moschee zu gehen. »Fahren Sie Ihren Wagen hinters Gebäude. Ich werde sehen, ob ich ein paar Armschienen auftreiben kann.«

»Und es wäre schön, wenn Sie mir irgendwas geben könnten, womit ich ihn für die Fahrt nach Allah-Vasi zudecken kann, einen alten Sack zum Beispiel.«

Mikal fährt den Wagen hinter die Moschee in ein ausgetrocknetes Flussbett. Er steigt auf die Ladefläche, die Wasserflasche in der ausgestreckten Hand, hält sie dem Mann hin, während er langsam auf ihn zugeht. Mit den Zähnen öffnet er den Verschluss. Der Mann rührt sich nicht. Mikal geht in die Hocke, hält ihm die Flasche an den Mund und lässt das Wasser langsam in seinen Mund rieseln. Die Augen haben aufgehört, sich zu bewegen, bleiben fest auf Mikal gerichtet. Dann beginnt der Mann zu schlucken. Als die Flasche leer ist, tritt Mikal einen Schritt zurück; der Mann beobachtet ihn, atmet schwer.

Einige Minuten später taucht der Bärtige mit einem Laken, einer Handvoll Holzstöcke und einigen Streifen Tuch auf.

»Er wird sich wehren, wenn wir ihm den Arm richten, aber er kann sich nicht losreißen«, sagt Mikal dem Geistlichen.

»Sehen Sie sich diese Pranken an. Wenn der sich befreit, bricht er uns das Genick wie einen dürren Zweig.«

»Warum lesen Sie eine Nacht lang den Koran? Ist was passiert?«

»Mein Sohn ist Geistlicher in einer Moschee nicht weit von hier. Er sagt, gestern wäre die Tür zur Moschee nicht mehr aufgegangen; sie hätte niemanden eingelassen. Allah zeigt uns also, dass er zürnt. Jemand hat hier in der Nähe eine unzumutbare Tat begangen, und solange ihm nicht vergeben wurde, lässt sich die Tür nicht wieder öffnen.« Der Mann hat Tränen in den Augen; langsam wischt er sie ab, alte Finger, die ein altes Werk verrichten. »Eine Katastrophe. Niemand weiß, welches Vergehen oder welche Sünde schuld an diesem Verbot ist.«

In dem Augenblick, in dem Mikal und der Bärtige auf die Ladefläche steigen, beginnt der Amerikaner an den Ketten zu zerren und in den eisernen Schlingen um sich zu schlagen. Der Geistliche bleibt verschreckt stehen, aber Mikal geht weiter, wie um ihm zu beweisen, dass der Amerikaner harmlos ist, solange er angekettet bleibt. Er greift nach dem gebrochenen Arm, rollt den Ärmel auf, und der Bärtige tastet den Bruch ab. Der Amerikaner hört unterdessen nicht auf, wütend zu knurren. Das Licht von Mikals Taschenlampe fällt auf sein verzerrtes Gesicht. Um das Schulterblatt nach möglichen Verletzungen absuchen zu können, öffnet der alte Mann dem Amerikaner den Kragen seines Kamiz und die Vorderseite der Kevlarweste. Er sieht sich den Rücken an, tastet ihn mit den Fingerspitzen ab, als er plötzlich entsetzt aufschreit. »Allah, ich suche Zuflucht in Dir!« Als Mikal den Rücken des Mannes sieht, muss er ebenfalls nach Luft schnappen. Auf der Haut prangt ein großes Tattoo:

كافر

Das Wort bedeckt die ganze Fläche zwischen den Schulterblättern, und sie stehen da und schauen es an, während sich der Amerikaner weiter windet. Da steht: »Ungläubiger«.

Aber es ist nicht auf Englisch geschrieben, sondern steht da in Urdu und Paschto, ist also für Leute in *diesem* Land gemeint. Er verhöhnt sie. Prahlt. Ich bin stolz darauf, ein Ungläubiger zu sein, stolz darauf, genau das zu sein, was ihr hasst.

Der Geistliche schleudert die Schienen ins Dunkel. »Schaffen Sie ihn mir aus den Augen.«

»Bitte, sagen Sie niemandem ein Wort.«

»Bringen Sie diese Bestie von hier weg.« Bebend vor Wut, klettert der Mann von der Ladefläche. »Sie wollen nicht nur unsere Körper, sondern auch unsere Seelen verletzen.«

Da er den Blick des Mannes nicht länger erträgt, wendet Mikal sich ab. »Ich fahre. Ich fahre ja schon. Jetzt sofort, aber bitte, erzählen Sie niemandem davon.«

Als er hinterm Steuer sitzt, kommt der alte Mann ans Fenster und schaut ihn an, als suche er nach einer Antwort. In seinem Blick liegen Verwirrung und Mitleid – warum hat der Weiße sich auf diese Weise verdammt, warum markiert er sich mit dem Zeichen von Allahs Missgunst? Und in dem Moment, als Mikal losfährt, sagt er: »Der Westen wagt es, sich zu fragen: *Was kommt nach Gott?*«

Mitternacht, und er fährt durch die Hügel, im Blick das Unwetter im Osten, nervöse Lichter, die über den schwarzen Himmel zucken; einen Moment lang werden die dunklen Konturen der Pahari-Hügel sichtbar und verschwinden dann wieder, während der Donner zu ihm vordringt, Lichtblitze zart wie die Fäden einer Glühbirne. Er überquert einen der am weitesten westlich gelegenen Vorhügel der Paharis und fährt tiefer in die Wüste. Einmal sieht er in der Ferne, da, wo die Straße die Nacht durchschneidet, das Scheinwerferlicht eines entgegenkommenden Lkws. Eine halbe Stunde später fährt er an den letzten, niedrigen Hügelkuppen vorbei und erreicht nach einer weiteren halben Stunde den äußersten Rand von Allah-Vasi. Kurz bevor er in die Stadt fährt, deckt er den Amerikaner mit dem Laken des Geistlichen zu. Er holt die Neunmillimeter-Pistole aus dem Rucksack und steckt sie sich in den Hosenbund.

Eine von Ost nach West verlaufende Straße kreuzt rechtwinklig die Hauptstraße, führt hügelabwärts und geht in einen breiten Sandweg über, dem er bis dorthin folgt, wo Fatimas Schwester wohnt. Es ist fast ein Uhr nachts. Während er langsam weiterfährt, werden irgendwo Hunde wach und stören die Nachtruhe. Er fährt ostwärts, bis er die Tür wiedererkennt, vor der er Fatima abgesetzt hat, dann macht er den Motor aus, sitzt da und betrachtet das Haus, während die Hunde weiterhin anschlagen. Er mustert das Schulgebäude nebenan, den Bogen über dem Tor, auf dem ein Spruch des Propheten steht. *Suchet Antworten. Und wenn ihr dafür nach China fahren müsstet.* Er schiebt den Rucksack des Amerikaners weit nach hinten unter den Beifahrersitz, steigt aus, überzeugt sich, dass der Mann noch mit dem Laken zugedeckt ist, und klopft an die große Haustür.

Es dauert mehrere Minuten, ehe jemand von der anderen Seite der Tür antwortet und knappe, misstrauische Fragen stellt. Mikal nennt seinen Namen, und schließlich lässt man ihn ein. Der Herr des Hauses, Fatimas Schwager, hält ein Jagdgewehr in der Hand, neben ihm steht sein Sohn, ein junger Mann, nur wenige Jahre älter als Mikal. Der Vater sagt Mikal, er solle den Pritschenwagen auf den Hof fahren und am Rand abstellen.

Mikal steigt aus, den Schneeleoparden im Arm, sieht sich um, atmet erleichtert auf und wendet sich an den Vater, der gerade das Hoftor verriegelt hat: »Onkel, ich muss Euch etwas sagen.« Die Hunde in den Nachbarhäusern bellen immer noch. Er geht mit dem Mann zum Wagen und zieht mit rascher Bewegung das Laken beiseite, um ihm den im Kettenhaufen sitzenden Amerikaner zu zeigen. Ehe der Mann auch nur den Mund aufmachen kann, ertönt hinter ihnen lautes Geheul, und als Mikal sich umdreht, sieht er den Sohn mit fünf, sechs jungen Männern auf sie zukommen.

»Nein«, sagt Mikal lautlos vor sich hin, »nein, nein, nein.«

Er legt die linke Hand auf die umlaufende niedrige Seitenwand und springt auf die Ladefläche, den Welpen in der anderen Hand, langt unters Hemd nach der Pistole im Hosenbund und kniet sich vor den Amerikaner, die näher kommenden Angreifer im Visier. Beschwichtigend hebt der Vater die Hände, um den Sohn aufzuhalten. Mikal blickt über die Schulter zurück; der Amerikaner sitzt stocksteif in seinem Rücken, aber die Augen glühen. Einen Meter vor dem Vater bleibt der Sohn stehen, die übrigen jungen Männer verharren hinter ihm. Der Vater ist ein Riese und besitzt elterliche Gewalt über seinen Sohn, aber plötzlich stürzt sich der Junge auf ihn, sie scharren im Sand, und Mikal hört im Gerangel ein Hemd reißen. Er hält die Pistole mit ausgestreckten Armen und fragt sich, ob er wirklich abdrücken könnte; dann merkt er, dass einer der jungen Männer um den Pritschenwagen gelaufen ist. Wenn Mikal alles im Blick behalten will, bleibt ihm nichts anderes übrig, als zum Amerikaner zurückzuweichen, bis sich ihre Köpfe fast berühren. Er spürt die Ketten des Bettelmönchs im Rücken und schwenkt die Waffe erst in die eine, dann in die andere Richtung. Gebrüll, funkelnde Augen, wachsendes Chaos.

Sie haben den Pick-up umstellt, und Mikal beugt sich über den Amerikaner, denkt nicht mehr an seinen gebrochenen Arm; die Neun-Millimeter hält sie auf Abstand; er zittert vor Angst; sein Herz hämmert. Irgendwer hält eine Holzstange in der Hand und versucht, damit eine Kettenschlinge zu angeln.

Der Sohn führt ein großes feststehendes Messer mit Hechtklinge und holt damit nach Mikal aus; dieser verpasst ihm mit dem Pistolenschaft einen kräftigen Schlag an die Schläfe. Einige der jungen Männer sind Knechte oder Hausbedienstete, sie umkreisen den Wagen knurrend, können aber nicht gegen den Willen ihres Herrn handeln. Die anderen greifen immer wieder an, müssen also Vettern sein.

Aus dem Haus tauchen zwei ältere Männer auf. Sie rufen die jungen Männer mit Namen, und wer gerufen wird, hält inne und sieht zu ihnen hinüber. Der Herr des Hauses kämpft immer noch mit seinem Sohn, der halb über die Seitenwand des Pick-ups geklettert ist, das Gesicht verzerrt im Schwitzkasten des Vaters. Der Vater zieht ihn vom Wagen fort und hält ihn fest, das blitzende Messer in der Hand.

»O Allah«, ruft der Vater. »O Allah, ich suche Zuflucht in Dir!«

Mit drohend erhobenen Händen und allen Anzeichen der Wut und Autorität haben die beiden älteren Männer die Vettern beschwichtigt. Der Vater drängt den Sohn vom Pick-up fort. »Reiß dich zusammen«, sagt er.

»Schon gut.«

»Schon gut *was?* Schon gut, du Hund? Schon gut, du Schuft?«

»Schon gut, Vater.«

Der Mann steht da, Hände in die Hüften gestemmt, und ringt nach Atem. Dann richtet er sich an Mikal. »Und nun rede, Junge!«

»Ich hatte gehofft, hier über Nacht bleiben zu können.«

»Und du hast geglaubt, ich würde das zulassen? Mit dem da auf dem Wagen?«

»Ich wollte ja gerade alles erzählen, als die da kamen und einen Krieg anfingen.«

»Was hast du denn geglaubt, was passiert, wenn den jemand sieht?«

»Ich wusste nicht, was ich sonst tun sollte, Onkel.«

»Und was soll das heißen? Einen Krieg anfangen?«, brüllt der Sohn. »Wir sind längst im Krieg.«

»Das weiß ich.«

»Letzten November haben sie meinen Bruder umgebracht.« Der Sohn zeigt mit dem Messer auf den Amerikaner.

»Wenn du weißt, dass wir im Krieg sind«, sagt der Vater, »sag, warum bringst du uns diesen Mann?«

»Ich fand ihn in der Wüste und hätte ihn da liegen lassen, aber dann habe ich den Schneeleoparden gesehen. Der Welpe gehörte Akbars Schwester.« Er zeigt auf das Haus. »Den Leuten, für die Fatima arbeitet. Dieser Mann ist also vermutlich in Akbars Haus in Megiddo gewesen, und ich muss jemanden auftreiben, der ihm ein paar Fragen stellen kann.«

Der Mann überdenkt das Gehörte. Hinter ihm laufen die jungen Männer mit zornig malmendem Kiefer auf und ab.

Der Mann dreht sich zu ihnen um. »Ab ins Haus mit euch. Ghulam, sorg dafür, dass niemand das Haus verlässt. *Niemand.*«

Zu Mikal gewandt sagt er dann: »Hier spricht kein Mensch Englisch.«

»Ich dachte, vielleicht kann es einer der Lehrer in der Schule.«

Der Mann denkt kurz nach. »Du hast recht. Eine der Lehrerinnen kann Englisch.«

Erst jetzt fällt Mikal auf, dass er sich immer noch an den Amerikaner lehnt. Er rückt von ihm ab und steigt von der Ladefläche.

»Sie wohnt am anderen Ende der Stadt. Jemand könnte hingehen und sie holen«, sagt der Mann, »aber ich glaube nicht, dass sich das sofort erledigen lässt.«

»Nein.« Mikal nickt zustimmend.

»Wir müssen bis morgen warten. Ich möchte nachts lieber nicht rumlaufen und bei Leuten an die Tür klopfen. Außerdem kommt sie um diese Zeit bestimmt nicht mit. Und ihre Familie wird wissen wollen, wohin wir sie bringen.«

»Wer weiß, was mit ihr passiert, wenn sich herumspricht, dass sie mit einem Amerikaner geredet hat.« Mikal sieht den Mann an. »Tut mir leid, dass ich Euch da hineingezogen habe.«

»Wer weiß, was mit mir passiert, wenn sich herumspricht, dass ich einen Amerikaner in meinem Haus beherbergt habe? Oder mit dem Rest meiner Familie. Die ganze Stadt ist voller Taliban und al-Qaida.«

»Entschuldigt. Vielleicht sollte ich gleich wieder fahren.«

»So habe ich das nicht gemeint«, erwidert der Mann. »Jetzt bist du hier, und wir müssen überlegen, wie es weitergeht. Ich würde sagen, wir warten bis zum Morgen. Wenn die Schule anfängt, kommen die Lehrer, dann können wir die Lehrerin rüberbringen, ohne dass irgendwer etwas merkt.«

»Dann komme ich hier frühestens am späten Vormittag weg?«

»Scheint so.«

»Ich muss so schnell wie möglich nach Heer.«

»Wo ist das?«

»Da komme ich her. Aus dem Punjab.«

»Ruf sie morgen an und sag, dass du dich verspätest. Und was fängst du mit dem Amerikaner an, wenn er deine Fragen beantwortet hat?«

»So weit habe ich noch nicht gedacht.« Mikal lehnt sich an die Tür des Pick-ups.

Der Mann sieht ihn prüfend an. »Wann hast du zuletzt was gegessen?«

»Ich bin nur müde.«

»Ich weck die Frauen, falls sie nicht schon wach sind. Komm, sie machen dir was zu essen. Jetzt hör sich einer diese Hunde an.«

»Onkel, sein Arm ist gebrochen.«

Der Mann wirft einen Blick auf den Amerikaner. »Ich sag Ghulam, dass er sich darum kümmern soll. Jetzt komm.«

»Ich finde, wir sollten ihm auch etwas zu essen geben.«

»Was isst er denn? Wir haben hier nichts Besonderes.«

»Ich habe was für ihn.«

Er fischt den Rucksack vor und sucht nach dem Fertigessen. Dann öffnet er eine kleine Tasche im Rucksackfutter, greift nach dem *blood chit* und faltet ihn auf. Da steht eine Telefonnummer. Er liest sie, steckt das Papier zurück in die Tasche und dreht sich zum Mann um. »Ich bleib bei ihm. Ich lass ihn nicht allein.« Er denkt an das Stahlmesser des Sohnes, an die breite, fünfzehn Zentimeter lange Klinge. Es muss ein Kampfmesser sein, weil hinter der Klinge ein Stück Messing aufragt, das den gegnerischen Schlag abfangen soll, ein vorwärtsgekrümmter Knebel, der im Kampf die Hand des Besitzers schützt.

»Wir bringen ihn in die Garage hinterm Haus und schließen das Tor ab«, sagt der Mann. »Du kommst rein, isst und kannst ihm hinterher was zu essen bringen.«

»Er hatte den Welpen?«, fragt Fatima. Sie ist in der Küche, ebenso ihre Schwester; und sie machen ihm etwas zu essen. Lamm und Erbsen werden in einer Pfanne aufgewärmt und dann auf seinen Teller gehäuft. Während Fatima ihm ein in Chintz eingeschlagenes Chapati bringt, hört er nebenan sich streitende Männerstimmen.

»Ja.«

»Dann muss er wissen, was im Haus passiert ist.«

Er nickt, und sie geht zurück an den Herd. »Seine Kameraden suchen bestimmt schon nach ihm«, sagt sie. »Glaubst du, sie finden deine Spur?«

»Ich weiß nicht.«

»Der Leopard ist gewachsen«, sagt sie.

»Ja, nicht wahr?«

»Bist du sicher, dass es derselbe ist?«

»Ich habe nachgesehen. Der dunkle Fleck in seinem linken Ohr.«

Während er zu essen beginnt, fragt Fatimas Schwester: »Willst du den Amerikaner irgendwann laufen lassen?«

»In seinem Rucksack ist eine Telefonnummer«, sagt Mikal.

»Ich will keine Amerikaner in der Nähe meines Hauses«, sagt die Schwester. »Einen meiner Söhne haben sie schon umgebracht.«

»Ich rufe erst an, wenn ich weit von hier weg bin.«

»Ich will meine Familie nicht in Gefahr bringen«, sagt die Frau. »Was ist, wenn er Soldaten herführt, die uns verhaften und wegbringen?«

»So weit wird es nicht kommen. Ich bringe ihn so weit von hier weg, dass er nicht mehr zurückfindet.«

»Wer weiß, vielleicht sind sie ihm ja schon auf den Fersen«, sagt die Frau. »Ich würde sofort mit dem Gewehr rausgehen, wenn ich wüsste, dass seine Landsleute mein Haus überfallen wollen, um ihn zu retten. Die bringen uns alle um.«

Mikal ist davon überzeugt, dass nebenan eine ähnliche Diskussion stattfindet.

»Ich verspreche, ich ziehe euch nicht weiter da mit rein. Und das mit deinem Sohn tut mir leid.«

Da vergräbt die Frau ihr Gesicht in den Händen und beginnt zu weinen, die Schultern im Schmerz gekrümmt. Mikal hört auf zu kauen, verharrt still und hört ihr schockiert zu, doch dann schiebt sie ebenso abrupt ihren Kummer wieder beiseite und steht auf. »Wie viele Chapatis isst du?«, fragt sie mit rauer Stimme.

»Ich habe genug.«

Fatima sieht ihn an und tippt ihrer Schwester auf die Schulter. »Er braucht noch mindestens zwei.«

»Ist kein Problem.«

»Danke«, sagt Mikal.

Nachdem er gegessen hat, geht er zur Garage und stellt fest, dass eine Plane übers Gestänge des Pick-ups gezogen wurde. Die Ladefläche ist jetzt komplett verdeckt, ein Kasten aus straffem, festem Tuch, das sich stellenweise hart wie Sperrholz anfühlt.

Über der Heckklappe hebt er die Plane an und sieht, dass dem Weißen die Augen mit einem schwarzen Tuch verbunden wurden. Mit den Zähnen reißt Mikal ein Fertiggericht auf, setzt sich neben den Soldaten und mischt die Chemikalien in den Beuteln an, die ein großes, eingeschweißtes Stück Fleisch aufwärmen. Er redet, damit der Gefangene weiß, mit wem er es zu tun hat, und hält ihm das Essen an die Lippen, bis er den Mund aufmacht. Er erzählt ihm, dass er mal ein amerikanisches Fertiggericht gegessen hat, in Peschawar, wo sie aus irgendeinem Grund angeboten wurden, erzählt, wie er am Ufer des Arabischen Meeres einmal Haifisch aß, einen Raubvogel, einen Schmetterling.

»Wenn Sie verstehen können, was ich sage, antworten Sie mir bitte. Ich flehe Sie an.«

Der Mann aus dem Haus taucht mit einem Vorhängeschloss an der Heckklappe auf und sieht ihm zu.

Sobald der Soldat die Packung leer gegessen hat, steht Mikal auf und geht; der Mann schließt die Garage ab.

»Gibt es noch einen Schlüssel?«

»Nein«, erwidert der Mann.

»Sorgt Ihr dafür, dass während der Nacht keiner aus dem Haus kommt und in der Stadt Bescheid sagt?«

»Es geht auch um unsere Sicherheit«, erwidert der Mann. »Wir machen uns genauso große Sorgen. Jetzt geh ins Haus und schlaf. Fatima richtet dir ein Bett.«

Jeo und Basie erscheinen ihm im Schlaf. Als er später aufwacht, kann er sich an die Einzelheiten seines Traums nicht mehr erinnern, doch während er noch mit offenen Augen im Dunkeln liegt, fällt ihm ein, dass er die beiden gefragt hat, wie es ist, tot zu sein. Er versucht sich an ihre Antwort zu erinnern und döst dabei aufs Neue ein, als ihn plötzlich eine Hand berührt. Es ist einer der Vettern, er steht neben ihm am Bett.

»Verkaufst du ihn an uns? Man schickt mich, um dich zu fragen, was du für ihn haben willst.«

»Er ist nicht zu verkaufen.«

»Wir zahlen bar.«

»Ich sagte, er ist nicht zu verkaufen.«

Der junge Mann schaut ihn an und nickt. »Wir dachten, wir fragen dich lieber.«

»Du hast meine Antwort.«

»Bist du dir sicher?«

»Absolut.«

»Tante Fatima sagt, sie haben dich gefangen genommen und gefoltert.«

Mikal wendet den Blick ab.

»Da musst du doch sein Blut lecken wollen. Er ist dein Feind.«

»Nein, ist er nicht, nicht so.«

»Er würde es mit dir genauso machen.«

»Dann bin ich eben besser als er.«

Mit diesen Worten legt er sich wieder hin. »Und jetzt will ich weiterschlafen. Ich habe morgen einen langen Tag vor mir.«

Der junge Mann knipst die Taschenlampe aus, und Mikal hört, wie er im Dunkeln das Zimmer verlässt. Er steht auf, verriegelt die Tür, wirft einen Blick durchs Fenster und sieht, dass der Herr des Hauses mit dem Jagdgewehr vorm Garagentor Wache hält. Er versucht, die Augen aufzubehalten, doch im Dunkeln brütet seine Angst Bilder aus, Dschinns und Nachtgespinste; irgendwann schläft er wieder ein. Jeo oder Basie fragt ihn, ob er sich wirklich sicher ist, dass er die beiden Amerikaner am See nicht erschießen wollte, ob es nicht doch Absicht war, doch ehe er antworten kann, verschwindet der Fragesteller. Als Mikal wach wird, ist es schon sechs Uhr, die Sonne ist aufgegangen, und er zieht sich sofort an. Auf dem Flur trifft er den Sohn, die Miene von bitteren Gedanken verfinstert. Er sieht Mikal weder an, noch erwidert er seinen Gruß. An der Schläfe, dort, wo er letzte Nacht von Mikals Waffe getroffen wurde, prangt ein blutroter Fleck – entweder ist es nichts Ernstes, oder er hat ihn nicht behandeln lassen, weil er Mikal gegenüber keine Schwäche zeigen will. Alle scheinen schon wach zu sein. Aus der Küche dringen Gerüche; die Frauen machen Parathas, rühren Lassi an, braten Eier und unterhalten sich murmelnd.

Die Haustür ist verschlossen. Der Mann sitzt noch vor der Garage, jetzt mit dem Schneeleoparden im Schoß; klares goldenes Sonnenlicht flackert übers gemusterte Fell. Das Gewehr lehnt am Stuhl.

Mikal geht zu ihm. Der Mann steckt eine Hand in die Tasche und holt Teile eines Satellitentelefons heraus, große silbrige Scherben, Plastiktrümmer und Bruchstücke von Mikroplatinen.

»Das haben wir bei ihm gefunden. In den Shorts, die er unterm Salwar trägt.«

»Ich bin gar nicht auf die Idee gekommen, da nachzusehen«, erklärt Mikal leise.

»Ich habe es zerstört; ich hielt es für das Beste.« Der Mann wirft die Teile vor sich auf den Boden und starrt sie an wie ein Zeichendeuter, der versucht, aus den von ihm geworfenen Kieseln die Zukunft zu lesen. »Wir haben ihn gewaschen«, sagt er, »ihn ins Bad gebracht.«

»Was?«

»Na ja, er hatte sich beschmutzt, also mussten wir ihm frische Sachen anziehen. Er hat sich heftig gewehrt.«

»Gebt mir den Schlüssel.«

»Ihm geht's gut. Geh und frühstücke.«

»Gebt mir den Schlüssel, Onkel.«

»Geh und frühstücke.«

Mikal nickt, geht aber nicht.

»Ich muss einen Anruf machen«, sagt er dem Mann schließlich.

»Ich hab das Telefon versteckt, damit es niemand benutzen kann. Ich hol's dir nach dem Frühstück.«

»Danke.« Er stellt sie sich vor, zu Hause in Heer, den leichten Wind, die Düfte im Garten, das gleichmäßige Geräusch des Besens, wenn Blätter von den roten Pfaden gefegt werden. Naheed, wie sie draußen überm Becken den Tau vom Spiegel wischt, die darüberhängenden Blumen. Und er muss daran denken, was Rohan ihm und Jeo als Kindern erzählte: *Ehe die Wissenschaft der Botanik vor gerade mal dreihundert Jahren gegründet wurde, hieß es, Blumen in ihrer unendlichen Vielfalt und fehlenden menschlichen Ordnung seien ein Beweis für die Existenz Gottes.*

Aus einigen Ecken beobachten ihn die jungen Männer, stets mit Abstand, sammeln sich in Gruppen, ziehen sich wieder zurück, und er achtet darauf, ihnen nicht in die Augen zu schauen. Beim Essen erzählt Fatima, dass die Schule um halb neun aufmacht, die Lehrer aber schon gegen acht Uhr eintreffen.

Um Viertel vor acht zieht Fatimas Schwester die Burka an, und ihr Mann schließt die Haustür auf. Sie geht zur Schule, um sich vors Tor zu stellen und auf die Ankunft der Englisch sprechenden Lehrerin zu warten.

Mikal betritt die Garage, geht zur Rückseite des Pick-ups und hebt die Plane an. Der Soldat spürt, dass jemand da ist, und bewegt den Kopf. Sein Arm liegt in Gips und einer Dreiecksschlinge aus weißem Musselin, der einmal ein Mehlsack war. Er trägt einen frischen Salwar Kamiz, und auf seiner Stirn prangt ein großer blauer und safrangelber Fleck. Mikal spürt, wie er ihn durch die Binde beobachtet. Die Straße verläuft gleich hinter der Garage, und man hört das Geschnatter der Schulkinder.

Das Hoftor wird geöffnet, und er sieht aus der Garage Fatimas Schwester mit einer zweiten, schlankeren Person hereinkommen.

Ihre Burka sitzt enger als die der alten Frau, wirft lange, saubere Falten, und sie hat sich eine Lederhandtasche über die Schulter gehängt; ihre Schuhe machen ein klackendes Geräusch, wie Mikal es von den Frauen im Haus nicht kennt. Entschlossen und zielstrebig, ganz anders als das Schlurfen der übrigen Frauen. Er sieht sie in Richtung Küche verschwinden.

Fünf Minuten später kommt der Mann zu Mikal. »Die Frau kann Englisch, weigert sich aber, mit dem Amerikaner zu reden. Sie hat zu viel Angst. Sie sagt, man schneidet ihr die Zunge ab oder bringt sie auf der Stelle um.«

»Könnt ihr sie überreden?«

»Wir versuchen es.«

»Was ist mit seiner Stirn passiert?«

»Habe ich doch erzählt. Er hat sich gewehrt, als wir ihn sauber machen wollten. Hat uns durch die Gegend geschleudert und sich in den Ketten verheddert.«

»Und es hat nichts mit dem zu tun, was hinten auf seinem Rücken steht?«

»Hat es nicht, aber das eine kann ich dir sagen, für dieses Kunstwerk wird er einen hohen Preis zahlen, wenn man ihn da draußen erwischt.«

Der Mann kehrt zurück ins Haus, kommt aber gleich darauf wieder. »Sie hat große Angst und will gehen.«

Als Mikal aus der Garage kommt, sieht er die junge Frau in ihrer schwarzen Burka über den Hof eilen und hört sie laut schluchzen. Er geht zu ihr, ein Arm ausgestreckt, und sagt: »Bitte, Schwester ...«

Doch sie kreischt auf, sobald er sich nähert, also bleibt Mikal stehen.

Der Vater öffnet das Tor, und gerade als die junge Frau hinausgehen will, stürzen zwei Bedienstete darauf zu, stoßen den Mann beiseite und rennen vom Hof. Von draußen sind schrille Schreie zu hören, als die beiden Flüchtenden mit Kindern zusammenstoßen. Der Vater richtet sich wieder auf und verschließt erneut das Tor.

Alle sind wie erstarrt.

»Sie haben Angst, dass die Amerikaner das Haus stürmen und sie mitnehmen«, sagt einer der übrig gebliebenen Bediensteten.

»Sie werden es überall im Basar herumerzählen«, sagt der Sohn, »und in einer halben Stunde wird jeder Mann in Allah-Vasi, der noch einen Rest Ehre, Glaube und Stolz besitzt, über dieses Haus herfallen.« Er tritt vor und versetzt Mikal einen harten Schlag ins Gesicht. »Verschwinde von hier. Hau ab.«

Der Vater sagt nichts, tadelt den Jungen auch nicht.

»Ich bring ihn fort.« Mikal nickt. »Ich fahre.«

Der Sohn fischt ein Feuerzeug aus der Tasche, zündet es an und verbrennt ein Blatt Papier. Zu spät erkennt Mikal den *blood chit* des amerikanischen Soldaten.

»Wir wollen nicht, dass du die Amerikaner in diese Gegend lockst«, sagt der Sohn und lässt das Feuer bis zu seinen Fingerspitzen hinaufkriechen. »Wir behalten die Kalaschnikow, die kugelsichere Weste und die Dollars«, setzt er hinzu. »So eine Plane ist nicht billig.«

»Das Essen kannst du behalten; die Pistole auch, zu deinem Schutz«, setzt der Vater hinzu.

»Ich will den Leoparden«, sagt der Sohn.

Mit fester Stimme erwidert Mikal: »Der Leopard gehört mir.«

Der Vater blickt den Sohn an, dann Mikal. »Du kannst ihn mitnehmen.«

Mikal wendet sich zum Gehen.

»Wolltest du nicht telefonieren?«, sagt der Vater und zeigt auf eine Tür. »Das Telefon ist da drinnen.«

In Heer nimmt niemand ab. Mikal versucht es ein zweites Mal, wieder nichts.

Fünf Minuten später lenkt er den Pick-up vorsichtig aus der Garage; der Vater geht neben dem Wagen her.

»Wo wirst du hinfahren?« Fatima ist auf die Veranda getreten.

»Ich weiß nicht. Nach Megiddo. Versteck ihn im Haus, geh zur Schule und hoffe, einen Lehrer zu finden, der Englisch spricht.«

»Lass ihn einfach in der Wüste liegen und fahre weiter«, sagt der Mann. »Fahre nach Hause und tu, was junge Leute so tun, geh ins Kino, suche dir einen Job und streite dich mit deinen Schwestern.«

»Er weiß, was mit Salomi und mit Akbars Bruder passiert ist.«

»Ich komme mit«, wirft Fatima ein.

»Nein«, widerspricht ihr Schwager und hebt eine Hand.

»Das ist wirklich keine gute Idee«, bestätigt Mikal sanft.

»Wenn ich bei dir im Wagen sitze, ist die Gefahr geringer, dass man dich behelligt. Eine Frau wird respektiert.«

»Fatima«, sagt ihr Schwager. »Sollte bekannt werden, wer gefesselt hinten liegt, ist es egal, wer vorn neben ihm sitzt.«

Der Leopard liegt zusammengerollt auf seinem Schoß, gähnt und zeigt seine blassrosa Zunge; der dicke Schwanz zuckt durch die Luft. Auf dem Beifahrersitz liegen ein mächtiges, in ein Tuch gewickeltes Essenspaket sowie drei Flaschen Wasser. Außerdem hat er ein Fläschchen mit einem dunkelbraunen, bitter riechenden Öl für den Arm des Amerikaners dabei, nur weiß er nicht, wann er es auftragen soll, da der Gips noch mehrere Tage dranbleiben muss.

»Sei vorsichtig«, sagt der Mann nachdrücklich, bevor er ihn vom Hof fahren lässt.

»Danke, Onkel. Und es tut mir leid.«

»Ich habe heute Nacht dran gedacht, die Jungen zu ihm zu lassen und dich vor dir selbst zu retten.«

»Ich weiß.«

»Vielleicht sollte ich es jetzt noch erlauben.«

»Ich glaube, Onkel, ich fahre jetzt lieber.«

»Gut. Halt dich von der Straße fern. Fahre durch die Wüste, die Pahari-Hügel immer rechts. Das dauert länger, ist aber sicherer. Wenn die Straße überschwemmt ist, nehmen die Leute oft den Weg durch die Wüste. Ich bin selbst schon so gefahren. Aber vielleicht solltest du doch lieber bis zum Einbruch der Nacht warten.«

»Nein, ich muss das hier so schnell wie möglich zu Ende bringen, damit ich nach Heer zurückkann.«

Noch immer sind Kinder auf dem Weg zur Schule; an der Kreuzung wartet Mikal, um einige Schüler über die Straße zu lassen. Ein Junge mit einer Büchertasche doppelt so groß wie sein Rücken hört durch die Plane das Geräusch von Ketten und hämmert an Mikals Tür. »Was hast du da hinten drauf?«

Mikal sitzt hinterm Steuer, ein Arm aus dem Fenster.

»Kalb oder Ziege?«

»Meinen Bruder. Heute ist sein Hochzeitstag, aber er will nicht heiraten, also habe ich ihn gefesselt und bringe ihn jetzt zum Haus der Braut.«

Mittags fährt er durch eine glühende Ebene, über nackte Erdkruste, umringt von sonnenbeschienenen Hügelkuppen, deren Anblick ihn blendet. Immer wieder sieht er in den Rückspiegel, prüft, ob man ihm folgt. Im Westen weht eine Staubwolke horizontal über den Sand, um dann nach oben abzudrehen, den Gesetzen eines Windes gehorchend, die Mikal nicht kennt. Die Hitze kommt in Wellen, fast als atme der Fels. Eine Erinnerung daran, dass es, anders als im Koran behauptet, auf Erden doch Gegenden gibt, die sich der Mensch nicht untertan gemacht hat. Er fährt durch flache, vom steten Wind abgetragene Hügel und bei gleißendem Licht über einen Pass, den Blick immer wieder aufs Thermometer gerichtet, das heiß anzeigt, zu heiß, und er malt sich aus, wie das Kühlwasser oben aus dem Kühler brodelt, der Motor überhitzt.

Östlich vom Pass hält er im Schatten eines Felsens, steigt aus und stemmt sich gegen den Hitzestrom, der durch den Steinkanal flutet, sieht grelle Flecken Staub und Glimmer. Als er an der Heckklappe die Plane anhebt, fährt der Kopf des Amerikaners zu ihm herum. Der Mann ist schweißgebadet, die Haut rot, das Rot dick wie Farbe. Der Gips jetzt vollständig trocken und schimmert im Halbdunkel weiß. Mikal nimmt ihm die Augenbinde ab und gibt dem Mann zu trinken, nachdem er zuvor eine Tablette zur Wasseraufbereitung in die Flasche getan hat. Dann geht er zurück zum Fluss, an dem er erst vor wenigen Augenblicken vorbeigefahren ist, steht da mit den Füßen im Wasser, betrachtet die Zehen im warmen Strom. Er geht tiefer hinein, vollständig bekleidet, den Leoparden auf der Schulter, froh über die schlichte, unkomplizierte Schwere dieser Kreatur, der er silberne Tropfen ins Fell träufelt. Wie halb geschmolzene Barren tanzt das Sonnenlicht auf der Wasseroberfläche. Er setzt sich zwischen die Binsen mit ihren abgestorbenen Wurzeln, füllt die Plastikflasche und kehrt zu dem Amerikaner zurück. Mit einer Hand hält er seinen Kopf und begießt ihn mit Wasser, achtet aber darauf, dass der Gips nicht feucht wird. Der Mann blinzelt. Mikal wischt ihm das nasse Haar vom blauen Fleck auf der Stirn; er blinzelt erneut, sieht zu Mikal auf, und Mikal hält ihm die hohle Hand unters Kinn, fängt das herabrinnende Wasser auf und gießt es ihm zur Abkühlung wieder über den Kopf. Er fährt mit der Daumenspitze über seine Brauen, wischt Tropfen fort. Dann richtet er sich auf und starrt ihn an.

Den Mann scheinen seine fehlenden Finger zu faszinieren.

Er geht vier Mal zum Fluss, danach ist der Amerikaner klitschnass, Ketten und Wellblechboden glitzern feucht. Die Luft wogt vor Hitze, eine mörderische Brandung. Er sitzt an der Heckklappe, den Leoparden im Schoss, reglos wie ein Spielzeug, und spürt, wie die Kleider im Handumdrehen trocknen, spürt den Blick des Amerikaners. Hoch oben an der schiefen Felswand hängen tönerne Schwalbennester. Hin und wieder bewegt sich der Mann, die Ketten klirren, und Mikal schaut zu ihm hinüber. Die Augen des Weißen sind das Tor zu einer anderen Welt, zu einem von fremden Regeln, von fremder Lebensart geformten Geist. Was für ein Mensch ist er? Ist er wortgewandt, vereint er Kraft und Feingefühl? Ist er verliebt oder dem Vergessen überlassen? Hat er, wie Mikal, einen Bruder?

Er macht für den Welpen eine Dose Futter auf, stellt sie dem Tier hin, dann füttert er den Amerikaner. Anschließend nimmt er ein Chapati und etwas Lammfleisch aus der Serviette und isst selbst.

Die trocknenden Kleider kühlen die Haut, der Schatten ist wohltuend wie ein Regenschauer. Der Mann sitzt in Ketten gewickelt, die Beine überkreuzt, den gesunden Arm an den Leib gefesselt. Er scheint zu dösen, und nach einer Weile nickt auch Mikal ein. Gelegentlich schreckt er auf und beobachtet, wie der Felsschatten mit der Sonne wandert. Sagt sich, dass er weiterfährt, wenn ihre Zackenlinie das Gebüsch erreicht, den gestreiften Fels, den Erdspalt.

Schließlich macht er sich auf den Weg durchs Tal, die Sonne steht still am Himmel. Nur vereinzelt wächst Gras und leuchtet golden im Licht; zwischen weit entfernten Halmen entdeckt er einen schwarzen Schakal und hält ihn einen Augenblick lang für einen der Airdales.

Eine Stunde später verlässt er das karge Tal und beginnt mit dem Aufstieg in die Berge. Dünnes Gras, dürre Akazien. Er drosselt das Tempo, als er im Wüstensand neben Felsen ein ausgemergeltes Paar sitzen sieht mit einer mageren Ziege, die zum Schutz vor dem bösen Blick die Sohle einer Gummilatsche um den Hals trägt. Die beiden erzählen, sie seien vor dem Krieg in Afghanistan geflohen. Ihre Tochter wurde bei einem Bombenangriff getötet. »Sie kämpfen immer noch«, sagt die Frau. »Ihr Tod hat niemanden beschämt.« Und dann fragen sie Mikal, ob er Jasmin dabei hat. »Wir können die Ziege nicht melken, wenn wir nicht nach dem Parfüm riechen, das unsere Tochter immer benutzt hat.« Mikal teilt sein Essen mit ihnen.

»Warum macht ihr hier Halt?«, fragt er.

»Sie verlangen Geld von allen Flüchtlingen, die weiterwollen.«

»Wer?«

Der Mann zeigt in die Richtung, in die Mikal unterwegs ist. »Die hiesigen Stammesfürsten. Sie haben eine Straßensperre errichtet. Hast du genug Geld, dass sie dich durchlassen?«

Als er gestern aus Megiddo abfuhr, gab es noch keine Mautstelle.

Sie wünschen ihm Allahs Geleit, und er fährt weiter.

Nachdem er eine halbe Stunde durch die gebirgige Wüste gekurvt ist, hält er an, klettert einen Kamm hinauf – eine Anhöhe aus grobem Kies, der daliegt wie aus einem zerrissenen Sack gequollener Weizen – und wirft einen Blick auf die andere Seite. Etwa einen halben Kilometer vor ihm liegt die Straße mit einem Wachhäuschen, ein grob zusammengezimmerter Holzverschlag. Sofort lässt er sich wieder zu Boden fallen. Als er dreißig Sekunden später den Kopf hebt, ist ein Fahrzeug in seine Richtung unterwegs, die Staubschleppe zieht sich bis zum Verschlag. In diesem kargen Gelände fällt jede noch so kleine Bewegung auf; man hat ihn gesehen.

»Was du auch tust, tu es schnell«, sagt er sich.

Er macht kehrt und springt in fünf Sätzen die Anhöhe hinab. Kaum wieder hinterm Steuer, wird ihm klar, dass er sich nirgendwo verstecken kann, und im Rückwärtsgang fährt er den Wagen so weit es geht in das niedrige Mesquite-Gebüsch, an dem er vorher vorbeigefahren ist, und holt mit der Linken die Pistole aus dem Hosenbund. Hektisch schlagen die Äste gegen die Wagenseite. Das andere Fahrzeug kommt in Sicht; zwei Männer steigen etwa an der Stelle aus, wo er vorher stand, blicken suchend über den Hügelkamm, einer mit Fernglas. Nach fünf Minuten steigen sie wieder ein und fahren zum Verschlag zurück.

Eine Stunde vor Sonnenuntergang sitzt er in einem kleinen, nach Süden gehenden Tal zwischen den Felsen an einem Teich, an dessen Ufer kleine, blaue Blumen blühen. Der Pick-up steht auf einer Anhöhe drei Meter direkt über ihm, die Fahrertür offen. Er hat mehrere Richtungen ausprobiert, ist aber immer wieder in einer Sackgasse gelandet. Jetzt hat er großen Hunger und sitzt da mit dem Leoparden im Arm, der eifrig die Luft beschnüffelt. Mikal geht zu einem Busch in der Nähe, dessen Zweige so voller gelber Beeren hängen, als hätte jemand ein Stück Buntkreide genommen und ihn mit dicken Klecksen bemalt. Er pflückt, isst, der Saft rinnt ihm aus den Mundwinkeln; dann sammelt er Beeren für den Amerikaner, steigt auf den Pick-up und hebt die Plane an.

Als Erstes sieht er, dass der Mann steht. Das linke Bein ist frei von Ketten. Dann sieht er, dass der unverletzte rechte Arm ebenfalls frei ist. Er entdeckt das Messer von Fatimas Neffen in der Hand des Amerikaners. Nur die rechte Beinkette und die Kette am Halsring halten den Mann noch gefangen.

Er fixiert Mikal, in den Augen kalte, reptilienhafte Berechnung. Wo er sich den Ring vom Fuß gestreift hat, ist die Haut aufgescheuert.

Mikal saugt die Luft mit großen Lungenbewegungen in sich auf. Am unteren Klingenende, nahe am Griff, ist eine Kerbe, und er weiß, sie wird Quetta-Kerbe genannt, eine Kerbe zum Sehne ziehen, zum Reparieren von Seilnetzen. Er hebt eine Hand zum Mund und isst die Beeren, den Blick unverwandt auf den Amerikaner gerichtet. Den Leoparden hält er in der anderen Hand, und er fragt sich völlig unsinnig, warum der Herzschlag des Tieres so ruhig bleibt, ganz im Gegensatz zu seinem. Mikal weicht von der Heckklappe zurück, lässt die Plane los, rennt nach vorn. Er kann spüren, dass der Amerikaner hinter der Plane seinen Bewegungen folgt, spürt den grünbraunen Blick durch den Stoff. Eine Sekunde, nachdem er Glas splittern hört, erreicht er die offene Tür: Der Amerikaner hat das lange Fenster hinterm Fahrersitz zertrümmert und beobachtet Mikal jetzt durch die offene Luke. Die Pistole liegt in der Vertiefung zwischen den beiden Sitzen, und Mikal ist sich nicht sicher, ob der Mann das weiß und ob er sie durch das zerbrochene Fenster sehen kann. Kann er die Waffe fassen? Ist sein Arm lang genug?

Aufs Neue behalten sie sich im Auge, atmen schnell. Er widersteht dem Drang, die Entfernung zwischen Fenster und Pistole mit raschem Blick messen zu wollen – will den Mann nicht auf die Waffe aufmerksam machen. Doch in dem Moment, in dem er danach greift, sticht der Amerikaner durchs Fenster zu. Und während Mikals Finger sich um die Pistole schließen, fährt die Klinge durch seinen Ärmel, ohne jedoch die Haut zu berühren.

Er hebt die Waffe an, zieht sie heraus und bückt sich, um den Welpen abzusetzen; dann hebt er die Plane an der Heckklappe an. Der Amerikaner steht da und funkelt ihn mit erhobenem Messer an.

Mikal zeigt mit der Waffe auf die Hand mit dem Messer, winkt mit dem Lauf und weist dann damit auf den Boden, gibt dem Amerikaner zu verstehen, dass er das Messer fallen lassen soll. Drei Mal wiederholt er die Geste, dann erneut mit der freien Hand.

Der Mann steht einfach nur da.

»Glaubst du, ich mache Witze?«, sagt Mikal, steigt auf die Ladefläche und lässt die Heckklappe hinter sich fallen. Er kommt einen Schritt näher, dann drückt er ab. Der Schuss hallt durch die Wüste; die Kugel durchschlägt die Plane. Wieder zeigt er auf den Dolch, und der Mann lässt ihn fallen. »Schieb ihn rüber.« Er macht eine Bewegung mit den Füßen, doch der Mann beobachtet ihn nur, gehorcht aber nicht.

Mikal wiederholt die Bewegung und fuchtelt erneut mit der Waffe, als er von draußen eine Stimme hört. Der Amerikaner hört sie auch und blickt nach links.

Wie eine leuchtende Lanze fällt Sonnenlicht durchs Kugelloch in den geschlossenen Raum, Staub schwebt in farbigen Funken auf, bloße Andeutungen.

Vor dem Wagen werden jetzt mehrere Stimmen laut. Mikal weicht langsam zur Heckklappe zurück, verbirgt die Waffe im Hosenbund, während er die Plane anhebt und absteigt, und sieht sich einer Gruppe von etwa zwei Dutzend Leuten gegenüber. Mehrere Familien, alle zu Fuß, manche der Kleinen nackt, einige jetzt auf den Knien am Hinterreifen des Pick-ups, wo sie auf das Leopardenjunge einreden, das sich unterm Fahrzeug versteckt hat.

»Wir haben einen Schuss gehört«, sagt ein Mann mit langem Zwirbelbart, dem die Neugier ins verschwitzte Gesicht geschrieben steht.

»War bloß eine Fehlzündung«, erklärt Mikal.

Sie sind Pilger aus einem Dorf der westlichen Paharis und ziehen über Land zu einem heiligen Ort, um sich segnen zu lassen. Sie erzählen, dass sie seit einer Woche unterwegs sind und dass noch drei Tage vor ihnen liegen, falls es nicht regnet, was sie bestimmt aufhalten würde. Mikal hört zu und weiß nicht, was er tun soll, fühlt sich willenlos und verwirrt. Er schaut sich um. Ein Mann starrt durch die offene Fahrertür ins Innere. Mikal geht hin und schließt behutsam die Tür, wobei er einen raschen Blick durchs zertrümmerte Fenster wirft, doch ist außer den gezackten Glasrändern nichts zu sehen. In heller Panik rechnet er jeden Moment damit, dass der Dolch die Plane aufschlitzt. »Was ist das für ein Schrein, zu dem ihr wollt?«, fragt er den Mann, der zuerst gesprochen hat.

»Es ist das Grab eines Talibansoldaten«, erwidert der Mann. »Eine große Energiequelle in der Erde.«

»Er war ein großer Krieger, und sein Grab ist sechs Meter lang«, wirft ein etwa dreizehnjähriger Junge ein. »Die Amerikaner haben ihn getötet.« Er trägt einen tuchbedeckten Korb auf dem Kopf. Der Mann geht zum Korb – Mikal nimmt an, dass er randvoll mit Lebensmitteln ist –, doch als er das Tuch beiseitezieht, sieht Mikal, dass darin Handgranaten liegen. »Die sollen am Schrein gesegnet werden«, sagt der Junge. »Dann bringen wir sie nach Afghanistan und bewerfen damit die Invasoren.«

Mikal weiß nicht, wie er sie wieder loswerden soll. Die Frauen der Pilger scheinen neben dem Pick-up das Lager aufzuschlagen und Kochstellen herzurichten. Er überlegt einfach davonzufahren, ahnt aber, dass der Amerikaner ihn mit dem Dolch angreifen würde.

»Sie haben zwei meiner Söhne umgebracht«, sagt ein Mann. »Diese Amerikaner. Die sind schlimmer als Dschingis und Halagu Khan.«

»Tut mir leid«, sagt Mikal.

»Danke.« Der Mann beugt sich vor, um Mikal zu umarmen, eine längere Umarmung, die ihm das ganze Ausmaß seiner Gefühle vermitteln soll. Dann zeigt er auf die von der Plane bedeckte Ladefläche des Pick-ups. »Werdet ihr mit uns essen? Du und deine Familie?«

»Wir haben schon gegessen.«

»Der Schrein liegt in der Nähe von Allah-Vasi. Falls du denselben Weg hast, könntest du unsere Frauen und Kinder auf dem Pick-up mitfahren lassen.«

»Ich fahre in die andere Richtung.«

Wenige Schritte entfernt beginnen ein paar Kinder, auf die Erde zu stampfen, bestimmt ein Skorpion oder eine kleine Schlange.

»Boxdorn«, erklärt der Mann.

Mikal nickt. Die gehasste Pflanze. Der Prophet Mohammed sagte: *In der letzten Schlacht zwischen Muslimen und Juden werden Felsen und Baum – versteckt sich dahinter ein Jude – rufen: »O Muslim, o Diener Allahs, hier ist ein Jude, der sich hinter mir versteckt. Komm und töte ihn!« Nur der Boxdorn wird dies nicht tun, denn er ist ein Baum der Juden.*

»Ich habe ganz in der Nähe gerade ein Schlangennest gesehen«, sagt Mikal, dem endlich ein Einfall gekommen ist. »Giftnattern, Kraits.« Und es funktioniert. Die Warnung wird in Windeseile weitergegeben, Kinder werden gerufen, Anweisungen für den Aufbruch erteilt. Mikal bückt sich, zieht den Leopardenwelpen unterm Pick-up vor und sieht zu, wie sich die Pilger erneut zur Gruppe sammeln. Eine kleine, verhutzelte Frau kommt auf ihn zu, das Gesicht zerfurcht, die Augen wässrig, das Haar mit Henna dunkelorange gefärbt. Sie bleibt stehen, sieht ihn an und sagt: »Die Amerikaner können dieses ganze Land haben.« Sie schöpft Atem; der Kopf wackelt so bedächtig, als lausche sie einer Geschichte. »Sie können hier ruhig regieren, wenn sie nur versprechen, jeden Einzelnen vorher zu vernichten.« Sie spuckt in den Sand und setzt hinzu: »Ein Fluch, das sind sie.« Dann geht sie weiter und schließt sich der Gruppe an. Mikal sieht zu, wie sie sich entfernen, da löst sich ein Mann von der Gruppe und läuft zu ihm zurück. »Möchtest du, dass wir am Schrein für dich beten? Für irgendwas Bestimmtes?«

Mikal schüttelt den Kopf. »Betet einfach für die ganze Welt.«

Während all der Zeit, in der er sich mit den Pilgern unterhielt, rasselten die Ketten kein einziges Mal, aber jetzt sind sie wieder zu hören, laut, pausenlos. Der Mann ist aufgestanden, und als Mikal die Ladefläche erklimmt, rammt er gerade das Messer zwischen die Kettenglieder. Er erstarrt, sobald Mikal die Waffe hebt, und lässt das Messer erneut fallen. Mit gezückter Pistole – die Augen unverwandt auf dem Gesicht des Amerikaners – tastet Mikal blindlings nach dem Messer und steigt wieder aus.

Er steht da und betrachtet den Sonnenuntergang, geht dann nach vorn, greift sich, ohne auch nur einen Blick auf das zerbrochene Fenster zu werfen, eine Wasserflasche und trinkt gierig. Schließlich legt er den Dolch unter den Sitz, geht wieder nach hinten und mustert den Amerikaner, der immer noch genauso da steht, wie er ihn zuletzt gesehen hat.

»Er war schon vorher auf dich wütend, aber was glaubst du, wie sauer er erst auf dich sein wird, wenn er herausfindet, dass du ihm sein Messer gestohlen hast?«, sagt Mikal.

Der Mann schaut ihn an.

»Ja, ich rede mit dir. Außerdem hast du das Fenster zertrümmert, und der Pick-up gehört dem Mann seiner Tante.«

Die Pistole fest im Griff, steigt er auf die Ladefläche und bedeutet dem Amerikaner, sich zu setzen; dann kommt er näher und beginnt – den freien, unverletzten Arm ständig im Blick – ihn wieder zu fesseln, den Ring um den freien Fußknöchel zu schließen. Er weist ihn an, das Handgelenk des gesunden Arms in den Ring zu stecken, und der Mann gehorcht. Dann wählt Mikal eine Kette aus und wickelt sie ihm dreimal um Arm und Körper, damit der Mann nicht mehr durchs offene Fenster greifen kann, führt die Kette unter die Armschlinge durch und um den Rücken. Er bindet die Füße zusammen, wickelt die Kette um das Schienbein und hält erst inne, als er die Knie erreicht. Irgendwann beschließt der Soldat, es Mikal nicht allzu einfach zu machen. Er verweigert sich, bewegt sich nicht mehr, stellt sich tot. Mikal könnte ebenso gut einen Fels bewegen wollen. Er kennt diese Soldaten, ihre Fähigkeit, unter extremen Bedingungen tödliche Gewalt einzusetzen, weiß um die Jahre des Trainings. »Seien wir ein bisschen vorsichtig mit dem Gips«, sagt Mikal. »Die brechen Ghulam den Arm, weil er dir deinen gerichtet hat.« Als der Mann wieder vollständig gefesselt ist, sagt Mikal: »Wir haben es fast geschafft. Ich muss nur noch einen Weg an der Straßensperre vorbei finden, dann sind wir wieder in Megiddo.« Und er setzt noch hinzu: »Wollen nur hoffen, dass Fatimas Neffe da nicht auf uns wartet.«

Er kann die große, hilflose Wut in seinem Gesicht sehen, die Augen voller Abscheu, während er gleichzeitig lange und geräuschvoll um Atem ringt. Den amerikanischen Soldaten ist es verboten, weiter als zehn Kilometer nach Waziristan oder Pakistan vorzudringen – also ist der Mann es offensichtlich gewohnt, die Dinge auf seine Weise zu erledigen.

»Wär iss se görl, wär iss se görl, wär iss se görl«, murmelt Mikal vor sich hin, während er von der Ladefläche steigt. Entsetzt stellt er fest, dass es Nacht geworden ist, und er registriert verblüfft, dass er alles im Dunkel erledigt hat. Jetzt steht der Mond am Himmel; sein Licht fällt ungetrübt auf die fahle Weite um ihn herum, fast könnte man meinen, in der Wüste wäre Schnee gefallen.

Mitternacht ist vorbei, als er sich eingesteht, dass er die Straßensperre nicht umfahren kann. Er lässt den Pick-up stehen, steigt auf den Felsvorsprung am Straßenrand, hockt sich hin und beobachtet das Land in Richtung Osten, Westen und Norden, folgt mit den Augen der Fahrspur, die es durchschneidet. Man hat Holzscheite auf die Straße neben der Sperre gelegt und angezündet. Sooft der Wind dreht, riecht er den Asphalt der brennenden Straße.

Er geht zurück, steigt in den Wagen, legt die Stirn ans Steuer und schließt für wenige Sekunden die Augen. Schlaf übermannt ihn, und er träumt, der amerikanische Soldat sei vom Pickup verschwunden, auf der Ladefläche lägen die abgestreiften Ketten. Im Traum fürchtet er, von allen Seiten angegriffen zu werden, weshalb er wie gelähmt im Dunkeln stehen bleibt. Dann sieht er den Amerikaner, sieht ihn schlafwandelnd näher kommen, auf den Pick-up steigen und sich beflissen wieder anketten.

Er wacht auf, verharrt aber in derselben Stellung, Stirn auf dem Lenkrad, und es dauert eine Weile, ehe ihm klar wird, dass er eine Melodie hört. Er hebt den Kopf, knipst die Taschenlampe an, blickt durchs zerbrochene Fenster und sieht den Soldaten, wie er leise vor sich hin singt. Er steigt aus, geht zur Heckklappe, beobachtet ihn von dort und lauscht dem Lied, das aus dem Dunkel leuchtet, ein plötzliches Klangparadies. Der Mann erwidert Mikals Blick nicht, er singt englische Worte, die anfangs ein ekstatisches Lob für das zu sein scheinen, was er kennt – für sich selbst, Mikal, eigentlich alles Menschliche – dann eine Klage, mal zart, mal blutrünstig, eine aus dem Stahl des Kummers geschmiedete Waffe, die aus den Tiefen des Leids auf ihn zielt. Mikal wagt es nicht, sich zu bewegen, weil er fürchtet, den Zauber zu brechen. Nach einer Weile erkennt er einige Wendungen wieder, und noch eine Weile später ist ihm, als gäbe es nichts anderes in der weiten Wüste, den Bergen, als dieses so leidenschaftlich vorgetragene Lied, seine subtilen Farben der Dauer, die furchtlose Resonanz, die sie über hitzedünne Luft hinweg miteinander verbindet.

Er fasst einen Entschluss. Er wird den Soldaten aus dem Pick-up laden und ihn, weiterhin gefesselt, irgendwo verstecken. Dann fährt er durch die Straßensperre – sollen sie den Laster untersuchen, wenn sie wollen – wird weiterfahren, den Wagen verstecken und zu Fuß dahin zurückkehren, wo er den Amerikaner liegen ließ. Wird ihn zum Pick-up tragen und weiterfahren.

Er ist sich unsicher, ob er nicht bis zum Morgengrauen warten, ein paar Stunden schlafen und noch einmal alles frisch überdenken sollte. Also sitzt er da, denkt nach, eine Hand auf dem Leoparden, dessen Brustkorb sich mit jedem Atemzug beinahe unmerklich hebt und senkt. Morgen beginnt ein weiterer Tag, an dem er nicht heim nach Heer fährt. Er überlegt, ob er den Welpen beim Amerikaner anbinden sollte, da er fürchtet, man könne das Tier konfiszieren.

Ohne Vorwarnung taucht ein funkelndes Juwel aus der Dunkelheit auf und verharrt einen Moment lang fast reglos vor seinen Augen. Das Glühwürmchen, kaum mehr als ein Gran gemeinen Staubs, fliegt davon, und er sieht ihm nach, sieht, wie es schwerelos seine Kreise zieht. Dann löst er sich von diesem wundersamen Anblick, schaut zum Amerikaner und fragt sich, ob es in dessen Land auch Glühwürmchen gibt. Während er durchs zerbrochene Fenster blickt, wird er plötzlich von Gefühlen überwältigt, doch keinen vertrauten Emotionen, er sieht sich einer derart bedeutenden Suche, einem so erbarmungslosen Leben nicht gewachsen und spürt entsetzt, wie Tränen in ihm aufsteigen. Er wischt sie fort, kann sie aber nicht stoppen, bedeckt das Gesicht mit seinen versehrten Händen und weint laut, unbeherrscht. Er streckt eine Hand aus, legt sie dem Mann auf die Schulter und erzählt mit Worten, die ihm ungenügend erscheinen, von Naheed, ihrem Blick aus den Augenwinkeln wie Gold, von Jeo, von seiner Haft bei den Amerikanern und vom Warlord, der seine Hände verstümmelte und ihn für fünftausend Dollar an die Amerikaner verkaufte. Von Rohans Erblindung. Von Basies Tod.

»Es tut mir leid, dass ich deine Landsleute getötet habe.«

Der Amerikaner blickt gebannt auf die Hand auf seiner Schulter, die Hand mit dem fehlenden Zeigefinger. All das zu wissen ist schmerzhaft, und Mikal überlegt, wie es dem Mann wohl ginge, wenn er ihn verstünde. Also hört er auf, will ihm nicht mehr wehtun als unbedingt nötig. Gefühle stören das Denken, folglich zieht er die Hand zurück und sitzt einige Minuten lang nur da, den Blick nach vorn gerichtet.

Knapp einen Kilometer vor der Sperre fährt er zurück auf die Straße und sucht mit der Taschenlampe links und rechts nach einem Platz, wo er den Amerikaner und den Leoparden zurücklassen könnte.

Leichter Wind weht Sand über den Asphalt. Als Mikal um eine Kurve biegt und in kaum zehn Metern Entfernung ein Kontrollhäuschen sieht, ist es zum Umkehren zu spät. Diese Sperre hatte er vom Felsvorsprung nicht sehen können. Vor der Hütte brennt eine Glühbirne. Der Mann, der draußen auf einem Stuhl saß, ist aufgestanden, sobald er Mikal kommen sah. Er winkt ihn heran und lässt ihn anhalten.

Er hätte wissen müssen, dass es mehr als eine Sperre gibt. Die ganze Gegend gleicht einem wahren Flickwerk von Stammesgebieten gegenseitiger Rivalen, die doch allesamt von jenem gemeinsamen Vorfahren abstammen, der in Arabien einst auf Mohammed traf und von ihm den Auftrag erhielt, den Islam nach Waziristan zu bringen.

Die Hütte erweist sich als ein solider rechteckiger Sperrholzraum mit Wellblechdach. Davor stehen ein blitzender schwarzer Kombi Corolla und ein Pajero. Mikal nimmt den dösenden Welpen vom Schoß, setzt ihn so rasch er kann auf den Boden der Beifahrerseite, deckt ihn zu und hält an. Der Bart des Mannes ist zerzaust, die Augen blinzeln im Scheinwerferlicht. Er hält eine schlaff aussehende rote Rose in der Hand und trägt an der rechten Hüfte eine automatische Fünfundvierziger mit gespanntem Hahn im Gürtel. Die Tür zum Raum hinter ihm steht offen, und Mikal kann mehrere schlafende Gestalten erkennen. Die Augen des Mannes mustern Mikal und registrieren jede Kleinigkeit.

»Komm aus dem Wagen. Wie heißt du?«

»Mikal. Ich bin unterwegs nach Megiddo.«

»Steig aus. Was ist hinten drin?«

»Meine Mutter, meine Schwester und meine Frau«, sagt Mikal, während er aussteigt und die Fahrertür schnell hinter sich schließt.

Der Mann riecht an den Rosenblättern und zwirbelt die Blume bedächtig unter der Nase. »Wohin willst du um diese Uhrzeit?«

»Wir sollten schon vor mehreren Stunden zu Hause sein, hatten aber eine Panne mit dem Pickup.«

Der Mann nickt. »Wie viele seid ihr? Sag ihnen, sie sollen rauskommen.«

»Sie schlafen.«

Der Mann schimpft leise vor sich hin, geht zur Heckklappe und tritt mehrmals dagegen. »Aufwachen!« Der Lärm weckt aber nur seine Kameraden, von denen einer flucht, ein zweiter eine Drohung ausstößt, ein dritter eine Beleidigung. Jemand taumelt zur Tür, die Kalaschnikow locker in der Hand, schaut sich mit zusammengekniffenen Augen um, meint, nichts Ungewöhnliches zu sehen, nennt seinen Gefährten einen dreckigen Ungläubigen und geht wieder hinein. Der Mann mit der Rose wendet sich erneut Mikal zu.

Mikal greift in seine Hosentasche. »Es tut mir sehr leid, dass ich Ihnen solche Mühe mache. Was bin ich Ihnen schuldig?«

»Gib mir hundert und verschwinde«, sagt der Mann und streckt die Hand aus, zwischen Daumen und Zeigefinger die Blüte, stellt sich auf Zehenspitzen und wirft beiläufig einen Blick durchs Fahrerfenster.

Mikal beschließt, ihm hundertzehn zu geben, aber der Mann beugt sich zum Fenster vor, weil er etwas genauer in Augenschein nehmen will. Mikal weiß, er hat den Leoparden entdeckt, was der Mann gleich darauf bestätigt, als er die Tür öffnet, den Welpen herausholt und sich wieder zu Mikal umdreht.

»Deiner?«

»Ja. Hier sind hundertzehn. Tut mir wirklich leid, Ihnen solche Umstände zu machen.«

»Wie viel willst du dafür?«

»Der ist nicht zu verkaufen.«

»Warum nicht?«

Er mustert den Mann, den zitternden Welpen in seinen Armen: »Ich kann ihn nicht hergeben. Er gehört meiner Schwester.«

»Die da hinten drin?«, fragt der Mann. »Weck sie.« Er dreht den Kopf und spuckt auf den Boden, ohne Mikal dabei aus dem Blick zu lassen.

»Eigentlich gehört er meinem Vater.« Mikal streckt ihm die Arme entgegen, aber der Mann macht keinerlei Anstalten, den Welpen herauszurücken. Aus der Hütte ist schläfriges Gemurmel zu hören, gedämpfte Proteste, weil diese Transaktion zu lange dauert, das Gespräch die Ruhe stört.

»Wo ist dein Vater?« Im Ton der Stimme schwingt jetzt etwas Unheilvolles mit. »Und warum hast du behauptet, der Leopard gehört deiner Schwester?«

»Er gehört meiner ganzen Familie. Was ich gesagt habe, habe ich nur gesagt, weil ich so müde bin. Es war ein langer Tag.«

»Die haben aber einen guten Schlaf«, sagt der Mann und deutet dabei auf den Pick-up.

Mikal wirft einen raschen Blick auf die Automatik im Gürtel des Mannes und hält ihm wieder das Geld hin. »Hier ist, was ich Ihnen schuldig bin.«

Der Mann schaut ihn prüfend an. »Gehört die Halskette auch deiner Schwester?«

Mikal hat nicht gemerkt, dass man die Kette sehen kann. Einige Glieder liegen überm Kragen, aber er verdeckt sie rasch wieder und schiebt sie zurück unters Hemd, während der Mann in den Pick-up fasst und den Zündschlüssel abzieht. »Warte hier«, sagt er, gibt Mikal den Leoparden und setzt dann hinzu: »In dreißig Sekunden will ich sie aus dem Wagen haben und hier aufgereiht sehen.« Er dreht sich um, geht in den Raum, macht das Licht an und schreit den Männern zu, dass sie aufstehen sollen.

Mikal braucht fünf Sekunden, um zur Hütte zu gelangen, noch einmal drei, um die Tür zuzuknallen und zu verriegeln. Die Männer schreien und rütteln an der Tür, aber Mikal ist schon wieder im Pick-up, fischt den Ersatzschlüssel aus dem Handschuhfach und lässt den Motor an. Nach zwanzig Sekunden trennen ihn bereits mehrere Meter von der Straßensperre, und der Wagen gewinnt an Fahrt, aber Mikal weiß, es wird nicht lang dauern, bis sie die Tür aufgebrochen haben.

Weiter vorn sieht er die Straßensperre, die er eigentlich umgehen wollte, die brennenden Holzfeuer auf dem Asphalt, daneben der Pajero. Ohne langsamer zu werden rast er durch die Flammen, leuchtende Funken sprühen in die Nacht. Er hört einen Schuss, vielleicht ist es aber auch nur eine kleine Explosion im Feuer. Er weiß nicht, wann er die Waffe aus dem Hosenbund geholt hat, jedenfalls hält er sie in der Hand. Der Leopard hockt eingeklemmt zwischen seinen Schenkeln, von hinten kommt das Geklirr und Getöse der Ketten; die Straße windet sich durch die Nacht, und es dauert nicht lang, da sieht er etwa zwei Kilometer hinter sich die im Mondlicht schwach glühende Staubwolke der Verfolger. Er sieht die Lichttrichter der beiden Scheinwerfer rasch näher kommen. Dann hört er einen dumpfen Knall, und eine Kugel zerschlägt den Spiegel auf der Beifahrerseite. Im Fahrerspiegel sieht er ein zweites Scheinwerferpaar durch die offene Wüste diagonal auf sich zukommen, fahl umschwebt von feinem Staub. Irgendwo vor ihm liegt der Wolf River. Von der Brücke sind es nur noch zwanzig Minuten bis Megiddo.

Seine Kleider sind schweißnass. Nachdem er den zweitletzten Hügel umrundet hat, bringt er den Pick-up quer zur Straße zum Stehen. Von der Brücke lodern Flammen hoch wie Telegrafenmasten. Er steigt aus und starrt auf das Feuer, Holzteile fallen ins sechs Meter tiefer dahinströmende Wasser. Die Gewalt des Brandes scheint die Erde erzittern zu lassen, fast als machten ihm die Toten dort unten Platz – ein Blick auf Allahs linke Seite am Tag des Jüngsten Gerichts.

Er löst die Gurte und zieht die Plane vom Gerüst. Der so aufgedeckte Amerikaner blickt erstaunt zum Feuer. Mikal schleppt die Plane zu einem Kiesstreifen am Flussufer, geht mit dem schweren Tuch ins Wasser, bis er hüfttief im reißenden Strom steht und tunkt die Plane mit beiden Händen unter. Er sieht zur Brücke hoch – überlegt, wie viele Holzplanken wohl schon verbrannt sind. Die brennenden Stücke zischen, wenn sie ins rot leuchtende Wasser fallen. Dann taucht er komplett unter, kehrt ans Ufer zurück und zieht die jetzt doppelt so schwere Plane hinter sich her.

Als der Amerikaner ihn mit dem durchtränkten Tuch sieht, beginnt er wie wild an den Ketten zu zerren, da er nur zu genau begreift, was Mikal vorhat. Der Mann windet sich mit zusammengebissenen Zähnen, dann schreit er auf Englisch ein Wort, das Mikal versteht: »No! No! No! No! No!« Seine Füße scharren über den Metallboden. Wie ein Fischernetz wirft Mikal die Plane über ihn, ein Schauer goldener Tropfen, und der Schwung lässt ihn für einen Moment das Gleichgewicht verlieren, dann vergewissert er sich, dass der Mann vollständig bedeckt ist. Er springt von der Ladefläche, setzt sich ans Steuer, schiebt sich den Welpen unters nasse Hemd. So schnell er kann wirbelt er das Lenkrad herum und steuert den Wagen ins Feuer. *An deine Schönheit hab ich gedacht, und dieser Pfeil, aus einem verirrten Gedanken gemacht, traf mich ins Mark.* Worte, die Naheed zitiert hatte.

Er fährt in die blinde, tödliche Kraft von einhundert Sonnen, und der Amerikaner hat weder aufgehört zu schreien noch, sich unter der Plane zu winden. Die Reifen ruckeln, als sie über die brennenden Planken rollen, über ein Dickicht aus Flammen, vom eigenen heißen Wind verdreht. Das Feuer hat auch eine Stimme, das Gebrüll urzeitlicher Monster, darin gedämpft das Rauschen des Flusses, das aber wieder stärker wird, als die Flammen plötzlich still werden, ein Auf und Ab, das sich beim Weiterfahren wiederholt. Die stumpfen Krallen des Welpen graben sich in seine Haut, die Hitze wird unerträglich, und bald wird Mikal bewusst, dass er Naheeds Namen ruft, ihn verzweifelt hinausschreit, denn er muss rüber, ist die Brücke doch die Brücke zwischen seinem Innersten und dem Amerikaner, etwas, was sich nicht verbrennen lässt, eine Brücke zu seinen Eltern und zu Basie, zu einer Welt, in der Jeo noch lebt, in der Tara nie ins Gefängnis kam, zum weiß glühenden Zentrum des Feuers, dem Blitz, der Rohan das Augenlicht nahm. Er wird ihnen den amerikanischen Soldaten nicht überlassen, und in diesem Moment liebt er den Amerikaner, liebt die zwei, die er getötet hat, liebt das tote Mädchen, das Jasminparfüm trug, liebt es so sehr, dass er spürt, sein Herz zerbricht, noch ehe ihn das Feuer umbringt. Der Pick-up schlingert, unter ihm bersten die Bohlen. Flammen züngeln nach dem Wagen, schwärzen die Windschutzscheibe, die gleich darauf in einer Lichtmahd zersplittert, und er weiß nicht mehr, ob er noch horizontal fährt oder längst vertikal mit dem flammenbedeckten Wagen in die Tiefe stürzt. Doch dann ist er auf der anderen Seite. Er hält an, reißt die Tür auf, lässt den Welpen zu Boden fallen, kämpft sich zurück auf die Ladefläche, und es kommt ihm vor, als wären seine Bewegungen extrem verlangsamt. Er hustet Rauch aus seinen Lungen, erhascht einen Blick auf brennende Reifen, abgeplatzten Lack.

An vereinzelten, münzgroßen Flecken brennt die Plane, und er reißt sie vom Amerikaner, deckt ihn auf. Lange Rauchschwaden hängen an den Ketten, gewinnen Sekunde für Sekunde neue Gestalt, Schlinge und Gips glühen an einer Stelle fieberrot.

Der Mann ringt nach Luft. Mikal löscht die Glut auf dem Gips und fasst die Ketten an, prüft, wie heiß sie sind, dann wischt er dem Amerikaner mit beiden Händen Schweiß und Kondenswasser aus den Augen. Als er von der Ladefläche klettert, sieht er drei Meter vorm Pick-up eine Gruppe Männer, feindselige Geister aus unbekannten Gegenden, von der brennenden Brücke beleuchtet. Mehr als ein Dutzend Waffen zielen auf ihn und den Amerikaner; einer der Männer hält den Welpen im Arm. Der Mann ist so groß und kräftig wie der Amerikaner. Mikal steht da, beide Hände auf dem Kopf, und sieht sie an; und übergroße Erschöpfung überkommt ihn.

Der Raum, in den sie gebracht werden, riecht nach Staub. Dem Amerikaner wurde eine Kapuze übergestülpt, die Ketten hat man ihm abgenommen.

Er weiß nicht, wo sie sind, ob in Waziristan oder in Afghanistan. Beiden werden die Hände auf den Rücken gebunden.

Sie fuhren durch die Dunkelheit, bis die Vögel der Wüste in die junge Morgenluft aufstiegen und sich am Himmel die Sonne in goldenen, scharlachroten und silbernen Streifen zeigte, um von da an unerbittlich auf sie niederzubrennen. Am späten Vormittag kamen sie in ein kleines Dorf und fuhren in Staubwolken über die Hauptstraße, vorbei an der Moschee, den wenigen Läden, einem Dutzend Kinder und fast ebenso vielen Hunden. Der Pick-up hielt auf der anderen Dorfseite vor dem größten Haus, und einer der Männer sprang ab, öffnete das Tor, und der Laster fuhr in einen geräumigen Hof mit turmhoch aufragenden, blühenden Palmen.

Sie führten sie in einen Raum. Mikal hatte sich geweigert, Fragen über den Amerikaner zu beantworten und merkte bald, wie rätselhaft man die Situation fand. Sollte Mikal freigelassen werden? Schließlich hatte er den Amerikaner gefangen genommen und in Ketten gelegt. Was aber war der Grund für sein zwiespältiges Benehmen, sein beinahe zärtliches Verhalten zum Soldaten?

Mikal mustert ihn im Halbdunkel, den Sack überm Kopf, den angekokelten Gips, den Stoff des Salwar Kamiz mit den Fältchen dort, wo Mikal die Ketten um ihn geschlungen hatte.

Es ist ein unterirdischer Raum mit einem Boden aus großen unglasierten Tonziegeln, grob wie die Wände. Durch ein hohes glasloses Fenster fällt ein Lichtstreifen, der kaum bis auf den Boden reicht und sich größtenteils in der Dunkelheit über ihren Köpfen verliert. Mikal schläft in traumloser Erschöpfung und wird erst wach, als sich die Tür am oberen Treppenende öffnet. Ein alter Mann steigt bedächtig herab und bleibt vor Mikal und dem Amerikaner stehen, mustert sie. Er kann offenbar nicht mehr gut sehen. In der Tür sind die Silhouetten mehrerer Kinder zu erkennen; der Mann geht zur letzten Stufe zurück, reckt seine wie ein Geweih aussehende Hand, schreit die Kinder an, und sie verschwinden. Er ist klein, dunkelhäutig, und Mikal meint plötzlich, dass er es ist, der den Geruch nach Staub und Erde verströmt. Als hätte er im hohen Alter beschlossen, langsam wieder zu dem zu werden, woraus Menschen gemacht sind.

»Willst du was essen?«, fragt er Mikal leise.

Mikal nickt. »Und was ist mit dem Weißen?«

Die schwarzen Augen des Mannes ruhen auf dessen verhüllten Kopf. »Ich werde sehen, was ich machen kann.« Dann kommt er Mikal einen Schritt näher.

»Hast du ihn absichtlich gefangen genommen? Um von dieser arabischen Guerilla das Kopfgeld zu fordern?«

»Nein.«

»Wer bist du?«, fragt der Mann.

Es ist heiß im Raum, und er kann die Schweißtropfen an den aufgeschürften Brauen des Mannes sehen.

Mikal schüttelt den Kopf.

Sie schweigen.

»Ich bin auf der Suche nach ein paar Leuten«, sagt Mikal. »Ich glaube, sie wurden von ...«, er weist mit einem Kopfnicken auf den Amerikaner, »denen da mitgenommen.«

»Von Leuten aus dem Westen?«

»Ja.«

»Von Leuten aus dem Westen«, wiederholt der Alte mit heiserer Stimme.

»Ja.«

»Wie heißt du?«

»Mikal.«

Lautlos spricht der Alte den Namen vor sich hin. »Zu wem gehörst du?«

»Du würdest sie nicht kennen. Ich bin nicht aus Waziristan.«

Der Mann denkt nach. »Hast du ihn gestern gefangen genommen? Am Tag mit den drei Sonnen?«

»Da war die Sonne mit zwei Hundesonnen, eine an jeder Seite, ja.«

»So heißen sie in den großen alten Büchern.«

Mikal nickt. Er hat in seinen Astronomiebüchern über Nebensonnen gelesen.

Der Mann schaut den Amerikaner an. »Ich habe in den Dreißigerjahren gegen die aus dem Westen gekämpft.« Er schließt die Augen, öffnet sie dann wieder. Im schwachen Licht geben sie nichts preis. Er scheint die Schatten an den Wänden zu studieren.

»Ich war Gefangener der Amerikaner«, sagt Mikal, »hab aber eigentlich gar nicht gewusst, was sie von mir wollten. Und ich fürchte mich vor dem, was sie denen antun, die sie aufgreifen.«

»Wir können nicht wissen, was die aus dem Westen wollen«, sagt der Alte. »Wollte man wissen, was sie wissen, müsste man essen, was sie essen, tragen, was sie tragen, dieselbe Luft atmen, die sie atmen. Man müsste dort geboren worden sein, wo sie geboren wurden.«

»Da bin ich mir nicht sicher. Die Rede war von Büchern. Aus Büchern können wir lernen.«

»Niemand aus unserem Land kann wissen, was die aus dem Westen wissen«, fuhr der Alte fort. »Sie bleiben für uns Unbekannte. Die Kluft ist zu breit, zu endgültig. Das ist, als wollte man wissen, was Tote oder Ungeborene wissen.«

Mit zittrigen Fingern wischt der Mann Mikal den Schweiß von der Stirn. Entsetzt spürt er, wie kalt die Hand ist. Hart. Blutleer.

»Kommen Sie von hier?«, fragt Mikal. »Was passiert mit uns, mit ihm und mir?«

»Ich bin nur ein Hausdiener. Heute Abend wird entschieden. Man hat nach den Anführern aller Stämme aus der Umgebung geschickt.«

Der Mann wendet sich ab, um zu gehen.

»Ich muss unbedingt einen Anruf machen«, sagt Mikal und begreift, wie absurd das klingt. »Ich muss jemandem Bescheid sagen, dass ich zurückkomme, muss ihr sagen, dass sie die Hoffnung nicht aufgeben soll.«

»Ist sie deine Geliebte?«

»Ja, aber sie wird vielleicht jemand anderen heiraten müssen.«

Der Mann nickt, eine mahnende Erinnerung daran, dass manche Dinge in dieser Welt bleiben, wie sie sind. Er nickt und geht weiter in Richtung Treppe.

Das Sonnenlicht aus dem hohen Fenster hat sich schon dunkelgelb verfärbt, als der Alte zurückkommt, hinter Mikals Rücken fasst und bedächtig die Handfesseln löst. »Sie haben mir gesagt, dass ich dich holen soll. Sie wollen mit dir reden.«

Mikal folgt dem Alten die Treppe hinauf zum großen Hof. Irgendwo in der Nähe ist gerade eine Kuh geschlachtet worden. Mehrere Männer mit Kübeln voll schillerndem Fleisch kreuzen ihren Weg – einer trägt einen Satz blutiger Messer, ein anderer schleppt einen gewaltigen Hinterlauf, dessen Huf eine Linie in die kompakte Hoferde ritzt. Der versengte Pick-up wurde vom Ufer hergebracht und steht jetzt auf Ziegeln aufgebockt in einer Hofecke; die verkohlten Reifen wurden abmontiert. Zwei Jungen – offenbar Kinder von Dienstboten, die Kleider dreckig, das Haar verfilzt, die Zähne schon gelb – folgen Mikal und dem Alten in einigem Abstand, doch kann Mikal hören, was sie sagen. »Ganz allein hat er diesen Amerikaner gefangen, der fünfzig Muslime getötet hat und ihnen das Herz herausriss ...« »Morgen lassen sie den Amerikaner in den Bergen frei und hetzen dann die Hunde auf ihn ...« »Der Amerikaner hat den Pick-up seines Onkels geklaut, aber der da hat ihn verfolgt und geschnappt ...« Der Alte dreht sich um, und sein bloßer Blick genügt, um die Jungen zu verscheuchen; dann kommen Mikal und der Alte zu einer Terrasse, die von drei kleinen Kindern mit Lumpen aufgegewischt wird.

Sie betreten ein Zimmer. Es muss das Haus einer sehr reichen Familie sein, an den mächtigen Türen Messingscharniere, die Decke viermal so hoch wie das Portal. Auf einem großen, viel zu prall gestopften Sofa sitzt der kräftig aussehende Mann mit dem Adlerprofil, den Mikal schon von der brennenden Brücke kennt. Er ist Anfang dreißig und trägt einen vollen Patronengurt quer über der Brust, unter der Achsel eine Pistole im schwarz verzierten Lederholster. In der Hand hält er den Dolch. Auf dem Tisch vor ihm sind ein halb gegessenes Mahl zu sehen, eine Zeitung sowie eine Plastikvase voller Plastikblumen. Er schaut kurz zu Mikal hinüber und fährt dann fort, den Dolch zu begutachten.

»Wie heißt du?«, sagt er, ohne aufzublicken. Der Boden vor seinen Füßen glitzert in feuchten Schwüngen, einige klein, andere größer, je nach Länge der Kinderarme.

»Ich glaube, meinen Namen habe ich bereits genannt«, antwortet Mikal.

Der Mann hebt den Kopf und mustert ihn. Dann legt er den Dolch auf die Zeitung. Selbst seine kleinsten Bewegungen sind groß, zeugen von seiner Macht und seinem Reichtum.

»Erzähl mir vom Amerikaner.«

»Da gibt es nichts zu erzählen. Ich habe ihn in der Wüste gefunden.«

»Warum hast du ihn da nicht gleich getötet? Weißt du nicht, dass wir mit denen im Krieg sind?«

»Wo ist der Leopard?«

»Sag«, fragt der Mann und beugt sich vor, »hast du mal von einer Dame namens Madeleine gehört? Nein? 1996 wurde diese Dame namens Madeleine Albright, Amerikas Botschafterin der Vereinten Nationen, im Fernsehen gefragt, wie sie es fände, dass infolge der wirtschaftlichen Sanktionen der Vereinigten Staaten fünfhunderttausend irakische Kinder gestorben sind. Weißt du, was sie geantwortet hat? Sie sagte, es sei eine ›wirklich schwere Entscheidung gewesen, doch wir glauben, diesen Preis war es wert‹. Das sind ihre genauen Worte. Wie findest du das?«

»Was denken Sie denn, wie ich das finde? Ich würde Ihre eigene Kinderliebe jedenfalls viel ernster nehmen, wenn Sie Ihren Boden nicht von Kindern aufwischen ließen.«

Der Mann beobachtet ihn eine Weile und sagt dann: »Glaubst du, sie den Boden putzen zu lassen ist so schlimm, wie sie verhungern zu lassen?«

»Das habe ich nicht gesagt.«

Der Mann winkt ab. »Ich habe entschieden, dass du gehen kannst.«

»Ich gehe nicht ohne den amerikanischen Soldaten und ohne den Welpen.«

Spöttisches Gelächter.

Der alte Diener fasst Mikal am Arm, aber Mikal reagiert nicht. »Ohne sie gehe ich nicht.«

Der Mann steht auf.

»Sie sind es gewohnt, Befehle zu geben, stimmt's?«, presst Mikal zwischen den Zähnen hervor.

»Schlimmer noch. Ich bin es gewohnt, dass man mir gehorcht.«

Unter der sengenden Sonne steht Mikal den ganzen Nachmittag vor dem Haus und hört, was auf der anderen Seite des großen Tores geschieht; hin und wieder unterhält sich die Wache mit jemandem. Das Tor wird geöffnet, wenn Fahrzeuge kommen, und der Posten wirft ihm einen Blick zu, ehe er das Tor wieder schließt.

»Stimmt es, dass die Amerikaner der Frau, die du liebst, Gewalt angetan haben, um sie dann zu ermorden?«, wird Mikal von der anderen Seite gefragt.

»Nein.«

Als die Sonne versinkt, geht er zur Straße, die durchs Dorf führt, zu den Läden, die Reis und Bratöl verkaufen, Nadel und Faden, Süßigkeiten für Kinder, Kichererbsenmehl, Reishülsen als Pferdefutter oder um damit Töpfe auszuwaschen. Er fragt nach einem öffentlichen Telefon, aber es gibt keines. Er kauft eine Mango, und der Verkäufer erzählt ihm, es sei dieselbe Sorte, die schon Alexander der Große probiert hat, und Mikal isst die Frucht mit Schale, während er weiter die Straße hinuntergeht. Hinten in einem Laden begegnet er sich selbst, erstarrt und begreift, dass er in einen Spiegel schaut. Um sich auszuruhen, setzt er sich auf die andere Straßenseite, dorthin, wo die Felder beginnen, und sieht einem Konvoi von

Fahrzeugen nach, der zum Haus am anderen Ende fährt. Er sitzt da und lauscht auf den Gebetsruf vom Minarett – konzentrische Klangwellen, die sich in der Luft ausbreiten und den Anschein erwecken, dies sei das Zentrum der Welt. Der Ruf steigt vom Mittelpunkt des Planeten auf. Dann aber endet er abrupt, irgendetwas stimmt nicht mit den Lautsprechern. Mikal geht in die Moschee, wäscht sich Staub und Schweiß aus dem Gesicht und reiht sich ein, um seine Gebete zu sprechen. Anschließend sitzt er auf der Matte und versucht, mehr über den Besitzer des großen Hauses herauszufinden. Er verlässt die Moschee und kauft sich etwas zu essen in einem Teehaus, das Fliegen umschwärmen wie Murmeln, die in einem Glas herumgeschleudert werden; den Knochen von seinem Fleisch gibt er einem Straßenhund, mit dem er sich unterhält, mal in Worten, mal in Pfiffen, sehr zum Missfallen des Teehausbesitzers und seiner Gäste. Er erkundigt sich bei ihnen nach der Familie, der das Haus gehört. Gegen zehn Uhr abends raucht er eine Zigarette am Rand der sich leerenden Straße, lauscht der Musik der Grillen und sieht in der Ferne den alten Mann.

Mikal steht auf und geht ihm entgegen.

»Ich bin gekommen, weil ich dich bitten will, jetzt zu gehen«, sagt der Mann. »Man hat gesehen, dass du noch in der Stadt bist, und will dich zurück ins Haus bringen.«

»Ich komme.«

»Nein, ich bin hier, um dich zu warnen. Du solltest gehen.«

»Ich kann nicht.«

»Und wenn ich den Leoparden für dich stehle, gehst du dann?«

»Nein, der Leopard allein genügt nicht.«

»Geh«, drängt der Mann. »Wenn sie dich erwischen, lassen sie dich nicht noch einmal laufen.«

Er steht da und schüttelt den Kopf. »Haben sie ihm was getan?«

»Das weiß ich nicht. Ich habe doch gesagt, ich bin nur ein Diener.« Im selben Moment sieht er einen Riesen mit schwarzem Turban näher kommen.

»Der will dich holen«, warnt der Alte. »Lauf. Jetzt.«
»Nein«, erwidert Mikal und geht dem Mann entgegen.

Zwei Stunden später taucht er aus dem Haus wieder auf, geht in die Berge und kommt sich wie einer der tausend Wüstensterne vor, die jeder für sich allein blinken. Die dunkle Luft ist warm, und seine Füße zertreten beim Anstieg duftende Bergpflanzen. Gelegentlich schaut er zurück und sieht hinter sich die Dorflichter verlöschen, bis zuletzt nur noch der Schein der Glühbirne an der Spitze des Minaretts zu sehen ist. Und dann verschwindet auch der. Eine Stunde später legt er sich in einem von Felsen geformten Tal ans Ufer eines Flusses, um ihn herum Bäume blass wie Papier. Im Schlaf sucht ihn ein Albtraum heim ... Vielleicht aber ist es auch eine Mischung aus Traum und der Erinnerung an das, was er vor wenigen Stunden gesehen hat ...

Gegen zwei Uhr wacht er auf und begreift, dass ihn ein Lichtstrahl geweckt hat, der über sein Gesicht huschte, ein Streifen klebriger Helligkeit. Er dreht sich auf den Bauch und entdeckt vier Fahrzeuge mit Amerikanern, die nur wenige Meter entfernt vorbeifahren. Kommandotrupps, Soldaten einer Spezialeinheit oder Geheimdienstagenten. Kaum sind sie vorbei, springt er auf und kehrt zum Dorf zurück so schnell er kann, läuft, bis er Seitenstiche bekommt, wird langsamer und rennt wieder, sobald sie vergehen. Zwei seiner Finger sind blutig, so fest hat er im Schlaf die Hände vor Sorge zusammengeballt. Er läuft über die dunkle, verlassene Straße, pfeift, als ihn zwei Hunde anknurren, und sie verstummen augenblicklich; er nähert sich dem großen Haus von hinten. In fünf Minuten schafft er es bis aufs Dach, klettert zum Wassertank und springt hinab. Er läuft über die breite Dachfläche aus ungebrannten Ziegeln und über einige geländerfreie Treppen auf ein niedrigeres Dach. Den Hof voll dunkler Dattelbäume überquert er, indem er von Schatten zu Schatten huscht. Er stößt die Küchentür auf, greift in den Tandoor, findet einen Brocken Kohle und steckt ihn in die Tasche. Dann dreht er sich um und will wieder gehen, als er ein Geräusch hört.

»Ich wusste, dass du zurückkommst«, sagt der Alte. Ein Lichtkern mit verwischten Rändern flackert auf und zeigt ihn in der hinteren Ecke mit dem Leopardenwelpen im Arm. Er kommt vor und reicht Mikal einen Schlüssel, den Leoparden und schließlich die Taschenlampe. »Der Schlüssel ist für den Raum, in den er eingesperrt wurde. Das Tor habe ich schon aufgemacht. Du kannst einfach nach draußen gehen.«

»Warum tun Sie das?«

»Mein Sohn ist in amerikanischer Gefangenschaft. Wenn ich gut zu dem Soldaten bin, sind sie vielleicht auch gut zu meinem Sohn.«

»Ich glaube nicht, dass das so funktioniert.«

»Wo bringst du ihn hin?«

»Ich weiß nicht.«

»Er wird nicht weit laufen können.«

»Können Sie mir den Schlüssel zu einem der Wagen besorgen?«

»Man wird den Motor hören.«

»Ich weiß.« Er knipst die Taschenlampe aus und geht zur Küchentür.

»Kannst du deine amputierten Finger fühlen?«, fragt der Mann im Dunkeln.

»Manchmal.«

»Das ist ein Zeichen dafür, dass es ein Leben nach dem Tod gibt.«

Mit dem Kohlestück zeichnet Mikal einen Jeep auf den Boden. Der Amerikaner sieht ihm zu. Auf die Haube malt er die amerikanische Flagge. Schließlich zeigt er auf seine Zeichnung, dann nach oben zu den Sternen.

Gerade als sie zum Tor kommen, geht hinter ihnen ein Licht an, und erste Rufe werden laut. Der Amerikaner stützt sich so schwer auf ihn, dass Mikal meint, er trüge die Ketten noch. Im Dunkeln hält er den Blick unverwandt auf die Glühbirne oben am Minarett gerichtet. Sie gehen zur Straße, und als sie die Moschee erreichen, bedeutet er dem Amerikaner, sich hinter die Reihe Canna-Lilien zu setzen, die entlang der im Schatten liegenden Eingangsstufen wachsen. Mikal klettert die Wand hoch, findet festen Tritt im Stuck und in Alkoven; seine blutigen Nägel hinterlassen winzige rote Flecken. Auf der anderen Seite springt er in den Hof und öffnet die Tür, um den Amerikaner einzulassen, dann verschließt er sie wieder und bückt sich, um ihm die Schuhe auszuziehen. Hinter ihnen, entlang der Wand, liegt das Brett, auf dem die Toten gewaschen werden. Anschließend zieht er die eigenen Schuhe aus, und gemeinsam betreten sie das heilige Gebäude; unter ihren Füßen knirscht das Rohr der Gebetsmatten. Er verriegelt die Haupttür, geht zum Schrank neben dem *mimbar* und öffnet ihn. Drinnen findet er, was der Muezzin braucht, um die Gläubigen zum Gebet zu rufen – einen uralten Verstärker und das Stahlmikro. Mikal hört, wie sich vor der Moscheetür Menschen sammeln; einige verlangen, dass man ihnen eine Leiter bringe, ein Seil.

Mikal schaltet den Verstärker ein – mehrere kleine, rote Lampen beginnen zu glühen – und zeigt auf das Mikro. »Ruf sie«, sagt er auf Paschto. »Ruf sie. Sag ihnen, wo sie dich finden können. Sag, sie sollen zur Moschee kommen.« Vielleicht sollte er noch einmal einen Jeep mit amerikanischer Flagge malen, aber der Amerikaner scheint sofort begriffen zu haben, was er will und nickt.

Mikal weiß nicht, ob die Amerikaner, die er gesehen hat, in Hörweite sind, aber ihm bleibt keine andere Wahl. Falls sie kommen, wird es einen heftigen Schusswechsel geben. Der Weiße beginnt zu rufen, aber im Minarett ist nichts zu hören, kein Echo der Worte von draußen, keine Verstärkung. Mikal dreht den Regler bis zum

Anschlag auf, aber es ändert sich nichts. Dann fällt ihm ein, dass der Ruf zum Abendgebet plötzlich abbrach.

Der Amerikaner hält inne, bückt sich und untersucht das Kabel, das aus dem Verstärker zu einem Oberlicht nahe der Decke, dann nach draußen und schließlich zum Lautsprecher oben am Minarett führt. Er zeigt auf eine etwa fünfzehn Zentimeter breite Lücke, wo das Kabel aufgrund von Stromschwankungen geschmolzen ist.

Mikal sieht sich den Schaden an; der Lärm vor der Tür wird lauter. Vom Hof sind Schritte zu hören, das Rascheln der Binsenmatten. Er greift sich an den Hals, öffnet den Verschluss der Kette. Mit zwei raschen Drehungen hat er sie mit dem Lautsprecherkabel verknüpft, den Stromkreis geschlossen.

Der Amerikaner greift erneut zum Mikro, und gleich ist sein Atem im Raum zu hören, zehn-, zwanzig-, dreißigfach verstärkt. Das Minarett, erbaut, um die Gläubigen zum Lob und Preis Allahs zu rufen, ruft jetzt Ungläubige, auf dass sie sein Haus schänden. Die Worte breiten sich durch die Dunkelheit aus, über Tonschiefer, Hügel, Ebenen und durch die felsige Wüste, durch ein Land, das die Ankunft der Menschen vor vielen Jahrhunderten sah und Zeuge war, als älteres Blut vergossen wurde, Blut von Propheten und Liebhabern, Pilgern und Warnern.

Die Spezialeinheit braucht fünfzehn Minuten bis zur Moschee, und zehn Minuten später taucht der schulbusgroße Chinook-Helikopter mit wummernden Rotoren auf. »Amerikanische Geisel!«, schreit der Weiße durch die geschlossene Tür des Gebetsraums. »Amerikanische Geisel! Amerikanische Geisel!« Ganze sieben Minuten hat er über den Moscheelautsprecher geredet, hat seine Landsleute gerufen, sie hergeführt. Dann funktionierte der Lautsprecher nicht mehr. Der Strom hat die Kette schmelzen lassen.

Mit dem Rücken an die Wand gepresst, steht Mikal neben dem Amerikaner, im Arm den kläglich wimmernden Welpen. Er denkt an Naheed, in deren Nähe nur zählte, ob er gut oder böse war – nicht, ob stark oder schwach, nicht, ob von Gott auserwählt oder verflucht. Die Kommandoeinheiten arbeiten sich immer weiter zum Gebetsraum vor, sprengen sich ihren Weg durch Wände und Türen.

»Amerikanische Geisel, öffnen Sie die Tür und nähern Sie sich von links, Hände erhoben. Legen Sie sich auf den Boden!«

Der Weiße hält Mikal mit festem Griff am Handgelenk und schiebt den Türriegel zurück.

Unter heftigem Feuer wird der amerikanische Soldat von den Kommandoeinheiten aus der Moschee geholt, halb geschleppt, halb getragen. Durch ein Wirrwarr von auf Englisch und Paschto gebrüllten Befehlen, das Geschrei der Verwundeten und im Qualm aufblitzender Explosionen wird er eilig hinters Gebäude zu einem schwach erleuchteten Maisfeld gebracht, auf dem der Hubschrauber gelandet ist. Die Kommandoeinheiten sagen, sie wollen zurückgehen und nach dem Mann mit dem Leopardenwelpen suchen. Wann in dem Durcheinander, dem Gemetzel genau sein Handgelenk dem eisernen Griff entglitt, weiß er nicht. Und es ist zu früh, um sagen zu können, welchen Kopf er mit einem roten Knoten auf der oberen Stirn sah, mit vielfachen Rinnsalen, die übers Gesicht liefen, als hätte ihm jemand einen Korallenast auf die Haut gemalt. Später wird er versuchen, die verschiedenen Erinnerungsbruchstücke zu sortieren, sie in die korrekte Reihenfolge zu bringen. Jetzt aber steigt der Chinook auf über die blinkenden Mündungsfeuer; einige Soldaten beugen sich vor, schießen nach unten; die Moschee wird kleiner und kleiner, und dann schwingt sich der Hubschrauber von der Gewalt des Krieges fort; das Gebäude verschwindet, nichts als Sterne schimmern nun in der endlichen Schwärze, und jedes Gestirn markiert einen Ort, an dem eine Seele und all ihre darin lebenden Geheimnisse gedeihen mag so lang wie die Erde selbst.

37

Es ist dunkel über Pakistan, und in der Ferne können Himmel und Erde nur mit Mühe auseinandergehalten werden. Eine Dreiviertelstunde vor Sonnenaufgang tauchen am östlichen Horizont erste, orangefarbene Leuchtbänder auf – komprimiertes, doch atmendes Licht am äußersten Rand der Welt, das gleich darauf wieder verschwindet. Es wird grau, gefolgt von Augenblicken zunehmenden Blaus. Was für eine Überraschung, wenn die Sonne aufgeht – wieder einmal taucht die Welt auf, scheinen die üblichen Gesetze zu gelten.

Naheed steht mit ernstem Gesicht auf dem taubenetzten Weg.

»Was machst du da?«, hatte er sie letzte Woche gefragt, kurz bevor er nach Waziristan fuhr. Sie trug Farbe auf die Blütenblätter einer Blume auf, ließ ihr Gelb noch leuchtender wirken und benutzte dazu Sofias Malkasten sowie einen ihrer dünnen Pinsel.

»Wenn die Blume nächstes Jahr wieder blüht, wird Vater völlig blind sein«, hatte sie ihm erklärt. »Also will ich dafür sorgen, dass er sie heute noch sehen kann.«

Ein letztes Mal folgte der Pinsel behutsam den Konturen des Blütenblatts; dann wusch sie das Gelb aus den weichen Borsten und begann, den Blütenkelch mit kleinen roten Punkten zu betupfen.

Er war in Sofias Zimmer gegangen, hatte einen zweiten Malkasten samt Pinsel entdeckt und war die Säulen und Baumstämme hinaufgeklettert, war gelegentlich aus ihrem Blickfeld verschwunden, hatte in Borkenspalten gespeichertes Regenwasser genutzt, auf Blättern gesammelte Tropfen, auch den eigenen Speichel, falls es keine andere Flüssigkeit in Reichweite gab, weshalb die Risse in seinen Lippen so farbig waren wie die Striche, die er auf die Blüten malte, auf Rosen und Kräuselmyrten und die tristen, direkt am Stamm wachsenden Blüten des Musikbaums, auf die dornige, rosafarbene Kassie. Er sah Vögel in den Baumkronen und scheuchte ganze Schwärme auf, wenn er sich summend mit in Weiß getunktem Pinsel zum Rangunschlinger vorbeugte.

Sie saugt die Morgenluft ein und denkt an den Augenblick seiner Rückkehr, daran, wenn er grau vor Straßenstaub, doch mit ihrer Kette um den Hals vor ihr auftauchen wird. Versehrt und vernarbt, trotzdem vollkommen, und sie versteht, warum es Götter verlangen könnte, Menschen zu ihren Werkzeugen zu machen.

IV

Jesaja

Denn alle Rüstung derer, die sich mit Ungestüm rüsten,
und die blutigen Kleider werden verbrannt
und mit Feuer verzehrt werden.

JESAJA, 9:4

38

Jahr um Jahr breiten sich die Schwertlilien aus. Drei aufrechte Blütenblätter und drei Kelchblätter – jede Blüte auf ihrem hohlen Stängel ist schieferblau, durchzogen von dunkleren Adern, in der Mitte öffnet sich eine seidige Höhle. Naheed steht davor und wendet den Kopf, um den beiden Kindern zuzusehen, die mit einem kleinen Laster spielen. Mikals Sohn und der von Basie und Yasmin. Sie rennen mit dem Truck über die Pfade; ihr Geschrei erfüllt die klare, regengekühlte Luft.

Sie betritt die Küche und beginnt, Chapatis zu machen, formt sie mit Bedacht, damit es nicht nur Arbeit, sondern auch ein Vergnügen ist. Mikal hatte bemerkt, dass sie den Teig auf dem Handteller gegen den Uhrzeigersinn knetet. Wie Tara und Yasmin. Er konnte sich nicht daran erinnern, ob seine Mutter es genauso getan hatte.

Jahre später nun spielt sein Kind da draußen auf dem roten Weg mit seinem Vetter.

Sie zählt die Chapatis, weiß, wie viele jeder isst. Yasmin unterrichtet an der Aligarh-Gesamtschule und kommt bald nach Hause; dann wollen sie gemeinsam essen. Von Pater Mede hat man seit der Geiselnahme nie wieder etwas gehört, doch wird seine Schule nach und nach wieder aufgebaut. Wenn sie fertig ist, wird auch Naheed ihre Ausbildung zur Lehrerin abgeschlossen haben. Sie weiß, dass Galilei sang, um die Zeit zu messen, wenn er die Anziehungskraft der Schwerkraft maß, und dass Newton sich vorsichtig eine Nadel ins eigene Auge stach, um herauszufinden, wie das Licht Vibrationen in der Retina auslöst, und dass Syed Ahmed Khan gesagt hat: »Es gibt keinen Unterschied zwischen dem Wort Allahs und dem Werk Allahs.«

Durch den Garten hat sie ein Seil von Ort zu Ort gespannt. Dieser »Seilpfad« verbindet all die Pflanzen und Stellen, zu denen Rohan so gern geht. Er hält sich daran fest, wenn er durch den Garten schlendert, tastet sich daran entlang, im Zickzack zwischen den Bäumen hindurch. Manchmal schlagen die Kinder vor, sie nach draußen zu verlängern, ein Strang, der das Haus mit der Moschee verbinden soll, mit dem Basar, den Wohnungen von Bekannten. Der Seilpfad führt auch in Sofias Arbeitszimmer. Und er führt vom Haus Bagdad zum Haus Mekka, vom Haus Kairo zum Haus Córdoba, zum Haus Istanbul schließlich zum Haus Delhi, zum Banyanbaum, der sich darüberwölbt, sowie zum Mangobaum mit seinen meterlangen, wogenden Ästen voll sonnenwarmer Früchte.

Ardent Spirit steht immer noch am anderen Flussufer, auch wenn Kyra verschwunden ist und angeblich von der Regierung gesucht wird. Manche behaupten, er halte sich im Irak auf oder in Waziristan. Ardent Spirit ist jetzt der Regierung unterstellt; bis auf Weiteres dürfen Rohan und seine Familie im Haus wohnen bleiben; ihr Status ist allerdings ungewiss, das Leben unsicher, womit es ihnen aber nicht schlimmer oder besser geht als den meisten Menschen in diesem zerrissenen, beklagenswerten Land.

Naheed schaut den Jungen zu; Tara kaut Fenchelsamen weich und steckt sie ihnen dann in den Mund. Sie wohnt hier, seit die Familie Naheeds Hochzeit mit Sharif Sharif verhindert hatte und dieser daraufhin verlangte, dass Tara aus ihrer Wohnung auszog. Den Nachbarn verschweigen sie, dass Mikal und Naheed die Eltern von einem der Jungen sind. Für die zweite Hälfte ihrer Schwangerschaft zogen Naheed und Yasmin in ein entlegenes Dorf, und erst nach der Geburt kehrten sie zurück, um dann zu behaupten, dass Yasmin Zwillinge geboren habe. Es wäre ihnen lieber gewesen, sie hätten diese Lüge nicht verbreiten müssen, aber ihnen blieb keine andere Wahl, und immer wieder sagen sie sich, dass sie glücklicher dran sind als die meisten in diesem Land.

So sieht Naheed den im Spiel versunkenen Jungen zu, während die Jahre langsam vergehen und sie auf Mikal wartet, der für sie längst mehr ein Gefühl als ein Mensch aus Fleisch und Blut ist, eine Empfindung in der Brust, ein Halbschatten von durch die Trennung heraufbeschworenen Assoziationen, während die Tage länger werden oder kürzer und diese Küche Früchte und Gemüsesorten kommen und gehen sieht. Abends entdeckt sie ihn manchmal, wenn Blitze die Gesichter von Propheten und Königen in der Rinde der umstehenden Bäume entblößen. Er hatte ihr erzählt, Jupiter sei der hellste Planet am Himmel, und über dessen Antlitz fegten seit Jahrhunderten die Stürme.

Sie hat schon einmal auf ihn gewartet, und auch damals behaupteten alle, er lebe nicht mehr.

Im Gewächshaus berührt Rohan die keimenden Samen mit den Fingerspitzen und zitiert Verse aus dem Koran: *Gott ist es, der die Körner und die Kerne spaltet. So bringt Er das Lebendige aus dem Toten und das Tote aus dem Lebendigen hervor …*

Als sie von ihrem Buch aufblickt, öffnet sich das Tor, und Mikal tritt ein. Vielleicht ist es sein Geist, der kommt, um sie davon zu überzeugen, dass es besser für sie wäre, ohne ihn weiterzuleben. Langsam hebt er die Hand; sie steht auf und geht ebenfalls mit ausgestreckter Hand auf ihn zu. Insekten umweben sie mit ihrem Klangschleier. Naheed nähert sich, eine stille Intensität in den Augen – als wüsste sie um die ungenannten, unerkannten Kräfte in der Welt und versuchte in Gedanken, sie zu benennen und zu sehen.

Danksagung

Dieses Buch ist Fiktion. Die in ihm dargestellten Figuren, Ereignisse und Organisationen wurden vom Autor entweder erfunden oder den Zwecken des Romans angepasst. Eine Ähnlichkeit mit Organisationen, lebenden oder bereits verstorbenen Personen sowie vergangenen oder gegenwärtigen Ereignissen ist unbeabsichtigt.

Mein erster Dank gilt Candia McWilliam, deren vollkommenem Roman *Debatable Land* ich den Schulnamen Ardent Spirit entnahm. Die kursivierten Zeilen auf Seite 30 stammen aus *Dasein als Versuchung* von E. M. Cioran (Stuttgart 1983). Der kursive Absatz auf Seite 147 stammt aus Salman Rushdies *Des Mauren letzter Seufzer* (Hamburg 1996, zit. nach Tb.-Ausgabe, S. 147). Der auf Seite 169 zitierte Brief ist von Walt Whitman aus *Walt Whitman's Civil War,* hrsg. von Walter Lowenfels (Da Capo Press 1960). Die Zeile, mit der auf Seite 291 der erste Abschnitt endet, ist die Umkehrung eines Satzes aus *Mitti ki Kaan* von Afzal Ahmed Syed (Aaj Publications, Karatschi 2009). Im Original lautet er: »Liebe ist *kein* Erkennungsmerkmal, *nichts,* woran man einen Toten identifizieren kann« (Hervorhebungen von mir). Die kursiv gedruckten Worte, mit denen das Kapitel auf Seite 343 schließt, stammen von Simone Weil. Die Verse, an die sich Mikal auf Seite 406 erinnert, sind von William Butler Yeats. Besonders hilfreich fand ich das Buch *The Interrogator's War* von Chris Mackey und Greg Miller (John Murray 2004). Gleiches gilt für *Beslan* von Timothy Philips (Granta Books 2008). Eine frühere Fassung von Kapitel 16 erschien in Granta 116:

Ten Years Later. Ich bin John Freeman und Ellah Allfrey für ihren Rat und ihre Freundlichkeit dankbar.

Dank auch an Salman Rashid, wie immer, an Lewis Burns, Frau Shamim Akram, Andrew Wylie, Sarah Chalfant und Charles Buchan, an Stephen Page, Lee Brackstone und Angus Cargill in London, an Diana Coglianese und Sonny Mehta in New York.

Übersetzungsnachweise

Seite

9 Aischylos, *Agamemnon,* Übersetzung J. G. Droysen, 1832

147 Salman Rushdie, *Des Mauren letzter Seufzer,* übersetzt von Gisela Stege, Hamburg 1996, zit. nach Tb.-Ausgabe, S. 147.

216 Psalm 85,4–5, Lutherbibel

345 John Milton, *Das verlorene Paradies,* übersetzt von Adolf Böttger, Leipzig 1846

406 William Butler Yeats: *The Arrow*, zit. in der Übersetzung von Christa Schuenke. München 2005

Die Originalausgabe erschien 2013 unter dem Titel *The Blind Man's Garden* bei Faber & Faber Ltd, London.

Der Übersetzer dankt dem Banff Centre in Alberta, Kanada, wo er eine Weile an der Übersetzung dieses Buches arbeiten durfte.

FSC
www.fsc.org
MIX
Papier aus verantwortungsvollen Quellen
FSC® C014496

Verlagsgruppe Random House FSC® N001967
Das für dieses Buch verwendete FSC®-zertifizierte Papier *EOS* liefert Salzer, St. Pölten.

1. Auflage

Typographie und Satz: DVA / Brigitte Müller
Gesetzt aus der Garamond
Druck und Bindung: GGP Media GmbH, Pößneck
Printed in Germany
ISBN 978-3-421-04588-1

www.dva.de